JN345633

프랑스 메디치상 수상작

머리 속의 악마

Le Diable en tête by Bernard-Henri LEVY
Copyright ⓒ Editions Grasset & Fasquelle, Paris 1984
Korean Translation Copyright ⓒ PROMETHEUS PUBLISHING CO., 2000
All rights reserved

This Korean edition was published by arrangement with
Editions Grasset & Fasquelle, Paris
through Bestun Korea Agency Co., Seoul

이 책의 한국어판 저작권은 베스툰코리아 에이전시를 통해
저작권자와의 독점 계약으로 프로메테우스출판사에 있습니다.
저작권법에 의해 한국 내에서 보호받는 저작물이므로
무단 전재나 무단 복제를 금합니다.

베르나르 앙리 레비 장편심리소설

머리 속의 악마

김병욱 옮김

프로메테우스출판사

머리 속의 악마

1판 1쇄 인쇄   2005년 8월 20일
1판 1쇄 발행   2005년 8월 25일

기획·마케팅 _ 홍교선   편집 _ 박 월   관리 _ 정난주   펴낸이 _ 신충일
펴낸곳 _ 프로메테우스출판사   등록번호 _ 제03-01089호
주소 _ 서울 마포구 서교동 438-13   전화 _ 3142-1012   팩스 _ 3142-1013
E-mail _ prometheus-pub@hanmail.net
ISBN 89-91503-01-2

* 일러두기 : 이 책은 기존의 말줄임표를 축약해서 사용했습니다.

마틸드의 일기 · 7

장 아저씨와의 대화 · 175

마리의 편지 · 307

알랭 파라디의 증언 · 459

벵자멩의 고백 · 581

옮긴이의 말 · 671

작품 소개 : 반(半)세기아의 고백 · 674

내가 벵자멩 C.를 만난 것은 수년 전 예루살렘에서였다.

당시 나는 나와는 다른 어떤 존재에게 관심을 기울이는 버릇이 있었던 걸까? 특히, 거의 모든 면에서 나와는 거리가 먼 한 이방인에게 관심을 기울여야 할 어떤 동기가 있었던 걸까? 그런 것 같지는 않다.

그를 만났을 때, 이 이야기에 등장하는 대부분의 사람들처럼 그의 매력에 사로잡힌 나는 흔히 사람들이 당대의 가장 혼탁한 힘들이 모이는 곳에 있다고 말하는 그런 검은 존재들, 역(逆)의 선택을 받은 존재로 낙인찍힌, 그러나 악과의 그 근친성이 내게는 늘 진실의 결여 부분을 채우는 것으로 여겨지던 그런 존재들 가운데 한 명을 내가 마주하고 있다는 사실을 문득 깨달았던 것이다.

그의 얼굴이 끝나는 곳에 우리 시대가 있었다. 그 얼굴은 시간을 들여 탐구해 볼 만한 것이었다. 이 책이 그 결실이다.

마틸드의 일기

1942

2월 17일

일기를 쓴다는 것은 무언가 부질없고 우스꽝스러우며, 때로는 극도로 불편하기조차 한 짓거리로만 생각되었었다. 마치 그것은 매일 밤 사람들이 마음속 깊은 곳에서 의무적으로 행하는 사소하고도 불필요한 가사일과도 같았다. 특히 이본느와 같은 내가 본 몇몇 친구들, 물웅덩이나 원치 않은 물기를 훔쳐내듯 하루하루를 청소하는 그런 사소하고도 불필요한 가사일에 이미 수년 전부터 몰두해온 그 몇몇 친구들의 예는, 분명히 말하건대 나에게 모방해야겠다는 욕구를 불러일으키지 않았었다.

그런데 이게 어찌된 일일까? 대체 어째서 오늘, 곧 스물 한 살이 될 내가 마치 들뜬 어린 소녀와도 같은 요상한 심정으로, 어딘지 턱없이 엄숙한 기분에 휩싸이기까지 하여, 이 비밀 일기' 제1권의 백지를 펼친 것일까? 그것은 아마도 벵자멩 … 아니, 틀림없이 벵자멩 때문이다.

나는 분명히 느낀다. 벵자멩을 … 이 노트는 사실 그의 것이다. 그에게 줄 것이다. 그에게 헌정할 것이다. 어떤 의미에서 보더라도, 이 일기는 그의 것일 수밖에 없다.

2월 18일

좋아. 벌써부터 장르의 규칙에서 일탈하지는 말자. 가능한 한 임상(臨床)하듯 분명하게 그 사건을 얘기하도록 하자.

냉기로 음산해진 겨울 어느 날이었다. 곧 밀어닥칠 그 엄청난 변화를 앞두고 미처 아무런 준비도 해두지 못한 것처럼 여겨지던 그날, 아침 일찍 나는 베드로의 성체를 배령하러 갔었다. 매주 목요일이면 으레 그렇듯 나는 플로네 집에서 점심을 먹었다. 그리고 오후가 끝나갈 무렵, 나는 휘날리는 눈발을 무릅쓰고 큰 배낭을 가지러 마지 루프네 집까지 뛰어갔다 왔다.

에두아르는 상냥한 태도로 그 잡낭을 내 곁에 나란히 두도록 했다. 만사가 너무나 순조로웠기에 그날 밤 에두아르는, 임산부들이 때로는 괴상한 생각들을 한다는 것을 어디서 들었던지, 자상하고 상냥한 남정네처럼 굴며 "레스토랑 '카리에'로 가서 맛있는 바다송어를 먹고 싶지 않느냐"고 묻기도 했다. "싫어요, 그런 말도 안될 소리를!" 하고 응답하면서 나는 욕실로 숨어 버렸다. 바로 그때, 욕실에서 옷을 벗으면서 그라사르가 예고한 바 있는 바로 그 '진통'이 드디어 시작됨을 느꼈다. 그라사르의 말대로라면, 그것은 어떤 일이 시작되었음을 알리는 부인할 수 없는 징표였다.

솔직히 말해서, 처음 몇 시간 동안 그 '일'은 내가 예상했던 것보다 훨씬 덜 인상적이었다. 물론 고통스러웠던 것은 사실이다. 하지만 그것은 이상하면서도 그냥 그래도 참을 만한 고통이었다. 마치 어떤 높은 물결이 규칙적인 간격으로 천천히 솟구쳐 오르는 것 같았다. 아니, 그보다는 엉덩이 쪽에서부터 어떤 파랑, 어떤 모호한 흔들림이 조금씩 나를 침식해와, 숨이 턱까지 차오르게 하다가는 두 번 다시 오지 않을 듯 이내 사라져 버리곤 했다.

이것이 그 끔찍하다는 분만의 시련이란 말인가? 내 주위의 야단스런 소란을 보면 그런 것 같았다. 소란통에 비뚜름하게 모자를 쓴 채 정신없이 왔다 갔다 하는 오데트. 낡은 양푼이에 쉬지 않고 물을 비웠다 채웠다 하며 생선 장수처럼 부지런히 욕설을 내뱉는 앙젤르. '마님이 도움을 청할 때마다' 성큼성큼 주방에서 뛰쳐나오는 베르나데트. '항상 꼭 필요할 때마다 보이지 않는 얼간이 그라사르'를 저주하면서 미치광이처럼 방안을 서성거리는 초췌한 몰골의 성마른 에두아르. 그러나 거듭 말하지만, 나는 그들의 그 모든 행동거지를 오히려 차분한 눈으로 관찰하고 있었다. 그러다 그날 밤이 이슥해서야 나는 내게 무슨 일이 닥친 것인지를 제대로 이해할 수 있었다.

고통이 실로 견딜 수 없을 만큼 심해진 것은, 진통이 시작된 지 2시간이 지나면서부터였다. 어느 면에서는 지금까지의 그 느낌이 딱히 달라진 것도 아니었다. 물결 역시 어쩌면 조금 전까지의 그 잔잔하게 여겨지던 물결과 다를 바가 없었다. 하지만 이전과는 다른 그 무엇, 그것은 바로 그 출렁임이 이제는 멈추지 않는다는 사실이었다. 한번 밀려든 파도는 더 이상 되돌아가고 싶지 않은 듯, 규칙도 회귀도 없이 미쳐 날뛰는 야만의 조수(潮水) 바로 그것이었다. 그것은 마치 어느 미친 작자가 나의 신경 가닥들을 비틀어 매고 꼬아서, 하나의 작은 회로처럼 만들어 전기를 통하게 하는 것만 같았다.

임산부들은 늘 자신들의 뼈가 부서지는 것 같다거나, 등줄기에 구멍이 뚫리고 둔부가 떨어져 나가는 듯하고, 힘줄들이 삐걱거리며 균열하는 듯하여 금방이라도 실신해 버릴 듯한 지경에 이른다고 말한다. 하지만 나를 놀라게 한 것, 그것은 바로 고통이 절정에 이른 그 순간들에 내게는 더 이상 등줄기도, 뼈도, 둔부도, 힘줄도, 그 무엇도 없고, 그것들 대신 그저 고통의 전율을 무한히 되풀이하는 하나의 살(肉) 덩어리가 꽉 들어차 있는 듯한 느낌이었다. 가장 나빴던 것 — 지금에 와서 돌이켜 볼 때 분명 가장 충격적이었던 것, 그것은 난생 처음으로 내가 끝을 알 수 없는 고통에 직면했다는 느낌 바로 그것이었다. 사실 모든 고통은 끝이 있게 마련이다. 지겨운 싸움 끝에 마침내 고통들도 손을 들고 마는 어떤 순간, 종말은 항상 있게 마련이다. 사람들은 특히 그런 순간을 미리 느낀다. 그런 순간이 다가드는 것을 본다. 언제가 되었건, 결국 그러한 순간이 도래하지 않을 리 없다는 사실을 사람들은 알고 있는 것이다.

하지만 내 경우는 전혀 그렇지가 않았다. 조금도 예측할 수가 없었다. 그저 실낱 같은 빛살조차 스며들지 않는 깊은 터널 속 같았다. 그 무엇도, 그 누구도, 그 어떤 노력이나 처방도 해방시켜 주지 못할 출구 없는 생생한 고통뿐이었다. 분만이 '해방'이라고 떠들어댄 이들은 모두 어디로 가버렸는가? 나의 기억 속에 그것은 하나의 덫일 뿐이었다. 나는 덫에 걸려 있었다. 나의 온 몸이 끔찍한 살의 덫에 걸려 있었고, 또 다른 한 육체가 그 덫에 걸려 시간이 다할 때까지 ― 누가 알겠는가? ― 사지를 떨고 피를 흘리며 낭종이 되어가고 있었다.

바로 이 점이 핵심이었다. 곰곰이 생각해보면, 나의 비탄은 격렬하고 강렬하며 마치 불로 태우거나 전기로 지지는 듯한 그 고통들에서 온 것이 아니라, 복부가 완전히 봉쇄되어 버렸다는 생각에서 온 것이었다. 주둥아리 좁은 항아리처럼, 굳게 빗장이 걸린 방처럼 폐쇄되고 밀봉된 배. 약간의 틈도 없이 꽉 들어찬 배. 아무리 밀어내보아야 소용이 없을 터이기에, 차라리 수천 조각으로 폭발시켜 날려 버리는 편이 나을 것이라고 나는 생각했다.

고통의 극치에서 피로와 눈물로 범벅이 된 나는 횡설수설, 마구 말을 내뱉었다. 나는 선지자 요나를 토해내지 못하는, 모래 속에 파묻힌 고래라고 … 나를 쪼개 달라고, 나를 가르고 살을 도려내고 내 배를 해체시켜 달라고, 무슨 짓을 해도 좋으니 제발 이 상태에서만은 벗어나게 해달라고 간청했다. 물론 사랑하는 에두아르에게는 그것이 결코 '횡설수설'이 아니었다. 그것은 '절망'이었다.

그로서는 얼마나 외롭고 암담했겠는가! 물론 그라사르가 있기는 했다. 교대로 번갈아가며 내 배를 눌러대는 두 명의 간호원도 그와 함께 있었다. 에두아르는 점점 더 겁에 질린 채, 내

옆구리만 어루만지고 있었다. 세 가정부는 잔뜩 긴장한 채, 무슨 '격려의 말'을 해야 좋을지 몰라 신음만 내지르고 있었다. 하지만 참으로 이상하게도 그들의 존재는 내게 들어오지 않았다. 마치 유령들처럼, 기괴망측한 어릿광대들처럼 여겨졌을 뿐, 그들은 이미 실제로 존재하지 않았다. 그들의 음성, 그들의 얼굴마저도 다만 부옇게 흐린 안개의 장막을 통해서만 들어올 뿐이었다. 침대 위에 조심스레 걸려 있던 작은 십자가마저도 이제는 눈에 들어오질 않았다. "이제는 그분에게서도 버림받은 거야"라고 나는 중얼거렸다. 그분으로부터 아무런 응답도 받지 못한 그 영원한 충성의 맹세들과 미친 듯한 순결의 약속들, 그 많은 호소와 탄원에 지쳐 나도 모르게 그분을 저주하기에까지 이른 순간도 분명 있었으리라⋯.

나는 그렇게 밤이 지나가는 것을 보았다. 여명이 오고, 빛이 망설이는 듯한 아침이 오고, 그리하여 반쯤 날이 샌 대기의 민활한 움직임이 시작되었을 때 흐릿하게나마 나는, 빛이 뛰어들지 못하도록 재빨리 창문마다 두꺼운 천을 드리우고 있는 앙젤르를 알아볼 수 있었다. 마침내 배가 찢어지는 듯한 고통을 느낀 것은 오후 2시 10분전쯤이었다. 나는 무시무시한 심연 속으로 가라앉고 있었다. 침침한, 아니 거의 암흑에 가까운 장막이 눈앞에 드리워졌다. 밤의 마지막 습기들을 한껏 들이키며 침대 기둥을 꽉 움켜쥔 채 내 귀에는 들리지도 않는 날카로운 비명을 내지르던 나는, 어느 순간 두 넓적다리 사이의 점액과 분비물의 사태 속에서 갑자기 내 것이 아니게 돼버린, 뜻밖에도 신기루의 끝으로 나를 인도해 준 부드러운 살의 감촉을 느꼈다.

2월 24일

나는 행복한가? 행복의 절정에 있는가?

사람들이 입을 모아 말하듯이 분명 나는 기쁨에 넘치는 어머니인가? 그런 것 같다. 그것은 지나친 표현이 아니다. 체면치레도 아니요, 망발도 아니다. 그들 모두가 마치 아기 예수의 탄생에 참석한 양 해대는 그 터무니없는 태도는 그만두고라도 말이다. 예컨대 에두아르가 바로 그랬다. '이놈 내 아들', '저놈 내 아들'을 위해 그는 '찬란한 미래'를 준비한다. 그의 '영웅적 운명'을 예언한다. 이미 그는 아들이 어떻게 잠들었는지, 우유를 얼마나 마셨는지, 트림을 제대로 했는지, 담요에 숨이 막히지 않도록 잘 살펴보았는지 어떤지를 확인하기 위해 집을 향해 외쳐대지 않고는 바깥으로 세 발짝도 옮길 수 없게 되었다. 왜 안 되겠는가? 그래서 안 될 이유가 없다….

하지만 내가 개운치 않게 여긴 것은, 바로 이 우스꽝스런 열성이 나로 하여금 혹 전지전능하신 하느님께 죄의식을 느끼게 하는 우회적인 수단은 아닌가 하는 점 때문이었다. 아기는 어디까지나 아기일 뿐이다. 도대체 내가 마치 아기 예수를 분만한 것인 양 말하게 할 수는 없는 노릇 아닌가!

2월 25일

미안하다 아가야!

나의 어린 천사, 참으로 네게 미안하구나! 그래, 엄마의 어리석음을 용서해다오. 엄마가 방금 적은 어리석은 말들은 잊어버리렴. 엄마는 그토록 약하단다. 너를 받아들일 마음의 준비가 그토록 엉성하다니! 너는 바로 약속이란다. 아무렴, 내 희망의 영상이지 … 경이로운 작가 뱅자맹 콩스탕이 말했던 것처럼(난 너에게 그의 이름을 붙여 주고 싶었단다. 너는 '이제는 내 삶 위에 널리 퍼진, 홀연히 솟아오른 광명'이란다.

그런데, 내일은 바로 순례일이야. 우리 둘은 나란히 친절한 라자르 씨가 운전하는 하얀 리무진을 타고 페르 라셰즈 공동묘지로 가게 될 거야. 거기는 바로 너의 수호신 뱅자맹이 휴식하는 곳, 네 비밀의 일부가 묻혀 있는 곳이란다.

2월 27일
춥고 흐림.

창백한 태양이 아스라이 연민 가득한 대지를 굽어보고 있다. 묘하게도, 뱅자맹 콩스탕의 소설 《아돌프》에 담겨 있는 유일한 풍경 묘사에서의 날씨가 바로 이랬다. 하지만 그는 지금 우리의 순례 행각을 위태롭게 하는 이런 날씨를 좋다고 하지 않았던가. 날씨가 이렇다고 해서 쥘리앵 소렐이 파리에 도착하여 네이 추기경의 묘소에 경배 드리러 가고자 하던 생각을 단념하던가? 《아르망스》의 옥타브 드 말리베르가 라베두아예르 장군의 묘지 방문을 이런 날씨 탓에 중단하던가? 하지만 에두아르는 흥분한 목소리로 잘라 말했다.

"지겹군! 당신은 소설 속의 주인공이 아냐. 당신의 그 알량한 문학적 변덕은 정말 나를 막판으로 모는군. 이런 날씨엔 외출하지 않는 법이야. 더군다나 하나밖에 없는 나의 아들을 영국군의 공습 아래로 내몰 수는 없어 …."

3월 4일

에두아르의 말이 틀린 것은 아니다.

사실 영국군이 폭탄을 파리 상공에 쏟아부은 것은 그의 질책이 있고 채 얼마 지나지 않아서였다. 블로뉴와 롱샹의 남녀 피폭 희생자 수는 또다시 늘어나 이제 헤아릴 수조차 없을 지경이다. 그렇다면 그들의 의기양양한 기세를 막아야만 한다. "마치 과거의 대영 제국 시절, 식민지 국가를 다루듯 우리를 우롱하는 저 죄 많은 국민은 도대체 어떻게 생겨 먹은 작자들일까? 게다가 우리는 유대인도 아니오, 유럽의 힌두교도들도 아닌데." 나는 저녁 내내 이런 생각으로 속을 태웠다. 무서운 노릇이다⋯.

3월 5일

너무 일렀던가?

이틀이나 3일, 아니면 1주일 정도를 더 기다려야만 했던 걸까? 그라사르가 당부했던 것은 정확히 무엇일까? 여하튼 확실한 것은 재난이 다름 아니라 바로 그것이 재난이었다는 사실이다. 신혼 초야 이래 그 일이 그렇게까지 비참하게 풀린 적은 없었다. 그가 무슨 대단한 일이라도 하듯 작심을 하고서 나로 하여금 억제된 헐떡임 소리를 내지르게 하기 시작했을 때, 그가 제 말마따나 '항거할 수 없는' 손으로 둔부를 애무하면서 으레 나를 미소 짓게 하던 그 남성적인 계산된 리듬으로 '방아질'을 시작했을 때, 나는 견딜 수가 없었다. 그래서 나도 모르게 "에두아르, 너무 지루해요"라고 탄식하고 말았던 것이다.

3월 6일

어제는 G씨 모친의 장례식 때문에 생-로슈에 사람들이 북적거렸다.

맨 앞 줄에는 비통한 듯 슬픔에 얼어붙은 가족들이 있었고, 명예롭고 엄숙한 파수병들인 양 친지들이 그 주위를 둘러싸고 있었다. 그 다음 줄에는 잠시 후에 거행될 강복식 때 누가 불참했는지를, 혹시나 무례를 범하는 사람이 없는지를 — 요컨대 G씨에 대한 것이든 아니든 간에, 우애와 신뢰의 표시들을 — 체크하기 알맞은 위치에, 잡지의 사령탑이 자리 잡고 있었다. 그 뒤 두 줄쯤은 눈을 내리깔고, 다투어 경의를 표하고 있으나 내심 힐끔거리며 서로의 눈치를 살피기에 바쁜, 아직도 파리 문단에서 저명인사로 꼽히는 작자들이 자리 잡고 있었다.

게다가 도로변까지 이어지며 쭉 펼쳐진 행렬, 영문도 모른 채 그저 호기심만으로 길게 늘어선 엄청난 무리의 군중이 있었다. 이들은 아마, 얼마 전 돌아오는 차 안에서 라자르가 잘 말했듯, G씨 가(家)의 장례에는 언제나 '볼 만한 구경거리와 훌륭한 수건이 보장' 되는 까닭에 저렇듯 늘어서 있는 것이리라. 우리 역시 바로 그곳에, 그 혼란의 와중에 있었다. 많은 어중이떠중이들이 먼발치에서나마 그 '인물들'을 예찬하러 몰려와 있었다.

그들과 더불어 짜증스런 에두아르도 기를 쓰고 뒤를 되돌아보며, 사방으로 미소를 흘리느라 턱을 다물지 못하고 있었다. 나는 어서 장례식이 끝나 한시라도 빨리 그 혼잡에서 벗어났으면 하는 생각뿐이었다. 그때, 설상가상으로 저 아래쪽에 장의 친근한 실루엣이 보였다. 서로 얼굴이 마주치자, 그는 기다리라는 손짓을 하더니 군중을 헤치고 곧장 우리에게로 다가왔다. 그때 나는 무엇 때문에 화가 났던 것일까? 조바심 때문에? 피로 때문? 아니면 자신의 친구가 도착했을 때 보인 에두아르의 태도 때문이었을까? 그 친구를 만나면 언제나 갑자기 그와 같은 말투로 말하고, 그처럼 웃고, 그와 같은 자세를 취하고, 심지어 나를 바라보는 것조차 그처럼 짓궂으면서도 빈정대듯 바라보는 그 성가신 언동 때문이었을까? 아니면 좀더 모호한 다른 어떤 이유가 있었던 것일까? 나는 모른다. 나 자신도 이해하지 못한다.

장이 멋지고 당당하고 우아하게 도착했을 때, 그가 벵자멩과 나의 임신에 대해, '청춘의 향기를 상실했다가 이제 되찾은 나의 실루엣'에 대해 농을 건넸을 때, 어쨌든 나는 심한 혼란에 빠졌다. 아니, 더럭 역정이 났다. 나는 두 사람 모두를 그 소란의 틈바구니 속에 팽개쳐둔 채, 도망치듯 돌아서서 걸었다. 어찌된 셈인지 도무지 발걸음을 멈출 수가 없었다.

3월 7일
뻔한 일이었다.

에두아르가 어제 아침의 일을 조금이라도 좋게 생각했을 리는 만무했다. 어제 저녁, 벵자멩이 태어난 이후 처음으로 우리가 '연인 사이로' 다시 찾은 막심에서, 그는 자신의 불편한 심기를 그대로 드러냈다.

모든 것이 되살아났다. 장의 매력. 그의 우아한 모습. 한창 전쟁 중인데도 런던에서 맞춰 입을 수 있었던 그 트위드 상의. 힐디치엔드케이에서 맞춘 와이셔츠. 번팅서 구입한 구두. 그를 위해서라면 지옥도 불사할 '한 무리의 여인들.' 한데 대체 내가 무슨 상상을 하는 거지? 그에게 나는 아무것도 아닌, 전혀 아무것도 아닌 존재요, 나 같은 건 거들떠보지도 않는다는 걸 모른단 말인가? 게다가 이번 일로 누구보다 곤란해진 사람은 다름 아닌 에두아르다. 단 1초라도 그의 친구의 입장에 서보았어야 하지 않는가. 그에게 끔찍한 실례를 범한 건 분명하다. 이번 일을 그는 뭐라 생각할까? 그 남편에 그 여편네라고. 필경 어떤 이유가 있을 거라고. 내가 그의 동의 없이 그렇게 몸을 빼서는 안 되는 거라고. 어떻든 결과는 자그마치 10년 간의 우정을, 내가 철부지 어린아이 같은 변덕으로 허물어 버리려 한 셈이다.

그의 말을 들었다. 그를 진정시키고자 했다. 사과하기 위해 전화를 하고 편지를 쓰마고 약속했다. 오찬을 준비하겠다는 말도 했다. 하지만 아무 소용이 없었다. 한번 불 붙은 그의 성화는 무엇으로도 멈출 수가 없었다. 나의 온순한 태도, 나의 친절, 내가 전혀 퉁명스럽게 대꾸하려 들지 않는다는 사실조차, 그를 더욱 격분케 했고 광포하게 만들었을 따름이었다.

그렇게 30분 가량 지났을 때, 주위 사람들이 수군거리며 비웃듯 쳐다보기 시작하자, 그는 더 이상 견딜 수 없었던지 냅킨을 집어던지며 일어서더니, 내 팔을 아무렇게나 붙잡고는 종업원들의 놀란 시선을 뒤로 한 채 출구까지 끌고 나갔다.

3월 9일

오늘 아침, 방안에서 나는 알몸이었다.

오늘처럼 무기력하고 잔뜩 우울한 아침나절이면, 옷 입을 생각조차 없이 활짝 열어 젖힌 벽장 앞에서 몇 시간이고 머물 수 있으리라. 그런데 비로소 생기가 좀 돌려고 하는 어느 한순간, 나는 침대 옆의 거울 속에서 문득 하나의 영상을 포착했다. 정확히 말해서 2, 3초가 지나서야 나는 그 영상이 무엇인지 알아보았다. 그것은 바로 나였다. 나의 모든 것, 나의 전부였다. 머리부터 발끝까지, 어느 한 부분에서 그 '나머지 부분'을 거치며 승인되고 있는 나. 이 흉악한 배를 가진 나. 그동안 나는 나를 되찾는 습관을 거의 상실하고 있었던 것이다.

한순간 깜짝 놀라기는 했지만 전혀 불명예스럽게 여겨지지 않는 이 '나'라는 존재! '장의 여인들'보다 꼴사나울까? 정말? 흠… 나는 묘한 호기심에 사로잡혔다. 그 여자들이 이러한 젖가슴을 갖고 있을까… 이 허리… 그 혹독한 고통에도 손상되지 않은 이 팽팽하고 부드러운 배… 창백한 얼굴… 붉은 입술… 다갈색으로 반짝이는 머리칼… 다리의 이 멋진 굴곡… 몸을 굽힐 때면 참으로 탄탄해지는 이 둥근 엉덩이를 그 여자들도 갖고 있을까?

3월 12일

오늘은 화해의 '술잔'을 약속한 날이었다.

사태가 에두아르 그에게만, 그의 체면, 그의 허풍, 그의 쓸모없고 견디기 힘든 근엄한 정신에만 달려 있었더라면, 아마 다시 한 번 파국으로 치달았을 것이다. 다행스럽게도 장은 좀더 세련된 사람이었다. 그는 먼저 '자신의 천박한 태도'를 사과하면서 곧장 선수를 쳤다. 나는 가볍게 얼굴을 붉히면서 아니라고, 그에게는 전혀 잘못이 없으며 잘못은 모두 나에게 있었노라고 대답했다. 그는 자신은 전혀 그렇게 이해하고 싶지 않다고 거듭 목소리를 높였으며, 내가 원하기만 한다면 발 아래에서 몸을 데굴데굴 구르기라도 할 듯이 굴었다. 마치 시합이라도 하듯, 서로 앞을 다투어 사과를 해대는 바람에 분위기가 서서히 풀리다가 마침내 그 얼음장 같은 냉담함이 깨지고, 결국은 에두아르 역시 우리의 미친 듯한 웃음소리 속에 빨려들고야 말았다.

아, 그렇다. 나는 얼마나 이들을 사랑하는가! 젊은이들의 이 소탈함과 호쾌함을 나는 얼마나 사랑하는가! 갑자기 그렇게 자유로워진 분위기 속에서 그들의 얘기를 듣고, 그들의 젊은이다운 그 엉뚱한 수작들에 수도 없이 웃음보를 터뜨린다는 것은 얼마나 행복한 일인가! 그 순간들에서 나를 특히 매혹시킨 이는 장이었다. 아마 그것은 내가 그를 잘 모르고 있었던 까닭이리라. 그가 거론하는 여인들이 내게는 전혀 낯선 사람들이었기에 점점 더 신비 속에 파묻혀 버렸기 때문일 것이다.

또한 그것은 그가 내게는 남편도 무엇도 아닌, 전혀 아무것도 아니라는 사실, 그를 두고 내가 무슨 거북한 느낌을 갖는다거나 나의 쾌감에 죄의식을 느낄 어떤 이유도 나에게는 없다는 사실 때문인지도 모른다. 하지만 에두아르 또한 나를 얼마나 매혹시켰던가! 그렇다. 두 사람이 함께, 박자를 맞춰 나를 황홀하게 했던 것이다. 나를 꿈꾸게 한 것은 그들의 공모, 그들의 합작이었다. 지난 월요일, 생-로슈에서의 일은 분명 내 잘못이었다. 나는 심술 사납고 독기에 찬 여자였던 것이다.

이번 주도 얼마 남지 않았다. 다음 주는 내가 고분고분하고 사랑스런 여편네로 되돌아갈 기회라며 그가 그토록 갈구하고 있는, 본명 첨례(本名瞻禮)의 주일이다.

3월 17일

파리 전체를 통틀어 한 조각의 가죽도 찾기가 불가능하다.

나는 쓰라린 마음을 어찌하지 못한 채, 붉고 금빛 나는 여름 샌들의 밑창을 목재로 가는 수밖에 없었다. 물론 가죽을 찾을 때까지 기다릴 수도 있었을 것이다. 앙젤르가 말했듯, 나에게는 '신발장에 고이 잠들어 있는 서른 한 켤레의 새 구두'가 있었으니까.

하지만 앙젤르, 이 샌들이 내게 주는 의미를 어떻게 설명해야 할까? 3년 전 픽푸스 가(街)에 자리 잡은 어느 가난한 학생의 작은 고미다락방에서 알몸으로 ─ 어째서인지는 모르지만 샌들만은 신은 채 ─ 그의 품에 안겨 있었던 밤을 네가 어찌 알겠니? 너로 하여금 인근 지역의 모든 신발 수선 가게를 돌아보게 한 이 볼품없이 낡은 샌들이 그때의 정표이거늘, 어찌 네 말 한마디로 그리 간단히 무시될 수가 있겠니?

주님이시여, 그 모든 일이 너무도 아득히 여겨집니다. 우리들의 그 찬란했던 시절! 게다가 그것은 늘 동일한 '우리'가 아니었던가! 바로 그 에두아르, 바로 그 오만하고 미친 듯이 동정적이며 심술궂고 대담한 젊은이가, 어느 날 밤엔가 우뚝 선 채 감히 털어놓지 않았던가. "사랑하는 마틸드, 당신에게 말해두지 않을 수 없소. 분명 나는 당신을 사랑합니다. 뿐만 아니라 나는 당신의 돈, 당신의 사치, 내가 예감할 수 있는 당신의 그 모든 호사스런 생활도 사랑합니다. 당신은 아마 잘 모르겠지만, 나 같은 서민의 자식으로서는 여인이 행사하는 매력과 분리시켜 생각할 수 없는 그 모든 신기하고 화려한 것들도 말이요…."

결국 이 '서민의 자식'은 돈을 갖게 되었다. 사치를 누리게 되었다. 뿐만 아니라, 그는 내가 선의로 양도해 준 아버지의 사업마저 물려받았다. 이따금씩 나는 길을 걸으며 생각해본다. 혹시 그는 그 나머지를 잃어버린 것이 아닐까 하고.

3월 23일

드루오에 다녀왔다.

비록 잠시였지만, 한창 불붙은 그 매매의 열기에는 놀라지 않을 수 없었다. 시슬리 한 폭에 100만 프랑이라니! 세잔느 한 폭에 600만 프랑이라니! 뒤노에 드 세고냑 한 폭에 50만 프랑이라니! 루이 16세의 것이라고는 하나, 아무래도 진짜 같지 않던 그 나이트 캡에 10만 프랑을 내던지던 그 고상한 비시(1940-1944년 친독 정부 소재지) 늙은이는 또 뭐란 말인가. '위기'가 분명 모든 사람들의 것은 아닌 모양이다.

동행했던 이본느는 경매장 입구에 세워진 자전거들에 매달린 두 개의 작은 트레일러를 손으로 가리켜 보였다. 홀에서는 서로 모르는 척하던 구매자들이, 이제는 아무런 거리낌 없이 힘을 합쳐 구매한 물건들을 트레일러에 정돈하고 있는 참이었다. "이상하다 … 참 이상해." 잠시 고개를 갸우뚱거리던 그녀는 뭔가 알겠다는 듯 낮은 목소리로 중얼거렸다. "함부르크, 함부르크야! 여기서 함부르크로 가는 작은 기차가 있어!" 어쨌거나 나는 홀 한쪽 모퉁이에 걸려 있던 수틴느 소품 한 점을 구입했을 뿐이다. 나는 그것을 장차 뱅자멩의 서가에 걸어두면 좋겠다고 생각했다.

하지만 불행하게도 에두아르는 내 말에 귀를 기울이지 않을 것이다. 내가 돌아가면 그는 정신과 의사들이나 반가워할 이 타락한 유대인의 그림이, 장차 뱅자멩에게 차근차근 가르쳐 주고 싶은 프랑스인의 재능과 자질과 명예를 '훼손' 시킨다고 노발대발할 것이다. 그러면 어쩔 수 없이 이 예쁜 수틴느 소품은 마룻바닥이나 지하실 같은 곳에 처박히겠지 ….

3월 29일

"바르네 메싱 … 계약을 한 사람은 바르네 메싱이었어 …."

에두아르는 집으로 들어서면서 쥐어짜듯 내뱉었다. "서로 싸웠지. 하지만 … 마지막 순간까지 꿈만 꾸었던 거야 … 심지어는 그 별꼴 휘장(徽章)의 제조를 원가로 제시해 보기도 했어 … 하지만 그 멍청한 독일 놈들은 우리 제품의 노란색은 바랜 구석이 없다는 거야…."

가엾은 에두아르! 그가 그 거래에 매달렸음은 사실이다. 그리고 이번의 좌절은 뱅자멩을 안아 주고 싶은 마음과 식욕마저 가시게 할 정도로 그를 온통 발칵 뒤집어 놓았다. 그럼에도 불구하고 오히려 잘되었다고, '부부 사이의 예의'를 차치한다면 그 일이 수포로 돌아간 사실이 나의 기분을 오히려 가볍게 했다고 감히 내게 말할 수 있을까?

여기서는 그렇다. 그렇게 말할 수 있다. 진행이 빨라진 이 일기는 이미 나만의 것, 나만의 진실, 보다 확실한 나만의 속내 이야기가 되어가고 있다.

4월 5일

밤새도록 비가 억수같이 퍼부었다.

하지만 신기하게도 이른 아침의 도로는 이미 말라 있었다. 창백한 햇살들이 나뭇잎 사이로 흘러나오고, 지평선까지 죽 펼쳐진 하늘은 온통 연푸른색이었다. 보통 때 같았으면 눈부신 하늘과, 우리가 지나갈 때 나와 같이 걷는 시사의 용모라든가 복장, 장신구들에 대해 이러쿵저러쿵 수군대는 길가의 부인네들을 보면서 나는 의젓한 태도로 즐거워했어야 마땅한데… 그렇다. 하지만 나는 그렇지가 못했다. 진실로 나는 그렇지가 못했다… 그것은 돌아오지 않을 '또 다른' 봄, 지금 나의 뇌를 사로잡은 채 자꾸만 나를 괴롭히는 그 또 다른 봄의 존재 때문이었다.

어젯밤 역시… 그의 입술에 짓눌린 내 젖은 입술… 죽은 내 젖가슴에 올려진 그의 손… 들어오기 위해 꽤나 수고하던 근육질의 그 억센 물건… 아랫배에 갈라진 그 틈의 공허… 까칠까칠하고 기진맥진한, 홈 투성이로 싸늘히 식어 버린 내 모든 살… 그리고 그 바보 같은 사람은 절망하고 — 나는 느낄 수 있다 — 낙심천만하여… 나를 포기한 채 도중하차 하고 말았다. 맥 빠진 전투에 지쳐, 조급히 소량의 끈끈한 액체를 방출하면서….

이것이 심각한 일이 아님을 나는 안다. 일전에 그라사르는 몇 번이나 강조하지 않았던가. 이본느 역시 장남이 태어난 후 그런 상태가 거의 1년이나 지속되었음을 내게 되풀이하여 상기시켜 주지 않았던가. 그렇긴 하지만 ….

4월 12일

마침내 그 위대하다는 밤이다!

에두아르가 그토록 집착했으며, '사건'들이 겹치는 바람에 벌써 두 번이나 연기시켜야만 했던 그 유명한 본명 축일인 것이다. 솔직히 말해서, 나는 이 축제가 조금도 달갑지 않다. 나는 그가 초청한 사람들을 좋아하지도 않고, 그들을 맞아들일 때의 그의 거동도 싫다. 오늘 아침, 나는 그것이 내게 준 것이라곤 오직 불쾌한 느낌뿐이었음을 결국 시인해야만 했다.

이를테면, 《나는 도처에》지(紙)의 그 청년 저널리스트가 정말로 싫었다. 세상 모든 사람들이야 그를 심히 존경하는 눈빛으로 우러러보며, 그의 영광을 위해 축배의 잔을 높이 쳐들지라도 말이다. 또한 소위 작가라고 하는, 짐승처럼 흉물스런 그 남색가도 싫었다. 그는 나의 귀여운 아기를 제멋대로 요람에서 안아 들고는, 자신이 '그의 사랑스런 늙은 유모'였다고 중얼거리면서 벵자맹을 품에 꼭 껴안았다. 그가 여자처럼 가는 목소리로, 벵자맹의 귀에다 "부디 사내답게만 자라다오"라고 속삭이며 음충맞게 낄낄대자, 그의 동료들은 폭소를 터뜨리고 … 게다가 그는 '르네상스 시대의 왕자처럼 우아한 몸짓, 강철 같은 턱, 게슴츠레한 눈빛'을 지닌 나치 독일의 청년 지사에 대한 얘기도 했다. 얼마 전에 그를 빈에서 만났으며, 자신은 오로지 그에게 훗날까지 그 마음이 변함 없기를 간청하는 수밖에 없었노라고 사족을 달면서 ….

로마 귀족처럼 굴던 세 번째 인물에게는 아예 정나미가 떨어져 버렸다. 대리석으로 빚은 듯한 그 가면(假面)이 아기를 보여 달라고 했을 때, 굴종하듯 황급히 서두르던 에두아르의 태도는 또 뭐란 말인가. 그 사내는 벵자맹의 눈을 유심히 들여다보더니, 마치 무슨 예언이나 하듯이 중얼거렸다. "이 아이는 분명 이교도적이며 남성적인 참 가치들을 위해 봉사하는 게 좋겠군."

하지만 무엇보다도 내가 불쾌했던 것은 그 자리에 모인 사람들이 사실은 즐기기 위해서, 풍성하기로 이름난 파리에서도 좀체 찾아보기 어려운 식탁, 전시의 일정 배급량을 무시한 채 먹고 마실 수 있는 식탁을 찾아서 온 것이 아니냐는 점이었다. 아닌 게 아니라 그날, 샴페인과 위스키, 그리고 진짜 커피가 밤새도록 그들의 식도를 타고 넘어야 했다. 나를 위해서, 벵자맹을 위해서, 이 가련한 에두아르를 위해서 온 사람은 한 사람도, 결국 단 한 사람도 없었던 셈이었다. 모두들 미친 듯이 날뛰며 조롱만 일삼았을 뿐. 어째서 에두아르는 이 점을 알지 못할까? 어쩌면 그는 저렇듯 잘도 속아넘어갈 수 있을까? 장은 알고 있다. 그가 저녁 내내 멀찌감치 떨어져서 저토록 냉랭한 표정을 짓고 있는 것을 보면 알 수 있는 일이다. 하지만 그러다 웬 부인을 발견하기에 이르자, 지금까지의 그의 태도는 금세 허물어지고 만다. 결국 그도 아니다. 결코….

별 이유 없이 갑자기 분주하게 설치고, 으스대며 이 사람 저 사람 건너다니고, 다정하게 반말을 하고, 친근하게 이름을 불러대는 그의 모습, 그러다 나를 스쳐 지나며 던지는 그 의기양양한 모사꾼의 시선을 접한다는 것은 서글픈 노릇이 아닐 수 없다.

여기 모인 대다수의 '위인들'처럼, 그도 역시 하릴없는 신흥 부자들 중의 한 사람일 뿐이라는 사실은 더 이상 의심할 여지도 없다. 하지만 그것은 어디까지나 그의 문제일 뿐이다. 나의 문제는 내가 꿈꾸었던 내밀한 본명 첨례 대신, 이같은 엉터리 축제를 가졌다는 데 있다. 이 가장 무도회. 내 아들의 요람 주위에서 흐느적대는 유령들의 춤. 삐죽 내밀어진 입들. 억지로 꾸민 표정들. 사육제에나 어울릴 기괴망측한 음영들. 그들 속에서 나는 자꾸 죽음의 냄새를 맡아야만 했다. 어쩌면 예쁜 라파엘 한 폭을 꿈꾸었다가 못난 브뤼겔 한 점을 얻은 꼴이었다. 이 시장바닥을 명예롭게 할 그 무엇이 아직 남아 있을까….

지금은 아침 7시. 야간 통행 금지가 해제되기 무섭게 마지막 회식자들이 떠나갔다. 태양, 지금 내가 글을 쓰고 있는 방안으로 스며들기 시작하는 아침 햇살은, 마치 불길했던 간밤의 그 역한 냄새들을 추방해 버리려는 듯하다. 하지만 냄새들은 여전하다. 구석구석까지 밴 탓이리라. 우리가 지금까지 눌러앉았던 방들. 이제는 황량해진, 축제의 잔해만이 잔뜩 널려 있는 방들마다 가볍게 습기가 도는 야릇한 공허만이 맴돌고 있다.

어쩐지 불길한 예감이 드는 것을 떨쳐 버릴 수가 없다.

4월 25일

공포의 전쟁은 물론 그 사이에도 휴식이라는 것을 몰랐다.

아르당 가(街)에 살고 있는 나의 친절한 탐미주의자, 베아트리스는 지난 1주일간 자신이 보고들은 것들을 신이 나서 늘어놓았다. 장갑차 안에서 산 채로 불타 버린 영국 병사의 이야기…

폭발물이 내장된 전축의 폭발을 모른 채 한바탕 잔치를 벌이려던 독일군들의 이야기… 안광을 번뜩이며 화석처럼 굳은 모습으로 통구이가 된 어린아이의 시체, 다급히 수도꼭지에 매달리려고 막 몸을 일으키다 멈춰진 상태로 발견된 꼬마 이야기… 자신을 구하려 몰려든 동료들에게 "다가오지 마, 나를 건드리지 마, 그들이 내 배를 갈라 버렸어!"라며 부르짖던 부상당한 어느 이탈리아 병사의 이야기….

대체 악마는 어디에서 이러한 얘기들을 낚아 올리고 있는가? 차라리 알지 못하는 편이 훨씬 낫다고 생각하는 사람들도 많이 있음을, 어째서 그녀는 이해하지 못할까? 불행하게도 나 역시 그 자리에 있었다. 속수무책으로 말이다. 머릿결과 얼굴을 숄로 가릴 수 있었던 것이 다행이라면 다행이었을까. 쌓인 피로를 좀 풀어볼까 하고 왔던 나는 오히려 질려 버리고 말았다.

5월 5일

나는 중얼거려 본다.

"한데, 오늘 아침 따라 왜 이리도 몸이 무겁지?", 혹은 "빈 뱃속에 무게가 웬 말이지" 했다가, "이 둔하고 팽창한 배는 비정상이야…", 다시 "이 불쾌감… 현기증 … 비록 가볍기는 하지만 잠을 설치면서 계속 이어지는 구토 증세는 또 뭐람."

해질녘이 되자 모든 것은 분명해졌다. 나는 엉덩이 틈새로 좀 끈끈하기는 하지만 상쾌하게 방출된 무언가를 느꼈던 것이다. 1년 전부터 까맣게 잊고 지내온 것 … 대체 삶이 이토록 빨리 다시 시작되려 한다면, 그것은 어처구니없는 일이다. 뻔뻔스럽게도 살(肉)은 자신의 계절을 되찾고 있다는 것일까? 모든 소란에 질서가 잡혀가고 있다는 건가?

어느 누구도 — 어떤 사내도 — 상상할 수 없으리라. 오늘 밤, 내 고독의 폭이 얼마나 풍요로운가를. 그리고 그 까닭도.

5월 22일

안 된다. 안 되고말고.

내 아무리 지극히 충성스럽고 예절 바른 신부라 하더라도, 아르노 브레커 전(展) 베르니사주(미술 전람회 개최 전날의 특별 초대)로 나를 기만하려드는 짓만큼은 용납할 수 없다.

이 일의 공식적인 성격이야 그렇다고 치자. 이렇다 할 만한 명예 위원회를 구성하는 데 쏟은 독일 대사관의 놀라운 노력도 눈감아 줄 수 있다. 드렝, 블라밍크, 데스피오 같은 가난한 화가들이 보증금 대신 목탄화 두세 점을 내놓은 것도 그리 대수로운 일은 아니다. 안 된 일이지만, 콕토 씨가 〈상처입은 전사〉라는 인상주(人像柱)가 바로 사이클 경기 우승자의 신체임을 알고 까무러쳤다 한들 그야 어쩌겠는가. 진짜 심각한 것, 개인적으로 나를 미치도록 분노케 한 것, 그것은 바로 브레커라는 작자였다. 그의 자기도취, 그의 무지, 소위 그의 '작품'들이라 일컬어지는 것들의 추함이었다. 그럼에도 그것들을 예술의 극치로 꾸며대고 있다는 사실이었다.

그것이 단지 미적인 과오일 뿐이라는 것을 나도 알고 있다. 취미에 대한 죄일 뿐이라는 것을. 하지만 나로서는 취미에 대한 죄가, 피에르 라발의 강연이나 무솔리니의 장광설에 못지않게 심각하고 비장하게만 여겨지는 것을 어쩌랴.

5월 25일

이 일기를 시작한 이래, 내가 고해성사를 보는 일이 드물어진 것이 사실이다. 오늘 아침에야 속죄한 이 게으름, 절대적으로 규칙과 규율에 보다 주의를 기울여야만 한다.

6월 7일

일요일.

오늘은 노란 별꼴 휘장에 관한 법적 효력이 실행되는 날이다. 오로지 잃어버린 거래만을 생각하는 에두아르는, 그 어느 때보다 침통한 기분인 모양이다. 나는 나를 — 프랑스인으로서? 가톨릭 신자로서? — 그저 추하고 부끄럽게만 느낄 뿐이다.

6월 17일

어젯밤은 통 잠을 이룰 수가 없었다.

무엇을, 위대하신 신(神)이라도 생각한 것일까? 벵자맹을 생각했다. 하지만 죽어 있는 벵자맹, 다양한 방식으로 죽은 벵자맹을 생각했다. 짓뭉개진… 교살된… 베개에 깔려 질식했거나… 침대 요 위에서 실신해 버린… 어느 날 술 취한 에두아르에게 목이 졸린… 미친 듯이 날뛰는 한 떼거리의 군중에게 차례로 밟혀 다져진 그의 영상. 침대 기둥에 깔려 피투성이가 된 보랏빛의 붉은 얼굴… 사지는 찢어져 누더기처럼 너덜거리고… 내가 모르는 사이에 4층 어느 창문에서 빙빙 돌며 떨어지던 그의 신체…

이 모든 일이 벌어지는 동안 어디선가 나타난 천사의 입가엔 시종 미소가 맴돌고 있었다….

모든 어머니들이 이런 꿈을 꿀까? 하지만 나의 경우는 정녕 꿈이 아니었다. 밤 깊은 곳으로부터 어떤 항거할 수 없는 힘이 다가와, 자꾸만 이러한 영상들에게로 나를 끌고 가려는 듯이 여겨졌다. 밤이 다할 때까지, 나는 세 번인가 네 번인가를 아이의 방으로 내려가서 녀석의 잠든 모습을 보고서야 안심할 수 있었다. 새벽 5시가 가까웠을 무렵부터는 더 이상 견딜 수 없어, 나는 아예 애기 곁에서 머물렀다. 동이 틀 때까지 나는 용케도 '살아남은' 녀석의 가는 목덜미에서 잠시도 눈을 뗄 수가 없었던 것이다.

6월 22일

오전 내내 '장의 여인들'에 대한 생각에 사로잡혀 있었다. 영문을 모르겠다.

6월 25일

플로가 모레 있을 오찬 회식에 대한 준비 때문에 전화를 걸어왔다. 몹시 불안했던 모양이다. 나에게 버터가 남았는지? 달걀은? 올리브는? 위스키는? 사랑스런 친구야, 있고말고. 당국에 잘 보인 실업가의 부인에게 그런 것쯤은 어렵잖은 일이지….

6월 27일

플로 가(家)에서의 오찬.

거기에는 으레 모습을 나타내는 낯익은 얼굴들이 참석하는데, 이날은 특별히 '프랑스와 독일의 문화적 유대'를 담당하고 있다는 풍채 좋은 독일 장교 한 명도 보였다. 여느 때와 마찬가지로, 재기발랄한 대화는 지체 없이 그날의 주제로 집중되었다. 바로 그 유명한 휘장 사건. 노란색 별꼴 휘장의 부착은, 3주 전부터 지금까지 줄곧 점령지의 유대인들에게 강요되어 왔던 것이다.

마치 준비하고 있었다는 듯이 플로가 먼저 질문을 던졌다.

"당신들은 샤스루 로바 후작 부인(물론 그녀는 유대인이다)이 갖은 질곡을 무릅쓰고 그 휘장을 달지 않기 위해 벌인 투쟁을 알고 계십니까?"

좌중의 모든 사람들에게 던진 질문이었건만, 말이 떨어지기 무섭게 사람들의 시선은 일제히 그 독일인에게로 향했다.

"샤스루 로바… 샤스루 로바…" 그는 탁한 목소리로 쥐어짜듯 이름을 더듬거렸다.

"그래요. 브리농 부인도 있고 … 그리고 아라몽 백작 부인 등 … 그 밖에도 많은 사람들이 있죠. 머지않아 우리와 친분이 있는 사람도 포함될 게 분명해요…"

플로의 말에 장교는 마지못해 중얼거렸다.

"그것은 수치요… 참으로 부끄러운 일이지요… 하지만…"

"하지만 뭐죠? 뭐 특별히 생각해두신 대책이라도 있나요?"

"예 … 아니, 아니오. 정확히 말하자면 그것은 나의 영역이 아니오. 내가 말할 수 있는 것은, 오늘 아침 대사께서 친히 당신들의 친구인 아라몽 백작 부인을 접견하셨다는 것이오."

"참으로 고마운 일이군요!"

"고마운 일이 아닙니다, 부인. 당연한 일이지요. 사실은… 면제 증명서들이 발급될 겁니다. 하지만 면제된 사람들은 아마 2, 3개월마다 매번 새로 발급 받아야 할 겁니다. 당신들이 이해할는지 …."

"2, 3개월마다? 중위님, 혹시 미치진 않았어요? 머리가 이상해진 게 아녀요? 참으로 우스꽝스럽군요, 그렇지 않나요?"

그녀는 터져 나오려는 웃음을 억지로라도 참아보려는 듯, 자신의 예쁜 금발머리를 뒤로 젖히면서 말했다. 그러고는 마치 그 희극적인 상황의 증인으로 삼겠다는 듯이, 나를 돌아보며 빠른 어조로 물어왔다.

"너는 사랑스런 리제트나 마리 루이즈가 2, 3개월마다 자신들의 신분을 체크하기 위해 담당 사무소로 드나드는 것을 상상할 수 있니? 마치 철부지 유대 꼬마들이기라도 하듯 말이야. 어처구니없는 일 아니니?"

물론이지, 상상조차 할 수 없는 일이야. 분명 터무니없는 일이지. 한데 불현듯 무슨 생각이 들었던지 나는 내친 김에 한 발짝 더 나아가고 싶어졌으며, 이미 당황한 기색이 역력한 그 불쌍한 장교의 눈을 똑바로 쳐다보면서 내뱉듯이 말했다.

"내 생각에는 이 사건에 있어서 도저히 상상할 수조차 없고, 참으로 어처구니없는 일은 사실 그 법 자체가 아닌 것 같아…."

오! 내가 이런 말까지 하다니! 내 말이 떨어지자마자 테이블 주위가 무섭도록 조용해졌다. 한순간, 좌중의 모든 시선이 그 독일인에게로 집중되더니 다시 내게로 향했다. 플로는 눈을 반쯤

내리간 채 불안스런 표정으로 턱을 손에 괴고는, 짐짓 의혹에 차 당황한 듯한 태도였다.

하지만 그것은 가장된 것이었다. 그것은 자신의 대화가 잘 진행되고 있는 중이며, 그것을 급속히 진행시키기 위해서는 조금만 밀어붙이면 충분하리라는 사실을 내심으로 알고 있는 전문가의 태도 바로 그것이었다.

"법 자체라, 고무적인 얘기로군…."

그녀는 나의 말을 되뇌었다.

"그래. 왜냐하면 우리 친구들이야 그 정도로 그치지만, 우리 눈앞에서 독일 수용소로 끌려가야만 하는 불행한 이들이 많은 까닭이지."

"아, 수용소…."

그녀는 입술을 달싹여 '수용소'라는 말을 되씹었다. 마치 좋은 얘기를 기대했다가 실망했다는 듯 슬픈 표정을 지으며 말이다. 그녀는 자기 오른편에 앉은 사람들을 돌아보며 애교를 떤다.

"장관님, 이 수용소 얘기는 곧 … 민속을 말하는 것은 아닌가요?"

장관은 그의 표현대로라면 '참으로 어여쁘고 감당키 어려운 이 두 경쟁자'의 사이에 끼어드는 것이 그다지 마음 내키지 않은 모양이었다. 플로의 그 장난기 어린 물음에 망설임 없이 뛰어든 것은 바로 나였다.

"좋아, 네가 싫다면 수용소 얘기는 그만두지. 하지만 너는 열흘 전부터 파리 전역에서 일어나고 있는 이런 현상이 정상적이라고 생각하니? 누군가에 의해 독일 사령부에 전해지는 그 밀고들이? 우리의 거리를 마구 침범하는 그들 경찰들은 또 어떻고? 내일쯤, 어쩌면 그들은 조사를 한답시고 이 자리에 계신 분들의 상의를 뒤집지나 않을까? 심지어는 집안의 하인들조차 우리를 이상한 눈으로 바라보기 시작하고 있지 않니? 자기들이 제대로 찾고 있는지 자문하면서 말이야. 그 고약한 법령을 포고하고서는 바로 이러한 짓들을 그들은 해대고 있어. 더 이상은 곤란해. 제대로 된 국민이라면 용서할 수 없는 일이야…."

바로 이것이었다. 그녀 플로가 내심 진짜 논쟁거리로 겨냥했던 것은. 나의 이러한 '출격'은 좌중의 사람들에게 충격을 주었다기보다는, 오히려 그들을 자유롭게 했으며 말문을 터놓은 셈이었다. 먼저 이본느가 불쑥 나섰다.

"마틸드 말이 옳아요 … 용납할 수 없어요 … 그것은 프랑스의 관습이 아니에요."

그러자 이번에는 그녀의 오른편에 앉았던 젊은 법률학 교수 두자르뎅이 말했다.

"유대인들에 대한 법령이 우리에게 필요한 건 분명해요 … 하지만 그렇게 … 그렇게 엄격하고 그렇게 야만적인 것은 곤란해요. 뭐랄까? 하여간 튜튼 족속들이란…."

그러자 교수의 오른편에 앉았던 상냥한 이탈리아 무용가도 거들었다.

"사람에게만 그친다면 또 모르지요 … 미쳐 버린 게지. 그들은 장소마저도 욕보이고 있어요 … 제가 1년 동안 파리를 떠났다가 돌아왔을 때, 더 이상 스크리브 가(街)도, 엔느 가도, 알레버 가도, 메이에비어 가도 찾아볼 수 없었다는 사실을 아시겠어요? 저는 모레 또 떠납니다. 이제는 프레브 광장이 걱정되는군요."

그의 말이 끝나자마자, 마주 앉아 있던 프랑스 여배우가 말을 받았다.

"뭘 그리 한탄하세요. 전 자칫했으면 저의 배역마저도 잃어버릴 뻔한 걸요. 오늘과 같은 어느 오찬 자리에서, 하리 바우어가 오펜바흐 작 《두 맹인》으로 데뷔한 사실을 거론했다가 말입니다. 뿐만 아니죠. 지난주엔 영화 《함정》을 보러갔다가, 폰 슈트로하임이 연기했던 장면들마다 괴상하면서 뭔가 무서운 분위기를 자아내는 하얀 찬 서리가 퍼져 있는 복제판을 보고는 기절할 뻔했지요…."

잠시 침묵의 시간이 흐르고. 마치 자신의 의무이기라도 하다는 듯, 플로는 당일의 대화를 결론짓는 사람의 위치로 돌아갔다.

"이 모든 일들은 정말 어처구니가 없군요! 게다가 그 얼마나 저열한가요! 생각해보세요. 그 양반들이 어떤 가게의 간판에다 '유대인의 집'이라고 팻말을 단다면, 그것은 한꺼번에 두 번 모욕 주는 셈이에요. 먼저 그것은 부동산에 대한 모욕이에요. 마틸드가 상기시켰듯이, 무고한 부동산에 그런 치욕적인 딱지를 붙인다는 것은 분명 온당치 못한 처사죠. 다음으로 그것은 고객에 대한 모독입니다. 고객이 아직 어려서 자신이 발을 들여놓는 집이 어떤 집인지 모른다는 얘기 아닌가요."

토론의 열기에 휩쓸려 우리는 밀러 중위를 깜박 잊고 있었다. 그는 귀에 들리는 얘기들에 아연실색한 채, 한쪽 구석에서 몸을 잔뜩 웅크리고 있었던 것이다. 분명 우리는 모험을 한 셈이었다.

특히 내가 위험했다. 하지만 마음속 깊이 품고 있던 것들을 털어놓았던 만큼 속이 그지없이 후련했다.

떠날 때가 되자, 플로는 여느 때와는 달리 애정에 찬 포옹을 하면서 나직이 속삭였다.

"브라보… 고맙다… 네 덕택에 나의 목요일은 성공이야."

7월 7일

어제 오후, 건방지게도 라마르틴느 공원을 가로지르려 했다는 죄목으로 독일 경찰에 체포당한 그 유대 소년을 위해 기도했다. 하기야 한낱 기도가 뭐 그리 대수로울까. 그 소년의 불행에 비한다면 정말 가소로울 뿐이다. 그렇지만 달리 어쩌랴?

7월 10일

식량 배급 문제. 우리의 빵 배급표는 이미 동이 났다.

오렌지, 소다수, 과일 야채 등은 구경할래야 구경할 수조차 없다. 앙젤르가 벵자맹을 위해 필요한 1주일 분의 우유를 타러 갔지만, 배급소엔 이미 배식받으려는 사람들로 장사진을 이루고 있었다. 온종일, 아직도 봄은 계속되고 있기에 친구 리제트드 브리숑이 했던 것처럼 제비콩을 심으려고 정원의 잔디밭을 파헤쳤다. 불필요한 잡초들을 먹어치우게 할 요량으로 암소 한 마리를 끌고 오게 했다.

7월 11일

이제 말을 하지 않는다고 해서 그 '문제'가 없어진 것은 아니다. 오히려 그 문제는 기정사실로, 당연한 일로 되어 버렸다.

늘 그대로였던 까닭에 예전과 다른 점이 있다면 시간이 지남에 따라 내가 체념하게 된 것이리라 … 코미디라도 연출할까? 욕정이 일어나는 쾌감에 사로잡히는 시늉이라도 지어볼까? 이본느처럼 말이다. 그녀는 내게 살짝 고백하지 않았던가. 1년 내내 헐떡임과 떨림, 급속도로 고동치는 가슴, 뿐만 아니라 행위가 끝난 후의 그윽한 탈진 상태조차도 가장하는 데 성공했노라고… 그것은 분명 에두아르에게 친절한 태도일 것이다.

하지만 나로서는 그렇게 할 수가 없다. 나의 힘을 넘어서는 일이다. 차라리 새롭게 질서가 잡히는 날까지 사랑의 의무를 정중히 면제받는 편이 나을 것이다.

7월 12일

나는 별꿀 휘장 사건이 사람들의 넋을 빼놓았음을 잘 안다.

사실, 벌써 며칠째 앙젤르의 거동이 이상해졌음을 느낀다. 때로는 훌쩍 사라져 버리기도 하고, 집안일을 소홀히 하는 등 마치 까닭 모를 병에 몸을 삭이는 것 같기도 하였다. 무려 2시간이 넘도록 집요하게 다그친 끝에야, 나는 기어이 그 까닭을 알아내고야 말았다. 이 불쌍한 아가씨는 항간에 떠도는 얘기를 듣고 혹시 자기가 유대 혈통이 아닐까 하는 의심이 들었다는 것이다.

그녀는 브르타뉴 지방 출신의 시골 처녀다운 그 보기 좋게 넓직한 얼굴에서 유대의 흔적들을 탐색이라도 하듯, 거울 앞에서 몇 시간이고 보냈다. 얼마 전부터 구입해 보기 시작한 특수 잡지들, 하루 일과가 끝나고 밤의 잠자리에서 탐독했던 그 잡지들은 그녀의 염려를 굳혔을 따름이었다. 게다가 제과점을 경영하는 코르보 부인은 유대인 식별 전문가로 평판이 자자했는데, 족집게처럼 잘 맞춘다는 그녀가 어느 날 자기에게 '틀림없다는 듯한 눈초리'를 보내더라는 것이다.

오데트, 자신의 대모 노릇을 해온 지 벌써 12년이나 된 오데트가 바로 이틀 전에 라자르와 함께 미사를 봤었는데, 거기서 그녀는 "꺼져라!" 하고 비난하는 얘기를 들을 수밖에 없었다는 얘기도 했다. 물론 속삭이는 듯한 목소리였지만, 워낙 조용한 분위기여서 아주 또렷이 들을 수 있었다는 것이다. 결국 그녀는 최근 이틀 동안 공포에 사로잡혔다. 이렇게 공개되다가는 소식이 퍼져 이 지역과 인접한 모든 거리에 확산될 것이고, 어쩌면 파리 전역에 알려져 마침내 그러한 소문은 파리의 독일 사령부에까지 이르게 되지 않을까 하는 두려움이 엄습했던 것이다.

오늘 낮, 내가 안심시키자 그녀는 자수를 할 것인가 아니면 마지막 수단으로 석간에 난 그 광고 ─ '파리 제16구, 파바르 14가, 전화 RIC. 0.2.8.4, 에스포지토 부인'은 2,000프랑의 싼 비용으로 '곤경에 처한 프랑스인들'에게 족보에 의거하여 그들의 '진정한 선조들'을 증명하도록 도와줄 용의가 있음 ─ 에 편지를 보낼 것인가의 두 가지 중에서 선택하는 수밖에 달리 도리가 없지 않겠느냐고 말했다 ….

7월 14일
정오. 작렬하는 태양.

아침부터 줄곧 환희에 찬 분위기였다. 센 강 둑마다 먹감으려는 사람들로 가득했다. 에두아르와 장, 그리고 나는 라싱 수영장 통로의 판자 위에 조심스럽게 쪼그리고 앉았다. 여자들 이야기… 전쟁… 특히 정치는 한번 정도는 그들의 화젯거리로 등장하게 마련이다. 에두아르는 '독일의 승리'를 기원하고 있다. 장은 '스탈린의 승리'를 원한다. 그리고 나는(마음속으로), '평화의 승리, 기쁨의 승리, 사랑의 승리'를 빈다… 그리고 ― 빠른 어조로 ― 되살아난 내 '정욕의 승리'를 빈다….

7월 17일

나는 앙젤르가 치유되었다고 생각해왔다.

하지만 오늘 저녁, 나는 확신이 서지 않는다. 그녀는 다시 이상해져 버린 것이 아닐까? 오늘 낮에 말한 그녀의 그 기상천외한 생각은 뭔가? 그녀의 생각으로는 그저께 파리 전역에, 바로 우리들의 코앞에서 프랑스 경찰이 무려 이만 명에 달하는 유대인들을 검거하여 데려가서는 벨디브(파리 소재 동계 자전거 경기장)에다 짐짝처럼 가두어두었음이 틀림없다는 것이다.

그녀의 생각이 얼마나 터무니없고 끔찍한 것인지, 이만 명이나 되는 사람들이 그처럼 흔적도 없이 하루아침에 사라질 수는 없다고 내가 아무리 설명을 해도 막무가내였다. 그녀의 그 어처구니없는 발상과는 달리, 일언반구조차 없는 최근 신문들을 코앞에 펼쳐 보여도 소용없었다. 아무 일도 없었음에도 그녀는 지금 아주 힘센 화부(火夫)가 담금질한 쇳덩이처럼 단단히 굳어 있는 것이다. 너무나 그 태도가 완고했기에, 나는 억지로라도 복종시켜 빗자루를 다시 들게 하는 수밖엔 달리 해결책이 없었다.

7월 19일

머리가 무겁다.

현기증. 신경 쇠약. 양다리의 이상한 통증. 도통 잠을 이룰 수가 없다. 어쩌다 잠이 들라치면 무서운 꿈을 꾸게 되고, 그러다가 깨어나면 아예 기진맥진해 버린다. 내가 곧잘 얘기하는 이본느는 그것이 '생각하는 바가 잘 되지 않을 때' 일어나는 전형적인 증상이라고 말한다. 그녀는 지금 무얼 하고 있을까?

7월 23일

좀더 열심히 벵자맹을 보살펴야지. 좀더 신경을 써야 해. 녀석이 자꾸 자라나건만, 나는 꺼져가는 정신을 가까스로 부여잡고 있다.

7월 29일

그만두자, 더 이상은 쓸 수가 없다.

하루하루의 이러한 고백을 이제는 더 이상 견딜 수 없다. 지금까지 쓴 일기들을 다시 읽어가노라면, 아무짝에도 쓸모없다는 생각만이 들뿐이다.

1944

1월 15일

그래, 다시 시작하자.

한동안 내 손을 떠났던 이 일기를 나는 이렇게 적고 있다. 내가 일기를 다시 쓴다면 거기에는 물론 분명한 이유가 있다. 그게 뭘까? 에두아르. 이번에는 에두아르 때문이다. 새로운 모습의 에두아르. 그를 알고 지낸다는 것조차 내게는 엄청난 고통일 뿐인, 변한 모습의 에두아르. 오늘 밤처럼, 바로 내 곁에 저리도 평화롭게 잠든 그의 모습을 바라보며 우리의 장래를 생각해보면, 나는 까닭 모를 고뇌에 사로잡히고 만다.

1월 18일

그에게 말하라고? 그에게 따지라고?

그는 듣지 않는다. 더 이상 듣지 않는다. 그래 봤자 우리가 항상 같은 말만을 되풀이하리라는 사실을 나는 확신한다. 아마 그를 움직일 수 있을 유일한 사람, 그 사람을 에두아르는 우리들의 생활 세계 바깥으로 몰아내 버렸다… 나는 종종 그 사람을 생각한다. 그는 지금 어찌 되었을까? 우리가 함께 했던 순간들, 우리의 저녁 식사, 한여름의 라싱 수영장, 그리고 그들 청년다운 대화의 순간들은 아무리 생각해도 싫증나지 않는다. 아주 견디기 힘든 날이면 눈을 지그시 감고서 그의 얼굴, 선이 굵은 윤곽과 푸르고 창백한 그의 시선을 애서 떠올리고자 한다. 어느 날 아침나절이었던가, 생-로슈 교회의 안뜰에서 내가 너무도 빨리 청춘을 잃어버렸다며 지어보이던 미소까지도 ….

이상하게도 그의 모습이 잘 떠오르지 않는다. 미칠 지경이다. 그를 생각하려들 때마다 떠오르는 것은 망연자실한 채 파랗게 질려 버린 그의 모습, 그를 마지막으로 보던 날 밤의 모습이다. 그날 밤 에두아르는 그의 등을 향해 외쳤었다.

"여기서 나가! 이제부터는 한 발짝도 이 집에 발을 들여놓지 마, 내 집엔 너 따위 겁쟁이들을 위한 자리는 없어 …."

1월 24일

라디오 … 늘 라디오뿐이다 ….

아직도 그의 인생에 뭔가 의미 있는 것이 있다면 그것은 라디오뿐이라고 해도 무방할 것이다. 요즈음 그는 라디오에만 귀를 기울인 채 줄곧 10시간을 보내곤 한다. 라디오를 통해 흘러나오는 모든 것들, 온갖 주파수에서 흘러나오는 온갖 언어들을 들으면서 ….

하지만 오늘 밤은 벵자멩이 앓고 있다. 녀석은 아빠를 찾으며 이 방 저 방을 헤맨다. 나는 다소 걱정스런 마음으로 그라사르를 기다린다. 그는 아직도 오지 않고 있다. 그때, 너무나 신경이 날카로워진 나는 도저히 참을 수가 없었다. "이 전쟁통에 똑같은 말을 수십 번은 해야만 조금이라도 변할 건가요?" 아, 이런, 이 무슨 망발인가! 여느 때처럼, 왜 말을 절제하지 못했을까? 그는 메기 눈초리를 한 채 나를 흘겨보았다. 그러고는 옷을 주섬주섬 입더니 한마디 설명도 없이 나가 버렸다.

지금은 새벽 4시, 잠이 오지 않는다. 그는 여전히 돌아오지 않고 있다.

1월 28일

그는 갈수록 외출이 잦다.

귀가는 점점 더 늦어진다. 나는 어제 그를 기다리다 또다시 뜬눈으로 지샜다. 지난날 장과 함께 있던 때처럼, 그것이 정당한 사유 때문이라면야 얼마나 좋을까! 하지만 이대로도 좋다. 적어도 이젠 식은땀을 흘리지 않아도 될 테니까 … 오밤중에 엔진소리에 놀라 소스라치는 일은 없을 테니까 … "됐다. 드디어 그들이 일을 끝낸 모양이야"라고 혼잣말로 중얼대는 시간을 갖지 않아도 될 테니까 … 특히, 추잡스런 강간 행위를 벌이려는 듯 술 냄새를 풍기며 야수처럼 내게 자신의 권리를 요구해대는 상황만큼은 일어나지 않을 테니까 … 그럴 때면 결과는 뻔했다. 나는 울고 신음하며 알몸인 채 달아나거나, 아니면 벵자멩을 방패막이로 삼아야 했다.

하지만 이제 그럴 염려는 없다. 그는 돌아오지 않고 있다. 다음날 아침까지 구역질을 토하게 하던 그 지겨운 포옹들도 이제는 염려하지 않아도 된다.

2월 3일

내가 재능 있고 현대적이며 장래가 촉망되던 청년, 아빠의 재산을 자신의 야망을 불태울 더없는 발판으로 삼은 한 젊은이의 아내가 된 것도 벌써 아득한 먼 옛날의 일이다.

그가 일요일만큼은 온종일 내 곁에서 보낼 수 있었던 시절, 비록 평일에는 금전 출납 문제나 은행 볼일, 세금 문제, 사고 팔아야 할 부동산에 관한 문제들, 출자하거나 청산할 사업 문제 등 부귀영화를 놓고 벌이는 한바탕 도박인 양 그를 즐겁게 한 그 모든 문제들에 둘러싸여 있기는 하였지만, 그 시절만큼은 그래도 행복하지 않았던가!

하지만 오늘에 이르러 그 행복은 끝났다. 정말 끝장이 났다. 조금 전 파브르양이 전화로 일러준 소식들로 미루어 보건대, 그는 집무실에서도 집에서와 별 다름이 없는 모양이다. 물론 나도 한 기업의 상태를 판단함에 있어 여비서의 관점이 반드시 최고는 아니리라는 사실을 잘 안다. 하지만 그가 이 노처녀에게 시키는 일이 고작 그 터무니없는 것들, 새로운 친구들의 그 광기에 찬 말들, 밤이 되면 파리 시내에 뿌리게 될 그 미친 전단지들을 타이핑 시키는 것이라면 도대체가 곤란하지 않겠는가. 그녀의 말마따나 그가 지금 사무실에서 벌이고 있는 이상한 짓거리들, 각 방마다 히틀러 총통의 초상을 걸어둔다거나 이후 그의 가장 가까운 협력자가 될 나치를 찬양하는 표어를 붙여대는 일 따위는 그저 어안이 벙벙할 따름이다⋯.

2월 15일

오늘은 벵자맹의 생일이다.

그가 알까? 기억이나 하고 있을까? 잠시나마 그 철면피 같은 가면을 벗으라고 한다면 그가 받아들일까? 아침부터 오데트, 앙젤르와 함께 우리는 약간의 간식이라도 장만하고자 했다. 집을 조금이라도 말끔하게 꾸미고자 했다.

우리는 벵자맹의 방을 장난감들과 알록달록한 예쁜 색종이들로 장식했다. 두 살. 아직은 너무나 어리다. 하지만 이 나이면, 지금부터 일어나는 모든 일들을 이해하고 기억 속에 저장하기엔 충분하리라.

2월 16일

할렐루야! 그가 벵자맹의 생일을 기억했다니.

정확히 4시간 전에, 그는 두 팔로 선물을 잔뜩 껴안은 채 바로 저기에 서 있었다. 풀어헤친 선물 꾸러미들 속에서 자기 새끼의 뺨을 부비며 웅크리고 앉은 그를 다시 보게 된 나는 잠시 예전의 아이 아빠가 되살아난 게 아닐까 싶어 놀라기까지 했다. 하지만 그런 그의 태도는 전화 한 통을 받고나더니 돌변했다. 그는 적의에 찬 시선을 되찾았으며, 이제 막 가동하기 시작한 자동 인형처럼 저고리를 꿰입고 모자를 집어 들더니, 묘하게 흔들거리는 걸음새로 문 쪽으로 향했다. "켈러의 전화야" 하고 고개도 돌리지 않은 채 한마디 내뱉고는, 아기에게 한마디 위로의 말도 없이 나가 버렸다.

2월 23일

이 노트는 다시금 나만의 마약이 되어가고 있다.

나의 악습, 나의 가장 좋은 친구, 나의 은밀한 친구, 내밀한 고백들, 고통스런 나의 두려움이 기록되는 공간… 예컨대 오늘 밤과 같이, 바로 집 앞에서 벌어진 국민병의 사형 집행이라든가 동부 전선에서의 독일군의 후퇴, 밀수업자들을 위한 단두대 이야기, '이 미친 집구석에서는' 더 이상 견딜 수 없다며 앙젤르가 떠나간 일 등을 겪을 때, 이 일기 아닌 다른 누구에게 나를 엄습해 오는 무서운 예감을 털어놓을 수 있다는 말인가?

이렇듯 무서운 느낌이 들 때면, 있지도 않은 장의 이름을 웅얼대는 나의 모습에 깜짝 놀라곤 한다.

2월 28일

카리에 역시 변했다.

아니, 이 음식점이 변한 것이 아니라 우리를 접대하는 방식이 변했다는 표현이 옳으리라. 술 시중꾼들이며, 가게는 18세기풍의 장식 그대로다. 번뜩이는 크리스탈 샹들리에 아래 가지런히 놓인 식탁들의 배열 역시 마찬가지다. 변한 것은 바로 우리가 들어설 때, 발걸음이 곧장 반원형의 높은 창 쪽으로 향해 가지 않는다는 사실이다. 2년 전만 해도 그곳은 우리를 위해 늘 비워져 있지 않았던가. 하지만 지금 프로그램은 변해 있다. 정중하나 싸늘한 접대… 카리에의 부친은 중립적인 입장에서, 다른 사람들과 같이 우리의 이름을 입장 허가 명부에 기입한 모양이었다….

사태를 착각하고 있는 에두아르는 예전과는 전혀 다르다는 사실을 모른 채, 은근한 미소와 상냥한 추파를 입가에 떠올리며 여전히 '예전의 태도'를 취하고 있다 … 15분이 족히 흘렀을까, 마침내 운명의 심판자이듯 시중꾼이 "좌석은 만원입니다…"라는 말을 전해 왔을 때, 예전 같으면 우리는 배꼽이 빠져라 웃었겠지만 지금은 이 말이 마치 우리를 아득한 나락으로 떨어뜨리는 것만 같았다….

물론 에두아르는 욕설을 내뱉었다. 입술의 떨림을 감추기 위해서 그는 담배를 한 개비 피워 물었다. 하지만 곧 평정을 되찾고는 발길을 돌렸다. 출구를 나서자 어둠 속에 숨어 있던 한 청년이 전단지를 뿌렸다. 나는 거의 기계적으로 한 장을 주워들고는 재빨리 가방에 쑤셔 넣었다. 집으로 돌아와서 펼쳐보니, 그것은 '어떤 애국 단체'의 이름으로 '유흥 건물이나 위원회, 모든 계급의 장(長)들'에게 호소하는 내용으로, '4년 전부터 독일인들과 함께 식사를 한 썩은 놈들에게 본보기가 될 만한 징계'를 내리자고 요청하고 있었다.

3월 7일

잠들지 못하는 밤.

6개월 전부터 나는 수천 번도 더 지난 사건들의 필름을 다시 떠올리고 있다… 처음으로 장과 논쟁을 벌인 일… 국방군 베르마흐트가 남부 지역으로 진입했을 때의 그 지나치게 요란하던 환희… 다음 달, 상황이 돌연 악화되고 《여왕 죽다》의 총 리허설이 있던 날 저녁, 그가 "왕국의 꽃이 수감되었다"고 지껄이던 희극 배우의 입을 봉해 버리고자 한 일… 그리고, 숨어 지내는 이 가련한 유대 가정을 고발하는 편지가 독일군 사령부에 전해졌고… 그 뒤에 이루어진 켈러와의 친교… 전반적인 상황을 고려해 볼 때, 이 친교는 그에게는 은총일 수밖에 없었다… 내일은 켈러에 대해 말해 볼 생각이다.

해가 다시 떠오르고, 내게 남겨진 일상의 삶에 애써 매달리고는 있으나, 나는 온몸으로 퍼지며 최종 단계에 접어든 암의 무력한 증인이 된 듯한 느낌을 갖는다.

3월 8일

그래, 켈러에 대해 얘기해보자.

먼저 도마뱀처럼 생긴 50대의 사나이를 상상해야 한다. 짧은 다리, 작은 키에 몸통은 부풀어 오른 기괴한 실루엣, 불그스레하며 지방질 투성이인 목줄기, 아가미처럼 생긴 뺨, 그리고 깊이 팬 갈색의 주름살로 둘러싸인 반투명의 둥근 눈. 뾰족하게 내민 입은 무수한 잔주름들로 반짝이고, 꼭지, 이를테면 장방형의 두개골 위로는 빛 바랜 금빛 검불 투성이들이 이리저리 곱슬곱슬하게 엉켜 있다. 됐나? 이미지가 또렷이 묘사된 건가?

그렇다. 이 사람이 바로 켈러다! 바로 장의 자리를 대신한 사람이다. 장이 떠난 이후 새로운 복음(福音)은 바로 이 흉측한 신체로부터, 이 이상한 몰골의 추한 영혼으로부터 왔다. 그가 국립 공업학교를 마쳤고 천재적인 재능을 지녔으며, '내일의 유럽 형태를 창출할 국가사회주의와 과학의 합성물'이라 하더라도 나의 생각은 조금도 달라지지 않는다. 만약 나더러 인간의 형상을 한 악마의 얼굴을 그리라고 한다면, 나는 아마 곧바로 그의 몰골을 떠올릴 것이다.

3월 16일

대체 그들은 무엇을 밀매하는 걸까?

한밤중의 비밀 집회들은 어찌된 노릇일까? 음모가들의 태도를 하고서 꾸역꾸역 집으로 모여드는 그들은 도대체 무엇을 원하는 것일까? 몇 분간의 간격으로, 작은 무리로 나뉘어 세심한 주의를 기울이며 그들은 '은밀하게' 모여든다. 그들에게야 상관없겠지만, 수차례에 걸쳐 울리는 벨소리들이 벵자맹이 듣기엔 어찌 날카로운 소음이 아니겠는가! 애써 용기를 내어 이 모든 왕래가 나에게조차도 훼방이 된다는 사실을 지적했을 때, 에두아르는 이들이 만약 나의 영국인 친구들이라면 그따위 얘기를 하겠냐고 반문하면서 더할 수 없이 비웃는 듯한 태도를 취했다.

3월 19일

에두아르, 나는 알아요. 당신이 악몽을 믿지 않는다는 것을, 아침에 노트에다 간밤의 꿈을 적고 있는 나를 본다면 당신이 날 비웃을 거라는 걸. 하지만 우리가 아직도 대화를 나누는 사이라면, 간밤에 꾸었던 꿈을 이렇게 얘기할 수 있을 거라고 생각해요.

꿈속의 뱅자맹은 청년이었어요. 스무 살 가량 되었을까. 용모는 약간 초췌한 듯했지만, 과거 내가 당신에게서 찾아볼 수 있었던 아주 매력적인 모습이었어요. 군악이 은은히 울려퍼지는 가운데 그 아이는 아주 먼 어느 지점을 향해 걷고 있었죠. 내가 있는 곳에서 보기에, 그곳은 마치 정오의 건조한 햇살을 가득 받고 있는 콩코드 광장의 오벨리스크와 흡사했어요. 그 아이의 모습을 좀더 자세히 살펴보던 나는 어렵지 않게, 녀석이 미국산 담배를 피워 물고 있다는 사실을 알 수 있었어요. 긴 금빛 머릿결은 목덜미까지 흘러내렸고, 어깨에 걸친 갈색 외투 아래 드러난 그 아이의 가슴은 맨살이더군요. 그래서 '마치 그리스도 같애' 하고 웅얼거리다가 곧 또 한 가지 사실을 확인할 수 있었어요. 그것은 다름이 아니라 프라 안젤리코가 그린 유다의 모습처럼, 그 아이의 머리 둘레로 거대한 검은 후광이 뒤덮여 있었다는 사실이죠. 검은 후광은 그 아이의 안색을 더욱 창백하게 했으며, 그 아이가 가까이 다가올수록 마치 주위의 모든 빛을 흡수해 버리는 듯 여겨졌어요. 그러자 군악도 그쳤고, 대신 서서히 자리 잡기 시작한 여명으로부터 기묘한 까마귀 울음소리가 새어 나왔어요.

위에서 내가 말한 '먼 곳'은 다름 아닌 일종의 지하 납골당 같은 곳이었는데, 아래로 향하여 난 돌층계가 있었어요. 지하실 바닥에 도착한 우리 아이는, 머리는 사람이고 몸은 도마뱀인 한 괴물과 마주쳤어요. 두개골에 만자형(卍) 각인이 새겨진 괴물은 전기톱을 휘두르고 있었어요. 그는 바로 켈러였어요. 하지만 전기톱이 목을 잘랐을 때, 나는 놀랍게도 굴러 떨어진 머리가 바로 도마뱀의 머리라는 것을 알아챘어요. 게다가 도살자는 뜻밖에도 벵자맹의 미소, 벵자맹의 시선, 벵자맹의 얼굴을 하고 있었어요.

3월 25일

그들의 회합이 시작된 이래, 요 며칠 동안 계속해서 들려오는 위층의 이상한 소음. 발걸음 소리일까? 뜀박질 소리? 육신들이 나뒹구는 소리? 쇠사슬 소리? 가구들을 옮기는 소리? 목소리들? 가쁜 헐떡임? 강아지의 신음 소리 마냥, 건조하게 짤막짤막 터져 나오는 이 웃음소리는 뭘까? 미스터리… 비밀… 현재로선 더 이상 아는 것은 불가능하다. 금지된 것이기에.

4월 5일

말라코프 가(家)에서의 점심 식사.

무슨 바람이 이들을 변화시켰던가! 플로는 수개월 전 흉악한 용모의 SS대원을 보고 깜짝 놀랐노라고 속삭인다. 이웃에 사는 남자는 솔직히 '이 야비한 작자들이 우리 국민 전체를 이토록 못살게 굴리라고는 상상조차' 못했노라고 덧붙인다. 2년 전의 그 이탈리아 무용가는 자신이 파리에 돌아왔을 때, 거리에서 그 많던 유대인들을 더 이상 볼 수 없다는 사실에 가슴이 찢어지는 듯했다고 한다. 그리고 또 한 사람, 학식 많은 신사처럼 입가에 거만한 미소를 띄우며 "앙드레 지드, 그 자식은 귀국하면 괴테와 바그너에 관한 자신의 논문 때문에 비난받을까봐 알제리로 피신해 버렸어요"라며 분개하는 사람도 있다.

한데 아주 묘한 것은 대부분이 친구들이었던 이들 열여덟 명의 재기발랄한 회식자들 가운데, 어느 누구도 내게 에두아르에 관한 소식을 묻지 않는다는 사실이었다. 더더욱 모를 일은, 내가 벵자멩의 이름을 들먹일 때면 그들로부터 애써 시선을 피하려는 듯한 느낌을 받아야 한다는 점이다.

이윽고 차를 마실 시간이 되어, 방 깊숙이 피아노 곁에 위치한 옛날의 내 자리를 다시 찾으며, 나는 사람들이 별로 나에게 대화에 끼어들도록 재촉하지 않는다는 사실을 아주 흥미롭게 확인했다. 결국 일은 이렇게 시작되는가? 벌써 청산해야 할 때가 되었단 말인가? 오늘부터, 나는 자신을 전염된 자로, 즉 전염병 보균자로 생각해야만 하는가? 그만두자. 오늘 아침은 차라리 간밤의 악몽을 아무렇게나 기록하는 편이 낫겠다.

4월 11일

이제 알겠다. 사실 혹시나 하는 마음이 없었던 것은 아니었다. 하지만 정말 그럴 줄은 전혀 상상하지 못했다고 말해두자.

에두아르의 교활한 패거리가 저기 있다. 그의 친절한 안내에 따라, 꼬리를 물고 도착한 그들은 신비롭고 엄숙한 표정들을 지으며 금지된 방으로 올라갔다. 이제는 거의 매일 오후마다 그 지옥의 발레를 시작한다. 오늘따라 나의 신경이 유달리 예민해진 것일까? 아니면 그들이 선을 넘기로 작정한 것일까? 항상 그랬지만 여느 때보다 더 나를 괴롭힌 것은 그들의 사라방드 춤이다. 가만히 앉아서 춤판이 끝나길 기다리다간 미쳐 버릴 것만 같았다. 1시간 가량 지났을 때, 나는 더 이상 견딜 수 없어서 위층에서 신들린 듯 자꾸만 격해져가는 그 리듬을 느끼며, 그곳에 가볼 것을 결심했다.

나는 살금살금 층계를 올라갔다. 복도에서 잠시 걸음을 멈추었는데, 숨이 가빠지고 가슴이 두근거린다. 한바탕 아우성 소리가 들려온다. 여기서 들으니 더욱 무시무시하다. 마치 몽유병 환자처럼 내가 지금 무슨 짓을 하고 있는지도 모른 채, 엄청난 신성 모독의 대죄를 범하는 중이리라는 생각만 어렴풋이 떠올리며 가만히 문의 걸쇠를 돌렸다.

자, 나의 출현이 낳은 그 적막 속에서 나는 무엇을 보았던가? 안으로 잠긴 이중창의 방. 방의 네 모서리에서 희미한 빛을 흘리고 있는 커다란 촛대들. 방의 한가운데에는 환희의 불길을 피우기 위한 것으로 짐작이 가는 한 무더기의 옷들이 쌓여 있다. 그리고 그 주위로는 내가 들어서는 순간 취하고 있던 포즈 그대로 얼어붙은 일단의 사람들이 흡사 꼭두각시와 같은 형상을 취하고 있었다. 아마 내가 그들 동작의 유기적 흐름을 대번에 끊어 버린 모양이었다. 그러자 얼빠진 상판대기들로부터 알아들을 수조차 없는 장황한 욕설이 튀어나왔다. 물론 이들이 바로 그들이다. 하지만 그들은 애초의 펠트모의 베레모와 친근한 프랑스 군복 대신, 이상하게 어두운 기운이 감도는 의상 … 다름 아닌 SS 대원의 제복을 입고 있었던 것이다!

가장 먼저 정신을 되찾은 자는 켈러였다. 한 순간 당황했던 그는 금세 의기양양한 태도가 되어 나에게 수수께끼 같은 말을 던져왔다. "친애하는 마틸드 부인, 너무나 죄송스럽군요. 하지만 너무 늦지 않았나 다소 염려됩니다."

기괴망측한 의복을 입은 켈러는 이번에는 도마뱀이 아니라 두꺼비를 닮아 있었다.

4월 12일
물론, 그 어떤 해명도 없었다.

4월 13일
아무런 할 말이 없다.
다만 이러한 여건에서 어떻게, 어떤 토대 위에서 그와 함께 계속 살아갈 수 있을지 모르겠다는 생각뿐….

4월 15일
그는 여행을 떠날 작정인 모양이다…. 출발을 위한 여러 가지 준비들… 그 이상은 나 역시 별로 아는 바 없다. 우리는 그날 이후 서로 단 세 마디도 주고받지 않는다….

4월 17일
앙젤르에 뒤이어, 오늘 아침 베르나데트가 집을 떠나겠다고 말했다. 그녀는 빵 가게 여주인으로부터 우리가 위험에 처해 있다는 말을 들은 모양이다. 그후 줄곧 이 불쌍한 아이는 얼마나 고통 속에서 살았을까. 나는 그녀에게 아무 말도 할 수가 없다. 양심적으로 솔직히 말하자면, 나는 그녀를 나무랄 자격이 없는 것이다.

4월 20일

그가 떠난다니!

결국 그가 떠난다니! 그가 켈러와 함께 살러 간다니!

이젠 백주 대낮에 그 어릿광대 옷을 입는다니! 오늘 저녁, 나는 세상의 끝에 다다른 느낌이다. 빨리 끝장이 났으면 … 이토록 파렴치하게 연약한 부인과 어린 아이만을 위험 속에 팽개쳐 둘 수는 없는 노릇이라고 중얼거려본다. 빵 가게 여주인이 허황된 얘기를 한 것이 아니다. 나 역시 벌써 여드레 전부터 집 주위를 배회하고 있는 어떤 그림자를 보고 있지 않는가 ….

4월 22일

내가 하느님과 기도의 맛마저도 잊어버릴 지경에 이르렀다는 것일까?

나는 오늘 반나절이나 성 베드로의 성체 앞에서 보냈다. 경건한 마음가짐으로 묵묵히 기도하노라면 아무리 슬픈 일이 있어도 마음이 어느 정도 상쾌해지곤 했었는데, 오늘 아침은 달랐다. 위안이 되지 않았다. 진정되지가 않았다. 어떤 사랑도, 어떤 연민도, 어떤 환대도 멈추게 할 수 없을 무한한 갈증 바로 그것이었다. 베드로의 성체 앞에서 무릎을 꿇은 나의 눈에는 눈물이 가득했다. 남들이야 그것을 지극한 신앙의 표시로 여기겠지만, 가차 없이 나를 사로잡고 있는 것은 다른 어떤 존재… 바로 악마였다.

4월 24일

결국 … 그렇게 되고 말았다.

그래서 안 된다는 것을 알면서도 나는 어쩔 수가 없었다. 비록 부녀자의 도리에 어긋나는 짓이라지만, 그러한 지경에 처한 나로서는 달리 선택할 그 무엇이 없었다고 생각된다. 더 말해 무엇하랴. 결국 나는 절망의 순간에 세상에서 나를 도와 줄 수 있을 유일한 사람, 장을 찾았던 것이다.

4월 26일

그의 모습이 변했던가?

이마가 약간 벗겨진 것 같다. 미세하기는 하지만 얼굴의 윤곽이 두터워진 것 같다. 그의 시선 역시 이 시대의 모든 사람들이 앓고 있는 병 탓으로 다소 그늘져 있다. 하지만 나머지는 예전 그대로이다. 여전히 매혹적이었고 익살스러웠다. 우리가 앉았던 카페의 뒷방에서 나는 지금까지 거의 단절되다시피 한 대화의 끈을 다시 연결시킬 수 있을 것만 같은 느낌을 가졌다….

어쩌면 '대화'라는 말은 너무 거창한 표현일지도 모른다. 시종일관 거의 나 혼자서 말을 해댄 것 같기 때문이다. 물론 그 역시 여러 가지 물음을 던졌다. 그가 가장 궁금하게 여긴 것은 옛 친구의 변화 과정이었다. 그는 SS대원들의 소란스런 장면이 어떻게 전개되었으며, 무대 장식은 또 어떠했는지에 대해 상세히 설명해 주길 바랐다. 자세한 설명을 듣기 위해 몇 번이나 내 얘기를 중단시키기도 했다.

이윽고 얘기를 대충 다 들은 그는 "모든 것이 아주 전형적이군. 그들은 분명 동부 전선을 향해 떠날 준비를 하고 있었어…"라고 단언하듯 내뱉었다.

4월 27일

마술사! 이 사람은 참으로 마술사다.

그를 마주 본다는 상큼한 즐거움을, 내가 어쩌다 그토록 오랜 세월 동안 멀리해 버렸던가하고 생각해본다. 어제부터 나는 좋아지고 있다. 행복하다는 느낌, 말로 설명할 수는 없지만 무언가 경쾌한 기분이 되어가고 있다. 숨이 막힐 것만 같던 무거운 짐을 벗어던져 버리기라도 한 듯, 이제는 아무것도 두렵지 않다. 베르나데트에게 노래가 부르고 싶다면, 북을 치건 장구를 치건 마음대로 하라고 대답할 수 있을 정도가 되었다. 일부러 내가 몸소 빵을 사러가서, 멍청한 빵 가게 여자의 얼굴을 똑바로 올려다 보기도 했다. 뿐만 아니라, 지난 수주일 이래 처음으로 벵자맹을 데리고 외출할 마음의 여유마저 생기지 않았던가!

나의 변화에 누구보다도 놀란 사람은 물론 유령 같은 존재인 에두아르다. 오늘 아침 식사 시간 무렵에 찾아간 나의 쾌활한 모습을 그는 의심스럽다는 듯 양미간을 잔뜩 찌푸리고 맞이하지 않았던가! 하지만 그래서? 그것이 어쨌다는 건가? 그런 식의 의심하는 듯한 눈초리가 아직도 나에게 무슨 의미를 줄 수 있을까? 그로서야 인상을 찡그리고 으르렁대며 나를 위협하거나 심지어는 자신의 제복을 나에게 껴입힐 수도 있겠지만, 그 모든 것이 이제는 신기하게도 나와 무관한 것이 되어 버렸다는 사실을 그가 어떻게 이해할까?

그렇다. 매사가 다 그렇다… 그렇게 제국은 붕괴되고… 그렇게 유령들도 사라져 가는 법… 바로 그렇게 어제까지만 해도 나에게 절대적이었던 존재가 시간이 흐르고 나면 어느덧 이방인이 되어 버리는 것이다….

5월 1일

장의 말이 옳았다. 동부 전선… 볼셰비키 십자군… 프랑스인으로 구성된 지원병 부대… 그리고 포메라니를 향해 전진… 잘 가오, 사랑하는 남편이여! 그리고 혹 내가 코자크 기병대 편에 있지는 않는지 살펴보오!

나는 천박한 여자일까? 그럴지도 모른다. 하지만 그는, 그 얼간이는 자기 모습을 돌아보지 않았다. 그는, 흔히 프랑스인들이 변장할 때 하는 수단으로, 새 장화를 신었기 때문에 아주 뻣뻣해져 버린 자신의 걸음새를 보지 못했다. 그는 멸시받으리라는 생각을 하지 못했던 것이다. 그렇다. 그가 우리의 아이를 찾아와 눈에 눈물을 글썽이며 '아버지의 원정… 현대의 기사… 이젠 돌이킬 수 없는 잘못된 명분…' 때문에 빚어진 자신의 어리석은 처신들에 대해 얘기를 했을 때, 나의 뇌리에 얼른 떠오른 생각이 바로 경멸이었다. 물론 그로서는, 그가 훌쩍 떠나기로 결심한 뒤부터 갑자기 이 집이 나에게 얼마나 신선하게 여겨지는지를 상상조차 할 수 없으리라….

지금은 8시, 홀에는 나 혼자뿐이다. 한 줄기 봄바람이 모슬린 커튼이 드리워진 유리창을 흔들어댄다. 근심 걱정 없이, 기분이 가볍고 상쾌하다. 목청을 돋우어 노래라도 불러볼까? 알몸으로 집을 한 바퀴 돌아볼까? 틈나는 대로 제복들이 쌓인 방으로 들어가볼까? 저녁 식사 때는 콧구멍이나 후빌까? 아우성을 칠 때까지 벵자멩을 실컷 꼬집어나 볼까? 다음 경보가 울릴 때까지 창문에다 코를 바싹 붙이고 있어볼까? 아니면 무선통신사에 악담이나 실컷 퍼부어 줄까? 무엇이든 선택할 수 있다. 나는 흐르는 공기처럼 자유로운 것이다.

나는 삶을 가졌고, 또한 미래를, 아니 적어도 지금 내 앞에 우뚝 선 이 밤을 가졌다. 아무리 생각해도 보다 합리적인 최후의 방책은 역시 그냥 전화를 거는 게 아닐까 싶다… 바로 장에게.

5월 2일

장. 그는 나의 호출에 깜짝 놀란 모양이다. 그리고 잽싸게 떠나간 에두아르 만큼이나 신속하게 달려왔다.

하지만 곧 태도가 풀어진다. 레스토랑 프루니에에서 저녁 식사를 하자고 한다. 그는 자기가 도와 줄 수 있는 것은 바로 '나의 고약한 작은 슬픔'을 추방하는 것이라고 한다. 아, 그를 거역하지 말자! 그의 말을 얌전히 듣자! 나는 그의 얘기들을 통하여, 파리가 기쁨에 차 있으며 온통 축제와 환희로 가득하다는 것을 알았다. 과거 에두아르와 나는 파리에서 얼마나 멍청하게 시간을 보냈던가!

때론 심각하게, 때론 가벼운 마음으로 그가 들려준 이런저런 얘기들을 간추려, 단편적이나마 그간의 그의 생활의 잡다한 정보들을 기억 속에 담는다. 특기할 만한 것은 자신의 친구가 치욕에 묻혀 지내는 동안 장, 그는 이미 오래전부터 은밀하게 그 반대의 길을 개척했으며, 레지스탕스 조직에 가담하고 있었다는 점이다. 그는 이렇게 설명했다. "나는 과거에도 애국자요, 지금도 그래. 수개월을 보내며 결국 내가 이러한 선택을 한 것은 빼앗긴 대지에의 깊은 사랑, 애국심의 발로였지. 이 모든 일이 언제부터였던가! 아! 참으로 빠른 세월이야… 기억할 테지만 벵자멩이 영세 받던 무렵이야… 대충 1941년쯤일 거야. 원수(元帥)라는 양반이 결국 독일군들의 손아귀에서 놀아나는 꼭두각시에 불과하다는 사실을 알게 된 게 바로 그때였으니까. 전통 정당들의 탈선에 의해 공허만이 감돌 때, 오히려 불평불만만을 일삼던 공산주의자들이 잔다르크의 프랑스, 뒤 게스클렝의 프랑스를 수호하는 최후의 진정한 보루가 되고 있음을 깨달은 것도 바로 그때였어. 러시아가 전쟁에 개입함으로써 그 여망이 이루어졌지. 그때 나는 확신했어…."

사실 그 '여망'은 아직 안개 속에 묻혀 있다. 게다가 나는, 독일군에 대한 이야기며 러시아군, 공산주의자들에 대한 이야기 등, 오늘 저녁 그가 들려주는 모든 이야기들이 나의 관심 밖에 있는 것임을 시인하지 않을 수 없다. 내가 생각한 것은 오로지 장, 바로 그였다. 그의 음성, 되찾은 그의 따뜻한 시선, 그의 곁에서 내가 느낀 그 깊은, 절대적인 안정이었다….

에두아르는 너무나 멀리에 있었다. 더군다나 에두아르의 영상을 떠올리게 한 사람도 바로 장이었다. 그는 — 아! 이 얼마나 고약한 위선인가! — 만약 에두아르가 예전처럼 바로 이 자리에 우리와 함께 있었더라면, 오늘의 이 저녁 식탁이 얼마나 즐거웠을까 하고 내게 물어왔던 것이다.

5월 6일

그와 마주한 지금, 엄습하는 이 혼란을 어떻게 표현해야 할까?

 지난 월요일 이후, 우리는 하루도 거르지 않고 만났다. 매번 만날 때마다 나는 늘 같은 어려움과 감동을 느꼈다. 손이 떨리고 머리가 어지럽고 뺨이 달아오르지를 않나, 게다가 목소리조차 제대로 내지 못하는 것이었다. 해보자고 하지만, 그가 하는 말에 단 한마디 거역의 말도 할 수 없는 이 가공할 무능은 또 뭐란 말인가? 그가 눈치챘을까? 아니길 빌어야지. 도대체가 멍청한 노릇이다! 이 무슨 철딱서니람! 나는 이 사람을 이미 수년 전부터 알고 지냈다. 우리는 가장 위험했던 상황들을 나란히 헤쳐 왔던 것이다. 그는 내 아들의 아버지의 가장 좋은 친구다. 아니, 친구였었다… 그런데 지금 나는 과거 에두아르가 종종 언급하던 그 얼빠진 여자들을 닮아 있지 않은가.

 안 된다. 정말 이래서는 안 된다. 정신을 차려야 한다. 마땅히 그를 남편 친구로만 대해야 한다. 오늘 저녁의 외출을 위해 봉사하는 백마의 기사로. 그리고 유사시에 꼭 필요한 한 사람의 레지스탕으로….

5월 7일

 오늘 아침, 파리 통신을 통해 소름이 오싹 끼치는 뉴스를 들었다.

 카르팡트라에 거주하는 한 공증인의 부인이 FFI(프랑스 국내 항독군(抗獨軍) — 역주)에 의해 강간당하고 심한 고문을 당하다가 마침내는 살해되었다는 것이다. 그 이유는 독일군 중위와 나란히 걷다가 발각당한 때문이라고 한다. 그렇다, 중요한 건 바로 이것이다! 나는 바로 이 점을 생각해야 한다. 나 자신을 위해서라면 이상하겠지만, 바로 벵자맹을 위해서라도 그렇게 해야 한다. 나라면 또 모르지만, 적어도 그 아이는 아버지의 우둔한 행위 때문에 피해를 입는 일이 없어야 한다.

그렇다. 오직 이러한 일념으로 장을 대하도록 해보자. 우선 그에게 얘기하자. 아냐, 그에게 말할 수는 없어! 자칫하면 그는 나를 '음흉한' 여자로 생각할거야! 차라리 나도 내 나름의 방식대로 은폐술을 익히자.

5월 9일

하지만 안 된다.

내가 무슨 짓을 하고 무슨 말을 해도 소용없다. 아무리 좋은 해결책을 생각한들 무슨 소용 있을까. 이 문제는 한시도 내 곁을 떠나지 않는데…. 참으로 괴로운 것은 내가 어디를 가든, 어떤 상황에 처하든, 누구와 마주하고 있든, 언제든지 이 문제는 나를 덮칠 수 있다는 사실이다. 무시무시한 결말을 동반하고서 말이다. 예컨대, 오늘 오후 나는 장을 따라서 비에이어 뒤 탕플 가(街)에 살고 있는 그의 친구 집에 갔었는데, 그 친구는 거동 자체가 벌써 대단한 레지스탕으로 장이 각별히 아끼는 사람인 모양이었다. 물론 내가 그에게 좋은 인상을 주는 것이 불쾌할 리는 만무했다. 그리고 실제로 인상은 좋았던 모양이다. 그는 첫눈에 나를 자신의 취향에 맞는 사람으로 받아들인 눈치였다. 장이 다른 여자 손님과 잠시 자리를 뜬 사이, 우리는 현대 회화를 놓고 토론을 벌였다(내가 현대 회화를 깊이 연구하기 시작한 것은 에두아르가 떠났을 때부터이다).

그런데 바로 저기서 장이 되돌아온다. 그리고는 아무런 말도 하지 않는다. 그저 잠자코 있다. 미소조차 짓지 않는다. 나를 별로 쳐다보지도 않는다. 어쩌면 아직 방금 끼어든 대화의 주제들을 머리 속에서 굴리고 있는지도 모른다. 어떻든 그는 여기 있다. 그냥 여기 있다. 깍지 낀 길쭉한 두 손을 무릎 위에 내려뜨린 채. 그런데 그의 이러한 거동이 나의 말문을 막아 버렸다. 내 혀를 꼬이게 하고, 조금 전만 해도 그토록 자유분방하던 나의 생각이 진창 속을 헤매도록 했다. 간단히 말해서, 불현듯 완전히 백치가 되어 버린 것이다. 나는 갑자기 생각난 듯, 엥그르가의 집에 급한 볼일이 있음을 하소연했다. 하지만, 내가 '투쟁하는 프랑스'에서 평판을 얻으려면… 이런 식으로 실패해서는 안 된다는 사실만큼은 명백하다.

5월 13일

우리는 항상 붙어다녔다.

우리를 바라보는 사람들은 위대하고 고명하신 유혹자가 가련한 마틸드에게 심취했음을 믿기 시작하는 듯하다. 얼마 전에 있었던 토랄 가(家)의 리셉션 장에서처럼 말이다! 나에게 은밀히 쏟아지던 귀부인들의 그 살인적인 눈짓들! 내가 접근할 때면 그녀들의 대화는 중단된다. 내가 지나칠 때면 으레 낮은 중얼거림과 알랑대는 속삭임이 줄을 잇는다. 물론 나는 이러한 사회에서는 새로운 존재가 나타나면 항상 그 자체로 하나의 사건이 된다는 사실을 잘 알고 있다. 드러난 어깨, 목 위로 말끔히 틀어올려진 머리하며 하얀 오간디 드레스를 입은 내 모습이 무언가 주의를 끌 만하다는 것도 사실이다.

하지만 그것만으로는 미흡하다. 내가 비록 예쁘다고는 할지라도, 여기에는 반드시 다른 무엇이 있다. 유감스럽지만 바로 이런 것들이 아닐까? 장과 나… 나와 장이 함께 도착했다는 사실… 나에 대한 그의 태도… 귀부인네들을 깜짝 놀라게 한, 내게 샴페인 잔을 건넬 때의 장의 몸짓… 나를 사람들에게 소개할 때의 그 묘한 미소… 더 말할 것도 없이 이 멍청한 여편네들은 분명 바로 이런 것들을 염두에 두었으리라… 몇 명씩 어울려 있는 그녀들에게 나를 소개할 때 유난히 거북해하는 그의 태도라든가, 내게 화살처럼 꽂히는 그녀들의 시선으로 미루어 짐작하건대, 그녀들은 그의 옛 정부들이 분명한 것 같다.

그녀들이 아름다운가? 아름답다. 하지만 모두 서른 고개를 넘어선 사람들이다. 이미 몸가짐이 둔탁해 보인다. 주눅 든 시선이 이미 이런 일의 역학 관계에 관해 많은 것을 얘기해 주고 있다.

5월 17일

그가 아니었다면?

1주일 동안 그는 많은 일을 해치웠다. 벵자맹을 위해 설파제를 구해 주었으며, 이 지역 전체에 가스 공급이 중단된 날 바로 12일 한나절 동안 벵자맹을 오데트와 함께 자신의 집에 머무르게 했다. 자신의 회계원을 데리고 와서, 에두아르의 회계 보고서들을 샅샅이 조사한다거나 위험한 문서들을 소각하느라 밤을 꼬박 새기도 했다. 어디엔가 연락하여 우리가 버터와 우유, 과일,

야채, 빵 배급표 등을 구할 수 있게 해주기도 했다.

그리고 식량 문제 못지않게 중요한 일로서, 자기보다 훨씬 높은 지위에 있는 한 친구에게 나를 소개하기도 했다. 그는 친구에게 달콤하고 은근한 눈빛으로, "어리석은 짓을 한 적이 있어. 하지만 걱정하지마, 우리 쪽 사람이니까" 하고 속삭였다. 이러는 동안 나는 벌써 2주째 고해성사를 하러 가지 않았다. 이제는 기도를 올릴 수가 없었다. 성당에 발을 들여놓는 것조차 싫었다. 뭐랄까, 어쩌면 증인 없이 사태가 흘러가는 대로 그냥 내버려두는 편이 좋았던 모양이다.

5월 18일

사람들은 한결같이 연합군의 상륙 문제를 생각하고 있다.

파리에서 오가는 대화치고 막연하게나마 그 날짜와 장소, 기상 조건 혹은 격퇴당할 위험성 등을 거론하지 않는 대화가 없다. 한데, 이 고결한 합주에 틀려먹은 음(音)이 하나 뒤섞여 있다. 엉뚱하게도 자기 내면의 음악을 쫓고 있는 고집 센 한 여성 독주자. 이것이 모욕이라면 용서를 빌 수밖에.

하지만 나 또한 나만의 기상대를 갖고 있다. 격퇴당할지도 모를 나의 위험. 공격 장소나 날짜에 관한 해결할 수 없는 나의 망설임. 어떤 방식으로든 나는 나를 상륙시켜야 한다. 분명, 목적하는 곳으로 곧장 나아가기 위해서는 조만간 이 명백한 사실을 인정해야만 하리라. 도덕, 혼배 성사에서의 고백, 사제들, 에두아르 등이 눈을 부릅뜬 채 엄연히 살아 있음에도, 참으로 괴이하고 터무니없으며 놀랍고 어처구니없게도, 정말 바보처럼 나는 장과 사랑에 빠져 버린 것이다!

보라, 여기 이렇게 말해 버리지 않았는가… 여기 이렇게, 이 일기장에, 운명의 말이 던져진 것이다… 생애를 통틀어 가장 긴 하루가 시작되었다… 악마들의 군대가 나를 정복해 버렸다. 하지만 악마라곤 그림자조차 얼씬거리지 않았는데도, 하얀 노트의 한복판에 검은 상흔을 내며 씌어진 '장을 사랑한다'는 말이 나를 미치도록 울고 싶게 한다. 나는 이 말의 무게가 얼마나 큰가를 안다. 이 말로 인해 도움을 청할 수도, 돌이킬 수도 없는 유혹의 길을 향한 첫걸음이 내딛어진 것을 잘 안다. 어떤 방향으로 나아갈지 어떤 방향으로 이끌릴지 짐작할 수 없는 길을 향해….

5월 20일

이쯤에서 모조리 말해 버리자.

사실 며칠 전부터 병세는 짐작대로 점점 더 악화되었다. 내가 맞은 밤들은 이상한 장면들이 속출하는 연극판이다. 내 모든 힘을 고갈시키고, 멍한 상태로 새벽을 맞게 하는….

그것은 대개 내가 여기서조차 고백하기 부끄러운 꿈으로 시작된다. 나도 모르는 사이에 알몸이 되어 버리는 신체. 피의 회전이 급격히 빨라지기라도 한 듯 복부에 가해져오는 이상한 열기. 무릎으로, 엉덩이로 찾아드는 나사(羅紗)의 애무. 곧이어 나는 견딜 수 없을 지경이 되어, 친구… 사랑… 연인… 내 사랑… 하고 끊임없이 중얼댄다. 무심결에, 아니 나의 의지에 역행하여 흘러나오는 것은 바로 그의 이름… 그의 손이, 그의 가슴이 아른거리고, 그의 두 눈이 위험한 빛을 발한다… 그런 영상들을 지우려고 나는 막달라 마리아의 모습이나 성녀 테레사의 영상들을 떠올리려 애를 써본다… 그러다 날이 밝으면, 마지막 힘을 내어 공구 창고 한켠에 위치한 정원으로 달음박질해 가는, 오로지 마로니에 나뭇가지를 붙들고 간절히 용서를 청할 수밖에 없는, 방황하는 나 가련한 죄인이여… 바로 이것이 결국 사랑이던가? 바로 이것이 이 세상이 시작된 이래 숱한 연인들이 체험한 사랑이더란 말인가?

5월 22일

그는 아직 얼마 동안을 더 순진한 척할까?

대체 언제까지 그는 아무것도 보지 않고, 아무것도 듣지 않고, 아무것도 느끼지 않는 것처럼 행세할 작정일까? 오늘 저녁만 해도 무엇이든 가능했다. 밤은 아름답고 상쾌했으며, 대기는 마치 우리 두 사람의 목소리를 메아리로 잡아두려는 듯 그렇게 부드러울 수가 없었다. 엥그르 가에서 파시네 집으로 이르는 길을 거쳐 블로뉴 숲 속에 이르기까지 살아 움직이는 것이라곤 그림자조차 구경할 수 없었다. 우리가 지나칠 때 저만큼 비켜서던 매춘부들을 제외한다면 말이다.

참, 우리가 쉬쉐 대로 근처에 이르렀을 때, 전속력으로 질주해 오던 검은색 소형 트럭에 주의를 기울여야 했던 일도 있기는 있었다. 트럭에서는 목청껏 불러대는 국제 노동자 연맹의 노래가 터져 나왔다. 장은 잠시 걸음을 멈췄다. 나는 그가 주먹을 움켜쥐는 것을 느꼈다. "개자식들… 저들은 오랜 친구들인데… 저들을 체포했군." 하지만 그것도 잠시였다. 우리는 다시 걷기 시작했으며, 다행스럽게도 그 사건은 금세 잊혀지고 말았다.

한데, 이 소극적인 태도는 뭐란 말인가? 이런 식의 우애(나는 그의 태도를 달리 해석할 방도가 없다)가 무슨 소용이 있을까? 나를 대하는 그의 태도가, 지난날 내가 에두아르와 살고 있을 때와 달라진 게 뭐가 있는가? 특히 아버지나 형제가 하는 듯한 키스, 자신의 옛 동료에게나 하는 키스. 이윽고 집 앞 정문에 이르러 헤어지며 하는 그따위 키스가 무슨 의미가 있을까? (실제로 그는 오늘 저녁 나를 '동지'라고 부르지 않았는가!) 그따위 키스들일랑 과감히 거절해야만 했으리라.

5월 23일
뻔뻔스럽다!

정말 뻔뻔스런 사람이다! 오늘 그가 내게 해준 것이라곤 고작 여자들 얘기를 지껄이거나 한 가지 강론을 편 것뿐이다. 그렇다. 방금 나는 강론이라고 말했다. 책을 통해서 습득했다고 보기에는 너무나 소상하게 잘 알고 있는, 매춘의 세계에 대한 강론. 가격이라든가, 방들, 국부 세척액, 옷을 벗는 방법, 고객들마다의 독특한 태도, 세 명에 둘 정도는 사랑에 대한 얘기를 나눌 필요성을 느낀다는 사실 등….

잠시 침묵이 흐르고, 그는 무섭도록 냉소적인 태도를 취하더니 내가 생각하기에 "에두아르 역시 가끔은 그런 종류의 살덩이를 맛본 것 같으냐?"고 물어왔다. 도대체 에두아르를 어떤 사람으로 여기는 거지? '우리'를 어떤 사람들로 생각하는 걸까? 우리 부부에 대해 어떤 생각을 품고 있기에? 세운 공이 크다고 이토록 우리를 모욕해도 괜찮으리라고 생각하는 걸까?

나는 한마디도 대답하지 않았다. 나만의 존엄 속에 몸을 도사렸다. 하지만 그가 오늘 저녁, 내 인내심의 한계를 뛰어넘지 않을까 두렵다.

5월 23일 새벽 1시 30분

잠깐 불을 켬.

추신 : 나의 장, 아니에요. 내가 양보하죠. 지우겠어요. 당신은 결코 '선을 넘지' 않았어요. 암요, 에두아르가 갈보들에게 갔느냐구요? (내 사랑… 당신은 아마 나의 말투에 주목할 거예요… 내가 어느새 당신의 말투를 빌어 서슴없이 '갈보들에게' 라고 쓰고 있다는 걸요….)

어쨌든 좋아요. 모를 일은 어째서 그가 그런 곳에 출입하지 않았는가 하는 점이에요. 더욱 모를 일은 그의 그러한 행실 역시 내게 무슨 의미를 준다고 생각되지 않는다는 사실이지만… 하여간 나에게는 전혀 무의미한, 무의미했던, 앞으로도 전혀 무의미할 한 사내의 일이니까요, 그렇지 않나요? 잘 아시다시피… 오직 당신뿐… 내가 흘려보낸 세월도 나의 미래도 오직 당신께만 바칠 뿐… 이것이 무슨 의미인지 이해하기나 하세요? 이 얼마나 소중한 맹세인가를 당신은 아세요? 이토록 완벽하게 이토록 송두리째 당신께 주어진 여인이 언제 있었던가요?

5월 24일

아무 일도, 온종일 아무 일도 없다. 이 궁리 저 궁리, 혼자서 생각에 잠겨본다.

5월 25일
오늘은 전화벨이 울릴 생각조차 않는다.
전화기가 고장났던 2시간 동안 혹시 그가 전화하지 않았을까? 아니면 신비스런 '임무'를 수행하러 어디론가 떠났을까?

5월 26일
그는 뭘 하고 있을까?
어디에? 누구를 기다리고 있을까? 나를?

5월 27일
미쳐 버릴 것만 같다.
넌센스. 이 얘기는 애당초 시작부터가 터무니없는 일이다.
여하튼 내가 확신할 수 있는 단 하나의 사실, 그것은 나로서는 더 이상 "첫눈에 반했다"는 따위의 얘기는 듣고 싶지 않다는 사실이다. 누군가 나에게 벼락 맞은 듯 자신의 전신을 휘감아 버린 사랑의 달콤한 우화를 감히 노래하려 든다면 아예 거절하리라. 우리 여인들에게 첫날, 소위 첫눈에 피어난 미친 듯한 열정의 환상을 꿈꾸게 하는 진부한 소설 나부랭이들을 조소할 수 있는 권리를 나는 주장하련다.
우리로 말하자면 수천 번도 더 시선을 교환했으며, 수천 번의 '첫눈'이 있어야 했었다. 그런 시선을 교환하지 않고, 서로의 마음을 읽는 법도 없이 서로 알고 지낸 것이 벌써 몇 날 몇 해이던

가. 나는 그를 위해, 그는 나를 위해 태어났고, 서로 사랑할 사이로 예정되었으되 오직 신만이 그 비밀의 열쇠를 지녔을 뿐, 서로 모르는 채 순수한 상태로 지낸 이 오랜 불투명한 기간(아직 이 기간은 끝나지 않았다)은 사람들이 의례적으로 갖는 생각들과는 얼마나 다른가? 과장이 아니다. '신'이라는 말을 나는 결코 가볍게 내뱉지 않았다. 그것은 천둥이 일 듯 '첫눈에 반했다'는 이미지를 대체할 하나의 이미지가 절대적으로 필요했기에 한 말이며, 아마 나는 '은총'이라는 이미지를 선택하고 싶었던 것이리라. 아우구스티누스는 볼 수도 들을 수도 없는 어떤 은총이 애써 그것을 부인하려는 영혼의 숲에서 서서히 조금씩 길을 헤쳐 온 애기를 우리에게 들려주지 않는가. 우리의 일이 바로 그런 경우 아니겠는가?

내가 함부로 지껄이는가 보다 … 함부로 … 하지만 기다리는 동안, 나는 병들고 있다 … 사람이 이토록 아플 수 있을까 의심스러울 정도로 ….

5월 28일
좋아. 결정했다.

오늘 저녁 해결하기로 하자. 언제까지나 아우구스티누스적인 은총의 유희를 즐길 수는 없다. 일단 내가 먼저 뛰어들어야 마땅하리라… 그렇다면 치장을 해야지… 소원을 빌 때 입는 초록비치 비단 드레스가 좋을 테지… 너무 꽉 조이는 블라우스는 피하자… 끄르기가 힘들 테니까… 양말 대님은 높은 것으로… 특히 꽉 조이는 양말만은 피하자… 사내들은 그런 것을 싫어해… 칠

흑 같은 비단 내의들 중에서 가장 좋은 걸 고르자… 그리고 기다리는 동안엔 아주 차분한 마음으로 한바탕 목욕이나 하면서 긴장을 푼다… "머리를 맞대고 저녁을 함께하자"고 했던가! 이제 곧 머리를 맞대러 올 테지….

5월 28일 6시경, 계속

준비는 끝났다. 한순간 한순간이 기다림의 순간들이다. 이 순간을 이용해서 나는 지금 펜을 들고 있는 것이다.

참으로 묘한 일은 1, 2시간 전부터 내 마음이 아주 평온해졌다는 사실이다. 무언가가 나의 그 뜨겁던 마음을 냉각시켜 버리기라도 한 것 같다. 아니면 알 수 없는 어떤 묘약의 효능으로 인해 요 며칠 사이의 그 미친 듯한 열기가 갑자기 식어 버리기라도 한 것 같다. 지나친 열망으로 인해 육체가 지쳐 버린 것일까? 욕망 자체가 닿을 수 없는 대상을 꿈꾸는 일에 그만 진력나 버린 것일까? 아니면 이제 끝장을 낸다는 생각 — 무슨 일이 있어도 오늘 저녁 그를 유혹하고 말리라는 확신 — 이 벌써 그에 대한 사랑을 덜 느끼게 하는 것일까? 쓸데없는 생각이다! 대체 뭘 어쩌겠다는 거지? 뒷일은 두고 볼 일….

5월 29일

저녁 식사는 없었다.

왜? 어떻게 된 건가? 나 때문인가, 아니면 그 때문인가? 결정적인 행동을 취한 사람은 둘 중 누구일까? 자세한 내막이야 이제는 중요하지 않다. 솔직히 두려운 것이다. 단 하나 뇌리에 떠오르는 사실은 밤이 지나갔다는 것뿐.

밤은 흘러갔다. 아침이 된 것이다. 그는 여전히 나와 함께, 내 곁에, 내 품 안에서 잠들어 있다. 반쯤 열린 덧문을 통해 흘러드는 햇살을 받으며 아주 달콤하게….

5월 29일, 밤

안돼, 마틸드.

그렇게 은근슬쩍 넘어갈 수는 없어. 네 인생을 이렇게, 기만적인 도덕상의 죄과들이라든가 하찮은 짓거리들을 다룬 소설들처럼 흘려 버릴 수는 없어. 그토록 중대한 일이라면 응당 그에 맞는 충분한 사색을 해야 해.

그렇다면, 그 일의 시작부터 적어 보자… 현관에서 울리던 벨소리… 마치 영원 같기만 하던 몇 초가 지나고 라자르가 그를 안내해 온다… 네 앞에 우뚝 선 그의 훤칠한 모습, 처음으로 너는 어쩔 수 없이 너 자신의 정확한 치수를 가늠해야 했지… 그의 시선에서 일렁이는, 조소하는 듯한 차가운 번뜩임… 그의 입술. 아! 너도 알다시피 그의 입술은 얼마나 기가 막힌가! 절대 오래 지체하지 않고 공략하리라 다짐했던 입술… 평소와는 전혀 다르게, 오늘 저녁, 의식을 거행하는 듯한 걸음걸이하며 인사하는 태도, 그리고 등받이 의자에 깊숙이 잠겨 앉는 몸놀림이 왠지 맥없어 보인다. 너는 혼잣말로 속삭인다. "자, 자… 이 돈 후안이 자신이 없어 보이는군… 목소리에 힘이 없고 감동으로 인해 희미하게 떨리고 있어… 이것은 오늘, 침묵을 짐스럽게 여길 사람이 바로 저 사람일 거라는 확실한 증거야…"

이러한 생각이 들자 너는 표정이 밝아졌어… 너는 어렵지 않게 그에게 음료를 건네주었지… 아주 차분한 목소리는 아니었지만, 그래도 너는 낮에 있었던 일에 관해 물어볼 수 있었어… 그러고는 그의 대답을 기다리지도 않고, "이토록 훌륭한 양복을 입으니 몰라보겠군요"라고 했다가 다시 "벵자맹이 방금 잠자리에 들었어요. 밖으로 나가려면 녀석이 잠들기를 기다리는 것이 좋겠어요." …그가 당황해서 어쩔 줄 모른다는 사실을 분명히 알고 대담해진 너는, 마침내 그를 눈 한번 깜빡이지 않고 뚫어지게 쳐다볼 수 있었어.

그래. 너의 그 득의에 찬 시선… 너는 갈구의 대상이 된 거야… 너는 완벽하게 너의 영지(領地)를 통제한 거야… 마침내 너는 제2단계의 공격을 퍼부을 위치에 섰어. 너의 시선은 욕구하는 대상의 신체를 툭툭 치기도 하고 슬쩍 스치기도 하고 쓰다듬기도 하면서 이리저리 넘보기 시작한 거야. 그의 이마… 활처럼 휘어진 코… 어깨선… 복부… 다리… 엉덩이… 그곳, 두 엉덩짝 사이… 미안한 노릇이지만, 그곳도 힐끔거려 본다. 보는 듯 마는 듯… 그렇게 하는 것이 오히려 효과적이지… 고약한 입술일랑은 피하는 게 낫겠어… 유감스런 일이지만… 입술은 그냥 지나치는 게 좋아… 도중에 멈춰서는 안 되니까… 너를 전율케 하는, 너무나 큰 감동은 자칫 너의 몸을 굳어 버리게 할 수도 있으니까… 그런 다음엔, 마지막 예비 무대에 오르자. 전부를 얻건, 아니면 전부를 잃어버리건. 오늘 오후 내내 거울 앞에서 세심하게 준비했던 것으로 재빨리 그를 매혹시켜 버리자.

그것은 자리에서 일어나서의 일이다… 너는 음료를 가지러

홀 안쪽으로 몇 발짝 옮겨놓는 듯했어… 걸음걸이는 마치 고양이와 흡사했어… 처량하면서도 잽싼… 하지만 그것은 속임수였어. 갑자기 그에게로 몸을 돌려 두 팔을 하늘로 올리고, 그저 단 한 번의 허리 움직임으로, 하지만 가능한 한 우아하게 드레스를 위로 벗겨내려는 불과 몇 초 동안의 제스처를 위한….

결국 너는 그렇게 했어. 예상한 대로 2, 3초밖에 걸리지 않았지. 마침내 너는 그의 앞에서 알몸이 되었어. 발끝에서 엉덩이를 거쳐 위로… 그가 놀라지 않았다고 말한다면 거짓말이겠지. 그리고 너는 순간적인 놀람에 휘둥그레진 그의 눈 속에서 욕망의 미광이 반짝이는 것을 놓칠래야 놓칠 수가 없었어.

하지만 이 사내, 칭송받아 마땅한 이 사내는 금세 자세를 가다듬었지. 결국 너의 대담한 태도에 확신을 얻고, 자신의 격렬한 욕망에 젖어 최종 행위의 주도권을 잡은 사람은 바로 그였어.

5월 30일

무슨 큰일이 있을 때면 늘 그랬듯이 나는 외진 곳을 찾았다.

이름 모를 거리. '나'라는 존재를 모르리라고 생각되는 작은 성당. 내가 이 성당에 도착한 것은 9시가 조금 지나서였다. 간편한 감색 양장 차림을 한 나는 한쪽 모퉁이의 신자들과 합류했다. 나와 마찬가지로 이들도 일상의 죄업을 짊어지고 온 것이리라. 나는 아무런 망설임 없이 똑바로 중앙홀 끝에 위치한 작은 의자로 향했다.

아! 익명으로 행해지는 고해성사의 경이로움이여! 정체불명의 신부가 이루는 기적, 무심결에 이름을 내뱉지 않으려고 얼마나 조심했던가! 우리를 갈라 놓은 섬세한 격자창을 사이로 하여 오직 부분만이 드러날 뿐인 그의 조각난 얼굴! 그 눈, 그 귀, 그 입, 구분할 수 없고 거의 비현실적인 형상으로 드러나는 부분들 중에서 그래도 가장 나은 부분이 나의 말문을 열게 하곤 한다. 오늘은 입 부분이 가장 또렷한 편이었다. 잠자코 들어주는 그 침묵은 신기하게도 마음을 편하게 해준다. 이런 식으로, 나를 짓누르던 모든 방황과 절망이 송두리째 대수롭지 않은 것들로 되어 버리다니! 어느 순간, 내가 침묵하자 그가 물었다. "그것이 전부입니까?" 나는 겸손하게 대답했다. "예, 신부님." 사실 그대로가 아니요, 말해야 할 무엇이 아직 남아 있으면서도 말이다. 하지만 그 부분만큼은 그분 아니라 이 세상 누구에게도 넘겨주고 싶지 않다.

조심스런 걸까? 뻔뻔스런 걸까? 육신의 죄를 범해 놓고 이제 또 기만의 죄를 범하는가? 고해성사를 통해 내 죄업을 모조리 말한 적은 없다. 나로서는 늘 약간의 거짓을 말하는 것이 일종의 의무요, 신성한 명령이었던 것이다. 오늘 아침, 나는 스스로에게 이 규칙을 유달리 강요하는 것만 같았다.

5월 30일, 밤

참으로 그는 아름다운 사람이다. 그의 살결은 얼마나 부드러운가… 그가 옷을 벗을 때의 그 살랑이는 소리들, 끌러진 혁대고리가 마룻바닥에 떨어지며 내는 소리가 나는 정말 좋다….

물론, 어제 아침 고해성사 때는 얘기하지 않았지만 바로 그 일을 생각할 때마다 나는 부끄러움과 관능이 어우러져 정신이 아득해지고 만다. 그는 정말 아름다운 사람이다… 그의 살결은 또한 얼마나 부드러운가… 나는 그가 옷을 벗을 때의 살랑이는 소리들이 정말 좋다….

5월 31일

가장 어처구니없는 사실, 그것은 내 몸속에 잠재하고 있던 격렬함, 지금껏 살아오면서 내가 상상조차 못했던 격렬함이라 해야 할 것이다.

단말마의 그 비명들은 대체 어디에서 오는 걸까? 미친 듯한 몸부림은? 때리고, 깨물고, 쥐어뜯는 취미는 또 뭔가? 내 마음속에 복수의 정욕이 도사리고 있는 것은 아닐까? 그렇다. 나는 가끔씩 나를 마구 밀어붙이는 그것이 바로 복수심이라고 생각한다… 아마 여자라면 알리라. 이제 나도 그것을 발견하게 된 모양이다.

6월 1일

나도 이제 그것을 발견한 만큼, 한마디만 하자.

진정한 발견. 유일한 발견. 까마득히 먼 옛날부터 그토록 많은 신비를 낳아온 그것, 분명히 말하지만 지금껏 나는 한번도 그것의 비밀 속으로 들어가 본 적이 없었다. 한데 이제 막상 들어가 보니 그게 그런 게 아니다. 흔히 사람들이 소곤대는 것 같지가 않은 것이다. 그것은 감각들의 미친 듯한 불길을 대번에 꺼뜨려 버린다는 그런 평온함이나 행복의 느낌과는 아주 먼 관계가 있을 뿐이다. 굳이 말하자면, 차라리 어떤 폭탄 같은 것이라 말하고 싶다… 아냐, 이 말은 너무 상스럽다. 뱃속에서의 방전(放電)… 이 표현도 그다지 좋지 않다. 그렇다면 몸 안에서 터지는 벼락이랄까. 하지만(중요한 건 바로 이것이다), 이 벼락은 사람들이 흔히 말하듯 내 몸 안에서 터졌다가 나를 침잠의 상태로 몰고 가기는커녕, 오히려 나를 일깨우고 펄쩍 뛰게 하여 나 자신과 상대를 격렬하게 탐색하도록 만든다. 달콤한 긴장 상태 속에서, 하지만 여전히 열에 들뜬 듯한 마음으로….

'사랑 행위 뒤의 평화'라는 말은 결국 평화를 얻기 위해 사내들이 꾸며낸 말이 아닐까? 이 슬로건을 여자들은 괜한 구설수를 피하기 위해 군말 없이 받아들인 게 아닐까? 가능한 일이다. 누구나 알고 있듯이, 우리 인간들이 꾀를 짜내는 재주는 그야말로 무궁무진하니까.

6월 2일

모든 것이 내가 상상해오던 것과는 얼마나 다른가!

가엾은 에두아르, 그의 둔중한 '성적 기교'들이야말로 얼마나 엉터리인가! 사내들은 대부분 그것이 마치 신체의 문제, 성기관의 문제, 작동하기 시작하는 기계 장치의 문제로 여겨 한번 비결을 터득하기만 하면 언제라도 가능하리라고 생각하지만, 천만의 말씀이다! 적어도 장에게는 하나의 장점이 있다. 바로 사랑이 흐르는 대로 몸을 맡겨 버린다는 것, 내가 꿈꾸는 대로 내버려둔다는 것.

그는 이 일에 비결이 없다는 것을 안다. 그는 왜 이러한 제스처가 나오고, 왜 이러한 태도가 되는지 알려고 애쓰지 않는다.

두드러지지는 않지만 그의 실루엣에서 드러나는 조밀한 균열, 얼굴에 나타나는 설레임, 눈의 깜박임 등을 알려고 하는 것은 바로 나다. 어떻게 그런 하찮은 짓거리가 엄청난, 벼락 치는 듯한 효과를 낼 수 있는지… 이는 그 사람에게만 해당되는 말일까? 갑자기 진짜 날벼락이 나의 명상을 중단시킨다.

다섯 번째의 공습경보, 나는 잽싸게 욕실에서 뛰쳐나가야만 한다.

6월 3일

무슨 일일까?

오늘 밤은 그가 이상해 보인다… 열에 들뜬 듯한… 문득 나라는 존재, 나의 신체, 나의 즐거움에 전혀 아랑곳하지 않는 듯하다… 내가 뭘 잘못했던가? 혹시 무슨… 해서는 안 될 말이라도? 오늘 밤은 '조심해야' 한다고 말한 나의 태도가 잘못이었을까? "하도 고집이 세어서, 그에게 익숙해지려면 시간이 필요하리라…"고 벵자맹에 대한 얘기를 끄집어낸 것이 잘못이었을까? 아! 말해봐요, 장… 말해 줘요… 내가 얼마나 당신을 사랑하는지 아시죠, 그렇죠?… 무엇이든 이해할 수 있어요… 무엇이든 받아들일 수 있어요….

6월 5일

정말이지, 점점 더 이상해진다….

갈수록 태산이라더니… 예전과는 달리, 내가 말할 때의 그 역정… 식탁에서의 그 부주의한 태도… 어젯밤 처음으로 축축하고 물러빠진, 절망적이기만 하던 그의 성기. 내가 그토록 정성들여 애무했음에도 불구하고 말이다… 그리고 몇 분 전에 걸려온 전화 내용은 또 뭔가… "오늘 밤은 갈 수가 없소… 지금은 설명할 수도 없어요… 아마 내일이면 알게 될 거요…."

지금 이 순간, 나는 전혀 이해할 수 없다… 아니, 혹시 나는 내 속에서 움트기 시작하는 어떤 생각을 애써 거부하고 있는 것이 아닐까… 말도 안 된다 … 그럴 수는 없다! 벌써 그럴 수는 없다… 벌써, 이토록 빨리… 내일을 기다려보는 수밖에… 그가 말했듯, 내일이면 알 수 있을 테니까.

6월 6일

아하, 그랬구나!

그렇게 간단하고 분명한 것을 … 나의 장에게 나는 얼마나 극성을 떠는가! 이처럼 일에 몰두해 있는 그를 나는 또 얼마나 사랑하는가! 그가 연합군과 접선하고 있는 동안 내가 터무니없이 끔찍한 상상에 사로잡혀 있었다니!

여하튼 기쁘다… 날아오를 것만 같다… 심호흡을 해본다… 그러고는 가만히 중얼거려본다. 지난 달 내가 그 '두 가지' 상륙을 서로 연관시켜 생각한 것이 아주 엉터리는 아니었다고….

6월 9일

다시금 나는 아주 친근하고… 아주 부드럽고… 활력에 넘친다… 특히 레지스탕스 활동으로 늦게 귀가하는 밤들에도 그는 어디서 솟아오르는지 몰라도 여전히 기운이 남는지 나를 취한다… 그러면 나는 비몽사몽 간에 ─ 아니, 짐짓 잠든 체하고 있는 상태에서? ─ 내가 마치 오랫동안 천천히 강간당하는 어린 소녀처럼 느껴진다….

6월 11일

빛이 변화하는 걸까? 아니면 차양의 색깔이? 아니면 시트 위에 늘어진 그의 몸의 위치가 변한 때문일까? 혹시 카멜레온처럼 그의 살결 자체가 매일 아침 새로운 색깔을 띠는 것은 아닐까?

어제 그것은 회색이었다. 그저께는 금갈색이었고, 며칠 전에는 거의 장밋빛이었다. 오늘 아침은 꼭 상아빛이다. 그러면 내일은… 내일은 잊자! 기다리는 거다. 내일 있을 놀라움을 기대하면서. 그의 살결을 바라본다는 것, 그의 살결을 바라보면서 그것이 드리우는 그늘을 즐긴다는 것은 이제 나의 아침을 시작하는 기도가 되어 버리지 않았던가!

6월 15일

오늘 아침 신문에는, 새롭게 무장한 군대가 런던을 포격했으며, 이미 사흘 전부터 시 전체가 불길에 휩싸였다는 소문이 나돌고 있다고 한다. 연합군의 상륙 때부터 기대됐던 승리가 위협받고 있는 걸까… "쓸데없는 소문에 불과해. 당신도 적들이 전략적으로 퍼뜨리는 이 따위 소문들에는 눈 하나 깜박 않는 태도가 필요할 거야. 이제부터는 다른 진영에 익숙해지도록 노력해요" 라고 장이 친절하게 말한다.

바보 같으니. 말도 안돼. 하지만 그가 '다른 진영' 이라 말하는 방식이 엉뚱한 영상들을 머리에 떠오르게 하는 것을 어쩌랴. 전투와는 너무나 거리가 먼 영상들. 그는 '다른 진영'을 말했지만… 나, 나는 그저 그의 살결이 아른대는 크고 흰 침대를 보았을 뿐이다.

6월 21일

이본느와 플로, 리제트, 그리고 다른 몇몇 친구들은 산골로 피신해 버렸다. 부활절 이후 지금까지 줄곧 산골에 숨어 사는 사람들도 있다. 이곳에서 벌어지는 사태의 형세가 다소 불안했던지, 장은 나에게 그들처럼 은신하기를 고집한다. 터무니없는 소리! 생각조차 할 수 없다! 이제부터는 '다른 진영'에 익숙해지라고 그 자신이 말하지 않았던가?

그는 나의 주장을 납득한 모양이다. 내가 왜 그러는지 분명히 이해했을까?

6월 25일

한 마리의 괴물.

나는 잔혹한 괴물이 되어 버린 모양이다….

그는 오늘 열 여덟 살된 동지 한 명이 손에 폭탄을 들고 가다 폭탄이 터지는 바람에 산산조각 나버렸다는 얘기를 했는데, 나는 눈도 깜짝하지 않았다. 그리고 몇 시간 후, 그는 잽싼 동작으로 내 몸 위에 올라가더니 거의 내 몸에 접촉하지도 않은 채, 격렬한 쾌감의 절정으로 나를 몰아붙였다. 나는 그 순간을 '작은 죽음'이라 생각했으며, '자, 한번만 더 죽음의 의식을…' 하고 생각하다가 스스로의 모습에 깜짝 놀라는 고약한 여인이 되어 있었다.

7월 3일
또다시 그 비밀 무기들 얘기다.

한두 달 전부터 잠잠해지는가 싶더니, 하나같이 끔찍한 얘기들이 전에 없이 소상하게 다시 거론되고 있다. 도무지 현실같지 않은 대저택들에 새로운 가스를 뿜어대는 쇠파이프 장치에 대한 이야기, 지금 그들은 그런 장치로 가스를 프랑스에 방출한다면 아마 며칠 내로 프랑스를 새로운 극지로 변모시켜 버릴 거라는 얘기를 하고 있지 않은가?

그들이란 바로 장과 '그의 조직'을 말한다. 그들은 어젯밤 내내 공상 과학 영화 같은 얘기들로 내 귀청을 못살게 굴었다. "허튼 소리… 허튼 소리들뿐이야… 도대체 언제쯤이면 당신들은 적에 대한 엉터리 선전을 그만둘거죠?" 그러나 장은 아무런 대꾸도 없었다. 노기를 띤 채 흘깃 쳐다보는 것으로 만족했다.

집에 돌아오자 오히려 그는 상쾌한 태도로, 하지만 분명하게 나의 그 무례한 발언에 대한 대가를 지불케 했다. 달콤한 말 한마디, 변명 한마디 없이, 옷을 벗기는 수고조차 외면하고 그냥 선 채로 갑작스레 나를 침범했던 것이다. 감히 전에 없던 일을 … 내 뒤에 그냥 선 채로… 나의 허리는 끊어질 듯 늘어지고… 쉴 곳을 찾지 못한 내 머리가 좌우로 요동하고… 터져 나오려는 비명을 삼키려는 듯 피가 맺히도록 입술을 악물고… 하늘, 시야에서 아득히 흐려져오는 광막한 하늘이 나를 조롱하는 듯하다

… 등 뒤에서 힘껏 내 허리를 부여잡고서 그는 자꾸만 자꾸만 들이민다… 계속 이대로 밀어붙인다면, 나와 함께 창문틀에 박히고 말리라….

몸의 긴장이 풀리자, 나의 꽁무니는 한결 편해지고 부드러워진다… 마침내 그가 마지막 헐떡임을 토해내고… 그러자 뜻밖의 묘한 쾌감 하나가 딸꾹질처럼 부서진다….

7월 4일

장에게 물어보았다.

"사랑하는 여인을 마치 거리의 여자 다루듯 할 수 있는 건가요?" 그는 귀찮다는 듯 대답을 거절했다. 다시 한 번 물어 보았다. "말해 보세요. 당신, 제발 말해 보세요. 사랑의 헐떡임은 모두 다 같은 건가요?" 그는 괜히 흥분한 듯한 태도를 취하더니, 여전히 아무런 대꾸도 않은 채 불쑥 방을 나가 버렸다.

그도 알 테지만, 그는 내게 사랑하는 이의 영상, 달콤한 욕망의 대상, 끊임없는 몽상의 소재만을 생각하는, 정부(情夫)의 그윽한 쾌감을 안겨 주었다.

7월 5일

꿈꾼다 … 나는 꿈꾼다 ….

하지만 장은 밤새도록 뭔가를 경계하는 눈치다. 그는 나에게 벵자맹과 내가 계속 엥그르 가에 머물다가는 위험할 것이라고 주의를 준다. "이 지역의 모든 여자 동지들이 당신이 지하 운동가와 함께 살고 있다는 사실을 알고 있는 건 아냐. 그리고 당신을 여전히 옛날 당신 남편의 여자로 알고 있을 정보원까지 내가 어떻게 할 수는 없어. 그저 이 집을 징발할 생각만 하는 다른 모든 사람들이야 더 말할 것도 없고…."

7월 12일

영국군은 캉에, 미국군은 셀부르에 주둔하고 있다.

사태는 너무나 분명하다. 위험, 또 위험. 오늘 밤, 장은 이 문제를 놓고 일장 연설을 했다.

험담, 위험, 한밤중에 걸려오는 익명의 전화, 복수의 날이 임박했음을 알리는 현관의 낙서들, 그리고… 그리고… 갈수록 막판으로 모는 것들뿐…. 하지만 내가 퐁토담 가에 있는 장의 숙소로 옮기기로 결심한 진짜 이유는 밤낮으로 그를 볼 수 있다는 행복 때문이었다.

7월 27일

새로운 생활, 묘하기만 하다.

그의 작은 독신 아파트. 나보다 먼저 살고 간 여인들의 체취. 밤낮으로 출입하는 지하 운동가들. 불현듯, 나는 아주 오랫동안 잊고 있었던 에두아르를 처음으로 생각해보았다. 동정하는 마음으로.

8월 11일

연합군의 전격적인 승리가 백일하에 드러났다.

장은 환희에 차 있다. 아침 저녁으로 분주히 들락거린다. 회

합 또 회합. 프랑스를 재건하는 일. 공화국을 다시 생각하는 일
…. 그렇지만 나는 '나의 작은 비밀 꾸러미' 때문에 마음이 그다지 개운치 못하다.

8월 18일

독일군은 떠날 준비를 하는 모양이다. 장의 말에 의하면, 파리는 이제 수복 직전이라고 한다.

8월 19일

장의 충고를 무시한 채, 오늘 아침엔 벵자맹을 데리고 산책을 나갔다. 공공 건물마다 펄럭이던 독일 국기는 이제 찾아볼 수 없다. 이제야 지겨운 전쟁이 막을 내리는 모양이다.

8월 25일

상쾌한 날씨, 찬란한 태양.
총성은 멈추었다. 거리마다 펄럭이는 깃발들. 생 쉴피스 성당의 주변에 엄청난 군중이 운집했다. 관리인, 하숙인, 상인할 것 없이 모두 한결 친근해 보인다. 나 역시 이 흥분의 도가니에 휩쓸려야 하는 걸까? 나는 오데트를 시켜 깃발을 만들었다. 푸른색, 하얀색, 붉은색이 어우러진 대형 깃발을 창문가에 비스듬히 걸어두었다.

1945

2월 3일

아무것도 쓰지 않은 지가 — 몇 개월이나 되었나 — 6개월이 되어간다. 파리 수복이 있었고, 프랑스 전체가 해방됐다. 나라 안이 온통 환희로 가득 차 있다. 끊임없이 상승하는 장은 지난주에 내무장관이 되기까지 했다.

그의 집에서의 나의 묘한 생활은, 비록 옛날만큼 호화롭지는 않다고 하더라도 훨씬 자극적인 것이었다. 비루한 내 과거의 모든 흔적들을 지우기 위해 그가 했던 노력들… 공장들은 다시 가동되었고, 강제 노동국에 협력을 거부한 사람들을 복직시킬 때 슬며시 나를 취직시키는 지혜를 발휘하기도 했다… 확실히 변화하고 성장한 벵자맹은 벌써 정확한 발음으로 '장 아저씨'라고 말한다… 한마디로 꿈… 행복… 환하게 트인 지평… 진정으로 새로운 생활을 위한 모든 조건들이 갖춰지고 있었다… 예상치 못했던 한 사건이 모든 것을 뒤엎어 버린 그저께까지는 말이다….

2월 3일
옆방에서 아이가 울었기 때문에 몇 분간 중단했다가 다시 계속

그저께, 며칠 전부터 한 발자국도 놓치지 않고 나를 따라다니는 수상한 미행자가 있음을 알게 되었다. 그 작자는 몸을 아예 숨기지도 않은 채 나를 따라다녔다. 나는 그가 나와 접촉할 기회만을 기다리고 있다는 느낌을 받았다.

일이 아무래도 심상치 않은 듯해서 나는 장에게 얘기했다. 장은 내 얘기를 듣자마자, 자신이 가까이 알고 지내는 '입이 무거운 해결사' 두 명을 불렀다. 한동안 궁리 끝에 그들은 한 가지 계책을 세웠는데, 그 각본은 이러했다! 내일 아침 내가 집을 나선다. 장은 총을 지니고서 거실의 구석진 창가에 매복한다. 그리고 집 앞 보쥐라르 가에는 장의 두 친구가 약 10미터 간격으로 한 명은 내 앞을, 다른 한 명은 내 뒤를 호위한다. 만약 그 수상한 작자가 내게로 다가와서 말을 걸려고 한다면, 두 사람은 즉시 그 자에게 덤벼들어 사로잡을 계획인데, 필요에 따라서는 구타까지도 서슴지 않는다.

일은 각본대로 진행되었다. 새벽이 되어 나는 뤽상부르 공원으로 향하는 길을 나섰다. 지독한 추위로 인해 통행인들은 뜸했다. 장은 제 위치를 고수하며 '각본'에 충실했고, 나의 수호신들 역시 현관 앞 어두운 그늘 속에 은신하고 있음을 나는 알 수 있었다. 내가 발걸음을 떼기 시작한 지 10초도 지나지 않았을 때, 마침내 그들은 수상한 사나이를 덮쳤고 그와 동시에 장은 창문을 열어젖히며 재빨리 고함쳤다. "손들어! 움직이면 쏜다!" 그야말로 각본대로였다. 그 자가 팔을 드는 순간 나도 모르게 비명을 내지른 것을 제외하고는… 그 사나이는 커다란 갈색 봉투를 손에 들고 있었다. 봉투에는 알아보기 힘들 정도로 더럽혀진 두터운 필체의 글씨가 쓰여 있었는데, 그것은 바로 나의 이름이었다. 앞쪽으로 다소 기운 듯한 그 필체, 내가 어찌 그 글씨체를 모르랴… 그것은 바로 에두아르의 필체였다….

이 사람은 누구인가? 대체 이 편지는 어디에서 왔단 말인가? 이 사람은 내가 이곳에 살고 있는 것을 어떻게 알았을까? 돌연한 습격에 놀란 그는 끽 소리도 하지 못했다. 우리 역시 편지 내용을 읽는 일에 급급했으므로, 그에 대한 질문을 늦출 수밖에 없었다. 지난 1월 12일자로 독일의 지그마린겐으로부터 도착한 그 봉투에서는 빽빽하게 쓰여진 20여 장의 편지가 쏟아져 나왔는데, 에두아르가 집을 나선 후 1년 남짓 동안 그에게 일어났던 모든 일들이 상세하게 적혀 있었다.

편지의 내용을 죄다 옮겨 적을 수는 없다. 요약하고 싶은 마음도 없다. 너무나 지쳐 버렸기에 그것을 입에 담기조차 싫다. 오늘 할 수 없는 일은 내일로 미루는 수밖에….

2월 4일
춥고 눈 오다.
재난의 도시, 파리의 하늘 위로는 황량한 기운만이 감돌고 있다. 이따금씩, 두터운 외투로 몸을 포근하게 감싼 노점 상인들이 비록 전쟁을 치른 후라고는 하지만 파리가 이토록 황량했던 적은 없었노라고 수군거린다. 지금 이 순간 벵자멩은 괜히 나의 마음을 조급하게 한다. 그리고 여전히 저기 놓인 저 편지는 끔찍하고 잔혹할 따름이다….

2월 5일

좋아. 시작하기로 하자. 지금 저 편지를 읽지 않는다면 언제 저 편지를 다시 대할 수 있을지 모를 노릇이니까. 대충 훑어보자. 사실, 자세히 읽는다는 것이 중요한 건 아니다.

편지의 내용은 그가 집을 나서던 날로부터 시작되고 있었다.

기차에 탑승하기 직전, 역 구내에서 웬 젊은이에게 살해된 친구 켈러의 죽음… 뮐하우스 지구에 위치한 용도 변경된 정신 병원에서 홀로 머무르며, 그는 무시무시한 SS대원으로 말하고 사고하고 행동하는 법을 5개월에 걸쳐 배웠다 … 그리고 포메라니에서의 지루한 나날들. 그곳에서 그는 동부 전선에서 몰려든 다른 여러 프랑스인 지원자들과 함께 여름을 보냈다. 하지만 몸에 잘 어울리지 않는 SS대원의 제복과 지나치게 완벽한 독일어 억양으로 인해, 그는 종종 그들의 놀림감이 되곤 했다… 러시아 군대의 반격이 시작되면서 그들 모두는 지독한 험지까지 후퇴해야 했는데, 그곳에서는 하루에 고구마, 당밀, 라드(돼지 기름) 한 조각씩이 배급되었다. 언제나 우리 집 대리석 욕조의 호화로움을 자랑스럽게 생각하던 그 불쌍한 사람은 결국 대대원 전체가 서로 물을 튀기며 뒹구는 더러운 개울에서 몸을 씻어야만 했던 모양이다… 그들은 다시 바이에른의 빌트프렉켄까지 후퇴했는데, 그곳에서는 눈과 혹한 속에 몸을 웅크린 채 거의 먹지도 자지도 못하며 겨울을 나야만 했다. 매일 밤, '완벽한 훈련'을 실시하겠다는 잔인한 사관들의 독려하에, 그들은 언제나 젖어 있는 얇은 외투를 걸친 채 눈더미 속으로 숨어든다거나 밤새도록 빙판 위를 달린다거나, 몇 필의 말이 힘을 합해도 끌지 못할 무거운 기관총들을 수킬로미터나 떨어진 포가(砲架)로 끌고 가야 했다.

결국 지쳐 버린 에두아르. 그는 탈영을 결심했다. 독일이라는 병화(兵火)와 유혈의 도가니에서 탈출하고자 했다. 탈영 과정에서 한때 괄괄한 SS대원이던 그의 모습은 알아보기 힘들 정도로 변해 버렸다. 쭈그러진 칼라, 초췌한 작업복, 진흙투성이의 장화에다 어느 날 역 구내에서 아끼던 모자를 잃어버렸기에 시체로부터 훔친 챙 없는 러시아 모피 모자를 비스듬히 쓴 모습. 그리하여 방아쇠 한번 당겨보지 못한 채, 초췌한 몰골로 마침내 지그마린겐까지 당도했고, 그곳에서 그는 자신이 '대독 협력 망명객들'이라고 불렀던 자들을 다시 보게 되었는데, 그들의 세계는 자신이 방금 빠져나온 지옥에 비하면 '세련의 극치'였음을 그는 구태여 내게 숨기지 않았다.

자세한 내막이야 중요하지 않다. 중요한 것은 적어도 나에게만큼은 최악의 사태가 도래했다는 사실이다. 이 가엾은 이는 돈도 종이도 아무것도 없다고 한다. 기왕 귀환하기로 결정한 이상, 파리에서 직면할 상황에 대해 정확하고 새로운 정보가 필요하다고 한다. 그리고 자신이 필요로 하는 모든 것을 하루 속히 공급받는 문제를 두고 그는 나만을, '그의 아내, 그의 자식의 어머니'만을 믿고 있다고 한다…

2월 6일

이 사흘 동안 줄곧 나는 짓눌려 지낸 것일까?

짓눌려 지냈다기보다는… 차라리 멍하니… 그저 넋이 나가 버렸다는 표현이 옳다… 참으로 나는 아무런 생각도 할 수 없었던 것이다. 그가 돌아옴으로 해서 필연적으로 밀어닥칠 그 모든 결과들과 더불어, 그가 나와 아주 가까운 곳에 그렇게 살아 있다는 사실을 납득하고 승인하기까지에는 실로 많은 노력이 필요했다… 그의 귀환을 그토록 믿지 못하는 나 자신이 약간은 수치스러웠다. 어떻든 그의 귀환은 정상적인 게 아닌가? 그것은 예견된 것이 아닌가?

난 기다릴 수 있었을까? 다른 뭔가를 기다렸던 것일까?

2월 7일

현재로서는 정확하고 신속하게 내려야 할 용단만이 남아 있다. 즉 그와의 재결합에 순응할 것인지, 순응하지 않을 것인지.

그로서는 재결합을 당연지사로 여기고 있으리라. 장과의 관계를 전혀 모르고 있을 그는 예전처럼 내가 여전히 말 잘 듣는 사랑스런 부인이리라고 생각하여 자신의 호출 신호에 아무런 망설임 없이 뛰어오리라는 사실을 전혀 의심하지 않고 있을 것이다. 하지만 나는?

2월 8일

장은 내가 에두아르에게 아무런 책무도 없다고 한다. 내가 그에게 복종해야 할 이유가 전혀 없다는 것이다. 그는 말했다. 지그마린겐은 대독 협력 단체 중에 가장 고약한 온갖 분뇨들의 처리장이라는 것, 그리고 바로 그 오물 냄새를 풍기는 여러 비열한 작태들을 나의 신상명세서에서 삭제하기 위하여 온갖 노력을 기울였는데, 이제 와서 '나를 무모하게도 그 늑대 소굴에 가도록 내버려' 둔다면 자신은 아마 '미치광이'일 것이라고 했다.

그의 생각은 나무랄 데 없이 옳다. 하지만 세상 사람들이야 뭐라고 하든, 그 사람이 남편이라는 사실은 여전히 남아 있다. 비록 그것이 장에게는 더 이상 그렇게 여겨지지 않는다고 할지라도, 나에게도 에두아르에게조차도 더 이상 그렇게 여겨지지 않는다고 할지라도 그 사실은 여전히 남는다. 에두아르와 나를 영적으로 맺어 주신 그분의 눈에는 말이다. 어찌 잊을 수 있으랴? 내가 그분 앞에서 했던 영원한 도움과 구원의 맹세를.

2월 9일

장은 갈수록 완고한 태도로 반대한다. 온갖 수사를 동원하여 윽박지르기도 하고 달래기도 한다… 내 마음을 돌이키기 위해 밤을 꼬박 새워가며 얘기하는 것도 서슴지 않는다. "미신을 믿는 것은 아니지만, 나는 방금 아주 불길한 꿈을 꾸었소. 꿈속에서 나는 당신이 지그마린겐에 도착하는 것을 보았지. 그랬는데…"

나는 그가 얘기를 끝낼 때까지 잠자코 내버려두지 않았다. 그것은 말 그대로 악몽일 뿐이라고 사납게 쏘아부친다. 그러다간 어느 결에 나 자신이 악몽을 꾼다. 꿈속에서 에두아르는 우리 집 문을 두들기는 거지였고, 문을 열어 주기 위해 종종걸음으로 나서는 녀석은 바로 벵자멩이었다.

2월 10일

오늘 우리는 어느 때보다도 진지한 토론을 나누었다. 장은 나의 여행에 대해서 다음과 같이 설명했다.

— 그것은 해괴망측한 일이다. 왜냐하면 전쟁의 잔해만이 널려 있는 곳에 '한 송이 꽃'처럼 들어서는 격이니까.

— 그것은 자살 행위다. 요즘 같은 때에 그런 류의 여행을 한다는 것은 독일과의 협력에 다름 아닌 만큼, 대역죄와 마찬가지로 취급되는 까닭이다.

— 그것은 무책임한 짓이다. 왜냐하면 '깨어진 독 값을 치르기 위해 무고한' 세살박이 아기를 뒤에 내팽개쳐두는 일이기 때문이다.

— 끝으로, 그것은 불가능한 일이다. 내가 전적으로 동의하여 온갖 수단을 동원한다고 할지라도, 프랑스와 독일의 국경이 여전히 전투 열기로 가득한 지금, 국경을 넘겠다는 생각은 전혀 실현성이 없는 망상이기 때문이다.

그러나 나는 잘라 말했다.

"나는 넘어야 해요. 에두아르가 도움을 요청하고 있어요. 우리가 그것을 못 들은 체할 수는 없어요."

2월 11일

그것이 '불가능' 하다고 말한다면 그것은 명백한 거짓이다. 비록 내가 '위대한 레지스탕' 은 아니라 할지라도, 나름대로 약간의 조사를 해본 결과, 원한다면 얼마든지 스위스를 통해 국경을 넘을 수 있으리라는 결론에 도달했기 때문이다.

2월 12일

벌써 열흘이 지나고 있다.

그 일 외에는 아무것도 생각조차 할 수 없다. 에두아르의 모습만이 아른댄다. 기억에 되살아나는 과거의 온갖 영상들. 요사이 내가 마음으로 그려보는 그의 여러 모습들. 이젠 장이 아주 멀게만 느껴진다. 마치 낯선 사람처럼… 그의 애무에 완강히 거부하는 나의 육체… 에두아르가 불러올 화의 초기 징후라 해야 할까?

2월 15일

오늘은 바로 벵자멩의 생일이다.

1년 전의 오늘처럼 슬프고 우울하기만 하다. 게다가 올해의 생일은 머리 속의 엄청난 혼란까지 겹쳤다… 내색하지 않으려고 무던히 애를 썼지만 애들은 금세 눈치채 버린다. 그렇지 않은가? 탄생 이후 벵자멩이 오늘처럼 거칠고 신경질적이며, 뭐라고 표현할 수 없을 정도로 그렇게 안달을 부린 적은 없었다.

2월 16일

이 여행이 미친 짓임은 사실이다.

나 역시 한순간도 마땅히 해야 할 여행으로 여긴 적은 없다. 그의 말이 매번 옳았음도 사실이다. 사실 나는 이 여행이 구체적으로 그에게 뭘 가져다 줄 것인지도 모르겠다. 그렇다면 이 여행은 '선의'에서일까? 아니면 '자비심', '결혼의 신성한 의무' 때문일까? 그 무엇도 충분한 이유는 아니다….

그렇다면 무엇 때문일까? 모르겠다. 이상한 일이다. 어쩌면 회한 때문인지도 모른다… 양심의 가책… 항상 마음 한구석에 남아 있던 것, 언제나 나는 조만간 이런저런 방법으로 속죄해야겠다는 생각을 품고 있지 않았던가. 그렇다. 너무나 자주 나는 그의 품에 안겨 기쁜 마음으로 그가 듣지 못한 이 외침을 토했었다. "장, 우리는 대가를 치러야 해요"라고.

2월 17일

"장 아저씨!" 하면서 문을 열고 종종걸음으로 나올 벵자멩 — 에두아르가 금방 알아보지 못할 — 과 함께, 어느 날 그가 불쑥 퐁토담 가에 나타나는 것을 보고 싶지 않다면, 아무런 변명도 없이 서로의 눈을 정직하게 바라보면서 미리 그에게 모든 것을 얘기해야 한다는 단순한 생각.

그렇다. 단지 이 이유만으로도 나는 떠나야 한다.

2월 18일

자, 결정했다.

변경될 수 없는 결정. 물론 장은 무척이나 속상한 모양이다. 하지만 달리 선택의 여지가 없음을 이해한 그는 몹시 마음 아파하면서도 입국 허가서, 패스포드, 통행증 등 당장에 필요한 모든 준비물들의 해결을 도와주었다.

2월 22일

일단 마음을 결정하고 나자, 이상하게도 마음 가득 평온이 찾아들었다. 지난 해 바로 오늘 밤, 무슨 일이 있더라도 저 장이라는 사내를 유혹하리라 결심했을 때와 같이….

2월 26일

출국 허가를 얻는 데 꼬박 사흘이 걸렸다.

유리창 달린 난방 기차를 보장받는 데 또 그만큼의 시간이 걸렸다… 그리고 동부역 홀에서 하룻밤 꼬박 줄 서서 기다려서야 — 다행히도 이는 라자르의 임무였다 — 마침내 창구에 이르러 표를 살 수가 있었다. 내가 스위스를 거쳐 독일로, 지그마린겐이라는 대독 협력자들의 늪 속으로 비밀리에 갈 수 있게 되기까지에는, 나로서는 알 수 없는 많은 은밀한 공작들과 암중 거래가 필요했다. 장은 '나의 안전에 꼭 필요'하다고 생각되는 지점마다 자신의 밀정들을 배치하기까지 한 모양이다….

지금 나는 기차 안에 있다. 방금 최후의 탑승객이 차에 오른 모양이다… 안네마스까지 나와 동행하기로 한 오데트는 혹시나 사람들이 자기를 몰아내지 않을까 두려운 듯, 미동도 없이 좌석에 웅크리고 앉아 있다… 마치 나를 감시하는 듯한 험상궂은 눈초리들 때문에 나 역시 절로 몸이 굳어왔다… 나는 살며시 플랫폼을 향해 고개를 돌렸다. 벌써 며칠째 그곳에 나와 있었어도 아직 탑승하지 못한 가엾은 군중들… 바로 그 군중들 틈바구니에서 추위 때문인지 긴장되고 수척해 보이는 얼굴임에도 짐짓 명랑한 어조로 안녕을 연발하며 손을 흔들고 있는 장을 바라본다… 그가 들으면 나의 뺨을 때리려 들 테지만, 묘하게도 나는 지금의 상황이 재미있게 여겨진다. 지금 이 순간 나는 이 세상의 온갖 고통을 확인하러 간다는 데서 오는 묘한 흥분을 느끼고 있다. 나는 이 흥분의 의미를 좀전에 우연히 엿본, 평소와는 달리 열 오른 듯한 오데트의 눈동자에서 읽을 수 있었다. 비록 겉으로는 그녀를 꾸짖을 듯이 눈살을 찌푸렸지만, 그녀 역시 나처럼 우리가 엄청난 모험을 떠나는 것처럼 느끼는 게 분명했다.

2월 26일의 계속

나는 무엇을 찾으려고 하는가?

나는 누구를 다시 찾으려는가? 내가 그에게 얘기나 할 수 있을까? 그는 내 얘기를 듣기나 할까? 지금 이 기차 안에서 내가 할 수 있는 일이란 그와의 상면에 관한 나름대로의 각본을 짜보는 일이다… 나의 대꾸들… 그의 대꾸들… 나를 대하는 그의 거동들… 내가 취해야 할 냉정한 태도… 본질적인 것은 어떻든 현 상황을 냉철하게 판단해야 한다는 것이다. 한편으로는, 장과 나… 사랑… 인생… 그가 이해해야 할 새로운 상황을 이해시켜야 할 것이다. 그리고 현재 파리를 지배하고 있는 분위기, 결과적으로 그를 기다리고 있을 것에 대한 가능한 한 객관적이고도 진실한, 성실하고도 구체적인 설명이 필요할 것이다.

2월 27일

어제는 80킬로미터를 달렸다.

그리고 오늘은 100킬로미터. 벌써 이틀 낮과 하룻밤을 이 열차간에 갇혀 지낸 셈이다. 확실히 나는 이렇게 오래 걸리리라고는 생각지 않았고, 이 지독한 전쟁이 우리들의 철로를 이런 상태로 만들어 놓았으리라고도 생각지 못했다.

나는 또 상념에 잠긴다… 에두아르에 대한 생각… 방금 떠나온 장에 대한 생각… 벵자멩이 태어나기 몇 주 전 어느 날 저녁, 집에서 에두아르가 했던 말. "복음으로 환속한 사람으로서, 나는 사랑을 믿어"…아, 너무 졸려서 오래 생각할 수가 없다… 이 수수께끼 같은 말들의 의미는 다음에 다시 생각하기로 하자.

2월 28일

열차간에서 두 번째 밤을 보냈다.

피로감이 몰려온다… 권태… 웅크리고 앉은 사람들의 악취… 비참함과 인내 속에 말없이 도사리고 앉은 고집스런 표정들… 아, 그렇다. 이 불쌍한 사람들의 기이한 참을성! 모든 것을 보고 겪은 듯한 태도! 자신들이 겪어야만 했던 일들에 비하면, 이런 식으로 언제까지라도 머물 수 있다는 듯한 태도이다… 불평도 항의도 없이 차가운 통로에 서 있거나 짐짝 위에 정어리처럼 빽빽하게 포개앉아서! 재미난 경험이다… 나는 가난한 이들을 이토록 가까이에서 본 적이 없다… 단 한 가지 문제는 내가 이 가난한 사람들 중의 하나가 아니라는 사실이다… 그리고 이런 상황 속에서 또 하룻밤을 견뎌내지 못할까 봐 두렵다….

3월 1일

그러나… 사람들은 모든 걸 견디어낸다.

일단 끔찍한 한순간을 보내고 나면, 더 이상 낮도 헤아리지 않고… 더 이상 밤도 헤아리지 않는다… 얼굴을 마주보고 앉은 뚱뚱한 사람의 코고는 소리에도 이제는 신경을 쓰지 않는다… 신발 끄는 소리를 쉬지 않고 내는 남자의 신경 거슬리는 버릇에도… 출발하면서부터 줄곧 나를 발가벗기듯 쳐다보는 젊은 남자의 끈끈한 시선에도… 자기 좌석에 조각처럼 앉아서, 비난이 가득한 눈길로 나를 바라보는 듯한 갈색 피부의 몸집 좋은 부인에게도 더 이상 신경을 쓰지 않는다… 아니, 아무것에도 신경을 쓰지 않게 되었다. 모든 것이 지워지고… 모든 것이 뒤섞인다. 메마르고 생기 잃은 인간 군상… 그들은 지금 내 앞에서 썩고, 해체되고 있는 중이다.

나의 유일한 사치라면, 주변의 험한 눈초리를 무릅쓰고 매 두 시간마다 귀 밑에다 엘리자베스 아르당 향수를 뿌리는 것(문득, 어느 영화에서인지는 모르지만, 악취를 막기 위해 송장의 몸에다 향수를 뿌리던 범죄자의 영상이 떠오른다…).

3월 1일의 계속

그들과 같다….

그렇다, 나는 정확하게 그들과 같았다… 어느 결에 내 옷도 주름살투성이가 되어 있다… 갑자기 기차가 멈추었다… 경보다… 모두들 바깥으로 뛰쳐나간다… 구덩이 속으로… 끔찍한 혼잡 속에 뒤얽힌 육신들의 무더기… 그리고 그 무리, 그 무더기 속에 아무렇게나 팽개쳐진 나, 마틸드… 상반신에 닿은 어떤 남자의 코. 코 아래서 들리는 낯선 사내의 숨소리. 바짓가랑이 속으로 밀려드는 진흙… 떼어 놓을 생각조차 할 수 없는, 내 몸 위에 제멋대로 노닐고 있는 웬 손… 고향을 떠난 후 처음으로 나의 뇌리에는 불길한 예감이 밀려들었다… 어쩌면 이렇게 글로 적는 것이 액땜이 될지도 모른다….

3월 2일

한순간, 나는 믿을 수가 없었다… 너무나 상쾌하고, 너무나 행복한 한순간이 닥친 것이다… 생각지도 못했던… 마치 가죽 더미를 실은 화물차가 짐을 부리듯, 기차가 텅텅 비어가는 것을 나는 보았다.

납빛 안색의 수척한 군중들이 휘청이는 걸음새로 모두 플랫폼에 내려섰다. 그때 귀 위로 검은 베레모를 삐뚜룸하게 얹은 땅딸막한 청년이 쾌활하게 웃으며 내게로 다가와 말했다. "안녕하세요, 부인. 저는 그로 폴로라고 합니다. 오늘 밤은 까마귀들이 낮게 날 겁니다." 순간 나는 모든 것을 깨달을 수 있었다. '까마귀들… 장… 장의 밀정들… 그의 민병대… 아니 그의 레지스탕… 결국 민병으로 가장한 그의 레지스탕… 그렇다면 여기는 안네마스이고… 곧 스위스에 도착하겠군… 그리고 분명 저기 있는 저 트럭이 곧장 나를 독일까지 인도할 테지….'

뜻하지 않게 아늑한 밤을 제공해 준 트럭의 작은 침대 위에 누워, 나는 이제 흔들리는 차의 요동에 몸을 내맡기고 있다.

3월 3일

나는 모처럼 달콤한 밤을 보냈다.

아름다운 가로수… 다정한 풍경들… 요술 부리듯 지나쳐온 국경의 초소들… 서로 속이고 속은 이중의 유희… 이 모든 상황 속에서도 마냥 태평스러워 보이는 그로 폴로… 영원히 몰아내었다고 생각했던 그 역겨운 독일군 제복을 다시 발견하게 된 데서 오는 약간의 긴장감… 마침내 나는 내게는 마치 약속의 땅처럼 여겨지던 지그마린겐에 무사히 도착했다….

외양만을 말하자면, 그곳은 바바리아 양식의 매우 아름다운 마을이었다. 겹겹으로 싸인 웅장한 집들도 보였고, 집들마다에는 생동감이 넘치는 색채가 살아 있었다. 마을 어귀에는 전쟁의 광풍이 스쳐갔음에도 '온천 도시'라는 푯말이 여전히 남아 있다. 한데 문제가 생겼다. 파리에서 장이 세워두었던 계획의 일부가 어긋나 버린 모양이다. 마중을 나오기로 한 친구들이 나를 기다리고 있지 않았던 것이다.

예정된 숙소를 잃어버린 나는 쉴 곳을 찾아 헤매야만 했다. 정오가 다 되도록 나는 수도 없이 매정하게 거절당하며 낯설기만 한 대문들을 두드리고 다녔다. 원래는 선량한 사람들이었을 텐데, 자꾸만 침입해 들어오는 프랑스인들의 물결로 인해 야박하게 되어 버린 것이리라. 온천 도시라는 허울 속의 지그마린겐의 참모습, 나는 방을 구하는 과정에서 이 마을의 참모습을 보게 되었다. 방 한 칸에 열 명에서 열두 명까지 묵고 있는 지저분한 호텔들하며, 온갖 더러움과 기생충으로 들끓는 이 마을의 실상을 … 마침내 나는 하룻밤에 200마르크를 받고 침대 하나를 내어 주겠다는 가족을 발견할 수 있었다.

지금은 저녁 8시. 충분한 쉬지는 못했지만, 새 옷을 갈아입고 간단한 화장 정도는 할 수 있었다. 잠시 후, 그로 폴로가 에두아르를 데려오기로 한 곳은 아주 협소한 어느 여인숙이었다. 언젠가 장이 내게 얘기해 주었던 그 '색싯집'을 연상케 하는….

3월 4일

나는 내가 마음의 준비를 단단히 했다고 믿었었다.

나와 마주치게 될 사람이 더 이상 예전과 같은 모습이 아닐 거라는 사실에 대비하기 위해서, 그가 보냈던 편지를 거듭 읽은 것 또한 사실이다… 그러나… 이토록 변했을 줄이야! 완전히 변해 버린 모습! 그의 살갗을 감싸고 있는 누렇게 뜬 기름 가죽! 으깨진 채 더 이상 알아볼 수 없는 콧날과 턱선! 옛날의 출렁이던 머리카락 대신 희끗희끗 벗겨진 그의 머리! 지난날의 그 교만한 태도와는 너무나 다른, 나와 얘기를 나누고자 할 때의 그 상갓집 개 같은 태도! 사실 얼마나 충격이 컸던지 나는 그로 폴로를 대하기가 민망할 정도였다. 나는 그에게 이렇게 말하고 싶었는지도 모른다. "아니에요. 이렇지 않았어요. 나의 남편이 예전에도 늘 이런 모습이었다고는 상상하지 말아요"라고. 그로 폴로로서는 내 마음 상태 따위는 알 바 아니었다. 그의 뇌리에는 이해할 수 없는 이 거북한 상면 자리로부터 가능한 한 빨리 벗어나려는 일념뿐이었으리라.

그가 방에서 나가자마자 에두아르가 내게 가까이 다가왔다. 그 역시 어색한 눈길로 숨을 몰아쉬며 다소 역겨운 축축한 입술을 내게 주었을 때, 나는 차마 거절할 용기가 없었다. 그는 내가 불쾌하게 느끼는 것을 알아챘을까? 현재의 자기 모습을 의식했을까? 아마도 그랬을 것이다. 다행히도 그가 그 이상을 요구하지 않았으니까. 내가 뭐라고 말도 하기 전에, 내게서 떨어진 그는 그 방에 하나밖에 없는 의자에 가서 앉았다. 그러고는 알아듣기도 힘든 빠른 말로 변명을 늘어놓았다. 밤의 나머지는, 파리 소식을 얘기할 때 좀 거북하긴 했으나, 특별한 일 없이 그저 그렇게 다정한 분위기 속에서 흘러갔다. 지그마린겐… 그의 편지들… 벵자맹의 건강… 그 아이를 어떻게 교육하고 있는지… 라자르… 오데트… 물론 장의 안부도 물었다. 그의 태도에는 그들 사이에 있었던 일에 대한 가식 없는 후회와 부드러운 신뢰로 가득했으며, 나는 그에게 말하고자 했던 바를 도무지 말할 엄두가 나지 않았다. 곤란한 주제들일랑 내일로 미루자고 약속이라도 한 것처럼, 우리는 더 이상 아무런 논의도 하지 않았다.

3월 5일

햇살이 비치는가?

그를 환대하는 듯한 이 과자점의 분위기는? 연이어 그에게 인사하러 오는, 핏기 잃은 얼굴에 누더기를 걸친 이 사람들은 누구인가? 여기저기서 "중위님, 중위님" 하고 부르는 소리는?

지금 나와 마주앉은 이 사람이 지난날 내가 알았던 사람과는 딴판이라는 것, 전혀 새로운 모습이라는 사실은 여전히 변함이 없다. 그렇다. 분명 그는 자신의 매력도, 자신의 아름다움도 되찾지 못했다. 이를테면, 게걸스럽게 음식을 먹어치우는 그 모습 또한 나에게는 타락의 징표로 여겨졌다. 하지만 어쩌면 풍모가 한결 당당해진 듯도 하다. 어떤 자신감 같은 것. 그의 눈 깊숙한 곳에는 장과 나에게 대들 때의 벵자멩을 생각나게 하는 어떤 거만함이 남아 있었다. 그런 것을 생각하노라면 그가 '그렇게까지 늙어 버린 것은' 아니라는 생각도 든다. 예컨대 목줄기나 손마디 같은 곳, 눈빛 등은 과거의 광채를 여전히 간직하고 있었다….

"당신은 내가 늙었다고 생각하는군."

마치 내 생각을 읽기라도 한 듯, 그가 느닷없이 말했다.

"늙었는지는 잘 모르겠어요… 그보다는 변했다는 표현이 낫겠군요."

"변했다… 변했다… 듣기 좋으라고 하는 말이겠지. 변한 건 바로 당신이요… 당신은 생각했던 것보다 훨씬 많이 변했군."

"잘 모르겠어요…."

"물론, 당신은 잘 모르겠지… 그렇지만 나는 알아… 난 알겠어… 이 영악한 에두아르의 시선은 어떤 것도 놓치지 않는다는 걸 당신도 알 거요."

"그래요…."

"이해하지도 못하면서 '그래요'라고 말하지 마… 당신이 더 예뻐졌다는 얘기는 절대 아니야… 뭐랄까, 더욱 빛난다고 할까… 그래, 그거야. 더욱 생기가 돌고 있어… 내가 떠나던 당시와는 비교도 할 수 없을 만큼 활짝 피었어…."

"기쁜 얘기군요."

"나야말로 당신을 보게 되어 얼마나 기쁜지 당신은 모를 거요! 어젯밤 그 작은 방에서 당신이 몸을 기대왔을 때, 난…"

"제발!"

"왜 그러오, 당신! 사랑스럽고 정숙한 부인이 그동안 더욱 매력적이 된 걸 기뻐할 권리도 없다는 건가?"

"제발… 부탁이에요…."

"부탁이라면 관두지… 그럼 다른 얘길 해줘… 당신을 이렇게 만든 사람 얘기 말야… 내 말은, 당신도 알겠지만, 당신이 우리의 아들 나으리께 바쳤을 그 광적인 무한한 사랑 얘기를 해달라는 거야."

그는 위협적으로 보이려고 눈썹을 찌푸리면서, 약간 심술궂고 의심섞인 목소리로 '우리의 아들 나으리'라고 말했다. 그 순간 나는 결혼 초기의 질투심 많고 소유욕 많던 남편을 다시 보는 듯했다. 하지만 정말 그의 말처럼 내가 변한 것인지도 모른다. 이미 나는 그의 그런 수작들에 쉽사리 감동되는 여자가 아니다. 처음 그를 만났을 때의 전율은 어느 결에 사라지고, 이제는 아무렇지도 않은 듯 다음과 같은 말을 건조하게 내뱉을 수 있었다.

"제가 이렇게 먼 곳까지 온 것은 심각한 일에 대해 상의하기 위함이지, 지쳐빠진 수탉의 앓는 소리를 듣고자 함이 아니에요."

그 가엾은 인간은 방 한쪽 구석에 꼼짝없이 앉아 가만히 내 얘기를 듣기 시작했다. 현재의 파리 분위기… 추방령… 대독 협력자들을 탐색하는 수법… 활동이 금지된 작가들… 도처에서 탄식을 일삼는 부역 죄인들… 성직자들… 머리카락을 짧게 깎인 여인들… 약식 처형… 하지만 최악의 순간은 지나갔으며, 열기도 어느 정도 가라앉았고, 절제하기 시작한 '위원회'… 이제 모든 것은 공정한 재판을 통해 처리될 것이라는 따위의 내 설명들을, 그는 도중에 가로막지 않고 얌전하게 듣는 것으로 저녁 식사 후의 남은 시간들을 보내야 했다.

하지만 나의 외도와 일기장 얘긴 비밀로 한 채, 나의 작은 방으로 되돌아온 나는 그의 암시적인 말들의 의미에 대해 혼자서 생각해보지 않을 수 없었다… 그가 뭔가를 알고 있을까? 짐작하고 있는 것이 아닐까? 그리고 지난달에, 그의 심부름꾼은 어떻게 내 주소와 행적을 알아냈을까? 어쨌든 이 모든 것은 곧 밝혀져야 하고, 불안의 원인은 제거되어야 하리라.

3월 6일

결국 아무것도 말하지 않은 셈이다.

사실, 말할 수가 없었다. 어떻게 얘기를 꺼내야 할지 몰랐다. 고백을 할 기회를 잡을 수가 없었던 것이다. 온종일 다른 문제 — 즉 그가 개인적으로 취해야 할 일들에 대해 — 를 토론하며 시간을 보냈다. 나는 '모든 것을 팔아서' 가능한 한 '최대한의 돈'을 장만하여, 벵자멩을 포함하여 우리 세 사람이 모두 "남미로 가서 새로운 삶을 꾸미자"는 그의 제안을 완강히 떨쳐 버렸다.

그렇다면 두 가지 가정을 생각할 수 있다. 첫째는 얼마 동안이 될지는 모르지만 그가 불명예스런 망명을 택하여 자신이 아끼고 사랑하는 모든 것에서 멀어져 혼자 도망하는 것. 두 번째 가정은 몇 년간 감옥살이를 할 각오를 하고 파리로 돌아가 조국의 심판을 의연히 감내하는 것. 후회와 속죄에 대한 은총을 위해서라면, 과거를 속죄하고 고개를 곧추세운 채 새롭게 시작할 삶을 위해서라면, 몇 년간의 감옥살이가 뭐 그리 대수겠는가? 나의 처지를 생각한다면 그런 선택을 하는 것이 긴급하다 할 수는 없겠지만, 나의 기질이랄지 인생철학을 고려한다면, 그리고 그를 위해서라도 나로서는 그로 하여금 후자를 선택하도록 격려하는 수밖에 없다.

3월 7일

문제는 해결되었다.

그를 설득한 것이다. 논의의 향방에 결정적인 역할을 한 것은 장에 대한 얘기였을 것이다. 많은 시간들을 공유했던 만큼, 그가 결코 우정을 저버리지 않을 것이며, 특히 그의 현재 지위와 그가 받고 있는 신임 등이 분분한 의견들을 잠재우고 당신의 구원을 가능하게 할 것'이라는… 하지만 나는 여전히 남아 있는 그 문제만큼은 감히 얘기하지 못했다… 장과 내가 함께 살고 있다는 사실, 이 문제만큼은 도저히 말할 엄두가 나지 않았다….

나는 분명히 알고 있다. 그것이 그가 듣기에는 너무나 가혹한 이야기이고, 그에게 엄청난 고통을 안겨 주리라는 것을. 전혀 의심조차 하지 않는 그가 이 얘기를 듣는다면 파리 귀향을 포기할지도 모른다는 것을 잘 알고 있었다. 내 판단이 옳았을까? 아니면 틀린 것일까? 차라리 얘기를 끝내는 편이 낫지 않았을까? 그렇게 해주길 그토록 바라던 장은 뭐라 말할까? 두고 볼 일이다. 어떻든 지금으로선 너무 늦어 버렸다….

지금 나는 다시 트럭 안에 있다… 스위스를 향해 떠난다… 그는 이미 저만큼 멀어져 있다. 고맙다는 듯, 붉게 충혈된 작은 두 눈을 연신 깜빡이면서… 우리의 논의대로라면, 그는 우선 며칠 앞선 나의 출발을 내버려두어야 한다. 그러고 나서 그는 나름대로 방책을 강구하여 가능한 한 빠른 시일 안에 나를 뒤따라와야 한다.

3월 11일
쓰라린 귀향.

차라리 가지 않는 편이 좋았을 그 여행에 대해 이제 더 이상 말하지 않으련다. 하지만 귀향 자체, 나의 파리 귀향만큼은 얘기하자. 장은 내가 전혀 예상치 못했던 분노로 펄펄 뛴다.

"아, 당신 결국 마음이 약해지고 말았군! 당신은 그에게 죄다 털어놓을 용기가 없었어! 좋아, 이제는 어쩔 도리가 없지. 명예롭게 처신해야겠지. 그를 받아들이기 위해, 힘들고 괴롭더라도 당신 부부의 저택에 남아 있는 모든 것들을 다시 정돈해야 하겠군, 그래…."

더 이상 듣고 싶지가 않다… 너무나 지쳤고… 너무나 슬펐다… 결국 대가를 치르고 있나보다.

3월 12일
나는 정적에 잠긴 커다란 방들을 이리저리 헤맸다.

나프탈렌 냄새가 나는 방들에 신선한 공기를 들이면서, 가구들이라든가 여러 잡다한 물건, 가재도구들을 정리하면서 한나절을 보냈다. 달리 말해서, 1년 전과는 묘하게 달라진 이 장소에다 삶의 또 다른 외양을 입히느라 하루를 보낸 것이다… 1년이 지난 지금, 근본적으로는 아무것도 달라진 것이 없다… 모든 것은 애초에 내가 놓아둔 그대로 정확히 제자리에 있었다. 물론 그새 누군가가 와서 이 물건들을 사용했을 리는 없었다. 망가뜨려진 벽화, 껍질이 벗겨진 마룻바닥의 석고상, 축 늘어진 모직 양탄자, 색 바랜 천 조각, 어디서 생겨났는지는 모르나 물이 새는 자리들… 저택의 거대한 몸체는 까닭 모르게 심히 손상되어 있었다. 저택을 떠날 때 내가 치명타를 안겨 주기라도 한 듯, 소리 없이 사형선고를 내려 버리기라도 한 듯이….

집들이란 곰곰이 생각해보면 인간들의 신체와 같다. 그들은 은밀히 자신을 좀먹어 오는 암적 존재에 항거하고 반항하고 대항한다. 내버려졌다가 어느 날 마침내 백기를 들고 쇠잔해 버릴 때까지.

3월 17일

모든 것이 준비되었다. 주역들은 제자리에 있고… 당시의 배경이 다시 구성되었다… 총집합한 유령들 ― 라자르, 오데트, 벵자맹 ― 은 이제 대장 유령만을 기다리고 있다 … 그리고 나는 과거의 달고 쓴 온갖 영상들을 머리 속에 가득 담은 채 그들 한가운데에, 나의 색 바랜 안락의자에 앉아 있다.

3월 21일

나는 기다린다.

3월 23일

아무것도 새로운 것은 없다. 나는 여전히 기다린다.

3월 27일

무슨 일이 생긴 걸까?

그가 나를 놀리고 있는 걸까? 그는 내가 나무를 스치는 바람 소리나 떨어지는 낙엽의 부시럭거리는 소리, 오지도 않는 그의 발소리를 들으며 평생을 보내리라고 생각하는 걸까?

3월 29일

점점 더 긴장이 된다… 때때로, 벵자멩을 창밖으로 내던지고 싶다… 전화 속의 장의 목소리조차도 나를 화나게 한다… 이 더럽고 비열한 생각은 또 뭐란 말인가. 잠재울 수 없는….

3월 30일

어쨌든… 여기에 적어볼 수는 있으리라… 그것을 종이 위에다 잠재울 수는 있으리라… 예전에도 여러 번 그랬듯이, 그렇게 함으로써 그 생각을 머리 속에서 몰아낼 수 있으리라….

나의 그 '추잡한' 생각이란 간단하다. 그가 아직 도착하지 않는 것은 이제 올 수 없게 되었기 때문일거라는, 오늘은 물론 내일도 오지 않을 거라는 생각. 어쩌면 독일에서… 혹은 프랑스에 들어와서… 혹은 라인 강을 건너는 도중에… 장소가 중요할 것은 없다. 한마디로, 나의 추한 생각은 그가 죽었다고 나에게 속삭이는 것이다.

3월 31일

그러한 생각이 좋지 않은 것임을 나도 안다.

하지만 나로서도 어떻게 할 수가 없다. 잠에서 깨어나기가 무섭게 그 생각은 나를 덮쳐 버린다. 잠들 수조차 없다. 신문을 읽거나 라디오를 듣는 순간에도 그런 소식을 듣게 되리라는 생각이 끼어든다. 오늘 아침에는 벵자멩에게 아침을 먹이면서, 나는 내가 어떤 태도로 그 소식을 접할 것인지, 어떤 사람이 그 소식을 알려 줄 것인지, 그에게 어떤 말들을 늘어놓아야 할지, 어떤 옷을 입어야 하는지 등에 대해 생각해보기도 했다.

4월 1일

미칠 지경이다… 더 이상 견딜 수 없다.

하루에도 몇 차례씩 고해실의 문을 두들겨 보았지만, 아무 소용도 없다. 아무것도 고백할 수 없었다. 시간이 갈수록 그같은 생각이 점점 사실인 양 여겨진다. 여러 가지 가정들 중의 하나에 불과한 그것이, 어떤 가정보다 더욱 사실에 가까운 것이 되어 버린다. 그렇다고 특별히 무슨 양심의 가책을 느끼는 것도 아니다.

4월 3일

장은 나의 상태가 좋지 않다는 것을 잘 알고 있다.

기분 전환을 시켜보고자 했던지 친절하게도 나를 극장에 데려다 준다… 하지만 역시!… 나의 머리 속은 오직 그것에 대한 생각뿐이다… 끔찍한 속셈들… 장례식에 관한 전략들… 그리고 집에 돌아가면, 어슴푸레한 빛 속에서 나를 찾아온 누군가가 부드러운 걸음으로 다가와서는 속삭이듯 "부인… 드릴 말씀이 있습니다. 중요한 소식입니다… 그렇습니다, 당신 남편께서…" 하고 말할지도 모른다고 생각해보기도 한다.

4월 4일

사람이 왔다.

예상했던 대로 불길한… 상상 이상으로 엄숙한 표정을 짓고 있는 사람… 뜻밖에도 그는 헌병 제복을 입고 있었다. 그가 전하는 소식 또한 어이없게도, 에두아르가 아주 건강한 상태로 살아 있으며, 벌써 1주일째 프레슨 감옥에서 아주 얌전히 나를 기다리고 있다고 한다. 왜? 어떻게? 온통 안개투성이였다. 그 헌병은 눈을 땅에 고정시킨 채, 완고한 태도로 교도소의 주소만 거듭 말할 뿐이었다.

4월 5일

생애 처음으로 감옥 안에 발을 들여놓았다.

금방 목까지 차올라 올 것만 같은, 숨이 막히도록 무거운 분위기. 끝이 보이지 않는 우중충한 복도. 나막신을 신은 죄수가 이따금씩 간수에게 이끌려 그 복도를 지나갔다. 도처에서 나는 곰팡내, 땀과 오물과 분뇨가 풍기는 악취는 도저히 어쩔 수가 없었다. 마침내 지하실로 내려갔다. 화강암으로 된 둥근 천장은 몹시 습기 차고 울퉁불퉁했다. 거기에 특별한 죄수들을 위한 몇 개의 독방이 별도로 마련되어 있었다. 에두아르를 다시 만난 곳은 그곳이었다.

에두아르는 무척 변한 모습이었다. 짧게 깎은 머리, 깨끗이 면도를 한 얼굴, 마냥 행복하고 기쁜 듯한 표정 — 내게 자신이 겪은 모험을 이야기할 때에는 눈에서 도전적인 빛이 일렁이기까지 했다. 내가 떠난 뒤 그는 며칠을 그냥 보냈던 모양이었다. 그러다 시민 차량 한 대를 '징발'하여 코블렌체까지 별 어려움 없이 왔다. 그리고는 몇몇 '동지'들과 함께 뗏목을 타고 라인 강을 건넜다. 그 다음엔 자전거 한 대를 빌려 타고 샬롱-쉬르-마른까지 왔으며, 어떻게 손을 써 깨끗한 의복을 구해 입었다. 그리고 화물차에 뛰어올라 동부 역까지 왔는데, 어이없게도 역에서 평화 수호대의 통상적인 검문에 걸렸으며 깜박 잊고 주머니에 그대로 넣고 온 권총이 그들에게 발각되었다. 그들이 묻는 질문들에 뻣뻣하게 대답하다가 결국 체포당하기에 이르렀던 것이다. 그리고 경찰서… 심문… 신원 확인… 그러고는 이곳까지 오게 되었다.

4월 6일

어제는 내가 그를 대하면서 느낀 것들을 충분히 이야기하지 못했다.

건강하고 무사한 그를 보고 기뻤다는 것은 분명하다. 그곳 감옥의 면회실에서 그를 만났다는 것이 엥그르 가에서 만나는 것보다 안심되는 일이기도 했다. 내게는 장이 내게 위임했고, 또 내가 해야만 하는 이야기들, 그러나 아직 입 밖에 낼 엄두가 나지 않는 이야기들에 대한 불안도 있었던 터였다. 아무것도 모르는 채, 집이나 장, 자기 아들에 대한 소식들을 자연스럽게 물으면서, 그가 아주 유쾌하고 즐거워하는 데에 나는 당혹스러웠다…… 그렇다. 나는 정말 당혹스러웠다. 사치스럽고 특권적인 생활을 탐닉했었던 이 부유한 사람이, 프레슨의 이 감방에서처럼 쾌활해 보인 적은 일찍이 없었던 것이다….

4월 7일

장이 물색한 변호사 샤바낙 씨는 나의 그러한 느낌을 더욱 뒷받침해 주었다. 그 역시 에두아르의 쾌활함에 놀랐노라고 말했다… 더구나 그를 본 것이 감방에서였기에 더욱 그렇다는 것이다….

가로 세로가 겨우 3미터에 불과한 작은 방을, 그는 다른 두 명의 죄수와 공유하고 있다. 조그맣게 뚫린 창, 무수한 사용자들로 인해 딱딱하고 납작해진 매트(짚을 넣은)는 맨바닥과 거의 구별하기 힘들 정도였다. 당분간은 머무를 수밖에 없는 이 지저분한 세계… 하지만 그는 이곳에서 아주 편안한 모양이다.

4월 12일

두 번째 프레슨 방문….

내가 이 면회실에 익숙해진 것은 결코 아니다… 우리가 나누는 얘기를 방해하며 교차되는 잡다한 대화들의 소음에 익숙해진 것은 더더욱 아니다… 하지만 나는 그를 가만히 관찰한다. 그의 요모조모를 자세히 뜯어본다. 사실 나는 1주일 전부터 그에게서 묘한 분위기를 발견했다… 쾌활이란 말은 실상 적절한 표현이 아니었다. 오히려 '평화'라고 말하는 편이 나으리라…

평온… 차분함… 삶에 대한 일종의 확고부동한 신념… 잠시도 그의 얼굴에서 떠날 줄 모르는 그 자극적인 미소. 그 미소를 대할 때면 나는 마구 소리치고 싶어진다. "제발 그렇게 웃지 말아요. 남들이 보면 당신이 전쟁에서 이긴 줄 알겠어요"라고.

물론 그는 전쟁에서 이기지도 않았고 그렇게 상상할 정도로 정신 나간 것도 아니다. 그러나 어느 한순간, 내가 재판 문제, 우리가 기다리는 재판 날짜나 그가 택할 수 있는 변호 체제에 대해서 말하고자 했을 때, 그는 이미 다 알고 있다는 듯 머리를 끄덕이며, 얼굴에 따분한 듯한 표정을 떠올리며 위엄 있는 태도로 손을 내저었다. 그러고는 내게 독특한 의미가 담긴 듯한 말을 내뱉었다. "당신은 이미 장이 그 모든 일을 알아서 하리라고 말했지 않소? 그대로 좋아, 당신이 원한다면 장이 하는 대로 내버려두구료… 가족 중에 누구 한 사람 레지스탕이 있다는 것은 흔치 않은 일이라구…."

4월 13일

내가 장에게 전날의 상황을 얘기하자, 그는 '행복한 멍청이'라고 잘라 말했다.

그의 말인즉 '가족 중에'라는 말이 별다른 의미가 있는 것은 아니라고 한다. 또 특별히 뭔가를 암시하는 것도 아니라고 한다. 나 자신이, 나 마틸드가 그에게 우리 두 사람의 관계에 대한 얘기를 하지 않은 한, 에두아르의 말은 전혀 무의미하다는 것을 그는 또렷한 어조로 말한다.

어째서 장은 내가 에두아르에게 진실을 털어놓을 것을 그토록 고집하는 걸까? 지금과 같은 상황에서도 그것이 그토록 급한 일이란 말인가? 그렇다. 그런 모양이다. 심지어 그는 그래야만 자신이 이 일에 개입하겠노라고 말했다.

5월 1일

열흘이 지나서야 나는 장과 '화해' 했다. 마침내 나는 장에게 말하고야 말았던 것이다. 에두아르에게 얘기했노라고, 그가 중재의 선결 조건으로 삼겠다던 문제의 그 진실을 에두아르에게 얘기했노라고, 그러니 빨리 중재를 서두르라고… 그런 거짓말은 마음 내키지 않는 일이지만 달리 뾰족한 수가 없었다.

5월 3일

무슨 이유에선지는 몰라도, 1주일에 한 번 허용되는 면회는 그 못지않게 내게도 소중한 일이 되어간다.

묘한 노릇이다. 어느 사이에 '면회실의 백여우' 로 알려진 나는 필요한 물건들, 신문, 담배 따위의 차입을 간수와 협상하는 데 누구보다도 뛰어난 감옥 방문객이 되었다.

5월 5일

만세! 샤바낙 씨가 마침내 재판 날짜가 결정되었다는 사실을 전화로 알려왔다. 15일 아침이란다. 이제 열흘만 기다리면 된다!

5월 6일

우리 둘 사이의 진실을 에두아르가 알고 있다는 얘길 들은 뒤부터 이리저리 뛰어다니며 활약하던 장은 몇 가지 구체적인 사실을 내게 알려 주었다.

"시민위원회 쪽으로는 연결시키지 못했어. 따라서 재판은 소위 정의의 법정에서 열리게 될 거야. 샤바낙 씨는 물론 잘된 일이 아니라고 말하겠지. 하지만 나는 어디서건 마찬가지라고 생각해… '법정'의 단 한 가지 불리한 점은 중형을 언도받을 수 있다는 것인데, 오히려 아주 유익한 점도 있지. 변론하기에 따라서는 완전한 무죄 석방을 얻을 기회가 많다는 거야. 뿐만 아니라, 어느 면에서는 내가 이미 이기고 있다는 사실을 당신은 알아야 해… 즉, 그곳 재판장 양반이 감히 그를 악인으로 몰기에는 스스로 구린 데가 너무 많은 사람이라는 것과, 이건 공공연한 사실이지만 배심원들 가운데 단 한 명의 공산당원도 없다는 점에서 말이야…." 사랑스런 장!

5월 15일

일은 시작되었다.

법정 안의 군중들은 비교적 드문드문 앉은 편이었다. 이건 오히려 좋은 징조다. 헌병 두 사람의 인도로 피고가 도착했을때, 내가 염려했던 것과는 달리 장내에선 그다지 소란이 일어나지 않았다. 오전 내내 증인들의 진술이 시작되었지만 그냥 흔히 있는, 어떤 놀람이나 과도한 열기를 자아내지 않는 평범한 진술이었다. 샤바낙 씨 역시 여느 때와 마찬가지로 사람들의 동정을 자아내는 그만의 변론술을 펼쳤다.

다음, 에두아르의 차례가 되었다. 그는 겸손하고 순종적인 태도로, 샤바낙 씨와 장, 그리고 그 사이에서 결정된 다음의 네 가지 강조점을 중심으로 매우 미묘한 자기 변론을 훌륭하게 펼쳤다. 먼저 저도 몰래 영웅주의에 젖어 위대한 나폴레옹 군대의 뒤를 따른다는 생각으로 날뛴 한 젊은이의 '이상주의적' 변론에서 시작해서, 다음으로 '사실' 증언, 말하자면 자신과 같이 독일 편에 섰던 사람들이 증오심 많고 잔인하며 뼛속 깊이 반(反)프랑스적인 독일 장교들에 의해 결국 잔인한 추방을 당해야만 했던 사실들에 대한 증언을 거쳐, 세 번째 단계에는 눈물겨운 세기아(世紀兒)의 고백이 쏟아졌는데, 이 고백에서는 '프로이센군에 의해 정복당한 알자스'를 꿈꾼 랭보나, 청년 시절에 자신은 언제나 '적에게 손을 내미는 사람들과 한 패'라고 외쳤던 공산주의 시인 루이 아라공의 가르침에 따라 방황한 한 세대의 초상화가 펼쳐지고 있었다.

그리고 마지막 단계에 이르러, 그는 독일에 그대로 남아 있거나 스페인으로 은신하거나 다른 여러 외국에서 자리 잡은 많은 친구들처럼 자신도 마음만 먹었으면 간단히 그렇게 할 수 있었음에도 불구하고, 뉘우치는 마음을 분명히 하기 위해 이곳 파리, 바로 이 법정에 서야 한다고 생각했다는 사실을 간절한 어조로 주장했다. 그렇다. 참으로 일은 순조롭게 진행되고 있었다. 토론은 계속되었다….

반대 변론을 하는 차장 검사는 조바심을 감추지 못하는 듯했고, 사람들은 오늘의 지친 프랑스를 다시 꽃피게 하고 그 평화 속에서 다시 자라나야 할 이해와 관용의 분위기가, 반쯤 자리가 빈 법정 안에 감돌기 시작함을 느낄 수 있었다. 그런데 바로 그

때, 갑자기 극적인 장면이 벌어졌다. 최후의 증인이 뒤늦게야 막 도착한 것이다. 그는 마흔 살 가량의 사내였는데, 그의 슬픈 눈길이나 전혀 웃음기가 없이 이상하게 얼어붙은 얼굴 근육을 보면 20년은 훨씬 더 늙어 보이는 듯했다. 사람들은 그 불쌍한 인간이 과거에 뭔가 깊은 상처를 입었던 사람임을 첫눈에 알아볼 수 있다. 그는 부인과 어린 자식을 부양해야만 하는 평범한 가장으로서의 자신에 대한 얘기로부터 진술을 시작했다. 격한 감정을 깊이 갈무리한 평범한 목소리로.

하지만 얘기가 엥그르 가 22번지에 살고 있던 그룅베르라는 사람에 이르자, 그의 감정은 폭발하기 시작했다. 말하자면 1943년 6월의 어느 날 아침, 독일군 장교 켈러가 가장 악독하게 설치기 시작했던 때, 내 남편 에두아르가 독일군 사령부에 고발한 사람이 그룅베르라는 사람, 바로 그였던 것이다.

장내의 사람들은 제각기 재판의 결과를 점치기 시작했으며 … 단번에 열기가 올랐다. 배심원들 역시 촉각을 곤두세우기 시작했다. 와장창 무너져 버린 듯, 에두아르는 아무런 응수도 하지 않았다… 그가 재판정을 나서자, 어떻게 알았던지 입장 때보다 열 배나 불어난 군중들이 몰려들어 그에게 야유를 퍼붓고, 죽이라고 소리를 지르고, 그의 호송을 담당한 헌병들에게까지 증오를 퍼부을 듯한 기세였다… 장과 나 역시 좌중의 분위기에 압도되었으며, 그 증인의 진술은 실로 무섭고도 수치스러웠다.

그후, 단 한 가지 일 외엔 아무것도 할 수 없었다. 22일, 판결이 언도될 날짜를 기다리는 일 ….

5월 17일

정말로 초봄인가 보다 … 유난히 나른하게 느껴지는 대기… 내 의지와는 무관하게 나를 엄습하는 저 나무와 숲의 영상들… 하지만 이 모든 것들은 내 내면의 겨울 속에 묻혀 있다.

5월 18일

내가 1주일에 한 번씩 갖는 면회 시간. 나는 그가 여느 때보다 더욱 안절부절 못하고 신경이 곤두서 있으며 긴장된 듯이 느껴진다. 그를 위로하기 위해서, 나는 6개월 안에 모든 수감자들을 감형해 주는 사면이 있을 거라는 얘기를 장에게서 들었노라고 태연하게 거짓말을 꾸며댈 수밖에 없었다.

5월 19일

"그들이 감히 그럴 수는 없을 겁니다"라고 샤바낙 씨가 장에게 말한다. 무엇을? 장은 샤바낙 씨에게 되묻지 않았다. 나 역시 감히 물어볼 엄두가 나지 않았다.

5월 21일

오전 8시쯤 불현듯 불길한 예감에 사로잡혔다…11시경이 되어서야 조금 나아졌다…정오가 되자 다시 불길한 느낌이 들고… 그렇게 시시각각 기분이 변했다…이제 거의 다 되었다…기다려야 할 시간도 얼마 남지 않았다….

5월 22일

우선 나는 이해할 수가 없었다. 잘못된 것일 거라고 여겼다. 그러나 아니었다. 그것은 사실이었다. 아니, 사실 이상이었다. 우리가 예상조차 못했던 가장 참담한 결과였다. 최악의 결과. 그들은 유죄 판결로 만족하지 않고, 에두아르에게 언도했던 것이다… '사형'을.

5월 24일

벌써 이틀이 지났다….

여전히 내가 살아 있고, 외출하고, 말하고, 옷을 입고, 벵자멩을 보살필 수 있다는 사실이 놀랍기만 하다. 그러나 내일 그의 얼굴을 마주 대할 자신만큼은 없다. 누가 말했던가? 머지않아 죽어야 할 사람의 눈보다 무서운 것은 없다고….

5월 25일

불평 한마디, 비난 한마디 없다.

모든 희망을 잃어버린 무기력해진 사내는 다만, 이틀 전부터 그를 위한 기도만 올리고 있다는 나의 속삭임에 그저 귀만 기울이고 있을 뿐이다. 딱 한 번 생기가 돈 적이 있다. 이제껏 한번도 보지 못한 그의 죄수복 상의에 대해 물었을 때였다. 그는 자조적인 웃음을 흘리며 대답했다. "그래, 새옷이야. 사형 선고를 받은 사람들만 걸치는 상의거든."

5월 26일

어느새 장은 충격에서 거의 회복되었다. 그는 즉시 에두아르에게 탄원서를 신청하게 하라고 내게 주문했다.

"싸워야 해. 끝까지. 정부의 최고위층을 상대해서라도 말이야. 이건 당신 남편 개인의 수치스런 행각을 떠나 레지스탕스의 명예가 걸린 문제야. 이 무용한 살육은 끝나야 해. 프랑스인들끼리의 싸움은 끝나야 한다구."

5월 29일

광기의 나날들. 집안은 엉망이다.

모든 친구들이 동원되었고… 수십 명의 사람들을 찾아가 우리는 거듭 외친다. 정의는 복수가 아니라고, 용서의 시간이 도래했다고… 그리고 나는 밤낮으로 생각한다. 나의 실책… 나의 엄청난 실책을… 그 바보 같은 여행을… 내가 자랑스럽게 생각했던 그 멍청한 설득의 말들을… 왜 나는 그가 떠나도록, 망명해 버리도록 내버려두지 않았을까?

5월 30일

어제 저녁 귀가길, 보스케 가(街)에서 검은색의 나무로 된 작은 십자가 하나가 보도에 떨어져 있는 것을 보았다. 쇠로 된 예수상이 가로등 빛에 빛나고 있었다. 분명 그것은 어떤 징조였다. 하지만 무엇을 예고하는 징조일까?

6월 1일

오늘은 에두아르가 약간 말이 많은 편이다.

더 유쾌해 보인다는 얘기가 아니다. 더 낙관적으로 보인다는 얘기도 아니다. 그저 말이 많다는 얘기다. 자기 얘기를 좀더 자발적으로 털어놓고 있다. 새로 옮긴 감방 얘기. 다른 두 명의 죄수와 함께 있는데, 첫날부터 자꾸 집적거리는 그들을 밀쳐내고 있는 모양이었다. 저녁이 되면 입고 있던 옷을 모두 벗어 쇠창살 앞에 놓아두어야 하는 새 수칙이 더욱 그를 곤란하게 하고 있는 모양이었다. "그것 참! 이런 지경에 처해서도 아직 내가 거부하는 게임이 다 있다니…" 하고 그는 어이없다는 듯이 말했다.

6월 3일

코망당-파르당 가에 있는 J씨네 집에서의 저녁 식사.

이곳에서 사면위원회를 좌지우지한다는 바질 씨를 만날 수 있었는데, 식사가 끝난 뒤 나는 잠시 그와 독대하는 자리를 마련하는 데 성공했다. 내가 그의 생각을 흔들어 놓았을까? 모르겠다. 어쨌든 그런 얘기를 꺼내면, 사람들은 즉각 경계하는 태도를 보이거나 회피하려 든다….

6월 5일

장의 전화. 기쁜 소식?

물론 아니다. 지난 밤, 교도관이 잠시 잠이 든 새벽 1시쯤 에두아르의 감방에서 사고가 발생했다고 한다. 함께 수감중인 그의 두 동료가 그를 강간하려 들다가 그가 저항하자 끔찍하게 두들겨 팬 모양이다⋯.

샤바낙 변호사는 통고받은 즉시 감옥으로 달려갔다. 물론 그의 몰골은 말이 아니었다. 여러 군데 타박상을 입고 이빨도 하나 깨어져 있었다. 하지만 그런 것은 그의 수치심과 정신적 타격에 비하면 아무것도 아니었다. 양호실 침상에서 아침나절을 보낸 그는 이제 더 이상은 견딜 수 없다고, 차라리 얼른 끝장이 났으면 좋겠다고 중얼거린 모양이다.

6월 7일

모든 사람들이 속으로는 그를 조소하고 있는 것 같다.

분명 모든 사람이라고 말했다. 친구들, 아는 사람들, 사업 파트너들. 그의 신세를 톡톡히 진 사람들. 그의 식탁에서 식사를 하고, 그의 아량으로 살았던 사람들, 그의 돈이나 그가 베푸는 회식들만이 아니라 에두아르라는 사람 자체를 사랑하는 것처럼 보였던 그 많은 사람들. 아! 그렇다, 그런 그들 앞에, 전쟁 때문에 빈털터리까지 된 이 몹쓸 나치 개자식을 들이댈 때, 그들이 짓던 그 거북스런 표정을 보아야만 한다.

6월 10일

마침내 그에게 털어놓았다. 마치 무슨 골칫거리를 해결하듯, 차갑고 건조한 어조로. 한데, 오히려 그의 편에서 뜻밖의 대답을 해왔다.

"물론 나도 알고 있었어⋯ 그러리라 짐작했지⋯ 이미 지그마린겐에서 말야. 생각해봐, 당신의 얼굴과 눈빛이 빛난다고 했던 말 기억날거야… 어떻든 당신 입으로 그런 말을 해주니 행복하군… 기왕에 그런 얘기가 나왔으니, 마지막으로 그를 한번 만나보고 싶어. 장 말이야."

6월 16일

그들은 만났다. 장시간 면담했다. 특별 허가를 얻어서 그의 감방 안에서 둘만 만났는데, 나는 들어갈 수가 없었다… 서로 무슨 얘기를 나누었는지 나로서는 알 길이 없다….

6월 19일

그에게 나는 벵자맹을 데려오면 어떻겠느냐고 제의했다.

그는 한참 동안 생각에 잠겼다. 그러더니 끝내 '아니'라고 대답했다. 두번 다시 보지도 않을 아빠 때문에 아이를 괴롭혀서 좋을 게 뭐가 있느냐는 것이다. 그 아빠가, 차라리 어머니가 아로새겨 준 모습대로 아이의 기억에 남아 있는 것이 낫지 않겠느냐는 것이다. 그의 생각이 옳다. 이제 우리는 마치 공모자들처럼 얼른 자리를 털고 헤어진다.

6월 25일

이미 나는 결말을 너무나 확신하고 있었으므로, 샤바낙 씨가 그것을 확인해 주었을 때 눈도 깜박하지 않았다.

6월 26일

물론 그에게는 아무 말도 하지 않았다. 그 역시, 이미 오래전부터 모든 환상을 버린 듯했다.

6월 28일

한 가지 작은 교섭을 벌였다. 이번에는 장의 도움도 샤바낙 씨의 도움도 없이, 혼자서 여성의 매력만을 동원했다. 내 요구의 목표는 매일 그를 볼 수 있는 권리를 얻어내는 것.

6월 29일

승낙이었다. 그들이 좋다고 했다. 차마 거절을 못한 모양이다. 그에게 베푸는 최초의 은혜, 그의 마지막 승리만은 차마 거절하지 못한 모양이다.

6월 30일

그는 책을 읽고, 사색에 잠기고, 잠을 많이 잔다. 깊은 잠에 빠져 이따금 꿈을 꾸는 모양이다. 수감자에게 남은 유일한 자유라 할 그 꿈에서, 그는 별난 희열을 맛보고 있다. 그리고 나에게는 약간 죄스런 표정으로 반쯤만 털어놓는다.

7월 1일

마침내 오늘부터 그는 좀더 넓고 깨끗한 방에서 혼자 지내게 되었다. 이번도 역시 특혜다… 교도소 감독의 아량….

7월 2일

새벽이 되기도 전에 일어나, 그는 감방 안의 벽을 따라 1킬로

미터를 달린다고 한다. 그리고는 긍지에 찬 어조로 젊었을 때 자신의 기록을 내게 알려 주기도 한다.

7월 3일

감옥에서 쓰는 담요에 이와 벼룩이 들끓는다는 것을 알고서, 담요를 다른 것으로 바꿔 주기 위해 온 파리 시내를 돌아다녔다.

7월 4일

"묘한 일이야" 하고 그가 말했다.

이제 그는 나와 나누지 못하는 얘기가 없다.

"며칠 지나지 않으면 나와 세상 사이에 죽음이 가로놓인다는 사실이 말이야. 그래서 이제는 전과는 달리 이 장소들이며 사람들, 그리고 이 모든 물건들을 바라보기가 힘이 들어 … 어떤 점에서는 잘된 일이지. 그렇지 않으면 견디기가 힘들 테니까. 아무래도 먼저 그렇게 접촉이 끊어져야 세상과 결별하기가 쉽지 않을까."

7월 5일

그룅베르 가족의 영상이 뇌리를 떠나지 않는다고 그가 말한다… 아이들 어머니의 얼굴… 전쟁 직전 어느 날, 그에게 찾아와 손자가 태어났노라고 알려 주던 그 집 바깥주인의 얼굴이…

7월 6일

그가 기뻐하리라 여겨, '용서의 시간'이라는 제목의 기사가 실린 《콩바》지를 가져다 주었다. 그는 기사를 한번 대충 훑어보고는 이렇게 내뱉었다.

"아냐, 아냐. 당신도 잘 알다시피, 나 같은 놈을 용서해 줄 수 있는 사람은 이 세상 어디에도 없어."

7월 7일

오늘은 그가 문득 수심에 찬 표정으로 물어왔다. "그런 얘기가 정말일까? 임종의 순간에 사람은 자신의 일생을 한눈에 보게 된다는 얘기 말야. 정말 그렇게, 그 모든 것이, 끔찍한 일들과 행복한 일들이 마구 뒤섞여 한순간 떠오를 수 있는 걸까?"

지난날 그는 어디선가 그런 얘기를 읽었으나 지금은 어디에서 읽은 것인지 생각이 나지 않는 모양이었다… 내게 그걸 찾아보라고 부탁한다. 되도록 빨리. "알 듯 말 듯 한 것들이 자꾸만 신경을 자극하는 것만큼 고약한 일도 없다"며 말이다….

7월 8일

그는 다름 아닌 샤를 보들레르였다. 《인공 낙원》에서, 그는 임종의 순간에 과거가 파노라마처럼 완전히 되살아나는 그러한 부활을 묘사했다. 에두아르에게 나는 그 대목을 읽어 주었다.

7월 9일

먼저 얘기를 꺼낸 쪽은 그였다.

여전히 어제의 글에 대한 얘기다. 이번에는 성경이 전하는 그 '끔찍한 심판의 책' 얘기가 결국 같은 걸 얘기하는 게 아니냐고 내게 묻는다. 나는 그렇게 생각할 수도 있겠다고 대답했다. 그러자 그는, 만약 그렇다면 그것 역시 읽어보아야 한다고 말했다.

7월 10일

지친 모습의 그. 지난밤을 분명 뜬눈으로 보낸 모양이다. 그것도 전에 없이 불안한 마음가짐으로 말이다. 그는 내가 넘겨준 책을 교도관의 손에서 빼앗다시피 했다. 그리고는 열띤 표정으로 뒤적거려보고 나서야 내게로 시선을 돌렸다….

7월 11일

오늘부터 그의 감방 안에서 그를 만나도 된다는 허락이 떨어졌다. 새로운 특혜다.

7월 12일

차분하게 가라앉은 그. 폭풍이 지나간 뒤처럼 그는 예전 상태로 되돌아와 있다. 오늘 우리는 여러 가지 얘기를 나누었다. 그는 특히 유다의 배반 얘기에 많은 관심을 보였으나, 잘 이해가 가지 않는다고 했다.

7월 13일

유다 얘기가 계속 신경에 거슬리는 모양이다.

그는 왜 배반했을까? 무슨 이득이 있다고? 고작 30드니에 때문에 그런 엄청난 짓을 한단 말인가? 게다가 예수는 또 왜 미리 알고서도 그런 그를 저지하지 않았을까? 여러 복음서 저자들이 세월을 두고 여러 가지 사소한 사실들을 밝혀내긴 했으나, 그가 보기에는 모순이 많아 신비만 더욱 가중시킨 듯이 여겨지나 보다.

7월 14일

샤르트르… 모… 클레르몽… 바예… 그 모든 신성한 장소들… 그는 그런 장소들에 한번도 가본 적이 없고 앞으로도 절대 가볼 일이 없을 것이다. 그런 곳들 얘기를, 나는 마치 맹인이나 어린아이에게 하듯 안내심을 갖고 조금씩 들려주고 있다….

7월 15일

그는 참으로 묘한 사람이다. 날이 갈수록 신자처럼 고통을 견뎌내고 거의 기도에 가까운 말들을 읊조리고 벅찬 감동마저 느끼는 듯한데도… 신자가 되는 일만은 한사코 거부하고 있다.

7월 22일

최후의 나날들이 가장 견디기 힘들 거라고 나는 생각했다. 하지만 과연 그 최후의 나날들에 우리가 보고 있는 것이 무엇이란 말인가?

7월 23일

이제 그는 완벽하게 마음의 평정을 얻었다. 보일 듯 말 듯 한 희미한 두려움의 그림자가 시선에 어려 있을 뿐이다. 마음이 불안한 건 오히려 나다… 그날, 과연 고통 없이 일이 진행이 될지 자문해 본다.

7월 29일

최후의 럼주 한 잔… 담배 한 개비 … 처형을 준비하는 긴장된 형리들… 그리고 그를 향한 그 가공스런 검은 얼굴들… 나는 모든 것을 알고자 했고, 또한 사람들은 내게 모든 것을 알려주었다.

7월 30일

이제 임박했다는 것을 그는 느끼고 있다. 오늘 아침 그는 나에게 용서를 구했다. 그가 나에게 안긴 그 모든 고통, 그가 한 그 모든 소행, 그리고 우리의 아들에게 안기게 될 그 모든 고통에 대해 나의 용서를 빌었다.

8월 6일

끝내… 그는 신부님을 청하지 않았다….

1954

9월 2일

쓰다가 내던지고, 쓰다가 내던지고, 이제 또 쓰게 되는 이 일기… 지난번엔 수개월 동안 쓸 수 없었지만, 이번에는 거의 10년 가까이 내버려두었음에도 불구하고, 한번도 완전히 집어치웠다는 느낌이 들지 않던 이 일기는 참으로 이상하다!

오늘 아침, 소녀 시절에 내가 머물렀던 방의 궤짝들을 정리하다가 우연히도 에두아르가 죽은 해인 1945년의 일기장을 다시 보게 되었다. 그 너절한 얘기들! 유치한 문구들! 낯 뜨거운 자기 도취! 당시는 포로수용소의 문이 열리고… 가스실이 발견되고… 희생자들에 대한 얘기가 꼬리를 물고 떠돌기 시작하던 시절이다… 하지만 그 모든 얘기들에 귀를 막은 채 나는 자신을, 독방의 쥘리앵을 대면하는 귀족 마틸드 드 라 몰로만, 사형수의 마지막 숨결을 거두어들이는, 영혼을 낚는 신성한 어부로만 처신했던 것이다….

한데, 그 수다들을 다시 읽노라니 직감적으로 떠오르는 생각이 하나 있다. 물론 에두아르는 유죄였다. 그것을 모르는 사람은 없다. 하지만 1년이나 6개월 후 사형을 면하고, 어느 시골 감화원에서 형기를 모두 채운 후 약간 노쇠한 모습으로 지금쯤이면 다시 모습을 나타낼 수도 있지 않았을까 하는 생각. 다시금 서서히 이 나라의 모든 주요 직책을 차지해 나가고 있는 왕년의 그 모든 독일 부역자들처럼 말이다… 하지만 여러 가지 점에서 이는 *끔찍한* 생각이다. 차라리 다른 것을 생각하자….

9월 3일

나이가 한 사내를 갉아 먹는 양은 참으로 우리를 맥빠지게 한다. 장의 경우만 해도, 왕년에 뭇 사람들을 매료시키던 면면을 어쩌면 그리도 깡그리 잃어버릴 수 있단 말인가!

사람들은 처음에는 그러한 부분들이 자신들의 본질적인 면모라고 여기다가, 한동안 세월이 흐르고 나면 어느새 그것이 무용하고 귀찮기 짝이 없으며, 말 그대로 잉여물이 되어 버렸음을 발견하게 된다. 물론 결코 늙었다고는 말할 수 없다. 하지만 청춘의 사치품이었던 그 표정들, 그 머릿결, 그 풍만하던 살결을 마치 가지치기 당하듯 상실해 버리고 이제 무미건조하게 된 것만은 사실이다.

하지만 보다 중요한 변화는 바로 그의 성격이다. 가끔씩 나는 그가 나로서는 알 수 없는 어떤 정신적 압박에 굴복해 버린 것 같은 느낌을 받는다. 정말 우리가 데이트하던 시절의 그 섬세하고 교양 있는 청춘의 면모가 그에게 남아 있는가? 용감한 레지스탕의 면모가? 비시 정부와 독일인들에게 낙인찍힌 화가들의 아뜰리에로 나를 데려가곤 하던, 전위 예술가들의 친구로서의 면모가 아직 남아 있는가? 그 누가 지금의 그에게서 옛날의 그러한 모습을 찾을 수 있을까? 권모술수에 능한 노회한 정치가, 바로 어젯밤만 해도 T씨 가(家)의 식탁에 앉아 장 폴 사르트르와 그의 철학을 '새까만 손톱, 기름때 자르르한 머리카락, 더러운 팬츠의 철학'이라 욕하면서 좌중을 웃긴 이 인간에게서 말이다.

그 장면을 얘기하자, 이본느는 그것이 전혀 놀라울 것이 없고, 르노 라인이라든가 헐리웃의 최신 스커트를 찬양하는 소릴 듣는 것보다 훨씬 낫다고 대답했다. 그녀는 그 '다른' 장은 증발해 버린 청춘의 꿈들 속에서나 존재했을 뿐, 그렇다고 해서 우리의 결합이 '다른 많은 쌍들처럼' 오해로 인해 이루어진 것으로 생각해서는 안 된다고 말했다. 영원한 귀로… 영원한 남편….

9월 4일

그렇다면 나, 나도 변했을까?

12년 전 출산한 직후의 어느 날 아침 내가 섰던 바로 그 자리, 바로 그 거울 앞에 서 있는 알몸의 내 모습… 하지만 나는 그때의 알몸 그대로가 아님을 시인하고 만다. 그때에 비해 야윈 듯한 어깨선. 복부 부근의 부드럽지 못한 그 무엇. 이번 겨울부터 아주 짧게 단발해 버린 머리칼. 희미하게나마 눈가에 돋아난 잔주름들. 그리고 아주 심하게 보자면 넓적다리 안쪽 부분도 지나치게 농익어 버린 듯한 느낌도 든다⋯ 하지만 이런 것들만 제외하면 변한 것은 없다. 최소한 내가 보기에는 그렇다. 여전히 생기가 감도는 안색. 완벽하리만큼 팽팽한 젖가슴. 20대 후반의 여성들이 곧잘 불평하는, 육체가 꼴사납게 함몰해 버린 듯한 흔적들을 찾아볼 수 없다. 감히 말하지만, 장이 이제 나를 덜 '애호'하게 된 데에는 나보다는 오히려 그의 편에 문제가 있다. 종잡을 수 없는 저녁 식사 모임들, 지긋지긋한 '밤의 회합들'⋯ 난 이제 오래전부터 그러한 모임들이 '국정과 관계된' 일이라고 생각하지 않게 되었다.

나로 말하자면, 왕년에 비해 덜 탐스러워진 거라고는 생각되지 않는다⋯ 그 반면 심적인 것은⋯ 아! 심적인 부분은 전혀 예전 같지 않다. 어느 날 아침 내가 쓴 일기를 다시 읽다가, 지난 10여 년 사이 나의 내면에서 일어난 변화를 모두 헤아리자면 이런 일기장이 열두어 권은 더 필요하리라는 생각이 들었다⋯ 이를테면, 그 '더러운 팬츠의 철학자'가 말하는 '유대인 문제'만 해도 그렇다⋯ 지난날 나의 눈앞에서 체포된 어느 유대인 청년을 위해 기도할 때 '그토록 착한' 체하던 그 잘난 아가씨의 가식과 맹목, 일기장에 끄적거린 그 멍청한 말들은 생각만 해도 부끄럽다⋯ 하지만 넘어가자⋯ 잊어버리자⋯ 다행히도 그 모든 것은 이제 먼 과거의 일이다⋯ 너무나 먼 과거의 일이다⋯ 그후 그 사람들의 고통, 그들의 순교, 그들의 위대성을 알게 된 내가 자랑스럽다. 시련과 고문과 집단 학살에도 불구하고, 인류의 지고한 가치들을 증언하길 멈추지 않은 이 민족의 성실함을 이해한 내가 자랑스럽다⋯ 그렇다, 나는 가톨릭 신자요, 신자로서 말한다. 착한 우리들이 수시로 우리의 사명을 저버린 이 야만의 시대에, 오직 그들, 유대인들만이 끝까지 남았었고 또한 지금도 그렇게 남아 있기에 과연 '하느님의 아들들'이란 칭호에 결코 손색이 없다고 말이다….

이런 얘기가 너무 개략적이라는 것을 나도 안다… 퍽 취약하다는 것도… 너무 쉽게 뱉는 말이란 것도… 하지만 결국 뱉긴 뱉었다. 그것은 10여 년 전부터 내가 가장 양심의 가책을 느낀 문제였다.

9월 5일

사랑하는 장!

정말 그는 내가 아주 어리석다고 생각하는 걸까? 눈도 귀도 없는 사람으로 아는 걸까? 어린아이의 거짓말과 잔꾀에도 쉽사리 속는다고 생각하는 걸까? 어제, 내가 그의 집무실로 들어서자 갑자기 중단되던 전화 통화… 그리고 간밤의 전화벨 소리… "여보세요? — 여보세요? 거기 누구죠? 말씀하세요! — 아, 아니에요, 잘못 걸었군요…."

분명 '그녀'를 만나러 가면서도 '집회' 때문에 나간다고 둘러대며 요란하게 차려입고, 향수를 뿌리고, 벗어진 머리를 감추기 위해 갖은 노력을 다하는 그의 행동들. 심지어 꽃 장식까지 가슴에 꽂고 나선다. 지난 해 그의 생일 선물로 준 물결 무늬 스모우킹 상의까지… 아무래도 그건 너무 심했다… 정말이지 인내의 한계를 넘어서는 일이다… 나는 나도 모르는 사이에 내가 마음 먹은 이상의 신랄한 어조로 쏘아붙이고야 만다. "그렇게까지 숨기려 애쓸 필요 없어요… 이미 오래전부터 알고 있는 사실이니까… 다만 한 가지, 바로 그런 일들을 위해 당신이 스모우킹을 입는다는 사실만큼은 서글픈 노릇이 아닐 수 없어요."

그는 무척 놀랐던 모양이다. 머리를 번쩍 치켜든 채, 망연자실한 그의 모습! 이게 웬말이냐 싶은 듯, 열심히 변명하는 그의 태도! "오해를 면하기 위해서라도 집에 있어야겠군… 그렇게 해서 내가 진정 집회 때문에 외출하려 했다는 걸 증명할 수 있다면 말이오…"라고 필요 이상으로 과장하는 그의 모습.

평소에도 내가 고약한 여편네인 것은 아니다. 나는 말로써 그를 꼼짝 못하게 한 데서 오는 어떤 즐거움, 태연하게 보이려고 무진 애를 쓰면서도 밤새도록 열에 들뜬 사람마냥 촉각을 곤두세우던 그의 모습을 바라보는 데서 오는 막연한 쾌감을 처음으로 맛볼 수 있었다!

9월 6일

사랑하는 남자에게서 무엇이 남았는가?

흘러가 버린 사랑에서 무엇이 남았는가? 물론 아무것도 없다… 아니, 거의 아무것도 남아 있지 않다… 아무것도 아닌 아주 하찮은 것들뿐… 하지만 사람들은 바로 그 아주 하찮은 것들에 그토록 집착한다. 그것들을 위해 뜨거운 정열을 불태우기도 한다… 예를 들면, 그의 목소리라든가… 자갈 깔린 정원을 가로지르는 그의 발걸음 소리… 문을 들어설 때의 헛기침 소리… 아침이 되어, 만족한 듯 집무실에 들어서는 그의 모습… 저녁 식사를 끝낸 후, 이마에다 건성으로 하는 그의 입맞춤… 나의 머릿결을 스치는 그의 손… 그가 항상 알맞은 온도로 욕조의 물을 채워 준다는 사실… 나의 편두통을 그가 알고 있다는 것… 숱한 사소한 것들… 자잘한 숱한 배려들… 여러 잡다한 습관들… 그의 여러 가지 악습과 괴벽들… 그렇다. 아무것도 남아 있지 않다… 다만 이런 잡다하고 사소한 것들뿐.

지난날, 마치 카멜레온처럼 매일 아침 변색하던 그 젊은 연인에게서 이제 남은 것이라곤 그렇게 사소한 것들뿐이다. 하지만 정말 놀라운 것은 바로 그런 것들이 나로 하여금 여전히 그에게 애착을 갖게 한다는 사실이다. 그 모든 것에도 불구하고, 사랑이 사라져 버렸음에도 불구하고, 내가 아직 젊고 재산 또한 넉넉하여 독립할 수 있음에도 불구하고, 그런 그를 버리려는 마음이 별로 들지 않는다는 것이다. 분명 장은 모르고 있다. 바로 그것이 유일하게 남아 있는 '마지막 카드'라는 사실을.

9월 7일

관두자. 장이 알면 뭐라고 말할까.

이제 더 이상 샛길로 흐르지 말자. 내가 다시 이렇게 일기장을 잡을 필요를 느꼈다면, 그것은 나의 이런저런 견해를 정리한다거나 마음의 상태 혹은 청춘의 흔적들을 정리하면서 맛보는 쾌감 때문만은 결코 아니다. 거기에는 명백한 하나의 이유가 있다. 절박하면서도 절대적이기까지 한 하나의 이유. 그것은 바로 일기를 쓰지 않고는 내가 휴식을 취할 수 없다는 사실이다. 그러한 만큼 이 '일기'는 겉보기로만 일기일 뿐, 차라리 '강박관념들의 기록'이라고 하는 편이 낫다. 어느 정도 규칙적인 간격을 두고 불쑥불쑥 찾아드는 강박관념들, 그것들에게서 벗어나고자 내 인생은 허우적대고 있는 것이다….

오늘, 집요하게 내 가슴을 파고드는 하나의 이름… 12년 전의 바로 그 이름… 뱅자멩… 다시 말해서, 나의 뱅자멩… 아니, 우리의 뱅자멩일지도 모른다… 그 역시 우리와 공모(共謀)하고 있기에 말이다… 내가 일기장을 들추는 것은 다만 이미 수년 전부터 은밀하게 나를 따라다니며 괴롭히는 어떤 위기의식 때문이다. 바로 이 순간, 대낮부터 까닭 모르게 나를 엄습하는 어떤 위기감… 오늘은 더 이상 말하지 말자. 무엇 때문인지도 모르지 않는가. 어디에서부터 어떻게 얘기를 시작해야 할지도 모르지 않는가. 모든 것이 마구 뒤얽혀 있다.

9월 8일

뱅자멩의 초상.

녀석은 벌써부터 부인들의 방에 노크도 없이 불쑥 들어오기를 좋아하는 조숙한 소년이다. 넓은 이마. 금발의 단발머리. 오만하고 무례가 줄줄 흐르는 푸른색의 커다란 눈. 섬세하고 짙은 눈썹은 녀석의 날카로운 시선을 다소나마 부드럽게 한다. 선이 분명한 커다란 입. 언젠가 이본느는 꿈꾸는 듯한 태도로 그것을 '생명을 내뿜는 입'이라고 말했었다. 녀석의 걸음걸이. 그것은 제 또래의 소년에게서는 결코 기대할 수 없을 천부적인 매력이다. 때로 나는 오데트나 영어 선생이 녀석의 걸음걸이에 지나치게 민감한 반응을 보이는 게 아닐까 하고 생각해본다.

녀석은 아빠를 닮은 것일까? 나는 아니라고 생각한다. 장은 그렇다고 주장한다. 어쩌면 그 '위기'는 정확히 바로 여기서 시작된 것일지도 모른다. 바로 이 점이 우리 사이에 빚어질 가장 난감하고, 끊임없이 지속될 싸움의 불씨일지도 모른다. 내가 "봐요. 자, 보세요. 이제 사내다움이 피어나고 있지만 여전히 부드러운 이 얼굴, 이 푸른 눈, 이 금발을 좀 보세요"라고 하면, 그는 "또 수다로군. 꿈 깨요… 당신은 유전 법칙 얘기도 들어보지 못했소? 당신이 싫건 좋건, 녀석의 아버지는 바로 그 인간이란 말이오…" 그러면 나는 "닥쳐요! 그만 하세요! 그걸 들먹일 필욘 없잖아요! 그렇게 생각해선 안 돼요! 그 까닭이야 당신도 잘 알 테죠, 아닌가요? 우리 두 사람만 알고 있는 것으로 족해요. 마치 문둥병이기라도 한 것처럼, 아이한테서 그의 모습을 찾으려 할 필요는 없잖아요…" 그러면 그 역시 화를 버럭내며, "멍청이! 멍청이 같으니라고! 엄마들의 광기는 한이 없다니까! 제 혼자서 저런 생김새를 갖게 됐나…" 이런 식으로 다툼은 몇 시간 계속된다 … 밤을 꼬박 새울 때도 있다… 그러고는 몇 날 며칠을 한동안 냉랭하게 지낸다… 서로가 뿌리 깊은 앙심만을 간직한 채.

9월 10일

그가 벵자멩을 사랑하지 않는다는 얘기는 아니다.

왜냐하면 그의 마음속에는 사랑하는 사람만이 가질 수 있는 하나의 생각, 즉 어떤 해묵은 저주가 그 아이를 짓누르고 있으며 그 아이로 하여금 그 저주를 모면하게 하는 것이 바로 자신의 소임이라는 생각이 깊게 자리 잡고 있기 때문이다.

그렇다면 난 묻지 않을 수 없다. 왜 사랑이 그토록 거칠단 말인가? 온정은 간 곳 없고, 어찌 그토록 엄격하기만 할까? 어째서 나는 한 번도 — 나는 '한 번도'라고 분명히 말한다 — 그가 아이에게 뽀뽀를 해준다거나 애정어린 태도, 따뜻한 말 한마디 하는 것을 보지 못했는가? 그는 입버릇처럼 말한다. "나는 녀석에게 해줘야 할 것만 생각해… 녀석과 노닥거릴 시간이 없어… 그러기엔 상황이 너무 심각해… 녀석의 머리 속에 깃들어 있는 에두아르를 몰아내는 일이 무엇보다 급하니까… 자칫 내가 한눈을 팔기라도 하는 날이면, 녀석은 금방 나락으로 떨어져 버릴 거야… 내가 잠시만 소홀하고 조금이라도 늦추는 그 순간, 녀석은 죄악의 구렁텅이에 빠져 버릴 거야. 그러면 나 또한 영원히 가책을 느끼게 될 테지…" 결국 아이는 그에게 영원한 죄인으로 취급받고 있는 셈이다. 그는 아이의 행동 하나하나, 아이의 말 한마디 한마디를 마치 죽은 애 아버지의 작품을 읽듯이 대하라고 나를 채근해댔다. 어머니로서 내가 해줄 수 있는 행동들은 악마가 그 아이에게 침범할 기회를 제공하는 치명적인 관용이 되어 버린다는 것이다.

오직 의부인 자신만이 아이를 그 모든 위험에서 벗어나게 할 수 있다고 확신하는 장. 이 얼마나 오만한 교육자요, 지독한 감시꾼인가! 사람들이 자신에게 거의 절망적인 임무를 위임했으며, 하지만 결코 나약해지는 법 없이 용감하게 그 임무를 수행하고 있다고 믿고 있는… 때로 내가 그의 냉혹함이라든가 필요 이상으로 지나친 꾸중들을 나무라기라도 하는 날이면, 그는 입가에 회심의 미소를 떠올리며 대답한다. "당신도 알게 될 거야… 내가 왜 그러는가를… 언젠가는 녀석도 나에게 감사할 거야."

9월 11일

오늘 저녁에는 개학 철을 맞아 벵자맹의 학교 문제로 열띤 토론을 벌였다. 그가 말했다. "정상아는 학교에 가는 법이야. 엄마 치마폭이나 유모 품 속에 묻혀, 아니면 돈 긁어먹을 생각만 하는 멍청한 가정교사의 훈육만 받으며 일생을 보낼 수는 없잖겠소…." 물론 사실이다… 언제나 그랬듯 장이 옳다… 하지만 벵자맹은 정상아가 아니다. 그도 잘 알 테지만, 당연히 그 아이가 다른 정상아들처럼 살 수 있어야 한다고 요구할 권리는 우리에게 없다. 그리고 나는 어떤 대가를 치르더라도 꽉 막힌 선생이나 지독히 심술궂은 급우들이 너무나 '정상적인' 일이겠지만 그의 아버지를 들먹이며 놀려댈지도 모를 위험 속으로 아이를 뛰어가게 하고 싶지는 않다.

에두아르는 온 세상이 소란스럽던 1944년 8월 파리 시가전에서 유탄에 맞아 숨졌다. 그렇게 숨졌어야만 한다. 나로서는 감히 다르게 말할 수 없다. 그 아이가 진실을 알기에는 너무나 약하게 보이기 때문이다. 어디까지나 그 아이는 바로 여기, 내 곁에, 나의 책들과 내 애정의 보호 아래 머물러야만 한다. '어린 왕자' 벵자맹도 좋고… '큰 부자' 벵자맹도 좋고… '탕아' 벵자맹도 좋다… 녀석이 원한다면 무엇이건… 어쨌든 그 아이는 이렇게 위로받아야 마땅하지 않을까?

9월 14일

옷을 입으면서, 나는 오늘 아침 식탁에서 있었던 일들을 곰곰이 생각해봤다.

애기는 간단하다. 벵자맹이 포크를 잘못 사용했고, 물병을 너무 꽉 움켜쥐었고, 빵부스러기를 흘린 것이 장에게는 그 무언가를 가리키는 표시로 보인다는 것을 어떻게 이해해야 할까? 도대체 무엇에 대한 표시라는 걸까? 물론 '다른 누구'이다. 그에게는 그것들이 유전적 증거로 여겨지는 모양이다… 도처에서 그는 수치스런 친자 관계의 징후들만을 찾아낸다….

당시 벵자맹은 화내지 않았다. 그 아이는 장이라면 질색을 한다. 무엇보다도 나는 과거 사실에 대한 장의 악의어린 시샘이 두렵다. 그 터무니없는 시샘을 처음으로 알게 된 것은 결혼한 지 2년인가 3년이 지났을 때였다. 에두아르가 총애하던 개, 블랙으로 인해… 블랙이 제법 늙은 놈이 되어 집안에서 별로 탐탁치 않게 여겨지게 되었을 때였다. 그놈을 감히 내쫓지도 팔아 버릴 수도 없었던 장은 대신, 에두아르가 주인일 때부터 누려왔던 그놈의 특권을 박탈해 버렸다. 언제나 그랬듯 침실이나 거실에서 낑낑대는 소리가 들리지 않도록 명령을 내린 것이다. 결국 그놈은 정원으로 추방당해야 했으며, 여전히 귀에 거슬리는 소리가 들린다는 장의 성화에 아예 지붕 꼭대기로 올라가야만 했다. 덕택에 라자르는 자칫 떨어져 목이 부러질 위험을 무릅쓰고 하루에 두세 번 씩 그곳으로 음식물을 날라야 했던 것이다.

그때 벵자맹은 겁도 없이 그놈을 데리고 내려와 자신의 침대에서 자게 했는데, 그것은 장의 명령을 어긴 셈이었다. 결국 벵자맹과 그 멋모르는 개는 장에게 곤욕을 치러야 했고, 나 또한 그의 화를 달래느라 혼줄이 났었다. 바로 그날, 나는 깨달을 수 있었다. 블랙이 내갈긴 카펫 위의 오줌과 침대맡에 붙어 있는 털을 통해서 장이 본 것은 에두아르, 바로 에두아르였음을… 그 사소한 것들조차도 그를 광분하게 하기에 족하다는 것을….

9월 15일

그것을 '과거에 대한 질투'라고 말해도 될까?

분명히 자신하지는 못한다… 아니, 전혀 자신할 수 없는 일이라고 해야 한다… 왜냐하면 우리 두 사람 사이에 놓인 에두아르의 자리가 너무나 복합적이고 모호하기 때문이다! 그는 친구이고… 옛 남편이고… 저주받은 아버지다… 그는 가슴에 맺힌 한이고… 우리가 구할 수 없었던 생명이다… 우리가 무슨 일을 하고, 무슨 말을 하고, 그의 죄악에 대해 아무런 반감도 갖지 않는다고 할지라도 그의 환영은 끝까지 우리를 따라다니리라….

그가 죽었기 때문에 우리가 결혼할 수 있었을까… 식탁에 침대에 심지어 내가 장을 미칠 듯이 사랑하며 행복한 시간들을 보내는 곳에도 그의 환영은 존재한다… 그는 돌이고, 무덤이고, 시체다. 하지만 바로 그 시체 위에 우리 부부의 사랑탑이 세워져 있는 것이다. 또한 그는 삶을 우리와 가장 많이 공유한 사람이기도 하다… 참으로 많은 경험을 우리와 함께 나누었다… 장과 내가 공감을 나누는 것은 오로지 비극 속에서인 것이다….

종종 나는 혼자서 되씹어본다. 그는 그대로 수치스런 친구의 삶을, 나는 나대로 시인하기 싫은 남편의 삶을 삭제하기 위해 허덕이며 투쟁하는 암울하고 불길한 시간들에서만 우리의 사이가 좋아질 뿐이라는 사실을… 그렇다, 모든 일이 에두아르에 대한 우리의 추억 속에 놓여 있다. 그는 죽어서까지 우리 사이를 멀어지게 하기도 하고, 역설적이지만 우리 사이를 긴밀하게 결합시키기도 하는 것이다. 그의 이름이 그토록 지겨운 까닭이 바로 여기에 있다.

9월 16일

뱅자맹도 이러한 사태를 느끼고 있을까?

그럴 리 없다… 그러기엔 너무 어리고… 너무 천진난만하다… 더구나 녀석에게는 기억에 없는 일이기도 하다… 이미 '유탄'에 맞아 돌아가셨노라고 둘러대기도 했으니까… 하지만 나는 그 아이 역시 무슨 낌새를 알아채고 있다고 생각한다… 어쩐지 이미 오래전부터 녀석이 내가 알 수 없는 경로들을 통해 자기 아버지의 이름이 어떤 사람의 그것일 수 있음을 알아버린 것만 같다. 그에 대해 전혀 아무런 언급도 않는다는 사실이 그 증거다. 그에 대해 전혀 얘기한 바 없고, 그에 대한 언급을 결코 금기시한 바가 없음에도, 제 스스로 그것이 마치 금기인 양 처신하는 것이 증거인 것이다….

도대체 녀석은 사라져 버린 아버지를 생각이나 하는 걸까? 녀석이 품고 있을 아버지의 이미지는 어떤 것일까? 한 조각의 이미지나마 품고 있기나 할까? 나로서는 전혀 알 수가 없다. 바로 녀석의 어머니인 내가 이러한 의문들에 답할 수가 없다. 그 애에 대한 장의 냉혹함과 나의 비열함이 합작이 되어, 결국 우리는 기쁨으로 가득한 삶을 살아갈 수 있을 명랑하고 다감한 아이를 폐쇄적이고 비밀에 가득 찬 아이로, 자신의 가정에 접근할 수 없는 저주받은 하나의 숙제가 있음을 가슴에 간직한 아이로 만드는 데 성공한 셈이다.

9월 18일

언제부턴지는 모른다. 그냥 2, 3주 전부터라고 해두자.

이상하게도 정욕이 사라져 버렸다… 불씨가 꺼져 버렸다… 지금 내 곁에 나란히 누운 장대한 나신은 이제 더 이상 아무런 유혹도 속삭이지 않는다… 터무니없게도, 이제 다시는 '불붙지' 않으리라는 생각만이 줄곧 내 머리 속을 맴돈다.

9월 20일

정원에서의 저녁 식사. 가을의 감미로운 서늘함.

오늘 저녁 따라 상쾌한 분위기가 우리의 온갖 가정 문제들을 씻어 주는 듯했다. 무척 기분이 좋은 듯, 하지만 어느 때보다도 교육자 행세를 하며 장은 벵자맹에게 '인도차이나 전쟁'이 발발했을 당시의 사태들을 짐짓 장엄한 어조로 설명했다. 그런데 기어코 오데트가 "장 선생님"이라고 한다는 것이 저도 모르게 "에두아르 선생님"이라고 내뱉음으로써, 이 모든 쾌적한 분위기에 찬물을 끼얹고 말았다. 하지만 장은 동요하지 않았다. 나는 못 들은 척했다. 오데트는 "아, 죄송합니다"라고 말하고는, 아무 일도 없었다는 듯이 계속 음식을 날랐다.

그런데 이 일에 이상하리만큼 얼굴이 붉어지고 당황한 사람은 바로 벵자맹이었다. 접시에 코를 처박고서는 분위기를 힐끔힐끔 살피고 난처해 어쩔 줄 몰라 하며 죄 지은 사람처럼 굴었다. 말하자면, 이러한 사태에 대한 모든 책임이 자신에게 있다는 듯이… 그 아이는 우리 모두의 묵계가 깨어진 한순간 가장 심한 타격을 받았던 것이다. 물론 나는 그 일 자체가 중요하지 않다는 걸 잘 안다. 그 상황은 아주 순간적인 것이었으며, 모두들 곧 익살맞은 얘기들로 되돌아갔으니까….

문제는 오늘의 일이 일전에 내가 말했던 사실에 대한 완벽한 예증이라는 것이다. 바로 그 순간, 얼핏 스쳐가긴 했지만 너무나 분명하게 그 아이의 조그만 두개골 속에서 '금기'에 대한 공포가 구름처럼 피어오르는 것을 볼 수 있었다는 사실.

9월 21일

분명히 말해 두어야겠다.

나를 읽고 있을 어떤 이방인은, 오데트의 실수에 대해 벵자멩이 그렇게 행동했다는 것이 제 아버지가 사라진 배경에 관한 진실을 알고 있거나 적어도 짐작을 하고 있기 때문이라고 결론 내릴지도 모른다… 물론 가능하다. 하지만 나는 그렇게 생각하지 않는다. 나는 그 아이가 친아버지에 대한 공식적인 얘기들을 수상쩍게 생각할 어떤 이유가 있다고는 보지 않는다.

그날 아이가 에두아르라는 이름만 듣고도 깜짝 놀란 것은, 이 집 지붕 아래서는 그 이름이 공공연히 말해질 수 없다는 의붓아버지의 묵시적인 강제 조약을 내심 스스로 받아들이고 있었기 때문이라고 생각한다. 모든 '정치적' 고려를 떠나, 이미 아버지라는 사람의 인격, 모습, 그에 대한 추억조차 추방해 버린다는 사실에 동의하고 있었기 때문에 말이다. 어쩌면 그 아이는 내심 이런 계산을 해두고 있었을 것이다.

'내가 이 이해할 수 없는 강제 조항을 굳이 어겨야 할 이유가 뭐람? 그래서 내게 무슨 이득이 있겠어? 그렇게 해서 내가 얻게 될 기쁨이 내가 치르게 될 대가에 비해 너무 미미하지 않을까? 사실 위대한 인물이란 우리 또래들, 그러니까 애들이나 토닥거리는 자질구레한 것들, 말하자면 언짢은 기분이라든가 식사 시간의 긴장된 분위기, 엄마와 그런 문제 따위로 다투는 일보다는 어마어마하고 무시무시한 대군을 지휘하는 법이야 …'

9월 23일

나는 장이 내세우는 명분들을 납득한다. 그것들을 존중한다. 어떤 의미에서는 나 역시 그러한 명분들에 동참한다. 하지만 진실로 그것들만이 이유일까?

9월 25일

내가 대단한 것을 요구하는 것은 아니다.

단지 에두아르를 화제로 삼아 주었으면, 가끔씩 그 이름을 상기시켜 주었으면, 내가 모르고 있는 청년 시절의 추억담을 얘기해 주었으면 하는 것뿐. 요컨대 난 그가 마치 에두아르가 존재하지 않았던 것처럼 행동하지 말기를 바라는 것이다. 우리가 그 아이의 건강 설문지를 채웠던 오늘 저녁처럼, 그가 '아버지의 직업'이라는 란에다 '국회의원'이라고 쓰지 않기를 요구하는 것이다.

9월 28일

나는 요구한다… 나는 요구한다… 물론 전혀 요구하지 않을 때도 있다… 달래 보기도 하는 것이다… 어떤 때는 그것이 그렇게 끔찍한 일만은 아니라고 혼자서 중얼거려보기도 한다… 시간이 흐르면 저절로 정리될 거라고….

이번 목요일엔 텔레비전에서 《죄와 벌》 1부를 상영했다. 나는 벵자멩이 보도록 허락했다. 아니, 권유까지 했던 것이다. 하지만 장은 내 곁에서 아이가 시청하는 것을 보더니 항상 그랬듯이 투덜거렸다. "문제 있군… 잠잘 시간도 모자랄 텐데… 그러다 애가 병이 나더라도 제발 눈물만은 흘리지 말아줘…." 나는 항변하지 않았다. 오히려 "그렇군요, 그 점을 생각하지 못했어요. 역시 당신이 옳아요" 하고 중얼댔다.

그렇지만 난 결코 잊을 수가 없다. 벵자멩이 제 방으로 가기 위해 몸을 일으키면서, 내게 던지던 그 간청하는 듯한 시선을.

10월 2일

물론 마지막 해결책으로, 내가 얘기를 해주면 된다. 물론 다소 에둘러서 내가 직접 얘기를 해주는 방법.

솔직히 말하면, 나는 오늘 아침 그의 외투를 새것으로 갈아주려고 망비네 집으로 그를 데려가던 차 안에서, 둘 사이에 예사롭지 않은 침묵이 감돌기 시작했을 때 얘기를 끄집어내려고 했었다. "네 의붓아버지 말인데… 넌 이해하겠지?… 너를 사랑하기 때문임을 말이다…" 혹은, "그래, 너도 보았어… 사람들이 네 앞에서 네 아버지 얘기를 할 때, 장의 태도… 좀 별나다고 해야겠지…" 했다가는 가벼운 어조로, "어머! 이 머릿결, 이 보조개 하며, 한번도 유심히 보질 않았는데 이제 보니 가엾은 에두아르를 쏙 뺐구나…" 아니면 차라리 "이상하지… 세월은 흐르고… 너는 어른이 되어가고… 너는 닮고자 하지 않았는데도…".

요컨대, 심각하게 다루지 않고서도 우리의 숙제에 접근할 수 있는, 그 금기를 언급할 수 있는, 우리가 처한 상황의 쐐기를 뽑아 버릴 수 있는 숱한 표현과 가뿐한 해결책들이 있었다.

아! 하지만 나는 입도 뻥끗 못했다! 망설였던 것이다! 비록 장이 그 문제에 대해 잘못하고 있을지라도, 내가 그러는 것이 그에 대한 일종의 명백한 배신이라는 생각으로 인해 괜히 아이와 공모라도 하는 것 같아서 아무런 해결책도 찾지 못했던 것이다. 참으로 어리석게도 과감하지 못했던 것이다!

10월 8일

'녀석이 에두아르에 대해서 생각보다 많이 알고 있는 것은 아닐까?' 이런 생각이 드는 날이면 나는 혼자서 중얼거리게 된다. 녀석이 어딘가에서 에두아르의 편지라든가 사진, 혹은 당시의 신문 조각 따위를 우연히 습득했을 수도 있을 거라고.

한데, 오늘 아침 라자르가 들려준 얘기는 아무래도 심상치가 않다. 52번 가(街) 관리인의 아들과 '처형 놀이'를 했다는 얘기. 벵자멩이 '사형 집행인'이고 그 꼬마가 '사형수'였다니!

10월 11일

언제 봐도 음모가의 모습만이 내비치는 라자르. 그가 전하는 것들은 끔찍한 놀이에 대한 얘기들뿐이다. 벵자멩이 갈수록 그 놀이에 재미를 붙여… 역할을 바꾼다거나 놀이의 형태를 변형시키기도 하고, 심지어 애들을 집 안으로 끌어들여 그 놀이를 즐긴다고 한다….

그래도 되는 걸까? 아냐, 그럴 수는 없어… 생각조차 하기 싫은 일이야… 너무도 잔인한 일이기에… 한 가지 분명한 사실은, 아이들이 그렇게 집을 들락거리도록 내버려둘 수는 없다는 거야… 오늘부터는 집 근처에 아예 얼씬도 못하게 해야 해.

10월 13일

슬프다. 불안하기만 하다. 계속 '처형 놀이'에 대한 얘기만 들린다. 그것을 단순히 우연의 일치로만 돌릴 수는 없다.

아주 어리석은, 극도로 기괴한 예감들만이 자꾸 머리 속을 맴돈다. 더 이상 참을 수 없어 녀석들을 염탐하고 녀석들의 왕래를 감시하고 녀석들의 시선과 웃는 모습 따위를 살펴본다. 벵자멩의 귀여운 모습은 저토록 빛나고 맑기만 한데….

10월 16일

괜히 울적하다.

그이 서가로 가서 전쟁에 대한 책들을 뒤적거려본다. 또한 내 서가를 뒤적이며 '로베르' 아동 본(本)이나 '베르나르도' 본을 유심히 살펴보기도 한다. 이미 전쟁은 종결되었고, 이미 사람들의 화제에서도 벗어난 지금, 나는 '히틀러'니 '나치즘'이니 '대독 협력자'니 하는 말들을, 그가 들으면 움찔할 말들을 읊조리고 있다. 마리 베스나르, 카릴 체스만, 도미니치 등과 관계된 중요치 않은 온갖 잡다한 사건들을 훑어보는 것이다.

매번, 죽음의 고통에 대한 의문만을 떠올려 줄 살인 사건들… 어제 저녁엔, 어느 때보다도 세심한 태도로 나는 텔레비전에서 방영하는 레지스탕스 영화를 우리와 함께 보도록 아이에게 은근히 요구하기까지 했다. 어렴풋이나마, 눈치채지 못하는 사이에 녀석의 동정을 마음껏 살필 수 있는 절호의 기회라고 중얼대면서… 한데! 그 영화가 녀석을 따분하게 할 줄이야! 10분도 채 못돼서 녀석은 멀찌감치 떨어져서 앉더니 오히려 《스피루》를 탐독하기 시작했다.

10월 20일

또 다른 음성적인 테스트.

내 딴에는 용기를 내어, 장에게 '전쟁이 막바지에 달했을 때, 독일군 제복을 입고 동부 전선으로 떠난 프랑스인들에 대한 얘기'를 들려달라고 졸랐다. 장은 깜짝 놀라 주춤하더니 거절했다. 조금도 달갑잖은 얘기라고 언성을 높이며 노기등등한 시선을 던져왔다. 되도록 접하고 싶지 않았던 그 시선을. 하지만 내가 집요하게 요구했고, 벵자멩이 함께 있었고, 또한 무슨 일에나 나서기를 좋아하는 그 특유의 억누를 수 없는 즐거움을 맛보기 위해 결국 그는 얘기를 시작했다.

하지만 아무것도 찾아볼 수 없었다. 특별한 반응도 없었고, 의혹에 찬 눈초리도 없었다. 무언가에 감동되었으면서도 그런 사실을 감추고자 할 때 흔히 그 아이가 내비치던 턱 언저리의 변화, 유심히 살펴야 알아볼 수 있는 턱의 가는 떨림조차도 없었다. 실로 녀석은 강의를 들을 때 취하는 태도 그대로였을 뿐, 아무런 낌새도 없었다. 공손하고 조심스럽게, 그 존경하는 입의 움직임에 푸른 두 눈을 고정시킨 그 아이의 정중하고 얌전한 태도… 설명이 한참 계속되자, 난 지겨워지기 시작했다… 난 장에게 그렇게 이야기하는 것이 아니라고 했다… 얘기하는 방식이 아주 잘못되었다고 했다… 그런 식으로 하는 얘기는 아무런 의미가 없으며, 이젠 벵자멩이 유도를 배우러 가야 할 시간이라고 얘기를 잘랐다. 내 말에 장은 어이가 없었던 모양이다. 그리고 벵자멩의 얼굴에는 막연한, 아주 희미한 안도의 흔적만이 떠올라 있었다. 피아노 레슨이나 교리 문답 공부를 면제해 주었을 때의 그것과 유사한, 대수롭지 않은 약간의 안도감이….

10월 23일

사태의 모호함은 자꾸만 나를 침식하며 내 속을 갉아먹기 시작한다. 하루하루의 내 행동 속으로 독약처럼 스며든다.

내 몸에서 나온 사랑스런 아이를 마치 어떤 이방인이나 적처럼 바라보아야 한다는 사실. 오늘 아침, 내 마음이야 상하건 말건 짙은 금발을 휘날리며 너무도 수려하게, 너무도 명랑하게 웃는 녀석을 보았다. 녀석이 미웠다. 심지어 나는 장이 그 아이의 음흉한 구석이나 무한한 가장(假裝) 능력을 얘기한 것이 결코 틀린 얘기가 아니라는 생각 — 물론 지금은 후회하지만, 그렇게 생각했었다 — 을 하기에 이르렀던 것이다.

10월 24일

오늘은 몽포르 라모리에서 점심을 먹었다. 벵자맹과 나, 둘이서만. 사랑스럽기만 한 아이!

10월 25일

두 달! 오늘 밤으로 벌써 두 달째다!

하지만 묘하게도 별로 그리 서운하다는 생각도 들지 않는다… 그저 한 가닥 슬픔이랄까… 회한… 그렇다, 바로 회한… 흔히 사람들이 말하는 '꺼림칙한 기분'… 어제는 온종일 혹시 그런 사실이 밖으로 드러나는 건 아닐까 하는 묘한 생각에 사로잡혀 있었다… 하지만 지금 나의 머리 속은 온통 다른 근심거리가 가득하지 않은가.

10월 25일, 저녁

세잔느 전시회에서 좀 전의 그 젊은이가 내게 속삭이던 그 외설스런 말들로 미루어 볼 때, 그것이 겉으로 드러나는 건 아닌 것 같다.

마음을 정돈해야만 했다.

온통 의혹투성이로 있을 수는 없는 노릇이었다. 장이 여행을 떠난 토요일인 오늘을 이용하기로 했다 벵자맹은 이본느 집에 놀러보냈다. 오데트는 관절염으로 꼼짝없이 침대에 머물러야 했기에, 어미가 자식에게 할 수 있는 일 중에서 가장 끔찍한 일일지도 모를 나의 계획을 방해할 사람은 아무도 없는 셈이었다.

난 아무도 없는 녀석의 방에 들어섰다. 마루 판자의 삐걱이는 소리에 소스라쳐 놀라기도 하면서, 서랍, 선반, 침대와 매트리스 밑까지 차근차근 살펴 나가기 시작했다. 노트들에 촘촘히 적힌 낙서부터 시작해서, 자료철, 루이송 보베로부터 헌정받은 포스터, 부가티와 아스통 마르텡에 대한 녀석의 내면 기록들을 모조리 훑어보기도 하고, 다운 아담스와 미렌느 드몽게의 사진이라든가, 지나 롤로브릿지다에게 보낸 봉하지 않은 편지, 비소제(製) 전기 면도기에 대한 광고, 여드름 치료제 발데르마, 구슬과 팽이들은 물론 갖가지 잡다한 장난감들을 뒤적이던 나는, 마침내 가는 한숨을 토하며 눈물을 글썽이고야 말았다. 자식의 방에 자식 몰래 들어선 어미가 자식의 조그맣고 비밀로 가득한 세계를 떨리는 가슴으로 훔쳐보아야 한다는, 이 기막힌 현실 앞에서 솟구치는 서글픔을 억제할 수 없었던 것이다.

한데, 눈물을 글썽이던 바로 그 순간, 나는 결국 발견하고야 말았다. 지난번 녀석의 생일 선물로 사다준 두 권의 두꺼운 라루스 사전 사이에 꼭 끼워져 있는 한 장의 사진과 수첩을… 그것은 충격이었다. 셔츠의 깃을 벌려 젖힌 채, 입가에 도전적인 웃음을 떠올리고 있는 거무스름한 피부의 사내, 어찌 내가 그 사내를 모르랴. 더더욱 충격적이었던 것은, 여러 해에 걸쳐 씌어진 듯, 주석을 달아가며 빽빽하게 기록한 그 두터운 수첩을 읽었을 때였다. 기록의 요지는 이러했다.

첫째, 녀석은 자기 아버지의 죽음에 대해 우리가 둘러대며 들려주었던 얘기들을 믿지 않는다는 것. 둘째, 녀석은 장이 나에 대한 사랑과 에두아르에 대한 질투로 인해, 고의적으로 우리 두 사람에게 진실을 숨기고 있다고 생각한다는 것. 셋째, 그 진실이란, 만약 에두아르가 죽었다면, 전쟁 당시 레지스탕스의 영웅으로 죽었으리라는 것을 말한다는 것. 넷째, 장이 에두아르의 죽음에 대해 적의를 나타내며 불안해한다거나, 그것에 대해 얘기할 땐 언제나 아주 낮은 목소리로 하다가 말꼬리를 흐려 버린다는 것은 바로 이러한 연유에서라는 것(지금까지의 내용은 수첩 앞부분에서 발췌한 것인데, 녀석이 7~8세 나던 해에 적었던 것으로 생각된다). 다섯째, 따라서 장으로서는, 어느 날 아침에 마치 율리시즈처럼 자기 부인에게 청혼하는 자를 단칼에 날려 버리고자 귀향하는 에두아르를 보는 일보다 더 기절초풍할 노릇은 없을 거라는 것… 저주받은 그 숭고한 떠돌이가 다행히도 장이 부재중인 저녁에 페넬로페의 침실로 들어서지 않는다면 말이다.

10월 27일
어제 이후, 계속 침묵.
무슨 얘기든 간에 했다간 마치 죽을 것만 같다. 혼자서 온갖 짐작을 했건만, 설마 그런 기막힌 생각을 갖고 있을 줄이야.

10월 28일
장에게는 아무 말도 하지 않았다. 그 결과가 두렵기만 하다. 벌써 이틀째, 나는 녀석을 정면으로 대하는 것조차 두렵다.

10월 29일
《파리의 하늘》. 카르네의 최신 필름이다. 바로 내가 좋아하는 영화임에는 틀림없다. 그리고 장은 오늘따라 유달리 우리의 저녁 나들이를 즐거운 분위기로 이끌기 위해 진땀을 뺀다. 소용없는 일! 그가 열심히 주절대는 영화 속의 권투 선수 얘기들이 따분하기만 하다. 쿠폴에서의 수산물 요리 역시 먹는 둥 마는 둥 했다. 저녁 내내, 나의 머리 속은 혼란만 가득했다.

11월 1일

아니나 다를까, 내가 사실을 털어놓자 장은 실로 끔찍한 반응을 보였다. 터무니없이 부당하고 해괴한 반응을 보였다. 당장에라도 달려가 "그 어린 멍청이에게 사실을 털어놓겠다!" 으름장을 놓았다. "그렇군… 바로 그거야… 녀석이 옳아… 녀석이 예상한 꼭 그대로야…" 하며 빈정대기도 했다. "빌어먹을 에두아르, 애새끼를 싸질러놓은 것으로 성이 안 차 당신의 삶마저 망치려드는군…" 하고 저주를 퍼붓기도 했다. 그러다간, "너무나 쉽군… 온 세상이 그렇게 여길 거야… 살아서는 인간 쓰레기… 죽어서는 숭고한 영웅…"이라며 미친 듯이 소리치기도 했다. 그리고는 "우리가 대독 협력자의 지식에서 레지스탕스에 대한 훈계를 들으려고 전쟁을 한 건 아니야"라는 소릴 수도 없이 되뇌기도 했다. 오로지 중요한 건 그것 뿐이라는 듯이.

다행스럽게도 그는 고함을 지르는 것으로 그쳤다. 설마 그가 미치광이처럼 벵자맹에게로 뛰어가서 이것저것 마구 떠들어대리라고는 생각되지 않는다.

11월 2일

난 그의 반응을 이해한다.

그의 성화! 슬픔이랄까. 10년이면 강산도 변한다는데, 마땅히 그 아이의 뇌리에서 지워져야 했을 파렴치한 아버지의 영상이 10년의 세월이 흐르면서 오히려 유년의 온갖 꿈들로 장식되고 갖은 덕행으로 치장되어 되살아났다는 어이없는 사실이 그의 감정을 뒤틀어 버린 것이리라.

하지만 과연 그 이유 하나만으로 그렇게 행동한 것일까? 바로 그것이 지금의 상황을 공포로 몰고 가야 할 이유가 된다는 것일까? 그의 품 속에 안겨 있어도 비극인데, 나 혼자 내버려두고 휑하니 나가 버릴 이유까지 된다는 것일까? 아닐 것이다. 그가 무슨 생각을 하는지는 몰라도, 진짜 비극은 자기 의붓자식이 자기보다도 죽은 애비를 더 좋아한다는 사실에 있지 않다. 또한 그가 주장하듯, 겨우 열두 살짜리 꼬마가 자신에게 '레지스탕스라는 칭호'를 부정하려든다는 사실에도 있지 않다. 진정한 비극은, 그 아이가 저 혼자서만 비밀을 간직한 채 그 미친 세계에서 살아야 했다는 사실에 있다. 비극은 그 아이를 사랑하는 우리가 반응하고 개입하여 그러한 함정을 파헤쳐 버릴 어떤 수단도 강구하지 않았다는 데 있는 것이다.

그 아이에게 사실을 털어놓는다고? 현 상태로라면 그것은 아마 엄청난 재난을 자초하는 일이리라. 그냥 그대로 꿈꾸도록 내버려둔다고? 꿈이 길어질수록 꿈에서 깨는 일은 더욱더 감당하기 어려운 사태를 빚을 것이다. 그렇다. 이것이야말로 최악의 상태다. 가능한 모든 수단이 숙명적으로 등을 돌려 버릴 수밖에 없는 끔찍한 상황인 것이다….

11월 4일

새로운 다툼.

이번에는 비교적 차분한 분위기였다. 그렇다고 해서 우리의 암담한 상황에 무슨 광명이라도 찾아든 것은 아니다. 언제나처럼 그는 뱅자멩이 패륜아고 파렴치한 녀석이며, 놈의 소행에 대해 우리가 대가를 치르게 될 것이라고 주장한다. 나는 우리가 뭔가 대가를 지불해야 한다면 그것은 우리의 침묵에 대해서라고 주장한다. 우리가 아이에게 아무것도 말해 주지 않았다는 사실, 결국 우리가 조장한 셈이 된 그 모호한 늪에 대한 응보라고 주장한다. 에두아르를 순교자의 모습으로 장식한 것은 바로 우리들의 손이기 때문이다.

11월 6일

그는 뱅자멩에게 아무 말도 하지 않는다.

우리가 동의한 엄격한 규칙, 즉 신중하자는 규칙을 그는 철저히 고수한다. 하지만 스멀스멀 기어나오는 감정만큼은 막을 수 없는 모양이다… 자꾸만 명령에 호소하려든다… 입에서 금세 욕설이 튀어나올 것만 같은 만성적인 노여움… 아이에게 하는 말투가 변했다. 무미건조하고 퉁명스럽고 재빠른 말투. 마치 입에 구역질나는 무언가를 물고 있기라도 한 듯 말들을 뱉아낸다… 역겨운 말들을 함부로 주절대기도 한다. 예컨대 "어디서 이런 자식이 튀어나왔는지 모르겠군…" 한다거나, "저놈은 누구에게서 저 쪼그맣고 거만한 눈초리를 물려받았지…"라든가, "대체 어디서 당신은 이런 고집불통을 낚아 올린 거야…" 등등.

분명한 것은 그가 한번도 아이를 따뜻하게 대하지 않았다는 사실이다. 대엿새 전부터 그가 자신을 극복해 나가고 있는 중이기는 하다. 물론 그것이 아이를 곤경에서 구해줄 수 있는 최선의 방법은 아닐 테지만⋯.

11월 9일

지금처럼 세 식구가 한 자리에 있게 되면 괜히 속이 메스꺼워진다⋯ 토하고만 싶다⋯.

갑자기 그의 신경이 날카로워지면서 지금껏 참고 있던 모든 것들, 온갖 험담과 욕설을 아이에게 쏟아부으면 어쩌나 하는 막연한 공포⋯ 결국 난 최대한 접촉을 제한한다. 우리가 들어가기 전에 아이가 식사를 끝내도록 점점 늦게 식탁으로 간다. 몇 주일 전만 해도, 아이가 텔레비전에서 방영하는 영화를 보도록 하려고 마치 인디언 여자처럼 꾀를 짜내곤 했던 내가, 이젠 저녁 9시가 지나기 무섭게 제 방으로 올라가게 한다.

어제는 그 가엾은 녀석이 영화 구경을 하기로 한 우리의 약속을 무척 기대했을 텐데도, 불편한 몸을 핑계로 무한정 연기시켜 버린 것은 바로 나였다. 물론 골려 주려는 마음으로 그랬던 것은 아니다. 영화를 관람하고 나면 레스토랑이라는 밀폐된 공간에서 함께 식사를 해야 할 것이고, 영화 내용에 대해 꼬치꼬치 캐묻고 품평을 하려 드는 아이의 말들이, 자칫 장을 미치도록 자극하여 치명적인 사태를 유발할지도 모른다는 두려움이 앞섰던 것이다.

11월 10일

아, 장이 이틀 동안 브뤼셀로 떠났다.

말하기엔 서글픈 노릇이지만, 안도의 한숨이 절로 나온다. 모처럼 제대로 된 저녁 시간을 보낼 수 있었다. 고요한 가운데, 적막과 씨름하며 녀석은 《모비 딕》을, 나는 이제 막 출간된 《생트뵈브를 반대함》을 읽었다. 경이로운 필치! 황홀한 논법! 고약한 속물 뵈브 아저씨에게 가하는 멋들어진 연타! 나는 말했다. "만약 생트뵈브의 《월요한담》만을 제외하고 19세기의 모든 책들이 불타 버렸다면, 우린 당시에 작가들이라고는 비네, 세낙 드 메이양, 빅 다쥐르 등만 있는 줄 알았을 거야…"

"빅 다쥐르…? 빅 다쥐르…? 그것 참 재미있는 이름이네!" 하고 뱅자맹이 소리쳤다. 어느새 내 뒤로 슬금슬금 다가선 녀석이 어깨 너머로 훔쳐보기 시작한다. 그러다 지렁이가 기어가는 듯한 내 필체를 보고는 폭소를 터뜨린다. 그리고 내 수첩을 얼른 빼앗아 버린다. 난 사력을 다해 도로 빼앗는다. 한참을 그렇게 엎치락뒤치락 하던 우리는 결국 2층 층계에 이르러서야 그 유쾌한 추격전을 마감했다. 마음껏 웃으면서.

11월 11일

벌써 장이 돌아오는 날인가?

분명 돌이킬 수 없을 정도로 부패해 버린 집안 분위기 역시 되돌아 올테지. 이렇듯 휴식이란 늘 짧기만 한 것인가보다. 오늘 아침 식사 때 뱅자맹의 긴장된 태도, 구겨진 얼굴 표정, 불쾌한 날이면 보이곤 하던 그 팽창한 눈. 어제저녁의 쾌활함은 더 이상 찾아볼 수가 없다. 난 이것저것 되는 대로 녀석에게 말해본다. "내가 주문한 치마와 털실 저고리를 인수하러 페이트로 같이 가겠니? 아니면 디오르로 갈까? 조르지아가 귀여운 장난꾸러기가 왔다고 무척 기뻐하겠지? 아냐, 그러지 말고 오랑주리 화랑으로 가자." 사실 나는 사람들이 한결같이 하는 말과는 반대로, 좋아해야 할 위대한 화가가 왜 마네가 아니고 모네여야 하는지 설명해 주고 싶었던 것이다.

녀석이 말을 가로챘다. "에이, 그러면 엄마만 피곤할 텐데… 알다시피 난 이제 어린애가 아니잖아… 디오르, 페이트 어쩌구 저쩌구 하지 말고, 차라리 요전 날 두 분이 왜 싸웠는지나 얘기해 줘요, 장 아저씨와 말이에요…." 순간 할말을 잃어버린 나는 조심스럽게 다가가서 녀석을 품에 꼭 껴안고 말았다….

11월 12일

어제저녁, 장이 돌아왔다.

예상대로 몹시 언짢은 기분이었다. 그는 뭔가 염탐하는 듯한 교활한 눈길로 우선 아이부터 찬찬히 살폈다. 그리고는 나를 포옹하기에 앞서 어제저녁 우리가 뭘 하며 시간을 보냈는지 물었다. 포옹이 끝나길 기다리며 벵자멩은 방 안에 자신의 존재가 있음을 알리려는 듯, "안녕, 장 아저씨" 하고 인사를 했다. 그제서야 말없이 고개만 끄덕이는 장. 그러자 내 쪽으로 떨구어진 녀석의 시선… 비겁하게도 난 고개를 돌려 버렸다.

11월 13일

그는 미쳤다! 나는 그가 미쳤다고밖에 생각할 수 없다.

재회의 말문을 연 사람은 바로 벵자멩이었다. 녀석은 장에게 며칠 전부터 텔레비전에서 떠들어대는 그 알제리에서의 음모들에 대해 설명해달라고 했다. 하지만 장은 대답은 고사하고 어두운 시선으로 녀석을 힐끗 쏘아보았을 뿐이다. 그러다 식탁 아래로 은밀히 내가 발로 툭 건드리자, 접시에 코를 박은 채 밑도 끝도 없는 말들을 불쑥 내뱉었다. 장은 "그 테러리스트 놈들" 하며 인종주의자들이나 할 극단적인 욕설을 몇 마디 내뱉더니 서서히 흥분해갔다. 그러다 별안간 어떻게 되어 버린 건지 언성을 높여 마구 말들을 퍼붓기 시작했다.

"말해 주지, 꼬마야 … 1940년대에 있었던 일들을 알고 있냐? 한쪽 편엔 무슨 일이 일어나기를 고대하면서 적을 도운 사람들이 있었어… 다른 한쪽엔 '아니다'고 말한 사람들, 적을 도와 주길 거부한 사람들이 있었다. 바로 이 장 아저씨처럼 말이다. 알겠냐, 이 멍청한 녀석아. 바로 너의 장 아저씨처럼 인간의 탈을 쓴 무리들에 저항했던 사람들이 있었단 말이다. 그래, 어렵게 생각할 것 없어. 그 인간의 탈을 쓴 무리들, 그게 바로 테러리스트들이야. 난 그놈들에게 저항해야 한다고 믿어. 대독 협력자들의 자식들에겐 미안한 얘기지만 말씀이야" …내가 그래서는 안 된다는 것을 나는 알고 있었다. 하지만 차마 억제할 수가 없어서 바보처럼 그만 오열을 터뜨리고 말았다. 그리고는 둘만을 식탁에 남겨둔 채 황급히 자리를 떴다.

지금은 자정이다. 집 안은 깊은 정적에 잠겨 있다. 난 저녁 식사가 어떻게 끝났는지 모른다. 벵자멩에게 잘 자라는 말을 하러 갈 기력조차 없었다. 내일이 된다고 해서 오늘의 사태가 어떤 피해를 낳았는지 알 수는 없으리라.

11월 14일

내 귀여운 아이는 통 말이 없다. 무서울 정도로 말이 없다. 입을 꼭 다물고 있을 뿐, 녀석은 내게 물어볼 생각조차 없는 모양이다.

11월 15일

그 일 이후 장은 예전의 안색이 아니다. 그 일에 대해선 아예 언급조차 회피한다. 하지만 그가 후회하고 있음을 나는 잘 안다.

11월 16일

이미 어제 말했던 것처럼, 그 문제에 대한 얘기는 한마디도 없다. 하기야 변명해봤자 오히려 일을 만드는 셈일 것이다.

한데, 오탕 라라가 연출한 《적과 흑》에 대한 우리의 상반된 견해가 기어코 불을 당기고야 말았다. 그는 멋진 연출이라고 했다. 하지만 난 상당히 실망했다. 내가 보기에 제라르 필립은 쥘리앵 역에 어울리지 않았으며 다니엘 다리에 역시 레날 부인의 역으로 어울리지 않았다. 더구나 갈색 머리의 앙토넬라 루알디는 마틸드의 역할로는 우스꽝스럽기조차 했던 것이다.

무엇보다도 충격적이었던 것은 바로 마틸드의 에피소드를 완전히 없애 버리다시피 한 점이라고 그에게 얘기했다. 그는 내 얘기를 듣더니 펄쩍 뛰었다. '멍청이'라는 말로부터 시작해서 '영화에 대한 소양'이 없다거나 '기분 좋은 저녁을 망쳐 버리는 해괴한 취미'까지 거론하더니, 급기야는 얼토당토않게 '나의 과거'까지 들먹여댔다….

11월 17일

지겹다! 과거를 들먹여 나를 괴롭히다니. 대꾸하는 것도 이젠 지쳤다. 3주일 전, 웬 낯선 청년이 속삭이던 '외설스런' 말들이 나도 몰래 떠오른다.

11월 18일

심한 말다툼. 나는 오늘 처음으로 집을 나가 버리겠다는 말까지 했다. 결혼한 지 9년, 우리가 이 지경에 이르고야 말다니….

11월 19일

그 아이가 들었을까? 오늘 저녁, 장은 평소에 갖고 있던 불평불만을 한꺼번에 터뜨리고 말았다. "대독 협력자의 자식… 내가 왜 대가를 치러… 그걸 날더러 짊어지라고!" 하며 떠들다가, 어느 한순간 숨통이 막히는지 문을 벌컥 열어젖히고 복도로 나선 그는 마치 무엇에 홀린 사람처럼 울부짖었다. "꺼져 버려! 그놈에게 가서 말해, 개 같은…."

11월 20일

오늘 그 아이는 어느 때보다 침울한 표정이다.

지금 우리는 서로 마주보고 앉아 있다. 그렇다. 분명 녀석은 들었던 모양이다.

11월 21일

장이 받은 최초의 타격.

"빵을 그렇게 이빨로 물어뜯으면 안돼" 하며 평소답지 않게 다소 부드러운 목소리로 장이 말하자, 벵자맹은 들은 척도 않는다. 마치 도전이라도 하듯 천천히, 그리고 묵묵히, 아주 침착한 태도로 빵을 조각조각 내며 하나씩 식탁 위로 떨어뜨린다.

마침내 장이 노골적인 분노를 드러내며 식탁에서 떠나라고 명령하자, 녀석은 입가에 엷은 비웃음을 흘리며 일어나더니 접시를 그의 안면으로 날려 버리는 시늉을 하면서 휭하니 나가 버렸다. 뒤이어 들리는 휘파람 소리….

11월 22일

수출업자 피에르 베리코르 씨 댁에서의 저녁 모임. 무엇을 수출하는지는 모르지만 장이 도와주는 모양이다. 사치스런 실내장식. 멋진 손님들. 10년 전의 내 모습이듯, 젊은 안주인의 세련된 접대. 지금의 나와는 너무나 거리가 먼 것들이다. 곧 재앙이 불어 닥치리라는 생각을 떨쳐 버릴 수가 없다.

11월 23일

장이 죄책감을 느끼게 된 이후, 우리는 거의 매일 저녁 외출을 한다!

우리 셋은 부프 파리지앙 극장으로 연극 《지옥의 기계》를 보러 갔다. 조카스트의 역을 맡은 엘비르 포페스코의 명연기. 장 마레는 《오이디푸스》에서보다 훨씬 멋있다. 매우 감동적인 순간들이 몇 번 있었다. 이를테면 그가 흰 커튼을 사이에 두고, 죽은 어머니의 유령과 상봉하는 장면 같은….

하지만 진실을 말하자면, 극이 상연되는 동안 내내 나의 두 눈은 뱅자맹에게 들러붙어 있었다. 어둠 속에서는 그가 더욱더 긴밀하게 느껴졌다. 장 마레가 자신의 두 눈을 뽑을 때는 그의 온몸이 떨리는 것을 느낄 수 있었다.

11월 24일

이번에는 내 차례다.

이번에는 내가 심연 기슭에서 헛발을 내디뎠다. 장의 저널리스트 친구들을 점심 식사에 초대했을 때의 일이다. 얄타회담이며 CED, 러시아의 위협, 전쟁 등이 화제였다.

식사가 한창 무르익었을 때, 회식자들 가운데 한 사람이 어느 '위리아주 학교'가 레지스탕스 운동과 관계를 맺고 있었다는 얘기를 꺼냈는데, 그 어조가 나에게는 오히려 페탱주의 냄새를 풍기는 듯했다. 순간, 나는 무심코 이렇게 중얼거리고 말았다. "내가 상상하던 그 자유롭고 유쾌하고 고결한, 그 위대한 레지스탕스 운동과는 너무나 거리가 멀어 보이는…." 나는 문장을 완성할 수가 없었다. 맞은편에 앉은 뱅자맹이 동그래진 눈으로 나를 바라보았기 때문이다. 무심결에 나는 바로 그가 아버지의 사진 뒷면에 적어두었던 말들을 읊조렸던 것이다….

11월 25일

지치도록 벵자멩의 태도, 얼굴 표정, 눈초리를 살폈다. 오늘, 녀석은 마치 화석인 양 아무런 낌새도 표정도 눈초리도 없다. 그냥 그렇게 있을 뿐.

11월 26일

영화 《대지의 빛》을 보러 가자고 했을 때, 사나운 태도로 나를 밀쳐내던 벵자멩. 이런 것까지 적어야 하는 걸까? 모르겠다. 이젠 어떤 것을 적어야 하는지도 모르겠다. 도무지….

11월 27일

살짝 찌푸린 이맛살, 입술의 가는 떨림, 눈꺼풀의 경련, 그리고 그 귀여운 눈 속에 아른대는 빛의 희미한 일렁임만으로도 녀석의 마음 상태가 어떻다는 것을 이제 나는 분간할 수 있다.

11월 28일

벌써 여러 날째 녀석을 너무나 강렬하게 관찰하던 나는 그런 내 모습에 깜짝 놀라곤 한다… 녀석이 던지는 조소의 눈길… 나의 당혹스런 표정… 주의하자! 이러다간 얼떨결에 무슨 소릴 해 버릴지 모른다….

11월 29일

노크도 없이 녀석이 불쑥 내 방으로 들어왔다.

나의 옷차림새는 신경도 쓰지 않는다. 녀석은 내 앞에 우뚝 서서 말했다. "자, 이젠 알고 싶어." 내가 대답을 하지 않자, 녀석이 재촉했다. "응? 알고 싶다고 하잖아…" 내가 눈물을 흘리기 시작했으나, 그래도 녀석은 또다시 재촉했다. "제발 이제 광대 짓은 그만 해. 내가 알아야 할 일이라면 지금 당장 알고 싶어." 난 끝내 아무런 대답도 하지 않았다. 결국 녀석은 불량기 어린 말투로 "알아내고 말 거야!" 하고 외치면서 방을 뛰쳐나가 버렸다.

11월 30일

녀석이 자꾸만 물어온다. 사정없이 졸라댄다. 위협하듯 눈꼬리를 치켜세우기도 한다.

12월 1일

아이 교육 잘 시키라는 충고. 얘기 도중에 어떤 아이가 자신을 '꼬마'라고 불렀다는 이유로 벵자멩이 그 아이를 흠씬 두들겨 패주었다고 한다.

12월 3일

여행에서 돌아온 장은 그 일로 벵자멩을 꾸짖으려 했다. 녀석은 무시해 버린다.

12월 4일

난 방에만 틀어박혀 있다.

아침부터 줄곧, 흡사 미친 아이마냥 제 방에서 쿵쾅대고 복도를 이리저리 뛰어다니고 내 방문 앞에서 오락가락하는 녀석의 발걸음 소리가 들려온다. 바보 같은 짓이다. 하지만 나는 두렵다.

12월 6일

무엇보다 우선 침착해야 한다… 원점으로 돌아가 다시 해결책을 찾아나서야 한다… 침착하게, 장과 둘이서 머리를 맞대고 … 필시 어떤 해결책이 있을 것이다… 해결책이 없을 리가 없지 않겠는가….

12월 7일

이제는 더 이상 해결책을 찾으려 애쓸 필요가 없어졌다. 녀석이 알아낸 것이다. 모조리 알아낸 것이다.

이것이 아마 일기장에 적는 나의 마지막 말이 되리라.

장 아저씨와의 대화

1948년 겨울, 나는 장 아저씨를 다시 찾았다.

먼저 나는 나의 계획을 알리는 장문의 편지를 보냈다. 나의 조사가 갖는 의미라든가, 어째서 내가 벵자맹의 삶에 관심을 갖게 되었으며, 이미 알고 있거나 아직 모르는 그의 생애를 왜 세세히 재구성하고자 하는지 그 까닭을 밝혔다. 또한, 특히 내가 자세하게 알고 싶은 부분은 지금 이 순간까지 내게 가장 불투명하게 남아 있는 그의 청소년기라는 것을 밝혔다.

그는 다소 겉멋부리는 어조로 답장을 보내왔다. 자신은 현재 늙은이로서 이 모든 일들에 관심이 없고… 매우 지쳤으며… 이미 많은 질문들에 대답을 해주었을 뿐만 아니라… 자신의 그러한 대답들이 그런대로 유익하리라고 여긴 것은 이 드라마의 전말을 추적하는 가십 기자들이나 정치가, 판사들의 기록보다는 작가가 한결 나을 거라고 생각했기 때문이며… 그들은 분명 악의를 품고 있었다는 말도 덧붙였다.

결국 나는 엥그르 가에 위치한 그 낡은 '장 아저씨의 집'으로 갔다. 그는 아주 노쇠하고 지친 모습으로 앉아 있었다. 어떻게 보면 제법 화려한 우아함이 깃든 것도 같지만 오히려 거칠게만 여겨지는 속된 그의 모습에서, 나는 40년 전 아름다운 마틸드의 심금을 울린 매혹적인 유혹자의 면모를 거의 찾아볼 수가 없었다. 하지만 그의 기억력이라든가 사고의 민첩성, 얘기를 전하고자 하는 그 의지 등은 나를 꽤나 놀라게 하였다. 때때로, 그의 재빠른 어조라든가 정신의 민활한 움직임은 의심스럽기조차 했다. '이 모든 일들에 관심이 없고… 매우 지쳤다'는 늙은이가 묘하게도 수다스럽다는 사실이 이상하게 여겨진 것이다.

하지만 나는 알고자 하는 욕망이 컸고 서둘러 질문하기에 바빴으므로, 이런저런 자질구레한 생각들로 지체할 겨를이 없었다. 나는 매일 규칙적으로 나누는 대화에 전심으로 매달렸다. 어떤 때는 탐정이 되고, 또 어떤 때는 검찰관이 되기도 하고, 심지어 부주의한 뜨내기 청취자들을 상대로 하는 청문자의 역할도 수행하면서 반쯤은 정치적인 이 대화를 진행해야 했던 것이다.

나는 이 대화 내용을 요약하고 일상어로 재수정하여, 그것을 실제로 일어났던 '단계'별로 순서를 정하고 형태를 다듬어 출간하였다. 여러 가지 취약점과 어림짐작으로 술회된 부분도 없지 않으나, 숙고에 숙고를 거듭하며 오랫동안 계산하고 다듬었을 것으로 짐작되는 너무나 명료한 그의 기억 내용들은, 어머니의 일기를 손에 넣은 시점에서부터 비극의 시간이 시작되는 시점 사이의 벵자멩의 이미지를 꽤 분명하게 제공하리라 생각된다.

1

— 그렇소. 물론 나는 마틸드의 일기에 대한 일을 기억합니다. 1954년 11월이던가, 아마 12월일 겁니다.

어느 날 저녁, 당시에 우리가 곧잘 그렇게 했듯이, 극장에 갔다가 돌아오는 길에 거리의 술집에 잠시 들렀었지요. 내 기억이 정확하다면 아마 할레 가의 어느 모퉁이에서 돼지족발을 뜯었을 거요. 좌우지간 새벽이 다 돼서 집으로 돌아왔어요. 난 그녀보다 몇 분 더 시간을 지체했어요. 내가 막 현관문을 밀고 들어섰을 때, 갑자기 위층에서 그녀의 날카로운 비명 소리가 들려왔소. 다급히 위층으로 뛰어올라가 보니, 마틸드는 손으로 뺨을 감싼 채 멍한 표정으로 책상 서랍 속을 응시하고 있었소. "무슨 일이지?" 하고 대들 듯이 물어보았지만 아무런 대답도 않기에 가까이 다가가 보았더니, 누군가가 그녀 없는 사이에 바로 그 일기장을 읽고는 마구 흩어 놓았지요. 그걸 읽은 녀석은 흔적을 남기지 말아야겠다는 생각을 할 정신조차 없었던 모양이었소.

뒷얘기는 당신도 짐작이 갈 겝니다. 모르겠다구요? 좋아요. 마틸드는 미친 듯이 자기 아들의 방으로 뛰어갔소. 그 녀석은 옷을 입은 채 침대에 엎어져 자고 있었소. 그녀는 몇 번이나 층계를 오르락내리락 하다가 히스테리 증세를 일으키며 침대에 쓰러져 버렸소. 그리고는 2시간 동안이나 녀석이 방금 읽은 것을 읽고 또 읽고 하더군요. 그 내용이 새삼스럽다는 듯이 말이요. 그녀가 자신을 위해 쓴 글들이 아들의 눈에 닿아 의미가 달라지기라도 한 듯이 말입니다. 그녀는 자신의 일기를 읽으며 새벽이 다가도록 몸서리를 치며 신음했습니다. 거듭 말하지만, 마치 생전 처음 그것을 읽는다는 듯이 말이오.

— 그 다음날은 어찌됐습니까?
— 좋았을 리가 없지요. 갑자기 모든 것이 밝혀졌기 때문이지요. 우리는 전투에 패한 장군과도 같았소. 전투가 끝나고 공포에 떨며 패전의 결과를 헤아려야 하는… 물론 일기는 자기 아버지에 대한 진실을 담고 있었지요.

그 녀석은 자신의 모든 꿈이 산산이 부서지며 하늘이 무너져 내리는 듯했을 겁니다. 어렸을 때 녀석에게 자장가처럼 들려주던 모든 얘기들이 결국 새빨간 거짓말이었음이 폭로된 셈이니까요. 더군다나 그것이 전부가 아니지 않습니까. 일기는 당연히 그런 사실만이 아니라 여러 가지 많은 얘기를 담고 있는 겁니다. 물론 나 역시 그 부분들에 접근할 수 있는 특권을 갖지 못했음은 당신도 잘 알 겁니다. 하지만 우리는 마틸드가 일기장에 자신의 생각들을 기록했으리란 걸 짐작할 수 있어요. 아내로서의 이런저런 기분들, 그녀 자신과 그와 나에 관한, 그리고 우리 세 사람의 관계에 대한 모든 은밀한 사연들을 말입니다. 그의 손에 들어가도 괜찮은 내용들만 있었던 건 아니지 않겠소!

 아침 식사 때는 그야말로 얼음장 같은 분위기였소. 점심 식사 후엔 변비에 시달렸지요. 국회의사당에 잠시 들렀다가 5시쯤 되어서 돌아왔을 때, 나는 그들 두 사람이 서로를 대하는 태도가 마치 밤을 함께 보낸, 벌거벗은 서로의 모습을 바라보는 한 쌍의 연인과도 같다는 인상을 받았어요. 이런 식의 비유가 이상하게 여겨질지 모르지만 어쩔 수 없는 노릇입니다. 정말 꼭 그런 느낌이었으니까. 괘종시계가 밤 10시를 알렸을 때, 나는 그런 식으로 서로 겉돌며 피하고 서로 화난 듯이 대하는 태도를 보고 한바탕의 대결을 피할 수 없다고 생각했지요. 나는 마틸드의 팔을 끌고는 떠밀 듯이 그의 아들에게로 데려가 녀석의 침대맡에 억지로 앉혔소. 그러고는 그놈에게 말했지요. "그래, 잘됐구나, 이 녀석아. 네가 무슨 짓을 했는지 안다. 자, 네 어머니가 지금 어떤 상태인지 보아라."

 이렇게 해서 우리는 얘기를 풀어 나갈 수 있었소. 에두아르… 우리 세 사람의 우애 관계… 없었으면 좋았을 얘기들… 소송 때 내가 맡은 역할… 왜 그가 꼭 유죄 선고를 받아야만 했는지… 우리가 벵자멩에게 거짓말을 한 건, 바로 그 자신을 위해서였다는 것… 가장 은밀한 우리의 모든 사연들… 수치심도 잊은 채, 털어놓아야 할 얘기면 모조리 털어놓았지요. 그 장면을 한번 상상해보시오. 아이는 베개를 등에 대고 팔짱을 낀 채 꼼짝도 않고 침대에 앉아 있었소. 입술을 굳게 다물고 아무 말도 않는 폼이 마치 '듣기만 하겠어요. 하지만 그렇다고 생각까지 하지 않는 건 아니에요.'라고 말하는 듯했지요.

가만히 우리를 주시하던 녀석의 그 냉랭한 시선. 자신들의 추한 사연을 얘기하느라 진땀을 빼고 있는 두 어른의 수작을 헤아리는 그 눈초리… 결국 우리 두 어른은 그놈을 납득시키지도 못한 채, 도대체 무슨 말을 하고 있는지조차 알지 못한 채, 마치 선생에게 사랑받기 위해 조리 있는 대답을 해보려고 애쓰는 학생들처럼 좋은 말을 고르기 위해 자꾸 말을 중단하면서 계속 떠들어댄 셈이지요. 밤이 이슥해지도록 녀석은 단 한마디도 하지 않았소. 어쩌다가 한번씩 눈을 깜박거렸을 뿐. 내 생애를 통틀어 그때처럼 심판받고 있는 듯한 느낌이 든 적은 없었소.

— 그후는요? 그날 이후 계속 이 문제를 얘기했습니까?
— 그렇지 않아요. 한번도 그 문제로 얘기를 나눈 적이 없었소. 이상하게 생각될 테지만, 어쨌든 바로 그것이 우리의 실수였소. 더 이상 그 문제를 거론하지 않는다는 묵계가 그 녀석과 우리 사이에 성립되어 버린 것이지요. 왜 그랬을까요? 모를 노릇입니다. 사실, 너무 오래된 얘기이기도 합니다. 그렇지 않소? 이 문제는 당시에도 아주 종잡을 수 없는 것이었으니까….

— 아이는 계속 비난하는 태도를 취했나요? 어떤 태도로 반응했습니까?

— 녀석이 반응한 태도는 수천 가지라고 해야 할 겁니다. 하지만 늘 침묵으로 일관했소. 속을 털어놓는 법도 없이. 그 전까지만 해도 온갖 속내 이야기를 털어놓던 제 어미에게조차 말입니다. 갈수록 말수가 적어지면서 음울하고 우수에 찬 태도로 주변 환경에 대해 도전적으로 대하게 된 것은 당연한 일이지요. 몇 달 후, 내가 아이를 보았을 때 그놈은 완전히 혼자가 되어 있었소. 동네에서 사귀던 몇 안 되는 친구들조차 외면하고… 오후 내내 제 방에 가만히 처박혀 있기도 하고… 나에게나 제 어미에게 무슨 볼 일이 있을 때는 아주 거친 태도를 보였소.

어떤 때는 거울 앞에서 꼬박 몇 시간을 제 얼굴을 살피며 보냈어요. 마치 어떤 진실이 거울을 통해 불현듯 나타나리라는 듯이… 그저 물끄러미 바라보기만 하기도 했지만, 간혹 제 뺨을 손가락으로 가볍게 일그러뜨리며 손자국을 내다가는 불쑥 모종의 분노에 사로잡힌 듯 손으로 온통 뺨을 쥐어뜯다가 다시 거울을 들여다보며 진정하곤 했소. 언젠가는 턱뼈를 잔뜩 긴장시켜 아래턱에 힘을 주고 광대뼈를 세우고 눈동자를 고정시킨 채, 자신이 남성답다고 생각하는 얼굴을 만들어보는 것도 같았소. 그러다 지치면 고래고래 소리를 지르기도 했소. 제 얼굴에 상스런 욕지거리를 해대는 버릇도 생겼지요.

이 밖에도 터무니없는 잡다한 얘기들이 있지만, 그런 시시한 얘기들은 당신에게 그다지 도움이 될 것 같지 않군요….

— 아닙니다… 그렇지 않습니다… 오히려 전 가능한 한 얘기를 폭넓게 듣고 싶습니다… 가능한 한 많은 얘기를요… 직접 관

계된 것이든 연관성이 희박한 것이든, 그의 심리 상태를 밝히는 데 도움이 될 만한 것이면 무엇이든 듣고 싶습니다. 더군다나 그 모든 얘기들은 당신이 알고 계신 사건들을 재구성하는 데 도움이 될 테니까요.

― 흠… 나는 회의적입니다… 하지만 당신이 그렇게 말하니 할 수 없군요… '심리 상태'라… 그럼 당신은 요즘 한창 유행하는 '심인성 정신병'에 관한 얘기들을 믿습니까? 그러고 보니 마침 머리 속에 떠오르는 것이 있소.

녀석이 일기장을 보고 난 2, 3일 후, 오밤중에 한바탕 소동이 벌어졌지요. 녀석이 쓰러졌어요. 그런데 이상한 것은 그것이 어떤 병도 아니었다는 거요. 어느 날 밤 또 그런 일이 생겼소. 그녀와 난 깊은 잠에 빠져 있었는데, 갑자기 비명 소리가 들려오기에 깜짝 놀라 깨어났지요. 부엌 쪽에서 소리가 난 것 같아 가보니 거기엔 벵자맹이 벌거벗은 채 입에 거품을 물고 경련을 일으키고 있었소. 녀석은 물을 마시려 한 듯 냉장고 쪽으로 가던 중이었소. 급히 의사를 불렀지요. 의사는 응급 주사를 놓고 가슴에 청진기를 대고 살피더니, 이 상태대로라면 더 이상 호흡할 수 없을 거라고 했지요. 청진기를 거두며 그가 내뱉은 말은 '뇌출혈이군!' 이었어요. 아닌 밤중에 홍두깨라더니! 그때 우리는 마치 벼랑에 선 기분이었어요. 한밤중에 서둘러 앰블런스를 타고 포슈 병원의 응급실에 도착했지요.

이런 사태에 당면하여 마틸드가 얼마나 당황했을까는 당신도 짐작이 갈거요. 녀석은 손으로 마틸드를 꽉 부여잡고 소리쳐댔소. "말도 안돼, 이 집구석엔 조상이 없어." 그러다가 한결 더 잠긴 목소리로 "아냐, 그의 잘못이 아냐… 그는 부당한 처우를 받은 거야… 사람들이 생각하듯 그의 잘못이 아냐… 그는 그렇게 대가를 치르길 싫어했어…"라고 중얼거리기도 했지요. 어쨌든 5, 6시간이 흐르고 종합 진단 결과가 나왔는데 '모든 외적 징후들은 분명 뇌출혈임. 하지만 실제적인 심장의 경기는 조금도 없음'이라는 거였소. 물론 우리는 한시름 놓았지요. 하지만 병원에서조차 알아내지 못한 녀석의 그 고통은 여전히 신비로 남아 있소. 그런데 ─ 지금 말하는 것을 잘 생각해 보시오 ─ 대략 한 달 보름 동안 8일을 주기로 같은 증상이 역시 같은 방식으로 순서도 똑같이 계속됐어요. 특히 이상한 것은 그렇게 발작을 할 때는 언제나 그 이상한 무죄 선언들이 뒤따랐다는 거요….

─ 어쩌면 벵자멩이 아버지의 죄를 자기 속에 내면화시킨 듯하군요….

─ 정말 그런 얘기가 가능하겠소? 그럴지도 모르지요. 내가 말할 수 있는 건 당시 그 아이의 관심을 사로잡은 것은 온통 죄의식에 대한 얘기들뿐이라는 거요. 이를테면, 페쉬 사건이 일어났을 때 페쉬의 편을 들고 나선 것이 그 좋은 예라 할 수 있겠소. 페쉬 사건 생각납니까? 아냐, 당신은 너무 어렸을 테니….

그것은 50년대의 여러 큰 사건들 가운데 하나로, 생 제르멩 레이의 어느 대독 협력자 은행가의 젊은 아들이 저지른 은행 강도 사건을 말하는 거요. 실패했지요. 공연히 저항하지도 않은 경비원을 살해하고 도주하면서 행인에게 상처를 입혔고, 결국 붙잡혀 세스의 피고석에 앉아 사형을 언도받았소. 코티 의장에게 자비를 호소했으나 거절당했는데, 그때가 아마 1959년 가을이었을 겝니다. 물론 3년간 감옥살이를 하면서 그가 가톨릭 신자가 되었다는 사실은 심약하고 예민한 사람들로 하여금 그의 불행한 운명에 눈물을 쏟게 할 만했지요. 바로 벵자멩이 그랬소. 프랑스 국민 모두가 무고한 가장을 살해한 그런 인간을 비난할 때, 벵자멩은 그에 대한 연민이 일었던 모양입니다. 그 사건을 다룬 잡지들을 들춰 그의 얼굴을 오려내고, 그 재판의 재소송을 위한 녀석의 투쟁적인 태도는 마치 '랭보'의 분위기를 풍겼지요. 그때 녀석의 나이가 꼭 열다섯 살이었소.

2년 전부터 성당에라곤 아예 발길을 끊어 버린 녀석이 페쉬가 처형되던 날 아침 그 부랑아를 위해 거행된 미사에는 이곳저곳에서 몰려든 숱한 사람들의 무리 속에 모습을 나타내었소. 이러한 그놈의 태도가 정말 두려웠소. 나에 대한 정면 도전이었던 셈이지요. 나는 거의 매일 그놈의 도전을 받아야만 했소. 밤마다 복도의 벽에 그 순교자(?)의 사진을 붙여놓질 않나, 경찰에 대해서는 살해당한 동료와의 연대감 때문에 사형을 언도한 '지저분하고 치사한 정탐꾼들'이라며 거침없이 욕설을 퍼부었지요. 녀석의 짤막짤막한 독설들, 녀석은 그 사형수를 '적(敵) 그리스도'로 내세우며 만약 그에게 죄가 있다면 '부르주아지의 추한 비밀'을 백일하에 폭로한 것뿐이라고 하더군요.

— 당신에게는 그 모든 소행의 의미가 분명했습니까? 그 아이의 그런 '도전적인 발언들'이 명백히 당신에 대한 것이었다는 점에 의심의 여지가 없었습니까?

— 당신이라면 어떻게 생각하겠소? 그놈이 페쉬 같은 인간을 편들었을 때, 그 녀석 머리 속에 무슨 생각이 있었으리라 생각하시오? 매주 화요일 배달되는 《파리 마치》를 뒤적이며 흡사 굶주린 아이처럼 눈에 불을 켜고 아직 발표되지 않은 그 살인자의 사진이나 그의 부인과 아기의 사진을 찾아대는 모습에서 당신 같으면 어떤 생각을 했겠소? 그 녀석이 나를 정면으로 응시하며 "당신네 부르주아들은 한결 같아요… 당신들은 바로 당신들의 괴물들을 교수대에 매어달죠… 그러고 나서야 안심하고 평화로운 나날을 보내죠?"라며 쏘아붙일 때, 그걸 달리 어떻게 생각할 수 있겠소? 그렇소, 그 모든 의미는 명백합니다. 생각건대, 녀석이 보다 직접적으로 나를 공격하기는 어려웠을 거요. 이것은 아직 최악의 상태는 아니었음을 뜻하지요.

지금 당신에게 이런 얘기를 하는 것은 이미 25년 전의 녀석의 행동들에 대해 불평하기 위해서가 아니오. 어쨌든 당시 나는 그러한 일들을 의붓애비와 의붓자식 간에 당연히 있을 수 있는 일로 받아들일 마음의 준비가 되어 있었으니까 말이오. 내가 보기에 가장 본질적인 문제는 녀석의 그런 행동들이 그의 자아를 드러내고 있다는 사실이었소. 말하기가 실로 끔찍하지만, 이미 그때부터 운명의 장난은 시작되고 있었지요. 아버지의 병을 앓는 아들 말입니다. 저주가 내리기라도 한 듯 녀석은 아버지의 병을 짊어졌으며, 그 저주의 지시를 따라 오늘의 우리가 알고 있는 바의 삶을 준비하고 있었던 셈이지요.

— 얘기를 너무 빨리 진행해 버리지 말았으면 합니다. 당시

그 아이는 겨우 열두세 살이었고, 페쉬가 처형되던 해에는 열다섯 살에 불과했습니다. 그의 어머니가 적은 글들로 미루어 보면, 오히려 온순하고 뭔가 학구적인 아이인 듯한 인상을 받았는데요….

— 여느 어머니들처럼 그 아이의 어머니 역시 사랑의 눈으로 녀석을 본 게 아니겠소….

— 그럼 당신은?
— 물론 나도 그랬지만, 그렇다고 분명한 사리 판단을 포기한 건 아니오. 좀 까다로웠지요.

그 녀석이 온순했다는 건 사실이오. 학구적이었다는 것도. 학교 성적 역시 좋았죠. 하지만 그 아이가 좋은 성적을 받은 것이 어느 정도는 술수를 쓴 덕택이었다는 사실을 아시오? 마틸드는 혹시 일기에다 그 녀석이 작문 시험을 보는 날이면 이런저런 자료들을 학교의 화장실에 감춰두곤 했다는 사실을 적어두지 않았던가요? 녀석은 바이양제 선생이 항상 수업 중에 다루었던 주제를 작문 시험에 낸다는 것을 알고서, 그 주제를 다룬 여러 과제들 중에서 가장 좋은 것을 골라 가방에 챙겨두었다가 최후의 순간에 가서 베껴 쓰곤 했다는 사실을 얘기하지 않았던가요?

사소한 일들이라고 말할지도 모르겠소. 엉뚱한 얘기를 한 게 아닌가 하는 생각도 듭니다. 하지만 이건 당신이 원했던 것이지요? 지금 내가 한 얘기는 당신이 짐작하던 바와 꼭 모순된다고는 말할 수 없어요. 왜냐하면 분명히 그 개구쟁이 녀석이 명석했기 때문이지요. 분명히 녀석은 또래 아이들보다 훨씬 명석했소. 무슨 말인가 하면, 녀석은 그런 수작을 부리지 않고도 다른 아이들보다 나은 성적을 얻을 수 있었다는 거지요.

그렇다면 얘기해 보시오. 재미로 그런 짓을 하는 녀석이 대체 어떤 녀석인지? 그것도 일종의 기술이어서, 애착심을 갖고 그랬을까요? 그것이 어려운 일인 만큼 어떤 성취감 같은 것을 느꼈기 때문에? 내가 어리석은 얘기를 하고 있다면 관두겠소. 하지만 내가 보기에 그것은 협잡꾼이나 하는 짓이오.

― 협잡꾼이라고 해서 저주받은 자는 아니지 않습니까? 당신의 말처럼 완전히 저주받은 삶을 준비하는 사람도 아니고 말입니다.

― 물론 그렇소. 하지만 그 밖에도 다른 많은 일들이 있었소. 개 어미가 즐겨 데리고 갔던 양장점에서의 그 시끌시끌했던 사건이 바로 그랬소. 난 애초부터 그 아이를 양장점에 데리고 가는 것 자체를 반대했소. 그건 격에 맞지 않을 뿐만 아니라 단정치 못한 일이오. 매일 저녁 열두세 살짜리 코흘리개가 우아함이라든가 멋에 대해 제멋대로 지껄여대는 소리를 듣는 일이 성가신 일임은 말할 필요조차 없지요. 하지만 난 될수록 자제하면서 그냥 넘어갔소. 둘이서 'H라인'이니 'A라인'이니 '원궁형 모드'가 어떻고 '최신 유행'이 어떻고 하는 따위의 말들을 주고받으며 수다 떠는 것을 봐도 신경 안 쓰려고 했소.

그러던 어느 날 아침, 난 알렉산드라 쉬메로부터 전화를 받았는데, 그녀는 얼빠진 듯 어디서부터 얘기를 시작해야 좋을지 몰라하면서 가엾은 마틸드의 이름을 들먹이기에, 처음에 난 상당히 당황했어요. 한동안 그녀가 빙빙 돌려서 얘기하는 통에 한참 후에 무슨 얘긴지 알아들었어요. 엄마가 옷을 입어보느라 지체하는 동안, 그 귀여운 의붓자식은 어느 패션모델과 함께 가게 벽장 안에 들어가 있었다는 거였소. 그 모델은 녀석을 어떤 수상쩍은 쾌락에 입문시키고 있었던 모양이오 … 도대체 열두 살 꼬마가 거기서 무슨 '쾌감'을 찾을 수 있을지 나는 지금도 이해가 안가요. 분명한 것은 그 어두운 벽장 안은 건전한 교육을 위해서는 결코 훌륭한 장소가 못된다는 거지요.

— 이 경우는 차라리 재미난 얘기라 해야겠군요!
— 아! 그렇게 생각하시오? 좋소, 그렇다면 다른 얘기를 해봅시다. 이번에는 당신도 웃지 못할 거요….

내가 기억하기로, 그 사건은 페쉬 사건만큼 세상에 널리 알려지진 않았지만, 어쨌든 50년대에 세상을 떠들썩하게 했던 사건들 중의 하나였소. 멀쩡하게 생긴 어느 시골 건달이 철없는 여인을 유혹하여 사랑을 구실삼아 관계를 가진 후, 갓 태어난 계집아이를 죽이라고 꼬드겼지요. 마음을 잡지 못하던 그 가엾은 여자는 부추기대는 사내의 말에 홀려, 결국 세탁기의 뜨거운 물속에 아기를 빠뜨려 죽일 생각을 품고 말았지요. 마침내 중죄인 피고석에 앉게 된 그녀는 종신형을 언도받았소. 그녀가 끔찍한 농담을 실행에 옮기리라고는 꿈에도 생각하지 못했노라고 끊임없이 변명해대는 그녀의 정부에겐 비교적 관대한 처분이 내려졌고요. 이 사건은 몇 달 동안이나 큰 물의를 빚었으며, 파리에선 온통 그것이 화젯거리였소.

어느 날 저녁, 나는 몇몇 가까운 친구들을 집으로 초대했는데 화제는 자연스럽게 그 사건으로 돌아갔소. 그 여자는 미쳤던 게 아닐까… 그는 정말 공범일까… 끓는 물에 잠긴 그 가엾은 갓난아이는 고통을 느낄 겨를조차 없었을 테지… 등등 그 사건에 대한 이런저런 얘기들이 쏟아졌지요. 그 유혹자는 꼭 이발사 같은 인상이었다느니… 꼴사납게 '잉그리드 버그만' 티를 내는 걸로도 이미 어떤 부류의 여자인지 짐작할 수 있다느니… 하지만 우리의 정신을 참으로 아찔하게 한 것은 이 물음이었소. "아무리 농담이었다지만, 분별 있는 남자라면 어떻게 사랑하는 여자에게 그런 가증스런 짓을 요구할 수 있을까요?"

그때였소. 이 물음에 대한 답을 생각하느라 대화가 끊어지고 잠시 침묵이 흐를 때, 테이블 한쪽 끝에서 나직한 어린아이의 목소리가 들려왔지요. 바로 벵자맹이었소. 믿거나 말거나 당신 마음이겠지만, 녀석이 대뜸 뭐라고 한 줄 아시오? "아! 그건 간단해요! 장 아저씨에게 물어보세요. 그가 엥그르 가에 자리 잡았을 때, 엄마에게 무엇을 요구했는지 여러분들께 얘기해 줄 거예요!" 하고 외치더군요. 갑자기 머쓱해진 손님들의 표정하며, 킥킥대는 웃음소리… "아주 재미있는데! 꼬마의 재치가 대단하군" 하고 여기저기서 수군거리는 소리들. 그러자 녀석은 만족스러운 듯 더 이상 아무 말 없이 몸을 일으키더니 위층의 제 방으로 올라가 버리더군요.

손님들은 우루루 자리를 털고 일어났소. 내 생각엔 결코 자리를 뜰 때가 되지 않았는데도 말이오. 결국 나는 그 깡패 같은 녀석에게 내가 꾸민 조촐한 초청회를 고스란히 바친 셈이었지요.

그때 난 난생 처음이자 마지막으로 매를 들고 녀석을 때렸소. 하지만 녀석은 조금도 기가 죽지 않은 채 "난 알고 있어요. 증거를 갖고 있단 말예요! 1945년 아빠가 죽자, 엄마의 슬픔을 틈타 당신이 엄마를 부추겨 어떻게든 날 해치우려고 했다는 걸!" 하면서 터무니없는 얘기를 늘어놓더군요. 완전한 헛소리지요. 전혀 근거 없는 얘기지요.

하지만 그것이 어떤 효과를 내게 될지 상상할 수 있을 겁니다. 사람들은 의문을 갖기 시작하죠. 예컨대 녀석이 읽은 그 몹쓸 일기장에다, 나로서야 알 수 없는 노릇이지만, 마틸드가 녀석이 읽었다는 그런 터무니없는 얘기들을 적었을 수도 있지 않겠느냐고 의심들을 하지요. 하여간 사람들은 언제나 의심하고, 의심하고, 끊임없이 의심을 해대죠! 그 꼬마가 이미 날때부터 장차 자신이 걷게 될 길을 걸어야 할 사람으로서의 면모를 타고났는지 어떤지는 모르겠소. 하지만 내가 말할 수 있는 건, 그 녀석이 부부간의 일에 대해 당신 같은 어른 뺨칠 정도로 정통해 있었다는 사실이오. 물론 당신은 말하겠지요. 그건 흔히 있는 일이라고. 그렇소.

그 녀석에 대한 이 모든 이야기가, 거의 같은 시기에, 자기 아버지의 삶을 박살냈을 뿐 아니라 장차 자신의 새엄마가 될 사람의 자살을 조장하다시피 한 비틀어진 어린 시절의 이야기로 출판계의 주목을 받았던 소녀 사강의 경우에 비한다면 훨씬 못 미치는 얘기겠지요. 그러고 보니 두 얘기가 전혀 무관하지가 않군요! 왜냐하면 벵자멩 역시 사강의 그 문제작을 읽었으니까요. 읽은 정도가 아니라 그 책을 베개 맡에 모셔두고 애독할 정도였으니 말입니다. 그 또래의 아이들이 푸른 문고의 책들이나 《최후의 모히칸》 같은 우량도서를 읽고 있을 때, 녀석은 그런 불순한 분위기 속에서 뒹굴고 있었던 거요. 그 얘기가 영화로 제작되어 나오자, 녀석은 아마 제 어미하고 일고여덟 번도 더 관람하러 갔을 겝니다. 당시 나는 그들에게 영화 속의 주인공 역을 대신 맡아도 되겠다고 말했지요. 생-트로페에서 축제나 벌일 생각이나 하는 그따위 막돼먹은 야생마 같은 소녀에게서 얻을 게 뭐가 있을지 의심스럽다며 말입니다. 물론 내가 전부 옳았다는 것은 아니오. 하지만 본질적인 것, 즉 그 소설의 주인공과 자기를 동일시하는 그 부랑아의 태도가 결코 건전하지 못했다는 생각만은 내가 옳았다고 봅니다.

— 고집부리는 것 같아 죄송합니다만, 전 당신의 말씀을 들으면서 이런 느낌이 들었습니다. 겨우 열두세 살밖에 안된 꼬마를 두고, 그가 오로지 섹스나 전위 문학, 기타 여러 외설스런 사건들에만 관심을 가졌다고 한다는 건 그를 너무 파렴치한 아이로 몰아붙이는 게 아닌가 하는… 솔직히, 그 아이에 대해 덧붙일 것은 없습니까? 그 아이는 그 밖의 삶에 대한 여러 관심사나 열정 같은 것을 갖지 않았던가요? 예컨대, 아직 제게 말씀하시지 않은 여러 가지 놀이 같은 것 말입니다.

— 바로 그것이 문제였소. 당신은 녀석이 특히 재미있어 한 일이 어떤 것인지 알고 싶겠지요? 그것은 병정 놀이도 축구 경기도 아니었소. 헌병 놀이, 독서, 텔레비전, 장대 놀이, 영화 감상 등에도 아예 흥미가 없었소. 녀석은 정원 한쪽에 있던 공구

창고에만 죽어라고 처박혀 있었지요. 그건 녀석의 어미의 안배였소. 그녀는 녀석에게 심약한 마음을 갖게 했고 고독과 침묵 속에서 해괴망측한 짓거리들을 하도록 조장한 셈이었소.

공구 창고 안에서의 녀석은 작가인 동시에 작품의 주인공이고 배우인 동시에 연출가 혹은 감독이었소. 녀석이 연출하는 테마는 가끔 형태만 달리했을 뿐 항상 벵자멩이라고 불리는 지극히 저명한 인물의 삶과 죽음, 그의 언행들, 그의 명예, 그와 관련된 사건들로 일관했지요. 언젠가 나는 혼자 몰래 숨어서 행하는 녀석의 은밀한 의식을 우연히 목격하게 되었는데, 처음에는 그저 그렇겠거니 했다가 녀석이 거울 앞에 서서 마치 무슨 방송을 연출하듯 해대는 그 솜씨를 보고는 경악하고 말았소.

녀석은 상상의 마이크를 통해 울려 퍼지는 듯한 우아한 목소리로, "벵자멩 씨가 천재라는 사실을 아무런 의심 없이 단언할 수 있는지에 대해 한번 생각해 보십시오." 하고서는 아주 장중하고 자신감 넘치는 목소리로 음색을 바꾸어 대답합디다. "물론입니다. 그렇게 말할 수 있지요. 그 엄청난 재능의 폭이라든가 극치에 이른 그의 천재성은 과학적으로도 입증할 수 있습니다…"

혹은, 상반된 견해를 지닌 사람들의 텔레비전 토론을 연출하기도 했는데, 벵자멩의 적대자와 옹호자가 삼삼오오 편을 지어 그의 '방대하고도 범세계적인 업적'이 괴테나 셰익스피어, 세르반테스, 프랑수아즈 사강의 업적에 견줄 만한 가치가 있는지를 놓고 열심히 토론하는 모습을 음성을 바꾸어가며 차례로 흉내 내더군요.

어떤 때는 노벨상 시상식 장면을 연출하기도 했소. 먼저 스웨덴 국왕이 '인류의 운명을 바꾸어 놓을 놀라운 발견을 한 이 뛰어난 학자 앞에서' 몸을 숙이며 인사말을 합니다. 그러면 겸손한 수상자는 감동에 차 대답하지요. "아닙니다. 이는 저 혼자만의 업적이 아닙니다. 암에 대한 오늘의 승리는 제 연구 단체 회원 모두의 승리입니다. 그리고 만약 누군가가 저더러 정의와 저의 모친 둘 중에 하나를 선택하라고 한다면 저는 언제나 제 모친을 택할 것입니다."

그 밖에도 그가 가장 애착을 느끼는 이런 장면도 있습니다. 아주 슬픈 목소리로 음절을 느릿느릿 끊어서 말하죠. "신사 숙녀 여러분, 지금이 바로 그리니치 천문시로 17시 12분, 벵자맹 대통령 각하께서 격렬한 고통 끝에 마침내 운명하셨음을 전해 드리겠습니다. 벵자맹 각하는 조국의 은인이요, 제국의 건설자이며, 레지스탕스의 영웅이기도 합니다. 아직도 우리는 전쟁 동안 점령군과 맞서 장렬히 투쟁하던 그의 모습을 가슴속 깊이 간직하고 있습니다…" 하고는 잠시 말을 중단한 채, 북소리를 흉내 내는 듯 귀 따가운 냄비들의 콘서트를 연주합니다. 그러고 나서는 길고 둔탁한 발자국 소리를 내었는데, 낮은 목소리로, 영구차를 따라 줄을 이어 행진하는 수많은 군중들의 발소리라고 설명하더군요. 뒤이어 들리는 흐느낌 소리, 그 소리가 얼마나 교묘한지 창고의 한 모퉁이에서 정말로 누가 흐느끼고 있는 게 아닐까 하는 생각이 들 정도였소.

그런 다음에는 조금 전 목소리보다 더욱 열광적으로, 영구차가 장지에 도착하는 광경이라든가 처음으로 관 위에 던져지는 몇 줌의 흙, 충격적인 감정이 어린 추도사 등을 아주 꼼꼼히 중

계합니다. 먼 타국에서 참배하러 온 국가 원수들, 국왕, 여왕 등에 대한 설명까지 곁들여서 말이지요. 이 해설마저 끝나면 드디어 녀석은 본론을 꺼냅니다. "보시오, 이 수십, 수백, 수천의 젊은 여인들을… 누구보다도 뛰어난 미모를 갖춘 이 여인들은 마치 사전에 서로 약속이라도 한 듯 여기서 마주치게 되었습니다. 이 미인들은 그토록 엄청난 슬픔에도 불구하고 은밀하게 서로의 얼굴을 힐끔거리며 살핍니다. 각하께서 떠나시기 바로 전날 밤, 아니면 전전날 밤, 이들 중 누군가가 각하와 최후의 입맞춤을 나누었으리라는 사실을 그녀들은 알고 있는 까닭입니다."

나는 녀석이 행하던 그 의식의 의미를 말로 제대로 표현했다고 장담은 못합니다. 하지만 대충 이상과 같은 것이었다고 말할 수 있어요. 녀석은 이따위 바보 같은 짓거리를 몇 시간이고 계속하곤 했는데, 어떤 날은 온종일 이런 식으로 보내기도 했지요.

― 그 밖에는요?
― 그 밖에라니, 무엇 말이오?

― 말하자면 이런 괴상야릇한 환타지가 아닌 다른 무언가가 분명 있었을 것 같은데… 다른 방식으로 스스로에게 몰두한 적은 없던가요? 세계로의 또 다른 출로(出路)라고나 할까….
― 문제를 뒤집어서 생각해봅시다. 기왕에 당신이 세계관 얘기를 꺼냈으니, 잠시 1950년대의 어느 파리 꼬마의 세계가 어땠을지 되돌아보도록 하죠. 그가 《삼총사》를 알았을까요? 이미 말했지만 벵자맹 그놈은 외설스런 책들을 좋아했소. 다리가드, 파

우스토 코피, 장 스타블렝스키는? 사교계의 댄서나 영화계 스타들로 여기지 않았다면 다행일 겝니다. 당시 파리의 청소년들이 '10만 볼트의 사나이'로만 부르던 질베르 베코의 초창기 쇼들? 녀석은 슈거 레이 로빈슨의 분홍색 캐딜락을 더 좋아했습니다. 안나푸르나 정상을 정복하고는 블랑쉬 계곡의 빙하에 떨어져 숨겨간 루이 라슈날의 운명? 생-말로-렌느 특급 열차의 용감한 어린 철도원 장 코클렝의 운명? 당시의 청소년들에게 꿈이 되고 이상이 되었을 법한 이 모든 아름답고 위대하며 숭고한 뭇 영웅들의 이야기들을 그가 알았을까요?

천만에! 그런 얘기들에 녀석은 무관심했습니다. 녀석은 '머저리', '보이 스카우트'나 그런 얘기들에 관심을 갖는다고 생각했소. 그리고 1957년 10월 어느 날, 그 또래의 모든 소년들이 인류 최초의 인공위성 제1호 스푸트니크의 발사 소식에 가슴 졸일 때, 그날 녀석이 뭘 했는지 아시겠소? 나는 그날의 역사적인 밤을 기대하며 이미 몇 주일 전부터 에펠탑 레스토랑의 가장 전망이 좋은 테이블을 예약해 두었소. 그날 나는 전망 좋은 테이블에 앉아 새로 구입한 망원경을 통해 선명하게 인공위성을 관측할 수 있었다는 사실이 얼마나 감격스러웠는지 모릅니다. 하지만 마지막 순간에 녀석은 《쟈니 기타》를 보러 영화관으로 가버리더군요.

— 아! 그렇다면 결국 영화에 대한 어떤 취미가….
— 그런 걸 영화 취미라고 말할 수 있다고 생각하시오? 《쟈니 기타》… 그리고 여러 서부극들… 미국 놈들의 취향에 맞게

온통 피와 섹스만으로 뒤엉킨 스릴러물 따위… 그 절정은 바로 제임스 딘이라는 전염병이었지요. 당신도 알다시피 한 세대를 온통 중독시킨 그 열병 말입니다… 그를 우상처럼 떠받들며 열광하는 꼬락서니라니! 앞을 다투어 그의 초상화를 가지려고 법석을 떨고, 그가 출연한 영화라면 사족을 못 쓰고 보아댔지요. 영화 속의 주인공처럼 자기들도 20대에 흰 포르쉐 승용차 안에서 죽는 꿈을 꾸면서 말입니다. 그에 비해 자신들의 머리칼이 너무 갈색이라는 둥, 혹은 너무 금발이 아니냐는 둥, 코가 너무 휘었고 눈이 또 어떻고 입은 어떻기 때문에 그처럼 충격적인 인상을 줄 수가 없다며 하늘을 저주해댔지요.

기가 막힙니다. 이런 것들이 영화에 대한 취미란 말입니까? 내가 보기엔, 이상도 방향타도 없는 생기 잃은 병든 청소년 세대의 집단적 망상으로밖에 생각되지 않아요. 자, 마지막으로 한 가지 사실을 알려 주겠소. 다름이 아니라 녀석의 그러한 제임스 딘 놀이가 결국 가엾은 마틸드에게 몹쓸 병을 안겨 주었으리라는 거요. 나로서는 날이 갈수록 점점 더 오염되어 가는 아들의 모습이 그녀의 발병에 영향을 끼치지 않았을 리가 만무하다는 생각을 지울 수가 없소….

장 아저씨는 이제 피곤한 모양이다.

난 더 이상은 무리라고 생각되어 오늘은 일단 여기서 중단하기로 했다. 그리고 고맙게도, 그는 다음날 다시 만날 것을 약속해 주었다.

2

― 벵자맹이 열다섯 살 나던 때입니다. 부인의 병환에 대해 말씀을 하시다가 중단되었지요….

― 맞아요. 그때가 아마 1957년이지요. 정확히 1957년 봄, 마틸드는 아주 중한 병에 걸렸소. 그 얘기도 듣고 싶은가요?

― 물론입니다… 그때를 회상하는 것이 너무 고통스럽지만 않으시다면요….

― 천만에요! 이미 약속한 일 아닙니까… 당신의 어떤 질문에도 대답해 주겠노라고… 한데, 정확히 알고 싶은 게 뭐지요? 처음부터 끝까지 모조리? 의사들 얘기니, 병의 증세, 치료 과정, 그 녀석의 반응 따위 말이오? 좋소, 해봅시다. 아직 한번도 얘기해 본 적이 없었으니 시간이 좀 걸릴 것 같군요!

부활절 휴가 기간 중에 벌어졌던 일일 겁니다. 국회가 개회중임에도 불구하고(불레 정부의 '어려운' 시기여서 몹시 바쁜 때였소) 나는 1주일간 짬을 내어 그녀와 해마다 우리가 즐겨 찾았던 앙티브 해안으로 떠났지요. 뭐라구요? 해마다 우리가 그곳으로 갔었다는 사실을 몰랐던가요? 거 이상하군요! 마틸드가 그렇게 좋아했던 곳을 모르시다니! 해마다 봄이 되고 4월이면 그녀는 만사를 제쳐놓고 그곳에 갔어요. 아마 그곳의 경치가 마음에 들었었나 봅니다. 그곳은 아주 고요하면서도 화려했지요. 우리는 매번 같은 방을 예약해서 사용했는데, 1층의 그 방은 평평한 잔디밭을 따라 바닷가의 암벽으로 곧장 연결되었소… 그녀는 그곳의 수영 선생 격인 자노 씨를 무척 좋아했소. 그 역시 그녀라면 열렬히 환대했지요. 그는 그녀가 아직 바다 속에 들어가기엔 차가운 기온임에도 불구하고 몇 시간이고 물 속에 머물 수 있다는 사실과, 자신이 처음으로 그녀에게 바다를 알게 해주었다는 것을 구실삼아 그녀를 '나의 귀여운 물고기'라고 부르곤 했었소.

주변적인 얘긴 이쯤 하고, 그해의 일을 바로 얘기하도록 합시다. 그해 어느 날 자노는 물 속에 들어간 지 2, 3분도 안 되어, 안색이 파랗게 질린 채 이를 덜덜 떨며 물에 오르는 그녀의 모습을 보아야 했어요. 그러고 나서 한 주가 다가도록 그녀가 수영하는 모습을 볼 수가 없었지요. 피곤한가보다 했어요. 그녀는 무슨 일이 생기면 적당히 둘러대는 데는 명수였소. 내게는 이렇게 말하더군요. "곧 좋아질 거에요. 둘이서 같이 아침 늦게까지 침대에서 뒹군다거나, 오후엔 테라스에서 내리쬐는 따스한 햇

빛을 받으며 낮잠을 청하고, 저녁 식사 후엔 정원에서 들려오는 귀뚜라미 울음소리를 들어본 지도 무척 오래된 것 같아요"라고. 그때 난 그저 건강한 여인의 몸살 정도로만 생각했소. 그런데 그곳에 머물던 마지막 날인가 그 전날이던가, 그녀는 얼마 전부터 자신의 젖가슴에 조그만 혹 같은 것이 만져진다며 나더러 한번 만져보게 하더군요.

당시 그녀와 난 그것에 대해 그다지 주의하지 않았어요. 두드러지게 통증이 심한 것도 아니었고, 특히 그 당시의 그녀는 정말 건강미가 흘러넘쳤다오. 그때는 마틸드가 마흔 살을 넘기지 않았을 때니까 아마 가장 아름다웠을 때가 아니었나 합니다. 아마 당신도 짐작이 갈 겁니다. 파리에서도 그랬지만 그곳 앙티브 해안에서도 역시 그녀는 뭇 남자들의 시선을 사로잡았지요. 사실 해안에서 돌아온 후 5, 6주가 지나서야 의사 그라사르를 불렀어요. 언제나 마틸드의 몸을 돌봐온 그라사르는 지체없이 그녀를 전문가에게 보냈소. 그 혹은 점점 커져 이미 호두만 했소. 브래지어 끈에 눌려 혹은 성장을 방해받고 있었는데, 이미 짐작하시겠지만 그 혹에 대한 전문의의 진단에 기절초풍할 정도로 우리가 놀란 것은 얼마 후의 일이었지요.

— 그녀의 반응은 어떠했습니까?
— 역시 그녀다웠소. '유방암'이라고 말하는 의사에게 즉각 직접적이고도 명쾌하게 거의 기계적으로 여러 가지 질문을 하더군요. 언제쯤 병의 진행 상태가 어떻게 되는지, 또 절단 수술을 피할 수 있는 실제적인 가능성은 어떠한지… 사실 나는 온몸

의 힘이 죄다 빠져 버린 기분이었는데, 오히려 그녀는 생각들이 분명한 게 아주 침착한 태도였소. 겉으로는 그렇지 않은 척했지만 의사도 무척 놀란 듯한 눈치더군요.

― 치유될 수 있으리라 생각했던 게 아닐까요?
― 그녀가 치유를 생각했다구요! 천만의 말씀. 그녀가 내게 뭐라고 말한 줄 아시오? 그 잘난 젖가슴을 잘라내느니 차라리 죽는 게 낫다고 하더군요. 당신은 그녀가 얼마나 큰 열정으로 자신의 몸을 가꾸었는지 알아야 합니다. 병원에서의 그녀는 정말 훌륭했다오. 무능한 의사들과… 못돼먹은 간호원들… 전문의들 사이에 벌어지는 언쟁들… 더럽고 불쾌한 냄새를 풍기는 음침한 진료소… 머리털이 듬성듬성 빠져 버렸거나 목구멍이 검게 타 버린, 혹은 가슴이 쪼글쪼글한 여러 환자들… 개구리떼가 모인 듯 왁자지껄 소란한 대기실을 거쳐 X선실로 들어서던 그녀의 모습… 뛰쳐나가고 싶은 생각이 절로 드는 곳이었지만, 그녀는 횃불을 치켜든 선발병인 양 조금도 동요의 빛을 보이지 않으려고 잔뜩 주의하면서 그곳에 들어섰소. 무방비 상태의 암사슴 한 마리를 테이블 위에 뉘여놓고 그자들은 피를 즐길 준비를 했습니다. 마치 푸줏간의 짐승 다루듯 말없이, 서두르지 않고 서서히 자신들의 불결한 살인 기계들을 갖고서 폭격을 시작했지요.

그래요, 난 화가 치밀더군요. 그 당시의 상황을 한번 상상해 보시오. 그 빌어먹을 녀석들의 손에 넘겨진 거의 벌거벗은 모습의 마틸드를… 그녀는 다 참아내더군요. 아시겠소? 아무런 군말 없이, 신음조차 하지 않고 얼굴 한번 찡그리는 법 없이, 더군다나 자기를 마구 괴롭히는 그 거친 놈들에게 친절한 말까지 하면서 말이오. 병원을 나설 때 어느 정도 회복은 되었지만 처음 도착했을 때에 비한다면 아주 허약한 몰골이었다오. 여전히 꿋꿋한 마음, 그 지경이 되어서도 입가엔 여전히 만족스런 미소를 띠고… 신념의 문제지요. 자신의 운명에 대한 믿음, 확고 부동한 낙관주의. 마치 피도 눈물도 없는 격렬한 전쟁을 치르는 용감한 병사 같다는 느낌이 들었소.

그 병사는 비록 곤욕을 치르고 있으나 결국엔 승자로 나설 수 있으리라 확신하고 있었지요. 그녀 자신이 이런 말투로 얘기하더군요. 군사적인 것에 대해 관심조차 없던 그녀가 여인의 아름다운 육체를 악성 세포 조직의 침투로 인해 대격전이 벌어진 전쟁터로 비유하여 말하는 것을 듣고 있노라면 정말 끔찍하다는 생각이 들었소. 알제리에서 프랑스 군대가 했던 방식대로 폭탄을 투하해서 깡그리 쓸어 버리고 깨끗이 정리를 해야 한다던가! 어디에선가 읽어서 알게 되었지만, 그것이 대체적으로 암환자들의 전형적인 반응이라더군요. 하지만 당시만 해도, 나는 그러한 태도를 그토록 잔인한 운명에도 불구하고 한 마리 사자인 양 조금도 굴하지 않고 투쟁하는 증거로 생각했지요….

— 언제 처음으로 희망적인 결과를 얻었습니까?
— 아마 7월 중순이지요. 앙티브 해안에 다녀온 지 석 달 후던가, 전문의에게 처음으로 치료받은 지 두 달 정도가 지났을 때니까… 종양이 녹기 시작했소. 거의 풀어졌지요. 마틸드는 다시

브래지어를 착용할 수 있게 되었고, 의사들은 아주 흡족한 표정으로 이제는 안심해도 될 만큼 치유되었다고 합디다. 그들은 우리더러 머리를 식힐 겸 두사람만 잠시 휴가를 다녀오는 것이 어떻겠냐고 하더군요. 곧장 나는 베니스 행 비행기표를 샀지요.

마틸드가 얼마나 달라져 있었는지! 여름옷을 걸친 생동감 넘치는 그녀의 모습은 정말 아름다웠소. 아무튼 3, 4주 동안 우리는 아주 멋진 순간들을 보냈소. 매일 아침 눈을 뜨면, 우리가 머물렀던 시프리아니의 침실 정면으로 아름다운 바다가 펼쳐져 있었소. 아침나절이면 그 지방에서 가장 허름한 관광지를 헤메다니다가, 한낮이 되면 레스토랑 플로리아나 대중음식점에서 목마르고 허기진 배를 채우곤 했소. 저녁이면 그리티의 테라스에서 잠시 저녁 식사를 하며 머물렀다가, 마치 중고등 학교 학생들인 양, 데 바르카 롤리 다리나 쉬아보니 부두, 다니엘리 살롱과 같은 곳을 들락거리며 화가들이 그림 그리는 모습을 훔쳐보기도 하면서 밤을 보내곤 했지요.

그렇다고 해서 그 기간 동안 우리가 그녀의 질병을 까맣게 잊어버렸던 것은 아니오. 하지만 당시 그것은 뭔가 비현실적이고 허구적인 것으로 여겨졌지요. 하기야 그 묘한 도시 역시 꼭 가공의 도시같이 여겨졌으니까… 마틸드도 마치 자신이 환상 속의 군중, 유령들 속을 거닐고 있는 듯한 느낌이라고 말하더군요. 사실 우리는 여러 날을 하루 종일 별다른 대화를 나누고자 하는 생각 없이 지낼 수 있었소. 어쩌다 대화를 나눌 일이 있으면 농담조로 유머를 섞어 얘길 했지요. 출발할 때 열심히 읽을 생각으로 가져갔던 헌책 더미들은 그곳에 머무는 동안 애당초 트렁크에서 꺼내지조차 않았다오. 부활이란 그런 경우를 두고 하는 얘기가 아닐까 합니다. 확실히 여러모로 보아 그것은 부활이었다 할 수 있소. 왜냐하면 당신도 짐작하겠지만, 3, 4년 전부터 우리 부부는 이런저런 이유들로 다투고 있었는데, 이 회복기의 여행은 마치 새로운 신혼 여행과도 같았으니까….

그런데 바로 그 무렵 그녀의 병이 재발했소….

— 바로 그 무렵이라면?

— 8월 말. 아니 8월 중순이었던가. 정확히는 모르겠지만, 여하튼 휴가가 끝날 무렵이었소… 그 빌어먹을 피곤증이 또다시 엄습한 거요. 왕성하던 식욕이 돌연 없어지고 구역질과 현기증이 일어나서 급히 파리로 되돌아왔지요. 의사는 도착하자마자 그녀의 머리를 보더니 금방 알아채더군요. 휴전은 잠정적이었을 뿐, 마틸드는 결코 회복된 게 아니었소. 우리가 그리티와 카자프롤로의 테라스에서 빈둥거리는 동안 병마는 다른 부위로 슬그머니 침투한 거요. 언젠가 우리의 생활 리듬처럼 암의 이동이 처음엔 은밀하게, 하지만 갈수록 방종하게 마구 퍼져 나갔던 거지요. 병세는 급속도로 악화되었소. 세포 조직은 빠른 속도로 해체되어 갔고, 그녀의 신체 각 기관은 하나둘씩 저항을 포기했죠. 암 조직은 모든 불결한 것들과 사정 거리에 들어오는 모든 미생물들을 마치 물을 빨아들이는 스폰지처럼 모조리 삼켜 버렸소. 혈청을 계속 넣어 주었지만 간을 비롯해서 콩팥, 늑골, 척추에 이르기까지 차례차례 먹혀 들어갔습니다.

아, 나의 여왕! 나의 마틸드! 그러던 어느 날 아침, 나는 마치 벌 서는 어린애처럼 고개도 숙이지 않고 등을 곧게 세운 채 조용히 흐느끼고 있는 그녀를 보았소. 그녀는 저고리의 단추를 풀더니, 이미 쪼글쪼글 오그라든 갈색의 작은 젖가슴을 보여 주면서 마지막으로 볼 수 있는 것이라고 하더군요. 그러고는 한숨을 쉬며 베개에 머리를 파묻어 버립디다. 힘없는 목소리로 "상관없어요… 여기저기 썩어가겠죠, 독버섯처럼…" 하고 중얼거리면서 말이지요. 잔인한 말이오, 그렇지 않소? 그때쯤엔 그녀도 이미 체념한 듯했소. 예전처럼 버텨보겠다는 의지를 찾아볼 수 없었다오.

내가 어떻게 반응했겠소? 나는 가능한 한 그녀를 안심시키고자 했소. 정보에 밝은 한 간호원이 괜찮을 것 같다고 했다느니… 자바의 어느 의료 연구팀이 암 치료법을 발견하고 있는 중임을 신문에서 읽었다느니… 언젠가는 얼굴이 예뻐 보인다는 둥, 식욕이 되살 난 것 같다는 둥… 하여간 그런 난감한 경우에 처했을 때 남편들이 할 수 있는 멍청한 짓거리는 죄다 해본 셈이오. 꼭 그런 것은 아니지만 그렇게 하는 것이 그녀의 마음을 따뜻하게 할 수도 있으리라 생각했지요. 그러한 원칙을 바탕으로 삼아, 어떤 때는 마치 아무런 일도 없다는 듯이 자연스럽게 정부가 와해된 소식이나 한밤중에 바리케이드가 쳐진 일, 드골 대통령에 대한 음모 등을 얘기해 주었소. 여하튼 '삶이 계속되고 있다'는 것을 믿게 하려고 노력한 것이지요.

가끔씩은 나의 수작이 통하기도 했소. 절친한 친구 이본느를 비롯하여 몇 남지 않은 그녀의 친구들과 함께 시간을 보낸 날도 종종 있었는데, 모두들 아무렇지도 않다는 듯 정상적인 분위기를 만들려고 노력했지요. 하지만 우리의 코미디가 언제까지나 그녀를 속일 수는 없었다오… 부질없는 짓이지요! 매일 잠자리에서 일어나면, 거울 앞에 앉아 화장하기 전의 제 모습을 보아야 하는데! 그 흉악한 부위들을 화장으로 지워 버리기 전의 모습 말이오… 그녀가 스스로의 모습을 알아보는 데는 낙관적인 마음은 물론이려니와 상상력조차 필요했소. 그래요. 납처럼 창백한, 앙상하게 뼈만 드러난 얼굴. 군데군데는 거의 투명하게 변했고, 턱뼈 근처엔 이미 푸른빛이 감돌고 있는 그런 얼굴에서 자신의 원래 모습을 찾기란 거의 불가능했었지요.

하지만 당시 그녀는 상상하는 것을 거의 포기하고 있었소. 사실, 말하기조차 끔찍하지만 그녀의 얼굴에는 이미 죽음의 그림자가 드리워져 있었으니까요… 특히 그녀의 머리카락. 그녀는 실없는 웃음을 흘리면서 말했지요. "별 거 아녀요. 다시 돋아나겠죠"… 또 카리타나 베르트랑, 데샹주 등지의 가발 가게에서 가장 값비싼 것들로 골라와서는, 웃으면서 "근사해요, 정말 재미있군요, 특히 헤어스타일을 바꾸고 싶을 때는 더없이 편리하구요…" 하고. 말이야 그렇게 하지만 내심 얼마나 괴로웠겠소. 세수할 때 거울을 통해 노란 부스러기 몇 줌밖에 남지 않은 자신의 왜소한 머리를 볼 때마다 그녀의 마음이 얼마나 비참했겠소.

내가 그녀 곁에 있었던 게 아니잖냐구요? 그래요. 하지만 밤에는 거기 있었지요. 그녀가 옷을 갈아입는 저녁 때, 가려워서 온몸을 긁어대는 날, 그리고 가발들을 모조리 내동댕이치던 끔찍한 순간들에도 말이오. 정말이지 결코 보기좋은 모습은 아니었소! 그건 사람이 달라지게 할 수도 있는 거라오! 게다가 그녀에게 최후의 조그만 육체적 즐거움이라도 주려면 나로서는 많은 용기가 필요했었소(물론 많은 사랑도 말이오). 나의 입술이 자신의 두개골을 애무하는 걸 느끼는 때에는 좋아했지요.

― 그런데 벵자멩은?
― 그럭저럭 견뎌내고 있었지요. 그럭저럭… 어느 정도 엄숙하고, 조심스런 태도로… 일시적이나마 나와의 다툼을 중단하고, 제 어미에게 거의 흐릿해진 아버지의 이미지와 제 자신의 이미지를 부각시키려는 의지가 보였어요(물론 녀석의 그런 태도를 그녀가 믿지는 않았소. 하지만 상당히 주의를 기울이는 눈치였어요)… 그러다가 녀석은 아주 특별한 트릭을 하나 썼는데, 표면상으로 전적으로 '당신들을 위해서'인 것처럼 보였어요. 다름이 아니라 녀석이 온종일 제 어미의 서재에 처박혀 지내길 고집한 것이 바로 그것입니다. 거기에서 녀석은 집요하게 언젠가 마틸드로부터 "처녀 시절에 읽었던 책들"이라고 들었던 누렇게 탈색한 서적들을 차근차근 독파해 나갔소.

그것이 녀석의 정신에 어떻게 영향을 미쳤는지는 잘 모르겠소. 녀석이 고백할 리가 만무하니까요. 하지만 녀석에게 아주 중요한 영향을 끼친 것은 사실인 것 같소. 아마 어느 누구도 녀석의 집요한 태도를 말릴 수 없었을 겁니다. 그 이유야 하느님만이 아시겠지만, 마치 마라톤 경주라도 벌이는 듯 서둘러 걸음을 재촉하면서 낮 시간만으로는 부족해서 밤을 꼬박 새는 판이었지요. 이따금 오데트나 라자르가 아침 7시쯤 시중들러 가보면, 머리를 헝클어뜨리고 눈이 붉게 충혈된 채 여전히 책상에 앉은 모습으로 뭔가를 열심히 뒤적이고 있더라는군요.

참으로 묘한 것은 녀석의 독서량이 마틸드의 건강 상태 악화에 비례했다는 겁니다. 어미가 시들어갈수록 아들은 더욱 흥분해서 날뛴 거지요. 병세가 악화됨에 따라 녀석은 더욱 빨리 더욱 오랫동안 책을 읽는 열병에 사로잡혀갔는데, 어미가 고통으로 신음하던 최후의 날들에는 미친 듯이 이책 저책을 몇 분간씩 뒤적이는 것으로 만족하더군요. 한마디 말도 없이, 아무것도 하지 않고 지나치게 책을 읽은 탓인지 퀭한 시선으로 키스할 생각조차 없는 듯 제 어미를 힐끗 바라보고는, 가능한 한 빨리 제 방으로 훌쩍 가버리곤 했소.

재미있는 얘기라고 생각되지 않소? 어떻게 해석할 것인가는 당신의 일이지요. 나로서는 그동안의 마틸드에 관한 일들을 얘기해 주는 것뿐… 그녀의 행동이 어떠했는지… 스스로를 어떤 시선으로 바라보았는지… 어떤 일에 열중했으며 어떤 방식으로 그녀의 삶이 진행되었는지… 안 그래요? 바로 이런 것들을 듣고자 하는 거지요? 마틸드의 마지막 일상에 대한 얘기들…?

— 원하신다면 듣겠습니다만, 저는…
— 과연 그걸 '일상 생활'이라 할 수 있을지 모르겠소. 그녀를 잘 보살펴준 병원이 있었지요. 집에서 치료를 받도록 배려를 해주었소. 그녀는 집안 일들에 애써 관심을 가지려고 노력했소. 저녁에 둘만 머리를 맞대게 되었을 때는 내가 피로하지 않은지, 건강 상태는 어떤지, 낮 동안 내게 있었던 일이라든가 퐁토담 가에 새로 세든 사람들 등에 관심을 가지려고 무척 애썼다오. 하

지만 아무리 열정적으로 그래 보았자, 역시 그녀는 세상일과는 무관한 존재였소. 물론 표면상으로는 세상사에 얽혀 있는 듯도 했지만 역시 그녀는 세상사에 무관한 부재자에 다름없었소.

그녀가 쏟는 주된 관심은 이미 우리 세상과는 다른 세상에 속한 것이지요. 이를테면 서류들을 정리한다거나 옛날의 사진을 찢어 버리는 일 따위… 일기장을 뒤적이고, 책상자들은 지하실로 내려보내고 어떤 것들은 다시 올려보내고, 거의 암송하다시피하는 책을 읽고 또 읽고, 읽지 않은 책이면 몇 페이지 가량 읽다가 나중에 읽겠다며 금세 덮어 버리고, 어떤 때는 아들 녀석 생각을 하며 자기가 없으면 녀석이 어찌될까, 녀석의 괴상한 성벽, 그것을 이제 더 이상 그녀가 잡아 줄 수 없으리라는 생각 등등… 악화되어 가는 벵자맹과 나의 관계가 자신이 떠나고 나면 더욱 나빠질 거라는 추측 따위나 하고… 어떤 때는 암울했던 과거를 망연히 되새겨 보기도 했는데, 그 어두웠던 과거가 자신의 어린 자식을 위협하며 내리덮치는 듯한 느낌을 갖는 것 같기도 했지요. 그럴 때면 자신이 중요하다고 생각하는 것들을 충고나 암시, 질책, 격려 등의 다양한 형태로 녀석을 위해 남겨두고 싶었던지 거실의 대형 녹음기를 틀어놓고 목이 막히는 듯 고통스런 목소리로 녹음을 하곤 했소. 대충 이런 것들이 그녀가 관심을 기울인 일들이오.

하지만 그것도 성탄절 전까지의 일일 뿐, 성탄절을 보내면서 병세가 다시 변했소. 제3단계에 접어든 것이지요. 간신히 남은 에너지를 유지하기에도 벅찬, 끊임없는 고통의 연속 … 끊임없이 지속되는 고통이 어떤 것인지 짐작이 갑니까? 밤낮으로 단

한순간도 휴식하지 못하는 육체를 상상할 수 있겠소? 불쑥 당신을 찾아와 탐색하는 듯하다가, 어느새 파고들어 당신의 혼백을 박탈하고 마침내 당신을 파괴하여 도저히 대항조차 할 수 없게 하는, 당신의 몸속, 당신의 내부 깊숙이 스며 있는 질병의 항구적이고도 끊임없는 압박이 무엇을 의미하는지 실감할 수 있겠소? 결코 실감할 수 없을 거요. 아무도, 어느 누구도 못합니다. 나 역시 아무리 생각해보려고 해도, 그것은 어디까지나 생각일 뿐 실제와는 거리가 먼 얘기지요.

단순히 그녀를 지켜보는 것, 고통에 숨이 막히는 듯 헐떡이며 딸꾹질을 해대며 그저 조금이라도 덜 아프려고 쉴 새 없이 몸을 뒤척이며 고통스러워하는 그녀의 모습은 지켜보는 일조차도 힘겨운 노릇이었소… 그녀는 그렇게 몸을 잔뜩 웅크린 채 며칠을 보낸 적도 있었소… 강아지처럼 엉거주춤 엎어져 기는 자세로 보낸 날도 있었지요. 큰 베개를 배에 깐 채 말이오… 몸의 자세가 문제였겠소. 밤새도록 고통으로 몸을 뒤척이다 지쳐 꼼짝 않고, 숨소리조차 없이 간신히 시트의 바스락대는 소리만을 내며 머물던 아침도 있었지요… 또 어떤 날 밤에는 얼마나 법석을 떠는지 깜짝 놀라 잠을 깬 적도 있었지요. 고통을 견디다 못한 그녀는 혼신의 힘을 다해 일어나 비틀대며 가구들을 밀어뜨리고는 침실을 춤추듯 빙글빙글 도는 것이었소… 내가 의사당에서 돌아와 보면, 이따금씩 침실이 비어있을 때가 있어요. 그럴 때면 으레 그녀는 욕실에서 무릎을 타일 바닥에 꿇고 이마를 바닥이나 변기에 기댄 채, 입에 게거품을 물고 엉덩이는 온통 자기가 쏟은 배설물에 범벅이 된 상태로 어떤 발작을 일으킨 듯 꼼짝

없이 처박혀 있곤 했소… 그렇소, 이것이 바로 최후의 순간의 마틸드였소. 내 머리 속에 간직돼 있는 그녀의 마지막 영상….

이런 얘기를 한다고 그녀가 보통 사람들과는 다른 유별난 여자였다고 오해하지는 마시오! 지금까지 내가 묘사한 것은 고통으로 허덕이고 울부짖는, 잔뜩 쪼그라든 그녀의 모습이라오. 하지만 그렇다고, 당신에게 그녀가 나약한 여자였다는 느낌을 주고 싶은 것은 아니오. 사실, 그 마지막 나날들이 내게 참으로 경이롭게 여겨진 것은, 어떤 숭고함마저 느껴지는 극도로 강인한 자세로 자신에게 주어진 십자가를 담담히 받아들이는 듯한 그녀의 태도였소… 그녀는 그 십자가를 기정사실로 받아들였소. 이를테면 운명으로 말이오. 때로는 그녀가 그 십자가를 고행의 한 형태로 여기는 듯한 느낌마저도 들었다오. 수차례에 걸쳐 그녀는 하느님이 인간을 징계하기 위해서 질병을 내린 것이며, 자신은 지금 벌을 받고 있는 중이라고 말하더군요. 이미 발까지 곪아 악취를 풍기는 이 여인을 뭐라고 불러야 하겠소?… 그녀는 저주받은 자였고, 천벌을 받은 자였소… 자신도 알지 못하는, 하지만 섭리인 양 기꺼이 속죄하는 죄인… 그녀가 가톨릭 신자였음을 잊지 마시오. 신심이 깊은 아주 독실한 신자였소. 그리스도는 악을 없애러 강림한 것이 아니라 그것을 견디는 것을 도와주러 왔다고 말하는 열렬한 신자였소. 고통… 죽음… 죽음에 대한 공포… 급작스런 운명의 급변, 이런 모든 것들을 견디게 하도록 말이오!

운명하기 전 최후의 며칠간, 그녀는 거의 명랑함을 되찾았소. 벵자맹을 불러대고 식욕도 어느 정도 되찾았지요. 종부성사(終

府聖事)를 보던 날 저녁 우린 얼마나 놀랐는지 모르오. 그녀가 이상하게 젊어 보여 마치 옛 모습을 되찾은 듯하더군요. 그때 동석했던 사람들 중에는 성사 도중 그녀가 치유된 것이 아닌가 하고 외칠 정도였소. 하지만 좀더 눈치 빠른 이들은 대체로 최후의 순간이 닥치면 흔히 그런 현상이 나타난다는 것을 간파했소. 이런 얘기를 하면 당신이 믿을지 모르지만 죽기 바로 전날 밤인가, 그 전날 밤인가, 그녀는 시트 위에 날아와 앉은 크고 검은 나비를 보고 황홀해하면서, 바로 그 나비를 자신은 20년 전부터 무슨 큰 사건이 있을 때마다 보아왔다고 중얼거리더군요. 당시 나는 그것이 슬픈 징조임을 알아차렸소. 그녀의 시선은 베일에 가린 듯 뿌옇게 흐려져 있었소. 환상을 보았던 겁니다. 나는 그녀가 우리처럼 살아 있는 사람들이 상상조차 할 수 없는 무시무시한 무언가를 보았을 거라는 생각이 들면서 한편은 두렵고, 다른 한편으론 가슴이 찢어질 듯 비통한 기분이 들었소… 사실, 그녀가 뭔가를 두려워했다면 그건 죽음이라기보다는 오히려 지옥에 떨어지는 거였지요… 어쨌든 그녀는 평온하게 떠났습니다. 쓰라림도 여한도 없이….

아니, 가만히 생각해보면 그런 게 전혀 없었던 건 아니었소. 아주 사소한… 당신이 상상조차 할 수 없을 아주 소박한 한 가지 여한… 그녀가 아마 어느 누구에게도 털어놓지 않으려 했을 것… 그것은 바로 자신이 불결한 질병, 하고 많은 병들 중에 하필이면 천하고 속된 병에 걸렸다는 거였소. 병이 자기에게 어울리지 않는다는 거지요. 그 고약한 암을 귀여운 결핵균과 교환했더라면 좋았을 거라는… 단지 얼굴만 부드럽고 창백하게 하는 은밀한 바이러스에 의해 죽는 것… 고요한 평화로움 속에서, 옛날 베니스에서 우리가 자취를 더듬은 바 있는 그 낭만주의 시인들처럼 숨져 가는 것! 고통조차 그 고아함을 더한층 돋보이게 하는, 도무지 물질로 여겨지지조차 않는 그런 반투명의 피부를 간직한 채 숨져갔더라면 얼마나 만족스러웠을까? 사실 그녀는 전혀 내색을 안 했지요. 하지만 나는 그때를 생각하면 할수록 그녀가 이런 생각들을 품고 있었을 거라고 생각합니다. 최악의 순간, 그녀가 더 이상 아무런 생각도 못하고 고통의 신음만 흘릴 때조차도 이런 생각들이 그녀의 뇌리에 남아 있었으리라고 난 확신합니다. 돌이켜 보면, 그런 달콤한 비참, 우아한 무기력, 황홀한 죽음을 꿈꾸던 사랑하는 이가 그토록 악취 나는 시궁창 같은 운명 속에서 죽음을 맛보아야 했다는 것보다 슬픈 일은 없지요.

얘기를 하다보니 또 하나 생각나는 게 있군요. 임종의 순간이었소. 점점 더 많아지는 징후들이 이제 죽음은 시간 문제일 뿐임을 말해주고 있었소. 몸부림에 지친 그녀의 육체가 가냘프게 한 줄기 생명 줄을 부여잡고 이상한 음향의 딸꾹질을 토해내는 모습은 송장과 다를 바 없었소. 당연히 나 역시 그곳에 있었지만 그녀가 나를 알아볼 수 있으리라 생각되지도 않았지요. 그런데 갑자기 그녀가 의식을 차리더군요. 다시 기운을 차린 거요. 갑자기 새빨개진 입술이 달싹이기 시작했소. 그 입술 사이로 새어져나오던 말은 영원히 내 기억 속엔 아로새겨져 있소. "오! 자비로우신 예수여… 마침내 나를 버리시는군요… 부서질 듯한, 이토록 연약한… 이 흰 빛 안락한 소파에… 나와 대화를 나눌 건장한 내 남편 곁에…" 아름답지 않소? 감동적이었지요… 그건 최후의 고백이었소… 마음속 깊은 곳에서 솟구쳐 나온 외침… 무엇보다 놀라운 것은, 무심코 흘러나온 그 중얼거림이 그녀 스스로 내뱉은 말이 아니라 어디선가 따온 내용이었다는 사실이오. 종종 그녀는 자기가 좋아하는 작가들의 문구를 인용하곤 했지요.

놀라우신 모양이군요. 이해합니다. 하지만 당신이 알아야 할 것은 마틸드가 대단한 독서가였다는 사실이오. 대부분의 시간을 책가게들을 전전하며 보냈소. 한참 식사를 하다가도 불쑥, 뤼시앙 드 뒤방프레의 죽음이나 엠마 보바리의 자살이 생애의 가장 감동적인 사건들 가운데 하나였다고 내뱉곤 하는 그런 부류의 인간이었지요. 능히 그럴 수 있지요. 하지만 점차 심해졌소. 극단으로 치달린 거지요. 평소 성격상의 특이함이던 것이 이제는 하나의 기벽으로 굳어 버린 듯, 현재의 기억을 잃어버리고 아득한 과거의 기억으로만 삶을 헤아리는 늙은이들처럼, 점차 그녀는 현실 감각을, 구체적인 세계와의 접촉을 상실하고 서적과 몽상의 세계 속으로 빠져들었소. 그래요. 죽음을 놓고 그녀는 마치 책에서 하듯, 청춘기에 열심히 탐독한 책들에서나 하는 듯한 어조로 말했소. 자신의 죽음에 대해서조차 자기 자신의 말을 하는 것이 아니라, 아득한 환각인 양 끊임없이 뇌리에 솟구쳐 오르는 인용구들을 통해서 말했소. 나로서는 홍수처럼 쏟아져 나오는 그 인용구들의 출처를 짐작도 할 수 없었는데, 뱅자맹은 그것들을 척척 알아맞히면서 즐거워합디다.

예를 들어 볼까요. 그녀는 이런 말들을 즐겨했소. "다른 삶을 시작하고 싶어요. 지금의 삶은 너무 진부해져 버렸어요…" 혹은 "보세요, 우리에게 있어 죽음이란 항상 소량의 약물 복용과 같은 거였어요. 한꺼번에 삼켜 버릴 수 없는…" 혹은 "여보, 주의해서 들으세요. 포석도, 봉분도, 묘비도 필요 없어요. 다만 카드놀이를 할 수 있을 정도의 밋밋한 반석 하나면 족해요…" 혹은 고통이 유난히도 심한 어느 저녁나절에는 "죽여 주세요, 빨리 죽여 주세요, 지금 날 죽이지 않는다면 당신은 살인자예요…" 그러다가 임종이 임박한 날에는 온몸에서 힘이 빠져나가는 걸 느끼며 이런 말도 했소. "이대로 내 종교상의 의무에 충실하도록 내버려두세요. 속죄해야 할 죄가 너무 많아요. 당신에 대한 나의 사랑은 너무 컸어요…" 그러고는 신부님이 기도를 마치고 떠나자마자, 눈물로 얼룩진 그 작은 얼굴은 간신히 입을 열어 내게 물었소. '내가 웃는 모습을 사람들이 다시 볼 수 있을까요?' 무슨 말을 해야 할지 몰라 망설이는 나에게, 그녀는 언젠가 벵자맹이 빈정대는 말투로 내뱉었던 문구를 빌어 "좋아요, 망설이시는군요. 그렇다면 더 이상 계속 이렇게 버틸 필요가 없다고 생각하겠어요…" 이 말을 끝으로 그녀는 조용히 수면 상태로 빠져들었소. 그리고 다시는 정신을 되찾지 못했지요.

묘한 이야기 아닙니까? 마지막까지 자신의 기호를 버리지 못하고, 그녀는 마지막 탄식, '최후의 말들' 마저 다른 사람들의 것을 표절한 거였소. 흔히 가사 상태의 사람들이 내뱉는 '진실' 하다는 그 '최후의 말들' 마저….

3

― 결국 당신은 의붓자식과 일 대 일로 남게 되었군요.
― 그렇게 말할 수도 있겠지요… 하지만 마틸드라는 여인의 형상이 사라졌다고 해서 그녀가 완전히 사라져 버릴 수는 없지요. 당신은 지금 이미 수년 수개월이 지났어도 그녀를 보고 듣고, 그녀의 존재를 느끼고 그녀의 향기를 맡으려들고 있지 않소. 그리고….

― 죄송합니다만, 제 질문은 보다 평범한 것입니다. 제가 묻고 싶은 것은, 그녀의 죽음이 별안간 정면으로 마주치게 된 당신과 벵자멩이라는 두 앙숙 사이에 어떤 영향을 미쳤냐는 겁니다.
― 성급하군요! 그 꼬마 녀석은 결코 나의 적이 아니오! 간혹 내가 녀석에게 잘못을 범하기는 했지만….

— 잘못을요?

— 그래요. 하지만 과실 없는 사람이 누가 있겠소? 어떤 아버지 혹은 의부가 한번도 과실을 범한 적이 없다고 자신할 수 있겠소? 물론 내가 좀 엄했다는 건 나도 알아요. 온정이 부족했다는 것도. 곰곰이 생각해보면 그 아이의 아버지에 관한 얘기는 좀 더 재치 있게 응수했어야 하는 건데… 하지만 당신이 내 입장이었다면 어쨌겠소. 당신은 다루기 힘든 꼬마 녀석을 유산으로 물려받았소. 당신이 그의 성장을 책임지게 된 거요.

꼬마는 아버지 문제로 정신적 방황을 겪고 있소. 그런데 그 아버지라는 사람은 '온갖 나치 관련 조항들과 전쟁 범죄'를 저지른 자로 판명된 자요. 만약 그 꼬마가 사실을 알게 되는 날이면 치명적인 타격을 입으리라는 걸 당신은 알고 있소. 그 아이가 자기 아버지를 옹호하고, 온갖 변명과 정상 참작의 여지를 모색하려 들리라는 건 짐작할 수 있는 일이오. 당신은 심리학자들도 만나보는데 — 이것만은 마틸드도 몰랐소 — 그들은 한결같이 청소년기에는 '동일시의 위기'를 겪게 될 위험이 있다고 말합니다. 게다가 마틸드는 따뜻한 모정으로만 그 문제에 접근하려고 하면서 그에게 진실을 말해 주는 것을 한사코 반대합니다.

— 그녀를 설득하려 했나요?

— 설득의 문제가 아니었소. 왜냐하면 그녀는 내가 옳다는 것을 분명히 알고 있었고, 조만간 결심을 해야 한다고 생각했으니까요. 다만 그것이 그녀로서는 감당하기 벅찬 문제였다는 거요… 그녀의 기질도 문제였소. 분명 그녀는 거짓말쟁이는 아니었

소. 하지만 밝히기 곤란한 문제일 때는 진실이 잘 튀어나오지가 않았소. 끝없이 이리저리 둘러대다가 얼렁뚱땅 넘어가 버리지요. 마침내 마음의 결정을 내렸다 하더라도, 단도직입적으로 한꺼번에 모두 털어놓고 두번 다시 그 생각을 하지 않는 식이 아니라, 언제나 머리 한쪽 구석에 그 문제를 담아두고 있죠. 그래야 안심이 된다는 듯이 말입니다.

결국 그녀의 해결 방식이란 자기가 원할 때, 자기 멋대로, 가능한 한 모호하고 다소 호소하는 듯한 태도로 미화시키면서 얘기를 접어 버리는 거지요. 고해성사를 볼 때의 그녀의 태도가 바로 그랬고, 혼자 여행을 떠났을 때 나에게도 늘 그런 식이었소. 제멋대로 여행을 열흘 동안 연장하기로 결정하고서는 열 번쯤 전화를 합니다. 매번 조금씩 얘기를 하지요. 머뭇거리면서… 그런 문제야 분명한 한 번의 통화로 족한 것 아닙니까? 불행은 바로 그녀의 이러한 태도에서 싹튼 셈이오. 그녀가 벵자맹에게 아버지 얘기를 빙빙 돌려 들려 주노라면, 벵자맹은 그녀의 얘기를 어리숙하게 따라가는 것이 아니라 대번에 진실을 파악해 버리지요….

— 그녀는 당신이 그 아이의 아버지의 모습이나 이름을 '금기 사항'으로 못 박은 것에 대해 일기를 통해 탓했더군요….

— 사실이오. 부인하지 않겠소. 그리고 그것이 잘못되었다고 생각지도 않소. 다시 한 번 입장을 바꾸어놓고 얘기해 봅시다.

자, 당신에게 다루기 힘든 어린 아이가 딸렸소. 당신은 그 녀석이 훌륭히 성장하기를 바라고 있으며, 게다가 그 녀석의 어머니를 열렬히 사랑하고 있소. 바로 이것이 당신이 풀어 나가야 할 복잡한 문제인데, 이 경우 당신은 어떻게 하겠소? 당연히 철통같이 방어하겠지요. 달리 방법이 없을 테니. 빗장을 꽉 지르고 안락한 가정을 위한 보호막을 치겠지요. 무슨 수를 써서라도 그 아이의 아버지 모습이 그 녀석의 뇌리 속에 살아 있지 못하도록 하지 않겠소? 설마 호사스런 소설들에서나 나올 법한 아주 현대적이고 근사한 의붓아버지 흉내를 내지는 않겠지요. 예컨대 이런 식으로 말이오. "네 친아버지는 유대인들을 아우슈비츠로 보냈단다. 하지만 그건 흔히 있는 일이야. 그렇게 잘못된 게 아니란다. 저기 저 벽난로 가에 앉아 그 얘길해 보자꾸나!"

— 이해합니다. 하지만 그렇게까지 끔찍한, 완전한 침묵은 좀 그렇군요… 심리학자라면 누구라도 당신께 이렇게 말했을 겁니다. 무슨 짓을 했건 아버지는 아버지라고….

— 아, 이봐요, 잠깐만. 당신이 염두에 두어야 할 것은, 첫째 그 완전한 침묵이 내 탓이라기보다는 오히려 마틸드의 탓이라는 사실입니다. 그리고 심리분석가들이 '아버지'에 관한 이론을 펼쳐 본댔자 대개의 경우 그것은 추상적인 것들이며 정상적인, 전형적인 상황들에나 적용되는 거요. 여기서 문제가 된 상황은 누차 얘기하는 바이지만 전혀 비정상적인 상황이란 말이오….

물론, 거듭 말하지만 내가 과실을 범했을 수도 있습니다. 하지만 근본적으로 내게는 선택의 여지가 없었다고 생각하오. 당신이 냉혹하고 비인간적이라고 생각할지 모르지만, 당시의 상황을 거듭 헤아려 본 결과 나에게는 단 하나의 생각밖에 없었소.

즉 유대인들을 나치에 넘겨 주고, SS대원의 제복을 입고 설친 그런 아버지는 결코 아버지일 수 없다는… 특히 어린아이의 가슴에 그런 아버지의 인상을 심어 줄 수는 없다고 생각했지요. 더욱이 다행스럽게도 그가 아들을 알 새도 거의 없이 일찍 죽었으므로 그가 남긴 흔적들을 말끔히 제거해 버리는 일이 가능하리라고 믿었지요.

더군다나 이건 나 혼자만의 생각이 아니었소. 그의 후원이 없었더라면, 아마 나는 결코 그토록 견고하고 확신에 찬 태도를 보일 수 없었을 거요.

— 그의 후원이라면?
— 그렇소, 에두아르의 후원이지요.

— '에두아르의 후원'이 어떻게 가능했지요?
— 말하자면… 그의 후원이란 곧 동의를 말하는 거지요. 사형 집행이 있기 전, 우리는 마지막으로 만났던 적이 있소. 당신은 몰랐던가요?

— 만난 것은 압니다만 무슨 얘기를 나누었는지는….
— 무슨 얘기를 했냐구요? 온갖 얘기들이 오갔지요. 짐작하실 테지만… 당연히 마틸드에 대한 얘기가 나왔을 테고… 전반적인 정치적 상황… '공산주의'에 관한 쓸데없는 몇 가지 담론… 그는 공산주의가 자신이 이루지 못한 파시즘의 꿈에 그나마 '가장 덜 불충실한 근사치'라고 했소. 물론, 대화 중에서 가장

큰 비중을 차지했던 건 그가 떠난 후의 아들 녀석에 대한 것이었지요. 그도 시인하더군요. 자신이 아들 녀석에게 너무나 많은 죄를 짓고 가는 것 같다고… 말인즉슨, 자신은 그 녀석의 생애에 하나의 오점일 뿐이라는 거였소. 기괴망측하고 끔찍한 오점 말이오. 그걸 말끔히 쓸어내어 없애 버려야 한다더군요. 자기 같은 "한 줌의 더러운 토사물"은 본 적도 안 적도 없는 셈 치고 얼른 치워 버려야 한다고… 그의 생각은, 그에게서 아버지라는 바통을 이어받은 것뿐만 아니라 그의 흔적을 지우고 깨끗이 청산하여 아예 명부에서 이름을 삭제시켜 버림으로써, 실제로 그가 존재하지 않은 듯 벵자멩의 진짜 아버지가 되어 주는 것까지가 나의 소관이라는 것이었소.

다소 어리둥절하게 들릴지도 모르겠군요. 하지만 당시의 분위기를 고려해 볼 필요가 있어요… 감옥… 머지않아 닥칠 죽음… 제아무리 비열하고 멍청한 작자라 할지라도, 최후의 순간에 이르면 뭔가 대장부다운 생각을 품기도 하는 법이지요… 다시 만나게 된 데 대한 감동도 있었소… 둘만의 대면… 옛날처럼 말이오… 잠시나마 옛날의 친구로 돌아가 함께 무슨 음모라도 꾸미는 듯했소… 그리고 되살아나는 과거, 추억들… 임종을 앞둔 사람은 대개 자신의 생애를 요약하려 드는데, 미처 모르고 지냈으나 알고 보니 삶 전체가 지금 벌어지고 있는 일을 공모해왔다는 식으로 말이지요. 그런 관점에서는, 마틸드를 포함한 우리 세 사람의 과거사가 그에게는 오늘과 같은 운명을 예고하는 전조로 여겨졌을 겁니다. 그리고…

― 잠깐만요! 무슨 뜻인지 이해가 안 갑니다.
― 그럴 테지요. 내가 말하고 싶은 것은 그가 자신에 대한 기억을 깡그리 없앨 것을 요구했을 때, 참으로 어떤 자기 희생이랄지 뭔가 대단한 일을 한다는 느낌을 가졌던 게 아니라는 거요… 오히려 그는 원점으로 돌아간다고, 정상으로 돌아간다고 생각했지요. 뒤틀어진 우리 세 사람 사이의 관계가, 원래 마땅히 그렇게 되었더라면 좋았을 그런 상태로 되돌아가는 것이라고 말입니다….

― 왜요?
― 왜라니? 이렇게까지 말해도 못 알아듣겠다는 거요? 믿기지 않는 노릇이군! 왜냐하면 마틸드를 먼저 만난 사람은 바로 나였기 때문이오… 전쟁이 발발하기 훨씬 전, 아주 일찍부터 알았지요… 내가 처음으로 마틸드를 만났을 때(1938년 가을), 당시 에두아르는 여자에 그다지 관심을 쏟지 않는 출세 지향적 학생이었고, 나는 9월의 어느 맑은 날 오후 캉봉 가에 위치한 샤넬 매장 앞에서 나의 MG 승용차의 운전석에 앉아 빈둥거리고 있었소. 그때 별처럼 빛나는 한 아름다운 사춘기 소녀가 짐 꾸러미를 품에 가득 안은 모습으로 나타났죠. 한 순간 운명처럼 그녀의 짐 꾸러미들이 포장도로 위에 와르르 흩어졌고, 그걸 본 내가 급히 뛰어갔죠. 그러고는 엉거주춤 엎드린 자세로 다급히 흩어진 짐 꾸러미들을 주워 모았지요. 나와 그녀와의 만남은 바로 그렇게 시작되었소.

그런데 왜 일이 틀어져 버렸을까요? 어찌해서 나의 여인은 2

년 후 나의 가장 친한 친구와 결혼식을 올리게 되었을까요? 운명이지요… 운명의 장난이라고들 하지 않습니까… 시대 탓도 있었지요. 당시에는 오늘날과는 달리 남녀가 함부로 동침해대는 일이 거의 없었소. '처녀'와 '부인'의 구분이 아주 분명했소. 나는 말하자면 '처녀'와 함께 자는 것을 좋아했지 '부인'과 함께 자는 것을 달갑게 생각하지 않은 셈이오. 결혼을 기피했던 거지요. 하지만 당시 마틸드는 너무 어렸고 봉건적이며 지나치게 기독교적이었소. 더군다나 당시 생존해 계셨던 그녀의 아버지(40년대 초에 사망했소)는 아주 고지식한 분이었다오. 게다가 나 역시 그녀와의 만남을 이미 수차례에 걸쳐 경험했던 여러 연애 사건들 가운데 하나로만 생각했을 뿐, 그녀만큼은 예외적인 존재였다는 사실을 미처 깨닫지 못했소.

그러다 전쟁이 터지고… 소집령을 받고… 제각기 흩어졌소… 에두아르가 마틸드를 알게 된 것은 바로 내 소개로 인해서였는데, 어느 틈에 그가 나보다 먼저 파리로 돌아와 그녀의 마음을 구슬려 버린 거요. 그를 장래가 촉망되는 유능한 청년으로 생각한 그녀의 아버지는 자기 사업을 물려줄 적당한 사윗감이라고 생각했소. 나의 화려한 여성 편력 역시 에두아르 쪽으로 쏠리는 그의 마음을 더욱 부채질한 셈이었지요. 결국 그렇게 해서 뭔가 불길한 조짐이 감도는 그 결혼식은 성립되었소. 그 결혼에서 그녀는 어딘지 조급하고 신경질적이며 마음 한구석이 비어 버린 사람처럼 보였고, 반면 그는 구름 위를 나는 듯 행복에 겨워했었소. 그리고 나는 비록 아무 말은 하지 않았지만, 우리 세 사람 사이에 이 문제가 두번 다시 거론되지 않게 해야겠다고 결심했소. 하지만 본의 아니게 내가 나의 오랜 친구에게 뜻밖의 선물을 안겨 준 게 아닌가 하는 생각만은 떨쳐 버릴 수 없었지요!

당신도 알다시피, 그것은 부르주아 세계에서 빈번히 일어나는 하나의 전형적인 드라마였소… 그날 밤의 그런 결말만 없었어도 당시의 일을 돌이켜 볼 일은 없었을 겁니다. 오랫동안 언급을 피해 온 하나의 희미한 생각, 즉 자신이 나 대신 마틸드와 결혼한 것이라는 생각을 결코 떨쳐버리지 못 했을 에두아르부터 시작해서 말이요… 그래요, 젠장! 그때 일을 생각하면 왜 자꾸 눈물이 나는지 모르겠소… 그런데 왜 내가 당신에게 이런 얘기를 하고 있는 거지?

— 우리는 뱅자멩에 대해서 얘기하고 있었습니다. 그리고…
— 아, 그렇군요. 뱅자멩… 결국 그 녀석은 이 모든 뒤틀림의 결과였던 셈이오… 가엾은 녀석!

— 내가 '뱅자멩과 당신이라는 두 앙숙'이라고 말하자, 당신은 화를 냈습니다.
— 과연… 이제는 내가 왜 화를 냈었는지 이해하시겠소? 그 녀석의 존재가 내게 무엇을 의미하는지 아시오? 그 아이는 두 번씩이나 내게 짐이 된 거요. 한 번은 에두아르의 죽음으로, 또 한 번은 마틸드의 죽음으로 말이요. 그러니 녀석을 잘 키우는 것이 나의 제일가는 고민거리가 된 겁니다. 물론 녀석 때문에 내가 삶을 희생했다고까지는 말하지 않겠소. 하지만 1958년 6월의 그날 이후, 내가 많은 일들을 뒤로 제쳐두어야 했던 건 사실이오.

— 어떤 일들 때문이었습니까?
— 꼭 집어서 뭐라고 말하기 어렵지만 생활 자체가 힘겨웠소. 집을 돌봐야 하고… 선생들을 방문하고… 의사 양반들… 여러 가지 병환… 순조롭지 않았던 여행들… 참석해야 할 자리를 가능한 한 줄이고… 녀석과 함께 계획해야 했던 바캉스… 거기에다 하녀들까지 어찌나 어리숙하던지… 특히 중요했던 것으로 당신에게 얘기하고 싶은 것은, 이제 그 녀석에게는 나 이외에 아무도 없게 되었다는 사실이오. 당시 마흔 살이었던 나는 녀석의 아버지는 물론 녀석의 어머니, 녀석의 형, 할아버지가 되어야 했던 거요. 하지만 사실상 난 언제나 의붓애비일 뿐이었소.

— 그러면 그 아이는요?
— 그 아이요?

— 예, 그 아이는 어떻게 사태를 보았습니까? 당신을 어떻게 생각했는지요?
— 흠… 모르겠소… 분명히 말해서 내가 쏟은 만큼 돌려주지 않았다는 것밖에는… 그렇소, 녀석이 받은 만큼 돌려주지 않았다는 사실은 분명히 말할 수 있소….

— 그렇다면?
— 이미 말씀드렸지 않소… 여러 가지 예를 들어 그 녀석의 적대감에 대한 말씀을 드렸었소….

— 아, 예. 하지만 지금 얘기는 어머니가 돌아가신 새로운 상황 속에서 어떠했는가를 묻는 겁니다… 어머니의 죽음이 사태의 해결에 도움이 되었느냐 아니면 오히려 악화시킨 결과를 가져왔느냐는 것이지요.

— 속을 벌컥 뒤집어 놓은 젊은이와 완고하고 성마른 늙은이 사이의 일이 제대로 될 리가 만무하다고 여겨지지 않소?

— 그런 것은 문제가 안 됩니다. 아시겠지만, 중요한 것은 감정의 문제가 아니라 그때 이후 사태의 추이가 어떠했느냐는 것입니다. 그것은 저나 당신이나 우리 모두에게 중요하지요.

— 알아요… 나도 압니다… 하지만 그 모든 것이 그저 덧없게 여겨질 뿐입니다…어디서부터 얘기를 시작해야 좋을지….

— 1958년 6월… 1958년 6월까지 왔습니다. 마틸드가 죽은 다음날….

— 글쎄… 아마 유언에 관한 얘기가 있었지요… 유언 얘기를 아시오?

— 아니오. 전 유언이 있었다는 사실조차 몰랐습니다.

— 꼭 '유언'이라고 말하기는 어렵소. 상속 문제는 벵자맹이 유산의 대부분을 물려받는 것으로 이미 결정되어 있었으니까. 하지만 그럼에도 불구하고 그녀는 뭔가를 작성해두었소… 공식적인 문서… 자신의 마지막 의지를 표명하기 위한 것, 최종 권고 사항이었다고 할 수도 있지요… 떠나기 전 마지막으로 하고

싶었던 자질구레한 것들… 그녀가 사망한 다음 날, 그녀의 공증인인 바르브지유 씨가 우리에게 읽어 주었소….

— 그래서요?
— 예… 당시 우리는 모두 그의 주위에 모여 앉았소. 서 있는 사람도 있었고, 어떤 이는 눈물을 글썽이고 있었소. 지금 우리가 함께 앉은 이 거실, 그녀가 즐겨 머물렀던 바로 이 거실에서 말이오. 당시 이곳에는 벵자멩과 나, 그리고 세 사람의 하인, 그라사르, 그 밖에 약간의 친지들이 있었소. 그들을 부르도록 바르브지유 씨가 몇 시간 전에 미리 전화로 통고하더군요. 그는 목소리를 가다듬고 읽어나가기 시작했소. "사랑하는 남편 장에게… 그리고 언제나 변함없던 나의 친구 이본느에게 … 끝까지 잘 돌봐준 오데트, 라자르, 앙젤르에게… 지역 사업에… 아무개 병원에… 거시기 진료소에… 그라사르에게… 샤바낙에게… 해변 호텔의 자노 씨에게… 베니스 시프리아니 호텔 관리인에게…" 간단히 말해서, 그 천사 같은 여인은 모든 사람을 생각했소. 각자에게 뭔가를 전하고자 했던 거요. 자신의 옷가지서부터 각종 보석들, 예수의 수난상, 성화들, 골동품들, 심지어 피렌체에 체류할 때 가져온 처녀상에 이르기까지, 말하자면 자신의 모든 것을 평소의 그 은혜롭고 친절한 마음씨로 나누어 주고자 한 것이지요.

그런데 곤란한 일이 생겼소. 누구나가 금방 알 수 있는 한 가지 실수. 당신도 알아차렸겠지요. 그 리스트엔 바로 벵자멩의 이름이 빠져 있었소. 다들 믿을 수 없다는 듯 어리둥절해가지곤 아무도 함부로 입을 열지 못하더군요. 하인들은 괜히 구두 끝만 뚫어져라 쳐다보고… 벵자멩은 미동도 않은 채 똑바로 허공만을 주시합디다. 대뜸 내가 소리를 질렀지요. "이해할 수 없는 일이로군! 어디 한군데 빼먹고 읽은 모양이오. 바르브지유 씨 좀더 자세히 찾아보십시오. 자세히…" 당황한 바르브지유 씨는 찾고 또 뒤지고… 이곳저곳을 들춰보기 시작했소. 사람들은 그가 뒤지는 모양을 보고 다소 안도감을 가질 수 있었는데, 그것도 잠시뿐이었지요. 그 혈색 좋은 얼굴이 허옇게 탈색되어 비지땀을 흘리더니 5분쯤 뒤지다 결국 더듬더듬 내뱉지 않을 수 없었소. "음… 확실히… 아이의 이름은 보이질 않는데요…"

순간적으로, 나는 그녀가 지난 주에 벵자멩을 위해 뭔가를 녹음했었다는 사실을 기억했소. 그녀는 말했지요. "그래, 분명히 말하지만… 이건 특별한 자료다… 이것은 너만을 위한 특별한 유언이다…" 난 오데트를 시켜 그 녹음 테이프를 찾아오도록 했소. 그녀가 빈손으로 오는 것을 보고, 이번에는 라자르를 시켜 살롱을 뒤지게 했는데 그 역시 찾아내지 못했소. 결국 바르브지유 씨를 비롯하여 그곳의 모든 친구들이 지켜보는 가운데, 내가 직접 나서서 찾아보았지만 허사였소. 모였던 사람들이 모두 떠나고, 나는 꼬박 이틀간을 집안 구석구석까지 뒤져보았지만 결국 손들고 말았지요. 서류들 이상으로 유언으로서의 가치가 있을 그 녹음 테이프는 감쪽같이 사라져 버린 거요.

자, 그녀의 유언에 얽힌 얘기는 대충 이상과 같소. 들었다시피 아주 슬픈 얘기지요. 하지만 더욱 슬픈 일은, 이건 당신의 의문에 대한 대답이기도 합니다만, 그 녀석의 반응이었소. 그 녀석으로서는 찾는 물건이 어느 곳엔가 사람들의 생각이 미치지 못하는 곳에 남아 있으리라 생각할 수도 있었소… 아니면 마틸드가 제정신이 아닌 상태였을 때, 자기도 모르게 그 테이프를 지워 버렸을지도 모른다고 생각할 수도 있었겠지요… 그도 아니면 — 모두 현재의 내 생각입니다만 — 뭔가 다른 내용을 담고 싶어 일부러 지웠다가, 마지막 순간 힘이 없어서 못했을 거라고 생각할 수도 있었지요… 하지만 천만의 말씀, 녀석은 결코 그렇게 생각하지 않았소! 녀석은 누군가가 그걸 없앴다고 생각했소! 잔인한 누군가가 말이요! 녀석의 생각에 그런 짓을 한 자는 나였소. 요컨대, 내가 적당히 수를 써서 그녀가 자신에게 남겨준 것을 없앴을 거라고 말이요….

— 제 생각에는 아무래도 격한 감정이나… 슬픔 때문에….
— 흠… 글쎄요… 사실 녀석은 장례식에서조차 어떤 '감정이나 슬픔'에 목이 멘 듯한 인상을 전혀 주지 않았어요. 그 얘기도 듣고 싶소? 미리 말씀드리지만, 이건 그리 아름답지 못한 얘 깁니다… 그러고 보니 이미 시작해 버렸군요….

그날 아침, 녀석은 아주 일찍 잠자리에서 일어났소. 그러고는 곧장 욕실로 가서는 재즈 가락을 휘파람으로 불어제끼면서 한동안 시간을 보내더군요. 그러고는 나와서 24인치 통바지를 껴입더니, 거기에다 검은 빌로드 셔츠와 대체로 댄스 파티 때나 입는 빳빳한 칼라의 흰 재킷을 입었소. 녀석의 옷차림도 그렇지만 계속 시계를 쳐다보는 행동거지 또한 뭔가 불안하고 극도의 긴장된 분위기를 풍겼소.

그러나 정해진 시간이 되고 사람들이 하나둘씩 몰려들자 태도가 180도로 달라졌소. 갑자기 슬픈 표정을 짓고, 견딜 수 없다는 듯 수심에 찬 얼굴로 사람들에게 인사를 해대는 그 모습이라니… 머리를 숙이고… 놀랍게도 감사의 말을 중얼거리고… 창백하고 씁쓸한 웃음을 입가에 떠올리며, 입에 발린 인사는 지겹다는 제스처로 그만두게 하고… 진정이다 싶은 사람에겐 격려를 해주기도 하고… 고개를 떨구고… 얼굴을 잔뜩 찌푸린 채 입술을 일그러뜨리고… 때로 사람들이 제 어미를 들먹이며 칭찬이라도 할라치면 눈에 눈물까지 글썽이고 말이요… 한마디로 꾀바른 원숭이 같은 녀석이었소! 이틀 전부터 거울 앞에 서서 자신의 역할을 반복하여 연습한 그 어린 원숭이는 아주 능숙하게, 마음 한구석에서 뭔가 야릇한 쾌감마저 느끼면서 자신의 역할을 훌륭히 해치운 거지요!

그래요. 그렇게 하는 것이 고통을 극복하는 하나의 방법은 아니었을까 하고 생각해보기도 했소. 어느 심리분석가도 얘기했지만, 미망인에 대한 추억을 '상징적으로 다시 제 것으로 만들려는' 나름의 방식일 수도 있고요(그해 가을이던가, 내게 아무런 상의도 없이 마틸드가 소중히 간직하던 그 '처녀 시절의 장서'를 헌책방에 팔아 버리려고 했던 것도 한 예라고 할 수 있소). 한데 문제는 그런 잔꾀가 잘 통하지 않으면 항상 그것을 나의 탓으로 돌리려 한다는 점이었소. 그럴 땐 나도 어쩔 수 없이 "그만!" 하고 외칠 수밖에 없지요. 녀석은 이제 자기가 날 방해할 수 있고 괴롭힐 수 있다는 걸 과시하려 했소. 이제 당신 따윈 필요없으니 비키라는 식이었소. 내 발을 밟아가며 장례 행렬의

맨 앞장에 서고자 했소… 신성한 장례식에서, 아버지와 아들이 마치 건달들이 힘겨루기를 하듯 다투는 어이없는 광경을 온 파리 시민들에게 훤히 보이면서 말이요.

지금은 이렇게 담담한 심정으로 당신에게 그때 이야기를 합니다. 물론 그 녀석도 슬프고 마음 아파했다는 걸 부인하지 않겠소. 다만 당신이 알았으면 하는 것은, 나에 대한 녀석의 앙심이 실로 대단했다는 겁니다. 나는 그 녀석의 삶에 있으나마나 한 존재였소. 그리고 그녀의 죽음은 사태를 순조롭게 하기는커녕 더욱 심각하게 했던 셈이오.

— 제가 알기로는, 그후 여름 휴가를 함께 보낸 적이 있는 것으로 아는데….

— 맞아요. 함부로 하는 얘긴지도 모르지만, 나는 그래도 일을 잘 풀어나가기 위해 나름대로 최선을 다했다고 말할 수 있소.

사실 나는 녀석의 꿈이 미국이라는 나라에 가보는 것임을 알고 있었소. 이미 한두 해 전부터 입버릇처럼 미국을 말했지요. 그녀가 그곳에 데려다 주마고 약속한 것만도 열 번이 넘었을 거요. 우리 부부의 베니스 여행이 끝나는 즉시 그 약속을 실행하기로 작정도 했었소. 잘 알다시피, 결국 무산되고 말았지만… 그래서, 특히 1958년에는 정치적 사건도 무척 많았었건만, 만사 제쳐두고 서둘러 뉴욕행 비행기표를 샀어요. 뉴욕에서도 가장 훌륭한 피에르 호텔에 예약을 해두고 말이오.

그런데 녀석이 만족했을까요? 순리적으로는 당연히 그랬으리라고 생각될 테지요. 무슨 큰 기적을 바라서가 아니라, 그래도 좀 낫지 않을까 하고 기대할 권리 정도는 나에게 있지 않았겠소? 최소한 그런 나들이가 녀석의 경직된 사고를 완화시키는 데 다소나마 도움이 되지 않을까 생각했지요. 하지만 전혀 그렇지 못했소! 이전과 전혀 다를 바가 없었다는 것이 기적이라면 기적이었지요. 녀석은 미국행을 통해서 또 다른 불만거리와 나쁜 행동거지, 앙심만을 잔뜩 쌓아가지고 온 셈이었소. 엠파이어 스테이트 빌딩 꼭대기에 올랐을 때라든가, 심지어 자유의 여신상 앞에서조차 녀석은 사라져 버린 녹음 테이프 사건을 다시 떠올려 화젯거리로 삼을 정도였소. 오히려 파리에 있을 때보다 사이가 더욱 벌어져 거의 최악의 상태에 이르렀는데, 낯선 도시를 갑작스레 여행한 데서 오는 순간순간의 어떤 혼란… 아주 사소한 내 행동거지나 눈길들, 옷 입을 때의 자세, 잠자리에 들 때 입었던 잠옷, 기념물 앞에서 내지른 나의 탄성, 서투른 억양 등 일찍이 엥그르 가에서 볼 수 없었던 그 모든 것들이 녀석의 신경을 자극했던지 괜히 녀석을 화나게 하여 나란 사람은 꼴도 보기 싫은 존재가 되어 버린 거지요….

그런데 내가 아직 뉴욕이란 도시에 대해 아무런 말도 하지 않았군요. 우리 두 사람의 사이를 가깝게 해주리라고 여겼다가 오히려 엄청난 불화의 씨앗이 되어 버린 뉴욕에 대해서.

― 어땠습니까?
― 우선 내가 기질상 뉴욕인들과는 전혀 어울리지 않았다는 사실을 인정해야겠지요. 사실 나는 지나치게 프랑스적인 인간이요… 말하자면, 내 조국, 프랑스 땅은 물론이거니와 맛 좋은

포도주하며 음식들을 지나치게 사랑한다는 거요… 한편 뉴욕이란 도시는 어땠는가 하면 쓸데없이 규모만 컸지 난잡할 뿐이었소. 물론 호감 살 만한 구석이 전혀 없었다고는 말 못하겠지만, 나에게는 거칠고 천박하게만 여겨졌소. 이렇다 할 문화 양식이 있는 것도 아니고 기껏해야 맨해튼 정도인데, 한마디로 내 이상에 맞는 것을 찾아보기 힘들었지요. 이건 어디까지나 내 견해요. 설마하니 이렇게 보는 것이 죄가 되진 않겠지요? 그 녀석이 제아무리 심술꾸러기였다 할지라도, 나의 이러한 견해가 두 사람 모두를 풍요롭게 할 수 있는 흥미롭고도 건설적인 논쟁거리가 될 수 있지 않았을까요?

하지만 벵자멩의 생각은 그렇지가 못했소. 당시 녀석은 지나친 독단론에 빠져 있었다오. 생전 처음으로 알게 된 그 도시에 홀딱 반해 버린 거요. 내가 그 도시를 비난하려들면, 그놈은 필사적으로 옹호했지요. 예컨대, 그 도시의 여러 마천루의 건축술에 관해서 내 나름대로의 견해를 피력했다가는 곧바로 참다운 '우리 시대의 성당들'에 무지몽매한 바보로 취급당합니다. 심지어 '리틀 이탈리아'라든가 '차이나타운' 같은 험악한 곳에서 벌어지는 주정뱅이들의 싸움에 대해 좋지 않다고 느낄 권리조차 내게는 없었소. 그랬다가는 어느새 나는 '사해동포주의'도 이해하지 못하는 '인종주의자'가 되어 버리지요. 하여간 무슨 얘기가 나와도 나는 '퇴물'로 취급받기가 일쑤였으니, 가뜩이나 불편한 사이가 더욱 멀어질 수밖에요. 한낮이 되어, 도로가 녹아날 정도로 뜨거운 열기에 도시가 휩싸이면 '서늘한 곳으로 내려가는 것'이 녀석의 큰 즐거움이었소. 이게 무슨 말인지 알겠소?

바로 지하도로 내려가는 것인데, 고약한 냄새가 나는 길을 따라 걸으며 군데군데 쌓인 쓰레기더미를 교묘하게 뛰어넘는다거나, 무려 열 번도 넘게 칼을 휘두르며 난투극을 벌이는 현장과 맞닥뜨리는 위험을 범하면서 결국엔 두더지 새끼마냥 어딘지 모를 곳으로 불쑥 기어 나오는 것이지요.

뭔가 다소 어두운 분위기라는 생각이 들지요. 하지만 우리의 하루하루는 바로 그렇게 흘러갔소. '그 모든 야성미'에 대한 녀석의 지칠 줄 모르는 얘기들과 더불어, 콘스탄티노플이 낭만주의자들의 것이었듯이 이 도시는 자기들 세대 — 녀석은 열일곱 살도 되지 않았소! — 의 것이라는 그 유치한 선언들과 더불어 말이요. 정말 가관은 바로 로큰롤이었소. 그것이야말로 녀석이 뉴욕에 머무는 동안 용케 손에 넣어 파리까지 수입해온 진짜 독이었지요.

나이로 보아 아마 당신의 추억이 될 수는 없을 겁니다만, 그때는 진 빈센트라든가 에디 코크런, 빌 해일리의 시대였소. 당시 철부지 놈팽이들은 내슈빌이나 뉴 오를리언즈 같은 어두운 골목에서 기타를 뜯으며 노래를 불러대는 것이 하루 일과였다오. 아직도 기억에 선합니다만, 그네들의 음악이란 것은 내질러대는 고함 소리하며 온통 혀 꼬부라진 의성어 투성이였소. 그게 어디 음악이겠소? 왁자지껄한 난장판이지. 노래 제목부터가 벌써 〈빕 밥바 룰라〉니 〈라마 라마 딩동〉이니 〈아와바벨로 바벨로 빔 밤〉이니 하는 따위였소. 어느 날, 하루는 밤늦게까지 술을 마시게 되었다가 바로 그런 녀석들 중의 하나가 무대 위에서 노래하는 걸 보게 됐소. 인광처럼 새파랗게 반짝이던 그놈의 구두,

온통 땀에 젖은 검은색 셔츠, 더럽게 기름때가 낀 머리카락이 눈을 가리며 흘러내리고, 손으로는 묘한 동작으로 엉덩이를 쓸면서 마이크를 입에 바싹 갖다댄 채 미쳐 날뛰는 관중들에게 히스테리컬한 목소리로 "쾌감이 나를 전율케 해!"라고 외쳐대는 그 꼬락서니라니… 당시 나는 무슨 특별한 의식에 참석한 듯한 기분이었소.

애석하게도 벵자멩은 바로 그런 분위기에 빠져들어갔소. 그날 밤 내 눈으로 직접 확인했지요. 녀석은 번쩍이는 구두를 신고 발광하던 그 녀석에게 열광했습니다. 뿐만 아니라 녀석은 체류가 끝나갈 무렵, 이 새로운 종교의 메카라 할 수 있는 테네시 주의 멤피스까지, 그런 것들에 완전히 정나미가 떨어진 나를 이끌고 가는 데 성공했지요. 거기에는 폐허가 된 영화관이 하나 있어서, 십대라면 누구든 와서 5달러만 내면 진짜로 자신의 디스크를 만들 수 있는 곳이었소….

그래요. 물론 침묵해 버릴 수도 있는 일이지요… 하나의 과정이겠거니 하고 생각하면서 관대하게 보아 줄 수도 있소… 하지만 바로 그때부터 나는 모든 일이 아주 고약하다고 느끼기 시작했소. 그때 처음으로, 나는 녀석과 나를 갈라 놓는 도랑의 깊이가 엄청나다는 것을 알아차린 셈이지요.

— 여름 휴가가 끝나고 새학기가 시작되면서 파리 생활이 원래대로 되돌아간 게 아니었군요?

— 천만에요. 뉴욕에서 바로 그 문둥병이 옮은 벵자멩은 파리에 돌아오자 우선 행동거지부터 달라지기 시작했소. 자세한

얘기들은 접어두겠소. 좌우지간 녀석에겐 돈이 필요했지요. 댄스 파티에 가야 하고 인기 스타들의 사진이나 디스크를 사야 했을 테니까. 특히 녀석은 디스크를 아주 귀중한 것으로 취급했소. 그놈은 내가 제 또래의 녀석들에 비해 적지 않은 용돈을 주었음에도 불구하고, 돈을 훔쳐내기 시작했소. 매일 밤, 내가 잠들었다 싶으면 도둑고양이처럼 살금살금 기어들어와 내 재킷의 안주머니를 뒤지는 일이 아예 버릇이 되어 버렸지요. 어쩌다 큰 지폐뭉치가 잡히는 날이면 슬그머니 몇 장을 빼내갔습니다. 내가 모르리라 생각했겠지만 어림없는 소리지요. 나는 다 알고 있었소. 어느 날 저녁인가는 화장실 문 뒤에 숨어 녀석의 일거수일투족을 자세히 관찰할 수가 있었다오. 머뭇거리며 조심하던 녀석의 모습, 그러다 주머니가 텅 빈 것을 보자 무섭도록 신경질을 부리더군요. 하지만 나는 눈감아 주었소… 내가 전혀 모른다고 믿도록 내버려두었지요….

한데 더욱 심각한 건, 녀석이 자주 만나는 친구들 문제였소. 새로 사귄 친구들 가운데 한 녀석이 생각나는데, 또래 아이들은 그 녀석을 '토니 라 바스토슈'라고 부르더군요. 여름 겨울 구별 없이 입는 암홍색 가죽 잠바, 굽 있는 뾰족한 부츠, 완두콩 무늬 셔츠, 꼭 20년의 마피아 단원 같습디다. 촘촘한 빗살무늬의 큼직한 혁대를 배 위에 걸친 그 녀석에게 나 같은 '퇴물'이 말을 걸어본댔자 무슨 소용이겠소. 블루진 바지 속의 연발식 모형 권총을 쓰다듬으며 입술을 헤벌린 채 지그시 눈을 내리감고 가볍게 이를 악물며 로큰롤 리듬에 맞추어 몸을 흔들어 대면서 거들떠보지도 않더군요. 생각해보면 벵자맹은 내심 그 녀석을 닮고 싶어했소. 그 녀석처럼 푸줏간을 하는 부유한 농가에서 태어나 머리 위에 갈색 바구니를 얹고 다니며 폴 앵카의 연주회에서 자기도 녀석처럼 의자들을 마구 깨부술 수 있기를 바란 거지요.

당시에도 연주회가 제법 있었소. 물론 미국에 비하면 훨씬 못 미치는 횟수였지요. 그런데 이러한 빈곤한 연주회가 열정을 삭히기는커녕, 오히려 녀석들을 더욱 발광하게 만들었소. 폴 앵카의 경우만 해도, 그는 마치 텅 빈 사막에서 못생긴 난쟁이 하나가 거인처럼 활보하며 행세하는 격이었지요. 언젠가 한번은 연주회가 온통 싸움판으로 변해 경찰이 출동하는 사태를 빚은 적이 있었소. 흥분하여 발광을 하는 녀석들로 인해 잔뜩 화가 난 경찰은 그 중에서도 유난히 날뛰는 놈들을 붙잡아 호송차에 싣고 갔소. 새벽 3시쯤에야 나는 경찰의 연락을 받고 벵자맹을 데려와야 했답니다. 설마 그 녀석이 술이 깨고 제 정신이 들면서 자신의 소행을 수치로 여겼으리라고 생각지는 않겠지요? 생각해보시오. 그 녀석은 야릇한 행복감에 젖어 있었소. 돌아오는 차 안에서 녀석은 마치 최면에 걸린 사람처럼 조그맣게 하지만 끈끈한 목소리로 중얼댑니다. "정말 멋졌어… 최고야, 최고… 당황해 어쩔 줄 몰라하던 머저리 같은 경관놈들의 꼬락서니라니… 사방에 피가 질펀했지… 우리는 그 소동의 한가운데에 있었어… 그래, 그만하면 됐어, 사람들이 우리의 불세례를 받았으니까…"

참, 그런데 골프 드루오 얘기를 잊을 뻔했군! 당신 혹시 골프 드루오란 곳에 대해 잘 아시오?

— 약간요… 그저 남들이 알고 있는 정도로만….

— 아니, 골프 드루오란 곳이 정말 어떤 곳이지 아느냐는 겁니다. 그곳은 전설도, 신화도 아니었소… '신선한 주스를 마실 수 있는 유쾌하고… 신선하고… 안락한' 장소는 더더욱 아니었소. 내가 직접 그 '유쾌하고 산뜻하다'는 곳엘 가봤으니까요… 장담하건대, 전혀 그런 곳이 아니었소! 딱 한 번 그곳에 가본 적이 있소. 아마 금요일이었지요. 입장료를 무려 575프랑씩이나 치루고서, 18년의 역사를 간직한 그 이상한 반(反)인종주의자들의 술집에 말입니다. 복도의 벽이 인기 스타들의 초상으로만 가득 뒤덮힌 나선형 계단을 올라, 몸에 찰싹 달라붙는 셔츠를 껴입고 허리를 스물스물 흔들어대는 인간들을 가로질러 음악이 들려오는 쪽으로 곧장 들어서니 수많은 디스크가 꽂혀 있는 칸막이벽으로 둘러싸인 거대한 홀이 나타났는데, 그곳이 중심부인 셈이었소. 한번 상상해보시오. 어두컴컴하고 담배 연기가 자욱한… 뿜어대는 열기 탓에 숨쉬기조차 힘겨운 그곳의 분위기를… 그곳에 들어서면 당신도 불쾌한 냄새와 소음, 그리고 위태로운 몸동작들로 인해 입구에서부터 어찌할 바를 모를 거요.

홀 중앙에는 나무로 된 가설무대가 있었는데, 남잔지 여잔지 구분조차 할 수 없는 괴물 같은 취한들이 수시로 그곳에 올라가 기타를 두들겨대더군요. 그들은 소위 연주라는 것을 시작하기 전에 꼭꼭 엘비스 프레슬리의 초상 앞에서 존경의 묵념을 올립니다. 무대 주변에는 건달들이 휘파람을 불고 발을 구르고 괴성을 질러대면서, 그날 밤의 인기 스타가 모습을 드러내면 미친 듯이 법석을 떨었소. 쉬 짐작할 수 있듯 음탕한 짓거리들이 곧잘 벌어지곤 하는 홀의 어두운 구석구석들… 소위 '디스크자키'란 놈들은 눈도 깜박하지 않고, 매일 밤 싱싱한 육체를 고르는 노예 상인처럼 파렴치한 냉소를 입가에 떠올리며 그 모든 광경을 빤히 바라다보지요. 이런 시궁창 속에서 제멋대로 즐기고 있을 벵자멩을 생각해보시오. 그날 벵자멩은 홀 한쪽 모퉁이에서 대략 서른 살 가량 되어 보이는 검은 가죽 잠바의 사나이와 뭔가 쑥덕공론을 하고 있었는데, 아주 친한 사이처럼 보입디다.

내 주위의 입장객들은 내가 그를 모르고 있다는 사실에 화를 내다시피하며 그가 바로 이곳의 주인이자 흥청대는 주신제(酒神祭)의 주최자인 앙리 르프루라고 하더군요… 그 작자를 보자, 나는 그때까지 속에서만 부글부글 끓고 있던 성화를 도저히 참을 수가 없었소. 곧장 그 르프루라는 작자에게 달려가 외쳤지요. 이건 수치라고 말이오. 그 작자를 나는 젊은이들을 추잡함과 방탕으로 부패시키는 개자식으로 취급했소… 그러자 나를 이해할 수 없다는 듯이 쳐다보고 있던 벵자멩이 바로 내 코앞에서 그 작자를 편들고 나섭디다. 순간, 치미는 감정을 주체할 수 없었던 나는 녀석의 뺨을 힘껏 갈겨 버렸소. 이미 몇 달 전에 했어야 할 일이었죠… 갑자기 장내가 조용해졌소. 놀라 눈이 휘둥그레진 주변의 입장객들… 장내의 광란과 괴성들이 일제히 멈추었지요. 기타를 두들겨대던 녀석마저 안색을 굳히며 멍한 눈길로 주위를 두리번거리며 살핍디다.

그렇게 몇 분이 흘렀지요. 그러나 다시 소란이 시작되었는데, 이번엔 나를 향한 저주의 아우성이었소. 백여 명의 건달들이 주먹을 불끈 쥐고 박자를 맞추어 "꼰대는 꺼져라!"를 합창하더군요. 나는 그들에게 '꼰대'란 말을 내뱉지 말도록 경고했소. 그러고는 머리를 꼿꼿이 세우고 당당한 걸음걸이로, 물론 막 덤벼들 기세인 군중들 사이를 지난다는 것이 두렵지 않은 것은 아니었지만, 그 타락한 세계에서 건져내어 새로운 질서 속으로 들여놓고자 그 녀석을 문 밖으로 끌고 나왔다오.

녀석이 그걸 곱게 받아들였다면 거짓말일 테지요. 녀석으로서는 엄청난 수치였을 거요… 친구들이 자기를 어떻게 생각할까 무척 고민스러웠겠죠. 난 그런 것에는 아랑곳하지 않았소. 녀석이야 울부짖고, 소리를 지르고, 나를 위협해대건 말건, 결국 난 내가 당연히 해야 할 일을 했다는 생각뿐이었소. 그후, 이 골프 드루오 사건과 더불어 녀석에게 예정된 못된 짓거리들이, 마치 검은 먹구름처럼 서서히 지평선으로부터 그 모습을 드러내기 시작했다오… 아, 오늘은 이쯤 해둡시다.

내일 아침, 다시 얘기를 계속하지요.

4

— 사실 나는 눈뜬 장님이었소. 머리털이 허옇게 탈색할 정도로 골머리를 썩였지만 장차의 일에 비한다면 그때까지의 일들이야 아무것도 아닌 셈이었지요. 벵자멩의 교육에 관계된 문제들은 이제부터가 진짜 시작이었소.

— 죄송합니다만, 현재 시점이 그러니까….
— 1959년이라고 해둡시다… 59년도 새학기가 시작되었을 즈음… 벵자멩은 막 2차 바칼로레아(대학 입학 자격 시험)를 치렀소… 자세히는 몰라도 점수가 꽤 좋았던 것으로 생각되오… 그랑제콜에 보내려고 했으니까요… 그런데 녀석이 그걸 원치 않았으니 기가 막힐 노릇이지요. 문학 외에는 아무것에도 관심이 없다고 선언합디다. 그러더니 내가 그토록 반대를 했는데도

한사코 문학부 예비 과정에 등록을 하고서는, 녀석의 생애에서 가장 긴, 가장 터무니없는 바캉스를 개시하더군요.

— 벵자맹의 외모는 어땠습니까?
— 아! 겉모습 말이군요… 마틸드라면 그런 묘사에 능할 텐데… 하여튼 미남이었소. 늘씬한 키에다 멋진 금발, 제 어머니를 닮은 듯 푸른빛이 감도는 창백한 눈으로 빤히 쳐다볼 때 돋보이던 드넓은 이마, 웃을 때 오만하게 일그러지던 입, 때로 심기가 편치 못할 때는 턱 언저리에 가벼운 긴장감이 돌며 이상한 표정을 짓곤 했소… 뭐랄까… 아! 그렇지… 바로 그맘때쯤 해서 예전에는 볼 수 없었던 면들이 나타나기 시작했소. 친애비의 그림자조차 구경 못한 녀석이 다리를 떠는 버릇을 비롯해서 행동거지 하나하나가 제 애비의 버릇과 똑같았소. 녀석의 그런 행동거지들을 대하면서, 나는 하루에도 몇 번씩 깜짝깜짝 놀라곤 했답니다. 그 녀석의 배후에서 끊임없이 따라다니는 옛 친구의 그림자를 보는 듯한 느낌이었으니까.

— 그것이 당신께 어떤 영향을 끼쳤습니까?
— 특별히 무슨 영향을 끼친 건 전혀 아니오.

— 하지만….
— 자, 잘 들으시오. 괜한 생각 말고 말이오… 분명히 말하지만 어떤 특별한 영향도 없었소… 그것이 나라는 인간에게 어떤 인격적 손상을 입힐 수 있지 않을까 하고 상상한 건 그 녀석뿐

이었소. 하지만 난 전혀 그렇지 않았을 뿐만 아니라, 오히려 외형적인 닮음이라면 축하할 일이라고 생각했소. 에두아르는 꽤 잘생긴 편이었답니다. 그래서 나는 농담삼아 가끔씩 녀석에게 "네가 여자애들에게 인기가 좋은 건 돌아가신 너의 친아버지를 닮아서야'라고 말해주곤 했지요.

— 여자들에게 관심을 갖기 시작했다는 말입니까?
— 그 반대요. 여자들이 녀석에게 관심을 갖기 시작했지요. 시간이 지남에 따라 여자들이 녀석에게 갖는 관심도 자꾸 높아져 갔고… 나중엔 아예 줄을 이었어요.

— 어떤 여자들이었나요?
— 원칙적으로(내가 '원칙적으로'라고 사족을 다는 것은 말리카의 경우처럼 예외가 있기 때문이오), 녀석은 제 또래의 여자애들과는 사귀지 않았소. 어리숙하고 못나고 천박해서 역겹게 여겼죠. 나이든 여인을 좋아한 녀석의 지론은 예절이 바르기 위해선 성숙해야 한다는 거였소.

— 뱅자멩이 직접 그런 얘기를 했습니까, 아니면 당신이 상상하신 건가요?
— 직접 얘기한 거요. 논리 정연한 이론까지 세워서 말입니다. 예외적인 경우를 덧붙이기까지 했지요. 언젠가 우리집에서 벌어진 칵테일 파티가 생각납니다. 그때가 1960년 말쯤이었는데, 한 손님이 감히 그 녀석 앞에서 멋모르고 '꽃다운 처녀들'이

라는 말을 뱉었다가 아주 혼이 난 적이 있소. 그 사람에게 녀석은 말 그대로 대들다시피 하면서 아주 도전적인 어조로 외쳐댔어요. 아마도 녀석의 초현실주의자 스승들 가운데 한 사람의 어조를 흉내낸 듯하더군요. "꽃다운… 꽃다운이라니… 천만의 말씀! 당신이 지금 무슨 말을 하신 건지 알기나 하세요?… 그 꽃들이 정말 어떤 꽃들인지 한번 확인해 본 적이 있습니까? 당신은 젊은 처녀의 육체가 지닌 감촉과 향기를 직접 확인해 볼 필요가 있겠군요. 이것 보세요, 처녀의 육체를 접해본 이라면 누구나 이렇게 말합니다. 당신들이 말하는 그 어여쁜 봄의 님프들보다 더 몸이 끈적끈적하고 고무질에다 역겨운 육체는 없다고 말입니다!" 그렇게 거침없이 내뱉고 나더니 꾸벅 고개를 숙이고는 발길을 돌렸소. 제 얘기가 스스로 생각해도 대견스러웠던지, 당당한 걸음걸이로 제 말마따나 "보다 향기로운 사랑"에 종사하러 가버리더군요.

한번 생각해봐요. 열여덟 살도 되지 않은 녀석의 말이라고 보기엔 너무나 조숙한 것 아니겠소….

— 벵자멩이 자주 만났던 여인들은 도대체 몇 살씩이나 되었지요?

— 마흔이나… 마흔 다섯….

— 그 여인들을 개인적으로 아세요?

— 대부분 아는 사람들이오. 그 탕아는 대체로 내가 업무상 관계를 맺고 있는 외교관들, 산업계 인사, 정계 인사들을 찾아

다녔소. 결국 내가 중개인 역할을 한 셈이지요.

남아메리카 대사 부인인 아멜리아가 바로 그런 경우였소. 녀석은 내 눈앞에서 그녀를 집으로 끌어들였다오. 도미니크는 남편이 나처럼 국회의원인데, 매주 토요일 정오에 열리는 노르망디 지구당 회의에서 녀석과 몇 번 마주치는가 하더니, 어느새 그 탕아 녀석은 담장을 넘어 그녀의 시트 속이나 화장실, 비단 잠옷 속을 들락거렸다오. 또 베레니스라는 여인은 내 가장 오랜 친구들 중의 하나가 무척 좋아했던 여자였는데, 녀석이 꼬여내어 몇 달간 떠들썩한 관계를 유지하더니 결국은 냅다 차 버렸소. 그녀의 하소연을 통해 자초지종을 알게 되었지요. 아르망드는 나의 가장 강력한 정적인 드골파 거물의 딸인데, 그녀 역시 녀석의 품 안에서 녹아났지요. 그뿐만이 아니오. 마틸드의 오랜 친구인 이본느까지도 쫓아다니며 농락하려다 결국 상처만 주고 가정을 파탄시켰소.

가까이 있건 멀리 있건, 내 주위에서 당한 멍청한 여인들의 행렬이 줄을 이은 셈이오. 그때마다 우리는 스캔들에 휩싸였고….

— 항상 부유한 여인들이었나요?
— 결국은 그런 셈이오. 하지만 녀석의 구미를 당긴 것은 돈 자체는 아니었던 것 같소. 이를테면 여류 사업가나 여류 소설가, 여의사, 유명한 여변호사, 사치스런 여기자, 여배우 등을 침대에 넣어준대도 녀석에겐 별 효과가 없었소. 녀석이 진정으로 좋아한 것은 돈이 지닌 그 사치와 시혜의 측면(소위 '활동적'인 여성

들은 대부분 잃어버리는 측면이죠)이었소. 매혹적인, 화려한 레이스 장식 같은 측면 말이오… 녀석에게 여자는 욕실이나 화장실을 들락거리며 제 몸만 가꾸고 치장하면 되었소. 녀석이 진정으로 바랐던 건 그녀들에게 유명하거나 권세가 있거나 혹은 부유한 남편들이 있고, 자신들은 모든 시간을 녀석과 쾌락을 즐기거나 녀석을 기다리는 데 바치는 거였소. 녀석이 그녀들에게 가하는 멸시와 학대를 묵묵히 참아내고 고통을 견디면서 말입니다! 놀랍지 않소?

사실 벵자맹은 심술궂은 녀석이었소… 잔인한… 예를 들면, 일부러 그녀들을 기다리게 한다거나… 수치스럽게 만들거나… 대로변에서 버젓이 만나기를 요구하는 일들이 그렇소… 요컨대 녀석은 감히 가까이하기조차 어려운 고귀하고 부유한 여인들이 녀석의 환심을 사기 위해려면 무슨 짓이라도 할 수 있기를 바랐던 거요.

자, 한 가지 예를 들어 볼까요? 바로 그 시기, 매섭도록 추운 어느 겨울밤이었소. 나뭇가지마다 얼어붙은 눈꽃이 덮여 있고, 인적 드문 거리는 온통 빙판이었지요. 그날 라자르는 외출했다가 자정이 다 되어 몸이 얼어붙다시피해 귀가했는데, 현관을 들어서자 정원 층계에서 뭔가 이상한 것을 느꼈다더군요. 뭔가가, 누군가가 어둠 속에서 엿보고 있는 듯한 시선 같은 것을 … 그는 당황하지 않고 침착하게 현관 쪽으로 되돌아 갔습니다 … 가슴에 찬 권총으로 손을 가져가면서… 그가 현관의 전등 스위치를 올리자 정원은 대낮처럼 밝아졌지요. 그때 그가 무엇을 보았는지 짐작하시겠소? 글쎄, 어떤 여인이었소… 회색 코트를 입고 이를 덜덜 떨며 정원수 뒤에 쪼그리고 있는… 그녀는 자클린이었지요. 여러 번 보았던 터라, 라자르 역시 잘 알던 여인이었소. 바로 내 집 테이블에서 식구들과 여러 번 식사를 같이 한 일도 있는… 충격이었지요… 집안 사람들도 그랬지만 그녀 자신도 어쩔 줄 몰라 했소… 나도 바깥이 너무 소란스러워 내려가 보았더니, 창문 아래 마치 도둑고양이처럼 웅크린 채 온통 진흙으로 더렵혀진 그 여인이 있었소… 에티켓에 관한 몇 마디가 오가고… 그녀는 아예 할말을 잊은 듯, 모멸감과 수치심으로 인해 눈물을 흘리며 뒤도 돌아보지 않고 달아납니다.

하지만 벵자멩은 그런 대소동 속에서도 아무렇지도 않다는 듯 냉정을 잃지 않더군요. 벵자멩은 그런 녀석이었소… 결국 나에게 설명을 합니다. 자클린이 자기를 만나고자 그곳에서 기다린 게 이미 한두 번이 아니라고. 녀석은 사람들이 모두 들어오고 불이 꺼지기를 기다려 그녀를 침실로 끌어들이려 했던 겁니다. 아니, 녀석만 나무랄 일도 아니지요. 그 녀석으로선 할 일을 다 한 셈이니까. 다만 그 멍청한 여자가 너무 일찍 도착했던 거지요. 녀석은 그녀가 도착한 걸 알고, 지루함과 추위를 잊도록 그녀가 좋아하는 사과나 치즈, 오렌지, 빵 조각 따위를 창 밖으로 던져 주었답니다….

아! 20년이 지난 지금도 그때의 일이 어제 일처럼 생생해요. 그리하여 자클린은 어느 날 갑자기 내게 나쁜 여자로 낙인 찍혔소. 그녀는 나와 퍽 가까운 사이였었소. 정기적으로 만나며 우정을 나누는 사이였소. 그날 이후 그녀가 어떻게 곤경을 헤쳐 나갔는지는 전혀 아는 바 없다오. 다시는 만나지 않았으니까요….

— 벵자멩의 매력에 대해서 생각해보신 적이 있습니까?
— 잘은 모르겠지만, 아마 그놈의 입이….

— 입만으로는 충분치 않을 텐데….
— 그렇소… 역시, 녀석의 젊음일 거요… 녀석의 건강… 넘치는 생명력… 그것은 녀석을 보는 즉시 느낄 수 있소… 그리고 녀석의 시선… 그렇소, 꿰뚫어 버릴 듯한 녀석의 눈길… 뭔가 거만한 듯한… 아니 그건 올바른 표현이 아니로군! 거만한 게 아니라… 그렇지, 이 점에 관해서 만큼은 녀석의 말이 옳았소. 녀석의 눈길이 거만하다고 생각하는 것은 멍청하거나 철없는 처녀아이들뿐이오… 오히려 녀석은 야성적이면서도 상냥한, 수줍어하는 듯한 시선을 가지려고 했지요….

— '수줍음'이라구요?
— 그렇소. 수줍음… 말하자면, 상대를 안심시키는 어리숙한 눈길 같은 거요… 이 문제에 관해 녀석에겐 아주 재미있는 이론이 하나 있소. 대충 다음과 같이 정리할 수 있는데….

첫째, 표면상으로는 그럴싸하게 얘길하고 과시할지라도, 마음속 깊이 자신이 섹스에 서투르다고 느끼지 않는 여자는 파리 천지에 한 명도 없다는 것. 둘째, 아무리 완벽한 미모의 여인일지라도 자신의 몸에 있는 조그만 흠이라든가, 심지어 혹시 등줄기 어디엔가 흠이 있지 않을까 고민하며 애인이 첫 관계 때 그것을 대번에 알아차릴 거라고 생각지 않는 여인은 없다는 것. 셋째, 제아무리 노련하고 경험이 풍부한 여인이라 할지라도 약간의 아픔 정도는 다행한 경우이고, 심지어는 도저히 감당할 수 없을 것만 같은 생각에 공포감을 느끼게 마련이라는 것. 넷째, 자신이 먼저 남자를 꾀어 거의 강간하다시피 한 경우라 할지라도, 자신을 창녀 취급하는 것을 참는 여자는 없으며, 애인의 눈빛에서 '아냐… 괜찮아… 그런 건 개의치 않아… 벌써 다 잊어버렸어'라는 뜻을 읽으려 들지 않는 여자는 전혀 혹은 거의 없다는 것. 마지막으로 다섯째, 파리의 모든, 혹은 거의 모든 여자들이 이상의 네 가지 사항과 관련하여 문제를 일으키지 않는 녀석의 소유가 되리라는 것. 요컨대 녀석의 이론에 따르자면, 여자들은 흔히 사람들이 생각하는 것처럼 오만하거나 거만한 자, 차갑고 냉소적인 돈 후안 같은 자의 것이 아니라, 오히려 유혹의 순간('오직' 유혹의 순간에 국한될 뿐이요. 앞에서 보았듯이, 이 순간이 지나면 그림이 완전히 달라지지요!)에 뭔가 주춤거리고 겁을 내고 조심하는 자의 것이라는 얘기지요. 녀석의 재미난 표현대로라면, 자신을 '전략적으로 불리한 역학 관계' 속에 둘 줄 아는 자의 것이란 얘기요.

— 무슨 말씀이신지요?
— 녀석이 100퍼센트 들어맞을 거라고 생각한 예 하나를 들어 봅시다. 이를테면, 일단 여자의 방으로 들어서면 긴장감이 고조되어 서로 육체의 신경이 날카로워진다는 거요. 절로 분위기가 이상해진답니다. 하지만 이 순간에는 아무 짓도 하지 않아야

하죠. 어떤 동작, 어떤 애무도 말이오. 그랬다가는 여자가 새침 떼기인 경우 마음에 없는 거부의 빌미만 주게 된다는 거요. 그러다 문득 여자가 최소한의 뭔가를 원하는 듯한 순간에 이르면, 가령 화장을 한다든가 손을 닦는다든가 혹은 전화를 받는 동안이라든가 잠깐 등을 돌렸을 때를 이용해서 재빨리 옷을 벗고 그녀가 돌아서기를 기다리는 것이 가장 자연스럽고 상식적인 거라고 하더군요. 어떻게 보면 그건 바보 같은 짓처럼 여겨지죠.

하지만 내 생각엔 아주 약은 수법 같아요. 당신이 여자 입장이라고 생각해봅시다. 그러한 상황에서 전혀 아무렇지도 않은 듯 행동할 수 있겠소? 불가능합니다. 그에게 다시 옷을 입으라고 청할 거요? 힘든 애깁니다. 아마 '어머! 놀랐어요…'라고 중얼거리면서 다음에 일어날 일을 기다리지 않을까요? 여자는 이제 자신이 움직이지 않으면 더 이상 일이 진행되지 않으리라고 생각할 겁니다. 벗어제낀 놈만 더욱 발가벗겨지는 꼴이 될 거고, 일초 일초 시간이 흐를수록 방에 머문다는 사실이 여자에겐 난처하고, 남자에겐 수치스럽게 되어 결국 두 사람 모두가 우스꽝스런 꼴이 되는 거지요.

결국 그 귀신 같은 녀석의 확신이 들어맞고 맙니다. 여자는 (예의 때문이건 무마하기 위해서건 아니면 본능의 작용에 의해서건) 그렇듯 남자에게 '전략적으로 불리한 역학 관계'의 균형을 조금이라도 맞추기 위해 무언가를 하지 않으면 안 될 테니까요. 키스라든가 애무 따위의 뭔가 대단한 것은 해주지 않더라도, 그에게 혼자가 아님을 일깨워 주면서도 그를 더 이상 바보로 만들지 않는, 가령 몸을 가리거나 파묻을 수 있는 때 묻은 시트라도 끌어당겨 주지 않을 수 없지요. 그러한 때에 그의 육체적인 매력이 또 제 역할을 하게 되지요. 정상적인 여자라면 누구나 살롱 한가운데 드러난 그 멋진 모습에 가슴 설레지 않을 수 없을 거요. 하지만 언제나 그에게는 출발부터 확고한 '이론'이 있었소. '전략적'인 계산 말이오. 그는 의도적으로 자신이 '약자의 입장'에 서고, 어떤 행위를 결정하는 데 대한 모든 권한을 여자에게 줍니다. 여자는 스스로를 강자로 인식하면 할수록 상대를 약자로 느끼게 되죠. 그러면 여자는 점점 더 대담해지고, 대담해지면 대담해질수록 더욱더 성적 억압으로부터 해방된다는….

— 아, 놀랍군요. 어떻게 그렇게까지 그의 깊숙한 내면을 꿰뚫어 보셨는지….
— 전혀 놀랄 것 없소. 라자르가 있으니까.

— 아니 그럼 라자르 씨가 얘기하던가요?
— 그렇소. 라자르는 운전기사 아닙니까. 모두 그를 통해 알게 된 얘기들이오….

— 벵자멩이 운전기사에게 그런 속내 이야기를 털어놓았단 말씀인가요?
— 그렇소. 그 불한당은 의붓애비인 나에게는 숨기면서도 그에게는 얘기했다오. 하지만 두 가지 사실을 염두에 두어야 해요. 하나는 벵자멩과 라자르, 라자르와 나, 그리고 벵자멩과 나라는 묘한 삼각 관계에서 재미있는 연극이 벌어지고 있었다는 거요.

사실 벵자멩은 어느 한 사람에게 무슨 얘기를 하면 곧바로 그것이 다른 한 사람의 귀에 들어가리라는 것을 알고 있었소. 그럼에도 녀석이 자신의 생각이나 의도, 희망 같은 것들을 태연히 얘기한 걸 보면 의도적인 발설이 아니었나 생각됩니다.

다른 하나는 바로 라자르라는 인간의 됨됨이에 관한 거요. 그는 삼대에 걸친 운전기사였소. 벵자멩의 할머니를 비롯해서 마틸드의 첫 남편과 두 번째 남편, 그리고 그 아들 녀석의 시중까지 든 셈이지요. 우선 키가 크고 풍채가 당당하며 얼굴 표정은 늘 엄숙하거나 무섭고 말수가 적은 편에 다소 뻣뻣한… 그런데 당신 그에 대해서 좀 알고 있소?

— 아닙니다.
— 저런! 유감이군요. 그런 인물을 모르다니… 영리하면서도 교활하고 엉큼한… 조삼모사의 모사꾼 같은 인물이었소… 이를테면 전쟁 때, 제 주인이 독일놈들과 저녁 식사를 하는 동안 레지스탕스에 정보를 줄 만큼 과감한 행위를 꺼리지 않은 인물이었다오. 하지만 그는 한번도 에두아르를 거역한 적이 없었소. 레지스탕스건 아니건, 우선 자신의 주인에게 충실했지요. 하지만 나는 에두아르의 가장 친한 친구였던 독일인 켈러가 하필이면 그들 일당이 모두 동부 전선으로 떠나기로 된 바로 그날 우연찮게 붙잡혀 처형된 것이 바로 그의 소행이 아닐까 지금도 의심하고 있소….

이런 얘기를 들려주는 이유는 그가 필요한 경우 꼭 제 할 일은 하는 사람임을 말해 주기 위해서요! 사실 의붓애비와 의붓자식 사이를 왕래하는 일이 무척 재미있기도 했을 거요. 결국 우리 두 사람 모두를 배신하는 것이었지만, 그거야 우리가 이미 묵인해 준 것이니까. 당시만 해도 상당히 나이가 들었음에도 불구하고 라자르는 여전히 그런 일에 대한 흥미를 잃지 않았소… 저녁마다 내 사무실로 와서 벵자멩의 얘기를 전하던 그가 모사꾼처럼 보인 것은 당연한 일이지요… 오늘은 도련님이 누굴 만났는지… 도련님이 만족했는지 어땠는지… 도련님이 만난 부인은 또 만족했는지 어떤지… 지금 이 순간 도련님이 애용하는 이론은 또 어떤 것인지… 흠, 가엾은 라자르… 그러면 당신에게 다른 많은 사실들을 더 알려 주었을 텐데….

— 그럴테죠. 하지만 지금 제가 알고 싶은 건, 결국 그렇게 해서 여자들이 벵자멩의 삶의 중심이 되었느냐 하는 것입니다….
— 아니! 그렇게 얘기하진 않았소! 녀석에게도 망각해서는 안 될 삶의 또 다른 부분이 있었지요. 좋다면 '학창 시절'이라고 합시다… 보헤미안 같은 삶… 라텡 지구… 문학 카페들… 여자들과는 전혀 무관한, 새로운 친구들과 어울려 보낸 방탕한 생활 말입니다….

— 전혀 무관하다면?
— 말하자면 두 개의 세계가 완전히 분리되어 서로 관계되거나 마주치는 법이 없었다는 것인데, 그러한 생활을 무척 고집했다고 생각되오. 서로 단절된 상태로 공존하는 두 개의 삶이 자신에겐 무척 중요했던 모양이오. 아르망드나 아멜리아의 침실

을 빠져나와 퀴자 가의 선술집에서 낮잠을 자는 것이 녀석에겐 더 없이 큰 즐거움이었겠죠. 고급 레스토랑 맥심이나 프뤼니에에서 저녁 식사를 하고는, 다음날엔 크자비에프리바 가(街)의 조촐한 아랍인 식당에서 쿠스쿠스를 먹는 것. 원주인인 내가 자리를 비우는 주말에 불법 점거한 라늘라그 가의 특급 호텔에서 나와 곧장 부르주아 체제를 성토하는 가난한 학생들의 집회에 참석하러 가는 것… 녀석은 이렇듯 완전히 단절된 두 개의 삶이 서로 무관한 채 영위될 때에만 완전한 행복감에 젖어들 수 있었소.

처음에는 하나의 습관이던 것을 곧 그는 규칙으로 삼았소. 그러한 규칙이 바로 이러한 배경 안에서 생겨났다는 걸 당신도 알아두어 나쁠 것 없겠지요. 아니, 이미 당신도 알고 있는 셈이오. 녀석의 교묘하고도 악랄한 솜씨하며 녀석이 속한 그룹의 성격, 그 타락성… 결국에 가서는 가출까지 하게 되는… 이즈음부터 녀석은 '나는 여러 개의 음자리표와 여러 개의 오선이 있는 악보 같은 삶을 꿈꾼다'고 입버릇처럼 말했소.

— 잠시 그의 '또 다른 삶'에 대해 얘기할 수 있을까요? 우선 그의 공부에 대해서? 당신은 그의 공부에 대해서는 전혀 말씀하시지 않았습니다.

— 흠… 그런 것을 공부라고 말할 수 있을지 모르겠소. 얼마 전에 말씀드렸듯이 대학 입학 자격 시험을 치르고 문학부에 등록을 하기는 했지요. 그리고 문학부 1학년… 하지만 녀석은 소르본에서보다는 위세트나 비유코 같은 생-제르멩의 지하 술집

과 나이트클럽, 혹은 인근의 영화관, 밤새도록 술 마시고 담배 연기를 뿜어대며 세상을 다시 만들고 진실 게임을 벌이는 이상한 창고 같은 곳에서 대부분의 시간을 보냈소.

내가 하는 얘기 당신도 알지요? 소위 '고등 법원'을 구성한 일단의 패거리가 남자 혹은 여자 한 명을 단상 위에 올려놓고 아주 구체적인 질문 공세를 폅니다. 사랑의 경험에 대해서라든가 취미, 기벽 등… 답변자가 거짓말을 하거나, 회피하거나, 당황해서 머뭇거리며 주저하면 부랑아들의 집단인 그 고등 법원은 판결로 괴상망측한 벌을 내리는데, 그것은 항상 섹스와 관계된 것이었소. 하루 저녁에 세 명의 CRS(공화국 보안 기동대)를 꼬셔야 하는 벌을 받은 여학생도 있고, 어느 남학생은 뭇사람이 지켜보는 가운데 자위행위를 해야 했지요. 또 어느 날 저녁에는, 그날 저녁의 음식을 회식자 인원수에 맞게 잘라 브래지어 속에서 담아서는, 경건하고 엄숙하게 테이블을 돌며 모든 사람들에게 한 조각씩 나누어 주어야 했던 아가씨도 있었지요….

― 그래요. 지난날 바로 그 세대의 젊은이들 사이에 유행했던 놀이였지요… 그런 것보다는 좀 전에 말씀하신 그 '패거리'에 대해 얘기 좀 해주시겠습니까? 도대체 그들이 누구이며 어떻게 형성되었고 또 몇 명이나 되는지요?

― 열두 명 가량 될 겁니다. 어쩌다 자신들의 집에서 보내야 하는 불쾌한 시간들을 제외하고는 항상 같이 어울려 다니며 들러붙어 살다시피 했소. 올리비에 탕기라는 자구아르 자물쇠 전문가. 광적인 방화(放火) 취미를 가진 프랑수아 아바디, 마라토

너 피에르. 사드(Sade)에 관해선 읽지 않은 것이 없다고 정평이 난 문학 청년 빌, 인생을 영화관에서 탕진한 농부 같은 모습의 검고 뚱뚱한 곱슬머리 비케, 그리고 정치에 진정으로 깊은 관심을 가졌던 필립 비날… 창백하고 수척한 얼굴에 동그란 안경이 걸린 모습이 꼭 러시아 무정부주의자 지식인 같았던 그는 언제나 '프랑스 혁명 정부의 비밀 경찰 보스' 자리를 머리 속에 품고 있었소… 그리고 엘리베이터 놀이를 지나치게 좋아했던 마티유 뒤사르란 녀석….

— 무슨 놀이라고요?
— 아! 물론 당신은 잘 모르겠군요… 바로 그 녀석들이 개발한 놀이인데, 《이유 없는 반항》에 나오는 그 유명한 게임을 프랑스식으로 응용한 거지요. 속도가 같은 두 대의 엘리베이터가 운행되는 건물에서 벌어지는 놀이인데, 두 명의 선수가 엘리베이터 홈으로 들어가서는 각자 엘리베이터 지붕으로 올라가 머리를 어깨에 파묻고 가능한 한 몸을 납작하게 엎드립니다. 그리고 같은 팀 한 명이 엘리베이터 안에 남아 최상층 버튼에 손을 대고 있습니다. 위에 있는 동료가 멈추라는 신호를 보내는 즉시 버튼을 누를 채비를 하고서 말입니다. 두 팀 중 '위에' 있는 친구가 '아래에' 있는 친구에게 기계를 멈추라는 신호를 먼저 보내는 편이 지는 거지요.

한데 그 뒤사르란 녀석은 벵자맹만큼이나 그 짓에 미쳤었소. 오직 그것에만 몰두하여 어떻게 하면 좀더 잘할 수 있을까를 연구했다오. 아마 파리 전역의 엘리베이터를 손바닥 들여다보듯했을 겁니다. 구조라든가 속력, 작동 성능, 그 건물에 거주하는 사람들에 대해서까지… 주말이나 크리스마스, 성령 강림절 등과 같이 수위를 비롯하여 사람들이 건물을 비우는 때를 이용해야 했기 때문이지요. 어느 일요일엔가는 아주 빠른 초현대식 엘리베이터를 선택해, 그쪽 방면의 챔피언으로 통하는 녀석과 뒤사르가 한판 승부를 벌인 적이 있었소. 나머지 녀석들은 두 패로 갈리어 꼭대기 층에 모여 서로 자기편을 응원했지요. 그때의 경기에서 뒤사르 녀석은 멈추라는 신호를 마지막 순간 약간 늦게 보내 엘리베이터 지붕과 기중기 도르래 사이에 그만 머리통이 끼고 말았다오. 다행히 구조되기는 했지만 두어 달 병원 신세를 져야 했소. 병원에 있는 동안에도 자신이 그 짓을 할 수 없다는 사실에 화를 내면서 말입니다.

당신에게도 그것이 나이 어린 젊은이들이 즐겨 몰두하는 종류의 짓거리라는 생각이 들 거요. 곧잘 빠져드는 모험과 스릴의 세계….

— 재미있군요. 말씀을 죽 듣다보니 묘하게도 《모리배들》이라는 영화가 뇌리에 떠오릅니다.

— 맞아요… 바로 그 영화가 인기를 끈 시대였소….

— 퍽 공감이 가는 영화였지요. 그렇지 않습니까?

— 그 영화를 보았소? 최근에? 흠… 놀랍군요… 그런 영화에 공감한다는 건 곧 냉소적이고 부정적이며, 허무주의적인 세계에 공감한다는 걸 의미하는데… 비관적이고 근본적으로 염세적

인 소인배들의 세계, 그들은 지구는 이제 끝장났다고 생각을 합니다. 금방이라도 회전을 멈춰 버릴 수 있다고 말이오. 이를테면 원자폭탄 같은 것이 내일이라도 지구를 깡그리 쓸어 버릴 수 있다고 생각하죠. 어떤 종류의 것이든 장기적인 미래의 계획이란 계획은 죄다 거부하면서 교묘히 술수를 써서 세상에다 온갖 부패를 꽃피울 꿈만 꾸는 자들… 모리배 ─ 그렇소, 벵자멩은 분명 그런 모리배들 가운데 한 명이었소 ─ 는 '아니'라고밖에 말할 줄 모르는 족속이오… 언제나 '아니오', '아니오'… 따분하고 지루하고 구역질조차 나게 하는 그 빌어먹을 '아니오'… 돈도 싫다, 경찰도 싫다, 일이건 조국이건 가족이건, 사랑이건 우정이건 무조건 싫다고 하지요… 항상 싫다, 싫다… 그러다 따분해져 그 짓도 더 이상 못하겠다 싶으면 자동차를 끌고 나갑니다. 어느 동네의 일방통행로들을 질주하고, 저녁이 이슥해지면 고주망태가 되어 황량한 교외로 나가 자동차로 진짜 사람 사냥에 나서기도 하죠('프티-부르주아'의 머리를 가진 죄밖에 없는 가엾은 희생양은 비틀거리며 이리저리 쫓겨 다니다 결국은 겁에 질린 짐승처럼 환한 자동차 전조등 앞에 고꾸라지고 맙니다). 그들의 귀착점은 뻔합니다. 결국 '조직 범죄'에 이르고 말지요….

─ 예? '조직 범죄'라구요? 아직 그것에 대한 얘기는 없었던 것 같습니다만….

─ 이제 얘기할 거요… 서두르지 말아요… 지금까지의 얘기들을 통해 내가 당신에게 이해시키고자 한 것은 결국 그러한 조직이 성립될 수밖에 없었다는 그 배경에 관한 겁니다. 이제 필요

한 건 작은 불씨 하나뿐이라는 거요. 그리고 그 불씨는 1960년 3월 12일에 발생했소… 어떻게 날짜까지 정확히 기억하는가 하면, 그날이 바로 나의 결혼기념일이었기 때문이오. 그날 오후, 난 집에서 당구 게임을 즐기고 있었소. 여느 때처럼 위스키를 음미하며 곧 도착하겠다던 바르브지유 씨를 기다리고 있었지요. 그는 내가 재조직하고자 했던 시민 부동산 협회의 구성 문제가 타결되어 동상 건립에 관한 문제를 일체 나에게 위임하기로 결정되었다고 알려 주더군요. 매사가 더할 나위 없이 순조로웠던 셈이오. 모처럼 온종일 충분한 휴식을 취할 수 있을 것 같은 생각이 들었소. 아무런 불쾌감 없이 말입니다. 그러던 차에 그 몹쓸 놈의 전화가 걸려온 거요. "델레스트레 씨입니까? 여긴 라파예트 백화점입니다… 여기 벵자멩이라는 젊은이가 있는데… 댁이 보호자가 맞습니까? 그렇다면 이곳으로 와주셔야겠는데요… 가능한 한 빨리 와주시기 바랍니다…."

이게 또 웬일이냐 싶어 난 서둘렀소. 라자르에게 차를 대기시키도록 하고, 바르브지유 씨 대신 오데트를 태운 채 황급히 라파예트 백화점으로 달렸지요. 그곳엔 묘한 광경이 나를 기다리고 있었소. 그 녀석은 맨발에 팬츠 바람으로 구레나룻이 인상적인 두 명의 건장한 경비원에게 둘러싸여 있었소. 내가 들어서자 일언반구도 없이 외면해 버립디다. 경비원 중의 한 사람이 마치 승전 보고라도 하듯, 심각한 눈길로 바라보며 말했소. "저는 피에르 파이야르라고 합니다… 여기 갤러리 라파예트의 경비원이지요. 제가 이 청년을 붙잡았습니다… 이 청년을 아시죠? 당신 아들이 맞습니까? 남성복 코너에서 벨벳 바지를 훔쳐 제 청바지 속에 쑤셔 넣었으나 상표 딱지가 밖으로 삐져나오는 통에 우리 여판매원에게 발각당하고야 말았죠. 이건 예사 문제가 아닙니다… 아주 심각한 일이죠… 짐작하시겠지만 우린 당신 아들에 대한 조서를 꾸미지 않을 수 없어요. 제가 서명을 하게 돼서 유감스럽지만 어쩔 수 없군요. 내일 아침 일찍 담당서로 보내야 합니다…."

다행스럽게도 난 평정을 유지할 수 있었소. 너무 난폭하게 사람을 다루지 말라고 은근히 주문까지 하면서 말입니다. 하지만 되도록 자식만 애지중지하는 사람으로 보이지 않으려고 노력했소. 내가 말했지요. "그래요, 파이야르 씨… 정말 잘하셨습니다… 이 녀석아, 너는 파이야르 씨께 사과드릴 생각이라도 했느냐?…" 그러고는 몇 분간 뜸을 들여 무언가 '고뇌에 찬' 심각하고 엄숙한 어조로, "아! 결국 이런 일이 벌어지다니… 소년 소녀들은 갈수록 문란해져만 가고… 하지만 댁 같은 분들이 있다는 것이 얼마나 다행한 일인가요? 파이야르 씨… 이 소년이 언젠가 당신을 찾아뵈러 오지 않을까요? 2년이나 3년 후 학업을 마치고 나면… 당신들처럼 자신을 올바른 길로 인도해 준 분들을 얼마나 고마워할까요…."

내 자랑이 아니라, 지금 생각해도 그때의 임기응변은 훌륭했다고 생각되오. 그 두 사람은 내 말에 무척 난처했던 모양이었소. 나의 태연자약한 태도에 기가 죽어 어리둥절해 멍한 눈으로 쳐다보기만 합디다. 순간 나는 테이블 위에 놓인 조서를 아무렇지도 않은 듯 집어 들어 대충 훑어보고는 내려놓았다 집어 들었다 하는 동작을 되풀이했소. 그러한 제스처에도 아무런 반응이 없자, 나는 용기를 내서 아무런 내색도 없이 그 용지를 찢어 외투 주머니에 쑤셔 넣었다오. 이미 기가 죽어 있던 터라 경비원들은 어떻게 해볼 틈이 없었지요. 그들이 냉정을 되찾았을 때는 이미 늦었던 거요. 바로 이렇게 해서 나는 또 한 번 그 불한당을 구해 준거요.

— 멋지군요!
— 아니오… 비웃지 마시오… 당시에도 이미 나는 그 녀석을 구한답시고 하는 그 모든 연극이 다 부질없는 짓 아닐까 하는 생각이 들었소. 그때 차라리 일벌백계하는 마음가짐으로 임했더라면 추후에 빚어진 엄청난 죄악들을 모면할 수 있었을지도 모르는데… 사실 라파예트 백화점 사건은 녀석에게 뉘우침이나 어떤 교훈을 주기는커녕 오히려 거리의 강도로 탈바꿈하는 시발점이 되었다오. 절도… 사기… 각종 암거래… 의류, 디스크, 수화기 등의 밀반출… 녀석이 잊어버렸다고 신고한 수표철은 사실 빌이나 비케를 통해 빼돌린 거요. 자물쇠 전문가 친구를 동원하여 센 강변의 어느 옷 집을 턴 일… 어느 날 밤에는 맥주집에 침입하려다 이상한 소리에 놀란 수위가 달려와 땀을 뻘뻘 흘리며 애를 쓰는 벵자맹을 붙잡자 다른 한 녀석이 망치로 머리통을 쳐서 쓰러뜨린 사건도 있었소….

뿐만 아니오. 호텔 사건은 또 어땠는지 아시오. 비싼 호텔, 싸구려 호텔 할 것 없이 호텔이란 호텔은 죄다 녹아났지요. 2, 3일 정도는 약과지만 심지어 한 달 가량을 호텔에서 묵고는 냅다 도망쳐 버립니다. 간혹 지불할 때도 있었지만 그래봤자 숙박비의

1/4정도만 놓고 달아났지요… 또한 제네바의 마들러 은행 사건은 유명했으니만큼 당신도 잘 알 거요.

  아, 괜찮다면 나머지 자세한 얘기는 내일 저녁에 계속했으면 좋겠는데… 이미 벵자멩은 당시 사람들이 소위 '황금 점퍼'라 부르는 인간이 되어 있었다오.

5

— 그러면, 마들러 은행 사건을 얘기해 볼까요….

추잡한 사건이었소… 그래요, 정말 추한 사건이었소… 조직 범죄의 악취를 풍기는… 준정치적 이면공작… 비밀 공작에 관한 구구한 억측들… 러시아인들이었을까? 이집트인들?… 아마도 직접 알제리 녀석들이?… 미합중국 녀석들?… 당시 스위스 신문은 그저 순수하고 단순한 동기에서 비롯되었다고 말하기도 했지요… 하지만 상상과 가정들만 난무했을 뿐, 지금 현재에 이르기까지 분명히 뭐라고 딱 꼬집어 밝힐 수 없는 사건이었소. 좋아요, 그런 얘기들이야 어찌 됐건 당신의 문제는 아니오. 그렇지 않소? 당신이 원하는 것은 여기서도 역시 벵자맹 개인의 역할이겠지요?

— 맞습니다. 하지만 그 사건의 전후 관계를 통해서 알 수 있으면 더욱 좋지요. 먼저 날짜를 알았으면 합니다. 그 사건이 일어났던 시기를 말씀하시지 않았어요.

— 그렇군요… 1962년… 1962년 2월 11일이었소….

— 그때라면, 알제리 전쟁이 막바지에 이르렀을 때로군요….
— 그래요. 막바지에 접어들었던 시기… 최후의 몇 주간… 에비앙 조약이 조인되기 직전이었소… 당시 벵자맹은 스무 살에 며칠이 모자라는 나이였지요… 여전히 문학부 학생이었고… 감당키 어려운 방탕한 생활… 옛날 패거리들은 결국 해체되었지만 빌과 비케, 비날 그리고 녀석은 여전히 한데 어울려 다녔소. 다만 행동 방향을 전환했을 뿐, 그들은 지난날의 숱한 사건들에 쏟았던 모든 힘을 그 고약한 알제리 사태 쪽으로 전환했지요.

— 바로 비날이….
— 비날이 패거리를 이끌었느냐는 말이지요? 아니, 그렇지 않소. 이미 말했듯이, 그들 중에서는 그래도 그 녀석이 가장 정치물이 든 것처럼 보이긴 했었소. 하지만 아니었소. 명예라고 말하면 우스운 노릇이지만, 하여간 패거리를 주도한다는 명예는 오히려 한 처녀아이에게로 돌아갔다오. 그 여자아이에 관해서 거의 얘기한 바가 없을 거요. 그때쯤 해서야 서서히 무대에 등장했으니까.

— 말리카 말인가요?

― 맞았소. 바로 말리카요.

― 젊은 여성이었던 걸로 아는데….
― 아마 벵자맹보다 두세 살 위였을 거요….

― 예뻤나요?
― 그야 취향에 따라 다르겠지요… 내가 보기엔 비대한 편이었소… 매부리코에, 너무나 전형적인 마스크… 눈 화장을 아주 진하게 했고… 살갗은 항상 좀 번들거렸소… 입술은 독설과 냉소만을 일삼다가 일그러져 버린 듯한 인상을 주었고… 팔찌며 귀걸이 따위의 가짜 보석들을 몸에 주렁주렁 달고 다녔소… 그녀는 당시의 알제리 여성치고는 무서우리만큼 뻔뻔스런 데가 있었소. 청바지를 껴입고 다니며 카페에서 담배를 피우고, '시앙스 포(정치전문대학)'에 들락거리고 《옵세르바퇴르》지(紙)를 읽어댔지요….

― 대단히 참여적인 여성인 것 같군요?
― 그렇소, 대단히… 그녀는 공부 때문에 파리에 왔다고 했지만 진짜 관심은 정치뿐이었소… 이데올로기라든가… '우롱당하는 자기 국민의 존엄성'이라든가, '민족해방전선(NLF) 지지' 같은 일들….

그런데 당신 무슨 얘기가 듣고 싶은 거요? 나는 아직 여자 방화범들의 앨범을 만들어 두지는 못했소. 물론 그녀 때문에 그런 걸 만들고 싶은 생각도 없고 말이요… 말하자면 내가 이런 얘기를 하는 건 어디까지나 당신이 나의 견해를 요구하니까 하는 것이오. 어쨌든 벵자멩 그 녀석은 확실히 나와는 생각이 달랐소. 그는 그 여자에게서 뭔가를 발견한 것 같았소.

— 무엇을 말씀하시는 건가요?
— 새로움의 매력이라고나 할까… 모리배들이 애써 추구하는 사냥감인 애송이 처녀아이들만 상대해 본 녀석으로서는 돈 몇 푼으로 다룰 수 없는 뭔가 태평스러워 보이는 덩치 큰 여자, 항상 가죽 점퍼를 걸치고 다니며 '생-트로페' 판탈롱을 껴입고 머리에 낡은 숄을 두른 그 여자로 인해 그때까지 갖고 있던 생각들을 바꾸어야 했던 것이지요.

게다가 그녀는 관능적인 면모를 지녔던 것 같아요. 이 점만큼은 나 혼자만의 생각이 아니오. 걸음걸이부터가 그랬지만, 웃을 때 입술을 위로 올린다거나, 방으로 들어설 때 꼬리를 살랑대는 품이 그랬소. 방안에 사내들이 있다는 걸 알았을 때 말입니다. 나로서는 뭔가 '동물적'인 듯한… 분명 지나치게 '열린' 태도였소… 음탕하고 외설스런 동작들… 하지만 벵자멩은 — 그때까지만 해도 녀석은 자신과 같은 부르주아 계층의, 레이스 장식을 걸친 이성밖에 몰랐다는 사실을 염두에 두시오 — 그녀의 바로 그러한 면모에 걸려들었던 게 아닌가 합니다.

— 어디서 그녀를 만났습니까?
— 말하기 어렵군요. 너무나 다양하니까요. 수차례에 걸쳐 시위 현장에서 마주쳤음이 분명할테고… 정치 집회들… 카페…

레스토랑… 피렌체… 아! 그렇군, 바로 피렌체였소. 도미니크라는 하원 의원의 부인이 주말을 그곳에서 보낼 때면 늘 벵자멩을 데리고 갔었는데, 바로 그곳, 호텔의 엘리베이터 안에서 녀석은 마치 우연인 양 그녀를 만난 거요….

— 그들의 만남이 우연이었음을 의심하시는 모양이로군요.
— 당연하지요. 분명히 그녀는 벵자멩을 찾고 있었소. 녀석을 미행한 거요. 나로서는 도저히 이유를 알 수 없는 노릇이지만, 그녀는 벵자멩에게 눈독을 들이고 있었던 게 분명해요. 녀석의 여정을 추적하고, 녀석이 자신을 주시하도록 하고, 자신이 쳐놓은 그물에 뛰어들게 하기 위해서 그녀는 할 수 있는 모든 것을 했을 거요. 드디어 일은 벌어졌소. 바로 피렌체에서 녀석이 '객관적 우연'을 선언하면서 도미니크를 냅다 차 버린 것이지요. 학식 높은 늙은 애인과의 주말을 팽개쳐 버리고서, 그날부터 녀석은 바로 그 알제리 처녀의 곁을 떠날 줄 몰랐다오.

— 그가 그녀와 함께 살았다는 말씀인가요? 동거 생활을 했다는 것입니까?
— 아니, 천만에요. 제 마음대로 할 수 있는 일이었다면 오래 끌 것 없이 바로 그렇게 할 수 있었을 테지만, 그 여우 같은 여자가 주춤주춤 망설이고 빙빙 돌리며 갖은 수작을 부렸소… 너무 이르다느니… 너무 늦었다느니… 어렵다느니… 불편할 거라느니… 장 아저씨가 우리를 어떻게 생각하겠느냐는 둥, 아파트 관리 사무소 아줌마도 불쾌하게 여길 것이며 NLF에서도 역시 좋

지 않게 볼 것이 아니냐고 하면서… 하여간 그 녀석을 어항 속의 물고기마냥 갖고 놀았지요… 교활한 그녀의 그물에 단단히 걸려든 것으로 보면 틀림이 없을 거요….

— 사랑에 빠졌다는 건가요?
— 믿기지 않는 노릇이지만 그렇다고 말할 수 있소. 생애 처음으로, 소위 그 사랑이란 것에 빠진 거요.

— 그러한 사실을 얘기해 주었습니까?
— 아니오. 말할 턱이 없지요. 하지만 녀석이 하는 행동을 지켜보면 금방 알 수 있는 일이었소… 이리저리 배회한다거나… 조용히 몽상에 잠긴다거나… 하루에도 열 번씩 라자르에게 혹시 '마드모아젤 말리카'에게서 연락 온 것이 없냐고 묻는다거나… 친구들이 아무리 꼬드겨도 오로지 그 계집애가 전화하기만을 기다리며 온종일 집에서 꼼짝 않고 처박혀 있기가 일쑤였소… 도대체 어떻게 그 앞뒤 가리지 않는 기관차 같은 녀석의 마음을 움직일 수 있었는지 알다가도 모를 노릇이오….

이번 경우는 참으로 놀랠 노자였소! 옛날 같았으면 항상 여자에게 끌려 다니며 비행기 삯이라든가 호텔 숙박료, 레스토랑 식비 등 무엇이든 제 돈으로는 한번도 낸 적이 없던 녀석이 이번에는 달랐소. 크리스티앙 디오르 같은, 극히 화려한 매장들로 그녀를 데리고 다녔소… 앙티브 해안의 캅 호텔이라든가 생폴의 콜롱브 도르 같은 곳… 녀석은 계집을 제 어미가 즐겨 찾았던 곳으로 데리고 다녔소. 물론 은밀하게… 지난날 제 어미와 들렸던 곳이면 빠짐없이 다녔다오… 지금 생각해도 씁쓸한 것은, 바로 나와 제 어미가 자주 드나들었던 곳도 빠뜨리지 않았다는 거요….

무엇보다도 불쾌했던 것은 현실 참여적이며 혁명을 위해 정열을 불태우는 알제리의 난잡한 가문 출신인 그 계집이 녀석을 조금도 어색해하지 않고 웃으며 받아들였다는 것이오. 자신이 프랑스 군대를 비난하는 동안 궁궐 같은 집에서 살도록 해줄 친절한 새끼 비둘기 한 마리를 발견한 것이 아주 당연하고 정상적이라는 듯이 말입니다. 나는 인종주의자는 아닙니다만….

— … 하지만 앙티브 해안의 '캅' 호텔에 아랍 처녀가 숙박한 사실을 충격적으로 받아들이시는 것 같은데….

— 난 다만 당시의 이 나라가 어떠했는지를 의식한 거요. 상황을 의식했던 겁니다. 당시는 아주 긴장된 분위기였소. 센 강에서 아랍인들의 시체를 수시로 건져내야 했던 당시의 분위기는 지금도 잊혀지지 않아요. 당국은 프랑스에 거주하는 타국인들에게 10시 이후의 통행금지를 공식적으로 요청할 정도였으니까. 한번 상상해보시오. 바로 그러한 상황임에도 불구하고 한 아랍 처녀가 낙원에서 뛰어노는 모습을. 평화로운 피서객들 틈바구니에서 비키니 차림으로 설쳐대는 모양을 바라본다면 무슨 생각이 들겠소. NLF의 보호도 받을 수 없는 장소에서 그 여투사가 벌이는 사랑놀이를 곰곰이 생각해보시오. 하나의 사건이지요. 사건!

그건 그렇다 치고, 언젠가 한번은 이런 일도 있었소. 그 바보 녀석은 NLF의 프랑스 동지들이 펴내는 《진리-자유》라는 기관지 팸플릿을 보란 듯이 손에 들고 산책을 나갔던 모양이오. 산책하는 도중에 녀석은 섣부르고 당돌한 말로 시비를 걸어오는 초라한 행색의 몇 놈과 맞닥뜨리게 되었소. 그러자 녀석은 삼 대 일이지만 싸우지 않을 수 없다고 생각했던 모양이오. 행색이 초라했다고 해서 꼭 건장하지 않은 것은 아니었지요. 하지만 그 무대가 말리카의 눈앞이었으니… 그리고 그러한 상황에 처해서 그녀가 조금도 당황하지 않고, 축제도 이런 축제가 없다는 듯 열에 들떠서 자신의 챔피언을 위해 박수를 쳐대며 깔깔거렸다면 정말 지겨운 노릇이 아닐까요.

— 그녀의 그러한 모습이 마음에 들었을 리가 만무했겠군요?
— 정말이지 속이 뒤집혔소. 파리에서도 가장 예쁘고 문벌 좋고 탐스럽다는 여자들을 수족처럼 거느렸던 녀석이 전혀 아무것도 볼품없는 그따위 여자의 사랑을 구걸하려고 애태우는 꼬락서니를 보아야 한다니!

— 그를 조종했다는 말씀인가요?
— 그것은 바로 다음 단계였소. 그녀는 일단 녀석을 제멋대로 주무르고 있었죠. 온갖 허세와 연출로 녀석을 우롱했소… 끊임없는 도발과 소란… 어느 가게의 물건을 죄다 풀어헤쳐 놓고는 '프랑스의 오트 쿠튀르(고급 의상)가 이제는 형편없어져 버렸다'며 판매원의 코를 납작하게 해버리는 그 태도하며… 화가 나면 그의 옷가지와 구두 등 그의 모든 물건들을, 함께 밤을 보

낸 호화로운 호텔 — 그 황송한 '마드모아젤'은 호화 호텔에서
만 녀석을 사랑할 수 있었던 모양이오 — 창문 밖으로 모조리 내
던져 버리기도 했소… 또 포도주는 늘 최고급 레스토랑에서, 언
제나 '코르크 마개 냄새'가 밴 비싼 포도주를 마셨소… 게다가
카지노에서 보낸 끝없는 밤들이며… 말도 안 되는 주말 여행들
… 하지만 도저히 용서할 수 없는 일은 그녀가 녀석을 기만했다
는 거요.

— 기만했다니, 무슨 뜻입니까?
— 기만이지요. 쉽게 말해서 화냥질을 했던 겁니다.

— 다른 남자들과?
— 그렇지 않다면 화냥질이겠소. 왜요? 놀란 눈치로군요.

— 사실, 약간 놀랐습니다.
— 처음에는 나도 그랬다오. 배짱도 두둑했지만 생각도 컸던
그 깜찍한 계집은 주저 없이 자신의 이론대로 세상을 이용하고
자 했소. 그 아이의 이론이란, 말하자면 성(性)은 자유로워야 한
다는 거요… 금기도, 족쇄도 없는… '유대-기독교적 이론'에서
해방된 성이어야 한다는 거였소… 그건 우리나라에서나 나올
법한 소리죠. 알제리를 통틀어, 회교의 아랍 세계 전체를 통틀어
당신에게 그런 헛소리를 해댈 여자는 두 명도 되지 않을 거요.
하필이면 그 두 명 중 하나에게 걸린 거란 말이오.

― 그는 그러한 태도를 어떻게 받아들였습니까?

― 그 못난 녀석은… 가능한 한 그녀의 견해를 따르고자 했소… 물론 녀석의 설명이 진심에서 우러나온 것인지는 의문이지만, 녀석은 아주 심각한 태도로 내게 설명을 합디다. "말리카가 옳아요… 사람은 누구에게도 속해 있지 않아요… 그것이 한결 아름다워요… 더욱 예술적이고… 나 역시 자유롭지요. 그걸 이용하지는 않지만 자유로운 건 사실이에요…"라고.

하지만 전혀 문제가 없는 것은 아니었소. 아마 그녀가 녀석의 친구 중 하나에게 집착하게 되었을 때였지요(그녀가 내세우는 이론들 중에, 누군가 한 사람을 사랑하게 되면 ― 감히 사랑을 들먹였다오 ― 그 사람의 친구에게나 아니면 그냥 친한 사람, 혹은 그와 관계가 있는 사람이면 누구이건 깊은 관심을 갖게 된다는 것이 있었소). 그러자 벵자멩은 그 친구와 사이가 벌어졌소. 실제로 그의 턱을 부수어 놓았답니다. 하지만 그녀에게만큼은 아무 말도 하지 않았소. 화도 내지 않았소. 그냥 용서한 겁니다.

― 결국 그는 항상 그녀 가까이 있었던 셈이로군요. 좀 전에 말씀하시기로는 그가 그 아가씨를 가까이 하면서 뭔가를 발견했다고 하셨는데….

― … 알제리 혁명… '압제'니, '착취'니, 종말에 이른 '유럽의 역사'니 하는 따위의 생각들… '제3세계'의 등장… 서양이 해묵은 죄과들을 '속죄'해야 할 필요성 등을 비롯해서 파리의 NLF에 이르기까지… 나는 당시로서는 그 모든 것을 일목요연하게 알 수가 없었소. 제대로 알기 위해서는 얼마간의 시간이 필

요했지요.

― 당연히 그렇겠지요. 그런데 어떻게 해서 가능했지요? 60대에 접어든 어른이 자신의 의붓자식이 NLF단의 비밀 요원이 된 사실을 어떻게 알았습니까?

― 점진적으로… 아주 천천히… 조금씩 드러나는 여러 가지 사소한 징표들을 통해서였지요… 무엇보다도 우선 집에 드나드는 자들이 수상했소… 그 알제리 녀석들은 갈수록 대담해지더니 아예 집에서 기숙을 했다오. 녀석은 갈수록 이상해지기 시작했소. 제네바, 취리히, 프랑크푸르트 등지로 여행을 떠나고 … 사부아 지방의 안느마스 정거장에 까닭 없이 체류한 것도 그렇고… 돌연, 마치 우리가 전시에 그랬던 것처럼 BBC 방송에 귀를 기울이고 스위스나 벨기에 방송을 듣기 시작한 것도 그렇소… 게다가 수년 전부터 택시밖에 몰랐던 녀석이 이제는 전철을, 그것도 맨 마지막 칸을 이용했는데… 라자르의 말에 의하면 항상 문이 닫히기 직전 맨 마지막으로 차에 올랐다고 합디다….

이러한 녀석의 이상한 태도들에 대해 내가 막 의심을 갖기 시작했을 무렵, 어느 날 저녁엔가 나는 크리스티앙 디오르 매장에서 나오는 수상한 모자 상자들 얘기를 듣고 깨달았소.

― 예?

― 이미 수주 전부터 나는 말리카가 녀석에게 전한 커다란 모자 상자들을 예의 주시했지요. 그것들은 며칠씩 바로 이곳, 녀석의 방 벽장 속에 처박혀 있곤 했소. 굳게 잠긴 채로 말이오.

꼭 밤에만 비밀리에 개봉되곤 했는데, 그럴 때면 무슨 냄새인지조차 모를 지독한 악취가 풍겨 나왔소.

결국 어느 날 밤, 지하의 당구대가 있는 방으로부터 수상쩍은 목소리들이 들리기에 귀를 곤두세우며 가보니, 희미한 등불 아래 두 놈이 땅바닥에 주저앉아 기름때가 끼고 군데군데 상한 더러운 지폐더미를 열심히 세고 있는 중이었소. 순간, 나는 모든 것을 깨달았소. 그 계집애는 녀석을 모욕하고 조롱하는 것으로도 부족했던지 '가방 전달꾼'으로 녀석을 부렸던 거요….

— 무척 분개하셨겠군요?
— 이르다뿐이겠소.

— 무슨 대책이라도?
— 우선 신중하기로 했소. 녀석이 달아나 버릴 위험성이 있었고, 당시 녀석은 거의 미쳐 있는 상태나 다름없었으니… 그들 행위의 진정한 동기들을 알고자 한 까닭도 있었소. 녀석이 자신의 방탕한 욕구들을 불식시킬 수 있었던 것이 '제국주의에 맞서 투쟁하는 용감한 알제리 국민'의 깃발을 위해서라는 걸 능히 알 수 있었지요.

— 그 원칙에 대해서는?
— 난 역시 반대였다고 생각되오.

— NLF가 도움을 받아 마땅하다고 생각지는 않았습니까?

— 무엇보다도 난 프랑스 국민이오. 프랑스 국민의 대변자. 내 개인적 견해야 어떠했든 간에 — 분명히 말하지만 1961년, 그즈음만 해도 나는 대화와 평화와 알제리 독립을 무조건적으로 옹호하는 입장이었소 — 당시 나는 전쟁이 지속되어 프랑스 군인들이 탄환의 위험을 무릅써야 하는 위험을 피하기 위해서라도, 서서히 새로운 질서가 잡혀가는 사람들을 재무장시키는 짓을 양심상 도저히 용납할 수 없었소.

— 1961년 무렵엔 옹호하는 입장이 되었다고 하셨는데, 그전까지는 다른 입장이었다는 말씀으로 이해해도 될까요?
— 당연히 그렇지요.

— 어째서 당연한가요?
— 모든 프랑스 국민이 다른 입장이었으니까.

— 사회주의자들도?
— 특히 사회주의자들이 그랬지요!

— 어째서 '특히'라고 하시는지 ….
— 너무 그렇게 순진한 척하지 마시오! 전쟁 초반까지만 해도 프랑스 정권은 우리 사회당에 있었다는 걸 당신도 잘 알지 않소. 바로 우리가 군인들에게 알제리 치안권을 위임했소. 여러 가지 '특별 권한'을 요구했던 것도 우리요. 일부 예외는 있었지만 — '당의 좌파, '반(反)몰레' 소수파, 1956년의 모법 — 대체

로 우리 사회주의자들은 오랫동안 알제리를 포함하여 프랑스의 식민지 건설에 앞장 선 사람들이오.

당시 우리의 생각으로는 어쨌든 식민 통치가 그 국가들을 과거의 굴레로부터 구하는 최상의 수단이 아닐까 하는 것이었고, 자유니 평등이니 우애니 하는 것들은 그들 국민들에게는 사치스런 것이 아닐까? 오직 프랑스인만이 그런 것을 누릴 권리가 있을 뿐, 그 생쥐 같은 족속들, 병신 머저리들에게는 전혀 권리가 없지 않을까 하고 생각했던 거요. 내가 지금 그러한 태도가 특별나고 터무니없으며 죄스런 것이 아니었다고 말하는 것은 아니오. 다만 당시의 사람들이 그렇게 생각했다는 거요. 바로 그렇게 추론한 거지요. 그리고 그런 자신을 추악하다거나 인종주의자로 여기지도 않았소.

— 그렇다면 '1961년 무렵에' 무엇이 당신으로 하여금 견해를 바꾸게 했는지 물어봐도 될까요?

— 그야 현실 때문이지요… 구체적인 사실들… 난 한 사람의 상식인일 따름이오… 꿈만 꾸는 자가 아니라 지상에 발을 딛고 선 사람… 명분에 목숨 걸지 않는… 물론 환상을 좋아하지만 그 환상이 곧 망상이라면 얘기가 달라지지요….

당시, 말하자면 50년대 말에 일어났던 일들… 몰레와 그의 추종자들이 오랫동안 외쳐대던 드높은 식민 통치의 함성, 그 아름답고, 달콤하고, 매력적이고, 꿈같고, 따뜻한 모래 같았던… '프랑스의 문화적 사명'이니… '대양 너머로 퍼지는 제국주의의 빛'이니 하던 그 모든 것들이 결국은 망상에 지나지 않는다는 것을 나도 깨달았던 거요… 그것은 하나의 오류에 불과하다는 것을… 그것이 한순간도 제대로 전개되지 못했다는 것을… 그리하여 적지 않은 사람들이 — 특히 레이몽 카르티에와 레이몽 아롱 같은 학자들의 영향 아래 — 자각하기 시작했소. 이 전쟁은 비싼 대가를 치르리라는 것을, 전쟁이 일어나지 않는다 할지라도 알제리 문제만큼은 특히 비싼 대가를 치르게 되리라는 것을, 그리고 당시의 프랑스로서는 더 이상 어떤 수단도 없다는 것을 말이오… 이 정도면 이해하겠소?

한데 얘기가 엉뚱한 쪽으로 흘러, 지금 내 삶에 관해 얘기하고 있군요.

— 아닙니다. 전혀 그렇지 않습니다. 벵자멩과 당신의 입장을 비교하여 이해하는 데 도움이 됐습니다.

— 오!

— 어떻든 당신은 벵자멩과는 도무지 주파수가 맞지 않았던 거라고 할 수 있겠군요.

— 목표는 같았다는 걸 명심하시오. 다만 그 계집아이가 녀석의 두개골에 집어넣은 굳은 생각들이 문제였소… 그 중에서도 특히, 지금 생각해도 도저히 그냥 넘길 수 없는 것이 바로 프랑스에 대한 비판과 항의와 경멸이오.

— 바로 그것이 주된 불화 요인이었나요?

— 한 가지 예를 들지요. 이해하게 될 겁니다.

말리카가 1961년 11월 17일 파리에서 벌어진 알제리인의 대대적인 시위 사건에 가담한 일이 있었소. 2만에서 2만 5천 명에 달하는 시위 군중에 휩싸여 열심히 설치던 그녀는 결국 붙잡혀 상테 요양원으로 보내졌고 거기에서 하루 이틀을 보내야 했소. 출옥하자마자 그녀는 감옥에서 자신이 당한 일을 녀석에서 얘기했소. 자신을 쓰러뜨려 강간하고, 할 수 있는 온갖 고문을 다 했다는 거였소. 손가락 마디를 쇠자로 때리고, 가슴을 담뱃불로 지지고, 입, 항문, 심장, 성기 등 신체 곳곳에 전극을 연결하여 손과 발에 칭칭 감아 묶고는 온몸에 전류를 흘려보냈다고 했소… 뿐만 아니라, 파피라는 시경국장이 지켜보는 앞에서 물고문까지 당했다고 했소. 차라리 물에 빠져 죽어 버리고자 했지만 가엾게도 더러운 물만 몇 리터나 들이켰다는 거였소….

자, 이 모든 얘기가 참말일까요? 한번 알아보시오! 하지만…

— 오늘날에는 당시, 바로 그런 장소들에서, 그리고 경찰 고위 간부들이 지켜보는 앞에서, 그런 종류의 고문들이 실제로 행해졌다는 사실을 아무도 의심하지 않는다는 걸 잘 아실 텐데요….

— 압니다. 하지만 그 여자애가 어떤 인간이라는 걸 알기에, 나는 과연 그녀가 그런 일로 그 정도까지 심한 고문을 당했겠느냐고 의심하는 겁니다. 그리고 내가 하고 싶은 얘기는, 사실 여부를 떠나 벵자멩의 분노를 머리끝까지 자극시킬 수 있는 전형적인 상황이 벌어졌다는 거요.

아닌게 아니라, 녀석의 분노와 합쳐지면서 이 일은 어마어마

한 것이 되어 버렸소. 고문당한 사람은 말리카 한사람이 아니라 모든 알제리 국민이었고, 고문한 자는 일개 말단 경관이 아니라 프랑스 경찰 전부가 되어 버린 거요. 그것은 단순한 하나의 오점이 아니라, 도저히 용납할 수 없는 과오로 비약했소. 프랑스 공화국 자체가 머리에서부터 발끝까지 '암'으로 썩어 문드러졌다는 것이고, 이제는 단순히 알제리 전쟁의 문제가 아니게 된 거요. 진정으로 내전을 호소해야 하는 구실이 주어진 셈이오.

사실, 녀석에게는 명분이 분명했소. 그 핵심은 이렇소. 곧 '야수'가 되돌아올 것이므로, 이제 우리는 프랑스에서조차 위험하게 되었다. 그러므로 이제는 극렬 파시즘에 대항하는 극렬 반(反)파시스트 지하 운동을 펼쳐야 할 때라는 것 말이오. 녀석은 자신이 이해하지 못하는 것에 대해 말할 때 짓는 그 괴상한 표정을 지으며 "히틀러가 죽은 지 15년이나 흐른 지금, 조국이 유럽에 다시 고문을 끌어들이는 꼴은 나 같은 사람은 수치스러워 도저히 눈 뜨고 볼 수 없다"고 말하더군요.

― 모자 상자들의 방 얘기로 되돌아가시지요. 어떻게 대처하셨습니까? 지금까지의 말씀으로 미루어 보건대 그들은 정말 골칫거리가 아닐 수 없었겠군요. 두 젊은이가 공작을 위한 방패막이로 앵그르 가의 저택을 이용하려 들었으니까요.

― 어찌했을 것 같소? 반대했지요. 나는 그런 일이 더 이상 내 집에서 벌어지는 것을 원치 않는다고 말했소. 그런 일이 소문이 나면 곧장 나와 나의 당을 해치는 무기로 탈바꿈하게 된다는 걸 설명해 주었소. 녀석은 얘기를 듣는 둥 마는 둥 했소. 시종

입에 담배를 문 채, 언성이 좀 높아지고 양쪽에서 결정적인 말들이 오갈 때면 간간이 보일 듯 말 듯 만족스런 미소를 지으면서 말이오.

내가 잘했냐구요? 그건 또 다른 문제요. 어떻든 그후로 내 집에서는 더 이상 그러한 암거래가 벌어지지 않았소. 물론 녀석들은 불행하게도 다른 곳에서 그 짓을 계속했지요. 내가 얻은 것은 앞으로 일어날 사태들에 대한 통제력을 완전히 상실했다는 것뿐이었소. 바로 그 몇 주 뒤에 '마들러 은행 사건'이 터졌는데, 마틸드가 죽고 난 이후 줄곧 그렇게 해왔던 것처럼 내가 녀석과의 괴로운 접촉을 계속 유지하기만 했어도 어쩌면 차후의 그런 저런 사태들을 예방할 수 있지 않았을까 하는 생각을 떨쳐 버릴 수가 없소.

자, 그런데 그 불쾌한 사건에 대해 몇 마디 해주기를 원했던가요? 하지만 시간이 너무 지체된 것 같소.

— 저는 시간이 많습니다만….
— 안 됐지만, 나는 그렇지 못하군요. 하지만 어디 한번 간추려 보기로 합시다.

이번에도 역시 말리카와 관계된 일이오. 그녀의 남자 친구 가운데 한 사람이 파리 시내에서 세무 상담 사무실을 운영하고 있었는데, 어느 날 우연히 드골파에 속한 어떤 인물의 세무 서류를 접하게 되었소. 그런데 그게 아주 묘했던 모양이오. 공금 횡령의 흔적 같은 것이 포착됐던 거요. 옳다구나 싶어 그들은 며칠 동안 모의하기 시작했소. 비날이라는 친구의 원조를 받아서 말 잘 듣는 탐정 한 명을 동원하기로 했소. NLF에 관계된 변호사 몇 사람을 동원하여 정보를 캐고 서류를 조목조목 살피는 한편, 탐정에게는 그 양반의 심리 상태라든가 사교 관계, 사생활 등을 조사하게 했소. 마침내 그 양반이 감옥에서 몇 년을 보내는 것을 감수할 만큼 성실하지도, 협박장에 반항할 만큼 용감하지도 않다고 결론을 내린 그들은 한 사람을 통해 자신들이 '전말'을 알고 있으며 언론계와 경찰 역시 자신들의 결정 여하에 따라 곧 알게 되리라는 사실을 그에게 전했소. 그러한 불상사를 모면하고 싶다면 5억 상팀을 지불하라고 협박한 거요. 언제 몇 시에 누군가가 제네바 마들러 은행 창구에서 그 돈을 받으러 가 있을 거라고 말입니다.

그 '누군가'란 물론 벵자맹이었소. 바로 그날 녀석이 제네바행 기차를 탔으니까요. 녀석은 관광객들 틈에 묻혀 보-리바주까지 갔소. 언젠가 제 어미와 그곳 호텔에 묵은 적이 있는데 저녁 식사를 아마 거기서 했을 거요. 잠자리에 들기 전에는 마틸드와 함께 거닐었던 호텔 맞은편의 호숫가를 산책했을 테고… 다음날 아침 태연히 조반을 마친 녀석은 당당하게 은행으로 걸어갔소. 묵묵히 층계를 올라가니 지정된 장소에 미리 언질을 받은 여직원이 기다리고 있었지요. 그녀의 안내를 받으며 녀석은 자신과 같은 특별 손님을 위해 마련된 방으로 들어갔소. 모든 준비를 그녀가 해두었기에, 별다른 수고 없이 녀석은 볼일을 마칠 수 있었소. 출구에 이르기까지 아주 쾌활한 기분으로 콧노래마저 흥얼거리기도 했답니다. 그런데 이게 웬일이겠소! 문을 나서 포장 도로에 발을 내딛기가 무섭게 날카로운 호루라기 소리가 울려 퍼졌소. 곧이어 간담을 서늘하게 하는 고함 소리가 들렸고, 행인들마저 드문드문해서 은신할 수도 없었을 거요. 어느새 두 명의 경관이 녀석의 양쪽 귀에다 권총을 들이대었소.

난 당시의 신문을 통해 모든 얘기들을 아주 소상하게 알 수 있었다오. 그후 어찌 됐을까요? 난 더 이상은 모르오. 지금도 그렇지만, 당시 그 사건을 소상하게 아는 사람은 아무도 없었소. 그 드골파의 거물은 생각보다는 얼치기가 아니었던 모양이오. 겉보기보단 용감했다고나 할까. 당시에도 얘기가 분분했지만, 아마 그 얼치기 협박꾼들은 당시 NLF 내부에 득실대던 반대파가 파둔 함정에 빠졌던 게 아닌가 해요. 아니, 어쩌면 선동에서 함정까지가 같은 패거리 내부에서 조작된 것인지도 모르지요. 함정이었건 아니건 어쨌거나 분명한 사실은, '알제리 친구들의 이름으로' 쇠창살 속에 갇힌 사람은 결국 그 저명인사가 아니라 바로 나의 의붓자식이었다는 사실이오.

어쨌든 이 사건으로 인해 '알제리 친구들'은 극도로 몸을 사리기 시작했소. 마구 설치던 녀석들이 집 안에 처박혀 꼼짝하지도 않았지요. 그러던 어느 날 말리카가 날 보러 왔소. 마음 내키지 않았지만 마지못해 온 듯한 기색이 역력했소… 그리곤 힘없는 목소리로 더듬더듬 말하더군요. "대단히 죄송스럽게 되었지만… 자기로서는 어쩔 수 없었다고… 이제 모든 것은 끝났고… 오늘 밤 에비앙으로 떠난다고… 내주쯤에는 알제리에 도착할 거라고… 조국의 국민은 이제 더 이상 자신의 기쁨이 아니라고 … 이제 문제는 자유와 인간의 존엄성을 되찾고, 사회주의를 건설하는 거라는…" 따위의 얘기들을 한 것 같소. 믿어지지 않는 일이었지만 사실이었소.

이제 녀석에게 남은 일은(그들이 녀석에게 붙여 준 변호사가 있기는 했소. 녀석은 내가 소개한 그 어떤 변호사보다도 그 변호사를 선호했소이다) 다시 순례자의 지팡이를 쳐든 녀석의 늙은 장 아저씨가 기차와 경찰서와 감옥을 오가며 협상을 벌이는 일이었소. 결국 몇 개월 만에 녀석은 가석방으로 풀려났지요.

하지만 악행은 이미 저질러졌소. 그 몇 개월간의 수감 생활이 지울 수 없는 흔적을 남겼다는 것을 나는 곧 느낄 수 있었소. 출감하고 나서 녀석이 맨 처음 한 일은 마치 내가 고마워 죽겠다는 듯 싸늘한 태도로 내게 한바탕 시비를 건 일이었소. 하지만 안심하시오. 그것이 우리의 마지막 다툼이었으니까. 이번엔 아예 짐을 쌌다오. 그리고는 한마디 말도 없이, 아무런 설명도 없이, 돈도 지니지 않은 채 어디론가 훌쩍 떠나 버렸다오. 1962년 6월 11일의 일이었소. 내가 녀석을 마지막으로 본 날이지요. 17년 후, 그 끔찍한 밤이 닥칠 때까지는 말이오….

자, 이제 얘기는 끝났소. 내가 알고 있는 모든 것, 내가 해줄 수 있는 얘기는 모두 한 셈이오. 행운을 빌겠소. 당신의 조사가 순조롭게 진행되길 빕니다. 그리고 이제 끝났으니 하는 말이지만, 우리의 이 긴 대화가 내 기분도 한결 나아지게 했다는 걸 알아두시오.

6

 하지만 아니었다. 아직은 완전히 끝난 게 아니었다.

 왜 그런지 모르겠지만, 다섯 번째 면담은 내게 씁쓸한 느낌을 주었다. 어떤 회한 같은 것. 좀더 밀고 나가지 않고 얘기를 너무 빨리 끝내 버린 내가 원망스러웠다. 특히 '마들러 은행 사건'에 뒤이은 그 마지막 다툼에 대해 좀더 캐묻지 못한 게 유감스러웠다. 혼자서 거듭 생각해보고, 대담 기록을 읽고 또 읽어 볼수록 나는 이 이야기에 무언가가 빠졌다는 생각을 떨쳐 버릴 수가 없었다. 공허한 울림을 토하고 있는 빠진 그 무엇, 지난 닷새 동안 '장 아저씨'는 어떤 사실, 세부적인 것일 테지만 매우 중요하고 핵심적인 한 가지 내용의 언저리만 빙빙 돈 듯한 느낌이 들었다. 이야기 전체나 아니면 최소한 그와 의붓자식 간의 관계 — 그토록 난감하고도 묘한 갈등을 일으키는 — 를 해명해 줄 숨은 열쇠 같은 그 무엇 말이다! 달리 말하자면, 나는 지난 닷새 동안 그의 교묘한 '운항'에

끌려 다닌 듯한 느낌을 떨쳐 버릴 수가 없었던 것이다.

결국 난 전화를 걸었다. 그는 내 목소리에 무척 놀란 모양이었다. 역정을 내고, 귀찮은 듯 언성을 높이고, 나와의 만남을 주저하면서 자신은 죄다 말했노라고, 정말 모조리 얘기했으며 운 좋게도 순조롭게 얘기가 진행되었었다는 말만 되풀이했다. 내가 아직 몇 가지 의문이 남았으며… 명백히 규명해야 할 점들이 있고… 몇 가지 불투명한 사실들이 있어 정리를 도와주었으면 좋겠다고… 그리고 새로 입수한 자료가 있어 보여드리고 싶다고 설명했을 때, 그는 알 수 없는 어떤 불안감에 휩싸인 것 같았다. 어쩔 수 없이 최종 면담에 동의했지만 그것은 마지못해서 하는, 지금까지 보여 준 협조 정신과는 전혀 다른 탐탁찮은 허락이었다.

나는 지금 그와 마주하고 있다. 우리 두 사람의 대화가 시작된 이래 처음으로 그는 마틸드의 거실이 아니라 먼지가 쌓인 퀴퀴한 냄새가 풍기는 2층의 음산한 사무실로 나를 맞아들였다. 신경이 곤두선 듯 무척 긴장된 그의 모습. 어조 역시 지금까지의 만남에서 주고받았던 것과는 전혀 달라진 듯한 느낌이었는데, 속된 예절에 토론이 매몰되기를 원치 않은 나로서는 보다 '직접적'이고 보다 '거친' 대담에 대한 기대로 은근히 흥미롭기조차 하였다. 먼저 입을 연 사람은 나였다.

— 지금까지의 이 모든 얘기가 아무래도 말이 안 되는….
— '말이 안 된다' 니, 무슨 뜻이오?

— 믿어지지가 않아요… 믿기가 어렵다는 얘깁니다… 꼭 뭔가가 빠진 것만 같아요… 어떤 뉘앙스… 어떤 세부적인 사실…

퍼즐의 한 조각 같은…
　― 그래요, 계속해봐요!

　― 꼭 집어 뭐라고 할 수는 없는데… 그러니까 이미 두 사람의 관계는… 당신에 대한 증오로 인해 그는….
　― 그 부분에 관해선 죄다 얘기했소. 내가 들려준 사소한 얘기들로 당신은 이미 만족했더랬소.

　― 사소한 얘기들 맞습니다. 많은 얘기들이 있었지요. 하지만 궁극적인 이유, 진상에 대한 설명 같은 것은 도대체….
　― '진상'에 관한 것이야 당신 소관이요. 나로서는 있는 그대로의 사실들만을 전할 뿐.

　― 그렇군요. 한데 바로 그 '사실들'이 문젭니다. 얘기가 그의 가출 문제에 이르면서 갑자기 흐려졌어요….
　― 그래요? 난 그 문제에 대해서도 남김없이 얘기했소. 녀석의 제네바행… 감옥… 귀환… 다툼… 결별의 말들….

　― 물론입니다. 하지만 제가 알기로도 그것이 첫 다툼은 아니었지 않습니까. 그의 가출을 빚은 그 마지막 다툼에 대해서만큼은 뭔가 그럴싸한 동기가 있었어야 할 것 같은데 … 지난번엔 제가 정신이 없어서 이 점을 물어보지 못했어요. 마지막 다툼의 동기는 정확히 어떤 것이었습니까?
　― 그걸 아직도 내가 기억할 거라고 생각하시오? 그냥 흔히

있는 일상적인 다툼이었겠죠….

― 그냥 '흔히 있는 일상적인' 다툼 때문에 그가 떠났다는 말씀인가요? 그것이 자신의 집, 그토록 많은 사연이 얽힌 하나의 세계를, 더구나 돈 한 푼 없이 집시처럼 훌쩍 떠날 만한 이유가 된다는 겁니까? 그건 아무래도 이상해요….
― 이상하든 어떻든 사실이 그랬소.

― 당시 그가 몇 살이라고 하셨죠? 스무 살이라고 하셨습니다… 거의 성인이 다 된 나이지요… 게다가 곧 유산을 물려받게 됩니다… 그럼에도 당신은 어째서 그가 조금만 더 기다리지 않았는지 한번도 자문해 보지 않았나 보군요… 두 사람의 관계가 그 정도로 어긋났다고 해도… 화를 삭이고… 적절한 때를 기다릴 수 있었을 텐데 말입니다….
― 아, 그건 안심해도 됩니다. 애를 태울 필요가 없었소! 녀석이 스물한 살이 되던 바로 그날 나는 8일 내로 집을 비워 줄 것을 재촉하는 유언 집행관의 방문을 받았소.

― 알겠습니다. 하지만 그래도 뭔가 이유가 있었을 텐데! 겨우 몇 달을 남겨두고, 무엇 때문에 갑자기 그렇게까지 해야만 했을까요….
― 나의 속을 끓이고… 희생자로 삼으려는 의지 때문이 아니겠소… 지금껏 내내 분명하게 설명해드리지 않았던가요? 녀석은 내가 여생 동안 가책에 시달리는 꼴만 볼 수 있다면 죽어도

괜찮다고 여기는 놈이었소….

— 물론 충분히 말씀해 주셨죠. 하지만 제게는 그래도 여전히 개운치 않은 뭔가가 남아 있어요. 아무래도 그림에 어떤 뉘앙스 하나가 빠진 듯한 느낌, 대수롭지 않은 아주 사소한 그 무엇, 말씀 도중에 당신도 모르는 사이에 소홀히 해버렸을지도 모를 어떤 지표가 빠진 듯한 느낌말입니다….

— 지금 당신이 그런 말들로 내 귀를 꽤나 자극하고 있다는 걸 알고 계시오! '뉘앙스'니 '지표'니 그게 다 뭔 소리요! 감옥살이를 치른 가엾은 애 녀석이 있을 뿐이오. 출감한 뒤 우정의 덧없음과 사랑했던 여인의 음탕한 행각들을 알게 되었고 그제야 수치가 뭔지 알게 되어 —그렇소, 머리 속에 분명히 넣어두시오. 녀석이 날 대하며 수치심을 느꼈다는 이 말 — 더 이상 나의 시선을 마주 대할 수 없었기에 차라리 어디론가 훌쩍 떠나버린 애 녀석 말이오.

— 화내지 마세요! 당신 말씀 모두 이해합니다… 하지만 그 동안 집을 뛰쳐 나갈 숱한 기회가 있었는데도 하필이면 바로 그 때 당신과의 결별을 선언한 이유라는 것이 '흔히 있는 일상적인' 다툼 때문일 뿐, 특별히 별다른 이유가 없었다는 사실이 저로서는 아무래도 납득이 가질 않습니다… 아! 제가 자꾸만 문제 삼는 마지막 다툼에 대해 더 이상 기억나는 게 없으시다니 정말 유감이군요! 한번만이라도 애써 기억을 더듬어보고 싶지 않으신 건가요?

― 아니, 아무래도 우리의 대화는 여기서 이만 중단해야 할 것 같소….

― 원하신다면 도리 없지요… 하지만 작별은 잠시 미루고 제가 전화로 말씀드렸던 자료를 한번 봐주셨으면 합니다만….

말을 하면서 나는 그 '자료'를 주머니에서 꺼내들었다. 그것은 다름 아닌 한 장의 낡은 사진이었는데, 얼굴 표정이 근엄하고 머리칼이 빳빳한, 30년대 청년 부르주아들의 섬세한 콧수염을 곱슬곱슬하게 기른 서른 살 가량의 사내 얼굴을 담고 있었다. 내 짐작이 맞다면, 그 사진은 '장 아저씨'에게서 심상치 않은 반응을 낳아야만 했다. 아니나 다를까, 그는 사진을 보자 갑자기 흠칫 놀라며 신음을 토하고 안색이 굳어지면서 자기 스스로 대화의 끈을 다시 잡았다. 좀 전과는 달리 의기소침해진 어조로.

― 이게 누구야? 어떻게 이 사진을 입수했소?

― 아! 우연입니다… 잘 아실 텐데요. 무슨 조사를 한다는 얘길 들으면 사람들은 자신의 수중에 들어오는 모든 것을 혹시 도움이 될까 하고 보내 주지 않습니까… 이건 예루살렘 사람이 보내 주더군요. 이 사진은 벵자맹의 방에서 발견되었나 봅니다. 당신도 아시다시피 벵자맹은 예루살렘에서… 한데, 먼저 대답해 주시겠습니까? 이 사진이 당신을 난처하게 한 것 같은데 맞습니까? 깜짝 놀라셨나요?
― 그렇소… 아니, 꼭 그런 건 아니오… 이 사람은 내가 과거

에 좀 알던 사람이오….

― 물론 저는 사진 뒤에 적힌 헌사를 읽었습니다. '나의 소중한 장 델레스트레에게, 우리가 함께했던 전투를 기념하며, 친구 피에르 미셸이.' 솔직히 말해서, '과거에 좀 알던' 사람으로서는 '친구'라는 표현은 지나치지 않나 하고 생각되는 걸요.
― 이를테면 친구지요… 옛 친구.

― 그렇군요… 한결 이해가 쉽습니다… 이 '옛 친구'에 대해서 잠시 얘기할 수 있을까요?
― 어렵소… 아주 어려운 일이오… 너무나 오래전의 이야기라….

― 아닙니다. 안심하세요. 뭐 대단한 것을 묻고자 하는 게 아니니까요… 몇 가지 지표만… 우선 그의 이름….
― 프라… 피에르 미셸 프라….

― 몇 살이나 됐죠?
― 나와 동갑이오.

― 직업은요?
― 변호사… 그러니까 우리가 알고 지내던 당시에는 변호사였소… 그때 이후로는 통 보질 못했으니….

— '당시'라면 전쟁 때로 생각되는데….
— 맞아요… 피에르 미셸은 레지스탕스 시절의 동료였소.

— 알겠습니다. 그런데 좀 묘하지 않습니까? 레지스탕스 시절의 동료들 가운데 한 사람의 사진이 40년 후 벵자맹이 거주한 예루살렘의 골방에서 발견되었다는 사실이?
— 왜 아니겠소. 정말이지 대단히….

— 그런데 이 묘한 일에 대해서… 뭐 생각나시는 거라도?
— 아뇨… 특별히 생각나는 게 없소.

— 어째서 그렇지요? 어쨌든 이 사진은 당신의 것이 아니던가요?
— 그렇소.

— 사진을 자세히 살펴보면… 여기… 사진의 이 가장자리가 좀 덜 누렇다는 걸 알 수 있습니다… 이는 이 사진이 액자로 만들어져 있었다는 걸 뜻하지 않을까요?… 그것도 아주 오랫동안?
— 그렇소, 그래, 맞아요… 이 사진은 오랫동안 이곳에 걸려 있었소. 서가 옆에….

— 그렇다면 이 사진이 어떻게 해서 서가를 떠나 당신 의붓자식의 주머니 속으로 들어가야 했는지 생각해보셨나요?

— 글쎄….

— 몇 가지로 생각할 수 있을 것 같습니다. 첫째는 당신이 직접 사진을 그에게 주었다는 것….
— 천만에요! 결코 그런 적이 없소….

— 두 번째는 그가 훔쳤으리라는 것….
— 그렇군, 맞아요. 녀석이 훔쳤던 거요.

— 내버려두셨습니까? 다시 찾을 생각을 하지 않았나요?
— 아니오.

— 왜지요?
— 모르겠소… 아마 중요하지 않다고 생각했던 모양이오….

— 하지만 당신 말씀대로라면, 이 사진은….
— 그래요… 하지만 너무 늦어 버렸다고 해둡시다….

— 너무 늦다니요?
— 그러니까 내가 사진이 없어졌다는 사실을 알았을 때는 이미 녀석이 떠나 버린 뒤였지요….

— 아하! 그러니까 떠나기 직전에 슬쩍했던 모양이군요… 조금 전까지만 해도 신비로만 남아 있던 그 '사이', 제네바에서 돌

아와 다시 떠날 때까지의 그 사이에 말입니다….
― 틀림없이 그럴 거요.

― 왜 그랬을까요?
― 녀석의 습성에 대해선 나 못지않게 잘 아시지 않습니까… 남의 물건을 슬금슬금 뒤지는 녀석의 버릇 말이오.

― 잘 압니다… 하지만 왜 하필이면 이 사진이었을까요? 이 사진이 그에게 무슨 의미가 있었을까요?
― 그건 미스터리요.

― 분명 무슨 의미가 있었을 겁니다.
― 그럴 테죠. 하지만 반복하건대, 나로서는 미스터리일 뿐이오.

― 그에게 프라에 대한 얘기를 하신 적이 있습니까?
― 아니오… 직접적으로 얘기한 적은 없소… 아마 내가 제 어미와 나눈 얘기를 통해서 들었을 거요.

― 무슨 얘기를 했습니까? 어떤 주제였지요?
― 특별한 얘기는 아니었소. 호시절을 함께했던 옛 동료에 대해 남편들이 흔히 자기 부인에게 들려주는 그런 얘기.

― 알겠습니다만, 그 정도 얘기만으로 그로 하여금 '슬쩍' 해

야겠다는 욕구를 불러일으킬 수 있었을까요? 항상 같은 곳에 그대로 놓여 있던 사진이, 그것에 대한 아무런 주의가 없었음에도, 갑자기 그의 관심을 사로잡았을까요? 더군다나 그는 그후 20년 동안, 그리고 예루살렘에서까지 그 사진을 지니고 있었던 게 아닙니까?

― 맞아요. 나도 그건 의문스럽소.

― 말하자면 그런 일이 빚어질 수밖에 없는 필연적인 어떤 이유가 있었다는 것인데, 예컨대 누군가가 그에게 보다 의미심장한, 보다 자극적인 새로운 얘기들을 들려주었다거나….

― 필경 그럴 거요.

― 보다 정확히 말하자면 ― 나도 몰래 여기서 언성이 높아졌다 ― 누군가가 그에게 프라에 대한 어떤 얘기를 했다는 겁니다. 당신이 마틸드 부인과 나눈 대화와는 전혀 무관한 맥락에서 말입니다. 프라라는 사람이 그의 의붓아버지의 옛 친구이고 그 이름이 벵자멩에겐 이미 귀에 익은 이름이라는 사실도 모른 채 말입니다. 어떻게 얘기가 진행되다가 벵자멩의 귀에 그 이름이 흘러들었고, 순간 벵자멩은 이렇게 중얼거렸을 수도 있었겠지요. '프라… 프라… 이 이름을 어디선가 들었던 것 같은데… 혹시 장 아저씨와 어머니가 종종 얘기하던 그 양반이 아닐까….'

― 그렇군요… 듣고 보니 일이 그렇게 되었을 수 있겠소….

― 예, 한데 무슨 얘길 했을까요? 도대체 무슨 얘기였길래 엥

그르 가에 도착하는 즉시 벵자멩의 발걸음을 서가로 향하게 했을까요….
— 그야 알 수 없지요.

— 좋습니다. 이 난제를 함께 풀어 보는 게 어떨까요. 그러니까 사진을 훔치기 전 몇 주 동안 그는 감옥에 있었죠. 그때, 어떤 사람이 그에게 당신 친구 피에르 미셸 프라에 대한 얘기를 해줄 수 있었을까요?
— 그것을 어찌 알겠소? 여러 방문객들이 있었을 텐데… 수감자들 모두에게 방문객들이 있지 않소.

— 물론 그렇습니다만, 그래도 누구였을까요? 어떤 방문객이었을까요?
— 나로서야 알 수 없지요. 당시 녀석과 자주 접촉했던 사람들이라면… 알제리 녀석들… NLF단원들… 하나같이 쓸모없는….

— 알제리 친구들은 그를 '포기해 버린' 것으로 이해했었는데….
— 사실이오… 하지만 완전히 그랬다고 할 수도 없소… 이미 얘기했듯이, 알제리 녀석들이 그 녀석에게 보낸 변호사가 있었으니까.

— 그렇습니다… 결국 바로 그 변호사가 여러 차례의 방문

중에 우연히 얘기를 꺼냈을 수도… 그런데 지금 말씀하신 그 변호사 이름이 뭐였지요?

— 파라디… 알랭 파라디라는 사람이오….

— 그 파라디란 사람, 프라를 알고 있었습니까?
— 가능해요… 왜냐하면 같은 세계에 있었으니까… 같은 물에서 놀았다고나 할까… 아랍인들을 위해 봉사하기 전 파라디는 뛰어난 전사였었소. 아주 멋진 레지스탕이었지요. 비록 프라나 나와는 달리, 런던 진영에 속하기는 했지만 멋있는 레지스탕이었음은 부인할 수 없소.

— 그리고요?
— 좀 비뚤어지고… 사교계 취미가 있고… 엉터리 배우 같고… 코미디언 같고… '파리 살롱의 인기 스타' 같은….

— 아뇨, 제가 말하고자 하는 것은, 도대체 그 무엇이 NLF와 관계 있는 한 사람의 변호사에게 생면부지의 어린 고객에게로 가서 벌써 20년 전에 접촉이 끊어진 어떤 인물, 결국 고객의 의붓아버지의 전쟁 동지였던 셈이지만, 기억조차 희미한 그 인물에 대한 얘기를 나누어야겠다는 생각이 들게 했느냐는 것입니다.
— 그야 알 수 없지요.

— 그것은 결코 우연일 수 없을 겁니다… 분명 그는 프라라는 사람이 벵자멩과, 혹은 그의 가족 가운데 누구와 모종의 관

계가 있음을 알았을 겁니다.
　— 아마 그랬을 테지요.

　— 어디 같이 한번 생각해보실까요? 이번에도 역시 몇 가지 경우로 정리할 수 있습니다. 첫째, 그 파라디라는 인물이 바로 당신을 알고 있었거나….
　— 아! 천만에요.

　— 마틸드 부인?
　— 말도 안 되오!

　— 그렇다면 에두아르군요… 이것이 우리에게 남은 유일한 가정입니다….
　— 그런가요… 한데 대체 얘기를 어디로 끌고 가려고 하시오?

　— 저도 모릅니다… 바로 당신이 제게 말씀해 주셔야지요… 왜냐하면 런던 지구 출신 레지스탕과 1945년에 총살형에 처해진 대독 협력자 사이에 성립될 수 있는 관계를 저로서는 잘 알 수 없으니까요….
　— 잠깐만… 얘길 듣고 보니 생각나는 한 가지 사소한 사실이 있소. 파라디는 당시 대독협력자들에게 자비를 베풀어 줄 것을 요청하는 사면위원회의 위원으로 지명되었던 것 같소… 바로 그곳에서 에두아르와 접촉할 기회를 가졌을 겁니다.

― 뭐라구요? 그것을 사소한 사실이라 하셨습니까? 바로 그런 일이 있었기에 20년의 세월을 뛰어넘어 그 사람이 벵자멩과 얘기를 나눌 수 있었을 터인데….

― 그렇군요….

― 제네바의 감옥에서 벵자멩을 만났을 때, 곧바로 그는 그 아버지의 케케묵은 서류를 떠올렸을 겁니다….

― 그렇소, 나도 그렇게 생각해요….

― 그런데 그가 얘기했을까요? 그에게 에두아르 얘기를 했을 거라고 생각하세요? "당신 이름을 보니 생각나는 사람이 있군. 혹시 당신 누구 아들이 아니오?" 하고 말입니다.

― 얘기했을 거요. 아무래도 한 젊은이를 깜짝 놀라게 해주는 즐거움… 말리카를 비롯한 동료들의 일을 완수한다는 즐거움이 있었을 테니까… 더욱이 그 녀석에게 "나, 파라디는 뭇사람들에 맞서 자네 아버지의 목숨을 구하려고 영웅적으로 투쟁했다네, 하지만…" 따위의 멋들어진 대사를 읊조리며 스스로를 뽐내려는 즐거움도 없지 않아 있었을 거요….

― 알 만합니다. 하지만 주의해야겠어요. 우리가 지금 문제시하는 것은, 프라라는 인물에 대해 그가 벵자벵과 무슨 얘기를 주고받았는가 하는 것입니다. 그 점이 계속 밝혀지지 않고 있어요.

― 그렇군요.

— 한데, 파리 수복 당시 프라가 무슨 일을 했는지는 아직 물어보질 못했군요….

— ….

— 해방 당시 피에르 미셸 프라가 무슨 일을 했는지에 대해 말씀해 주시겠습니까?

— ….

— 자! 그런 것 정도는 저로서도 금방 알아낼 수 있다는 걸 잘 알고 계실 텐데요….

— 아, 그러니까… 피에르 미셸 역시 바로 그 위원회에서 일했소….

— 위원회에서…?
— 그렇소, 바로 그 사면위원회….

— 뭐라구요? 당신 말씀은 프라가 파라디와 함께….
— 그렇소….

— 그렇다면 프라 역시 에두아르에 대한 자비를 요청하는 탄원서를 알고 있었다는….
— 맞아요… 그렇소….

— 그렇다면 당신이 마틸드 남편의 목숨을 구하려고 고심할

때, 바로 프라에게 호소했던 게로군요….
— 예, 예, 그렇지요….

— 잠깐만요, 아주 놀랍군요! 갈수록 믿기지 않는데요!
왜냐하면 잠시 벵자맹과 파라다의 얘기를 접어두고 그 1945년으로 되돌아가서 생각해볼 때, 당시 그런 도움을 부탁할 수 있는 위치에 친구가 있다는 사실이 당신으로서는 몹시 기쁜 일이었겠군요….
— 그렇소, 몹시 기뻤소.

— 그 친구의 노력에도 불구하고 결국 일이 실패로 돌아갔으니 당신으로서는 끔찍했을 테고요….
— 끔찍했소.

— 당시의 상황을 한번 상상해보아야겠어요… 프라라는 옛 친구의 유익한 지위를 발견했을 때의 당신의 기쁨… 그랬다가 그가 전력을 기울여 온갖 수단을 다 썼지만 어쩔 수 없었노라고 통고해 왔을 때의 절망, 슬픔, 비탄… 하지만….
— 맞아요, 무척 슬펐지요. 얼마나 가슴이 답답했던지…

— 한데 말입니다… 이 점을 설명해 주셔야겠어요….
당신도 아시다시피, 저는 그 당시를 기록한 마틸드의 일기 내용을 처음부터 끝까지 모조리 읽었어요. 하지만 일기에서 프라에 관한 언급은 전혀 찾아볼 수 없었어요. 그의 지위라든가,

역할 따위는 두말할 나위도 없고요. 당신이 지금 막 그에게 부여한 역할 말입니다.
— 그럴 수 있지요. 내가 얘기하지 않았으니까.

— 왜요?
— 일의 성사 여부가 확실치 않은 터에, 공연히 헛된 기쁨… 부질없는 희망을 심어 주기 싫어서….

— 하지만 제 생각은, 어디까지나 일기장에 바탕을 둔 생각입니다만, 당신이 다른 것들, 다른 얘기들을 그녀와 주고받을 때는 그처럼 망설이지 않았던 것 같은데요. 예컨대 변호사 샤바낙 씨에 대한 얘기라든가….
— 모르겠소… 더 이상은 나도 몰라요….

— 괜찮습니다. 저도 이제는 뭔가 좀 알 듯하니까요… 다름이 아니라, 프라가 온갖 수단을 강구하며 애를 썼던 것이 아니라고 가정한다면….
— 오!

— 더욱 나쁜 경우로서, 그가 정반대의 역할 — 에두아르를 변호하기는커녕 오히려 압박하는 역할 — 을 맡았다고 가정하면…
— 함부로 말하지 마시오!

— 사실이 그랬다는 말이 아닙니다. 단지 하나의 가정을 세워 보는 것이지요. 저는 이 가정이 당신이 마틸드에게 프라에 대한 얘기를 전혀 언급하지 않은 이유에 대한 훌륭한 설명이 될 수 있지 않을까 하고 자문해 보는 겁니다….

— 이봐요….

— 고집 부려 죄송합니다만, 제 생각엔 바로 이것이 20년의 세월이 흐른 후 제네바 감옥의 쇠창살을 사이에 두고 파라디가 뱅자맹에게 해줄 수 있었던 얘기들이 아닌가 싶어요.

— ….

— 어디 그 장면을 또 상상해볼까요… 파라디가 그에게 얘기합니다. 자신이 어떻게 그의 아버지를 알게 되었는지… 어떻게 그 죄인에게 동정심을 느꼈으며… 그가 총살형을 면할 수 있도록 어떤 노력을 기울였는지… 이 얘기는 곧 당신의 말씀대로입니다. 아닐까요?

— 맞소.

— 좋아요. 계속 상상입니다. 파라디가 있는 반면에 프라라는 인물이 있었소… 용감하고… 영웅적이며… 하지만 가차 없는… 정녕 정의의 화신 같은 존재… 누구보다 열렬히 에두아르의 목숨을 요구한 사람 말입니다….

— 예.

— 그 모든 얘기를 들은 벵자멩… 눈물을 삼키며 그 엉터리 영화배우 같은 변호사의 얘기를 들어야 했을 가엾은 벵자멩….
— 예.

— 계속 상상하는 겁니다. 그 벵자멩이 자기 의붓아버지의 친구인 프라라는 늙은이가, 살아남을 수도 있었을 아버지를 살해한 진정한 흉수였다는 사실을 깨닫고서 감옥을 나섰습니다….
— 제발… 이만 끝냅시다….

— 얘기는 끝났어요… 도덕적이거나 정치적인 그 모든 고찰들은 차치하고라도, 그가 자기 어머니의 일기장을 보고서 나와 똑같은 생각을 품지 않았다고 보기는 어려울 것 같아요… 자기 어머니가 일기장에서 가톨릭 신자로서의 의무를 회상한 이런저런 대목들을 그가 곰곰이 헤아려보지 않았을 리가 없겠지요… 결혼의 신성한 속박… 에두아르가 살아 있는 한, 결코 그녀는 당신과의 결혼을 꿈꿀 수 없었으리라는 사실 등을 말입니다….

그리고 그 옛 얘기들과 관련하여 당신이 최종적인 해명을 하지 않았으리라고 보기는 어려울 것 같아요. 벵자멩의 입장을 고려해 볼 때, 둘 사이에 극단적인 결말이 빚어질 수밖에 없는 해명 말입니다.

장 아저씨는 아무런 응답도 하지 않았다.

그는 마치 최후의 대사를 뱉어 버린 노쇠한 배우처럼 엉거주춤 몸을 일으켰다. 그리고는 지친 듯 무거운 발걸음으로 사무실을 떠났다. 나는 그가 문지방을 넘어서면서 웅얼대는 소리를 들을 수 있었다.

"이제 모든 것이 그에게도 공평해졌어… 난 마음 내키는 대로 믿어버릴 수 있었고…내 좋을대로 쓸 수 있었는데… 어쨌든 얘기는 끝난 거야. 그에게도."

마리의 편지

1

파리, 1964년 9월 18일

사랑하는 콩스탕스, 네 말이 옳아. 18일씩이나 이렇게 편지도 하지 않고 소식도 없이 지내는 사람은 없을 거야.

네가 편지에 쓴 대로 나는 '고약한 언니'라는 비난을 백 번 들어 마땅하겠지. 하지만 너무 정신이 없었단다! 이곳의 생활은 제정신이 아니야! 귀신에 홀린 것만 같단다! 여기서는 시간이란 게 알자스의 아름다운 전원에 있는 우리집 — 이제는 너의 집이라고 말해야 할까? — 에서 느낄 수 있는 것과는 아주 다른 리듬, 전혀 다른 현실성을 갖고 있어.

18일이라고 그랬니? 나는 날짜가 가는 것도 모르고 있었구나. 혼잡스러운 거리, 지하철에 시달리면서 새벽에는 복덕방들을 찾아다니고, 낮에는 소르본느의 등록 사무소에 들르고, 호텔에서는 밤마다 창 밖의 그 지긋지긋한 소음이 멎기를 기다리며 불면으로 지새고… 그래서 네게 편지 쓸 여유가 도무지 없었단다.

9월 27일

그렇지 않아, 바보야.

나는 '우울하지' 않아… 단지 약간 얼떨떨할 뿐이야. 내가 본 현실에 조금 당황하고 있을 뿐이야. 결국은 내가 너무 많은 고정관념들을 갖고 있었던 거지! 판에 박힌 이미지들 말이야! 사실 나는 이 도시를 《파리의 농부》에서 아라공이 그려놓은 대로 상상해왔던 거야! 한 걸음 한 걸음마다 나는 '뷔트 쇼몽의 자연에 대한 감정', '카페 세르타'의 매력, 오페라 구절의 우아한 시정, 마담 주앙의 마사지 살롱, 밀랍 반신상이 있는 미장원 따위를 발견할 수 있으리라 기대했었단다. 그런데 미친 개미떼 한복판에 빠져 있는 기분이야. 처음으로 따뜻한 가족의 품을 떠난 꿈 많은 시골 처녀에게는 너무 가혹한 일이지.

그렇지만 걱정하지 마. 심각한 건 아니니까. 편안히 쉴 수 있는 숙소만 구하면 그런 느낌은 이내 사라지리라고 믿어… 여기 온 지 한 달밖에는 되지 않았고, 아파트도 열 군데 정도밖에는 가보지 않았으니까. 어제는 우연히 불쌍한 여자 하나를 만났었어. 예순네 살인데, 아파트 주인이 엄청난 반유대주의자라서 아마도 올해 안에 아파트를 비워야 할 것 같다고 말하더구나.

10월 5일

됐어! 찾아냈단다!

세 들 사람의 이름이 뭔지에 대해서는 별로 신경을 쓰지 않는 멋진 주인들을 만났어! 오늘은 복덕방에 전세 계약을 하러 가야 하기 때문에 네게 긴 얘기를 할 시간이 없지만, 아주 훌륭한 장소라는 사실만 알아줬으면 해. 물론 이름 — 투르농 가 — 을 말해도 너는 모르겠지만, 한 가지만 얘기한다면 그곳이 뤽상부르 공원과 소르본느와 생제르멩 데 프레로부터 같은 거리에 있다는 사실이야. 그리고 집은 이곳 사람들이 소위 '스튜디오'라고 부르는 곳이란다. 먹고, 자고, 공부하고, 씻고, 공상하고, 요리를 할 수 있는 일종의 단칸방이지!

너는 내가 이내 집을 옮기겠구나 하고 생각할 거야. 사실 그 '스튜디오'는 우리집에 있는 방들의 절반도 안 되는 크기니까. 하지만 그런대로 아주 좋아, 정말이야, 이곳의 학생들은 모두 그렇게 살거든. 그런 생활이 이내 아주 행복해지리라고 믿어.

10월 14일

사랑하는 콩스탕스, 내가 뭐라고 그랬니?

이사한 지는 3일밖에 되지 않았어. 그런데 내가 벌써 얼마나 편안하고 안락한 기분인지 너는 모를 거야. 생각해보렴! 이 모든 오래된 석조 건물들! 이 모든 명소들! 이름만 들어도 많은 것들이 떠오르는 이 거리들, 골목들, 아름다운 십자로들! 게빌러에서 우리 둘이 그리도 자주 꿈꾸었던, 전설적인 작가들과 시인들! — 그들이 여기서 살았었고 아직도 여기 있는 것처럼 느껴진다는 사실 — 그리고 라신느 가(家)! 카페 프로코프! 퐁텐느 메디시스! 내 생각엔 틀림없이 앙드레 브르통이 지팡이를 사러 오곤 했을 셍 쉴피스 가의 상점! 그랑좀므 호텔! 조금 아래쪽 셍 미셸 가의 에트랑제 호텔! — 어느 날 저녁에는 그 호텔에 들어가 나도 모르게 그만 리슈펭 씨와 제르멩 누보 씨가 도착했는지 종업원에게 물어보기까지 했단다 — 그리고 방금 전에는 소르본느 광장에서 《콩바》지(誌)를 사러 가다가 아닌 밤중에 홍두깨 식으로, 붉은색 줄무늬의 사이클 복장에 운동화를 신은 사람이 권총을 휘두르며 지나가는 모습을 상상했단다.

아, 콩스탕스, 너는 모를 거야… 저녁마다 나는 아직 정리가 안된 내 보금자리에 파묻혀서, 단지 내가 이곳에 살고 있다는 생각만으로도 황홀해한단다… 이 모든 경이로움들 바로 옆에서… 100미터만 가면 라파예트 부인이 《클레브 공작 부인》을 쓴 곳이 있고… 200미터 거리에는 만년의 조르주 상드가 지나간 사랑을 회상하던 곳이 있고… 300미터도 못 미쳐 라베이 가에는 쥘리에트 레카미에의 아름다운 사랑이 아직도 떠다니는 것만 같고… 그런데 그런 밤들에 느껴지는 커다란 슬픔, 우울… 나의 기쁨을 방해한다고 생각되는 단 한 가지는 네가 이곳에서 이 모든 행복을 함께 나눌 수 없다는 사실이구나….

물론, 네가 보내 달라고 한 소형 지도를 열심히 만들고 있단다. 다음주 초에는 받을 수 있을 거야. 하지만 그 지도가 이 슬픔을 어쩌지는 못한다는 걸 잘 알아. 정말이지 그 무엇으로도 우리가 떨어져 있다는 이 끔찍한 현실을 보상할 수는 없을 거야.

10월 19일

약속했던 대로 지도를 보낸다.

보다시피 아주 여러 가지 것들을 표시해뒀어. 내가 가는 신문 가판점… 도서관… 시장을 보는 곳… '실험 예술'을 한다는 극장… 정오마다 가기로 정해 놓은 세르방도니 가의 크레이프 빵 가게… 소르본느… 알리 뮈르제의 《방랑 생활》에 모델이 되었던 이탈리아식 식당… 오데옹… 요컨대 내 새로운 생활의 영역을 이루는 장소들을 50개 가까이 표시해 놓았어. 그리고 각 장소마다 괄호 속에 붉은색으로 숫자를 매겼으니까, 그 숫자에 따라 뒷면의 설명을 읽어봐… 이제는 네가 할 일만 남은 거야! 꿈꾸는 일만! 손가락을 짚어봐! 눈으로 따라가고, 상상해봐! 그래서 그 모든 말 없는 이름들로부터 네가 하나의 형체, 모습, 냄새, 색깔을 떠올릴 수 있기를 바라! 물론, 매주 그것들에 대해서 꼭 편지할게!

10월 27일

사랑하는 콩스탕스, 내가 보낸 지도가 마음에 들었다니 기쁘구나. 그리고 아버지, 어머니, 사뮈엘 아저씨, 귀여운 다비, 거기 있는 모든 친구들의 소식 들려줘서 고맙다. 그들 모두에게 내가 잠시도 잊지 않고 있다고 전해줘.

여기는 모든 게 잘되고 있어. 모든 일들이 정상적이야. 물론 겨울이 오고 있지. 대학도 개강을 했고. 내 스튜디오에는 조금씩 가구들이 생기고… 그럭저럭… 어쨌든 나쁜 편이기보다는 좋은 편이지… 지금으로서는 너에게 더 이상 말하고 싶지 않구

나. 그럴 기회가 오면 너를 깜짝 놀래 주고 싶으니까….

　교제 관계 역시 맑은 날씨의 연속이야. 지난 주에는 세르방 도니의 크레이프빵 가게(지도의 11번)에서 내 또래의 소녀 둘을 알게 되었단다. 나처럼 풋내기 파리 아가씨들인 데다가 나랑 마찬가지로 문과대학 1학년에 등록을 했고, 거기다가 우리들과 취향도 아주 똑같아. 옹딘느, 앙피트리옹, 새틴 구두, 콕토의 영화, 뮈세의 연극, 《나쟈》는 물론이고, 《무모한 사랑》, 르네 크레벨… 이 모두를 우리와 똑같이 좋아하는 거야. 아라공과 초현실주의자들 사이의 불화라든가 자크 리고의 자살에 대해서 이러쿵저러쿵 설명을 하며 열을 올리는 것도 우리와 마찬가지란다. 빵 가게에서, 길에서, 혹은 어제 저녁처럼 베트 — 둘 중에 더 예쁜 소녀의 이름이야. 알고 싶다면, 젊은 잉그리드 버그만을 상상해 봐. 얌전하게 쪽진 머리, 기다란 목, 예쁘고 푸른 눈, 아주 깨끗한 피부, 화장 안 한 얼굴 — 의 스튜디오에서, 브르통이 '샴페인 어깨를 한 여자'라는 표현으로써 의미하고자 한 것이 무엇인지를 토론하면서 몇 시간을 함께 보낼 수 있는 소녀들이야. 하루 전만 해도 전혀 타인이었던 소녀들 사이에서 그런 일이 가능하다니, 멋지지 않니? 그리고 너와 대화하던 습관을 잊지 않기 위해서는 이보다 더 좋은 방법을 내가 꿈이나 꿀 수 있겠니?

　물론 개네들한테 네 얘기를 했어. 그 애들은 너를 알지 못하는 것을 벌써부터 섭섭해한단다. 정말이야. 그렇지만 물론 네가 이곳에 나와 같이 있지 못하는 진짜 이유는 말하지 않았어.

11월 2일

전혀 아니야. 아직 남학생은 한 명도 만나지 않았어.

잘 생각해봐, 내가 말했을텐데! 그럴려면 나는 벌써 집에서 나갔어야 할거야… 그들이 생활하는 곳… 그들이 모이는 카페… 예를 들면 카네트 가의 이탈리아 식당(27번)에 갔어야 할 거야… 하지만 적어도 지금으로서는 그럴 마음이 생기지 않는구나. 왜냐고? 사실 겁이 나기 때문이야… 그들은 내게 너무 강한 인상을 줘… 그들의 블루진, 헐렁한 스웨터, 너무 통이 넓고 아무렇게나 어깨에 걸친 망토가 지나치게 내 마음을 흔들기 때문이야. 이해하겠니?

그리고 그들 중의 한 남학생과 마주쳐 지나갈 때마다 나는 숨이 멎는 기분이거든. 나도 모르게(정말이야, 일부러는 아니야) 그의 무심하고 나른하고 무감동한 시선과 마주치게 되고… 그래서 나는 기다리고 있어… 관찰하고 있어… 내 모습을 드러내지 않고 멀리서 그를 바라보는 수밖에는 방법이 없어(아주 사소한 일들, 사소한 몸짓들, 잘 드러나지 않는 표시들을 주의해서 살핀 다음, 집에 돌아와서 조금이나마 그의 생활을 재구성해 보는 거야). 그의 찌푸린 표정 하나도 나를 행복하게 해… 허공에 던져진 말 한마디… 지나가며 주워들은 대화 토막… 다른 여학생에게 보내는 미소… 터지는 웃음소리… 시선… 의자 위에 버려져 있는 종이 조각… 카페의 테라스 앞을 나는 계속해서 열 번도 지나갈 수 있어… 그 작은 그룹 — 파리의 학생들은 흔히 그룹을 지어 다닌단다 — 이 약간 떨어져 있어서 소리는 안 들리고 몸짓이 보일 경우에도, 나는 여러 시간 계속해서 관찰할 수 있을 거야. 추위에도 불구하고 말이야….

어느 날 밤에는 혼자가 된 그 남학생의 뒤를 밟아서 구역 일대를 돌아다니기까지 했었어. 그 사랑스런 천사는 내가 자기로부터 얼마나 많은 것들을 알아냈는지 모를 거야! 네가 알고 싶어한다면 말하겠는데, 꼭 한 번 선을 넘어설 뻔한 적이 있었어. 이른 아침, 집 앞의 버스 정류장에서였단다. 바로 내 앞에 등을 내 쪽으로 하고 버스 푯말에 기댄 채, 그들 중의 한 남학생이 서 있는 거야. 그가 나를 보지 않고 있다는 걸 확인한 다음, 나는 세밀하게 살피기 시작했어. 긴 머리, 계절에 비해 좀 얇아 보이는 카키색 윗저고리, 선원들처럼 목에 맨 붉은색 머플러, 밤새 위대한 사상들과 계획들로 씨름하느라 몽유병자같이 보이는 분위기, 지나치게 허세를 부리느라 굳어 있는 거동은 그의 그늘진 가엾음을 확인해 주는 것일 뿐이라는 생각이 들더구나.

그러자 괜히 가슴이 아프고 눈물이 나려하고 생각할수록 가여운 생각이 들어서, 나도 모르게 중얼거리고 말았단다. "아! 이 사람을 도와줄 수만 있다면!" 그가 내 목소리를 들었는지, 아니면 나라는 존재, 내 괴로움, 터무니없이 엉뚱한 내 생각을 눈치 챘는지는 모르겠어. 하여튼 바로 그 순간에 그가 고개를 내게로 돌렸고, 계속해서 놀란 시선, 호기심 어린 시선, 빈정대는 시선으로 바라보다가 검열이 끝났는지 다시 고개를 돌려 버리는 거야. 전혀 흥미없다는, 이런 표현이 적당한지는 몰라도, 아주 고고한 태도로 말이야. 어찌나 경멸적인 태도였는지, 여태까지 나 자신이 그토록 우스꽝스럽게 느껴졌던 적은 아마 없을 거야.

그러는 사이에 버스가 도착했어. 나는 결정적인 순간에 티켓을 집에 놔두고 왔다는 사실을 깨달은 소녀 흉내를 냈지. 나는 큰소리로 중얼거렸어. "쳇, 걸어갈 수밖에 없겠네." 그러고는 보란 듯이 반쯤 몸을 돌려서 마지막으로 뒤를 돌아다보았단다. 나는 그 남학생이 수치심으로 가득 차서, 애써 나의 코미디에 무심한 척하고 있다는 걸 알 수 있었어!

사랑하는 콩스탕스, 최소한 이렇게 말할 수 있을 거야. 그가 아직은 '내 남자'는 아니라는 걸… 아직은 좀더 기다리고, 그들의 습성과 행동을 좀더 자세히 연구하고, 좀더 익숙해져야 하리라는 걸… 경솔한 모험에 뛰어들기에 앞서서 말이야….

11월 16일

드디어 끝났어!

모든 일이 아주 빨리 이루어진 거란다! 그래서 감히 말하지만, 이제 내 스튜디오는 아주 그럴듯해! 거의 아무런 장식 없이 바닥에 포석을 깐 넓은 방을 상상해보렴. 벽에는 황마 벽포를 발랐고, 문들과 천장은 하얗게 래커칠을 했어. 창문에는 알맞게 재단한 그물(그래, 정말 그물이야)이 커튼 대신 걸려 있고, 이곳저곳에 가지각색의 쿠션들을 소파 대신 던져 놓았어. 그리고 받침대도 없이 맨바닥에 깔려 있는 매트리스 한 장… 여기서는 그게 최상의 멋이야! 발코니 쪽을 향해서 사각대에 얹혀 있는 흰 나무 판자가 책장 역할을 할 거고.

그리고 내 거처의 마지막 포인트는 바로 부엌 겸 욕실을 막는 칸막이란다(아직은 없지만 시간 문제야!). 그것도 바닥에서부터 1미터 높이까지는 구멍을 뚫어서 욕조의 절반 정도가 스튜디오

안으로 삐져나오도록 만들 거야… 애, 감탄하지는 마. 이곳에서는 극히 평범한 일들이니까. 내게 그런 아이디어들이 떠오른 것은 다행히도 고물상, 골동품상, 만물수선공들의 엄청난 망을 접할 수 있었기 때문이야. 토박이 파리 사람들은 지나가는 말처럼 입에서 입으로 그런 가게들이 있는 곳을 서로 알려 준단다.

물론 부모님한테는 시시콜콜하게 이런 얘길하지 말 것. 기절할지도 모르니까. 하긴 지금 생각하면 나조차도 얼떨떨해. 이 일과 다른 한두 가지 일에 있어서 내가 나 자신조차 믿을 수 없을 만큼 빨리 감을 잡게 되었다는 사실이 말이야. 이만 줄일게. 배달부가 초인종을 누르는구나. 아마도 냉장고를 가져왔을 거야.

11월 20일

아! 예리한 탐정 같으니라구!

'이 일과 한두 가지 다른 일'이라는 내 말에서 눈치챈 거니? 수수께끼 같은 그 '한두 가지 다른 일'이 도대체 무엇일까 하고 골치를 앓았다고 썼구나. 그래, 훌륭한 질문이야! 그렇지만 지난 주에는 말하기가 조금 일렀었거든. 오늘은… 음… 오늘이라고 더 낫다는 생각은 정말 안 들지만, 네가 고집을 부리고 재촉하니까… 어쩌면 네가 이미 눈치챈 것 같으니까… 그렇지?

아니야? 그래, 좋아, 남자에 관한 일이야… 다미엥과는 닮지 않았어… 우리가 갈색 머리인 것만큼 그가 금발이라는 건 맞았어… 그가 나를 사랑하는지는 아직 몰라… 그래, 나는 아주 사랑해… 그리고 우리가 어디서 어떻게, 어떤 상황에서 만났는지 정말 너는 모를 거야! 무도회에서도 아니고… 극장에서도 아니고… 식당에서도 아니고… 학교에서도 아니고… 버스 정류장에서도 아니야… 너는 정말 모를 거야, 내기할까?… 말할게. 어느 날 저녁, 한 지하실에서였어… 그래, 지하실에서… 좀더 자세히 말하면, 우리집 밑에 있는 담배 가게 겸 술집의 지하실이야. 그곳의 전화를 쓰러 갔었거든… 차라리 순서대로 얘기할게… 자세하게, 흔히 사람들이 그러듯이 상황과 사소한 일들을 곁들여서….

그러니까 나는 지하실에 있었단다. 베트에겐가 코린느에겐가 전화를 하는 중이었지. 다음날 집에서 크레이프빵 파티를 하자고 둘에게 알려야 했거든… 그때 저쪽 층계 밑에서 내 쪽을 향해서 아주 미남이고 키가 큰 남학생 하나가 불쑥 나타났단다. 그의 반짝이는 구두, 바지의 주름, 몸에 꼭 맞는 레인 코트… 요컨대 어딘가 모르게 복장에 아주 신경을 쓰고 있다는 점이 눈에 띄더구나. 그 역시 전화를 하러 온 것처럼 보였어. 그는 초조해 하지 않고 차례를 기다리는 신사처럼 점잖고 '무심한' 태도였어. 그가 표나지 않게 슬쩍 나를 훑어보더구나. 그런데 갑자기 그가 까닭없이 요란스러운 몸짓을 하고, 인상을 쓰고, 손을 볼에 대어 놀리는 시늉을 하면서 익살을 떨지 않겠니. 나는 계속 통화중이었는데 말이야. 나를 조롱하는 건가 하고 생각했어. 나로 하여금 빨리 수화기를 내려놓게 하려고 그러는 건가? 아니면… 아니면… 나는 감히 더 이상 생각조차도 할 수 없었어… 나는 당황했고, 머리 속으로 얼빠진 생각들이 스쳐 지나갔어… 말문이 막혀서 내가 무슨 말을 하고 있는지조차도 알 수 없었으니까….

어쨌든 방금 전의 점잖았던 태도를 팽개쳐 버리고서 그가 내

통화를 방해하려 한다는 사실을 깨닫자, 나는 베트(혹은 코린느)에게 속삭였지. "자, 이제 끊을게, 전화를 기다리는 사람이 있어." 그러나 그 말을 하는 데에도 나는 횡설수설했단다… 수화기를 삐딱하게 내려놓고… 발을 헛딛고… 하마터면 벌렁 쓰러질 뻔하고… 아슬한 순간, 나를 부축한 사람은 그였어. 신사다운 면을 약간 되찾아서 말이야(마치 기회라는 듯이!)… 그래서 어지럽고 귀가 멍멍한 상태에서 마침내 첫 번째 계단에 발을 올려놓는 순간이었지. 이번에는 등 뒤에서 그의 목소리가 다시 날아온 거야. "아실진 모르지만, 크레이프빵이라면 나도 정신을 못차리죠. 어디죠? 몇 시?" 콩스탕스, 나는 무섭기도 하고 겁에 질려 버렸어… 내가 무슨 말을 하는지, 무슨 행동을 하는지도 알 수 없었어… 이해할 거야, 나는 그 덫에서 빠져나가기 위해서 무언가를 생각해내야만 했어… 그런데 바보스럽게도 내가 찾아낸 유일한 생각은 — 한번 더 말하지만 나는 정말 제정신이 아니었어 — 친절하게도 내 주소를 알려 주는 것이었지 뭐니!

그렇게 해서 일어날 것이 일어난 거야. 다시 말해서 다음날 저녁 약속된 시간에 베트와 코린느가 도착한 지 얼마 안 되어 (내게서 사정 얘기를 들은 그 애들은 나보다 더 들떠 있었단다) 그들이 온 거야. '그들'이라고 말하는 까닭은 그가 무례하게도 두 명의 친구와 같이 왔기 때문이란다. 그들은 마치 점령지에 들어오듯이 나를 밀치고 들어와서는, 인사도 하지 않은 채 방의 구석구석을 고약하고 의심스러운 눈초리로 둘러보았어. 자리에 앉기 전에 무엇인가를 확인할 필요가 있는 것처럼 말이야.

저녁 내내 그들은 그런 식이었고, 그 바람에 그날 저녁은 정말 비참한 저녁이었다고 말하고 싶어! 한 쪽에는 세 명의 계집 — 용서해, 하지만 우리의 태도를 설명하기에는 이 말 말고 다른 말이 생각나지 않는구나 — 이 콧소리를 섞어 말을 하면서 깔깔거리고, 수다를 떨고, 새침을 부리고, 요컨대 관심을 끌기 위해서 끊임없이 아양을 떨고, 눈을 깜빡이고, 유혹하는 시선을 던지고, 대담하게 다리를 꼬면서 앉아 있었고, 맞은편에는 세 명의 오만한 남자들이 소파에 몸을 던진 채 지겹다는 듯 우리들의 짓거리를 지켜보고 있었어.

그들은 자기들끼리 크레이프빵을 거의 전부 먹어치우고는 저녁이 끝날 무렵에야 대화에 끼어들었어. 간략하게, 우리가 한 얘기들은 우스꽝스럽다는 것, 우리가 읽고 있는 책들은 형편없는 것들이라는 사실, 브르통은 '천치'이고 아라공은 '스탈린주의자'이며 가엾은 크레벨은 '남색가'라는 것을 우리에게 설명했단다. 지로두, 클로델, 뮈세, 라파예트 부인에 대해서는 언급도 하지 않았어. 이번에야말로 그들의 코를 납작하게 만들면서 우리를 과시할 수 있을 것이라고, 어쩌면 흥미로운 대화의 출발점이 될 것이라고 확신하면서, 우리는 그들에게 아주 자랑스럽고 순진하게 우리의 레파토리들을 차례차례 남김없이 얘기했지만, 그럴 때마다 그들은 한층 더 비웃기만 했어….

그들은 누구인가, 무얼 하는 남자들인가, 무엇보다도 어떻게 이토록 뻔뻔스러운가? 그런 질문들에 대해서는 그들은 말하지 않았단다. 그들은 우리의 질문들을 회피하는 데서 심술궂은 쾌감을 맛보고 있었어. 유일한 단서는 이것뿐이야. 막 떠나려던 순간, 벵자맹(어쨌든 그의 이름이 벵자맹이라는 사실을 알아냈단다. 그의 보디가드들은 빌과 비케이고)이 선반 위의 내 그리스어 사전을 가리키며 단호하게 말하더구나. "아니! 바이 사전이군… 마침 잘됐는데… 오늘 밤 그리스어 사전 하나가 필요했었는데… 내일 아침에 꼭 돌려줄게요." 그는 더 이상 설명하지 않았어. 그렇게 해서 우리는 다시 우리끼리만 남게 되었는데, 이상하게 맥이 빠지고 몸도 꼼짝할 수 없을 지경이었어. 서로를 잘 쳐다보지도 않았고 갑자기 서로 할 말도 없었어.

그 다음은 너도 추측할 수 있을 거야. 아니, 어쩌면 못할 거야. 나 자신도 아주 놀랐었는데 어떻게 네가 추측하겠니? 벵자맹은 약속한 대로 다음날 아침에 사전을 돌려주러 왔단다. 그렇게 일찍 오리라고는 생각지 않았기 때문에, 나는 한창 청소를 하고 있었어. 이번에는 혼자인 그가 중얼거렸어. "미안… 몰랐어요… 조금 늦게 올 걸 그랬군요." 나는 나도 모르게 대담해져서, 빗자루를 놓고 앞치마를 끄르며 그에게 할 대답을 찾아냈단다. "아, 아니에요! 곧 끝날 거예요." 그는 들어와서 발코니로 가더니, 생각을 바꾼 듯 다시 들어와서는 매트리스에 팔꿈치를 기댄 자세로 바닥에 앉았어. 나는 그의 뒤에 누웠단다. 아주 가까웠기 때문에 말을 하면 내 숨결이 그의 곱슬곱슬한 금발을 스칠 정도였어.

그가 말을 시작했지. 빌… 비케… 그의 동료들과는… 떨어질 수 없는… 그들은 'B삼총사'로 불린다… 아니, 아니, 자기가 그들의 우두머리는 아니다… 어쨌든 내가 그런 식으로 사람들을 맞이해 준 것에는 아주 호감이 간다… 나는 그의 얘기를 듣고 있지 않았어… 그저… 달콤한 목소리… 그 떨림… 억양… 그러다가 얘기에 싫증이 난 나는 양손으로 그의 귀밑머리를 잡아서 고개를 내 쪽으로 돌리게 했어. 그리고 그와… 나… 그였는지 나였는지 모르겠어… 그 다음은 짐작할 수 있겠지, 안 그렇니? … 그는 아주 미남이고… 매력적이고… 부드러우면서도 거칠어… 쉿!… 그만 얘기하는 게 좋겠다… 사랑해.

11월 23일

천만에, 내가 '내숭' 떠는 게 아니란다.

내가 더 이상 말하지 않는 건 단지 아는 것이 그 이상은 없기 때문이야. 물론 그의 이름이 벵자맹이라는 것, 나이는 스물세 살이 조금 넘었다는 것, 시험보다는 모임과 데모, 자기네들의 작은 세계를 소란케 하는 여러 가지 정치적인 운동에 더 흥미를 느끼는 학생들의 부류에 속한다는 것, 하여간에 그 세계에서 그가 '우두머리'나 '지도자'는 아니라고 해도 최소한 선동자나 고무자, 사람들이 자문을 구하고 의견을 묻는 인물임에는 틀림없다는 것, 예를 들어 다음 1월에 예정된 어떤 '회의'의 준비 과정에서 중요한 역할을 맡고 있는 듯이 보인다는 것 정도는 알고 있어.

하지만 그 밖의 일들은, 거듭 말하지만, 하나도 몰라. 그는 한 마디도 하지 않아. 자신의 가족… 부모… 개인적인 생활… 형편에 대해서는 완전히 침묵이야… 조금 후에 너한테 그 증거를 말하겠지만, 그 엄청난 재력에 대해서도 그래… 나는 그가 자기 집에서 살고 있는지, 어떤 여자 집 혹은 친구 집에서 살고 있는지, 파리에 살고 있는지 시골에 살고 있는지조차도 몰라… '그

일'이 언제나 투르농 가에서 이루어지는 데에 짜증이 나서, 그의 집에 가서 한잔 할 수 없느냐고, 물론 무척 망설였지만 딱 한 번 그에게 청한 적이 있었단다. 엉뚱한 호기심처럼 보이지 않도록 꽤나 신경을 썼어. 그는 당황한 태도로 심사숙고하는 척하더니, 마침내 나를 데려갔지… 어느 호텔로 말이야! 뫼리스 호텔이었는데, 그토록 멋진 장소에서 사랑하는 남자와 호화로운 식사를 할 기회가 매일 있는 건 아니라고 생각해!

그렇지만 문제는 이거야. 사랑하는 남자에게 내가 좀더 그의 내밀한 것들을 알고 싶다고 말했을 때, 그가 나를 안내한 곳이 호텔이라는 익명의 극치인 장소였다는 사실! 윤리적인 측면은 접어두기로 하자… 상스러운 태도는 잊기로 해… 낮에는 공산주의와 반란과 혁명을 설교하고, 밤이면 결코 파괴와 전복의 전당일 수 없는 그 장소에서 아주 자연스럽게 대리석과 금박 장식과 루이 13세 시대의 모조 가구들, 분홍 대리석으로 만든 욕실을 차지할 수 있는 남자의 모순을 분석하는 일은 다른 사람들에게 맡기기로 해. 지금의 우리에게는 그게 문제가 아니니까.

중요한 점은 '벵자멩이라는 신비'가 재미 삼아 너를 안달하게 하려고 지어낸 얘기가 아니라는 사실이야. 그의 주위에는 확실히 야릇한 안개가 가득하고, 지금으로써는 도무지 그게 걷힐 것 같지 않다는 사실이야.

11월 27일
여전히 아무것도 몰라.

하지만 자주 만나기는 한단다… 밤에… 아침에… 오후에는 소르본느에서… 정오와 2시 사이에는 극장에서… 어떤 날 저녁에는 르 샹포라는 카페로 나를 데려가기도 해. 그곳에서 나는 그가 자기 친구들과 토레즈의 죽음이라든가 크루흐체프의 몰락, 발덱로쉐의 사상, 학생 연합을 재장악하기 위해서 초여름부터 당 — '당'이라는 말은 특별히 명시할 필요가 없어. 언제나 공산당을 의미하니까 — 이 쏟고 있는 노력 등의 격렬한 주제들을 놓고 토론하는 것을 들으면서 오랜 시간을 보낸단다. 그렇지만 문제는 여전히 그대로야. 그 얘기들을 통해서도 개인적인 그에 대해서는 새로운 정보의 그림자조차 얻어낼 수 없으니까. 어처구니없는 일은 그를 만나면 만날수록 내게는 그가 더욱더 비밀스럽고 수수께끼처럼 보인다는 사실이야.

예를 들어서 돈만 해도 그래. 지난번 편지에서, 그 또래의 남자들에 비해서 그가 무척이나 돈이 많아 보인다는 얘기를 했을 거야. 그래, 분명히 그래. 그들과 함께 있는 동안은 그가 티를 내지 않으려고 주의를 하기 때문에, 카페에서 팁을 준다든지, 모두의 지하철 티켓을 그가 사는 것이라든지, 극장에 들어갈 때 대개의 경우 무심코 학생표를 사지 않는다든지, 혹은(하찮은 것이긴 해도 이것 역시 아주 설득력 있는 증거인데) 지갑을 갖고 다니지 않고 항상 주머니에 아무렇게나 돈을 넣고 다닌다는 사실 정도만이 그가 부자라는 걸 알게 해줘.

하지만 나하고 단둘이 있을 때면 그는 더 이상 거추장스럽게 신경 쓰지 않아! 마치 아무런 억압 없이 그의 본성이 그대로 드러나는 듯이 말이야! 먼저의 벵자맹과는 아무 관계도 없는 또다른 벵자맹이 갑자기 출현해서 식사 한 번에 300프랑을 쓰고,

다음 날에는 카지노에서 그 열 배의 돈을 날리고 밤새도록 차를 빌려서 도빌이나 앙이엥으로 '운수를 시험해 보러' 가고 내게 사치스러운 선물을 하곤 하는 거야. 어느 날 오후에는 내게 200병의 고급 포도주를 배달시키더니, 저녁이 되자 전부를 욕조 속에 쏟아 부었단다. 내게 '진정으로 초현실주의적인 목욕이 어떤 것인지'를 보여 주기 위해서라는 거야. 그래서 뫼리스 호텔에서의 일이 있은 이후로 우리가 그토록 입에 올렸던 그 호텔들을 나는 잊기로 했단다. 비용이 얼마나 들지도 알고 싶지 않아.

이 모든 게 아주 이상하다는 건 나도 인정해. 하지만 그렇다고 내가 화를 내야 하겠니? 오히려 나는 아주 행복하거든….

11월 30일

물론 나는 이의를 제기했단다.

답답하고, 갈피를 못잡겠다고 그에게 설명했어… 줄 무늬 조끼를 입은 그 기생 오라비 같은 남자들 — 매번 아주 친절하고 공손하게 의미 있는 미소와 공모의 눈빛을 지으면서, 혹은 반대로 무관심하게(고의적인 무심함이기 때문에 한층 의미심장한) 그를 맞이하는 — 을 보는 것이 정말 지겹다고 말했지… 그런 식으로 지나치게 아름답고, 지나치게 넓고, 너무도 존재들과 망령들로 가득한 방에서는 그를 사랑할 수 없노라고 말하기까지 했어. 몸짓 하나, 걸음 하나, 사랑의 말 한마디를 하려 해도, 같은 순간, 같은 위치, 똑같은 상황에서 이미 다른 사람들이 수십 번도 더 똑같은 말을 했고 똑같은 행동을 했으리라는 느낌이 퍼뜩 떠오르는 방에서는 말이야… 하지만 그때 그가 뭐라고 대답했는지 아니? 그저 '느낌'이다… '생각'을 바꾸어라… 오히려 이 곳보다 '아늑한' 곳은 더 이상 없다… 그리고 우리가 여기 온 건, 당신이 '나의 집'에 가고 싶어했기 때문이다. 터무니없고, 역겹고, 요컨대 아주 저속한 이 호화로운 방들만큼 '안락한' 곳은 세상에 아무 데도 없다….

12월 5일

사랑하는 콩스탕스, 아니야!

나는 그들이 '공산주의자'들이라고는 말하지 않았어. 그 단어를 입에 올린 적은 없었다고 생각되는구나. 더군다나 그 단어 자체는 이곳에서 아무런 의미도 없거든. 그리고 오늘날의 카르티에 라탱에는 사뮈엘 아저씨의 정원에 있는 장미나무 종류만큼이나 많은 여러 가지 공산주의가 있으니까! 예를 들면 '모택동주의자'들이 있고… '무정부주의자'들… '생디칼리스트'들… '전체주의자'들이나 '스탈린주의자'들, '게바라주의자'들, '마리겔리스트'들, 혹은 소위 '당을 지지하는 사람'들 ─ 이들만이 어쩌면 네가 생각하는 의미의 공산주의자들일 거야 ─ 은 말할 것도 없고. 그들 사이에 서로 다른 점이 뭐냐고? 의견상으로는 아무것도 다르지 않아.

내 얘기는, 그저 그렇게 보아서는 그들 모두가 똑같은 식으로 말하고 똑같은 작자들을 존경하고 똑같은 억양으로 똑같은 성스러운 텍스트를 인용하는 것처럼 보인다는 거야. 심지어 외견상으로는 그들의 생활 방식, 복장, 걸음걸이, 어쩌면 사랑을 하는 방식까지도 판에 박은 듯이 똑같으니까. 하지만 그들의 생각이 어떤지 묻는다면, 그 점에 대해서 그들에게 묻는다면, 잘 들어봐! 그건 증오야! 전쟁이야! 그들에게는 서로에게 딱지를 붙이려는 대단한 욕망이 있어! 애매하고 사소하고 눈에 보이지 않으면서도, 넘을 수 없는 철조망과 같은 경계선들!

뱅자맹 같은 사람은 목소리 하나, 어떤 사소한 태도 하나, 행동을 감지하기 어려운 어떤 뉘앙스, 머플러의 매듭, 셔츠의 색깔, '동지'라고 말하는 것, '착취'라는 단어를 강조하는 것, '민중' 대신 '대중'이라고 말한다거나 '계급 투쟁' 대신에 '계급 전쟁'이라고 말한다는 사실만 보고도, 그 사람이 '스탈린주의자'인지 '수정주의자'인지 혐오스런 '전체주의자'인지를 가려내는 데에 1초도 걸리지 않는단다. 이따금 그는 경멸에 가득 찬 목소리로 이렇게 말하기도 해. "집어치워, 그 작자는 트로츠키파야!" (이유는 알 수 없지만, 이것이 가장 심한 파문의 동기가 되는 모양이야).

프루스트가 《잃어버린 시간을 찾아서》에서 게르망트 사람들의 세계를, 외부 사람들에게는 의아스럽고 의미 없는 기호들로 이루어진 성좌처럼 보이지만, 규칙을 아는 사람들에게는 의미와 교훈으로 가득한 명확한 세계라는 식으로 묘사한 것을 기억하겠지! 그래, 내가 살고 있는 세계도 약간 그런 식이란다. 꼭 그런 식의 세계야. 너는 그 엄청난 메시지들을 한마디도 이해할 수 없겠지만, 시사하는 바가 너무도 많은 복잡한 상징들로 가득한 세계! 그래서 갈수록 나는, 베르뒤랭 집안에서 갈팡질팡하는 게르망트 집안의 여자가 된 느낌 혹은 ― 그래, 겸손하게 말하자 ― 난해한 달변의 이 젊은 남자들이 스완의 가족들, 샤를뤼스 집안의 사람들, 셍루의 가족들처럼 보이는 베르뒤랭 집안의 한 보잘 것 없는 여자가 된 느낌이 들어. 분명하게 말해서, 내가 갈피를 못 잡고 있다는 뜻이지.

가령 빌, 비케, 벵자맹이 소위 '알튀세르파'에 속한다고 내가 말하더라도 — 지나는 말로 한두 번 그 얘기를 들은 적이 있었거든 — 실제로 그것이 무얼 의미하는지에 대해서는 내게 너무 많이 묻지 마(단 한 가지 확실한 것은, 거듭 말하지만 '알튀세르파'라는 것이 어쨌든 스트라스부르에서 사람들이 '공산주의자'라고 부르는 것하고는 다르다는 사실이란다).

추신: 말할 필요도 없겠지만, 다른 일들에 대해서도 똑같이 갈피를 못 잡고 있어. 내 신비로운 남자의 과거에 대해서는 여전히 아무런 '정보'도 얻지 못했단다. 그렇지만 너는 듣고 싶겠지? 나는 이제 개의치 않기로 했어. 공연한 문제들 때문에 시간을 낭비하기에는 그런 남자가 그렇게 흔한 게 아니니까. 젊고, 미남이고 매력적이고, 지적이고, 혁명적이고, 게다가 부자이기까지 한 남자 말이야. 내 말이 충격적이라면 용서해. 하지만 나는 점점 더 확고해져 가고 있어. 신비든 신비가 아니든 간에, 이제부터 그가 나의 종교가 되리라는 것.

12월 10일

우! 우! 콩스탕스! 도대체 네 편지를 받을 수 없구나!

혹시 마음 상한 것 아니니? 화라도 났어? 심사가 뒤틀렸니? 지난주에 내가 신앙 고백을 한 뒤로 갑자기 이렇게 소식이 없는 까닭이 뭘까?

　나는 잘 지내고 있단다. 여전히 즐겁고, 행복하고, 그럭저럭 명랑하고, 그리고 마리 '방송'은 너에게 베트와 빌이 다시 만났다는(우리들의 분위기와 주위의 분위기에 힘입어서) 소식을 전해 줄 수도 있단다… 그렇지만 안 되겠어! 스톱! 마리 방송국은 삐쳤어! 마리 방송은 입을 다물 거야! 마리 방송은 예고 없이 정규 방송을 여기서 멈추기로 합니다! 대신, 마리 방송은 너에게 벌로써(너의 태도, 너의 까닭을 알 수 없는 토라짐을 벌하기 위해서) 아주 따분한 정치 이념 교육 프로그램을 들려줄 작정이야! 자… 준비되었습니까? 두 귀를 활짝 열었어요? 자, 그럼… 시작합시다!

　예를 들어서 친애하는 청취자께서는 아버지인 로젠펠트 씨가 자신의 노동자들에게 급료를 지불할 때, 실제로는 그것이 '착취'라고 불린다는 사실을 알고 있는지요! 또한 노동자들에게 초과로 지급할 때에는, 그것이 '초과 착취'라고 불린다는 사실도 알고 있는지요? 게다가 노동자들에게 애정을 베풀고 선심을 쓰고 친절하게 대하는 것은 그들의 빈곤을 심화시키는 '자본가의 속임수'라는 사실을? 예컨대 지난해 여름에 아버지가 그랬듯이, 노동자들의 복지와 안락을 염려하는 행동은 겉보기와는 반대로 그들의 해방에 대한 열망을 '봉쇄'할 의도밖에 없는 비열한 '개량주의자'의 표시라는 사실을? 그런 까닭에 그런 류의 '개량주의자'가 오히려 파시스트보다도 더욱 '억압적'이라는 사실, 따라서 순박한 사람들이 집단적으로 대항해야 할 사람은 그 — 바텔 가(家)이기보다는 오히려 아버지 — 라는 사실을?

말을 바꾸면, 노동자들이 그런 식으로 제법 애정을 받고 있는 것처럼 보일수록 그들과 아버지 사이에는 더욱 격렬하고 거칠고 무자비한 전쟁 — 정확한 표현으로는 '계급 투쟁' — 이 존재한다는 사실을? 그리고 우리들 자신(즉, 콩스탕스와 마리 로젠펠트)도 토요일 저녁에 은밀히 카플러 형제를 만나러 가곤 했을 때, 우리도 모르는 사이에 '자본가의 앞잡이' 역할을 하고 있었다는 사실을? 카플러 형제가 기꺼이 우리들의 사랑 놀이에 응했다고는 하지만, 그러니까 매번 약속된 시간이면 그들이 가죽 장화를 신은 긴 다리를 어두운 허공 속에 건들거리면서 정원 구석의 울타리 위에 걸터앉아 우리를 기다렸다고는 하지만, 그것은 그들이 '부르주아 이데올로기'의 음흉한 폐해에 의해서 중독되어 — 다시 말해서 '소외되어' — 있었기 때문이라는 사실을?

아니지요, 청취자께서는 생각도 못했을 겁니다. 마리 방송이 어디서 그런 것들을 알아냈는지 의아하기조차 할 것임에 틀림없습니다. 그러나 아주 간단하게 말해서, 이것은 마르크스주의일 뿐입니다! 그래요, 진짜 마르크스주의! 자신도 모르는 사이에 당신은 이곳의 가장 우수한 서클들 내에서 거론되고 있는 최신 마르크스주의에 대한 첫 번째 강의를 받은 것입니다! 그리고 당신이 답장하기를 게을리함으로써 내 기분을 상하게 할 때마다, 마르크스주의에 대한 또 다른 강의를 해줄 것을 약속합니다!

12월 14일

그래! 내 짤막한 이야기가 흥미있었겠지.

베트와 빌에게 어떻게 그런 일이 생겨났는지 알고 싶어서 몸

살이 날 거야. 좋아, 그 얘기를 조금 해줄게. 항상 그렇듯이, 넌 역시 눈치가 빠르다니까!

빌이 그녀를 사랑한다고 말해 주기 위해서 베트를 찾아간 사람은 나였어… 그 다음엔 빌을 만나서 베트가 나한테 빌에 대한 칭찬만 한다는 얘기를 넌지시 했단다… 그러고는 어느 날 저녁, 크레이프빵 가게로 그들을 불렀고… 무슨 일이 있다고 둘러대어서 식사 도중에 그들 둘만 남겨 놓았지… 그 이후로 그들은 계속 만나고 있고, 당연한 일이지만 둘 다 나에게 무한히 감사해 한단다!

덧붙여서, 네가 사정을 조금이라도 더 잘 이해하도록 하기 위해서, 빌이 예전에 내가 너에게 말했던 것보다 천 배는 더 훌륭한 사람임을 말해둘게. 아주 간략하게 내가 '무례한 조수'라고 꼬리표를 붙였던 사람 뒤에… 뭔지 알아맞혀 봐… 애, 한 사람의 작가가 숨어 있었던 거야! 글을 쓰고 싶어하는 사람 말이야! 그 일을 위해서 살고, 오직 그것만을 꿈꾸는 사람! 거대하고 웅장하고 열렬해 보이는 하나의 계획에 의해서 삶 전체가 자성(磁性)을 띠고 있는 것 같은 사람!

한번 상상해봐, 그가 꿈꾸는 소설 — 어쨌든 소설이니까 — 은 줄거리도 주제도 인물도 없는 소설, 심리 묘사도 정치적인 메시지도 없는 소설, 요컨대 소설이라는 장르가 존재한 이래로 그 특징을 이루어왔던 요소라고는 아무것도 들어 있지 않은 소설이란다. 미쳤다고? 그래, 미쳤어! 솔직히 말해서, 그의 그런 얘기를 들으면 나도 얼떨떨하단다. 그렇지만 잘 들어 봐! 나는 그 진지함만큼은 전혀 부정하지 않고 있어! 또한 우리의 초고전적인 교육 때문에 우리가 알아채지 못하고 있을지 모를, 진정으로 '새로운 정신'의 실마리가 거기 있다는 생각도 배제하지 않아! 그리고 무엇보다도, 나는 판단을 내리기에 앞서서 몇 가지 것들을 읽어보는 게 좋으리라고 생각한단다. 예컨대 조이스, 셀린느, 에즈라 파운드, 앙토넹 아르토의 연극에 관한 글들, 아주 현대적인 어느 젊은 비평가(이름은 생각 안 나지만 빌은 그 사람을 진정한 스승으로 생각하는 모양이야. 신과 벵자맹 다음으로)가 쓴 《기술의 영도》 같은 것들. 물론 당장은 우리와 익숙치 않은 글들이라는 점은 나도 인정해, 나 역시 그들 사이를 연결하는 은밀한 고리가 무엇인지 전혀 알고 있지 못하니까. 하지만 그것들이 눈에 보이지 않는 구조물을 이루어서, 그런 식의 놀라운 계획을 정당화하고 떠받쳐 주고 있는 거야….

베트는 그에게 몰두해 있어. 그녀가 보고하는 즉시 너에게 알려 줄게. 어쨌든 우선은, 그녀의 선택이 전혀 나쁘지 않다는 사실을 네가 알았으면 해. 물론 그녀에게 그렇게 하도록 한 건 나지만! 가령 크레이프빵 가게에서 그날 저녁 그가 자신의 관심사를 토로하였을 때, 그의 표정, 그늘이 진 창백한 눈, 피아니스트처럼 길쭉하고 섬세한 손, 말을 하는 동안 인디언처럼 긴 머리카락을 계속해서 뒤로 쓸어넘기던 모습 속에는 거의 열병에 가까운 어떤 진지함이 있었어. 어쨌든 그것이 일종의 허세나 과장의 표시일 수도 있다는 의혹이 강하게 들기는 하지만 말이야.

투르농 가에서의 역사적 그 밤에 생겨난 또 한 명의 위대한 희생자에 대해서도 한마디 해야겠구나. 또 다른 '조수'를 내가 비케라고 불렀을 거야. 농부처럼 두툼한 얼굴, 살이 쪄서 벌써부터 처지기 시작한 붉은 볼, 꼭 끼는 회색 작업복 — 그가 성복(聖服)처럼 입고 다니는 — 속의 땅딸막한 몸뚱어리. 하여튼 무척이나 못생긴 남자야. 가엾게도 그는 모든 것이 '두툼' 해. 짧게 깎아서 항상 머릿기름을 바르고 있는 그 검고 숱 많은 머리까지도 말이야! 그런데 이제 그를 조금 알고 나니까, 첫날 밤의 판단 착오가 너무도 불공평한 것이었다는 생각이 드는구나!

50년 전에 나온 영화들의 제목을 정확하게 말할 수 있는 사람을 본 적이 있니? 뉴욕에 가본 적도 없으면서, 쥘 다생의 《베일 없는 도시》에서의 뉴욕과 시드니 메이어스의 《말 없는 사람》이라는 트릭 영화에서의 뉴욕을 비교해서 묘사할 수 있는 사람을? 또 도스토예프스키와 《말타의 매》 사이의 관계, 혹은 히치콕의 영화와 라신느의 3통일의 법칙 사이의 관계를 즉석에서 설명할 수 있는 사람을 본 일이 있어?

그래, 비케가 바로 그런 사람이란다. 나는 그 사람만큼 열렬한 영화광은 보지 못했어. 그는 현재 이곳에서 한창 진행되고 있는 작업, 요컨대 영화 애호를 독자적인 하나의 문화로 이끌어 올리는 작업을 하는 사람이야. 그래서 분명히 매력은 있지만, 말했다시피 전혀 매혹적이지 못한 그 남자가 문득 아름다워지기까지 하는 현상을 보는 것은 정말 대단한 경험이란다. 조셉 프로제의 《녹색 머리 소년》에 대한 짤막하고 '수준 높은 분석' 이랑 전날 밤에 텔레비전에서 방영한 영화(나로서는 평범하고 속이 뻔히 들여다 보이는 프랑스 코미디로 밖에는 볼 수 없었던) 속에서의 장 가뱅, 프레네, 슈트로하임의 관계를 가지고 시동을 건 다음, 《카사블랑카》의 끝에 나오는 잉그리드 버그만의 뽀로

통한 표정이나 샤를르 비도르(나도 실수를 했었는데, 유명한 킹 비도르와 혼동하지 말 것!)의 한 영화에서 리타 헤이워드가 입고 나오는 가슴이 깊이 파인 의상, 그녀의 머리 모양, 반질거리는 양모로 만든 긴 장갑 등을 묘사하기 시작할 때 말이야. 그럴 때 그의 게슴츠레한 눈, 입술가의 의미 있는 미소, 어떤 깊숙한 감정의 불길에 사로잡힌 듯한 쉰 목소리….

그렇구나. 내가 오늘 아주 말이 많다고 너는 생각하겠지. 그렇지만 그런 것들이 마음에 걸렸었단다. 이해하겠니? 그 두 명의 훌륭한 남자들에 대해서 내가 애초에 네게 말했던 어리석은 생각을 바로잡을 필요가 있었던 거야. 거기에 덧붙여서, 얼핏 보기와는 달리 내가 깊은 무기력 상태에 빠져 있지 않다는 사실을 너에게 이해시키고 싶은 생각도 있었단다.

12월 18일

이런! 뭘 더 알아내려는 거니?

잘 들어, 내가 사랑하는 사람은 그야! 그 사람뿐이야! 지난번 편지에서처럼, 그가 아끼는 두 명의 '동지들'에게 내가 관심을 갖는 것은 오직 그를 통해서일 뿐이야! 간단히 말해서, 내가 느끼기에 네가 모르고 있는 사실 하나는 단지 이거야. 벵자맹은 전혀 별개의 존재라는 사실… 별개의 차원이고… 별개의 세계이고… 일종의 거인… 천사… 반신(半神)이고… 운명의 총아이고… 자연의 걸작품이라는 사실….

그런데 내 성격이나 철학, 내 모든 것이 '자연' 속에 '걸작품들'이 있을 수 있다는 생각 자체를 얼마나 싫어하는지는 너도 알지! 네가 모르는(내가 알려 주려고 애쓸 때마다 네가 고의로 잊어버리고 있는) 사실은 그가 특별하며, 전혀 별개이며, 분류할 수도 규정할 수도 없는 사람이라는 점이란다. 예컨대 다미엥 — 한심하기 짝이 없는 그의 우쭐대는 태도, 시골 바람둥이 스타일의 플란넬 상의, 그의 우스꽝스러운 스포츠카, 기억나니? 의사에게 자기 신체를 기증하겠다던 그의 결심. 맙소사! 모든 기관을 병 속에 넣어 보관하고, 냉동시키고, 포르말린 용액 속에 담궈 놓다니! 그는 미리 그걸 뽐내고 다녔었잖니, 멍텅구리! — 같은 남자와는 비교도 할 수 없어.

내 '반신'의 이면에는 '신비'가 있지 않느냐고 너는 말하겠지? 그가 내게 강요하는 '숨바꼭질' 놀이? 그를 사랑하기에 나는 전혀 모르고 있지만, 그가 왕이자 평민, 영웅이자 악당, 천상의 왕자이자 지옥의 왕자가 될 수 있다고? 흔히 처녀들이 빠져드는 그 달콤한 꿈들이나 계획들을 그런 작자하고라면 전혀 꿈도 꿀 수 없다고? 애, 그렇다고 해, 그건 사실이야. 그렇지만, 말했다시피 나는 만족해, 나는 익숙해지고 있어. 나는 그런 면이 거의 즐겁기까지 하단다. 그것이야말로 아름답고 순수하고 더없이 준수한 용모의 그에게 그가 존경하는 보들레르 — 그는 절대로 이 사실을 인정하지 않을 거야. 그의 주위에서는 누구나 마르크스, 레닌, 모택동만을 읽으니까. 하지만 그의 진정한 정신적 스승은 보들레르임이 틀림없어 — 가 그것 없이는 '진정한 댄디즘'도 없다고 공언했던 '충동적이고 자극적인 어떤 것'을 부여해 주는 매력과 같은 것이야.

그리고 또한 애무가 있어! 너에게는 아직 한번도 말하지 않았지만, 너무나 독특하고 신비스럽고 달콤해서 어떠한 고통이라도 견딜 수 있게 해주는 애무! 요컨대, 진실은 이것일 거야. 뱅자맹의 진짜 재주는 마침내 내가 한 사람의 진정한 여자가 되게끔 만든 데 있다는 사실! 콩스탕스, 나는 그의 전부를 사랑해… 나는 전부를 원하고… 모든 것을 갈망해… 나는 그의 모든 것을 받아들일 준비가 되어 있어, 물론 배반만은 빼고 말이야. 그가 배반한다면 난 죽고 말거야….

12월 21일

'진정한 여자'가 무슨 뜻이냐고?

말해봐, 너 야릇한 생각을 하고 있구나! 어쨌든 내가 곧이곧대로 고지식하게 설명해 주리라고는 생각하지마! 말했다시피, 너무도 이상한 일이기 때문이야… 너무 뜻밖이고… 내가 좋아했던 모든 것과는 정반대이기 때문이야… 내가 원한다고 믿었던 모든 것, 내가 욕망하도록 길들여져왔던 모든 것과 말이야… 너무도 엄청난 애무! 아주 야릇한 행동! 기상천외의 키스들! 그런 마력이 있으리라고는 상상도 못했던 내 몸의 부위들! 내 귀에 들리는 말들! 내 주의를 끄는 중얼거림들! 사랑의, 증오의, 수치의, 불결함의, 저주의, 모욕의 속삭임들! 그가 내게 강요하는 수치심! 내가 요구하는 신성 모독! 나, 마리, 네가 알고 있는 그 마리, 부드럽고 민감하지만 또한 정숙한 그 마리가 더없이 엉큼하고 음란해진다는 것! 나의 뻔뻔스런 애무! 추잡한 속삭임! 죄받을 동작, 금지된 포옹, 온갖 껴안음과 마찰, 태고 이래로 인간의 분별심이 금해 왔던 온갖 키스와 체위들에 대한 나의 놀라운 기교(도대체 어디서 어떻게 알게 되었는지조차 알 수 없는)! 그런 순간들 속에서도 특히, 그가 몸을 일으키고 마지막으로 삽입을 하고 좀더 깊이 넣기 위해서인 듯 상체를 세우고 마침내 소리 — 아! 그 목쉰 소리! 기쁨의 외침인지 승리의 고함인지 상처 입은 짐승의 신음인지, 혹은 비탄의 소리인지 도무지 분간할 수 없는 — 를 지르기 시작할 때, 섬광처럼 나를 찌르는 그 확신! 내가 아무리 신음하고 비명을 지르고 애원하고 나의 순수를 주장해 보아야 소용이 없다는, 결국 그 모든 소란이 처음부터 끝까지 하나의 죄악을 장식하고 있다는 사실에는 변함이 없으리라는 확신, 그리고 그것이 어쩌면 그가 주는 쾌락의 진정한 동기라는 확신!

귀여운 콩스탕스, 너 웃고 있구나. 너는 말하겠지, "맙소사, 언니는 미쳤어, 어떻게 그따위 바보짓을 할 수 있을까!" 그렇지만 최소한 이것만은 믿어줘. 만약 그가 아닌 다른 사람(세상의 그 어떤 사람일지라도)으로부터 받는 경우라면, 대부분의 그 모욕들이 나로서는 정말 참을 수 없는 거라는 걸. 그의 경우에는 그것들이 참을 만한 것일 뿐만 아니라, 오히려 부드럽고 가볍고 무한히 사랑스럽고 바람직한 것이 되는 이유가 무엇인지를 표현해 보려고 해도 이렇게밖에 말할 수 없다고 고백한다면 네가 이해하리라고 생각해. 즉, 한편으로는 젊음과 신선함과 매력이 있고, 다른 한편으로는 기교와 동작의 기막힌 정확성이 있어. 그 양쪽의 완벽한 혼합이야.

나는 그것이 그만의 기술이며, 너도 알다시피 그리스의 시인들이 미덕에 대한 가장 정확한 정의로 생각했었던 그 기술이라고 말하고 싶을 정도야. 변명이 아니란다, 콩스탕스. 사실이야, 그 극도로 혼란스러운 시간들 속에서 만큼 진정으로 나 자신이 고결하게 느껴진 적이 없어.

12월 22일

오늘 아침에 18일자 네 편지 — 너의 질책이라고 말해야 할까? — 를 받았단다.

이 별 볼일 없는 방학을 나는 정말 완전히 잊고 있었어. 그렇지만 너는 무슨 말을 듣고 싶은 거니? 파리… 공부… 시작하면 끝날 줄 모르는 모의고사들… 일이 끝나지 않은 내 스튜디오… 언어학과 중세 문학의 밀린 공부… 그리고 빌어먹을! 너도 잘 알잖니! 정말 네가 보고 싶어 죽겠어. 항상 너를 그리워한단다. 그렇지만 나는 떠날 수가 없어. 이해하겠지. 나는 그럴 수가 없어. 그래서 너에게 바라는 것은 더 이상 나를 괴롭히지 말고, 나 대신 부모님에게 사정을 말해 달라는 거야.

12월 25일

사랑하는 콩스탕스, 아직 마음이 풀리지 않았구나.

그리고 1주일마다 나에게 약간씩 너의 불만을 터뜨리지 않고는 배길 수 없는 모양이구나. 하지만 좋아! 내가 관대하고 너그러워지기로 하겠어! 네가 그렇다고 하니까 그것을 너의 호의라고 생각할게! 그러니까 이번에도 내가 지기로 하겠어! 내가 벵자맹과 도대체 무슨 얘기를 할 수 있느냐고 묻는 거니? 도대체 대화를 하기는 하느냐고? 혹시 다른 일에 너무 빠져 있는 게 아니냐고? 맙소사, 깜찍한 계집애! 네가 무얼 암시하고 있는지 내가 모를 줄 아니! 치사하게 내 속내 이야기를 이용해서 네 속셈을 얼버무리고 있다는 걸 내가 모를 줄 알지!

좋아, 이건 분명한 사실이야. 우리가 대화한다는 것, 엄청나게 많은 대화를 한다는 것 말이야. 그리고 그가 자기 자신, 자기의 과거, 가족에 대해서는 말이 없지만, 대신 예술·문학·철학을 논한다든가 혹은 나, 나의 생활, 우리 가족, 이따금 너에 대해서 물을 때면, 너무나 장황하고 재치가 넘친다는 사실이야. 그래, 너에 대해서! 너의 처지를 말하는 건 아니니까 안심해! 대신 네 성격이라든가⋯ 너의 됨됨이⋯ 우리 둘의 관계⋯ 우리의 공모⋯ 서로 편지를 쓰는 아주 낡은 취미⋯ 그를 어리둥절하게 만든, 다름아닌 우리가 쌍둥이라는 사실⋯ 우리가 그 점을 가지고 장난을 치고, 그 점을 이용하고, 속임수를 꾸미고, 일부러 사람들로 하여금 우리를 혼동하게 만드는 경우에, 우리가 어떤 식으로 그 사실을 피부로 느끼며 사람들이 어떤 식으로 인식하는지를 내가 얘기하면, 그는 싫증내지 않고 듣는단다(화학 졸업시험 사건에서부터 폴 카플러가 아침이 되도록 자기가 안고 있는 여자를 너라고 생각했던 그 창고에서의 사건에 이르기까지, 모든 일들을 말해 줬어)⋯.

덤으로, 내 생각에 대해서 말할 때면 — 물론 그럴 때가 있으니까 — 그가 굉장히 미묘하게 얘기한다는 사실을 덧붙일게. 여자의 어리석음에 대해서 프루스트의 한 구절을 인용한다든가, 자신이 생각하는 여배우들의 결점에 대해서 보들레르의 《문학청년에게 보내는 충고》를 인용한다든가, 시간이 걸리는 여자 정복의 기쁨을 설명하고 싶을 때 《위험한 관계》에 나오는 발몽의 말을 인용한다든가, 오랜 이별의 매력을 얘기한 《아돌프》의 콩스탕을 인용한다든가, 순간적인 결정(結晶) 작용과 해체의 기적을 말하기 위해서 카사노바의 말을 인용한다든가 하는 데 있어서 그는 천하무적이야. 게다가 자신이 완강하게 고집하는 이론 ― 사랑의 결합은 본질적으로 덧없고 허약하다는 (그의 정확한 표현은 '불운'이지만) ― 을 뒷받침하기 위해서 정신분석학자인 자크 라캉의 이론을 온통 인용한다든가….

물론 그것들이 나의 인용 사항들이라는 얘기도 아니고, 매번 브르통과 아라공이 말하는 절대적인 사랑의 이론을 제시하면서 그의 말을 반박하려고 내가 열을 올리지 않는다는 얘기도 아니야. 단지 그것들이 그의 참조 사항들이라는 얘기야! 그리고 지난번 편지에서 내가 말했던 사실들에 비하면 '불운'에 대한 것과 같은 이야기 속에는 재치도 있고 품위도 있다는 얘기야! 자, 제발 그만 하자, 제발 그도 나도 네가 생각하는 그런 사람들이 아니라는 사실을 알아줘….

1월 7일

안녕, 콩스탕스, 이번 주에는 혹한이 시작되었다는 것 말고는 특별히 얘기할 만한 일이 없어… 강의가 다시 시작되었고… 전에 말했던 회의가 아주 임박했다는 정도야(사정에 의해서 나도 준비 작업에 관계하고 있단다).

며칠 전 아침에는 생 미셸 광장의 한 서점 입구에서 빌을 만났었어. 그 서점은 중국, 혁명, 현대 철학이나 전위 문학에 관한 책들을 전문으로 다루는 서점이란다. 온통 눈이 내리고 있었고, 바람이 불고, 행인들이 부딪히고, 차들은 복마전처럼 혼잡을 빚고… 요컨대 서로 이야기를 주고받기에는 그리 좋은 분위기가 아니었어. 그리고 빌 또한 매주마다 하는 자신의 애교 있는 '도둑질'을 위해서 어서 빨리 들어가고 싶은 생각밖에 없었을 거야 (사실 그 서점에서의 멋은 책을 사는 게 아니라 훔치는 데 있거든).

그런데, 그럼에도 불구하고 그가 걸음을 멈추고 내 팔을 잡았어. 그는 내게, 마리에게, 자신이 '정치 상황 분석'이라고 부르는 바로 그것을 설명하고 싶은 마음이 생겼던 거야. "녀석들이 당을 지지하는 사람들과 온전히 결별한다면 잘못이겠지… 그래, 인정해. 그들은 개자식들처럼 처신했어. 그리고 내가, 여름부터 그들이 골몰해온 일련의 획책들을 덮어두고 싶어할 사람이 아니라는 건 너도 잘 알거야… 그렇지만 그 다음엔? 트로츠키파들은 더 낫다고 생각해? 바흐친의 형제들이 나오는 무대에 UEC를 제시한다는 일이 실감이 나니? 그리고 요즈음 그들이 입에 달고 다니는 그 '스탈린주의'라는 개념이 약간 의심쩍다고 느끼지 않아? 무엇보다도 마르크스주의 이론에는 전혀 나와 있지도 않은 개념 말이야. 마리, 나는 네게 이걸 말하려는 거야. 스탈린주의든 스탈린주의가 아니든, 아직은 우리가 그 사람들과 좀더 동행해야 한다는 사실. 내가 말하는 우리란 나, 벵자맹은 물론이고, 당신, 그리고 알튀세르나 라캉 같은 사람들, 최근 몇 년 동안 당이, 오직 당만이(당의 신문, 잡지, 홍보 책임자들) 꾸준하게 지지를 보낸 모든 거물들을 의미하는 거야…" 덧붙여서 그는 몇 마디를 더 중얼거렸어. 그러고는 대수롭지 않은 어투로 "안녕, 사람들에게 안부 전해줘!"라고 말하더니, 나를 그 자리에 세워둔 채 불쑥(내게 말을 걸었을 때와 마찬가지로) 가 버리는 거야! 마치 이제는 내가 예의를 차리지 않아도 되는 오랜 친구이기나 한 것처럼.

너도 짐작하겠지만, 나는 가슴이 뛰었단다. 지금까지 아무도 나를 그런 식으로 존중해 준 적은 없었어. 나는 눈과 추위 속에서, 방금 전의 사건을 이해하려고 애쓰면서 족히 몇 분은 혼자서 있었단다. 나는 두 가지 결론을 생각했어. 첫째, 그는 나를 '자기가 아는 남자'의 여자로 간주했다. 이것은 이제 사람들이 나를 통해서 상부로 메시지를 전달할 수 있다고 믿고 있음을 의미한다. 둘째, 그는 나를 있는 그대로의 나로서 간주했다. 이것은 이제 나 자신이 개인적으로 그러한 메시지들을 받을 자격이 있음을 의미한다.

어느 경우에도 나는 행복했어. 기분이 좋았고, 자랑스러웠어. 그리고 카르넷 가의 이탈리아 식당에 감히 들어서지도 못했던 시기로부터 내가 얼마나 멀리 와 있는가를 실감했어. 겨우 두 달이 지났을 뿐이야. 그렇지만 나는 일생을 산 느낌이야···.

1월 16일

오늘은 특종을 전해 줄게.

우리는 조르주 호텔에 갔었어. 종업원이 내게 알려 준 바에 의하면 그 호텔에서도 가장 화려한 '911호'에 말이야. 벵자맹은 이미 도착해 있었단다. 무릎 위까지 덮이는 청청색의 실내복을 입고 테라스 쪽으로 난 창문에 등을 기댄 채 서 있었어. 언제나처럼 그는 내게 옷을 벗을 틈도, 인사를 할 틈도, 풍경이나 인상적인 방의 장식에 감탄할 틈조차도 주지 않았어. 그리고 한참이 지나서야, 나는 숨을 돌릴 수 있었고 주위를 둘러볼 수 있었단다. 천장에 있는 제정 시대의 그림들, 벽 위쪽의 프리즈 장식, 바랜 황금빛의 소파들, 침대 정면에 있는 튤립 모양의 갓등들, '족보 있는' 것이라고 종업원이 내게 말해 준 베이지색 벽난로, 요컨대 이상하게 응결되어 있는 듯한 노을빛 — 어떤 최후의 망설임이나 배려 때문에 완전히 사라지지 않고 있는 듯한 노을빛 — 을 받아 부드러워진 것처럼, 미묘하게 빛 바랜 그 모든 색채들을 발견할 수 있었단다. 그리고 한참이 지나서야, 평소의 내 수다 — 매번 내가 그에게 전하는 생활의 편린들, 우리 두 사람 모두를 아주 즐겁게 해주는, 그에게 마치 제물처럼 바치는 나의 고백들 — 를 다시 시작해도 괜찮겠다고 느꼈단다.

　이번에는 어떤 얘기들이었느냐고? 어떤 식으로 얘기가 이어졌느냐고? 정확히는 모르겠어. 하지만 무슨 얘긴가를 하는 도중에 우리가 유대인이라는 사실, 그렇지만 유대인이라는 것이 우리 둘에게는 아무 의미도 없다는 사실을 내가 그에게 상기시켰던 모양이야. 그러자 까닭은 알 수 없지만 그가 몹시 화를 냈어. 그럴 수는 없노라고 그는 내게 설명했단다. 어처구니없다고. 망측하다고. 유대인이면서 유태교회당을 찾지 않거나, 유대 관습을 전혀 모르거나, 헤브라이어를 한마디도 못할 수는 없는 법이라고. 내가 당황해하자 그는 유대주의의 정신, 역사, '정수'에 대해서 장황한 설명을 하며 열을 올렸어.

사실 그는 유대주의에 대해서 우리 같은 문외한들에 비하면 천 배는 더 잘 알고 있는 것 같았단다. 그가 흥분하는 것이 약간 엉뚱하기도 하고 또 그의 엄청난 지식이 의아스러워서, 이번에는 내가 물었어. 어떻게 그 모든 것을 알게 되었느냐고⋯ 그가 뭐라고 대답했는지 아니? 자기 어머니 때문이라고 대답했단다⋯ 틀림없이 어머니라고⋯ 도대체 그의 어머니라는 존재가 있기는 한지 내가 의아해하기까지 했었던, 꿈과 전설 속의 그 어머니에 대해서 문득 그가 내게 말한 거야⋯ 어머니의 이름을 반복해서 말했고⋯ 그녀의 삶을 자세하게 이야기했어⋯ 어린 시절에는 귀여움을 독차지한 소녀였고⋯ 청춘기에는 사람들이 부러워하는 상속녀였고⋯ 서른일곱의 나이에 끔찍하게 죽었다는⋯ 이제는 그의 얘기를 멈추게 할 수 없었단다⋯ 그는 그녀의 왕비 같은 풍모⋯ 춤추는 듯한 걸음걸이를 설명했어⋯ 그녀의 모슬린 옷들, 망사옷들, 다채롭고 현란한 무수한 옷들⋯ 그리고 그는, 벵자맹은, 그러한 동화 한복판에 시동(侍童)처럼, 왕자처럼, 용감한 수호 기사처럼 존재했었다는⋯.

좀 전의 주제와 무슨 관계가 있느냐고? 우리의 종교에 대해서 그가 알고 있는 것들과? 그에게 그런 얘기들을 해준 사람이 그녀라는 사실을 나는 어렴풋이 깨달을 수 있었어⋯ 그녀가 그에게 성서를 얘기해 줬고⋯ 아름다운 시들과 우리의 오랜 역사를 그에게 가르쳤다는 사실을⋯ 그렇지만 솔직히 말해서, 나는 너무 자세하게 물어보지 않으려고 조심했단다. 줄줄이 이어지는 그 새로운 사실들의 물결이 갑자기 멎어 버릴까봐 두려웠던 거야⋯ 그래서 거의 2시간이 지난 뒤에 그가 마침내 얘기를 끝냈지만, 우리가 유태교회당에 자주 가지 않는 것이 어떤 점에서 그토록 터무니없는 일인지는 여전히 잘 알 수 없었어. 그 대신 나는 언젠가 이 땅 위에 마틸드 콩스탕이라는 한 여자가 존재했었다는 사실을 알게 되었고, 그녀의 얼굴은 지금 내게는 우리 어머니의 얼굴만큼이나 친근한 것이 되었다는 거야. 내가 살아 있는 한, 그 얼굴이 내게는 이상적인 여인의 얼굴, 세상의 모든 영광으로 둘러싸인 숭고한 여인의 얼굴이 될 거라는 생각이 들어. 그리고 또한 어떤 중요한 일, 필요불가결한 일 — 예컨대, 초유의 사건 — 이 일어났음을 나는 깨달았어. 나의 사랑으로부터 나를 갈라 놓고 있었던 베일의 한쪽 끝이 들어올려진 거야. 여태까지 내 사랑하는 사람을 현기증이 날 정도로 낯설게 만들어 왔던 그 베일 말이야.

 오늘 밤 나는 행복해, 콩스탕스. 그가 지금 나를 사랑하고 있다는 걸 나는 알아. 모든 것이 다시 가능해졌어. 마지막으로 한 가지만 더 말할게. 너에게는 틀림없이 우스꽝스러워 보이겠지만 나로서는 편지의 말미에 이 얘기를 쓰지 않고는 못 배기겠구나. 까닭은 알 수 없지만, 나는 내가 마틸드와 닮았다는 것을 그 무엇보다도 확신하고 있단다.

 이 편지는 사실 첫 번째 기간에 마리 로젠펠트가 동생에게 보낸 마지막 편지다. 급작스럽고 충격적인 어떤 사건 — 어쨌든 당장에는 단 몇 줄이라도 그 사건에 대해서 편지를 쓸 마음도 기력도 없었을 만큼 충격적인 — 이 일어난 바람에, 그녀의 파리 생활이 갑자기 중단되었기 때문이다.

그녀는 짐을 꾸려서 지체없이 알자스로 돌아갔다. 정확하게 무슨 사건일까? 무슨 끔찍한 일이 그녀로 하여금 학기 중간에 그 모든 것 — 베트, 코린느, 빌, 비케, 마침내 모든 것이 갖춰진 투르농 가, 그녀가 드나들던 고급 호텔들, 며칠밖에 남지 않았던 UEC회의, 그 전날까지도 그녀가 자신의 '영원한 애인'인 것처럼 말했던 남자는 물론이고 — 으로부터 떠나가도록 만들었을까? 처음에는 가장 중요한 당사자 자신도 아무것도 몰랐다. 그녀가 한마디 말이나 해명도 없이 떠나 버렸기 때문이다.

그러나 주의 깊은 독자라면, 그녀가 모든 것을 받아들이겠다고, "그래, 정말이야. 그의 모든 것을. 배반만은 빼고 말이야. 그가 배반한다면 나는 죽고 말거야!"라고 선언했던 날을 기억할 수 있을 것이다. 그리고 그녀가 배반 행위를 우연히 발견하고 절망했을(죽는 대신에) 것이라고 상상한다 해도 크게 틀리지는 않을 것이다. 이제 알게 되겠지만, 우리가 입수한 자료들과 뒷이야기는 그러한 가정을 확증해 주고 있다.

2

 3년이 흘렀다.

 마리 로젠펠트는 그 3년을 알자스의 집에서, 그녀가 학위를 마친 스트라스부르 대학과 게빌러의 집 사이를 오가며 보냈다. 그녀는 그곳에서 규칙적인 가족 생활의 엄격하면서도 마음 든든한 규율을 다시 발견했다. 그녀는 이내 아무 일도 없었던 것처럼 동생과의 처녀다운 대화(거의 중단되었었다)를 다시 시작했다. 또한 예전처럼 책들을 통해 황홀한 미래를 다시 꿈꾸기 시작했고, 자신이 겪은 모든 일들을 그 미래를 위한 수업으로 치부했다.

 초기의 편지에서 그녀가 두세 번 언급했었던 다미엥과도 어쩌면 다시 관계를 맺었을 — 나는 몇 가지 정보들을 통하여 그 사실을 확인하였다 — 것이다. 요컨대 모든 것이, 그녀가 파리라든가 소르본느, 남학생들의 매력, 벵자멩의 매력 — 그녀의 부모들이 말하듯이, 그녀에게 '시선의 그늘'만을 남겨 놓았던 '끔찍한 환상들' — 등에 먹줄을 그어 버렸음을 시사하고 있었다. 그리고 당시의 그녀를 기억하는 사람들 대부분은 그녀를 이런 식으로 묘사하고 있다. 즉, 굽이 없는 신발을 신고, 목 뒤로 가지런히 땋아내린 머리에, 나이에 걸맞지 않게 약간 심각한 표정, '눈 깊숙한 곳'에는 내적인 혼란을 겪었음을 증명해 주는 어떤 '상처'의 흔적 — 요컨대 '실의'의 흔적, 어떤 이들은 '파멸'의 흔적이라고까지 말했다 — 이 남아 있는 키 큰 처녀였다고. 그들은 동시에 그녀가 평온한 여자였다고 증언했다. 평화롭고, 달관한 듯한. 한마디로 말해서, 약간 소설적이지만 현실적이었던 그녀의 역할 — 스무 살의 나이에 영원히 마음속으로의 망명을 결심한, 실연당한 아름다운 처녀 — 에 너무나도 잘 어울리는 모습이었던 것이다.

그런데 무슨 일이 일어났을까? 그 3년이 지난 뒤, 그녀는 왜 갑자기 생각을 바꿨을까? 그녀의 아버지는 문학 논문이 유죄라고 내게 말하였다. "그녀가 자료들을 구할 수 있는 곳이 파리뿐이라는 건 뻔하지 않습니까." 그리고 보들레르가 유죄였다. "그녀의 상태를 생각해볼 때, 의심의 여지 없이 몹쓸 주제였죠." 늙은 하인 자콥은 이렇게 말했다. "아가씨의 내면에 스며들어 있던 이 악마가 가엾은 아가씨를 보는 순간 문득 깨어난 것이지요." 콩스탕스는 내게 아무 말도 하지 않았다. 단지 이 두 번째 편지 묶음을 읽어보라고 했다.

파리, 1967년 11월 19일
사랑하는 콩스탕스, 이곳이 조용하고 깨끗하다는 것을 너에게 말하고 싶어서 서둘러 몇 자 적는다.

기분 좋은 밀랍 냄새가 나는 거실. 아무도 마주치는 사람이 없는 넓은 도서실. 아침이면 식당을 향해 종종걸음하는 기숙생들의 신발 끄는 소리가 아련히 들리는 길고 싸늘한 복도. 거의 황량하다는 느낌이 들 정도로 적당히 간소해서 오로지 공부에 몰두할 생각밖에는 나지 않게 만드는 방들. 요컨대, '새로운' 마리에게는 이상적인 장소란다.

11월 26일

시간을 낭비하지 않고 공부를 시작했단다.

아침에는 생트 쥬느비에브… 오후에는 기숙사의 자습실에서… 저녁에는 내 방에서 하루 동안의 카드들을 정리하고, 다음 날의 목록을 준비하고, 혹은 우리들이 아끼는 책들 중의 하나를 붙잡고 그 속에 빠져든단다(약간 기분 전환을 해도 괜찮다고 스스로 인정했을 때 말이야).

오늘은 《뤼시앙 뢰벵》, 《아돌프》, 《클레브 공작 부인》을 읽었어… 그 나머지는 넌더리가 나… 그 이외의 모든 것이… 너도 믿지 않을지 몰라… 하지만 나는 파리 그 자체가 지겨워졌어… 내가 그렇게도 좋아했던 이 파리… 기억날 거야, 아라공의 파리… 브르통의… 차라의… 믿기지 않겠지만 사실이야.

애써 상상해봐도, 마음속에서 과거를 돌이켜봐도 헛일이야. 3년 전에는 수많은 사랑스런 환상들을 내 마음속에 불러일으킬 수 있었던 거리들, 구역들, 건물들. 이제는 그 이름들을 되뇌어 봐도, 내게 들리는 건 꿈이 빠져나간 공허한 음절들일 뿐이야. 내가 치유되었다는 사실에 대해서 더 나은 어떤 다른 증거가 필요하니?

11월 27일

어제 말한 것들에 덧붙여서 짤막한 일화 하나를 들려줄게.

오늘 정오가 되기 전에 투르농 가에 갔었어. 일부러 간 건 아니야. 어디를 가는 도중에 그렇게 된 것뿐이란다. 계절에 비해서 날씨가 좋았고 즐거운 기분이었기 때문에 약간 거닐고 싶은 마음이 문득 들었던 거야. 그래서 '나의' 집 앞에 이르렀고, 발코니를 올려다보았지.

그런데 내가 무얼 보았겠니? 내 나이쯤의, 키도 나만한 어떤 소녀였어… 그녀는 발코니에 서 있었단다… 난간에 팔을 괴고… 그녀는 붉은색 물방울 무늬의 옷을 입고 있었는데, 내가 처음 도착하던 날 입었던 옷과 아주 비슷한 옷이었어… 정오의 햇살이 그녀의 머리칼을 희롱하고 있었고… 내 머리카락처럼 검고 윤이 나고 적갈색 광택이 나는 머리였어… 그녀는 앞치마를 두른 한 뚱뚱한 아주머니의 얘기를 듣는 중이었는데, 그 아주머니는 바로 내 집을 돌보던 여자였단다. 그 여자는 구역의 명소들을 그녀에게 손가락질해 보이고 — 3년 전에 내게 그랬던 것처럼 — 있었어… 물론 그 모든 것이 내게는 충격적이었단다. 나도 모르게 약간 고통스러운 느낌이 들었어.

잠시 동안 나는 그 처녀에 대해서 멋대로 상상해보았어… 그녀가 무슨 생각을 하고 있는지… 무엇을 느끼고 있는지… 그녀도 나를 보았는지… 그녀에게 얘기하면서 아주머니는 64년초 똑같은 장소에서 똑같은 시각에 있었던 일을 기억하고 있을런지… 지금도 아주머니는 길 맞은편에 있는 '사륜 전세 마차'를 칭찬하고 있는 중인지….

그러나 이 일에서 내가 가장 이상하다고 생각하는 점은 그 모든 것이 불과 몇 초 사이에 일어났다는 사실이란다. 내 마음 속에서 누군가가 이렇게 속삭이기라도 한 것 같았어. '나와 비슷하다는 사실은 당황스럽다. 그러나 나와는 상관없는 일이다'라고. 그래서 나는 가던 길을 계속 갔고, 걸음을 늦추고 싶은 생각도, 다시 돌아서고 싶은 생각도, 그 모습이 아직 거기 있는지 확인해 보고 싶은 생각도 나지 않았어. 그녀가 날아가 버리지는 않았는지, 혹시 환상이 아니었는지, 빛의 장난이 나를 속인 것은 아니었는지 말이야….

12월 3일

그래, 때론 그 생각을 해….

하지만 나도 모르게… 꿈에서처럼 말이야… 어느 책에서 벵자맹 콩스탕스라는 이름을 보게 될 때나… 예전에 그가 말하는 것을 들은 적이 있는 단어를 우연히 듣게 될 때… "NLF는 승리하리라", "제국주의는 종이 호랑이다", "선거를 보이코트하라" 같은 구호들을 볼 때… 게다가 이상한 것은, 당시에는 그만이 말하는 것처럼 보였던 그 구호들이 이제는 모든 사람의 입에 오르내리고 벽마다 붙어 있다는 사실이야… 하지만 중요한 점은 그런 생각도 잠시뿐이라는 거란다. 고통스럽지도 않고 심각한 느낌도 들지 않아. 고통이나 괴로움 같은 건 조금도 없어. 마리는 죽은 거야, 그토록 민감했던 마리말이야.

12월 4일

어제 너에게 말한 것을 완전하게 증명해 주는 일이 있었어.

비케를 기억하니? 그래, 상상해봐. 그를 다시 만났단다. 그는 생제르맹 가에 있는 한 카페의 테라스에서 술을 마시고 있었어. 그런데 그가 나를 보고 쫓아온 거야. 얼굴은 약간 야위고 살은 아주 조금 빠져 있었지만 가엾게도 옛모습 그대로였어. 어울리지 않게 시선 속에는 아주 조금 부드러워진 무엇이 있었단다. 우선 내게 키스를 하더구나! 포옹! 안부의 인사! 내가 떠났던 사실, 돌아온 사실에 대한 질문들… 그동안 무얼 했느냐… 정말로 '운동'에서 손을 뗐느냐… 그 시위에 참가했었느냐… 그 집회에 갈거냐… 당신도 탄압이 심해지고 있음을 느끼느냐… 도전이 증대하고 있음을… 징집이 강화되고 있음을… "며칠 전에 벵자맹이 말했지요… 아, 용서하세요… 그렇게 완전히 끝났어요…? 그러니까 며칠 전, 벵자맹이 반격에 대해서 말했습니다… 관점에서… 일차적으로 올바른 노선을… 이차적으로 구호는 틀린… 그런데 그가 아주 변했다는 사실을 알고 있어요? 당신이 사라지는 바람에 완전히 낙심해서는…"

저런! 저런! 가엾기도 해라! 그가 거기까지 얘기했을 때 나는 어떤 막연한 짜증을 느꼈어. 그래서 그에게 키스를 하고, 인사치레 몇 마디를 던지고, 그가 조르는 바람에 기숙사의 전화번호를 말해 준 다음, 급한 약속이 있다는 구실로 지체없이 도망쳐 버렸어.

12월 7일

그래, 콩스탕스. 항상 그렇듯이 네 말이 옳아.

우리는 살아가면서 똑같은 실수를 반복하고 있어. 그리고 나의 실수는 어쩌면 투르농 가의 카페 지하실에서 그랬던 것처럼, 그 저주받을 전화번호를 비케에게 가르쳐 준 것일 거야. 왜냐하면 그가 이내 그걸 이용했으니까.

그는 계속 전화를 했어. 아침 식사를 하자, 저녁을 먹자, 술을 마시자, 로메르의 첫 번째 작품, 코다르의 최근 작품, 무슨 무슨 미국 영화를 보자, 곧 있을 '반제국주의 데모'에 참가하자… 그런데 내가 항상 거절을 하는 데다가 자기로서는 도무지 나를 '수녀원에서 나오게' 할 방법이 없자, 오늘 아침에는 직접 나를 찾아오겠다고 을러대기까지 했단다. 그러자 사실 나는 겁이 났어. 기숙사에서의 스캔들을 상상했던 거야. 나는 지쳐 버렸어, 핑계와 구실도 바닥이 났고.

결국 내가 지고 말았지. 몇 시간 뒤 그가 약속한 장소인 무프타르 가의 싸구려 음식점에 바보처럼 가고 말았으니까. 그 음식점에 대해서는 말하고 싶지 않고, 실내 장식과 음악, 5프랑짜리 쿠스쿠스 따위도 생략할게. 1시간 동안 그가 무슨 말을 내게 했었는지에 대해서도 길게 설명하지 않겠어. 게다가 그도 지겹다는 듯이, 시간만 죽이면 된다는 듯이 마지 못해서 한 얘기들이었으니까. 사실 그 모든 게 핑계에 불과했던 거야. 덫이었고, 내가 전혀 눈치조차 채지 못했던 — 나 자신이 미워 죽겠어! — 비열한 음모였어.

식사 도중에 우연히 입구 쪽으로 고개를 돌렸을 때, 나는 모든 것을 깨달았어. 하지만 이미 늦어 있었어. 뱅자맹이 있었던 거야. 어쩌면 꽤 오래전부터 거기 있었던 것처럼 미소를 띤 채 우리 둘을 바라보고 있었어.

12월 8일

콩스탕스, 날이 밝았어.

열병에 걸린 듯 불안한 밤이었단다. 그리고 어제 저녁의 영상들을 다시 떠올리기 위해 잠시 내 편지를 펼쳐 보았어.

뱅자맹을 본 순간, 비케는 "이 무슨 우연이람!" 하는 식의 위선자 같은 애매한 미소를 내게 지었어. 그는 목에 감긴 냅킨을 풀지도 않은 채, 뒷걸음질로 재빨리 테이블에서 일어났어. 그러자 아주 자연스럽게, 모든 것이 미리 계획되어 있었던 것처럼, 뱅자맹이 와서 그 자리에 앉았어. 나의 맞은편, 식은 쿠스쿠스가 반쯤 담겨 있는 접시 앞에 말이야.

잊혀졌다가 불쑥 눈앞에 커다랗게 나타난 그 얼굴의 낯설음… 마치 유명한 사람들의 얼굴을 오랫동안 상상하다가 막상 실제로 가까이서 맞닥뜨리면, 얼굴의 부분 부분들, 결들, 뜻밖의 주름살, 안색, 머리의 색깔 같은 것들밖에는 눈에 띄지 않는 것처럼… 예전에는 친근했지만 갑자기 모호하고 거의 알아들을 수조차 없는 그 목소리의 낯설음이 조금씩 조금씩 귀에 익혀야 하는 흐리멍텅한 단어들처럼, 혹은 예전에는 알았지만 이제는 그 악센트와 어조와 억양과 활용 따위가 생각나지 않은 언어처럼… 그리고 나는 몇 마디밖에 알아듣지 못했지만, 그가 한 얘기의 엉뚱함. "사랑… 고통… 절망… 오해… 그렇다, 오해다… 착오… 단지 여자 친구였다… 아주아주 옛날의 여자 친구… 쉰 살… 쉰다섯 살… 외교관의 아내… 내 양아버지와 관계가 있는… 어떻게 당신이 단 한순간이라도 그런 생각을 할 수 있었는가… 왜 즉시 나에게 물어볼 생각을 않았는가… 어쨌든 이제 나는 여기 있다… 당신을 사랑한다… 나를 저버리지 말라… 새로운 시대… 새로운 시절… 호텔들과… 비밀과… 어린애들 장난같던 시절은 끝났다… 오늘 밤 당신이 원한다면 나의 집에… 아니면 내일… 아니면 10년 뒤… 이제는 평생이라도 당신을 기다리겠다, 그래야 한다면…"

새벽 2시에도 우리는 여전히 그 상태였어. 여전히 음식점에 있었단다. 마지막 손님들이 나가면서, 어색하고 심각하게 침묵하고 있는 우리 둘을 쳐다보았어. 테이블들을 정리하는 종업원들도 무슨 성역이기라도 한 것처럼 우리 테이블 주위로는 다가오지 않았어. 그곳에서 나왔을 때 내게는 그 거리(인적 없고, 춥고, 바람에 흔들리는 콩트르스카르프의 관목 세 그루와 풍경 전체를 압도하고 있는 육중한 팡테옹의 그림자 때문에 아주 엄숙해 보였던)조차도, 나로서는 절차를 알 수 없는 어떤 말 없는 의식의 일부처럼 느껴졌어. 그 역시 잘 알지 못했어. 어떻게 해야 할지 모르겠다는 듯이 머뭇거리며 아주 어색하게 내 팔을 잡았고, 걸어서 기숙사까지 나를 바래다주었을 뿐이야.

12월 9일

사랑하는 콩스탕스, 네 답장을 기다리며 몇 자 더 적는다.

너무 불안해서 그래! 너무 난감해서! 요컨대, 생각했던 것보다 나는 터무니없이 약한 거야! 말해 봐, 악몽이 재발하는 것일까? 불꽃이 다시 타오르는 것일까? '잠들었던 정열'이 다시 깨어나려는 것일까?

우선 그를 만나고 있어. 그를 관찰하고, 그의 말에 귀 기울이고. 아주 옛날의 애인이었으며, 오래전에 헤어졌는데 불치의 병에 걸려서 그날 저녁에는 만날 수밖에 없었다고 그가 맹세를 하듯 말하면, 나는 귀를 기울이지 않을 수 없어.

콩스탕스, 내가 잘못하는 거니? 그에게 뭐라고 말을 하지? 너는 정말로 여전히, 사랑은 인생의 사형집행인이라고 생각하고 있니? 정열과는 철저하게 거리를 두어야 한다고? 빨리 답장하기를….

12월 11일
너무 늦었어….

그래, 네 편지는 너무 늦게 온 거야… 모든 게 끝났으니까… 그렇지만 내가 주의를 하지 않았기 때문은 아니란다. 종일토록 고민하고, 망설이고, 바보 같은 결심을 하고, 스스로에게 얼빠진 약속을 하고, 동전을 던져보고, 대머리의 숫자나 갈색 머리의 숫자, 또 자전거의 숫자도 헤아려 보았어… 너도 그런 식의 계산을 알고 있지, 그렇지? 사람들이 혼자 중얼거리는 그 맹세들 말이야. 짝수면 가고 홀수면 남는다… 12가 넘으면 좋고 그 이하는 위험하다… 도착했을 때 택시의 미터기가 8프랑 이상이 나오면 지체없이 게빌러로 돌아간다… 그의 저택 ― 말이 나왔으니까 하는 얘긴데, 엥그르 가라고 불리우는 아주 아름다운 거리에 위치한 웅장한 저택이란다 — 의 철책 앞에서도, 나는 어떤 막연한 징조 때문에 벨을 누르지 않을 뻔했단다. 그리고 식사 내내 — 나는 얼음처럼 싸늘해져 있었어 — 나는 완전히 마음을 잡고, 맹세컨대 결코 그에게 굴복하지 않겠다고 결심한 상태였거든.

거기서부터는 무슨 일이 일어났는지 잘 모르겠어. 아마 그가 어떤 몸짓을 했을 거야. 평범하고 의미 없는 몸짓, 사람들이 기계적으로 하루에 백 번은 반복하는 평범한 몸짓이었어. 생각없이 머리를 만지작거리는 손동작이었거나 혹은 한 손을 머리 뒤로 가져가는… 그래, 그거야! 한 손을 머리 뒤로 가져가서 머리카락들을 아무렇게나 위로 쓸어올리던 동작… 그 바람에 잊고 있었던 그의 목선이 드러난 거야….

나의 모든 방어 수단, 모든 결심들을 무너뜨리는 데에는 그걸로 족했어. 그 모든 것이 순간의 일이었단다. 나는 거의 사태를 깨달을 겨를도 없었어. 그 손, 그 곱슬머리, 무엇보다도 그 목… 나는 그것들을 너에게 묘사할 수 없을 것 같애. 유일하게 한 가지 기억나는 사실은 정확하게 바로 그 순간, 자신이 떠나가는 해변을 마지막으로 돌아보는 여행자나 아니면 물에 잠기는 순간 영원히 못 보게 될 세상의 풍경을 마지막으로 삼킬 듯이 바라보는 익사자처럼, 기껏해야 몇 초 아니면 몇 분의 1초밖에는 지속되지 않은 그 순수하고 순진한 표정의 윤곽들을 기억 속에 고정시키려고 헛되이 애를 썼다는 거야… 이내 그리곤 영원히, 그 표정은 완전히 다른 또 하나의 표정, 사랑하고 사랑받는 연인으로서의 벵자맹의 표정, '운명적으로 다시 시작된 사랑의 행위를 하는 벵자맹'의 표정으로 바뀔 터였으니까….

하지만 말장난은 그만두자. 내가 기억하든 못하든 그것은 중요하지 않아. 중요한 것은, 결론적으로 말해서 내가 행실 나쁜 여자처럼 행동했다는 사실이야. 아무도 그 무엇도 그렇게 하도록 강요하지 않았는데, 내가 그에게 몸을 던졌으니까. 어쩌면 나의 파멸을 향해서 말이야.

오늘 아침, 나는 그 일이 부끄러웠어. 그리고 지금 너에게 편지를 쓰면서 나 자신을 다시 되돌아볼 때, 나는 지금 온통 나를 앗아가고 있는 이 느낌이 행복인지 절망인지 알지 못하겠어. 아! 콩스탕스, 나를 꾸짖지 마. 너도 느끼겠지만 소용 없는 일이야. 지금 내게 필요한 건 약간의 연민일 뿐이야.

12월 14일

아니야, 얘! 그것도 이제는 늦었어.

지난번 편지 이후로 또다시 새로운 사실이 생겨났기 때문이야. 다름 아니라, 그를 만나지 않고서는 도무지 생활할 수 없다는 것을 깨달았어. 어이없는 일이야, 망측하기도 하고.

하지만 나도 어쩔 수가 없어. 끔찍하지만, 모든 사정은 다음과 같은 악마적인 방정식 속에 요약될 수 있어. 그를 완전하게 사랑하는 것이 불가능한 것만큼 그를 사랑하지 않는 것도 내게는 불가능하다는… 지금 유일하게 내게 남아 있는 수단은, 내가 어느 정도까지 마음을 허락하고 있는지 항상 그가 알지 못하도록 하는 거야.

12월 18일

사실, 나는 너에게 엥그르 가의 그 저택(나도 알게 된 지 8일 밖에 안 되었지만)에 대해서 아직 아무것도 말하지 않았어.

나는 그 집의 모든 것을 알고 있단다. 벵자멩은 자신의 방에서부터 도서실과 아버지의 사무실, 어렸을 때 놀던 정원 구석의 오두막, 그의 어머니가 독서를 하던 방, 그녀가 자신의 일기장을 기록하던 방, 그녀가 죽은 방, 그녀가 당시 화려한 연회들을 베풀었던 폐쇄된 대형 살롱, 마찬가지로 폐쇄된 2층의 또 다른 살롱 — 문에는 자물쇠가 채워져 있고, 곰팡이 냄새가 나고, 겉창들은 닫혀 있고, 암홍색의 빌로드 양탄자가 깔려 있는… 그 양탄자에 대해서 그는 성마른 어조로 내게 말했어. 어울리지 않게 짤막하고 건조한 웃음을 웃으면서 말이야. "총살당한 사람들은 핏빛이지" — 에 이르기까지 모든 것을 내게 보여 주고 싶어 했어.

그리고… 그리고… 그래, 2층의 그 폐쇄된 살롱에 또 무엇이 있는지 아니? 벽 위에 걸려 있는 것들, 천장에서부터 내려뜨려져 있는 것들, 바닥에 쌓여 있는 낡은 옷걸이에 걸려 있는 것들이 뭔지? 콩스탕스! 온갖 드레스와 바지들, 망토들, 모자들, 스카프들, 엄청나게 쌓여 있는 여성용 의상들과 속옷들이란다. 자세히 보면, 마틸드가 살았던 시절의 옷들이라고 도무지 생각되지 않는 것들이야. 그는 아주 연극적인 몸짓으로 그 옷들에 대한 엄숙한 경의 — 숭배라기까지는 할 수 없지만 — 를 표해 보였단다! 그러나 그곳에서도 시간은 흘렀던 모양이야. 매력은 분명 사라졌어. 내가 볼 때는 그 저택 전체가 매력을 잃었어. 그리고 그런 식의 수많은 세세한 일들, 아주 이상한 많은 이야기들이 있단다. 3년 전이라면 나의 즐거움이 되었겠지만, 이제는….

어쨌든, 네가 재미있어 할 아주 작은 일화 하나는 그와 단둘이 살고 있는 늙은 하인 라자르에 관한 얘기야. 그는 마치 근위병이 왕궁을 지키듯이 집을 돌보고 있단다. 그런데 성소 중의 성소에 침입자가 생긴 것이 그에게는 못마땅했던 것일까? 자신의 권력에 손상을 입힐 새로운 질서가 구축될까봐 두려워하는 것일까? 암홍색의 살롱에서 옷을 거의 벗다시피한 미녀들이 줄지어 지나다니던 시절을 안타까워하는 것일까? 혹은 반대로, 함정에 빠져 있다는 사실을 깨닫지 못하고 가엾고 순진한 소녀에게 마음 착한 그가 조심하라는 메시지를 전하려 한 것일까? 어쨌든 15일이 지나도록 한번도 내게 말을 건넨 적이 없었고, 내가 뭐라고 말을 하면 노골적으로 못들은 척하던 라자르, 식탁에서 내 시중을 들때면 순교자 같은 태도를 취하고 어쩌다 맞닥뜨리면 지나치게 정숙한 표정을 짓던 그 라자르가, 오늘 아침 식사 시간에 주인이 안 보는 틈을 타서 노크도 없이 내 방에 들어온 거야. 그러고는 내 앞에 우뚝 서서, 마치 겁탈이라도 하려는 듯이 내 눈을 똑바로 바라보았어. 안색은 창백하고, 눈알은 튀어나올 것만 같고, 입술은 오랫동안 억제해 온 감정이 마침내 폭발하려는 듯 바싹 마른 채로, 그가 내게 이렇게 말했어(분노와 증오와 저주와 비난이 한꺼번에 느껴지는 단호한 어투였단다). "아가씨는 알아야 합니다. 주인님은 간이 나빠요."

너는 익살맞다고 생각할지도 모르겠구나. 그렇지만 내가 보기엔 이 집의 전형적인 이야기란다. 그리고 그 일이 나를 번민으로부터 해방시켜 줄 수는 없었지만(전혀!), 솔직히 말해서 그 순간에는 나로 하여금 깔깔거리며 웃게 만든 건 사실이야.

12월 22일

아니, 나는 아무것도 잊지 않아.

나는 아무것도 용서하지 않아. 상처는 언제나 그대로야. 게빌러에서 네가 나를 맞았던 그날 아침처럼 생생하게. 그리고 오해하지 마. 나는 복수의 가능성을 전혀 배제하지 않고 있어. 하지만 어떤 식으로? 오, 하느님! 무슨 해결책을 알고 있니?

어쨌든 가만 있지는 않겠어… 연극을 하든… 그의 모임에서 그를 조롱거리로 만들든… 라자르에게 몸을 던지든… 비케에게… 빌에게(그래, 빌도 다시 만났어. 그는 결국 베트와 결혼했단다). 그리고 엄마 아빠가 있는 집으로 다시 돌아가 버리는 방법은 고맙지만 이미 써먹은 것이고… 정말이야, 나는 심각해. 좋은 생각이 있으면 망설이지마… 나는 언제나 환영이니까.

12월 27일

얘, 너 미쳤니?

그게 너의 '좋은 생각'이야? 도대체 너의 제안이 어떤 것인지 알고나 있니? 그 생각은 끔찍해! 악마적이야! 너무나 교활하고 악랄하기 때문에 그 생각은 나를 진정시키기는커녕 오히려 더욱 어지럽게 만들고 있어!

크리스마스 때, 나는 잊어줘. 식구들에게도 그렇게 말해줘. 그럴 때가 아니라는 건 너도 잘 알잖니. 3년 전처럼 말야… 완전히 같다고는 할 수 없지만… 물론, 소식 주기 바래.

12월 28일

얘기해보자.

말했다시피, 네가 '범죄 사실'이라고 부르는 것에 대해서는 찬성이야. 그리고 그가 내게 준 고통을 '없었던 것'으로 돌리지 않는다는 생각에도 찬성이야. 또한 '사람들로 하여금 죄값을 치르게 한다'는 너의 원칙에도 찬성이야. 그리고 이제 너의 생각을 좀더 자세히 듣고 나니까, 그것이 그의 부정 ― 현재의 부정, 그리고 그것으로부터 미루어 짐작해 낼 수 있는 3년 전의 부정 ― 을 알아낼 수 있는 가장 확실하고 훌륭한 방법이라는 주장에는 충분히 공감이 간단다.

하지만 여전히 내 골치를 썩히는 것은 그 방법이야! 복잡한 전략! 그것의 마키아벨리적인 성격! 왜냐하면, 지난 날 어느 창고에서 그 멍청한 카플러에게 내가 너의 역할을 했던 일과 지금 네가 내게 요구하고 있는 것을 하는 일은 전혀 다른 문제이기 때문이야. 솔직히 말해서 나는 겁이 나. 이번에는 충분히 교활하지도 엉큼하지도 빈틈없지도 못할 것만 같아서….

1월 3일

완벽해.

네가 옳다는 걸 인정하자. 일단은 모든 종류의 윤리적인 고려는 제쳐두자. 너의 표현대로, 어제 그가 내게 저지른 잘못은 오늘 내가 그에게 잘못을 저질러도 괜찮다는 사실에 대한 무제

한의 '신용장'과 같은 것이라고 가정하자. 그래서 내가 구체적인 행동에 착수하기로 결심했다고 상상해보자. 그렇다면 일의 실제적인 측면에 대해서는 어떻게 생각하니? 엄청난 기술적인 문제들은? 그 정도 규모의 속임수에 필요한 준(準)기호 논리학적인 뒷받침은? 의상 문제를 생각했니? 향수, 말하는 태도, 걸음걸이, 키스하는 방식, 사랑을 하는 방식, 내 화장품 등의 문제들을 생각해봤니? 내가 착각을 하는 경우 자가당착에 빠질 위험과 내가 친 그물에 내가 걸려들 위험을 생각해보았니?

틀림없이 너는 모두 기억할 거야. 예전에 대화를 하면서 그가 우리의 관계에 대해서 길게 질문했었던 사실을 나는 잘 알고 있어. 만일 그도 그것을 기억한다면 일은 훨씬 쉬워질 거야. 하지만 그가 정확하게 기억하고 있을까? 우리가 또다시 꿈을 꾸고 있는 게 아닐까? 만약 우리가 잘못 생각하고 있는 경우, 착각에서 '깨어나는 순간'을 상상해봐! 제발 한번 더 생각해봐. 그 모든 것이 너무도 위험해.

1월 8일

너는 모든 대답을 알고 있구나.

귀여운 악마 같으니… 좋아, 됐어! 해보자. 그리고 어떤 결과가 생기는지 보기로 하자. 너도 느끼겠지만, 나는 마지못해서 그렇게 하는 거야. 하지만, 어쨌든 하겠어. 그리고 나는 네 긴 편지를 마치 무슨 비망록이나 전투 계획서인 양 소매 밑에 보관하고 있어. 그 다음은 될 대로 되라지. 사뮈엘 아저씨에게 — 아무도 모르게! — 나를 위해 기도해 달라고 말해줘.

1월 13일

오늘 첫발을 쏘았어.

결국 그런대로 훌륭했단다. 네가 주의를 준 대로 약간 상스럽게 가르마를 타고, 약간 높은 구두를 신고, 좀더 눈에 띄는 브래지어를 하는 데 그쳤어. 향수에 사향 한 방울을 떨어뜨리는 일, 좀더 짙은 파운데이션을 바르는 일, 볼연지를 살짝 칠하는 일(어김없이 광대뼈를 두드러지게 하는)도 잊지 않았단다. 그러고는 거울 앞에서 '좀더 창녀 같은' 태도를 연습하느라 한나절을 보낸 뒤에, 그런 차림으로 내 희생자의 집으로 갔어.

당연한 일이지만, 처음에 그는 아무것도 알아채지 못했어. 그는 도서실에서 알랭 파라디라는 사람(아주 이상한 남자야. 50대 중반쯤의 나이에, 항상 그의 주위에서 어슬렁거리는 사람이란다)과 한창 얘기를 하고 있는 중이었어. 그리고 족히 1시간이 지난 다음 식탁에서야, 불빛 아래에서 정면으로 나를 바라본 그가 이렇게 말했어. "그런데 이상하군. 오늘 저녁 당신은 다른 여자 같아." 정말 이상한 얘기를 한다고 나는 말했지. 우리는 이내 다른 화제로 넘어갔어.

1월 15일

콩스탕스, 두 번째 공격의 임무를 완수했단다.

나는 제법 배려를 해서, 우선 한낮에 '평범한' 옷차림으로 그를 방문했어. 그러고는 미장원에 가겠다고 하면서 6시경에 자리를 떴지. 그런 다음, 그저께의 경우와 비슷한 머리 모양, 옷차림, 화장을 하고 식사 시간에 돌아갔단다.

이번에는, 내가 다시 나타난 순간 그가 분명히 동요하는 것 같았어. 그리고 내가 떠들썩하게 라자르의 용모를 칭찬했을 때에는 얼굴에 경련을 일으켰어. 또 파라디가 내게 보내는 애매한 칭찬들에 대해서 내가 거만한 태도로 응수해 버렸을 때에는 의아한 시선으로 쳐다보았어. 그러다가 파라디가 떠나자마자, 나는 두통을 핑계로 한층 이상한 행동을 했단다. 그러니까 매일 저녁 그러듯이 라자르가 배웅해 주기를 기다리지 않고 나 스스로 먼저 택시를 부른 거야.

걱정하지 마. 그 모든 것을 아주 솜씨 있게 해냈으니까. 언제나 애매하게, 매번 너무 지나치지 않도록 조심하면서. 가령 택시 건(件)의 경우, 나는 얼떨해하는 그에게 이렇게 말하는 걸 잊지 않았어. "그래요, 그런 표정 짓지 말아요. 오늘 저녁은 택시를 타고 가겠어요." 어쨌든 그런 식이었어. 그리고 분명한 사실은 그에게 의혹이 깃들기 시작했다는 것.

1월 18일

일은 잘 되어가고 있어.

그리고 오늘 오후에 세 번째 공격을 했단다. 사실은 그가 자신의 옛 교수 한 사람의 집에 나를 데려가고 싶어했어. 알튀세르라는… 루이 알튀세르… 처음 파리에 머물렀던 시기에 내가 이미 그 사람에 대해서 한마디 했었을 거야… 하지만 그 후로 그는 아주 유명해졌어… 아주 중요한 인물로… 일종의 대가… 사상가… 어쩌면 오늘날의 사상가들 중에서 가장 뛰어난 사상가… 그리고 그 만남이 벵자멩에게는 아주 중요했던 모양이야. 그는 그곳에 가기 전에 말해야 할 것들과 말하지 말아야 할 것들과 조심해야 할 실수들, 달리 말하면 마르크시즘의 알튀세르적인 개념에 대해서 내가 꼭 알아야 할 핵심 사항들을 설명하느라고 여러 시간을 보냈을 정도니까… 그래서 그 사람을 방문했어.

윌름 가에 있는 고등사범학교의 우중충한 사무실이었어. 그곳에 대해서는 그가 자세하게 설명해 주었지만, 들어서는 순간부터 나는 어떤 거북함을 느꼈어. 외견상으로는 물론 모든 것이 정상이었어. 직업적인 사상가들의 전형적인 사무실이었으니까. 적당한 무질서, 적당한 혼잡, 책더미들, 서류철들, 완성되지 않은 원고들… 요컨대 모든 것이 왕성한 지적 활동의 느낌을 주고 있었어.

그렇지만 조금만 자세히 살펴보면, 누구라도 그 풍경 속에서 뭔가 응고된 것을 느끼지 않을 수가 없을 거야. 서가에 온통 쌓여 있는 먼지 같은 것. 테이블에 펼쳐져 있는 오래된 날짜의 《르몽드》지. 작은 원탁 위에 아무렇게나 흩어져 있는 누렇게 빛바랜 인쇄물들. 책에 끼워져 있는 나무로 된 서표는 몇 년 전부터 그 페이지에 끼워져 있었던 듯한 느낌이 들었고, 소파의 팔걸이 위에 불안정하게 얹혀 있는 두툼한 서류 역시 태고적부터 그런 상태로 있었으리라는 느낌을 줬어. 타자기에 반쯤 끼워져 있는 종이쪽 역시 여섯 달 전부터 끼워져 있었고, 앞으로도 여섯 달은 더 끼워져 있으리라는 느낌을 주는 거야.

한마디로 말해서, 젊은 청년들과 소녀들이 가장 혁명적인 철학의 효소들이 부글거리는 거대한 실험실쯤으로 상상하고 싶어

하는 그 신화적인 장소가, 사실은 죽어 있는 장소, 무감각한 장소, 내적인 균열에 의해서 굳어 버린 일종의 정신적인 폼페이, 혹은 불분명하면서도 치명적인 마법에 걸린 잠자는 숲 속의 미녀의 성과 같은 곳이라는 생각을 떨칠 수가 없었어. 그리고 그 집 주인을 관심 있게 바라보았다면 — 안락 의자에 앉아 있는 무기력한 모습, 사려깊은 이마, 벵자맹을 바라볼 때의 약간 공허하고 우울한 시선, 다 알고 있다는 듯한 권태스러운 침묵 — 너라도 틀림없이 알 수 있었을 거야. 그가 자신의 역할을 수행하고 있다는 것… 풍문이 자신에게 부여한 임무를 마지못해 수행하고 있다는 것… 알튀세르에게 인정을 받고 싶다는 희망을 갖고 찾아온 젊은이를 너무 실망시키지 않으려 애쓰고 있다는 것… 그렇지만 마음속으로는 그가 그 모든 코미디에 대해서 조금도 신경쓰지 않고 있음을 나는 알 수 있었어.

왜 벌써 그런 얘기를 하느냐고? 그래, 대화 도중에 그러한 곤혹스러움이 아주 분명하게 드러났기 때문이야! 벵자맹이 라틴 아메리카에서의 게릴라전에 관한 무슨 이론(피델 카스트로의 친구이자 알튀세르 계열의 젊은 학자인 누군가가 얼마 전에 발표한 모양이야)에 대해서 몇 가지 질문을 함으로써 그를 압박하고 있었거든. 그런데 그 질문들이 그를 지겹게 만들었음에 틀림없어. 그는 그 이론을 아주 하찮게 여기고 있었어. 뭐라고 재빨리 중얼거리며 대답을 했지만 — 벵자맹이 워낙 열을 올리고 있었기 때문에 그로서는 뭔가 대답하지 않을 수 없었으니까 — 나는 희미하게 몇 마디 정도밖에는 알아들을 수 없었어. "마르크스… 마르크스주의… 마르크스 이론의 진리…"

그는 누군가가 이 얼토당토 않은 게임을 중단시켜 줌으로써, 자신을 그 젊은 어릿광대의 손아귀에서 벗어나게 해주기만을 고대하고 있었어. 그것은 틀림없는 사실이었어. 그런데 그 누군가가 바로 나였던 거야. 왜냐하면 그 순간을 노려서, 가능한 한 가장 '매력적이고 백치 같은' 목소리로 할 수 있는 가장 멍청한 말을 내가 했으니까 "어머나! 알튀세르 씨, 당신 얘기는 정말 멋있어요 … 언제고 마르크스주의에 대한 당신의 글들을 읽어 보고 싶어요."

예상대로 알튀세르 씨는 당황했고, 그러면서도 기분 좋아했어. 대화가 시작되고 나서 그가 진짜로 미소를 지은 것은 그게 처음이었으니까. 반대로 벵자멩에게 그것은 단순한 공격 이상이었어. 대포알 공격이었지. 왜냐하면 둘 중의 하나였으니까. 즉, 내가 자기를 엄청나게 조롱하고 있거나 혹은 어제 자신이 마르크스주의에 대한 알튀세르 사상의 오류를 가르치느라 밤의 절반을 소비했던 여자가 내가 아니었거나.

그는 의혹에 빠져들었어. 돌아오는 택시 속에서도 그는 입을 떼지 않았어.

1월 22일

아니, 그는 아무 말도 하지 않아. 아무것도 묻지 않아. 대신, 생각에 잠겨 있어. 의혹에 차서 점점 말수가 줄어들고 근심스러운 표정이야.

그는 지금 머리 속에 아침부터 저녁까지 한 가지 생각밖에는 없어. 나를 함정에 빠뜨리려는 생각, 그 '둘 중의 어느 경우'인지를 확인하려고 말이야. 예를 들면, 어제 그는 느닷없이 내게 왜 요즘은 '진주빛 사슴 가죽 치마'를 입지 않느냐고 물었단다. 내가 그런 치마 같은 건 한 번도 입어본 적이 없다는 사실을 잘 알면서 말야.

그저께는 '3년 전에 우리가 무척 좋아했던'(그 이후론 다시 간 적이 없었단다) 마들렌드 광장의 캐비어 레스토랑에 나를 데려갔었지. 그날 아침 식사 때에는, 8일 전에 이미 얘기한 적이 있으면서도 또다시 내게 자신의 방탕했던 생활을 털어놓았단다. 말하자면 뒤통수를 치려는 거였어. 그의 관심은 내가 마치 그 얘기를 처음 듣는다는 듯이 계속 듣고 있을 것인지, 아니면 "이봐요. 또 그 얘기에요!"라고 중단시킬 것인지를 알아보는 데 있었으니까.

그날 정오에는 빌과 베트가 있는 자리에서, 뻔뻔스럽게도 마늘을 다진 양의 넓적다리 고기를 주문했단다(그도, 빌도, 베트도, 내가 마늘을 싫어한다는 걸 알고 있어). 저녁에도, 6시경에 내가 이유 없이 외출했다는 사실을 알고는 아침 식사 때 빌이 한 얘기를 고스란히 그대로 내게 반복하는 거였어… 그런데 나는 어떻게 했냐 하면, 한 번은 속아주고 한 번은 속지 않고 그래… 한 번은 마늘 다진 넓적다리 고기를 돌려보내고, 한 번은 이미 들은 빌의 얘기를 열심히 듣는 척하고… 달리 말하면, 때로는 함정에 빠져 주고 또 때로는, 가장 적절한 순간, 그가 막 결론을 내리려 한다는 것이 느껴지는 순간, 그를 정반대 방향으로 유도함으로써 다시 오리무중에 빠뜨리고….

콩스탕스, 연막을 치는 거야. 항상 연막 작전이야. 그가 의혹과 의아심을 품고 또 때로는 거의 확신을 갖도록 전력을 기울이고 있어. 그러면서도 최후의 순간에는 그것들이 지나쳐서 결정적인 단서가 되지 않도록 주의하면서….

내가 잘못 이해한 것이 아니라면 그것이 너의 '노선'이었어. 그리고 한 남자의 얼을 빼는 데에는 그보다 확실한 방법이 없다는 사실에 나도 동의한단다.

1월 26일

내가 말했었지, 그가 어떤 상태인지.

한편으로, 그는 분명히 우리의 속임수의 냄새를 맡은 것 같아. 그렇지 않고서야 택시 사건이라든가 라자르와의 관계, 알튀세르의 사무실 사건, 혹은 어젯밤 내가 홀의 어둠 속에서 자동 타임 스위치를 찾느라고 일부러 더듬거렸던 따위의 모든 사건들에다가 그가 어떤 의미를 부여할 수 있겠니. 더군다나 너의 짐작대로 그는 예전에 사춘기 시절 우리들의 장난에 대해서 내가 했던 얘기들을 아주 잘 기억하고 있거든(방금 전에도 파라디가 있는 자리에서 그가 달콤한 목소리로 내게 말했단다. "우리 친구에게 당신과 당신의 쌍둥이 동생에 대한 그 재미있는 얘기를 들려주겠어?").

그러나 다른 한편으로, 그는 확신을 못하고 있어. 확신을 할 리가 없어. 왜냐하면 내가 아주 주의를 하고 있으니까. 그가 돌이켜 생각을 했을 경우, 그 미끼들 중의 어떤 것도 동기가 같은 것으로 생각되지 않도록 말이야. 이것은 우연이고, 저것은 방심 때문이고, 또 이것은 오해 때문이고, 저것은 어떤 변덕(그는 생각할 수 있겠지, 모든 것에는 동기가 반드시 있지 않겠느냐고) 때문이라는 식으로… 그리고 특히 어떤 시험이 그에게 증거를 제공하거나 결정적인 판단을 가능케 할 위험이 있을 때면(예를 들어서, 그날 내가 아무 말 없이 마늘 다진 양고기를 먹었을 경우), 나는 서둘러서 뱀처럼 빠져나온단다. 그러고는 그가 더욱 거대하고 곤혹스러운 불확실성 속에 머물도록 이끄는 거야.

'마리? 콩스탕스? 여기 있는 게 마리일까? 저기 있는 게 콩스탕스? 어떻게 그녀들을 알아본다? 정말 그녀들이 무슨 장난을 하고 있을까? 정말 장난을 하는 것일까? 그녀들이 두 사람일까? 실제로는 내가 스스로에게 속고 있는 게 아닐까? 나의 상상에? 나의 착각? 비슷하면서도 전혀 다른, 거의 구별할 수 없는 두 여자를 동시에 사랑하고 싶은 모든 사람의 은밀한 욕망 때문일까?'

가엾은 벵자멩! 나는 그가 마음속으로 생각하는 의문들을 상상할 수 있어! 그의 혼란! 그의 당황! 우리의 이야기가 그를 지옥에 빠뜨리고 있어! 그런데 그 모든 것이 너무도 간단한 거야! 너무 쉬워! 식은 죽 먹기야! 나는 재미있어서 미칠 지경이란다….

2월 1일

그래, 사실이야.

아직 거기까지는 해보지 않았어. 하지만 꼭 그래야만 할까?

2월 6일

어쩌면, 콩스탕스, 어쩌면 그럴 수도 있겠지.

나는 '확실치 않다'고 생각해. 네가 말하는 것처럼 '두 명의 여자'가 '그 정도까지' 똑같은 행동을 할 수는 없을 거라고 생각해. 그리고 어쩌면 네 말이 맞을지도 몰라. 언제고 아주 하찮은 것이 우리의 음모를 들통나게 할 수도 있다는 얘기 말이야. 그렇지만 그건 어쩔 수 없는 일이지, 안 그렇니? 어쨌든 농담으로라도, 그런 것까지 상상하고 있는 건 아니겠지?

2월 9일

콩스탕스? 너 미쳤니?

그건 불가능해! 자연의 법칙상 있을 수 없는 일이야! 세상의 어떤 여자도 그렇게는 할 수 없어! 맙소사! 농담이겠지… 우스개 소리겠지… 일부러 나를 골려 주려고… 나보고 정말 그런 일을 하라는 건 아니겠지….

2월 12일

들어봐… 그렇게 했어.

생각도 할 수 없는 일이었지만 나는 그렇게 했어… 옷을 벗는 방식에서부터… 침대에 들어가는 방식… 그리고 그를 애무하는 방식… 그가 애무를 해올 때 헐떡거리는 방식… 그를 끌어안는 방식… 신음하고, 말하는 방식… 그러니까 모든 것… 모든 것을 네가 말한 대로 했어… 심지어는 내가 항상 거부해 왔었던 그 수치스러운 키스까지도 기습적으로 그의 그곳에 해주었어.

마치 평생을 그런 키스만 하면서 살아온 여자처럼, 이미 수십 번도 더 그곳에 입술을 댔던 여자처럼… 제발, 이 이상은 묻지마… 아직도 나는 수치스러워. 나 자신이 너무나 불결하게 느껴져, 엄청나게 죄 지은 것처럼. 무엇보다도 나는… 두려워….

2월 16일
아니, 아니, 그게 아니야.

내가 두렵다는 건 갑자기 아주 어두운 장소에 들어온 듯한 느낌이 든다는 뜻이야… 혼란스럽고… 이전의 귀여운 장난들에 비하면 너무나 불안스럽고… 전에는 없었던 어떤 유황 같은 것이 목구멍에 차오르는 느낌… 정말이야, 나는 우리가 아주 좋지 않은 불장난을 하고 있는 게 아닌가 하는 생각이 들어. 사랑의 함정, 사랑의 속임수라는 불장난….

2월 21일
그렇고 말고.

'수치스러운 키스' 같은 경우를 생각해봐. 너는 그걸로 그만이라고 생각했겠지? 택시 사건이나 알튀세르의 사무실에서 있었던 일과 마찬가지라고? 그런데 절대로 그렇지 않아. 왜냐하면 한 가지 네가 예측하지 못한 것이 있기 때문이야. 한 번 그런 키스를 한 여자라면 두 번, 세 번, 몇만 번이라도 다시 그런 키스를 하지 못할 이유가 없는 거야.

달리 말해서, 우리가 여태까지 만족해왔던 그 순진하고 사소한 과오들과 이 키스 사이에 다른 점이 있다면, 이 키스는 결코 과오가 아니라는 그 점이야. 그런 행동은 결코 우연히 생겨날 수 없어. 단 한순간이라도 그런 행동이 우연히, 지나치게 길게 생겨났다고 생각할 남자는 아무도 없어. 요컨대, 그런 종류의 행동에 대해서 남자들은 이내 이렇게 생각해. 습관이라는 단단한 기반에 뿌리를 둔 게 아니라면 그런 행동을 결코 그토록 자연스럽고 행복스럽게 할 수는 없을 거라고.

그래서 결국 습관을 들이고 있어. 나로서는 그런 습관을 들이지 않을 수 없게 된 거야. 그 큰 남성을 입에 넣는 습관, 자기 동생이 가르쳐 준 대로 그것을 핥는 습관, 동생이 가르쳐 준 순간에 황홀을 가장하는 습관… 그런 습관을 두 번에 한 번, 세 번에 한 번, 혹은 열 번에 한 번은 가져야 하는 여자인 거야. 그래서 만약 내가 그 점을 잊는다면, 벵자멩(열심히 기회를 엿보면서 습관의 추이를 살피고 있는)이 나를 다그칠 거야. 그 점을 상기시키거나, 아니면 모든 진실을 실토하도록 말이야. 불행하게도, 이거야말로 정말 진퇴양난이 아니니…

2월 25일

최악의 사태가 발생했어.

한 번 어떤 애무를 한 여자라면 또 다른 애무를 하지 못할 까닭이 없다는 사실을 네가 예상 못했던 거야. 그러고 나서는 또 다른 애무, 그리고 또… 결국에는 보다 음탕하고 노골적인 숱한 애무들까지도 말이야. 그러면 남자는 그런 애무들을 그 여자의 '성적인 자아'의 일부라고 생각하지. 하지만 여자도 금방, 그것들이 자신의 '성적인 자아'의 자연스런 한 부분이라는 사실을 어쩔 수 없이 차츰 깨닫게 되는 거야. 자, 그러니 어느 날은 완전한 마리야. 아무런 문제가 없지. 하지만 다음날은 갈보 마리가 돼. 그럴때면 나는 조금씩, 이를테면 내 육체가 흘러가는 대로, 내 육체의 새로운 논리에 따라서, 육체가 끝까지 잠시의 휴식이나 어긋남도 없이 스스로에게 부여하여 수행해 나가는 역할에 따라서, 여러 가지 동작을 받아들이고 심지어는 나 스스로가 즉흥적인 동작을 취하기도 하는 거야. 나 자신도 놀란단다. 조르주 5세 가에서 경험했던 흥분은 이제는 마치 중학교 여학생의 귀여운 장난처럼 여겨져.

그래, 콩스탕스, 너는 그 점을 과소평가하고 있어. 육체의 그런 잠재력, 육체 내부의 힘, 육체에 깃들어 있는 대단한 합리성, 우리도 모르게 육체의 무질서를 지배하고 있는 은밀한 논리를 말이야. 이것이 바로 두 달 전의 그 사소하고 '지엽적' 인 코미디에서 출발하여 어쩔 수 없이 내가 차츰차츰 끌려들어가게 된 총체적인 코미디의 진상이란다. 그 속에 완전히 빨려들어갈 것만 같고, 또 그것이 악몽으로 바뀌어 가는 것 같아서 두려워.

3월 6일

아니야, 넌 그럴 권리가 없어.

그렇게 말하지마. 어떻게 그걸 '쾌락' 이라고 말할 수가 있니? 나는 끊임없이 내 감정과 열정과 흥분을 속이고 계산하고 조절하고 있는데 말이야. 이제는 내 일상이 되어 버린 이 끔찍한 속임수의 그물 어디에, 네가 말하는 그 '쾌락' 이 있다는 거니? 너는 거짓과 술수에 지나지 않는 사랑 속에서 '제 속셈을 차릴 수 있는' — 천박한 표현이야! — 여자들이 많다고 생각하니? 정말이지, 천만의 말씀이야! 그런 여자는 없어. 그렇게 멀리서 설교를 하는 대신 내 곁에 와서 내가 하는 것처럼 생활해 본다면, 너도 아마 내 말을 인정하게 될거야.

아, 단 하루라도 네가 나를 봐야 하는데! 새벽 1, 2시쯤 그와 헤어지고 나면, 나는 사방이 벽으로 둘러싸인 방에 홀로 남는단다. 그러면 나는 침대 밑에서 각각 '마리'와 '콩스탕스'라고 씌어진 두 권의 노트 중의 하나를 꺼내는 거야. 하루 동안 내가 무슨 말을 했고 무슨 짓을 했는지, 다음번에는 하지 말아야 할 게 무엇인지를 상세히 적어 놓기 위해서 말이야. 이거야말로 지옥 같은 풍경 아니니. 아니면 아주 우스꽝스런 풍경이거나(결국은 그게 그거지만).

3월 14일

그래, 그것도 있어.

감히 말하지도 고백하지도 못했지만, 분명히 그것도 있어. 너한테는 미안한 얘기지만, 오히려 그것이야말로 너의 실수들 중에서 가장 심각하고 중대한 실수, 용서받을 수 없는 실수이기도 해. 사실 그는 육체의 문제를 아주 중요하게 생각하거든. 게다가 특히 그는 정신분석학(너도 잘 알지? '어디에서나 편재하는 성… 별의별 일에 다 끼어드는 성… 성욕, 그것만은 거짓말을 않는다 … 성은 모든 존재의 숨겨진 진실이다' 따위 말이야)에 매료되어 있는 학생이어서 육체에 극단적인 중요성을 부여한단다. 그렇다고 모든 의혹이 사라졌다는 얘기는 아니야. 나는 그에게 우리의 장난에 대한 뚜렷한 설명이나 상세한 고백이 될 만한 얘기는 한마디도 하지 않았으니까.

그런데 내 육체가 그에게 말해 준 모양이야. 우리가 생각했던 것보다 훨씬 더 큰 목소리로 말이야. 벵자멩이 몇 주일 동안이나 찾아 헤매면서도 찾지 못했던 단서를 내 육체가 단번에 선뜻 내어준 것 같아. 그것도 아주 확고하고 믿을 만한 단서여서, 그로서는 자신의 판단이 틀릴 리가 없다고 확신하는 모양이야. 달리 말하면, 나의 이중성이 분명하고 객관적이며 구체적인 현실이라는 결론에 그가 이처럼 가까이 다가갔던 적은 없었어.

그거야말로 우리가 목적한 바가 아니냐고 너는 말하겠지. 잘 모르겠어. 내가 생각하기에 우리가 추구한 것은 좀더 막연했으니까. 보다 미묘하고, 분명하지 않았으니까. 그리고 특히, 우리는 그가 불안해하고 안절부절 못하고 괴로워하기를 바랐었지. 하지만 현실을 직시할 때, 둘 중에서 더 번민하고 있는 사람은 여전히 나야. 게다가 이런 결과가 어떤 영향을 미칠지에 대해서도 네가 제대로 계산하지 못했었다는 생각이 든단다. 나의 이중성을 그가 확신하면 할수록 나는 좀더 이중적으로 되고, 그는 언제라도 둘 모두를 배신할 수 있다는 사실 말이야. 그것이 무얼 의미하는지는 분명하지 않니? 나는 또다시 끔찍한 질투에 시달리고 있어. 내 스스로의 잘못으로 말이야.

3월 23일

콩스탕스, 물론 나는 제정신으로 말하고 있어.

내 얘기의 가장 확실한 증거는 바로 그의 태도야. 기억하니?

처음에 그가 내게 치르게 했던 테스트들, 함정들, 엉뚱하면서도 분명한 의도를 지니고 있었던 그 시험들 말이야. 그런데 이제는 끝났어. 단번에 그쳐 버렸어. 나한테 올가미를 씌우는 대신에, 그는 이제 나를 분석하기 시작한 거야. 그건 전혀 다르니까.

함께 잠자리에 들면, 이제 그는 나를 만지기 시작해. 나를 더듬고, 엎드리게 하기도 하고, 눕히기도 하고, 내 몸에 코를 대고 킁킁거리거나 냄새를 맡기도 해. 내 몸을 속속들이 조사하고 내 동작이나 시선을 제 마음대로 고치기도 해. 내 몸이 무슨 포도주라도 되는 양 맛을 보기도 하고, 또 짐승이라도 되는 양 뒤적거리기도 하고… 나를 모터쯤으로 생각하는지 윙윙거리게도 만들고, 부르릉거리게까지 만들어. 사람들이 암망아지를 타거나 좀 섬세한 기계에 발동을 걸기 전에 점검을 해보듯이, 그는 나를 '시험들'로부터 이끌어내어지는 결론에 따라서 자신의 태도를 결정한다는 사실을 느껴. 자신이 판단한 그날의 내 성격에 따라서, 마리를 대하는 태도를 취할 것인지 아니면 콩스탕스를 대하는 태도를 취할 것인지를 말이야. 네가 어떻게 생각하든 간에, 그 사실은 이런 것들을 의미하고 있어.

첫째, 그는 이제 내가 이중적이라는 판단을 거의 굳혔다는 것. 둘째, 이제 그에게는 나를 대할 때마다 자신이 어떤 나를 마주하고 있는지를 알아내는 데 필요한 기술적인 문제만이 남아 있다는 것. 셋째, 결국 나는 바람피우는 남자의 여자가 되어 버렸다는 것. 그 상대가 나 자신이라 하더라도 말이야.

4월 10일

그래, 맞아.

변한 것은 그의 애무 방식이야… 그가 쓰는 말들… 힘들여 삽입할 필요 없다는 듯 내게 자기 성기를 내미는 날들… 그리고 벌거벗은 채로 방안을 돌아다니며 멋대로 행동하는 것 — 마치 두 여자를 똑같이 점잖게 대할 필요는 없다는 듯이… 그 야릇한 반말투, 짤막하면서도 묘하게 거칠어서 거의 모욕적으로까지 들리는 그 반말투… 나는 매번 그것이 지나친 친밀감의 표시처럼 느껴져. 또한 가장 뚜렷한 변화이기도 하고… 하지만 더 이상은 묻지 말아줘. 부탁이야, 내가 말하지 않아도 넌 모든 것을 짐작할 수 있을 테니까.

4월 12일

두 가지 해답이 있는 것 같아.

하나는 그가 이렇게 생각하는 경우야. 즉, '우리 둘이 공모를 해서 이 모든 일을 함께 꾸며나가고 있다. 우리는 서로의 일을 서로에게 전부 얘기하는 완벽한 쌍둥이 자매들이다. 만약 자기가 꽁무니를 뺀다면 우리가 그를 비웃을 지도 모른다' 라고.

그렇다면 그에게 잘못이 있다기보다는 오히려 그가 희생자인 셈이지. 그에게 잘못이 있다면 그건 잠자코 자기 자신을 내맡겼다는 대단치 않은 잘못이고, 우리의 악의에 찬 장난에서 빠져나가려 하지 않고 최악의 경우 스스로에게 이렇게 말하는 잘못이겠지. "까짓 것! 그녀들도 재미있어 하는 것 같고, 우선은 이런 상황이 재미도 있고 짜릿한 맛도 있으니까 눈감아두기로 하자."

그렇지만 잘 생각해봐. 또 다른 해답도 가능해. 첫 번째 해답과는 전혀 다르고 아주 유쾌하지 못한 해답이야. 바로 그가 이렇게 생각하는 경우란다. 즉, '우리가 공모하고 있는 건 확실하지만 완벽한 공모는 아니다. 가령 너를 엥그르 가로 끌어들인 사람은 나라고 하더라도, 그 이후의 모든 일까지도 내가 꾸몄을 리는 없다' 라고. 그런 경우라면 정사에 관한 부분은 내가 모르는 게 되겠지. 나는 친동생이 대역을 해주는 완전한 얼간이가 되는 거야. 그리고 여전히 그가 모르는 체하고 우리 둘에게 아무 말도 않는다면, 그건 대수롭지 않게 생각해서가 아니야. '너'를 대하고 있을 때 그가 아무 말도 하지 않는 것은 너 역시 아무 말도 하지 않기 때문이야. 너의 침묵을 어떤 신중함이나 양심의 가책의 표시로 간주하고는, 그 침묵을 깨뜨리는 건 악취미라고 판단했기 때문에 말야. 그리고 '나'와 마주하고 있을 때의 침묵은 바로 자기가 배신자이기 때문이야. 신의를 저버린 한 여자와 자기가 맺어져 있고, 내게 예전에 저질렀던 것보다 훨씬 더 치욕스런 배신 행위에 자신이 연루되어 있기에 말이야.

그래, 콩스탕스. 나는 너무나 우울해. 내게는 두 번째 해답이 훨씬 더 그럴듯해 보이니까. 내가 그렇게 믿는 데에는 그럴 만한 많은 단서와 이유가 있지만 일일이 열거한다면 너무 길어지겠지. 하지만 대개는 바로 그의 침묵의 성격과 관련된 것들이야. 둘 중 한 여자와 함께 있다는 생각에, 전날에 다른 여자와 있었던 일을 얼버무리면서 회피하는 태도말야.

오늘 아침에만 해도, 내가 있는 자리에서 빌이 그에게 어제 저녁 우리가 무얼 했는지를 물으니까, 약간 거북한 듯이 "뭐, 별

것 없었어"라고 대답했단다. 사실 우리는 낭테르 대학에서 있었던 중요한 정치 집회에 참석했었는데도 말이야. 요컨대, 그가 마리와의 생활이라고 생각하는 것과 콩스탕스와의 생활이라고 생각하는 것 사이에 점점 두텁게 쳐가는 일종의 장막에서 난 그것을 느껴. 마치 '이중 생활'을 하는 사람들이, 남는 시간을 온통 그 두 세계가 서로 방해받지 않도록 하는 데 보내는 것처럼.

그 두 세계가 사실은 둘이 아니라 하나라는 것도 사태에 아무런 도움이 못돼. 그 사실을 아는 사람은 너와 나 둘뿐이고, 어쨌든 나는 여전히 한 남자의 애인, 가장 분명하게 자기 생활의 절반을 나를 배반하는 데에 보내는 남자의 애인이니까….

4월 22일

아니, 나는 그가 그 일 때문에 '난처해한다'고는 생각지 않아. 더구나 '고통받고 있다'는 건 말도 안돼. 내 생각에 그는 다만 두 여자를 동시에 사랑하는 남자들이 언젠가는 스스로에게 던지게 되는 질문, 이를테면 '누가 더 예쁜가? 누가 더 매력적이고 누가 더 사람의 마음을 움직이는가? 누구 곁에 있을 때가 더 좋은가? 누구와 같이 있을 때가 더 행복한가? 누가 더 나의 욕망을 불러일으키는가?' 따위의 질문들을 품기 시작한 것 같아.

4월 30일

어제저녁부터 소요에 관한 루머가 떠돌고 있어.

수십 명의 과격 학생들이 낭테르 대학을 점거할 거래. 흥분한 빌과 비케는 명백하게 '무정부주의'의 기치를 내건 이 운동에서 알튀세르주의자들의 위치가 어떻게 될 것인지에 의문을 품고 있어. 하지만 내 머리 속엔 단 한 가지 생각밖에 없단다. 어떻게 그들에게 털어놓을 수 있겠니? 점점 더 노골적으로 콩스탕스를 좋아하기 시작하는 남자의 마음속에서 마리의 위치는 어떻게 될 것인가 하는 문제를….

5월 4일

알다시피 소문은 사실이었어.

파리는 완전히 뒤죽박죽이야. 어제저녁 늦게 소르본느 주위에서는 경찰과 데모대 사이에 난투극이 벌어졌단다. 하지만 그보다도 더욱 뒤죽박죽인 일은 바로 나한테 일어나고 있어. 아직 너한테 말은 안했지만, 어떤 밤이면 나 역시 내심으로는 나이기보다는 네가 되는 걸 더 좋아하는 게 아닐까 하는 생각이 들어.

5월 7일

사실이 그렇단다.

네 말대로, 우리가 전화로 짓궂은 장난을 치던 시절에 느꼈던 자유의 감정, 약간은 그와 비슷한 감정이 있어. 모든 것을 말할 수 있고 무엇이든 할 수 있다는 느낌, 갑자기 모든 것이 다 허용된 듯한 느낌 말이야. 거짓 신분 덕택에, 감히 할 수 없었던 말이나 행동을 할 수 있고 감히 드러내지 못했던 성향까지 내보일 수 있다는 사실도 그때와 마찬가지야. 유령처럼 불가사의하고 전혀 덧없는 존재 — 보이지도 않고 포착되지도 않는 존재 — 일종의 면책 특권을 가진 존재가 되는 일에서 느껴지는 알 수 없는 즐거움도 그렇고.

하지만 차이점이 있어. 예전에 전화 장난을 할 때는 마냥 즐겁기만 했었지. 그렇지만 지금은 그런 모든 것들에도 불구하고, 일단 순간적인 쾌락의 순간들이 지나가고 나면 지옥에 떨어진 듯 고통스럽단다. 사흘 전부터는 문밖으로 나갈 기력조차 없어졌다는 걸 넌 모르고 있겠지? 덧문을 걸어 잠근 채, 파리 지도를 펴놓고 트랜지스터 라디오에 귀 기울이면서 소요의 진전 상황을 좇고 있단다.

5월 10일

이유는 모르겠지만, 네가 초하루에 보낸 편지는 소인도 찍히지 않은 채 열흘이나 늦게 도착했단다.

그에게 '죄다 털어놓으라'고 충고했더구나. 말도 안 돼! 정신 나간 소리야! 넌 아직 내가 처한 상황을 이해하지 못해서 그래! 생각해보렴. 나도 그런 생각을 안 한 게 아니야. 시도도 해보았어. "됐어요. 이젠 그만해요. 우스개 장난이었어요. 나 혼자서…"라는 식으로 그에게 말하려고, 여러 차례 얼굴을 붉히며 떠듬떠듬 말문을 열었었지. 하지만 말할 수 없었단다. 어떻게 말해야 할지도 모르겠고… 한번도 끝까지 말하지 못했단다. 그러려고 할 때마다 그의 시선과 침묵이 나를 방해했기 때문이야.

맨 처음 우리가 속임수를 쓰기 시작했을 때와 같은 그 불신에 찬 태도, 과거에도 나를 믿지 않았고 앞으로도 나를 믿지 않겠다는 듯한 표정, 이번에야말로 보다 악랄하고 짓궂은 거짓말을 내가 — 우리가 — 조작하고 있는 것으로밖에는 생각하지 않을 것 같은 그의 표정 때문에….

5월 11일

지금 내 앞에는 '사자(使者)'가 와 있어. 그 사람에게 서둘러 몇 자 적어서 보낸다. 곧 받아보게 되겠지만, 어제 너한테 부친 편지에 나는 이렇게 썼어. 나로서는 이제 도저히 사태의 진전을 막을 수 없다고. 고삐 풀린 말처럼 되어 버려서 이제는 너도 나도 어쩔 수 없을 것이라고. 내가 무슨 짓을 하건 무슨 말을 하건, 오히려 일을 더 복잡하게 만들 뿐이라고.

이제는 '콩스탕스'가 사라져 버린 것처럼, 살그머니 가 버린 것처럼, 희극에 나오는 꾀바른 하녀가 그러듯 슬쩍 자리를 비킨 것처럼도 할 수가 없게 됐어(비유야 많지. 수증기처럼, 안개처럼, 유령처럼… 하지만 무슨 소용이니, 너는 엄연히 존재하는데). 다시 한 번 말하지만, 이젠 사태가 내 손에 달려 있는 것이 아니기 때문이야.

내가 콩스탕스인지 마리인지를 결정하는 사람은 이제 그야. 나조차도 구별할 수 없는 어떤 표시에 의해서 말이야. 내가 아무것도 안 하고 죽은 사람처럼 꼼짝 않고 누워 있어도, 그는 지금 자기 품에 안겨 있는 사람이 '나'인지 '너'인지를 구별해 줄 무엇인가를 찾아낼 지경이니까. 믿어줘. 이젠 정말 빠져나갈 구멍이 없어.

5월 14일

내가 지난번 편지에서 말한 상황을 여실히 보여 주는 일화

하나를 들려줄게.

무대는 그의 집 부엌이야. 전날 밤 우리는 소르본느에서 열광적이고 열렬하고 훌륭한 학생들 틈에 끼어 보냈었단다. 나는 갑자기 슬퍼졌어. 마음에 무슨 걱정거리가 있어서 억울하게도 축제를 즐길 수 없는 소녀처럼 말이야. 그래서 그의 어깨에 몸을 기댄 채 조용하게 속삭였지. 아주 중대한 비밀을 고백하고 싶다고. 그런데 그가 불끈하면서 경계심을 드러내지 않겠니! 난 그만 울음을 터뜨리고 말았어.

아아! 진짜 마리는 절대 울지 않는다는 걸 너도 알지? 그리고 그도 알고 있어. 나의 울지 않는 점이 가장 좋다고 말한 적이 있으니까. 그래서 그는 라틴 가의 열기 속에서 함께 밤을 보내고 그날 아침 자기 어깨에 기대어 있는 사람이 당연히 콩스탕스라고 판단해 버린 거야. 그 '발견'으로부터 그는 지체없이 결론을 이끌어 냈단다. 식탁의 방수 테이블보 위에 거칠게 나를 눕힌 다음, 선 채로 짐승처럼 행위를 했으니까.

이 글을 비케의 친구 편으로 보낸다. 그 친구는 오늘 저녁 스트라스부르로 떠나는데 어쩌면 게빌러까지 갈지도 몰라. 지금으로선 이 글이 네게 보내는 마지막 편지가 될 것 같구나. 휘발유 구하기가 점점 어려워져서 파리를 떠나는 사람도 보기 힘들거든.

6월 30일

6월에 보낸 편지들을 다 받아보았는지 모르겠구나.

어쨌든 나는 한 달 전부터 네 편지를 하나도 못받았으니까.

오늘 너한테 할 말은 단 한마디뿐이야. SOS… 네가 와야겠어… 무슨 일이 있어도 꼭… 나는 어찌 해볼 수가 없는 상황이야… 생사가 달린 문제야… 미안해. 이 끔찍한 오해를 지워 버릴 수 있는 사람은 너밖에 없어… 너 자신이 직접 그의 앞에 나타나 모습을 보여 주는 수밖에….

3

콩스탕스가 왔다.

5월의 폭동이 가라앉은 뒤, 파리에는 대단한 더위가 밀어닥쳤다. 7월 초의 어느 늦은 오후, 엥그르 가의 철책 앞에 당도한 그녀의 모습을 나는 상상해본다. 약간 거북한 듯이 휠체어에 앉아 딱딱하게 굳어 있는 그녀의 모습. 마리는 본인의 부탁이 있었기에 휠체어에 관해서는 어느 누구에게도 발설한 적이 없었지만, 그녀가 모습을 나타내는 그 순간 휠체어는 그 무엇보다도 웅변적이고 사람을 당황케 하는 고백이 될 것이다.

그녀는 무엇을 할까? 무슨 말을 할까? 도대체, 무슨 말이나 행동을 하기는 할 것인가? 한 사람은 휠체어에 앉아 있고, 또 한 사람은 그 뒤에 서 있는 모습만으로도 비밀의 장막을 찢어 버리기에는 충분하지 않을까? 그리고 뱅자맹은 과연 어떤 반응을 보일까? 무엇을 깨닫게 되고 어떤 결론을 내릴 것인가? 바로 그 순간 그의 뇌리를 스쳐가는 것은 무엇일까?

당연한 얘기지만, 그런 것들을 말해 주는 편지는 이제 더 이상 없다. 그래서 독자나 나나 그저 추측만 할 수 있을 뿐이다. 내가 아는 것이라고는 단지 그녀가 왔다는 사실, 그래서 자기의 모습을 드러내는 것만으로도 그녀는 자신이 쳐놓았던 올가미의 그물을 단숨에 잘라 버릴 수 있었다는 사실이다. 또한 나로서는 그 이유를 알 수 없지만, 그녀가 차츰차츰 파리에 머물려고 시도했었다는 사실도 알고 있다. 한 달이 지나고 두 달이 지난 다음, 그리고 겨울, 다음의 여름이 지나서 어언 3년이 되도록, 그녀는 언니와 벵자멩 사이에 줄곧 머물렀던 것이다.

그 3년 동안의 일에 관해서도 — 역시 남아 있는 기록이 없기 때문에 — 나는 별로 아는 바가 없다. 이 사람 저 사람의 얘기들을 종합해 볼 때, 일단 그 시절은 평범하면서도 행복한 나날이었던 듯하다. 콩스탕스는 가사를 돌보았고, 학업을 끝낸 마리는 파리의 한 고등학교에서 프랑스어를 가르쳤다. 같이 어울려 다니던 친구들(베트, 빌, 비케, 필립 비날)도 당시의 집안 분위기는 명랑하고 웃음이 넘쳐 흘렀으며, 한낮이든 밤이든 언제나 식사 대접을 받을 수 있었다고 회상하고 있다.

무엇보다도, 마음을 누그러뜨리고 평정을 되찾은 벵자멩은 마침내 마리에게 자기 유년 시절의 어두운 비밀들을 털어놓기에 이르렀다. 그러다가, 당시의 시대적 배경을 이루었던 '모택동주의'의 모험에 그 역시 열성적으로 뛰어들게 된다. 비록 과격하고 급진적이기는 했지만 모택동주의 역시 어떤 한 세대 특유의 상투성을 벗어나지는 못했고, 좀 양보해서 말하더라도 사람들이 생각하는 것만큼 위험스러운 것이 아니었다. 물론 은밀하게 '프롤레타리아 좌파'를 결성하고 유지하면서, 마르코 폴로마냥 인도를 거쳐 북경에 가서 '인간의 가장 깊은 내면'을 개조하려는 계획을 품고 파리로 돌아오는 사람들이 있었고, 그 역시 그 중의 한 사람이었다.

그런데 그 다음 시기에 가면 보다 확실한 사태의 흐름을 다시 알 수 있게 된다. 벵자맹과 언쟁을 벌인 다음 훌쩍 게빌러로 돌아간 콩스탕스가 마리와의 서신 연락을 재개(그녀로서는 아주 자연스러운 일이고, 우리로서는 퍽 다행스러운 일인데)했던 것이다. 때는 1971년 5월이다. 프랑스는 차츰 '5월의 불안'을 뇌리에서 몰아냈고, 한동안 기세를 올리던 '모택동' 선풍도 물러가고 말았다. 잿더미 속에서 소생한 옛 좌파는 자신의 길 잃은 자식들을 소리쳐 불러모으던 시기였다. 그리고 무엇보다도 벵자맹의 몰락이 진정으로 시작되는 시기이기도 하다.

파리, 1971년 10월 20일

사랑하는 콩스탕스!

나도 그에게 잘못이 있고 그의 처신이 아주 옳지 못했다는 걸 알아. 하지만 그이 자신도 마음이 몹시 편치 못하단다! 아주 신경질적이고 예민해져 있어! 너나 나한테, 또는 세상을 향해 터뜨리는 그의 분노도 사실 자기 자신에 대한 분노일거야, 틀림없어!

콩스탕스, 마음을 가라앉히렴. 복잡하게 생각하지마. 맹세컨대, 그 엉뚱한 말다툼은 너와는 아무 관계도 없어. 사실은 그 자신의 심한 발작이었을 뿐이야. 다만 우연히도 — 우리 둘 모두에게는 불행한 일이지만 — 네가 제일 먼저 그 발작의 대가를 뒤집어쓴 것뿐이란다.

10월 23일

학살의 유희가 계속되고 있단다.

오늘은 빌의 차례였어. 그 불쌍한 사람이 문학에 대해 이야기하는 걸 얼마나 좋아하는지는 너도 알거야. 베트가 떠난 뒤로 그의 삶을 지탱해 주는 건 그나마 그것밖에 없어. 우리는 정원에 있었단다. 그는 평소 좋아하는 흔들의자에 앉은 채 처음에는 꿈꾸는 듯한 어조로, 이윽고는 열에 들뜬 어조로 우리에게 설명하기 시작했어. 자기 소설의 또 다른 변화에 대해서 말이야. 그 동안 수도 없이 바뀌었었고, 변화가 있을 때마다 수도 없이 우리가 들어왔던 그런 얘기.

"구두점도 없고… 주인공도 없는… 그리고 심리 묘사도 없는 그런 글을 쓰겠다던 생각을 왜 나는 포기하게 되었는가… 그것은 분명 유용하고 중요한 생각이었으며… 과거에 대한 나 자신의 개인적인 경멸은 아니었다… 하지만 이제 그 생각은 끝이 났다… 나는 넘어섰다… 그 모든 것은 이상주의에 불과했다!… 이상주의적인 우회!… 형식주의적인 우회!… 이론주의적인 우회!… 결국 부르주아적인 우회였다!… 이런 것들은 이제 어떤 구체성으로의 복귀… 현실로의 복귀… 세계, 아니 정치에로의 복귀에 자리를 내줘야 한다… 그렇지 않으면 혁명 대중은 체념할 수밖에 없을지도 모른다…."

우리는 빌의 계획이 실패했을 경우에 혁명 대중이 포기할 수밖에 없는 것이 과연 무엇인지는 애석하게도 들을 수 없었어. 빌이 거기까지 얘기하는 순간, 벵자맹이 그만 인내심을 잃고 말았거든. "혁명 대중이 무엇인지도 모르면서, 어디에나 혁명 대중을 들먹거리는 프티부르주아들의 그 바보 같은 짓거리에는 이제 넌더리가 난다!"고 그가 고래고래 악을 쓰기 시작한 거야. 정말이지 지난번의 경우와는 비교도 안 될 정도로 난데없이 벌컥 화를 냈단다. 표정까지 일그러지며 씩씩거리더니, 자리에서 일어났어. 놀라움과 수치심으로 눈물을 글썽이는 빌을 내게 떠맡긴 채 말이야. 빌이 우는 모습을 본 건 그 때가 처음이야.

10월 26일

내가 꿈을 꾸고 있는 게 아닐까?

요 몇 해 동안 우리에게 신물이 나도록 라캉 이야기를 한 사람이 바로 그였을까? 수요일 정오마다 열리는 라캉의 '대미사'에는 무슨 일이 있어도 빠지려 하지 않던 사람이 그였을까? 라캉의 난해하거나 모호한 성격에 대해서 누가 조금이라도 비판의 말을 할라치면 대뜸 호통을 치곤 했던 사람이 그였을까? 너도 생각날거야. '분열의 사상가 라캉'이니 '반항, 혁명의 사상가'니 하는 따위의 말들 말이야. '하나는 둘로 분열된다'라는 이론을 내세운 라캉, 코페르니쿠스, 갈릴레이, 정치에 있어서의 '브루노'… 그런데 그 모든 것이 끝장났어. 종쳐 버렸다니까! 씻은 듯이!

오늘, 10월 26일에 생긴 일이야. 정오의 '대미사'가 한창 진행중일 때, 벵자멩이 수강생으로서는 유례가 없는 엄청난 짓을 저질렀단다. 자리에서 일어난 그가 옆자리의 사람들을 밀치면서 열 지은 의자 몇 개를 성큼 건너뛰었어. 그러고는 선 채로 필기를 하느라 고개를 수그리고 있는 사람들 사이를 뚫고 나갔어.

충직한 여비서인 글로리아가 속기 타이프를 치다 말고 이 정신 나간 남자의 앞을 가로막았지만, 그는 그녀마저도 떠밀쳐 버렸지. 이제 아무런 장애물도 없게 되자, 그는 곧바로 스승에게 다가갔어. 그러더니, 스승의 멱살을 움켜잡았단다. 흔들어 대다가, 마치 죽음의 키스라도 하려는 듯 끌어당겼다가, 이윽고는 확 밀쳐 버리는 바람에 스승은 하마터면 쓰러질 뻔했지. 넋을 잃은 청중들이 미처 어찌해 볼 틈도 없이 그는 마이크를 가로채 버렸어.

"5월에 당신은 무얼하고 있었어, 이 겁쟁이야! 무슨 권리로 오늘 이렇게 떠들고 있는 거야? 당신이 말하고 있는 지금 이 순간에도 플랭, 소쇼, 빌랑쿠르 등지에는 불쌍한 작자들이…"

이런 소동이 우스꽝스럽지 않니? 마찬가지야, 공연한 소동이란다. 간단히 얘기해서, 너만이 그의 편집병적 발작의 희생자는 아니라는 소리야.

10월 31일

오늘 아침에 비날이 찾아왔었어.

아, 나는 그 사람이 정말 싫어. 그 거만한 태도, 검사처럼 생긴 얼굴, 보일락말락 짤막하게 웃는 매력없는 미소, 무엇보다도 그 목소리라니! 재산 목록을 조사하는 집달관마냥 벵자맹의 집과 하인과 온갖 사치와 돈을 거론하면서… 그 모든 것을 바로잡아야 하며… 프롤레타리아의 관점을 택해야 하며… 이론과 실제를 일치시켜야 한다고 말할 때의 그 끔찍한 콧소리 말이야….

너도 알지, 그렇지? 그게 얼마나 사람의 화를 돋우는지는 너도 알거야. 극히 세속적인 질투 때문에 열을 올리고 있을 뿐인 그 비열한 작자 앞에서, 항상 벵자멩이 짓는 벌 받는 아이 같은 표정이라니! 이번에는 내가 벵자멩에게 그 점을 지적해 주었어. 하고 싶은 말을 몽땅 해버렸단다. 그 가련하고 탐욕스런 프티부르주아 앞에서 그가 굽신거리는 꼬락서니에 이젠 정말 너무도 신물이 나 있었거든. 그랬더니 그가 뭐랬는지 아니? 우리가 비냘처럼 '프롤레타리아'를 선택하지 못하는 한, 단 한 마디라도 그의 귀에 거슬리는 말을 할 자격이 우리에겐 없다는 거야.

그래, 모든 문제는 바로 거기 있어. 그리고 어떻게든 그가 그 문제를 해결하지 못하는 한, 사태는 틀림없이 더욱 나빠질 거야.

11월 4일

그의 생각이 점점 깊어지는 게 아닌가 두려워.

그의 내부에서, 그 생각은 힘겹지만 확실하게 진전되고 있는 것 같아. 저녁에 그가 잠 못 들어 할 때에도 나는 그걸 느끼고, 신경을 날카롭게 곤두세운 채 뻣뻣하게 내 옆에 누워 있는 모습을 볼 때에도 알 수 있어. 그는 그것만을 생각하고 있는 거야.

바보 같은 짓이라고 그에게 말해 줄까? 그것은 68년경에나 잠시 의미가 있었을 뿐이라고? 그런 식의 사고가 한물 가 버린 지금에 와서는, 워털루 전쟁 전날 밤에 나폴레옹 군대에 입대하는 것처럼 멍청한 짓이라고? 파라디는 그렇게 말했단다. 신기하게도 나와 똑같은 생각을 가지고 — 별일도 다 있지 뭐니! — 그 점을 벵자멩에게 납득시키려고 애를 써. 벵자멩에 대한 자신의 기대가 너무 크기 때문에, 자기는 단 6개월이나 1년에 불과할지라도 벵자멩이 르노 공장의 작업대에서 시간을 낭비하는 모습을 가만히 보고만 있을 수 없노라고 말을 하지.

그렇지만 소용없는 일이야. 현실 속의 보트렝은 헛수고만 하는 셈이란다. 오히려 나는 그런 식의 '막차' 논쟁이나 '놓쳐 버린 기회'에 대한 주장이 그의 분노를 더욱 북돋워서, 결심을 보다 확고하게 만들어 주고 있는 게 아닌가 하는 생각까지 들어….

11월 8일

무엇이 그를 그 생지옥으로 끌어들이고 있을까?

물론 정치겠지. 혁명이고, 노동자 계급이겠지. 노동자 계급과 결속해야 한다는 생각, 그가 듣는 얘기들, 그에게 불어넣어진 지식인들의 전유물로 간주되는 약간의 지식. 요컨대 '외부에서부터' 프롤레타리아에게 주입되는 그 유명한 '계급 의식'을 둘러싸고 생겨나는, 온갖 종류의 호전적인 횡설수설(사실상 '비날의 횡설수설'이라고 하는 게 옳을 거야)이 그를 그렇게 만들고 있어.

하기야 다른 요인들도 있겠지. 어떤 일의 개인적인 측면 말이야. 굳이 말한다면, 그 자신만의 사정이랄까. "노동자 계급, 내겐 그게 문제가 아니야. 중요한 건 오직 나 자신일 뿐이야. 노동자 계급과 접촉함으로써 나 자신을 수정하고 개혁하고 재교육한다는 게 중요해. 내가 그들의 세계에 뛰어든다면, 그건 그들을 가르치기 위해서가 아니라 내 조상들이 내게 금지시켰던 덕성과 장점들을 그들의 학교에서 배우기 위해서야."

물론 내 얘기가 과장됐긴 하지만, 그렇다고 틀린 얘기는 아니란다. 솔직하게 털어놓고 얘기를 할 때면 그도 그런 식으로 말하고 있으니까. 주의 깊게 들어 보면, 그의 말투는 투사의 말투라기보다 자신의 어떤 과오를 — 그것이 어떤 것인지 우리는 대충 알지만 — 프롤레타리아라는 제단 앞에 속죄하러 온 고해자의 말투야. 그의 내면에는 어떤 순수에의 의지, 도덕적 청원, 성스러움에 대한 갈망이 자리 잡고 있는 것 같아(그 소리를 못 듣는다면 귀머거리겠지). 모호하고 막연해서 뭐라고 꼬집어 말할 수는 없지만, 어쨌든 그건 고전적 형태의 '참여'와는 전혀 달라.

그 자신은 그 점을 알고 있을까? 비날은 알고 있을까? 자신은 '계급 투쟁'에 관해 이야기했는데 벵자멩이 '영혼의 구제' 차원에서 응답할 때, 또 자신은 마르크스와 엥겔스를 인용했는데 벵자멩이 《랑세의 생애》를 떠올리는 반응을 보일 때, 비날은 벵자멩과 자신 사이에 놓여진 그 심연의 간극을 재어보고 있었을까?

나는 그러리라고 생각해. 그런데도 계속해서 의식적으로 그 많은 올가미로써 벵자멩을 가두고 있으니, 내가 비날을 원망하는 것도 당연한 일이지.

11월 15일

그래, 사실이야.

나는 그걸 '성스러움'이라고 단언하고 있고, 《랑세의 생애》라는 소설을 퍽 중요시하고 있어. 몇 년 전부터는 책도 안 읽고 공부도 안 할뿐더러 순수 문학 비슷한 것이라면 전혀 흥미조차 느끼지 않는 그가, 그 조그만 책자만은 밤낮으로 주머니 속에 넣어가지고 다닌다는 사실이 이상하지 않니? 게다가 그는 생트주

느비에브, 아르스날, 에콜 노르말 등 — 그의 표현을 빌린다면 '대가들의 치욕적인 기억'을 책이라는 형태로 보관하고 있는 모든 '저주받은' 장소들 — 에다가 불을 지를 생각만 하고 있는 사람이 아니니?

물론 그는 샤토브리앙이라는 인간 자체는 경멸해. 그러면서도, 축제와 여자들을 좋아하고 몽바종 백작 부인과 사랑을 나누는 그 젊은 왕자, 신의 축복을 받은 사람, 그러나 어느 날 아침 속세를 떠나 영원히 흰옷을 걸친 수도사가 되겠다는 결심을 해서 궁정을 발칵 뒤집어놓은 그 인물의 기이한 운명에 매혹되어 있는 거야. 달리 말하면, 트라프에서 르노까지가 그의 머리 속에서는 지척간이야. 그리고 그는 이미 그 얼마 안 되는 거리를 옮겨가 버린 거야.

너도 기억하고 있겠지. '모택동의 위대한 시대는 수많은 영웅들을 탄생시켰다'라는 유명한 슬로건을 논하면서, 요컨대 "종교가 사양길을 접어든 이후로 우리에게 성자를 보내 줄 수 있는 것은 오직 혁명의 이상뿐"이라고 그가 우리한테 설명해 줬던 바로 그날 말이야.

11월 20일

너한테는 그런 말은 하지 않았어.

내가 말한 건 '신비주의'가 아니야. 맹세컨대, '레벨라시온(계시) — 레벌루션(혁명)' 따위의 정신적 유희나 그와 유사한 다른 천박한 짓거리들에는 난 전혀 관심없어. 내가 말한 건, 단지 그의 생각이 그 어떤 무정부주의나 톨스토이주의, 노동자중심

주의나 민중주의 따위와는 별로 관련이 없다는 것, 요컨대 노동운동 본부에 의해서 정식으로 분류·정리된 상투적인 '주의들'과는 다르다는 거야.

차라리 그런 것이라면 오히려 마음을 놓을 수 있었겠지. 그가 스스로를 부정하고 증오하는 모습을 볼 때마다, 나는 그 어떤 혁명가도 그런 식의 고행을 한 적은 없으리라는 생각을 해. "내면의 낡아빠진 인간을 죽여 버려야 한다", "인간의 가장 깊은 내면을 변화시켜야 한다", "다시 시작하기 위해서는 재난의 인류 역사를 두 동강 내야 한다"는 그의 외침을 들을 때, 그리고 그가 생각하는 혁명은 정권을 획득하고 실권자를 갈아치우거나 정부 기구를 재조정하는 데서 그치지 않고, 인류의 문화·기억·언어, 나아가 인간의 고유한 욕망까지도 개조하려는 데 있다는 것을 깨닫게 될 때, 나는 그러한 선례가 딱 하나 있다는 생각을 하지 않을 수 없어. 그토록 요구하는 것이 많은 유일한 선례, 그것은 바로 태초에서부터 랑세에 이르기까지(혹은 그 이후에까지도), 인류를 새출발시키려는 계획을 품었던 기독교 수도자들의 경우야.

물론 그는 여전히 무신론자란다. 다만 그에게는 여타의 평범한 좌파주의자에게서는 결코 찾아볼 수 없는 엄청난 야망과 형이상학적 목표가 있다는 뜻이야. 그래, 콩스탕스! 내가 여러 차례 얘기했지만, 모택동주의자는 결코 평범한 좌파주의자가 아니야. 모택동주의자는 흔히 사람들이 '정치'라고 부르는 것의 테두리 안에 가둘 수가 없는 사람들이야.

한 달 전부터 내가 피부로 느끼고 절감하면서, 게다가 할 수 있는 한 가장 고통스러운 방식으로 견뎌내고 있는 바로 그런 그의 모습이란다.

11월 25일
끝났어.

그 바보가 마침내 행동을 개시했어. 오늘 아침 동틀 무렵에 몰래 나갔다가, 음험하게도 돌아와서는 말 한마디 없었어. 저녁이 되고 자정이 넘도록까지 나한테 아무것도 말하지 않았으니까. 그의 옷에서 수상쩍은 고무 냄새가 난다는 사실을 내가 알아차리지 못했다면, 아마 그는 끝까지 아무 말도 하지 않았을 거야. 차라리 말을 않는 게 낫겠어. 그것만 생각하면 머리가 지끈지끈 아프니까. 낮 동안의 일 때문에 지치고 피로한 듯이, 안락의자에 푹 파묻힌 채 꼼짝도 않고 있는 그의 꼬락서니를 코앞에서 보는 것만으로도 울화가 치밀어.

12월 1일
상세한 내막을 알아냈단다.

그가 가명을 대고 취업하려 했던 것이 틀림없어. 치사하게도, 자기는 게빌러에서 왔는데 그곳에서 일하던 레스토랑이 파산해서 문을 닫는 바람에 직장을 잃었다고 꾸며댄 거야.

할 수 있는 일이 아무것도 없었기 때문에, 그는 우선 철판 제조 작업장의 막노동 자리를 받았어. 첫날을 그는 그곳에서 보냈지. 회전 숫돌, 압착기, 이중 기동기 따위가 돌아가는 소리와 철판을 접고, 늘리고, 두드리고 용접하는 소리가 시끄러운 속에서 말이야. 그러다가 낮의 일과가 끝날 즈음에는 구역 건물 6층에 있는 소위 '분사기' 작업대로 옮겨졌는데, 그곳은 차체에 도색을 하는 곳이었어. 그리 시끄럽지 않은 조용한 작업인 셈이었지. 게다가 직공들은 이십여 명 남짓밖에 되지 않아서 서로 마음이 맞았고, 힘 닿는 대로 그에게 일하는 방법을 가르쳐 주었어. 하지만 동전에도 양면이 있는 법 아니니. 냄새와 발산물들이 목구멍과 눈과 폐를 찌르고, 노출된 피부 구석구석 스며들었던 거야. 한밤중까지도 그는 구토증을 일으켰어(회사측은 직공들에게 매 2시간마다 10분씩의 휴식 시간과 목을 축일 수 있도록 우유 한 잔씩을 주기로 되어 있는 모양이야, 모두 말뿐이지만!).

콩스탕스, 이게 소식의 전부란다. 빈약하긴 하지만, 지금으로선 나도 이 정도밖엔 알고 있지 못하니까… 그 일 말고는 별일 없어. 기말시험 때문에 약간 신경이 쓰이긴 하지만, 모든 게 순조로워. 2학기에는 학생들에게 현대시 강의를 해줄 생각이야.

12월 8일

그가 무슨 생각을 하고 있는지 나도 몰라. 그가 여전히 말을 별로 하지 않으니까.

가끔씩 말을 할 경우에도 자존심 때문에 진실을 말해 주지 않는단다. 그렇지만 내가 짐작하기에, 그는 실망감을 느끼고 있어. 작업 그 자체를 말하는 건 아니야. 작업이 매일매일 축제처럼 즐거운 것이 아닐 거라는 점은 그도 미리 각오했던 바니까. 공장의 분위기, 공장을 지배하고 있는 정신적인 풍토, 자신의 새로운 '동료들' 자체에 대해서 그는 실망하고 있어. 멀찍이서 아주 고상하고 아름다운 모습으로 그들을 상상해 오다가 갑자기 그 실상을 보게 된 셈이지. 진정한 노동자의 피부를 가진 진정한 노동자들의 모습 말이야(어떠한 관념의 베일이나 신화의 조명도 없이, 실상을 그대로 드러낸 모습).

아침이면 발을 질질 끌며 출근했다가, 저녁이면 등을 구부린 채 축 처진 어깨를 하고 퇴근하는 그들. 창백한 안색에 시선을 내리깐 채, 두들겨 맞은 개가 다가올 매를 면해 보려고 조바심낼 때와 같은 가련한 표정으로 일을 하는 그들. 일을 제외하고는 축구, 여자, 포도주, 매점에 붙어 있는 포르노 사진, 휴게실에서 주고받는 천박한 농담들, 새로 나온 무슨무슨 자동차 모델, 어느 연속극의 마지막 편 따위에만 관심이 있는 그들.

아! 그것은 그가 품어 왔던 영웅적인 프롤레타리아의 모습, 위대한 저녁을 알리는 나팔 소리를 기다리면서 언제라도 무기를 들 준비가 되어 있는 저 강인하고 순수한 프롤레타리아의 모습과 얼마나 동떨어진 것인가… 레닌이여, 안녕… 전함 포템킨이여, 안녕… 그가 품어 왔던 화려한 신화들이여, 영원한 작별을… 맥없는 모습들, 생기 없는 시선들, 멍청이 같은 슬픈 미소들….

사람들은 그런 식으로 자기 속에 파묻혀서 편안하게 지내고 있는 거야. 일상적인 노동의 수고 위에 혁명을 해야 하는 수고까지 덧붙여 놓으려고 하는, 그 고약한 모택동주의자들 없이도! 이 모든 걸 직접 눈으로 확인한 건 아니지만, 난 알고 있어. 느낄 수 있어. 침묵 속에서, 그가 털어놓는 짤막한 속내 이야기들 속에서 난 그걸 느껴. 그리고 나는 나의 진정한 발견이 바로 이것이라고 생각해. 요컨대, 그가 '프롤레타리아'라고 부르는 것은 존재하지 않는다는 사실 말이야.

12월 20일

착한 여자 하나를 상상해봐.

마흔이나 마흔 다섯쯤의 나이, 어쩌면 과부이거나 이혼한 여자, 많은 자식들을 키우느라 평생을 애쓴 여자. 어쩌면 이미 아들은 전과자가 되어 있고, 딸은 거리의 여자나 가정부가 되어 있는 여자. 그리고 자기보다 스물이나 스물다섯쯤 어린 한 아랍 남자와 늘그막에 사랑에 빠진 여자를 상상해봐.

흔해 빠진 상황이라고? 아니야, 그렇지는 않아. 발랑쿠르에서는 그렇지가 않아. 소문이 나는 순간부터 별별 추잡한 욕설을 다 받는 조롱거리가 되기 마련이니까. 작업반장과 동료들에게 인정을 받는 모범적인 직공이었던 그 여자는 날이 갈수록 자신이 모두로부터 따돌림받고 있음을 깨닫게 되었어. 이제는 아무도 그녀에게 인사하지 않았단다. 소변을 보러 가고 싶어도 자리를 맡아 줄 사람이 없었어. 너무 피곤한 날에는 작업이 30~40초 늦어지는 경우가 있는데, 그걸 따라잡도록 그녀를 도와 주는 사람도 없었다는 거야. 30~40초가 대단한 시간인 모양이야. 그래서 그녀 앞에는 작업할 물량이 쌓일 수밖에 없었고, 작업반장들은 그녀를 못살게 들볶았고, 대표자들은 그녀를 감시했어. '마무리 작업' 부서의 동료는 그녀가 칠한 것이 여기는 너무 어떻고 저기는 너무 어떻다는 둥 흠을 찾아낼 궁리만 했어.

게다가 소문 하나 — 벵자맹의 얘기로는 CGT(노동 총동맹)

의 '사회주의 파시스트'들이 퍼뜨린 것이래 ― 가 퍼졌는데, 그녀가 이사회에 매수된 스파이라는 것이었어. 요컨대, 처음에는 은밀하게 뒷구멍에서 속닥거려지다가 차츰 공개적으로 표면화되고, 마침내는 아주 잔인해지는 조직적인 획책이었던 거야. 그 획책의 유일하고도 명백한 동기는 서글프게도 ― 되풀이되는 얘기지만 ― 축 늘어진 젖가슴, 창백한 뱃가죽, 실팍하지만 퇴색한 허벅지를 가진 한 육체가 '아랍계 검둥이'와 연애를 한다는 사실이었단다.

레이몽드 ― 그녀의 이름이야 ― 는 몇 주일을 참았어. 그녀는 버텼고 대항했어. 일이 끝나면, 넓은 카페 한복판의 식탁에 젊은 연인과 함께 앉아 있는 그녀를 드물지 않게 볼 수 있었던 모양이야. 공장을 마주하고 있는 그 카페에는 공장에서도 가장 거친 작자들이 드나들었는데, 그녀도 그 사실을 알고 있었어. 그녀와 그 남자는 말 한마디 하지 않았어. 몸짓도, 키스도 하지 않았어. 단지 얼굴을 마주보며 서로의 눈동자에서 상대의 눈동자를 찾으면서, 대개는 앞에 놓인 맥주잔을 비우는 것조차 잊은 채 그냥 꼼짝 않고 앉아 있는 거야. 두 사람 다 자신들의 귀를 따갑게 하는 그 증오에 찬 소리들에 철저하게 무관심했어.

그렇지만 그들은 일거에 무너져 버렸단다. 어느 날 아침, 그들은 출근부에 사인이 되어 있지 않았어. 다음날도, 그 다음날도… 그러다가 결국 어제, 열흘 전에 죽은 채로 발견되었어. 그들의 작은 방에 널려 있는 싸구려 소설들처럼, 마지막 포옹인 양 서로를 껴안은 자세로 말이야. 벵자멩과 비날, 그들의 '투쟁위원회'는 즉시 이사회와 '조합 경찰', '파시스트적인 작업반장들', 그곳의 모든 비정한 작자들을 비난하는 보복 유인물을 제작했어. 그러나 그 자살에 대한 또 다른 책임자가 있다는 사실, 그리고 그것이 다름 아닌 자신들의 신성한 '노동 계급'이라는 사실을 그들은 잘 알고 있었어.

1972년 1월 5일

그래, 내가 너에게 유인물에 대해서 말한 건 그게 처음이구나. 그리고 네가 그의 '정치적인 활동'이라고 부르는 것에 대해서 여지껏 나는 네게 한마디도 하지 않았어.

그렇지만 거기에도 오해가 있기 때문이야. 그리고 바로 그러한 관점에서, 내 생각이지만 그가 몹시 놀라고 있기 때문이야. 그는 틀림없이 공장을 아침부터 저녁까지 오직 항의와 요구와 선동과 반항과 혁명만이 문제인, 아우성과 분노로 소란스러운 거대한 벌집처럼 상상하고 있었어. 그가 자신의 '기지'(최근의 정보에 의하면 그런 식으로 불러야 되는 모양이니까)를 생각했을 때, 그는 자신이 그 훌륭한 사람들의 대열에 끼어서 투쟁하고 참여하리라는 생각, 가장 명석한 시간은 아니지만 어쨌든 자기 시간의 상당 부분을 뛰어다니고, 행동하고, 운집한 사람들을 상대로 연설하는 데 보내게 되리라는 생각을 했던 거야. 그리고 공장이란, 마치 사람들이 숨을 쉬듯이 투쟁을 하는 장소이며, 자기와 같은 지식인들이 여지껏 서재에서만 되새겨왔던 추상적이고 온상의 화초처럼 허약한 이론들을 마침내 실천에 옮길 수 있는 장소라고 생각했던 거야.

그런데 물론 그렇지 않은 거야! 그도 결국 그렇게 생각하게 되었지만, 공장이란 훨씬 더 비참하고, 음산하고, 폐쇄된 곳이었어. 엄격하게 분리된 계급. 칸막이가 쳐진 작업장, 서로 미워하고, 시기하고, 어떤 경우에도 서로 의사소통이라고는 없는 작업반들. 또한 분업, 옆사람이 무얼 만들고 있는지 알아볼 틈조차 없는 맹렬한 속도의 작업. 그리고 모든 것을 통제하는 작업반장들. 게다가 그 작업반장들을 감독하는 또 다른 우두머리들. 온통 공포와 감시뿐인 분위기. 2시 반에 해방의 사이렌이 울리면 사람들로 하여금 가능한 한 빨리, 그리고 가능한 한 멀리 도망가고 싶은 욕심밖에 생겨나지 않게 만드는 그 피로, 그 끔찍한 피로는 굳이 말하지 않겠어.

불쌍한 그이! 좌익의 환상들에 자신의 삶을 바친 이래로, 그가 자신의 그 모든 환상들에 대해서 그토록 흥미를 잃었던 적은 없었어. 내기를 해도 좋아. 그리고 시련의 몇 주일이 가져온 첫 번째 결과는 시간 이상으로 여유를, 여유 이상으로 '투쟁주의' — 지난날의 사치였지. 이제는 폐기된 한 시대의 증언일 뿐 — 에 대한 열망을 그에게서 앗아간 것이라고 말한다고 해도 그다지 틀린 얘기는 아니라고 생각해.

어쨌든 사랑해, 행복한 해이길… 집에 있는 모두에게 키스를 보낸다.

1월 12일

내가 과장하는 건지도 몰라.

그리고 이곳저곳에 내 생각을 부정하는 여러 가지 정치 투쟁적인 성격의 구체적인 행동들 — 그가 하는 몇몇 얘기들을 통해서 조금씩 깨닫는 것인데 — 이 있는 것 같기도 해. 예를 들면 벽보 붙이기, 파업, 사소하지만 그의 말대로 '교훈적인' 가치를 지니고 있는 태업, 페인트칠에 흠내기, 자물쇠 빼돌리기, 연관 작업대에 쇠막대를 끼워넣어 작업을 10분 동안 지연시키기, 직공장들(그의 말에 따르면 '노동자들을 괴롭히기 위해 고용된 게으름뱅이들')에 대한 불손한 태도. 요컨대 그 신랄함을 부정하기란 도저히 불가능한 온갖 게릴라전, 소모전, 신경전들 말이야.

하지만 근본적으로 내 생각엔 변함이 없어. 그런 류의 행동들이 아무리 혁혁하고 눈부시다고 해도, 그것들이 그가 참여하면서 기대했던 것과 항상 일치하는 것 같지는 않기 때문이야. 구체적인 예를 들게.

그의 이웃 작업장에 아메데라는 늙은 직공이 있는 모양이야. 그런데 그 사람은 같은 자리에서 규칙적으로 똑같은 너트에 똑같은 볼트를 끼워넣는 작업을 하게 된 이래로, 매 통과시마다 항상 몇 초를 '버는' 것을 관례로 했던 모양이야. 그러니까 대략 18회나 19회쯤 지나가게 되면, 전부 합해서 담배 한 대 정도는 유유하게 피울 시간을 벌 수 있었지. 그러기를 몇 년이 계속됐어. 모든 동료들이 그 사실을 알게 되었고, '아메데의 담배'는 그들에게 있어서 어떤 의식(儀式)이나 열광 그 이상이었어. 각 층마다 있는 벽시계나 혹은 수정 작업 반으로 올라가는 흔들거리는 쇠층계와 같은 실내 장식의 한 부분이 되었달까. 그런데 청천벽력과 같은 일이 생긴 거야. 놀라운 일이, 기적 같은 일이 벌어진 거야. 하루는 그가 담배를 채 절반도 못 피웠는데, 어느새 다음 샤시가 앞에 온거야! 거기에서 그를 기다리고 있었고,

그를 비웃고 있었던 거야!

어떻게 된거야? 작업대가 소란스러워졌어. 아메데가 갑자기 병이라도 났나? 오랫동안 모두가 감탄해마지 않았던 손재주를 갑자기 잃어버렸나? 아니야, 그럴 리가 없어. 불가능한 일이야. 그렇다면 너무도 자명한 일이었어. 사람들은 처음에는 아주 소곤소곤 말하다가 차츰 큰 소리로 얘기하고, 이내 목청껏 소리 질렀어. 오늘 아침 아메데가 담배를 피울 시간이 없었다면, 그것은 그 더러운 놈들이 교활하게도 속도를 조작했기 때문이다! 그래서 전투 준비가 시작되고… 손에서 손으로 시간 측정기가 전해지고… 직공장에 대한 욕설… 사람들을 진정시키려는 조합원들에 대한 욕설… 그리고 벵자멩은 쉬는 시간에 그 문제에 대한 선동적인 삐라를 작성했어. "CGT의 파쇼들은 두려움에 몸을 떨 것이다. 우리는 그들의 더러운 아가리에 볼트를 쑤셔박을 때가 왔음을 알려야 한다…."

그래, 좋아. 그 모두가 훌륭해. 정말 그럴듯해. 그리고 그 사건이 그가 말하는 것처럼 '1주일 동안 계속된 소요'의 기폭제였다고 나도 생각해. 내가 믿을 수 없는 것은 ― 내가 너에게 말하고 싶은 것도 바로 이거야 ― 그가 그런 차원의 '행동들'을 통하여 진정으로 자신의 생각이 표현되었다고 느낄까 하는 점이야. 그리고 세기적이며 대륙적인 차원의 엄청난 반란만을 꿈꾸는 사람에게 기껏해야 도둑맞은 몇 분이나 피우다 만 담배꽁초 문제를 가지고 싸울 수밖에 없다는 사실에 결국 실망하지 않을 수 있을까 하는 점이야.

1월 26일

이번에는 밖에서 사건이 일어났단다. 나쇼날 공단 입구, 공장의 철책 앞에서.

야간 작업반이 아침 작업반과 교대를 서두르는 시간이었어. 몇 주일 전에 해고된 모택동주의자들이 작은 무리를 지어서, "중국의 황제는 정원사가 되기도 한다. 르노의 사장이라고 프레스공이 되지 못할 이유가 무엇인가?"라는 글귀가 적힌 삐라를 배포하는 중이었어. 사람들이 붐비는 출퇴근 시간을 이용한 거야. 그 바람에 직공들이 웅성웅성 모여들기 시작했고, 삐라의 내용에 대해서 설왕설래했어.

벵자멩도 필립 비날과 함께 도착했단다. 그런데 한 100미터쯤 떨어진 보도 위에 확성기가 달린 CGT의 트럭이 서 있는 것을 맨 먼저 알아본 사람이 그였어. "자, 돈에 매수된 놈들이 벌써 저기 와 있다!"라고 사람들을 향해 그가 외쳤어. 그러고는 모택동주의자 한 사람에게서 삐라 한 움큼을 받아든 다음, 최대한 빠른 걸음으로 적의 방어선 쪽으로 걸어갔어.

적이 반응을 보였으리라는 건 당연하지. 어디선가 건장한 남자 십여 명이 불쑥 튀어나왔어. 달음박질치고 그룹을 짓고 하더니, 그들은 순식간에 아주 익숙하게 전투 대형을 취했고, 생울타리처럼 트럭 주위에 빙 둘러서서 마치 무슨 요새나 단단한 벙커처럼 만들어 버렸어. 그중 한 명이 소리쳤어. "선동자구만!" 다른 한 명이 윽박질렀어. "이 트럭에 손만 대봐라. 네 아가리를 부셔버릴 테다." 그러자 세 번째 사람이 대열에서 나오면서 마지막 경고를 했어. "자, 도망치는 데 10초의 여유를 주겠소. 여기

나쇼날은 당신들의 구역이 아니오, 전문직 사람들의 출입구지."

그러고 나서 뭔가가 시작됐어. 무슨 일인지, 어떻게 시작된 일인지는 아무도 잘 알지 못했어… 어쨌든 목소리가 높아졌고, 돌들이 날랐고, 포석 조각과 볼트가 날아다녔어. 꼬꾸라지는 청년, 선 채로 피를 흘리는 청년, 복수의 구호를 고래고래 외치다가 곤봉으로 면상을 얻어맞고 쓰러지는 사람… 머리채를 붙잡혀 트럭으로 끌려간 벵자멩은 대놓고 구타를 당했어.

달리 말하면, 그것은 살육이었고 학살이었어. 게다가 적어도 내가 아는 한, 철책 양쪽에서 수백 명의 직공들이 지켜보는 가운데 자행된 학살이었어. 그런데 그들은 그 구경거리에 정신이 팔려서 즐겁게 구경하는 관객들이었고, 불행을 당하고 있는 사람들을 도와주기 위해서 손가락 하나 까딱하지 않았던 거야.

내가 벵자멩을 이해하고 있는 바로는, 그에게 있어서 가장 고통스러웠던 것이 바로 그 점이었음에 틀림없어. 그것이야말로 '투쟁의 선봉'인 그의 '민중'이 진정으로 무엇을 생각하고 있는지를 반박의 여지 없이 증명해 주는 것이었으니까.

2월 5일

그래, 고통과 번민.

열흘 전의 그 경험은 그에게 있어서 마치 그릇의 물을 넘치게 만든 마지막 물 한 방울 같은 것이었어. 그 이후로 그는 극도로 의기소침해져서, 과연 자신의 계획을 완전한 실패로밖에는 볼 수 없는 것인지를 되새기면서 온통 시간을 보내고 있어. 나는 전보다 그를 보기가 힘들어졌어. 그가 매일 저녁 돌아오지 않기 때문이야. 현장에서, 그러니까 낡은 깡통이나 상자 모양의 판잣집들이 빽빽한 공단 지대의 빈민가에서 밤을 지내는 일이 빈번해졌어.

집에 돌아오는 날에도 그는 다정한 말 한마디, 다정한 미소, 다정한 몸짓 한번 하지 않아. 하물며 사랑의 행위에 대한 욕망이야 말할 필요도 없는 일이고. 그는 집에 돌아오기가 무섭게 아버지가 쓰던 옛 사무실에 틀어박혀서, 책은커녕 신문 조각조차도 보지 않으면서 마음속의 어떤 계획들을 생각하느라 몇 시간을 혼자 지내. 덧붙여서 말하면, 공장에서도 사정은 마찬가지일 것 같애. 이제 그는 찍혀 있으니까. 그가 누구인지, 어디서 왔는지, 무슨 생각을 하고 있는지 그들은 이제 다 알고 있어. 그래서 공장 당국은 모두에게 자행한 학대에 덧붙여서, 그를 특별히 '검사' 부서의 '감독' 으로 임명하려는 악랄한 아이디어를 생각해 냈어. 그것은 말할 것도 없이 그를 '밀정' — 바로 그 자신이 지난 주에 '볼트를 쳐넣을 때가 되었다' 고 통고했던 — 의 한 사람으로 만들겠다는 것을 의미하는 거야.

그렇다면 무엇 때문에 계속하느냐고 너는 말하겠지? 그토록 고통스럽다면 왜 손을 떼지 않느냐고? 내 상상이지만, 원칙 때문이야. 양심의 거리낌 때문에. 자신에 대한 성실, 자신이 명예스러운 길이라고 생각하는 것에 대한 성실 때문이야. 좀더 평범하게 말해서, 습관 때문일 수도 있겠지. 타성과 관성에 의한. 마치 그러한 삶, 그러한 세계 속에, 그의 살갗에 달라붙어서 거의 자연스런 것이 되어가는 무언가가 있는 것처럼.

그래, 콩스탕스! 바로 그거야, '자연스런 것'. 그는 지금 '자연스럽게' 거기 있어. 이것을 위해서, 저것을 위해서, 이런 희망 때문에, 저런 희망 때문에 그곳에 있는 게 아니야. 그저 거기 있는 거야… 그곳에 머물 이유가 없는 것처럼 떠날 이유도 없으니까… 어쨌든 그곳에 대한 아무 믿음도 없이… 그에게 신앙과 환상이었던 것들을 완전히 상실한 채로….

2월 16일

어젯밤에 섬광처럼 짤막하고 기이한 사건 하나가 있었어. 지난번 편지에서 네게 말했던 바로 그런 의미의 밤이었어.

우리는 자고 있었단다. 요컨대 이제는 거의 매일 밤 그렇듯이, 난 잠이 든 척하고 있었어. 우리 둘 중 누구도 상대방에게 자신의 새로운 고독을 감히 고백하지 못하고서 말이야. 어느 순간 불편함을 느낀 그가 자리에서 일어났어. 그러고는 약간 비틀거리는 걸음으로 아주 힘들게 욕실까지 걸어갔어. 그러더니 미처 문을 닫을 틈도 없이 ─ 따라서 빠끔히 열린 문틈으로 나는 모든 것을 볼 수 있었어 ─ 급히 세면대에다가 머리를 쑤셔박는 거야. 그 다음엔 기침을 내뱉고, 트림을 하고, 딸꾹질을 하고… 그의 가련한 육체가 경련으로 꿈틀거리고 헐떡이고….

환각이었을까? 거리가 멀었기 때문일까? 실내등 빛이 너무 강렬했기 때문이었을까? 그렇지만 나는 그의 육체가 어딘가 변했다는 것을 느꼈어. 더 이상 예전과 같은 모습이 아니라는 것을. 예전과 같은 색깔, 분위기가 아니었어. 냄새를 맡을 수 있는 거리였다면 냄새조차도 같지 않았을 거야.

나는 그의 실루엣에서 흐트러진 뭔가를 발견했어. 볼품없는 등의 곡선, 뼈마디가 두드러지고 근육만 남은 허벅지의 선. 요컨대 어딘가 모르게 시들고 무기력해 보이는 육체. 헐떡이며 웃고, 숨 차 하고, 쉽게 식은 땀을 흘리는 남자들에게서 일반적으로 발견되는 일종의 정력 감퇴 같은 것. 그리고 배만 하더라도 — 나는 그의 배가 지닌 기막히도록 싱싱한 부드러움을 아주 사랑했었단다 — 약간 불룩하게 튀어나와 있었는데, 예전에는 결코 그에게서 볼 수 없던 그런 모습을 보자, 나는 이내 눈물이 솟구쳤어.

침대로 돌아왔을 때, 그는 내가 모든 것을 보았다는 사실을 깨달았어. 그래서 그가 거북해했으리라고 생각하니? 아니, 전혀 아니었어! 그 반대였어! 평소에 그런 류의 이야기는 아주 수줍어하면서 삼갔던 그가 내게 자신의 병든 육신에 대해서 말하기 시작한 거야. 조금도 숨김없이 자신의 망가진 육체에 대해서 털어놓기 시작한 거야.

그는 자기 육체의 고장난 기능들을 조목조목 내게 묘사했어. 그런데 더욱 이상한 일은 자신의 육체를 마치 자신과는 무관한 별개의 것처럼, 자신에게 전혀 속하지 않는 것처럼, 열정적이면서도 약간 이해할 수 없는 반응을 보이는, 막연하고 괴상한 짐승을 묘사하듯 거리를 두고 객관적으로 묘사했다는 점이야… 육신의 비참… 육신의 신비… 육신의 낯섦음… 육신의 쓸모없음… 육신의 사악함… 파멸로 이끄는 육신… 유령처럼 또는 어떤 위협처럼 그의 곁을 떠도는 육신….

콩스탕스, 너도 알 수 있겠지만 모든 문제는 바로 거기 있었던 거야. 어쨌든 적어도 내게는 그건 일종의 계시였어. 그는 자신의 육체에 대해서 요컨대 한 사람의 빈자(貧者)처럼 말하고 있었어. 진정한 빈자, 순수한 빈자, 가진 것이라곤 육신뿐이고 그것이 그들의 전재산인 사람들… 그래서 육신에 대해서 이야기할 때면 언제나 상스러움과 연민과 겁에 질린 경외감이 독특하게 뒤섞인 어투로 말하는 사람들… 그런 절대 빈자 말이야…

2월 22일

맞았어. 내 말을 이해했구나.

아직도 우리는 이따금 행위를 하기는 해. 그렇지만 드문 일이야. 아주 드물어. 그리고 무엇보다도 빨리 끝나지. 어설프게, 별 맛도 없이. 우리의 의식을 이루었었고, 그이로 하여금 젊은 연인들 중에서 가장 기막힌 남자이게끔 하던 그 많은 사소한 행위들도 없이.

나에 대한 그의 사랑이 약해진 게 아니냐고 너는 묻겠지? 내게 싫증이 난 게 아니냐고? 내 얘기가 네게는 건방져 보일지도 모르겠구나. 하지만 나는 그의 자신에 대한 사랑이 약해진 거라고 생각하고 싶어. 자신의 육체에 지쳐 있고, 자신의 매력에 싫증이 났다고. 달리 말하면, 그의 행동에 경쾌함과 우아함과 집요함을 불어넣어주던 신뢰, 자기 육체에 대한 신뢰를 그가 잃어가고 있는 거야.

나는 그 증거를 갖고 있어. 하룻밤인가 이틀 밤인가, 나는 '콩스탕스의 애무'를 가지고 다시 끈을 맺어보려고 시도했었어. 그렇지만 내 손가락과 입술 밑에서 발견한 건 기쁨도 광채도 없는 육체, 스스로를 부끄러워하는 육체, 모든 쾌락을 잊어버린 음울한 육체뿐이었어. 게다가 조급해하고 자제력을 거의 상실해버린 육체! 물론 뱅자맹은 여전히 뱅자맹이야. 그의 아름다움이 예전보다 덜한 것도 아니야.

단지 문제는, 그가 자신의 아름다움을 예전처럼 사랑하지 않는다는 거야. 따라서 — 그래, 따라서 — 그는 이제 나의 아름다움에 대해서도 어떻게 사랑해야 할지를 모르는 거야.

2월 25일

아마 너도 소식을 들었겠지. 이 편지가 도착할 때쯤이면 신문을 통해서 모든 것을 알고 있으리라고 생각해.

내가 네게 말할 수 있는 건, 우리가 그 오베르네라는 사람을 조금 알고 있었다는 사실이란다. 물론 친구는 아니었어. 그렇지만 우리는 그를 알고 있었어. 그는 별로 눈에 띄는 사람이 아니었어. 갈색 머리를 한 그 사람의 커다란 얼굴을 내가 집에서 한두 번 봤던가 스스로 자문해 볼 정도니까. 말을 바꾸면, 그 일은 어쩌다가 우연히 그에게 닥친 것이고, 그 집단의 누구에게라도 닥칠 수 있었던 것임이 분명해. 내 얘기가 무슨 뜻인지 알지?

허세를 부릴 때가 아니라는 걸 나는 잘 알아. 이런 상황에서 "내가 말했지 않니, 내 그럴 줄 알았다니까!"라고 말하는 것보다 가증스러운 일은 없으니까. 그렇지만 적어도 너에게만은 말할 수 있지 않을까? 사실 나는 그 사건으로 별반 놀라지 않았다는 것을 말이야. 그리고 이 무시무시한 비극이 몇 주일 전부터 내가 얘기했었던 그 무겁고 건강하지 못한 분위기의 당연한 귀결이라는 것을.

콩스탕스, 오늘은 길게 얘기할 수가 없구나. 공장 정문 근처의 한 카페에서 편지를 쓰고 있거든. 방금 전에 막 달려왔는데, 이제는 샤론느로 가야 해. 그곳에서 장례식 겸 대규모 항의 시위가 열린단다.

2월 28일

맙소사, 어떻게 사람들이 이다지도 제각각일 수 있을까!

어찌 이리도 제각기 절연될 수 있을까? 국영 기업체가 무죄라고 주장하는 건 나도 이해해. 그거야 당연한 일이지. 그러나 살인이 있은 지 여러 시간 뒤에, 조합이 자기들로서는 '판단에 필요한 충분한 자료가 없어서 뭐라고 말할 수 없다'고 발표한다는 건 있을 수 없다는 것이야. 또 다른 조합은 한술 더 떠서, 기껏 한마디 한다는 것이 '감시원들을 공격한 좌익 특공대'를 비난하는 발언이나 하고, 정치 계급 전체가 침묵을 지키고, 회피하고, 점잖게 눈을 내리깔아버리거나, 아니면 권총의 총구 쪽으로 일부러 몸을 내던지려 했다며 오히려 피에르 오베르네를 비난하려 들다니 말이야. 그리고 국영 기업체의 내부에서조차 단 몇 분이라도 항의하거나 반항하거나 비난하는 사람이 거의 아무도 없다는 건 있을 수 없는 일이야.

나는 벵자멩이 우는 모습을 본 적이 없었어. 그런데 그가 우는 걸 보았어. 지난 금요일, 참극이 있은 지 겨우 몇 시간 지났을까말까한 늦은 오후였어. 네게 편지를 썼던 카페의 입구 근처에서, 우리는 필립 비날을 포함한 몇몇 사람들과 나란히 서서 대형 관광버스 한 대가 도착하는 것을 보았어. 나들이 차림을 한 한 떼의 노동자들이 즐겁게 떠들면서 그 버스에 오르기 시작했어. 다시 말하지만, 금요일 저녁 — 피에르의 시신에 온기도 아직 채 가시지 않은 시간이었단다 — 그 사람들은 모두 흥겨운 마음으로 마치 아무 일도 없었다는 듯, 회사측이 마련한 주말 스키 여행을 위해서 포실 언덕으로 출발하고 있었던 거야.

3월 5일

아니야, 콩스탕스. 나도 그 장례식에 참석했어(그곳에 가느라고 학년 회의 하나를 **빼먹기**까지 했는걸!).

하지만 나는 네게 분명히 말할 수 있단다. 장례식에 참석한 사람들이 일이만 명(누구는 삼만 명이라고도 하는데)이나 되었지만, 네가 상상하는 것처럼 '가능성과 희망에 찬 대시위'는 결코 아니었다는 걸 말이야.

맨 앞에서 금박으로 가장자리를 장식한 나사천에 덮여서 관이 옮겨지고 있었는데, 고통스러운 표정의 알렝 G와 그의 친구들이 어깨에 그 관을 메고 있었어. 그 뒤로는 눈물에 젖은 미망인, 동생, 그리고 길다란 꽃다발들을 든 백 명쯤의 모택동주의자들이 따랐어. 여기저기 '저명인사'들도 눈에 띄었지만, 평소와는 달리 웬일인지 아주 엄숙한 태도였고 카메라맨들의 시선을 애써 끌려고도 하지 않았어.

거칠은 모습의 노동자들은 스카프나 두건으로 얼굴을 가리고 있었지. 그리고 그 뒤에는 클라시 광장에서 메닐몽탕 가에 이르는 수 킬로미터에 걸쳐서 붉은색 군중들(붉은색 포스터들, 붉은색 플래카드들, 옷의 단추 구멍에 꽂은 붉은 카네이션들, 검게 상장한 깃대 위에서 바람에 펄럭펄럭 소리를 내는 깃발들)이 장사진을 이루었단다. 그들은 콧노래로 '인터내셔널'을 부르거나 휘파람으로 '당원가'를 불렀고, 아니면 묵묵히 걷거나 그랬어. 매우 아름답고 엄숙한 침묵이었지만, 또한 아주 비탄스러운 침묵이었단다!

장례식이었으니까 당연한 일이라고 너는 말하겠지. 원래가 장례식이라는 게 그다지 즐거운 건 아니니까. 그렇다고 치자. 그렇지만 어쨌든 무겁고 답답한 분위기였어. 짓눌린 듯한 분위기였지. 사람들의 표정에는 뭔가 침울한 것이 있었고, 모두가 체념한 듯한 모습이었어. 패배의 바람이 플래카드들을 부풀리고 있는 느낌이었고, 무엇보다도 거짓이라는 느낌이 들었어. 이따금씩 터져 나오는 구호는 축 처지고 맥빠진 것이어서 공허하게 들렸고, 아무도 파시즘이 '되살아나고 있다'거나 자신들이 그것을 '저지시키고' 있다는 것을 진정으로 믿는 것 같지 않았어.

결국 행렬이 페르라셰즈 묘지에 이르렀을 때, 내게는 그 묘지 자체(온통 깃발들이 꽂힌 담장 꼭대기 너머로 석양빛이 비추는)가 일종의 무대 장식, 마분지로 만든 그것처럼 보였지. 그리고 즉석 연단이 된 담장 위에 올라선 알렝 G가 매장식에 입회하러 오는 대표자들에게 인사를 시작했을 때, 바깥에 남아 있는 사람들을 향해서 그가 떨리는 목소리로 연설을 시작했을 때, 그가 '승리의 그날까지 어떠한 희생 앞에서도 물러서지 않겠노라'고 맹세했을 때, 까닭은 알 수 없지만 나는 그 역시 단지 하나의 역할을 맡았을 따름이며 최선을 다하고 있는 것이 아니라는 생각을 떨칠 수가 없었어….

돌아오는 길에 벵자멩은 결정적인 말을 했단다. 우리는 지하철을 향해 걸으면서 서로 아무 말 없이 생각에 빠져 있었어. 그런데 그가 불쑥 그런 얘기를 한거야. 너도 알다시피, 그가 내게 진지한 얘기를 할 때에 쓰는 비꼬는 듯한 심각한 어투로 말이야.

"마리, 우리는 방금 우리도 모르는 사이에 좌익 전체와 우리의 젊음을 장사 지낸 거야."

3월 6일

모든 게 좋지 않아. 장례식 날 그가 보여 준 명석한 판단력에 비하면 정말 너무 안 좋은 상태야.

그가 횡설수설 나에게 늘어놓은 그 엉뚱한 얘기들을 어떻게 다 너에게 옮길 수 있을는지. 그의 말에 의하면, 프랑스는 파시스트 국가가 될거래. 어쩌면 나치 국가가. 예전에는 독일인들이 지배했다면 이제는 부르주아 계급이 지배하는 파시스트 국가 말이야. 그들은 이미 공산주의자들을 자신들의 협력자로 갖고 있을 거래. 피에르 오베르네 같은 최초의 순교자들이 죽음을 당했고 '모택동주의자' 들은 물론 '빨치산' 들까지도 그가 서슴지 않고 '새로운 대중적 레지스탕스' 라고 부르는 것에 참여하고 있다는 거야. 그리고 '빨치산' 들이 그런 식으로 고립되어 있고 민중 내부에서도 소수인 데다가 국영 기업체 내에서조차 그토록 인기가 없는 것은, 40년대의 지하 단체와 꼭 마찬가지로 이 새로운 지하 단체도 우선적으로 영원한 페탱주의 프랑스의 침체된 무기력에 저항해야 하기 때문이라는 거야.

나는 애써서 그의 얘기가 터무니없다고 반박한단다. 비상식적인 얘기이며 그런 식의 유추는 위험하다. 그런 식으로 일반화하지 말라… 불가능한 얘기다… 그렇지만 그는 모든 대답을 준비하고 있어… 더없이 심각한 어조로 내게 이런 식으로 설명하는 거야. "물론, 분명치는 않아… 그런 류의 음모는 은밀히 진행되니까… 조심스럽게… 파시즘이 '얘들아, 나란다, 내가 왔어…'라고 말하면서 오는 법은 없었지. 그렇다고 그게 파시즘이 아닌 건 아니야… 파시즘은 다가오고 있어… 조금씩 얼굴을 드러내면서… 시치미를 떼고 신중하게, 승리를 위해서 온갖 수단을 동원하고 있어… 그런데 그에 대한 공격을 시도하는 것이 가능한 시기, 공격이 필요한 시기, 공격의 적절한 시기 — 많은 시간이 있는 건 아니지만 — 는 바로 지금이야. 아직 그것이 완전히 모습을 드러내지 않았을 때, 그러니까 아직은 그것을 파시즘이라고 자신 있게 말할 수 없을 때 말이야…"

그의 설명은 계속된단다. "좋아, 르노 회사의 예를 들어 보자. 르노 회사가 일종의 강제 노동소라는 건 분명해… 집단 형무소이기도 하고… 완성되지는 않았지만, 노동자들의 아우슈비츠지… 그렇지만 르노에 맞서서 저항하는 것이 아직 가능하다는 건 틀림없어… 돌파구를 열고… 지하 저항 단체를 만들고… 이미 자유 지역들이 있으니까… 예컨대 38작업반이나… 아메데의 부서… 이 자유 지역들을 사람들은 '거점'이라고 부르지… 그래, 거점… 왜냐하면 최후의 폭동은 그곳들을 근거로 일어날 테니까… 그리고 이미 지금도 다른 지역의 게릴라전을 지원하는 정치 군사적인 후방 역할을 하고 있으니까…"

그러고는 한층 우스꽝스러운 군대 은어를 쓰면서 그 게릴라전의 구성을 내게 설명했어… 병참과… 전략과… '특공대', '파견대', '민병대'의 차이… 소위 '지역' 민병대와 '지역간' 민병대의 차이… '적 전선 바깥에서 행하는 방어 행위'와 '적 전선 내부로의 침입'과의 차이… 그 모든 일에 있어서 '정치 학습자'들이 하는 역할… '베테랑 노동자'들의 역할… '거점' 주변의 지역들은 왜 '빨치산 지역'이라고 불리는지… 그리고 현재의 단계에서는 왜 '빨치산 지역'들을 확보하는 것보다 '거점'들을 지키는 일이 더 중요한지… 거점들을 '강화'하고… '요새화'하고… 거점을 공격해 오는 적군을 가차없이 '괴롭히고'… 말을 바꾸면, 적이 결국에는 후퇴할 수밖에 없는 '군사적인 위험 지역'으로 만드는 일이 왜 더 중요한지….

그래, 콩스탕스. 그는 지금 그런 식으로 말하고 있어. 모두 그의 말들이고, 그의 관심사들이야. 더욱 나쁜 것은, 그가 그런 얘기들을 말로만 하는 게 아니라 글로 쓰기도 한다는 점이야. 글을 쓰고 삐라를 작성한다는 거야. 심지어는 선언문까지도(오늘 아침 그의 아버지 서재에 있는 쓰레기통에서 초안을 발견했어).

빌이 말하는 것처럼 '멋대로의 해석'을 하고 싶은 생각은 없어. 하지만 그가 조금 지나치게 서재에 틀어박혀 있다는 생각을 하지 않을 수 없구나. 그리고 어쩌면 그 점이 그런 식의 끔찍하고 정신병적이고 무시무시한 열광에 대한 해명이 되지 않을까 하는….

3월 6일

이미 부쳐 버린 편지에 덧붙여서 한마디 할게.

나는 투쟁에 대한 그의 열광을 당연히 상징적인 의미로 이해해야 한다고 생각했어. 오늘이나 내일 당장에 벵자맹과 그의 동료들이 정말로 국영 기업체의 '파시스트 간부들'을 제거하기 위해서 권총을 휘두르지는 않을 것이라고 말이야.

그런데… 그래, 내 생각이 정말 옳은지 회의하게 되는 날들이 있어. 얼마 전만 해도 그래. 빌랑쿠르의 한 음식점에서 비날과 함께 식사를 하던 중이었어. 여전히 착실한 마르크스주의자인 비날이 '보잘 것 없는 간부들을 적으로 삼는' 노선에 이의를 제기했어. 반대로 벵자맹은 그것을 옹호했지. 적에게 구체적인 형태와 얼굴과 이름을 부여하는 것이 혁명 정신에는 유익하다는 사실을 수도 없이 상기시키면서 말이야. 그런데 어느 순간, 그가 구체적인 이름 하나를 거론했어(왜 그 이름이 나왔는지는 모르겠어)… 에그레트인지 레브레트인지 하는 이름이었다는 것만 기억나… 어쨌든 거물급 간부였어… 무슨 인사부장이거나… 내가 이해한 바로는 오베르네가 죽은 뒤에 있었던 일련의 해고 사태에 아주 깊이 관여한 인물이었어…

그런데 자기의 열기에 취한 벵자맹이 이렇게 내뱉었어. 그대로 인용할게. "그따위 간부들은 인간도 아니야, 숨통을 끊어 버려야 해." "숨통을 끊는다구요?" 아연실색한 내가 되물었어. "물론이지. 어쨌든 당신도 이대로 오랫동안 아무 일 없으리라고는 생각하지 않잖아? 등 뒤에서 총을 쏘는 식으로 ― 똑같은 식으로! ― 응전하지 않고, 사람들이 계속 일만 하리라고는 말이야."

약간 거북해진 비날이 농담을 하려고 했어. 하지만 벵자멩은 전혀 농담을 하지 않았어(나는 분명히 알 수 있었단다).

3월 8일

콩스탕스, 나는 겁이나.

까닭은 알 수 없지만 두려워. 그리고 이틀째 계속, 아주 사소한 일들이지만 내 불안을 가중시키는 일들이 누적되고 있어. 평소에 없던 소리 하나, 시선 하나일 수도 있고, 어떤 미소일 수도 있어. 수상쩍은 왕래들, 전에 보지 못했던 열기, 몇 마디밖에 알아듣지 못한 이상한 전화 통화들… 타이밍… 경찰… 전도… 감금… 그래, '감금'이라는 말을 들었어… 그러다가 내가 듣고 있었다는 사실을 그가 알았고… 그는 화를 내며 즉시 통화를 중단했어….

또한 오늘 아침에 그가 사온 챙이 달린 베이지색의 우스꽝스러운 모자, 공장의 동료 하나가 가져다준 크림색의 비옷, 집 앞에 세워놓은 배달차… 그가 앙리 마르텡이라는 이름으로 세 냈다는 사실을 우연히 알게 되었어. 무엇보다도 널빤지를 붙여 만든 관 모양의 상자… 그는 현관에서 그걸 가지고 무얼 하고 있는지 내게 말하지 않았어. 그러고는 오늘 아침 동틀녘에 치워 버렸어(배달차에 실었을까?).

공연한 상상을 하고 있다고 너는 생각하겠지. 나의 버릇인 소설적인 공상이라고… 어쩌면 그럴지도 몰라. 하지만 아닐지도 몰라. 오늘 아침 나는 뭔가 중요하고 매우 심각한 일이 준비되고 있다는 느낌을 떨칠 수가 없어.

3월 9일

그래. 네가 모든 걸 이해한거야.

알다시피, 나는 전혀 꿈을 꾼 게 아니었어. 너에게 내가 염려했던 것을 얘기하려고 편지를 쓰던 시각에 일은 진행되고 있었어. 이 무슨 삶의 아이러니니!

그리고 참, 내 편지를 찢어버려. 지난번 편지, 그리고 이 몇 줄 안 되는 편지도. 너도 사정을 이해할 테니까 말이야. 실제로 무슨 일이든 일어날 수 있어. 그러니까 언제고 그를 해칠 수 있는 것들은 아무것도 남겨 놓지 말아야 해.

3월 10일

오늘 아침, 집 안 수색이 있었어. 목록에 올라 있는 모든 모택동주의자들의 집을 철저하게 수색하는 모양이야.

벵자멩은 아주 자연스럽게 그들을 맞아들였고, 여러 가지 질문에 대답했어. 문제의 8일 아침에는 몸이 아파서 집에 있었다고 그들에게 말하면서, 그는 눈썹도 까딱하지 않았어. 경찰들이 오르락내리락거리고, 창고로 달려가고, 지하실 구석을 파 뒤지고, 민첩하게 서랍들과 장롱과 벽장과 옷장을 열어보기 시작했을 때(마치 거기에서 노그레트라는 사람의 끈에 묶인 몸뚱아리가 망토 사이에 처박혀 있는 것을 찾아내기라도 하려는 듯), 그는 적당히 짜증스러운 태도를 취했어. 그리고 한 수사관이 납치 현장에서 유괴자들 중의 한 명이 떨어뜨린 베이지색 모자를 그의 코앞에 들이댔을 때에도, 그의 표정에는 정말이지 아무런 변화도 일어나지 않았어.

얼마나 대담한 일이니! 얼마나 침착하고! 우습게 들릴지는 모르지만, 바로 그 순간에 나는 그에 대한 강한 욕망(벌써 오래 전부터 잃어버리고 있었던)을 느꼈어.

3월 11일

분명히 다행한 일이야.

그에게 분별심이 되살아났고, 그 작자는 무사히 풀려났어. 그렇지만 감금당해 있던 이틀 동안, 그 얼간이가 모든 사실들을 보고 듣고 이해했으리라는 걸 생각하지 않을 수 없어. 지금 벌써 수사관들에게 이야기하는 중인지도 몰라.

3월 14일

알랭 파라디의 말에 의하면, 그물이 점점 좁혀지고 있어.

그는 정통한 소식통이야. 그는 벵자멩에게 국외로 몇 달간 '여행' 할 것을 강력하게 권했어. 무슨 얘긴지 알겠니?

3월 19일

마침내 벵자멩 자신도 불안해하고 있어.

어쨌든 더 이상 허세를 부리지 않아. 그리고 3일 전부터는 공장에도 집에도 나타나지 않았어.

3월 22일

사랑하는 콩스탕스, 결정이 내려졌어.

그는 떠나고, 나는 집에 돌아가기로.

4

 그 몇 달간의 여행은 실제로는 2년 가까이나 계속되었고, 그 기간 동안의 벵자멩의 자취는 다시 베일에 가려졌다.

 물론 그는 알자스로 돌아간 마리에게 편지를 썼다. 그래서 나는 그녀 마리가 무슨 보물단지마냥 고이 간직하고 있던 그 편지 뭉치를 통해서 뉴욕, 멕시코, 중미, 남미 등의 여러 나라들을 거쳐서 인도에 이르는 그의 주요 여정을 단계적으로 재구성해 낼 수 있었다. 내 생각이 틀리지 않다면, 그는 프랑스에서 사라진 두 번째 해의 대부분을 인도에서 보낸 모양이었다.

 실상 그의 '편지 뭉치'라는 것은 대개가 편지라고조차 할 수 없는 것들이었다. 차라리 엽서, 아니 그저 쪽지라고나 할까. 몇 마디 말과 날짜, 도시명, 머무는 곳의 우체국 주소(더구나 이 정도가 적혀 있는 것도 인도에서부터이다)만을 적은… "안녕, 키스를 보낸다. 모든 것이 잘 되어가고 있어" 따위의, 공항에서 급히 휘갈겨 쓴 듯한 간략한 사연의 메시지들… 그의 편지들은 이러한 최소한의 소식 이외에는, 그의 활동은 물론 그의 정신 상태에 대해서도 전혀 아무것도 내게 알려 주는 바가 없었다.

반면에 마리와 콩스탕스에게는 그런 편지들이 오히려 더 만족스러운 듯이 보였다. 자유분방하고 소설적 상상력을 지닌 그녀들에게는 세상 끝으로부터 자신들에게 온 이 수수께끼 같은 종이 쪽지들이 오히려 더 유익했다고 말할 수 있으리라.

사실상 그녀들에게 있어서 벵자맹은 영웅이자 숭고한 모험가였음에 틀림없다. 그는 아덴의 니장이었고 아시아의 말로였으며 미솔롱기의 바이런이었다. 어쩌면 그는 아르토의 영혼과 랭보의 방랑벽, 아라비아의 로렌스 대령의 정열을 지닌 현대판 바르나부트였다. 게다가 그녀 둘에게 있어서 그는 지구의 모든 경찰들이 뒤쫓는 추방당한 자, 도망자라는 특권을 지니고 있었다. 좀더 소설적으로 말해서 자신의 꿈과 환상들, 미친 듯이 날뛰는 스스로의 그림자(망령)들에 쫓기는 도망자 말이다.

그래서 자신의 방랑 생활을 마감한 그가 마침내 다시 모습을 드러내기로 결심한 1974년 3월 그날에도, 그녀들은 바로 그런 식으로 — 결과적으로 그것이 옳았건 틀렸건 간에 — 그의 모습을 상상하고 있었다.

파리, 1974년 5월 26일

할렐루야, 콩스탕스! 그가 거기에 있어.

아니, 그는 거기에 있었어. 마치 성당의 문들에 조각된 천사들처럼, 육체를 지닌 천사처럼 그는 자신의 집 문턱에 우뚝 서 있었어. 그 축복의 순간순간들, 내가 두근대는 가슴을 누르며 낡은 쇠창살 대문을 밀치고 정원으로 들어가 작은 길을 뒤덮고 있는 잡초들을 헤치고 다가갔던 순간, 그의 그을린 살색과 햇살에 황금빛으로 빛나던 헝클어진 긴 머리칼, 무언가 원시적 신비를 간직한 듯한 동방의 자수와 색채와 향기를 풍기는 셔츠를 입고서 너무도 인상적이고 너무도 위풍당당해 보이는 그와 마주한 그 순간을 생각하면, 나도 몰래 입술 사이로 흘러 나오는 것은 온통 '은총', '황홀', '기적'이란 말들뿐이란다.

  말로를 다시 찾았을 때의 클라라가 이토록 충만된 감정을 맛보았을까? 페넬로페가 율리시즈를 다시 만났을 때? 자신의 오빠가 늙고 병들어 그 머나먼 아라르에서 그녀 곁으로 돌아왔을 때의 이자벨 랭보도 이토록 가슴이 벅차지는 않았을 거야. 더구나 항상 떠나간 랭보만 입에 담으며 훨씬 더 시적인 그의 귀항에 대해선 잠자코 침묵하는 사람들의 태도가 너는 우습다고 생각되지 않니? 하지만 이런 얘긴 그만두자. 혼잡하게 마구 떠들기가 싫어. 내가 말했지, 그가 여기 있다고. 바로 내 곁에 내게 의지한 채. 감히 말하지만, 더 이상 얘기할 게 있다면 그건 시(詩)가 되겠지….

5월 30일

절대로 그렇지 않아, 바보야.

  그는 병들지도 늙지도 않았어. 오히려 건강 상태가 아주 좋아, 눈이 부실 정도로. 집을 떠난 2년 동안 믿을 수 없을 만큼 멋있어진 거야. 그의 머리가 아주 길게 자랐다고 내가 말했었지. 그는 옛날 인도의 왕자들처럼 멋진 콧수염을 기르고 있어. 턱은 어딘가 모르게 좀더 각이 져서 반듯해졌고, 이마는 좀더 높아졌고, 광대뼈는 더 튀어나왔어. 얼굴에 남아 있던 소년처럼 약간 장밋빛이 도는 창백함도 사라졌고….

무엇보다도 많이 변한 건 그의 육체야. 어떤 시련들을 통해서 좀더 단단해지고 날렵해진 그의 육체. 그 시련들은 그를 더욱… 더욱… 아! 그는 탕아 그 자체야. '그곳에서' 옷을 껴입어대는 습관을 잊어버렸기에, 이제 집에서는 알몸으로 있을 수밖에 없노라는 말을 어쩌면 그렇게 태연자약하게 읊조릴 수 있겠니. 네가 그걸 꼭 보았어야 하는 건데!

저녁에는 내가 강력하게 고집을 부리면 그도 어쩔 수 없이 옷을 입는 데 동의한단다. 하지만 옷을 입는다고 해봐야 그가 폼베이에서 가져온 헐렁한 제의(祭衣)를 걸치는 것이 고작이지. 그 몇 벌의 헐렁한 제의들, 현재로는 그것들이 내가 그의 여행에 대해 알고 있는 전부란다. 그래서 그런 것일까? 정말 그 제의들에 담긴 의미 때문에 그런 것일까? 아니면 그 제의들을 통해 드러나는 육체의 굴곡과 긴 넓적다리의 윤곽이 내게 불러일으키는 그 무엇 때문일까?

언제나 이런 밤들은 심기가 아주 불편하단다. 마음이 몹시 혼란해지고 머리가 어질어질해진단다. 그럴 때 내 마음속에서 일기 시작하는 거센 파도를 진정시키기 위해서, 그의 앞에 무릎 꿇고 가만히 옷자락을 들어올린 후 마치 되찾은 제단 앞에서 독신자가 그러하듯, 지난날 내가 '콩스탕스의 귀여운 애무'라 이름 붙인 것을 그에게 해주는 수밖엔 달리 도리가 없단다. 그때 이후, 내가 그것을 달리 이름 붙일 기회가 없었음을 너는 알테지.

6월 3일

사랑스런 콩스탕스, 내가 그렇게 말했어.

현재로선 그 길다란 옷들이 내가 그의 여행에 대해 알고 있는 전부라고. 그것이 너로서는 무척 놀라운가 보구나. 난 전혀 그렇지 않아. 너무나 점잖은, 너무나 우아한 그로서는 당연한 태도가 아닐까. 설마 그가 도착하자마자 자기가 겪은 온갖 잡다한 얘기들을 늘어놓는 포만한 여행가처럼 굴기야 하겠니. 물론 그도 얘기해 줄거야, 모조리 얘기해 줄거야. 하지만 서두르지 않고 천천히 얘기해 줄거야. 다시금 나와 집과 파리에 익숙해졌을 때 말이야. 내 생각엔 그러는 것이 좋을 것 같아. 이렇듯 허공에 뜬 듯한 어중간한 상태를 나는 좋아하거든.

이러한 상태에서 사람들은 모르면서도 알고, 접촉하지 않으면서도 부대끼고, 여전히 소유하지 않은 채로 사랑하는 사람을 어루만져 줄 수 있단다. 이런 상태에서라야만 그가 이미 돌아왔어도 그를 계속 꿈꿀 수 있단다. 그러한 모든 것이 한낱 유희에 불과하다는 것을 알면서도 말이야. 그의 침묵, 그것은 마음의 일시적인 농간일 뿐이야. 지금 그는 바로 여기에 있으니까. 이제 그는 도망가지 않을 거야. 이렇듯 묘한 기다림, 감미로운 이 은밀함을 맛볼 수 있는 것은 완전한 평정 속에서 내일을 두려워 않는 까닭이란다.

어린 소녀들이 '마지막을 위해 가장 좋은 것'을 남겨두는 것은 바로 이러한 이치가 아닐까? 그래, 사실 요즘의 이런 밤들처럼 내가 '어린 소녀'라고 느껴본 적도 없단다. 이런 밤이면 난 그의 곁에 머물면서 그를 지켜보고, 잠자는 그의 숨소리를 듣고,

마리의 편지

아직 이야기하지 않은 약속들로 가득 찬 그의 얼굴을 찬찬히 살펴보지. 그러고는 새벽을, 또 아침을 기다리는 거야. 아침이 되면, 우리는 함께(아! '함께'라니! 그가 내게 '함께'라고 말할 때, 그 말이 주는 효과를 너는 짐작할 수 있겠니?) 이발소와 옷가게를 들를 거란다. 며칠 안에 그는 파리의 색조에 어울리는 모습으로 되돌아올거야.

6월 6일

아! 물론이지, 이 어린 것아!

내 생각엔 넌 아직도 진실을 너무 모르고 있는 것 같구나! 최근에 사람들의 입에 오르내리는 책이 '욕망'에 대한 일종의 사이비 철학적 옹호론이라는 것을 넌 알고 있니? 그 책에는 욕망에 대한 욕망, 즉 살인자 트라모니의 욕망이 피살자인 오베르니의 욕망에 못지 않게 가치가 있다고 함부로 씌어져 있단다. 점퍼라든가 오토바이 헬멧 등에 새겨진 스바스티카(卍자형 문양)로부터 꽃무늬 옷을 어지럽게 걸친 멋쟁이 젊은이들에 이르기까지, 유행 자체가 세대에 걸맞게 돌아간다는 사실을 너는 알고 있어? '동맹이 이루어지고 식량 배급권이 발부되던 그 호시절'은 이제 과거의 일이라는 것을 말이다.

무엇보다도 2년도 채 못 되어 거리를 온통 휘어잡아 버린 듯한 신(新)뮈스카댕(프랑스 대혁명 당시의 멋쟁이 왕당파 ― 역주)들이 무슨 후렴구마냥 박자를 맞추어 외쳐대는 그 이상한 곡조를 너는 알고 있니? "이제 더 이상 터부나 금지 따윈 없다. 도덕도 투사도 없다. 있다면 오직 선과 악 그리고 착취자와 피착취자를 구분하려 드는, 우리에게 공산주의를 제안하고 혁명을 부르짖은 속물 사제들에 대한 투쟁이 있을 뿐이다!"라는 곡조를 말이다.

뱅자맹 그는 몹시도 어리둥절한 모양이야. 어느 날 갑자기 왕정복고기의 파리에 들어선 공화 2년의 군인마냥, 그가 이 라텡 지구를, '좌익'이라곤 아무리 눈을 씻고 보아도 찾아볼 수 없는 이 변해 버린 라텡 지구를 성큼성큼 걷고 있을 때, 그의 뇌리 속에 어떤 생각들이 오갔을 것인지 너는 짐작할 수 있겠니? 밤을 지새며 이 구역을 배회해봤자 그가 마주치게 될 사람들은 임박한 시험을 걱정하는 여드름 투성이의 현명한 학생들이거나, 번쩍이는 옷을 입고 머리카락을 하얗게 물들인 신데카당파의 사람들뿐일 거야. 이들 신데카당파 사람들에게 있어 인생의 목적이란 것이 뭔지 아니? 그것은 '확실한 기반을 잡는 것', '좋은 담배를 피우는 것', 그리고 자신들의 폐하인 '리비도 여왕에게 절대 복종하는 것'이란다.

사태가 이 지경이니 그가 무슨 말을 하겠니. 그는 발버둥치지도 않아. 하지만 난 안단다. 그가 무슨 생각을 하고 있는지를. 그리고 오다가다 마주치는 행인들, 의아해하면서도 냉혹한 시선으로 그를 쳐다보는 행인들이 그를 어떻게 생각하는지도 나는 안단다. '저렇게 큰 장화를 신고, 블루진에다 긴 머리칼을 바람에 흩날리고 있는 저 이상한 친구는 도대체 누구냐? 지금은 좀체 찾아볼 수 없는, 1968년풍의 저 시건방진 태도는 또 뭐냐?'

6월 8일

그의 친구들 역시 변해 버렸단다.

어쩌면 당연한 일인지도 모르지만, 그것이 그로서는, 아니 우리로서는 가장 견디기 힘든 고통이란다.

우리가 무척이나 사랑했던 베트는 고집세고 심술궂기조차 한 여권 운동가가 됐어. 남성들에 대한 증오와 이성(異性) 투쟁, 나아가 모권적 가치의 보편적 승리를 설교하는 여권 운동가! 한때 그녀의 남편이었던 빌은 아직도 탈고하지 못한 그 방대한 분량의 부조리 소설과 더불어 점점 미쳐 가고 있어. 비날, 그는 '데카당 물결'에 저항했어. 하지만 그 역시 제 말마따나 '사회주의 정당에 정치적 보호를 요청'함으로써 결국은 정반대의 극단으로 치닫고 말았어.

투쟁위원회의 옛 동지 중 한 사람은 이제 성직자가 된 모양이야. 다른 한 사람은 '사막으로', 다시 말해 카트만두로 떠났어. 살아서 돌아올 수 있을지조차 알 수 없는 길을 짐도 없이 훌훌 떠나 버렸어. 그리고 우리와 헤어질 때 정치와 마르크스주의에 정열을 불태우던 다른 한 동지는 아랍어와 고대 시리아어를 공부하기 위해 모든 것을 포기해 버렸단다.

어쩌면 네가 집에서 한두 번 마주쳤을지도 모를, 모택동주의의 기수 방텔이라는 사람은 1년 전부터 병원 침대 위에서 반(半)혼수 상태로 그럭저럭 목숨을 연명하고 있는 모양이야. 어느 날 저녁엔가 한 동지와 길을 가다가, 그에게서 어떤 볼셰비키 당원에 대한 얘기를 듣고서 그렇게 되었다는구나. 도저히 더 이상 고통스런 자신의 처지를 견딜 수 없어 자살을 택하고만 그 유명한 성불구자 얘기 말이야.

요약해 보면 정신병자, 자살자, 그리고 좌초한 자들, 바로 이것이 오늘날의 그들의 모습이란다. 완전히 불타 버린 초토화된 세대… 내가 비케를 빠뜨렸구나, 그렇지. 소중한 비케, 충실한 비케. 그와 더불어 내가 벵자맹을 알았고, 그로 인해 내가 벵자맹을 다시 만날 수 있었지. 벵자맹의 모든 친구들 중에서 그만 지난 몇 해 동안 주름살 하나 지지 않고 보냈으리라고 짐작했던 사람… 하지만 나의 짐작과는 달리 오히려 소름끼칠 정도로 무섭게 변해 버린 사람….

하지만 난 그를 잊지 않을 거야. 내 마음속에 간직할 거야. 내일모레면 우리는 그의 집에서 하루 저녁을 보내게 된단다. 당연히 우리가 가야지. 그것은 너에게 그의 실상을 알려 줄 수 있는 좋은 기회가 될 수 있을 거야.

6월 12일

아니, 넌 잘못 생각하고 있구나!

실제로 비케네(家)라는 것이 있단다. 네가 그 비케네가 어떤 곳인지 안다면 얼마나 놀랄까!

밖에서 보기엔 모든 게 똑같애. 너무나 평범한 집이란다. 지저분한 시멘트로 만든 낮은 담과 볼품없는 작은 꽃들로 둘러싸여 있어. 교외에서 흔히 볼 수 있는 그렇고 그런 별장들 중의 하나처럼 보일 뿐이야. 정년 퇴직한 부부나 철도 노동자들을 금방이라도 만나게 될 것만 같은 분위기의 집이지. 하지만 조금만 더 가까이 가면 ─ 사실은 길가에서부터 ─ 벌써 음악 소리가 들려오고, 약간 매콤하면서 썩은 듯한 냄새가 나기 시작해. 결코 제라늄 향기는 아니란다. 우스꽝스러운 사람들이 서로를 멍한 시선으로 바라보면서 마주치며 오가고 있었어.

 문을 밀고 들어서자, 어두운 방이 나왔어. 몇 명의 젊은이들이 방바닥에 주저앉아서 말없이 'H' 담배 한 개비를 돌려가며 피우고 있었단다. 두 번째 문을 열자, 검은 천이 둘러쳐진 좀더 어두운 방이 나왔지. 거기에도 역시 또 다른 젊은이들이 맨바닥에 누워 있었어. 통조림 상자에 짚을 둘러서 베개처럼 머리 밑에 베고 말이야. 그 중 한 사람은 작은 풍로 옆에 책상다리를 하고 앉아서 연신 둥근 갈색빵을 구워내고 있었고, 사람들은 그가 다시 불을 붙여 주는 길다란 파이프를 빨아대고 있었단다.

 조금 더 가자 세 번째 문이 나왔는데, 우리가 열고 들어가자마자 저절로 닫혔어. 벌거벗은 소녀 하나가 커다란 빨래 보따리처럼 침대 위에 가로로 내던져져 있었고, 극도로 흥분한 몇몇 남자들이 그녀를 에워싼 채 바쁘게 움직이고 있었지. 반면에 머리끝에서 발끝까지 옷을 입은 한 남자가(아마도 소녀의 친구인 모양이더라) 방구석에 앉아 있었는데, 그 의식이 끝나기를 기다리는 것 같았어. 그리고 좀더 안쪽으로, 쓰레기가 여기저기 흩어져 있는 더러운 부엌을 구역질을 참아가면서, 또 비틀거리는 사람들과 부딪치지 않으려고 애쓰면서 지나가자, 마침내 밝고 넓고 깨끗한 방에 다다를 수 있었단다. "만세! 이제야 모든 게 끝났구나" 하고 외치고 싶은 심정이었어.

 하지만 그것도 잠시였지. 여태까지의 광경보다 훨씬 더 괴상한 광경을 목격하게 된 거야. 그것은 얼굴에 분을 바르고 푸들처럼 머리가 곱슬곱슬한 수많은 사람들의 모습이었어. 그들은 분명히 어떤 한 사람을 쳐다보고 있었는데, 그 사람의 대수롭잖은 말 한마디에도 기쁨과 도취로 몸을 비틀곤 하는 것이었어.

'이 사람이 누굴까?' 다가서며 속으로 생각했지. 황금과 작은 수술로 요란스레 장식한 이 포교사 — 이보다 더 적절한 말은 없단다 —, 숭배자들에게 둘러싸인 부처처럼 군림하고 있는 이 사람이 과연 누구일까? 그의 눈은 나에게 무언가를 생각나게 했어… 털이 듬성듬성 난 커다란 손… 분장으로도 가릴 수 없는 소년 같은 뺨… 이마 위에서부터 챙마냥 늘어뜨려진 금발… 목소리… 억양… 모두에게 숨쉴 여유조차 주지 않는 이야기까지도 말이야(그는 매춘굴의 프루스트였어. 창문을 통해서 자신이 원하는 소년을 지적하고, 그 소년이 들어오면 이불을 조심스레 턱까지 끌어올린단다. 그러고는 자기 앞의 그 벌거벗은 소년을 열심히 어루만지고 바라보는 데 열중하는 거야).

콩스탕스, 그가 누군지 생각해내려고 내가 애쓸 필요는 없었어. 오히려, 이내 나를 알아본 그가 제일 '음탕한' 지점에서 하던 짓을 멈추고는 몸을 일으켰으니까. 처음엔 의자를 쓰러뜨리기까지 하면서 깜짝 놀란 눈을 했단다. 그러더니 곧바로 내 품으로 달려들었어. 물론 그였어. 우두머리 비케, 바로 그 친구였어… 이 새로운 파리에서 새로운 모습으로 변한….

6월 16일

사실 그 일에 대한 우리 두 사람의 반응은 서로 다른 것 같아.

내게는 큰 충격이었지. 물론이야. 하지만 분노가 치밀었다거나 달리 도덕적인 판단을 내렸다는 건 분명 아니야. 비케가 내게 말하는 동안, 나는 그의 기이한 모습과 내가 기억하고 있는 그의 옛 모습 사이를 끊임없이 오가면서 그저 재미있어 했을 뿐이란다. 마치 현재의 모습에서 옛 모습의 자취를 찾으려는 것처럼. 혹은 옛날의 모습에서 오늘날의 모습을 미리 읽을 수 있게 하는 어떤 징표들을 발견해 내려는 듯이. 그 당시에는 왜 그 징표들을 읽어내려고도 하지 않았었는지, 나는 스스로를 자책했단다. 지금에 와서 생각해보면, 그 징표들은 이미 비케의 새로운 모습을 시사하고 있었던 거야. 불이나 볕에 쬐면 색이 드러나는 투명 잉크처럼 말이야.

그렇지만 벵자맹은 그렇게 태연하지 못했어. 처음엔 그도 웃었지. 중고생 아이들이 하는 장난쯤으로 받아들이려고 행동했어. 그렇지만 사태는 그렇지 않았어. 옛친구가 내미는 구원의 손길을 비케는 거절했단다. 그렇게 되자 그도 심각하게 엄격해졌어. 본능적으로 테러단 우두머리의 음성을 되찾아서 "빨리 정신 차려!"라고 비케에게 명령하기도 했어. 하지만 이제는 그런 것들이 아무 소용도 없다는 걸 그도 깨달았단다. 그의 마력도 이제 효력이 없고, 예전에는 따귀 한 대로 복종하는 동료 — 추종자 중에서도 가장 충성스러운 추종자 — 였던 사람이 이제는 미치광이가 되어 버렸다는 것, 그 패거리들의 우두머리가 되었다는 것을 그도 인정해야 했어.

결국, 비케가 옛 모습을 되찾기란 이젠 도저히 불가능하다는 사실을 깨달은 그는 완전히 이성을 잃어버렸어. 그는 비케에게 소리쳤어. "남색을 즐기는 놈들은 모두 배반자들이야… 겁쟁이들이고 파시스트들이야!"라고. 비케 역시 벵자맹만큼이나 기분이 상해서(사람들은 아무것도 아닌 것 가지고도 그러는 법이니까) 화를 내고 욕설을 퍼붓기 시작했어. '난 널 증오해. 항상 널 증오해왔어. 넌 알아야 해. 내가 왜 너의 그 얼빠진 남성우월주의를 증오할 수밖에 없었는지를 말이야. 호모를 조롱하는 너의 농담들이 너한테는 재미있는 것이었는지 몰라도, 내겐 엄청난 고통이었다는 걸 말이야! 경찰들과 공화국 보안대를 남색가들과 마찬가지로 취급하는 너의 그 구역질나고 형편없는 방식을 말이야… 나를 '충성스런 혁명가'로 만들려고 순수하고 억센 프롤레타리아의(땀 냄새와 노동자 냄새를 풍기는!) 찬가를 앵무새처럼 따라 부르게 했던 널 증오해. 하지만 그것도 결국 네 만족을 위한 것이었지… 이젠 모든 게 끝났어… 정말 끝장난 거야… 세상은 바뀌고 있으니까, 벵자멩… 이제는 너 따위의 사제(司祭) 경관들이 부끄러워하고 비실비실 피해 다닐 차례니까…'

이런 얘기들이 그의 진심이었을까? 아니면, 그저 원칙 때문에 한 말이었을까? 체면치레로? 그의 말에 영향을 받는 사람들을 앞에 놓고 자신이 해야 할 역할이 있었기 때문에? 돌이켜보면 아무래도 그랬던 것 같아. 하지만 결국 상관없는 일이야. 이미 엎질러진 물이었으니까. '시험'은 끝난 거야. 이제 벵자멩이 할 일이라곤 한 가지밖에 없었어. 말없이 떠나는 일….

6월 17일

어디서부터 이야길 시작해야 할까! 너무 끔찍하고 소름끼치는 일이었어! 종이 한 장에다 담기에는 너무 어려워!

아마 오후 3시였을 거야. 베트는 자기 집에 있었어. 벗은 차림으로 신문 기사에 마지막 손질을 하고 있는 중이었어. 그런데 아무도 올 시간이 아닌데, 누군가가 갑자기 문을 두드린 거야. 그녀는 대답하기를 망설였지. 또다시 문 두드리는 소리가 났어. 그녀는 끝까지 못 들은 척하리라 결심했어. 하지만 그 사람은 참지 못하고, 그녀가 안에 있는 걸 알고 있으니 열어 주지 않으면 문을 부숴 버리겠다고 소리쳤어. 그녀는 그게 누구의 목소리인지 알고는 문을 열었지. 그 사람은 수염이 덥수룩하고 술에 취해 환각에 사로잡힌 듯한 모습의 빌이었어. 마지막으로 해명을 하러 왔다고 소리치면서, 그는 폭탄처럼 집 안으로 들어섰어.

그들은 서로 자신의 입장을 설명했고, 그러다가 다투게 되었어. 서로에게 치명적인 말을 던졌고, 서로라기보다는 오히려 빌 쪽에서 일방적으로 그런 말을 했다고 하는 게 옳을 거야. 그녀는 거의 침묵하고 있었던 모양이니까. 이 일이 어서 끝나기를 기다리면서 말이야. 그녀는 아마도 턱 밑에 두 무릎을 모으고선 조금 전에 서둘러 입은 티셔츠를 발목까지 끌어내린 채로 침대 위에 앉아 있었겠지. 그녀의 얼굴엔, 예전에 그들이 함께 있을 때면 빌의 화를 불러일으키곤 했던 그런 무관심이 감돌고 있었어. 그것이 그의 화를 바짝 돋구었어. 그는 점점 더 크게 소리를 질러댔고 되는 대로 비난을 퍼부었어. 그녀가 자기를 버리고 배신했으며, 자기에게서 젊음과 재능을 앗아갔다고.

하지만 아무리 언성을 높여도 소용이 없고, 그녀는 절망적일 만큼 미동도 하지 않는다는 걸 깨달았지. 그러자 그는 주머니에서 권총을 꺼내 그녀의 코 밑으로 갖다대면서 울부짖었어. "총을 쏠거야… 조심해, 쏠거라구… 이게 바로 네가 바라던 거 아냐?… 그렇다고 말해… 말하라니까… 그렇다고 말하란 말이야… 싫어? 딴 생각이 있는 거야? 그럼 말해봐… 말해 보란 말이야… 그렇게 있지만 마… 송아지 같은 눈으로 날 쳐다보지마, 뭐라고? 뭐라고 말하는 거야, 도대체?… 아, 그럼, 입 다물어. 입 다물라니까! 아니면 난 널 죽일 거야… 널 죽일 거라구… 난 널…" 그 순간 총알이 발사되었어! 그래, 콩스탕스, 발사되었어… 그의 얘기는 중단되었고, 그리고… 그는 죽었어!

30분 후에 벵자맹이 그곳에 도착했을 때, 그에게 충격을 준 건 시체도, 피도, 깨어진 머리도, 알아볼 수 없을 정도로 일그러진 얼굴도 아니었어. 그건 아직 그의 표정에 남아 있는 어떤 놀라움의 흔적이었어. 그 표정에서 그는 마지막 순간의 그 끔찍한 사건이 오발 때문이었다고 판단할 수밖에 없었어.

6월 19일

오발인가 아닌가?

월요일 이후로 우리의 화제는 오로지 그것뿐이었어. 그날의 충격이 너무 컸던 베트는 끊임없이 그 사건의 영상을 떠올리고 있단다. 며칠 전부터 그 미스터리는 또 다른 미스터리에 덮여 버렸어. 아니면 더 강화되었다고 할까. 온갖 여자들과 친구들, 그에게 가끔 번역을 의뢰했었던 편집자 등을 찾아다니며 질문을 퍼붓기도 하고, 그의 어머니한테까지 간청해 보았지만 허사였어. 빌의 어머니는 아주 까맣고 주름살 투성이인 작은 노파였단다. 장례식 날 아침에 느닷없이 나타났지(빌은 한번도 자기 어머니 얘기를 우리에게 하지 않았었어).

편지를 쓰는 지금 이 순간까지, 우리의 조사는 아무런 성과도 없어. 아무것도 발견할 수 없었어. 원고도, 초고도, 그 줄거리나 개요, 쓰다만 부분들조차도, 요컨대 어떠한 흔적도 말이야. 그 소설이 단지 그의 몽상이나 꿈, 상상력의 소산이 아니라 실제로 존재하는 물리적 현존으로서의 작품이라는 걸 보여 주는 아무런 표시도 찾을 수 없었어.

도대체 어떻게 이런 일이 있을 수 있을까? 난 모르겠어, 난 지금 있는 그대로의 사실을 네게 전하는 것뿐이야. 덧붙인다면 ― 이건 중요한 거야 ― 우리가 조사중에 유일하게 찾아낸 것은, 그가 벵자멩 앞으로 쓴 장문의 편지 한 통뿐이었단다(그 편지는 벵자멩에게 보내어지진 않았지만, 이미 수개월 전에 쓰어진 것 같아). 편지에서 빌은 벵자멩에게 삶에 대해 이야기하고 있어. 죽음에 대해, 시대에 대해서, 그리고 희망이 얼어붙고 5월의 마지막 물보라가 그들의 얼굴 위로 느닷없이 흩뿌려지기 전에 세상을 떠나 버린 이들의 행운에 대해 적고 있어.

그렇지만 편지의 요점은 바로 그 책에 관한 것이었어. 책을 쓰면서 느끼는 어려움, 고통, 현기증, 악몽, 신열, 절망의 순간들… 펜대 아래 입을 벌리고 있는 듯한, 자신이 그 속으로 빨려 들어가는 듯한 '순수의 심연', '완성의 깊은 수렁'… 그리고 이 모든 것들, '수년 전부터 그를 사로잡고 있는 이 모든 것들의 지옥 같은 압박' 때문에 자신이 죽을지도 모른다는 생각… 이런 얘기들이 적혀 있었어.

물론 그 편지의 발견도 벵자멩의 상태에는 아무런 도움도 되지 못했지. 편지의 내용 때문인지, 편지가 자기 앞으로 쓰어졌다가 보내지지 않았다는 사실 때문인지, 아니면 그에게 혼란스럽고 고통스런 반향을 일깨우는 그 찾을 수 없는 원고 때문인지, 난 모르겠어. 어쨌든 벵자맹은 빌의 자살 사건이 있던 날보다, 날이 갈수록 더욱 고통스러워하리라는 생각이 드는구나.

6월 20일

어제는 빌의 장례식이 있었어. 난 그걸 묘사할 만큼 마음이 모질지 못하단다. 너무 슬펐어.

6월 21일

좀 우스운 얘기 같지만, 이따금 난 이런 생각이 들어.

벵자맹은 결국 자살해 버린 그 가엾은 빌을 원망하는 게 아닐까 하는. 동성애자가 되어 버린 비케를 원망하고, 좌파 연합에 가담해 버린 비날을 원망하고 그가 가진 것들을 이용해 배를 채우고는 등을 돌려 버린 모든 동료들을 원망하듯이. 마치 자살을 함으로써 빌이 벵자맹을 저버리거나 내동댕이쳐 버리거나 한 듯이 말이야. 이 모든 것이 — 갖가지 맹세와 포기, 그리고 자살 — 벵자맹에게는 되풀이되는 악랄한 타격일 수밖에 없었으니까. 모두가 함께 나섰던 전선에 마치 한 마리 개나 길 잃은 병정처럼 자신만을 홀로 내버려두려는 음모와도 같았으니까.

물론 내 생각은 지나친 비약이겠지, 과장일 수도 있고. 그렇지만 꼭 그렇지만은 않아. 실제로 그는 마음속으로 그런 생각들을 하고 있어. 빌의 편지를 수도 없이 읽으면서 혼자 중얼거리는 그를 볼 때면 알 수 있어. "바보 같은 녀석, 꼭 말라르메 후계자 같은 허튼 소리나 하면서 시간을 허비하느니, 차라리 입 닥치고 있는 법이나 배우는 게 나을 걸 그랬어…" 혹은 "너무 간단해… 정말 너무 간단한 일이야… 자기 머리에 방아쇠를 당기다니… 조용하고… 영국식이야… 내가 없어지면 그 다음이야 될 대로 돼라 이거지…" 이렇게 중얼거릴때의 그는 빌을 '원망한다'는 표현으론 충분치 않아. 그는 빌을 증오하고 저주해. 할 수만 있다면, 그는 사람들 앞에서 빌에 대해 욕이라도 퍼부을 거야. 물론 그도 네가 생각하는 그런 온갖 슬픔을 맛보고 있어.

그렇지만 소용 없는 일이야. 가장 소중한 친구가 아무런 예고도 없이 자신의 어깨 위에 세상의 온갖 짐을 떠맡긴 채 자기를 내팽개쳐 버릴 수 있었다는 생각을 하면, 그는 어쩔 수 없이 그 원한 섞인 괴로움의 물결에 사로잡히고 마는 거야.

솔직히 말해서, 이제는 그의 편집증의 폭발이 나 자신의 슬픔 이상으로 날 불안하게 만들어. 대상도 없고 형태도 없는 모호한 고통의 상태 속으로 다시금 날 밀어넣고 있어. 하기야 내겐 이미 익숙한 경험이지. 벵자맹이 돌아온 이후로는 그런 상태에서 벗어났다고 생각했었는데….

6월 24일

사실 요즘은 르노 시절보다도 좋질 않아.

너도 기억할거야. 그 시절엔 삶이 있었어. 희망도 있었고, 미래에 대한 전망과 유토피아도 있었어. 마찬가지로 음울한 풍경이긴 했지만 그 속엔 뭔가 신선한 것, 신성한 싹이 돋고 있었어. 이젠 더 이상 그런 것들은 없어. 그의 비탄, 슬픔 때문일까? 아니면 지난번 편지에서 말한 그 원망 때문에? '신성한'… '유토피아'… '신성함'… 이런 단어들을 내가 입 밖에 낼라치면, 그는 나를 이상한 여자로 취급한단다. 그가 자신의 은밀한 속생각을 나한테 내보이는 경우라곤 오직 우리 젊은 날의 꿈과 가치와 이상에 침을 뱉으려 할 때뿐이야. 미몽에서 깨어난 파렴치한 냉소가의 태도, '시련을 극복하면서' 최소한 '희망 없이' 사는 법을 배웠노라는 투의 냉소가 같은 태도….

르노 시절 이야기를 하면 그는 경멸에 찬 표정으로 어깨를 으쓱한단다. 모택동주의자 시절을 얘기하면 그의 서글픈 시선은 마치 이렇게 말하는 듯해. '어떻게 우리가 그런 한심스런 어린애 장난을 조금이라도 믿을 수 있었지?' 나와는 달리 그가 그토록 많은 열정을 지니고 체험했던 68년 5월에 대해 물으면 물론 대꾸는 하겠지. "하지만 그건 장난 같은 일이었고 돌발 사건이었을 뿐, 사실 격변이라고 할 수도 없어"라고 말이야. 그는 '민중', '프롤레타리아', '노동자 계급' 따위가 정말 존재하는 것인지, 아니면 우리 머리 속에서 꾸며낸 환상인지를 자문해 보고 있단다.

뱅자맹이 유일하게 약간 생기 있어 보일 때가 있어. 그건 그가 2년 전부터 발견해 낸 '단 하나의 진정한 가치', 요컨대 증오를 갑작스레 드러내 보일 때야. 진정하고 순수한 증오, 따옴표를 두르거나 대문자로 쓸 수 있는 '증오', 아무런 말도 이유도 양보도 없는 증오, 조형 예술의 하나로 생각되는 증오, 형이상학적 규율과 명령으로 끌어올려진 증오, 하나의 윤리이자 원칙인 '증오를 위한 증오'라고 그는 말하지. 그리고 우리 모두를 사로잡고 있는 절망 속에서 우리의 유일한 선택으로 남아 있는 증오라고 말하며 이렇게 탄식해. "아, 그 바보 같은 빌이 적당히 증오할 줄만 알았더라면…."

6월 27일

여전해. 오히려 날이 갈수록 점점 더 염려스러워지는구나.

예를 들면, 오늘 밤에도 필립이 집에 왔었어. 웬일인지 그는 친절하고 다정하게 굴었단다. 자기 친구가 어떤 위기 상태에 있는지를 분명히 느끼고 있는 듯했어. 그는 벵자멩에게 '전반적인 전략 문제'를 말하러 온거야. 오가면서 이런 식의 얘기 토막들을 주워들을 수 있었단다.

"좌익은 죽었네… 파괴되고… 전(全)전선에서 지리멸렬하고 있네… 우리가 한꺼번에 쓰러지지 않으려면 즉각적인 작전상 후퇴가 필요해… 무조건적이고… 일각의 망설임도 없는… 어디로? PC(공산당)가 있지… PS(사회당)도 있고… 현재 상태로선 결국 그게 그거지, 안 그런가?… 같은 정도의 이념적인 포장… 마찬가지의 군사적 안전성… 아마도 이쪽은 좀 덜 조직화된 공항이고… 저쪽은 세관의 감독이 좀 느슨한 편이랄까… 하지만 어떻든 내가 돕겠네… 내가 지원 사격을 해주겠네… 필요하다면 사람을 소개하고, 통행증을 얻어 주고, 계약서를 마련하고, 경우에 따라서는 환영위원회까지 만들어 주겠네…."

이야기 시작부터 줄곧 사용된 그 전략적인 은어들을 요약하면, 그는 벵자멩에게 재전환하는 것을 도와주겠노라고, 정상적인 생활을 되찾으면서도 애초 관점의 본질에 충실할 수 있도록 도와주겠노라고 제안했던 거야.

그런데 벵자멩이 어떻게 받아들였는지 아니? 그는 결코 그렇게 하지 않을 것이라고 대답했어. 자신이 보기에 그건 배반 중에서도 가장 비열한 배반이라고 말이야. 거대 정당들을 가득 채우고 있는 배부른 골수분자들, 죽는 날까지 스무 살 때 부정된 꿈에 대한 글들을 찍어낼 그런 작자들을 닮느니 차라리 죽는 게 낫다고.

"나는 정치를 경멸하네." 벵자멩은 흥분하기 시작했어. "난 자네의 전략을 비웃을 수밖에 없네. 난 지금 이 사회에도, 앞으로 다가올 어떤 사회에도 결단코 속하지 않을 걸세. 솔직히 말해서 아직도 나를 약간 흥분시키는 유일한 생각은, 이 모든 것이 어느 날엔가 마침내 박살나리라는 것이네! 그래, 필립! 그렇게 돼야 해, 기필코! 우리 새로운 야만인들에게는 세계 종말의 향기가 생생하네! 우리가 만족해하는 이 수치스런 평화 상태를 어떠한 세계도 영원히 유지할 수는 없다는 걸 자네도 알겠지. 바로 이 평화로 인해 세계는 쇠퇴하기 마련이니까. 권총이나 대포 소리 속에서보다 철학을 더 잘할 수 있는 곳은 없다고 단언한 것이 바로 자네의 그 헤겔 아닌가?"

이 정도까지 되다 보니 토론이란 쓸모없는 것이 되어 버렸어. 필립도 그걸 깨달았지. 재빨리 자기 주장을 거둔 그는 날씨라든가 내 블라우스의 색깔 따위에 관심을 보이는 척했어. 벵자멩의 무례함 앞에서 그는 당황해했고, 나와 마찬가지로 어떤 거북스러운 느낌을 받은 게 분명했어. 떠나면서 그가 내게 속삭였어. "주의해요. 아무래도 뭔가가 있어요… 뭔가가 이상해… 이봐요,

마리! 우리끼리 얘기지만, 이 상황에서 빌의 죽음이 너무 좋은 구실이 되고 있는 게 아닌가 하는 생각이 드는군요…"

저녁 내내 나는 우울했어. 빌 생각을 하면서… 우리의 첫 만남… 세르방도니 가에서 빌이 베트와 내게 처음으로 자기 작품 얘기를 해줬던 저녁… 그리고 2년이 지난 후에 어떤 사람을 되찾는다는 것은 그리 쉬운 일이 아니라는 생각을 했어….

6월 29일

나도 무언가가 있다고 믿기 시작했단다.

지금 그의 상태엔 뭔가 또 다른 이유가 있다고 말이야. 그가 이야기해 주지 않은 어떤 것. 긴 여행을 떠났다가 돌아와서 사회에 다시 적응하는 데에 따르는 통상적인 어려움들과는 전혀 다른 무언가가 있으리라는.

그리고 그런 식으로 생각을 하면 할수록, 그 '어떤 것'의 근원을 먼 데서 찾을 게 아니라 바로 그 여행에서 찾아야 하지 않나 하는 생각이 드는 거야. 2주일 전부터, 나는 그 여행에 대해서 더 이상 그에게 말하지 않았었어. 그래서 내가 그 여행에 대해 지나치게 빨리 결론을 내린 것이 아닌가 하는 생각도 든단다.

시간이 흐르면 생활은 제 흐름을 되찾고 그도 스스로 베일을 벗어던지리라고 기다리던 때의 내 조용한 확신을 너도 기억하고 있겠지? 그래, 시간은 지나갔어. 생활도 흐름을 되찾았어. 지난 몇 주 동안에 내게는 지난 3년간보다도 더 많은 일이 있어났어. 그런데 그는 여전히 내게 아무것도 말해 주지 않는 거야. 아무리 기다려봐도, 그가 침묵하는 이유를 혼자 이리저리 궁리해

봐도 소용이 없었어. 화를 내며 고함도 쳐보았어. "이제 그만 해요! 장난이 너무 지나쳐요. 내가 원하는 건 진실이요, 자세한 설명 말이에요! 두 해 동안 사라졌다가 나타난 친구에게 으레 물어볼 수 있는 — 이런 처지라면 누구나가 물어볼 — 그런 당연한 질문들을 하고 있는 것뿐이잖아요!"

난 여태까지 아무 흥미도 없는 일화들이나… 에피날에 관한 모호한 영상들… 때로 여행에 대한 막연한 이론들… 이런 따위 밖엔 듣지 못했어. 가끔씩 그를 닦달하기도 했지만, 그는 이런 말만 늘어놓았어. "결국, 아무 매력도 없고… 아무 흥미도 없는 여행이었어… 이젠 어딜 가나 모든 게 똑같아… 한결같고… 획일적이지… 아무것도 아닌 것… 규격화된 무(無)의 승리… 파리, 뉴욕, 폼페이까지 똑같은 싸움… 똑같은 이야기… 호화롭기만 할 뿐 진절머리나게 한결같은 대도시들… 레이몽 루셀에게 내가 물어본 것이 상하이 소식이었던가, 시드니였던가?"

하지만 이런 얘긴 모두 아무런 의미도 없어. 믿을 만한 것도 못 되고. 그리고 이런 식으로 처신하는 남자가 뭔가 중요한 걸 숨기고 있지 않다고 생각하긴 어려워. 나와 떨어져 있었던 그 몇 해 동안에, 나로서는 까닭을 알 수 없지만, 뭔가가 미스터리로 남아 있는 게 분명해. 필립이 말했던 '뭔가'도 바로 그런 측면에서 찾아봐야 할거야. 틀림없어.

7월 2일

자기 암시 때문일까? 나도 편집증 환자가 되어가고 있는 걸까? 어쨌든 그를 볼 때마다 이상하다는 생각이 들어. 정말 너무나 이상해. 내가 이내 알아채지 못했을 뿐이지.

이것 역시 오래된 일이야… 그 이상함은 아마도 그의 거동과 관계가 있어. 그의 몸가짐, 그의 모습에서 볼 수 있는 뭔가 좀더 육체적이고 좀더 본능적인 어떤 것과, 공공 장소 같은 곳에 들어갈 때의 경계하는 태도, 어제저녁처럼 영화관 앞에 줄 서 있는 사람들을 까닭없이 피하려는 태도, 그리고 그의 시선. 그래, 바로 그 시선… 그 눈동자 속의 어둠… 그 어둠은 틀림없이 '그 여행'에서 비롯된 것이라고 나는 확신할 수 있어….

그게 평범한 일이라는 건 나도 알아. 뭔가 생각이 잘 안 떠오를 때면, 사람들은 쉽사리 눈동자 깊은 곳이 어두워진다는 것 말이야. 하지만 어쨌든 바로 그거야. 난 정말 그 어둠을 느껴. 그 어둠을 손으로 만지고, 거기 부딪히는 듯한 느낌… 그러곤 문득 베일 같은 것이 되어 버려… 미세하면서도 짙은 안개, 혹은 수증기 같은 것… 그와 나 사이를 가로막는 뭔가 단단하고 두터운 것… 우리가 서로를 이해하고 또 오해하면서 살아온 10여 년, 처음으로 내게 그의 시선 속으로 들어갈 수 없을 것 같은 기이한 느낌이 드는 거야….

넌 내가 말하고자 하는 이 느낌을 이해하겠니? 해맑은 표정의 한 남자, 말을 다 듣지 않아도 그의 생각을 읽을 수 있었고 이해할 수 있었던 남자, 그의 눈 가장자리에 떠오르는 웃음기만 보고도 미소지을 수 있었던 남자. 그러나 헤어졌다가 다시 만났을 때, 이제 그 남자는 변해 있고, 마음의 문은 닫혀 있고, 도저히 그 남자를 이해할 수 없다는 것이 어떤 건지를 상상할 수 있겠니?

난 이런 생각으로 스스로를 위안하기도 한단다. 아라르에서 돌아온 랭보가 며칠 낮 며칠 밤을 샤를르빌의 자기 방에 누워서 문과 겉창을 걸어 잠그고 램프와 양초를 밝혀 놓은 채 바르바리 오르간의 음울한 소리를 들으며 침묵 속에서 자신의 비밀들을 되새기고 있었을 때, 그의 누이 이자벨 랭보의 심정이 바로 이러했을 것이라고. 아라르의 랭보처럼, 벵자멩도 너무 많은 일들과 너무 많은 사람들을 경험한거야. 마치 이 세상 모든 것을 다 보아 버린 듯이. 그래서 인간으로서는 헤아릴 수 없는 신비의 한 조각을 얼핏 보기나 한 듯이. 그리고 그 모든 비전들이 이번에는 수증기나 어둠으로 화하면서 또 다른 알 수 없는 비밀을 형성하기라도 하는 듯이.

7월 6일

아니야! 이젠 네가 말하는 '그것' 조차도 하지 않아.

얼마 동안은 그래도 내 애무에 약간 반응을 보이더니 이젠 아주 대리석, 목석이 되어 버렸어. 내가 만지거나 껴안거나 해도 아무 소용이 없단다. 그리고 이런 경험은 처음인데, 내 육체가 시든 것은 분명 아닌데도 그에게는 생기 없고 무력하고 투명하게 비친다는 느낌이 들어. 사실 나도 내 육체가 무뎌졌다고(이 말이 제일 적당한 표현이야) 느껴져. 이젠 더 이상 욕망의 빛, 욕망의 열기조차 띨 수 없을 것처럼. 그래서 우리들의 육체가 곧 우리들의 생활 같아. 물론 마음이 아파. 슬프기도 하고….

그렇지만 놀라지는 않는단다. 사람이 변할 때는 항상 육체의 침묵이 마음과 영혼의 침묵에 즉각적으로 반응을 일으키는 법이니까.

7월 10일

거듭 말하지만, 그때와는 전혀 다르단다.

그 시절에는 분명한 이유들이 있었어. 그의 피로 때문이었을 수도 있고, 공장과 관련한 스트레스 때문이었을 수도 있고, 혹은 내가 그의 계획을 원칙적으로 반대했었기 때문에 상황을 바꾸려 별로 애쓰지 않았다는 사실을 들 수도 있을 거야.

하지만 지금은 사정이 달라. 모든 것이 정상인데다가, 겉으로 봐선 그의 건강 상태도 최상이니까. 그리고 나는 그의 욕망의 문들을 억지로라도 열어 보려고(이런 표현을 용서해) 갖은 계략을 다 쓰고 있으니까 말이야. 이를테면 너도 아는 그런 사진을 슬며시 굴러다니게 한다든지, 아니면 그런 책을 침대 머리맡의 탁자 위에 몰래 놓아둔다든지, 또 그가 내 옷을 벗기고 나를 '시험하게' 하려고 밤중에 몸을 뒤척인다든지… 결국 그런 점들을 고려할 때, 그렇게 여러 가지 결론들이 있을 것 같지는 않아. 두 가지로 생각해볼 수 있단다. 그럴 리야 없겠지만, 서른이 가까워지면서 내 모습이 늙고 추해졌기 때문이거나, 혹은 ― 이게 제일 그럴 듯한 가정인데 ― 나의 잘못 때문도 그의 잘못 때문도 아닌 바로 그 여행 때문이거나. 이제 그가 속해 있는 영혼의 세계에서는 육체적 쾌락에 관한 일들은 더 이상 예전처럼 중요하지 않다는 식으로 말이야.

7월 13일

달라진 건 아무것도 없어. 단지 그가 점점 더 멀어지고 점점 더 아득해진다는 사실 외에는.

그는 차츰 하늘의 온갖 불길한 별들이 그의 머리를 짓누르고, 그의 고통을 아는 사람은 신이나 망령들, 악마들밖에 없다고 하는 그런 비극의 주인공을 닮아가. 무슨 조짐인지는 몰라도, 벌써 사흘 밤이나 꿈속에서 그의 부모님을 보았어.

귀여운 콩스탕스, 네가 그립구나. 6년 전, 우리 두 쌍둥이가 짓궂은 계략을 꾸미던 시절 이후로 이토록 네가 그리운 적은 없었어… P와 그리고 T 신부님의 관계에 대한 너의 얘기는 정말 재미있었어… 정말이지, 언젠가 우리가 서로 전화할 수 있는 날이 있을까?

7월 18일

방금 전, 저녁 식사가 끝난 뒤에 심하게 다투었어. 그 이유는 별로 중요하지 않아. 하찮은 것이었으니까. 하지만 중요한 사실은 이거야.

다툴 때마다의 불문율에 따라, 나는 토라져서 응접실로 나왔어. 그러고는 그가 용서를 빌러 오기를 기다렸어. 기다리고 또 기다렸지. 시간을 보내느라 세 개의 채널에서 똑같은 뉴스를 세 번이나 보았고, 클로델의 책 어느 페이지인가를 백 번도 더 읽었어(그가 돌아오는 시간에 맞추어서 읽는 척하려고 조심스레 포즈까지 잡고서 말이야). 마침내 지루해져서 나는 살금살금 그의 방으로 다가갔단다. 그가 뭘 하고 있었겠니? 자고 있었어. 옷도 벗지 않은 채로. 마치 나의 슬픔이 연극이라고 놀리기라도 하는 듯이….

7월 22일

콩스탕스, 정말 힘들어. '아니, 난 그렇지 않아… 그런 건 중요하지 않아… 게다가 이런 상태가 그리 나쁘지도 않으니까… 오히려 조금은 매력도 있어… 요컨대 그 매력이란 아마 이런 거겠지. 욕망이란 가장 덜 충족되었을 때 가장 강렬한 법이라는….' 이런 식으로 스스로에게 속삭여봐도 소용이 없어. 모든 감각이 한꺼번에 반란을 일으키는 순간은 여전히 찾아오니까. 게다가 그게 정말 감각일까? 어떤 다른 차원의, 좀더 정신적이고 영적인 차원의 갈증은 아닐까? 차라리 그랬으면 좋겠어. 이따금 나는 정신적인 갈증이 육체적인 갈증보다 해소하기가 쉽지 않을까 하는 생각을 하거든.

7월 24일

아! 그건 감각이었어. 뜨겁게 달아오른 암컷의 가련한 감각이었어.

날이 어두워지면 목적도 없이 엉뚱한 거리들을 방황하는 일이 점점 잦아지고 있어. 그럴 때 나를 이끄는 건 감각, 오로지 감각뿐이야. 남자들의 시선을 훔쳐보고, 그들의 시선을 유혹하고. 어쩌다 좀 오랫동안 나를 바라보는 남자가 있으면 바보처럼 즐거워하지.

오늘 저녁에는, 전혀 무의식중에 셍드니 가에 와 있는 나 자신을 문득 깨달았어. 어찌나 부끄러웠던지 돌아올 때 택시 기사에게 신문기자라고 말했단다. 그 끔찍한 구역에 대해서 Y신문에 실을 기사를 준비하는 중이라고 말이야. '어쨌든, 내가 재미

보려고 거기 갔었다고는 생각하지 말아 주세요.'

7월 25일

'전혀 무의식중에'라고 내가 말한 건, 그런 경우에 나를 이끄는 것이 정말이지 나 자신이 아니라고 생각하기 때문이야. 내가 가는 게 아니라, 그저 이끌려간다는 말이야. 무턱대고 가는거야, 되는 대로.

한편으로는 이런 생각도 있어. 눈 딱 감고 아무 곳이나 오가고 방황하고 배회함으로써, 마치 복권 추첨이나 룰렛에서 이 숫자 저 숫자 걸어보듯 이 거리 저 거리를 가로질러서(비유를 더 하자면, 카드놀이나 운수패 떼기에서 카드를 섞듯이), 마침내는 우연이라는 놈의 진실을 밝혀서 꼼짝 못하게 만들겠다고 말이야….

그래! 지금으로선 '진실'이란 그 우스꽝스런 사냥에서 매번 허탕만 치고 돌아온다는 사실이지. 기진맥진해서, 화가 나서, 구토증을 느끼며. 그리고 그때마다, 벵자맹은 나를 기다려 주지도 않는다는 사실이지. 그는 벌써 더없이 태평스럽게 잠들어 있어.

7월 29일

애쓰고 있어, 콩스탕스. 애쓰고 있어.

잠 안 오는 밤들이면, 스스로에게 이렇게 다짐하곤 한단다. 더 이상 이런 생활을 계속할 순 없다고. 그에게서 떠나야 하고 그를 잊어야 한다고. 어쨌든 내 숨통을 조이며 짓눌러오는 이 관계를 청산해야 한다고. 아! 언제라도 '스스로 다짐할' 수도 있고 또 큰 소리로 내 사랑의 종말을 선언할 수도 있지만… 어쩌면 좋니, 사람 마음이란 그렇지 않은걸.

7월 30일

이런 식으로, 내가 결국 질곡에서 빠져나오고 있는 걸까?

1시간, 아니 30분이라도 그가 늦어지면, 나는 아주 고약하고 불길한 즐거움에 사로잡힌단다. 이런 생각을 하는 거야.

'그래, 됐어… 사고가 난거야… 그는 이제 오지 않을 거야… 병원에서 긴급 연락이 오고… 곧 임종의 순간… 마지막 중얼거림… 어쩌면 마지막 키스가….'

물론 끔찍한 생각이야. 나는 그런 상상들을 떨쳐 버리려고 갖은 애를 쏜단다. 하지만 그것들이 내 뇌리 속에서는 너무나 강하고 집요하며 끔찍하도록 생생하기 때문에, 결국 그가 멀쩡한 모습으로 돌아왔을 때에는 한참이 지나서야 그가 신기루도 유령도 아니라는 사실을 납득할 수 있을 정도야.

너는 우스꽝스럽다고 생각하겠지. 그렇게 쉬운 일을 가지고 뭘 그러느냐고… 하지만… 정말이지 그렇지 않아. 그렇게 쉬운 일이 결코 아니란다.

8월 2일

베트가 떠난 뒤에 빌이 한 말을 기억하니?

"사랑을 고갈시킬 수 있어야 해… 메마르게 하고… 꺼 버릴 수 있어야 해… 물 웅덩이를 말라 버리게 하듯이, 낡은 걸레를 쥐어짜듯이… 간직하고 있는 사랑의 영상들을 하나하나 조용히 떨쳐 버릴 수 있어야 돼… 사랑의 추억들을 똑바로, 정면으로 바라보면서 침착하게 맞설 수 있어야 해.

자… 이젠 끝났어… 제발 사라져다오… 이젠 지겨워, 다시는 만날 수 없을 거야… 좋은 친구로 헤어지자꾸나… 추억을 살찌워서도 안 돼, 노스탤지어의 수도 꼭지를 틀어서도 안 돼… 해야 해… 해야 해… 가련한 빌! 가련한 마리…!

8월 3일

얼마나 우스꽝스러운지! 상상해봐, 결국 저질러 버렸어.

마침내 해버린 거야. 말하자면 난 문제를 온몸으로 껴안아 버린 셈이야. 길거리에서의 우연을 포기해 버리고(정말이지 너무 오랫동안 '카드를 보여 주지' 않았으니까), 3~4년 전에 나를 쫓아다니던 키 작은 고등학교 동창에게 나를 던져 버렸어. 그런데 아주 끔찍하고 결정적이며 치명적이리라고 생각했었던 그 행위가, 실제로는 아주 간단한 데다가 오히려 평범하고 진부하기까지 하다는 사실 — 소설 속의 정숙한 여자들이 입에 올리는 따위의 '회한'이나 '고통', '참담한 기분' 같은 것은 전혀 없다는 사실 — 에 놀라움마저 느꼈어.

그런데 무슨 일이 일어났는지 아니? 그날 저녁 엥그르 가로 돌아왔을 때, 정말로 놀라운 일이 일어났어. 나는 나의 부정한 행위가 내 마음을 그에게서 멀어지게 하고 치유해 주리라고, 최소한 마음을 진정시키고 가라앉혀 주리라고 생각했었어. 그런데 결과는 정반대였던 거야. 또다시 욕망의 불길이 일고… 열정이 솟구쳤어… 혼미에 가까운 흥분 상태… 불과 며칠 전부터 내가 지워 버리려고 애쓰고 있던 그의 온갖 영상들이 바로 그 순간 되살아난 거야… 내 모든 허울 좋은 결심들, 보잘 것 없고 초라한 내 모든 계산들을 조롱이라도 하듯이!

8월 4일

주말을 내내 투덜거리며 지냈어.

불평을 하고, 공연히 그에게 시비를 걸고, 바보같이 변덕을 부리고, 우리가 처음 만났던 시절처럼 응석받이 어린애 행세를 하고, 환자나 어린애처럼 칭얼대고. 심지어는 뻔뻔스럽게도, 전날에 동창생과 호텔에 갔다가 잃어버린 비취 팔찌를 그 때문에 잃어버렸다고 우는 소리로 앙탈을 부리기도 했단다.

그런데도 그는 꿈쩍도 하지 않았고, 전혀 무관심했어. 그래서 방금 전 저녁 식사를 마친 뒤에, 나는 두 주먹을 꼭 그러쥐고 용기를 냈어. 단숨에, 조금도 애매한 구석이 없는 분명한 몇 마디로 모든 것을 고백해 버린 거야. 그랬더니 그가 책에서 코를 떼더군. 그러고는 마치 무슨 할 말을 궁리하는 듯이 잠시 동안 나를 똑바로 쳐다보았어. 하지만 결국 이런 한마디를 중얼거리면서 다시 책 읽는 일에 빠져드는 거였어.

"제발, 그 어리석은 짓거리들 좀 그만둘 수 없겠어…."

8월 5일

이 모든 것이 어떻게 마무리될지 난 모르겠어.

나 자신이 마치 포위당한 상태에서 탄약이 바닥난 병사 같다는 느낌이 들어. 최후의 공격만을 기다리는.

8월 6일

혐오스런 파라디.

몇 주일 동안 안 보이던 그가 다시 오기 시작했어. 까닭은 알 수 없지만, 별로 좋은 조짐 같지는 않아. 그 작자는 대체 뭘 알고 있을까? 내가 모르는 무엇을 그는 알고 있을까?

8월 8일

이제 된 것 같아, 콩스탕스. 나도 모든 걸 알았으니까. 그 비밀을 찾아낸 거야.

하지만 너무 엄청나고 끔찍한 비밀이라서 직접 만나지 않고서는 너한테 말할 수가 없구나… 어쨌든 돌아갈게… 이번에는 영원히 돌아가는 거야….

알랭 파라디의 증언

1

나는 알랭 파라디라고 하오. 1919년 10월 5일 리옹에서 태어났소.

당신이 말하듯 벵자맹 생애의 그 비극적 시기를 증언하기에 내가 가장 '유리한 위치'에 있다고 할 수야 없겠지만, 당시의 몇몇 양상을 밝히기에는 충분할 만큼 오랜 시간을 그와 함께 보낸 것은 틀림없는 사실이오. 내 기억으로는 마리 로젠펠트 이후로 당신이 그렇게 부르고 있는 것 같은데, 이제 당신이 말하는 '그의 비밀'이라는 것부터 얘기를 시작해보겠소….

사실 나 자신의 신상에 관해서는 별로 대수로울 게 없소. 그러니까 제2차 세계 대전이 발발하기 직전, 행여나 무슨 좋은 수가 생길까 해서 파리로 올라왔다가 심하게 초년 고생을 한 아주 온건한 계층의 변호사 세대에 속해 있었다는 사실만으로도 충분할 거요. 당시 우리는 사람들이 죄다 기피하는 소송에서 변론을 맡기도 했고, 당일치기로 돈을 주고 법복을 빌려 입거나 또는 법원의 갱의실 담당 부인으로부터 죽은 동료들의 옷을 사 입기도 했었소.

그러던 어느 날 갑자기 레지스탕스라는 대모험의 장에 뛰어들게 되었고, 특별재판부의 피의자 석과 게슈타포의 불빛 아래를 전전하며 나의 직업 수련을 마칠 수 있었소. 이러한 행운 ― 나는 항상 그것을 행운이라고 생각하고 살았소 ― 이 없었더라면, 풋내기 변호사들에게 잔심부름이나 자질구레한 일거리를 시키는 데서 고약한 쾌감을 맛보는, 어느 고리타분하고 교만에 찬 법률 후견인의 그늘 아래서 비루한 여생을 보냈을지도 모르겠소. 물론 그렇다고 해서 내가 소위 '레지스탕스의 영웅'이라는 것은 절대 아니오. 내 주변의 여러 인물들이 그러한 칭호를 받기까지 너무나 큰 대가를 치러야 했던 만큼 분명히 말해 내가 그런 칭호를 받을 수 있으리라고는 생각도 못했소.

그렇지만 내게도 얼마간 자랑스러운 점이 있다면, 그건 바로 1944년 여름 이전부터 나치즘이란 오로지 무력에 의해서만 쓰러뜨릴 수 있을 뿐이라고 판단한 사람들 편에 내가 속해 있었다는 것, 그리고 1942년 겨울 무렵부터 페탱주의가 애국심과 친근감의 허울을 뒤집어쓴 완화된 ― 하지만 수치스런 ― 프랑스판 나치즘이라는 사실을 깨달은 사람들 편에 내가 속해 있었다는 거요. 그것도 세계 통치권을 잡았다고 주장하는 다른 독재 체제의 협박에 의해서 어쩔 수 없이 그렇게 믿은 것이 아니라 스스로 깨달았다는 점 말이오.

이에 관한 한, 나는 참으로 내가 자랑스럽소. 왜냐하면 나는 내 동료들이 스탈린의 손아귀로 떨어지는 걸 무수히 보았기 때문이오. 물론 그들이야 자기 나름대로 히틀러의 군화 아래서 벗어나기 위한 하나의 방편이었다고 말할 테지만…

어쨌든 1944년이 되자, 난 어느덧 내가 승리의 진영에 속해 있음을 알게 되었소. 돌이켜 보면, 그간 내가 겪었던 시련을 고려해 볼 때 스스로를 부끄러워해야 할 것이 없는 듯도 했었소. 나는 훈장을 받았고 또한 어디서나 환영받았소. 온통 영광과 찬사에 둘러싸였고, 무수한 사람들의 입에 내 이름이 오르락거리고 어여쁜 아가씨들이 어렵지 않게 선뜻 몸을 허락했소. 전쟁이 발발하기 전의 비루한 법원 봉직자들, 당시의 그 너절한 인간들이 정부 청사의 내 사무실로 굽실거리며 들어오는 꼬락서니를 보는 데서 꽤 큰 즐거움을 맛보기도 했소. 서른 살도 되기 전에 유명해진 나폴레옹 휘하의 장군들처럼 견고한 지위를 획득했다고 느꼈고, 게다가 세상사 돌아가는 모양에 모종의 영향력을 미칠 수 있다고 여긴 나는 치기 어린 행복감에 겨워 정부에서 위촉한 일련의 직무를 쾌히 수락했었소.

당신이 말하는 '에두아르 소송 사건'을 실제로 다룬 그 유명한 '사면위원회'의 직무가 바로 그 하나였소. 그 작자는 어쩌면 가장 나쁜 부류의 대독 협력자라 할 수 있소. 두말할 나위도 없이 대전 중의 항독 지하 운동 시절이었다면 양 미간에 9밀리 탄환을 주저없이 박아 주었을 그런 류의 인간이었소. 하지만 세상은 바뀌었소. 나는 피를 흘리는 일이라면 아예 진절머리가 났소. 그 드높은 아우성 소리하며, 자신들 모두의 죄과를 확실히 과오가 있는 몇몇 하층민들에게 뒤집어씌우려드는 군중의 외침 소리 — 이는 그 인간의 주장이지만 전혀 사실 무근이라고는 말할 수 없소 — 는 너무나 날카로웠소. 그렇게 죄를 걸머진 몇몇 전형을 나는 대면했었소. 죽고 싶지 않다고, 용서를 해달라고 애원하는 비겁자의 진면목을 보는 것보다 사람의 마음을 너그럽게 하는 것도 아마 없을 거요. 이유야 어떻든, 간단히 말해 내가 그의 변론을 맡았다는 것은 사실이오. 내가 중재에 나서서, 그 작자가 총살형을 면할 수 있도록 가능한 모든 영향력을 행사한 것도 사실이오.

하지만 당시 내 앞에는 피에르 미셸 프라라는 작자의 농간에 의해 아주 '격앙된' 사면위원회가 있었소. 나중에 그를 통해 알게 된 일이지만, 위원회의 배후에는 사형수 본처의 정부(情夫)가 도사리고 있었소. 난 "전형적이군… 구역질나게도 정말 전형적인 케이스로군" 하고 생각했었소. 프랑스 부르주아들의 왜소함과 천박함이란 늘 그런 식이었소. 그러나 나는 곧 그따위 재판에 관한 일일랑 깡그리 잊은 채 내 갈길을 갔고, 그렇게 10년의 세월이 흘러갔소. 지하 감방에서 짐승처럼 울부짖었을 그 작자의 얼굴을 잊기엔 충분한 세월이었소.

50년대에 접어들었소. 해가 거듭할수록 나는 명망 있는 변호사로서의 지위를 굳혀 갔소. 조수도 두어 명 두고 프레스부르그가에 넓직한 사무실도 마련했소. 내가 종사하는 직업에서도 '유행'이란 말이 통용될 수 있다면 그것은 바로 내 경우를 두고 하는 말인 것 같소. 어쨌든 당시의 매스컴이 내게 부여한 이미지, 즉 행복감 넘치는 당대의 변호사라는… 여배우들 같은 멋들어진 여인들과 뭇사람들의 시선을 받으며 아무런 두려움 없이 당당하게 동행할 수 있는 사람, 패션계나 출판계, 흥행계에서 첨단이라 여기는 모든 것을 창출해 내는 사람이라는 이미지를 나는 쾌히 수락했소. 하지만 그렇다고 해서 이렇게 사교계에서 명성을 떨치는 일이 내 지난날의 약속을 저버리는 일은 결코 아니었소. 또다시 저항 운동의 길에 동참해야 할 순간이 왔을 때, 난 누구보다도 먼저 기꺼이 그 소환에 응했소.

그 순간이란 두말할 나위도 없이, 알제리에서 프랑스군이 살상과 고문은 물론 강제 유배 등을 자행한 그 무시무시한 시대를 말하는 거요. 애당초 반파시스트주의자들이었던 우리가 경험했던 그 극악한 짓거리들을 바로 우리 프랑스군이 재연하고 있었던 거요. 완전히 타파하였노라고 진지하게 믿었던 해묵은 괴물이 다시 머리를 들기 시작했다는 생각이 들었소. 하기야 세계 정세가 어찌 되었건, 당시 내가 갖은 위험을 무릅쓰고 머리 숙이기를 거부하는 사람들 — 지식인들과 온갖 성분의 반체제 인사들 — 의 편에 섰다는 것은 사실이오. 내가 '갖은 위험을 무릅쓰고'라고 말한 까닭은 여러 차례에 걸쳐 욕설을 듣고 협박당한 때문이오. 사무실 폭파 사건이 그렇고, 58년의 변호사 업무 정지가 그렇소. 그리고 당시 내가 전혀 예상할 수 없었던, 벵자멩과의 만남이 야기할 엄청난 위험 역시 같은 범주에 속하는 것임은 물론이오.

당시(정확히 말해서 62년초), 반체제 인사들의 변론 문제로 나와 종종 접촉했던 어떤 사람이 찾아 왔소. 그는 어떤 '젊은 친구'의 사건에 대해 얘기했는데, 그의 얘긴 그 용감무쌍한 인간이 지금 운반 도중에 멍청하게도 스위스에서 체포당했으며 지금 급한 법적 구제가 필요하다는 거였소. 그 '젊은 친구'의 이름이 내게 흥미로울 까닭이 없었소. 소송 기록 역시 그 자체로는 전혀 흥미가 없었소. 별달리 무슨 특별한 감흥 없이 그 친구를 만나러 갔었소. 그런데 금발에다 미국산 블루진과 티셔츠 차림의 그 덩치 큰 젊은이가 접견실에 모습을 나타냈을 때, 난 순간적으로 누군가와 매우 닮았다는 느낌에 사로잡혔으며 운명이 내게 엄청난 장난을 하고 있음을 깨달았소.

그에게 에두아르라는 인물을 거론한 것이 잘못이었을까요? 서로 닮았다는 사실을 그저 나만의 생각으로 간직했어야 했던 것일까… 이는 의문이오. 정말 의문이오. 하지만 이런 식의 물음은 사건의 전후 맥락을 훤히 알고 있는 지금은 어렵지 않게 떠오르지만, 당시만 해도 그것은 별다른 의미가 없었기에 문제 삼을 필요가 없었소. 과거에 나는 내가 모르는 어떤 사람을 변호했고 변호사라는 직업상 일시적으로 그를 만났지만, 그는 곧 망각 속에 묻혀 버린 많은 사람들 가운데 한 명에 불과했소.

그러고 나서 오랜 세월이 지난 후, 난 다시 어떤 사람의 면전에 서 있게 되었고, 그의 용모라든가 눈길, 말을 뇌까리며 응접실을 오락가락하는 태도, 자신의 감옥 생활, 사건, 정의에 대한 견해 따위를 표현하는 방식 등으로 인해 나도 모르게 어떤 인물을 회상하게 되었는데, 그들 두 사람은 어찌나 닮았던지 마치 형제가 아닌가 하는 느낌이 들 정도였소… 당연히 나는 이 사실을 그에게 말해 주었소. 말하지 않을 수가 없었소. 나로서는 선의로 말했던 것인데, 결국 그것이 재앙의 불씨가 될 줄이야 누가 알았겠소….

물론 말을 한 순간, 당장 무슨 일이 일어났던 건 아니오. 그 청년은 동요하지 않았소. 눈도 깜박이지 않았소. 그런 곳에서, 자신과 대단히 밀접한 관계를 지닌 누군가를 우연히 만났다는 사실을 그는 너무나 능숙하게 자연스런 일로 돌렸소. 그러고는 곧 질투심에 사로잡힌 여편네들처럼 굴기 시작했소. 추호도 거짓이 없는 있는 그대로의 진실을 확인받고자, 완벽한 자백을 얻어내고자 아주 붙임성 있는 태도로 접근해 왔소. 되도록 상대가 거부감을 일으키거나 경계심을 가질 만한 말을 피하면서, 상대가 말하는 사실에 대해 강한 관심을 갖고 있음을 노출하는 단어나 어조, 음색상의 아주 조그만 흔적마저도 세심하게 피하면서, 부드럽게 천천히 상대를 유도 신문하는 여편네들("자, 여보, 계속해봐요… 전 그냥 물어보는 거예요… 심심하거나… 하지만 전 이미 알고 있어요… 그럼요… 알고 있고 말고요… 사실 뭐 당신 대답이 어떻든 그게 무슨 상관이겠어요. 전 아무래도 좋아요")처럼 행동했소.

내가 그의 계략을 간파했을 땐 이미 늦었소. 이미 불행은 시작되고 만 거였소. 어떻게 일이 진행되었을지는 당신도 짐작이 갈거요. "아, 제 아버님을 아신다고요? 그것 참 재미있군요!" 그러고는 차츰 대담해지면서 더욱 세심해지고 약삭빨라졌소. 그리고 은폐되어 있던 속내 이야기들이 서서히 풀려나면서 서로 연결되어 전후 맥락이 통하게 되었소. 감옥에 대한 얘기를 하다 보면 죄목을 밝히지 않을 수 없고, 죄목을 나열하다 보면 당시의 재판 분위기를 환기하게 되고, 재판을 언급하다 보면 문제의 그 특사 청원 사건으로 귀결하게 되는 그런 식이었소. 죄수의 무력감이라든가 그의 최후의 날들, 총살형에 직면한 그의 태도 등도 자연스레 덧붙여졌음은 물론이었소. 시간이 지남에 따라 — 매주 수요일에 만났소 — 마치 실이 풀려나듯 조금씩 조금씩 그 전모가 드러났소. 당신이 나였다고 해도, 내가 처했던 그 묘한 상황에서 벗어날 수는 없었을 거요. 생전 처음 만난 한 의뢰인에게 20년 동안 쉬쉬해 왔던 자신의 은밀한 이야기를 다만 몇 번의 만남에서 털어놓을 수밖에 없었던 그 묘한 상황에서 말이오.

어느 정도 시간이 지나자, 나 역시 솔직해야 한다는 생각과 함께 그와의 놀음에 몰두하기 시작했소. 처음에는 몰랐지만, 갈수록 분명하게 어떤 매력을 그와의 대화에서 발견했다고나 할까. 매번, 가능한 한 정확하게 지난날의 기억을 되살려 내려는 나의 충실함에는 나 자신도 놀랄 정도였소. 종종 나는 제네바로 향하는 비행기 안에서, 원칙상으로 우리를 맺어 준 소송 기록에 대해서가 아니라 지난번에 그에게 제대로 전달하지 못한 기억의 미묘한 차이를 곰곰이 되씹어 보면서 다음번엔 올바로 정정해 주겠노라고 다짐하는 나 자신의 모습을 보곤 했었소. 그리하여 우리는 접견실에서 허용되는 우리만의 시간을 통해, 마치 공범자들인 양 참으로 묘한 흥분 속에서 프라라는 작자가 시력을 잃어버린 얘기라든가 당시의 분위기, 파리 수복 당시의 감옥 생활, 또는 그의 푸른 눈빛과 부친의 그것과의 차이점 등을 나지막한 목소리로 소곤대곤 했었소.

그러는 동안 소송은 순조롭게 진행되어 나갔소. 그것은 여러 가지 곤란한 문제들을 해결할 수 있을 만큼 벵자맹의 재력이 튼튼했던 때문이기도 하지만, 무엇보다도 그 스위스인 은행가와 부드러운 화해가 성립되었기 때문이었소. 그로서도 이 사건이 크게 소문나는 일이 달갑지 않았던 거요. 하지만 우리들의 본질적인 관심사는 딴 곳에 있었소. 접견실에서의 그 은밀한 면담이 주는 매력에 흠뻑 취해 있었기에, 만약 재판장이 그 비밀 면담을 몇 개월 더 계속하도록 결정을 내렸다면 아마 우리는 누가 먼저라고 할 것 없이 "잘했어, 몇 개월 더라니, 정말 훌륭해!"라고 외쳤을 거요. 어쨌든 그는 1962년 5월 15일 출감했소. 그간의 만남으로, 그와 나 사이에는 서로를 끌어당기는 강렬한 끈이 생겼소. 사실상 우리는 그때 이후로 떨어질 수 없는 사이가 되었소.

어쩌면 사람들은 이렇게 물어볼지도 모르겠소. 뭐냐? 두 사람 사이에 정립된 것이 뭐냐? 그 비밀 면담에서 정확하게 무엇이 이루어졌는가? 과연 무엇이 당신으로 하여금 하룻밤 사이에 그의 친구이자 속내 이야기를 할 수 있는 측근이 되게 했으며, 차후부터 그가 자신의 계획을 털어놓을 수 있는 이 세상의 유일한 사람, 그리고 1960년의 화폐 가치로 수억 프랑이 넘는 재산 소유자인 그의 변호사 겸 대리인이 되게 했는가? 당신은 저열한 사회 계층에 속하는 것도 아니요, 개인 사무실을 소유하고 있고 게다가 사회적 이미지라든가 화려한 경력하며 정치적 기반까지 겸비한 당신이, 사회적 책임을 걸머진 저명인사인 당신이 도대체 어떻게 해서 그 터무니없는 악몽처럼 펼쳐진 사건의 수렁에 마치 하수인과도 같은 입장으로 개입할 수 있었단 말이냐? 이제부터 나는 이러한 물음들에 대한 대답을 당신에게 하겠소.

알다시피, 우리 두 사람 관계는 많은 사람들의 입에 오르내렸소. 누군가는 '파우스트의 협정'이라느니 '보트랭과 뤼방프레'의 관계로 빗대기도 했소. 그가 나를 '홀렸을' 리는 없으니, 내가 그를 '홀렸다'는 비난도 받았소. 심지어는 내가 그에게서 적지 않은 돈을 횡령했을 거라는 우울한 애기들이 신문 지상에 나돌기도 했소. 그렇게 밀접한 관계란, 말하자면 추잡한 거래가 없이는 성립될 수 없는 성질의 것이라고 은근히 비꼰 신문도 있었고… 요컨대 사람들은 미친 듯이 마구 지껄여댔소. 자기들 심중에서 피어오르는 의혹의 환상들을 우리 이야기에 투영시켰지요. 하지만 나로서는 그따위 험담들에 주의를 기울인다거나 시간을 허비할 생각이 전혀 들지 않았소.

먼저, 그를 한번 생각해보시오. 자, 여기 한 젊은이가 있소. 그는 사람들이 자기 아버지에 관해 수수께끼 같은 어조로 혼란스럽게 애기하는 것을 들었소. 그 청년은 은밀하고 수수께끼 같은 내력의 소유자요. 엄청나면서도 음울한 그 유산들 가운데 하나는, 마치 끈질기게 때를 기다리며 노리는 거대한 맹수들의 위협과도 같이 그의 머리를 짓눌러왔소. 그러던 중, 청년은 자신이 물려받은 유산의 전모를 정확하고 성실하게 말해 줄 수 있는 사람을 드디어 만났소.

그런데 분명 그에게는 그를 아는 사람이라면 누구나 반하게 될 신체적인 매력이 있었소. 나라고 해서 그 매력에 무감할 까닭이 없었소. 잘생겼다는 것이 아니오. 나더러 그의 용모의 결함을 지적하라고 한다면 얼마든지 열거할 수 있을 테니까… 하지만 그는 뭔가 남들과 다른 것을 지녔더랬소. 신선함이랄까, 생기랄까… 그의 제스처, 뾰로통한 입술, 턱이나 두 입술 속에 뭔가 망설이는 듯한 미완성의 그 무엇이 붙어 있는 당당한 젊음이랄까… 물론 당신은 "그거야 그가 스무 살도 먹지 않았으니 그 나이에 걸맞은 것이 아닌가"라고 말할지도 모르지만, 그것은 어떤 우아함이라고나 할 엄청난 화려함을 풍기는 젊음이었소. 누구나 그 젊음을 대한다면 영원히 뇌리에서 지워 버릴 수 없을 것만 같은… 고집하진 않겠소. 그 점에 관해서는 앞으로 마리 로젠펠트 양이 충분히 얘기하게 될 테니까.

내가 놀란 두 번째 사실은, 솔직히 말해서 그가 양가(良家)의 자제였다는 점이오. 자기가 속한 사회와는 담을 높이 쌓은, 이미 방탕하고 타락해 버린 양가의 자제. 그렇지만 분명 그는 양가의 자제였소. 여전히 양가 자제로서의 기벽과 품성 등을 지니고 있었으니까. 예컨대 그가 감옥에 있을 때 '내 사건'이니 '내 변호사'라고 말하는 그 취향이라든가, 은행가와 시종의 습관에 익숙해진 사람들처럼 반쯤은 정중하고 반쯤은 냉정한 어조로 간수들에게 말을 거는 폼이 그랬소. 구속에서 풀려나기가 무섭게 그가 취한 태도도 나 같은 가난한 집 출신들이 보기에는 참으로 자유분방한 유년 시절을 보냈을 거라는 생각을 하게 만들었소. 아무데나 차를 주차시킨다거나, 항상 꾸깃꾸깃한 돈을 호주머니에 아무렇게나 넣고 다닌다거나, 구멍 뚫린 셔츠에 다리지도 않은 바지를 거리낌도 없이 입고 다니는 그 태도들이 또한 그랬소.

덧붙이고 싶은 것은, 당시만 해도 그는 장차 내가 '그의 계층의 야심'이라고 부르게 될 것에 이상하리만큼 충실했었소. 요컨대, 당시 그는 여러 밤을 지새며 법과 대학, 이공 대학, 고등 사범학교의 장단점을 서로 비교하고 함께 이야기할 수 있는 친구들과 교제를 계속했소. 그리고 지금도 기억나는 그날 밤, 출감한 바로 다음날이었소. 셍페레 가에 있는, 앞에서 말한 그 대단한 학교들 가운데 한 학교 정문 앞에 멈춰선 그는 "어머니는 내가 이 학교에 들어가길 원했습니다. 아직은 모를 일이지요. 일단 이 더러운 투쟁이 끝나는 대로…" 하고 아주 극단적이다시피 한 어조로 중얼거렸소. 지금 생각해보면 좀더 잘 이해할 수 있지만, 그의 그런 태도에는 분명 어떤 경멸과 장난기가 섞여 있었던 것 같소. 아니, 거기에는 이미 어떤 회한의 향수가 스며 있었다고도 할 수 있소. 돌이켜보면 ─ 이것은 아마 가장 감상적인 생각일 테지만 ─ 마치 그는 최후의 순간에 미래를 설계하는 가사 상태의 사람처럼 자신이 이제 영원히 떠나야 할 그 부드럽고 평화로운 세계에, 스스로를 그 세계에서 가장 성공한 표본들의 하나로 여기면서 악착같이 매달려 보려는 것 같았소.

왜냐하면 ─ 이는 내가 그에게 관심을 기울인 까닭에 대한 세 번째의 설명이기도 한데 ─ 사람들이 벵자맹에게서 기대한 것이 무엇인지 말할 수 있기 때문이오. 사람들은 그를 악당으로 여길 수 있소. 또 부랑아로, 살인마로 여길 수도 있소. 그라는 인간을 통해서, 무엇보다도 간신히 선천적인 결함을 메운 정신적 균형 상실자의 면모도 볼 수가 있을 거요. 그렇소. 사람들은 그를 맹렬히 비난하고, 그에게 화를 내고, 저주의 말을 퍼부을 수 있소. 당신이 믿을지는 모르지만, 나 역시 그에게 많은 피해를 입은 사람인 만큼 마음만 먹는다면 가장 먼저 나설 사람은 바로 나요. 하지만 어느 누구도 그에게서 박탈할 수 없는 한 가지 사실이 있는데, 그것은 바로 그의 놀라운 재능이오.

당신이 분명히 알아두어야 할 사실은, 내가 그를 처음 만났을 때 갓 스무 살 된 그 젊은 악마는 마음먹기에 따라선 무엇이든 될 수 있었다는 점이오. 지성이 번뜩이는 학자, 유능한 금융가, 독보적인 법률가, 일류 교수 등 그는 필요한 모든 면모를 갖추고 있었소. 잡지를 창간할 수도, 외교관이 될 수도, 정치 운동을 할 수도, 영화를 만들고 그 영화에 출연할 수도, 책을 쓸 수도 있었소. 당시 그의 동료들은 20년이 지난 오늘에 와서도 여전히 그가 쓴 《알제리의 상황과 우리의 과오》라는 유명한 UEC 보고서를 기억하고 있소. 그에 못지 않게 유명한 《제국주의 최고 단계로서의 시오니즘》에 관한 시론은 15페이지에 불과하지만 해마다 수천 부씩 복사되어 여러 세대의 학생들에게 영향을 주기도 했소.

뿐만 아니오. 그가 내게 보여 준 보기 드문 문학 작품들로 말하자면 — 모든 사람들이 입을 모아 그를 뤼방프레에 견주는 것 같아 하는 얘기지만 — 《진주》니 《샤를 9세의 사수》 따위의 작품들보다 월등히 나았소. 간단히 말해서, 그는 모든 것을 가졌고 무엇이든 할 수 있었소. 아마 내 생전에 그토록 많은 재능이 단 한 사람에게 그렇게 한꺼번에 몰리는 것을 두 번 다시 볼 수는 없을 것 같소.

마지막으로 어쩌면 가장 중요하다고 할 수 있는 것, 그것은 현대적이고 독창적인 그의 지성이오. 젊은이들이 항상 나를 주눅들게 하는 것은 아니지만, 그토록 참신하고 그토록 당혹스런 세계관 앞에서는 참으로 기절초풍할 노릇이었소. 물론 내가 사상의 거장들이 지닌 세계관을 늘 잘 읽어낼 줄 안다고 확신할 수 있는 것은 아니지만, 무엇인가 내게 속삭여대는 것이 있었소. 놀라우리만큼 엄격한 그의 태도? 자신에 찬 그 담론의 단호한 측면일까? 아니면 원인은 알 수 없지만, 어떤 우여곡절을 거쳐 명백히 하나의 돌파구가 된 그 반항의 극단적인 과격성일까? 여하튼 그 무언가가 내게 말하는 것이었소. 그러한 세계관은 지금껏 내 세대의 사람들이 알고 있던 것보다 훨씬 인상적인 어떤 발랄함과 스타일을 지닌 것이라고. 그러나 사람들은 또 이렇게 말할지도 모르겠소. 그같은 세계관으로부터 그가 도출해 낼 수 있는 것은 아무것도 없을 거라고… 사실이 그렇소. 그 자신도 말했듯이 그건 피할 수 없는 운명 같은 것이었소. 모든 것을 수용할 수도, 동시에 모든 것을 상실할 수도 있는 한 인간의 수수께끼요. 마치 그에게 정체 모를 어떤 악령이 숨어 도사리고 있으면서, 그의 요정들이 18년 동안이나 그의 요람을 지켜보며 계획했던 것을 좌절시키려 한 듯이 말이오.

이제 우리는 그의 인물 묘사에 있어 가장 미묘한 부분에 이르렀소. 동시에 나를 매혹시킨 가장 애매한 부분에 이르렀다고 해도 무방하오. 그의 미세한 결점, 그의 모든 행복의 조짐들이 그 틈새로 '달아나 버린 듯한' 그 간극, 그 균열을 곰곰이 생각해보면 거기엔 나를 매료시킨 상당수의 특징들이 있었소. 비록 그것들이 이내 없어져 버릴 것처럼 보이긴 했으나, 나는 재빨리 감지할 수 있었소. 대수롭지 않은 것처럼 보이지만, 바로 그것들이 그라는 인물을 근본적으로 망쳐 놓은 데 크게 작용했으리라는 것을 ….

 예컨대, 이 인물은 이미 말했듯이 모든 재능을 가졌지만 이상하게도 취미라곤 전혀 없었소. 말 그대로 무취미였소. 그림이나 음악은 물론 독서에 대한 취미도 없었소. 즐거움을 위한 독서는 오래전에 잊었다고 했소. 뿐만 아니라 영화, 스포츠, 축제, 자동차 등에도 아무런 취미가 없었소. 심지어는 날씨가 어떤가에 대해서도 전혀 관심이 없어, 저녁 무렵에 그날 아침 신문에 난 일기 예보를 보고서야 날씨가 어땠는지 알게 되는 식이었소. 삶의 감미로움을 사랑하리라고 여겨지는 이 인물에게, 색깔이 있고 냄새가 있고 맛이 있고 심지어 기질까지 있는 이 세계는 다만 칠흑 같은 어둠, 음울한 밤일 뿐이었소. 흔히 '특성 없는 남자'라고 하듯 아무런 취미도 없는 한 인간이, 부조리하고 추상적이고 결국 공허한 한 인간이 "나는 인생을 사랑한다"라고 읊조리면서 그 회색의 밤을 거닐었던 셈이오.

 다른 예를 들어 봅시다. 지적인 질서에 관한 것인데, 말하자면 이런 믿기지 않는 순간들이 있었소. 한창 토론을 하는 도중에, 더구나 그가 너무나 잘 알고 있는 주제에 대해 토론하는 도중에 갑자기 마치 기계가 고장나 버리라도 한 듯이 제동이 걸려 우뚝 멈춰 버리는 순간들. 그럴 때면 그는 마치 대사를 잊은 배우가 프롬프터(무대 뒤에서 대사를 알려주는 사람 — 역주)를 돌아보듯이 나를 쳐다보았소. 그 순간에 그가 까먹은 것은 결코 어떤 '사실'이 아니었소. 흔히 짐작하듯 이야기의 '실마리'를 잊은 것이 아니었다는 겁니다. 그러한 상태는 '기억의 부재'니 '기억의 결여'와는 무관한 것이었소. 그것은 그보다 훨씬 더 미치광이 같은 상태였소. 그가 망각한 것, 산산이 흩어졌다고 느껴 도움을 빌어 다시 모아야 했던 것, 그것은 그의 생각, 그의 주장, 문제에 대한 자신의 입장 자체였소. 그가 이미 수백 번이나 이야기했고 이론화했던 것, 다른 곳에서 분명히 설명했고 아마도 글로 쓰기까지 했으며 그렇지 않으면 그의 다른 여러 입장들을 근거로 내가 충분히 연역해 낼 수 있는 그런 것이었다오. 그럴 때면 그는 마치 넋이 나간 듯이, "그 점에 대해 내가 어떻게 생각했었죠?"라고 묻는 것 같았소. "이봐요, 알랭. 대체 내가 누구죠? 내가 누군지 빨리 좀 상기시켜 줘요…"라는 청으로 이해해야 했죠.

또 다른 이해할 수 없는 것으로, 사람들이 그와는 다른 누군가에 대해서 조금이라도 흥미를 갖고 이야기했을 때 그가 취하던 거짓말 같은 태도가 생각나오. 그럴 때면 그의 눈은 빛을 잃었고 얼굴은 일그러졌소. 참담한 안색으로, 비록 어조는 부드러우나 가시 돋힌 질문들을 연달아 퍼부어댔소.

그의 질문은 문제의 인물의 품성이라든가 성격, 독특하고 흥미로운 특징들을 더욱 뚜렷이 부각시키는 것이었소. 해서 조금이라도 그 인물에 대한 애정어린 대답을 들으면 그의 얼굴엔 고통스런 빛이 역력했소. 그 인물들이 수염이 있으면 자신은 수염이 없는 것을, 그 인물에게 자식이 있으면 자신은 자식이 없는 것을, 사람들이 화제로 삼는 것이 인물의 대머리면 자신의 머리카락이 있는 것을, 그 인물이 유대교도면 자신은 가톨릭교도인 것을, 그 인물이 프롤레타리아면 자신이 부르주아인 것을, 그 인물이 사랑의 유경험자라면 자신은 경험 없는 순진한 사람인 것을, 반대로 세인들의 주목을 받는 것이 그 인물의 금욕 생활이면 자신은 너무 방탕하다는 것을 고통스러워하는… 요컨대 그는 비록 그들이 대개는 아주 평범하고 매력 없는 사람들일지라도, 그들에게는 인간성이라는 가장 중요하고 값진 매력이 풍부하다고 생각해서 자신이 그들 속의 하나가 되지 못한다는 사실로 괴로워했소. 그렇다고 그가 질투심 많은 사람이었냐 하면 그건 결코 아니었소. 자아의 팽창이랄까. 자애심의 착란이랄까. 어쩌면 정체성에 대한 갈망, 탐욕, 병적인 기아증이 그로 하여금 모든 종류의 삶을, 모든 종류의 운명을 동시에 갈구하게 했는지도 모르겠소. 어떤 욕망 아니면 어떤 말, 그가 그 대상이 될 수 없는, 정녕 그 대상이 될 수 없는 어떤 말이 존재할 수 있다는 사실 자체가 그를 미치도록 괴롭게 했던 것이었소.

이 모든 것은 필연적으로 그의 행동에 기이한 결과를 초래했소. 걸핏하면 변덕을 부린다거나 까닭 없이 의기소침해진다거나 아무에게나 무턱대고 흥미를 갖는 등… 뿐만 아니라 거짓말, 허황되고 과장된 이야기에 쉬 이끌리는 경향이 있어서 한번은 이런 일도 있었소. 체 게바라의 동료로서 볼리비아에서 투옥된 어떤 친구의 모험이 여느 때처럼 고까웠던지, 자신의 친구인 빌과 비케에게 아주 그럴싸한 거짓말을 꾸며댔소. 파리에서 비밀 접촉을 갖고, 마르세이유 항에서 배를 타고 선창에 숨어 항해하여 마침내 탕피코와 멕시코에서 무력 투쟁을 벌였다는 자신의 남미행 이야기를 마치 진짜인 것처럼 말이오. 물론 단 한순간도 비외포르 호텔을 떠나지 않았으면서 말입니다. 하지만 사태의 이면을 알고 있고 그가 지닌 '특징들'의 자초지종을 손바닥보

듯 훤히 알고 있는 나는, 그러한 그의 태도에서 분명 그를 파멸시킬 열쇠들인 동시에 이미 말했듯 나를 매혹시킨 것들이기도 한 성격적 특징들인 변덕, 자의성, 유약함 등을 읽을 수가 있었소. 내 나이쯤 되는 사람에게 있어, 엄청난 재능을 지녔으되 너무나 휘어지기 쉬운 한 청년, 아직 많은 것을 다듬어 줄 필요가 있는 한 젊은이보다 매혹적인 존재가 또 어디 있겠소?

한 가지 분명한 사실, 그리고 특별히 부연 설명해야 할 만큼 중요하게 보이는 것, 그것은 벵자맹이 여자 애호가였다는 사실이오. 그가 이쪽 방면 취향에 대해 유보적인 태도를 취하고 거만하게 굴었으므로 '애호가'라는 말이 과연 적합한 것인지는 모르겠소. 하지만 그는 수많은 여자들과 사귀었고, 거기에 많은 시간을 할애했소. 좀 전에 나는 그의 놀라운 변덕을 얘기했는데, 여자에 대한 기호만큼은 그의 삶에 있어 어느 정도 일관된 것이었다 할 수 있소. 유일한 것이라곤 할 수 없지만 아주 드문 몇몇 중 하나지요. 이에 관한 그의 면모가 어떠했나를 마리 로젠펠트 양의 서신이나 그의 꿈, 환상, 문학적 집념 혹은 로젠펠트 양이 그에게 놓았던 그 형편 없는 덫을 통해서 대강 알 수 있으리라 생각하면 그것은 오산이오.

마리에게 그가 애정을 가졌던 것은 분명하오. 그는 그녀가 아름다운 여자라고 생각했으며 지나치게 교태를 부린다거나 선정적인 여자는 아니라고 판단했소. 바로 이 점 때문에 그는 1967년, 마침내 그녀를 엥그르 가에 맞아들이기로 작정하지 않았나 생각하오. 타고난 비관론자이며 언젠가는 이상적인 여인을 만나리라는 가능성에 대해 철저히 회의적인 그로서는 그녀와의 사랑 싸움에 쉽게 지쳐 버렸는지도 모르겠소. 그 불쌍한 여인이 알지 못했던 것, ― 그는 나에게만 살짝 귀띔했는데 ― 그것은 그가 그녀를 사랑한 것은 아니었다는 점이오. 또한 그녀를 탐내지도 않았소. 처음에는 억지로 꾸며 그럭저럭 그녀를 만족시켰다손 치더라도(그의 말에 의하면 다행히도 그녀는 특별히 '요구가 많지는 않았다'는 거였소), 그의 본질적인 열정이 쏠린 곳은 분명히 말해서 결코 그녀가 아니었소.

그렇다면 도대체 누구였을까? 그것은 저마다 다양한 일련의 여자들 전부라고 해야 옳을 것 같소. 그는 여자들을 닥치는 대로, 마치 조개 잡는 그물로 조개들을 낚아채듯이 낚아댔소. 술집이나 사교 클럽의 칵테일 파티, 대학 강의실, 정치 집회, 또는 그가 야밤에 즐겨 싸돌아다니던 파리 한복판 ― 질펀하게 놀기 좋은 도시지요. 요상한 술집들의 도시이며 사랑의 열병을 앓는 암컷과 수컷들의 도시인 ― 은 물론 블로뉴 숲길도 좋았소. 그녀들 가운데 몇몇은 아주 세심한 배려하에 선별되어서 보다 안정된, 보다 오래 지속될 수 있는 하나의 조직 속으로 편입되었소. 그는 그 조직을 각별한 주의를 기울여 운영했는데, 마치 그것은 도시 한복판에 은밀하게 망을 이루고 있는 거대한 할렘 같았소.

그 여자들이 모두 아름다웠던 것은 아니오. 천만의 말씀! 오히려 추하다 싶은 여자도 있었소. 신통치 못한, 하찮은 여자들까지도. 하지만 그 여자들에게는 비록 사소한 것일지라도 그의 맘을 흡족하게 해주고 그를 만족시킬 수 있는 한 가지의 재주만은 반드시 있었소. 그녀들 각자는 다만 하나의 역할, 하나의 기능만을 가지면 된다는 것이 바로 그의 할렘 구성의 원칙이었다 해도 무방할 거요. 어디 한번 그녀들 각자가 분담한 독점적이면서도(다시 말해 다른 여자에겐 없고 그녀만이 갖는) 독특한 성적(性的) 역할을 얘기해 볼까요.

에그젤망 가의 여자 약사, 그는 항상 저녁 7시가 넘어서야 그녀를 찾아가서는 약국 바닥에 눕혀 놓고 마치 겁탈을 하듯 관계를 맺었소. 마조히스트적 성향의 여변호사, 그녀와는 으레 드라공 가의 한 수상쩍은 호텔에서 정사를 벌이곤 했소. 그리고 뫼리스에서 만나던 50대 여인이 있었는데, 그녀는 몇 시간 동안 줄곧 독일군 점령기의 얘기를 그에게 들려주곤 했소. 설거지 냄새가 물씬 풍기는 식당 여종업원, 그는 한번도 그 여자의 옷을 벗긴 적은 없지만 그녀는 항상 그를 위한 길고 부드러운 애무를 준비하고 있었소. 물론 그는 그러한 애무에 익숙해져 있었고. 그리고 고양이 울음소리처럼 짧고 싱겁게 끝나 버리는 어느 부르주아 여성, 소리를 지르고 몸을 배배 꼬는 그녀의 반복되는 오르가슴이 분명 가장된 것임을 알면서도 그는 그 격렬한 제스처에 곧잘 흥분하곤 했소. 민감한 육체의 불 같은 쾌락을 주는 젊은 여자가 있었는가 하면, 순진한 처녀처럼 수줍어하는 전혀 다른 면모의 여자가 있었는데, 그가 이 여자를 사랑한 것은 완고한 저항과 그에게 던지는 불굴의 시선, 말하자면 지나치게 노골적이어서 차라리 능욕에 가까운 그의 애무를 받아들일 때의 그 태도 때문이었소. 그러다 마침내 그녀가 처음으로 자신의 역할을 다하면서 그에게 다시 한 번 요구했던 그날 밤, 그는 아무런 망설임 없이 그녀를 차 버리고 말았소!

그의 주위엔 늘 여자들이 있었소. 어떤 여자는 젖가슴 때문에, 어떤 여자는 입술 때문에 좋아했소. 또 어떤 여자는 그녀의 해부학적 구조가 남색(男色)에 대한 생각을 불러일으키기 때문에 좋아한다고 한 적도 있소. 그리고 또 다른 여자, 여자, 여자… 분명히 말해서 그녀들은 하나같이 그의 물신 숭배적 욕구에 부합했던 거요. 요컨대, 하나의 조직이었고 완전무결한 장치였소. 마치 상표 붙은 술병들처럼 약호화한 신체들의 총체, 그는 그것들을 파렴치하게도 조그만 상자 안에 축소시켜 담아 놓고 부드러운 손길로 거의 완벽할 정도로 정리정돈해 나갔던 거요.

그러다 혹시 그 장치의 일부가 제 기능을 발휘하지 못하게 될 날이 올지도 모른다는 점을 생각하여 하나의 이론을 정립했는데, 그것은 바로 매춘부들을 염두에 둔 '예비군' 이론이었소. 그는 비록 자신의 '예비군' 론을 농담조로 얘기하긴 했지만 나름대로 그 이론에 각별한 애정을 쏟았던 것 같소. 아마 당신은 그의 이러한 소행이 한심하고 병적이라고 생각할 거요. 하지만 당시만 해도 나는 그런 일을 그저 재미있게만 생각했소. 얼마나 완벽하게 해내는지, 어떤 새로운 방식들을 동원하는지 하는 것만 살펴본 거요. 그의 그러한 삶은 그럭저럭 근 10년 동안 비밀이 유지되었소. 그의 기막힌 거짓말 솜씨도 서서히 제 결과를 낳기에 이르렀지만, 당시 변호사였던 나에게는 그것이 매력의 또 다른 모티프, 최종 모티프로 작용했었소.

2

 어쨌든 우리가 만난 이후 대략 10년 동안 사태는 그렇게 진행되었소.

 물론 가장 행복했던 세월이었다는 얘기는 아니오. 예를 들어, 그의 성생활을 납득하는 데는 지나치게 충격적인 면도 없지 않았으니까. 여하튼 사태는 그렇게 흘러갔고 그로 인해 괴로움을 겪은 사람은 아무도 없었소. 마리로서는 뭐가 뭔지 짐작조차 할 수 없었을 테니까⋯ 나로서는 지금 생각해볼 때, 어떻게 보면 축복받았다고 할 수도 있을 시기요. 서로 팔짱을 낀 채 나란히 피갈의 사창가를 드나들던 그 시기가 어떤 향수를 불러일으키지 않는 것도 아니오.

 당시 그가 나를 끌어들인 최악의 사건들이래야 고작 그로 인해 손해를 본 뚜쟁이들과 담판 짓는 일이거나, 과거에 화려한 이력을 가졌지만 의심받는 한 가문의 특권들을 복원시키기 위해 고위 당국자에게 중재해 주는 정도에 불과했었소. 그 피갈의 사창가… 당시만 해도 그곳에는 소위 부르주아 아낙네들, 가정주부와 사교계 여인들이 하룻밤 짬을 내어 쾌락을 즐기기 위해 창녀가 되러 오는 일이 빈번했소. 그러니깐 1960년대였소. 1970년대 초반도 그랬고, 바야흐로 말리카의 귀환이 우리의 삶에 일으키게 될 대변혁을 까맣게 모르고 있었던 그때….

당신은 아마 말리카가 누군지 알거요. 알제리 전쟁이 막바지에 이르렀을 당시 NLF의 파리 동료들에게 널리 알려진 그 젊고 아리따운 아랍 처녀는 벵자멩과 무척 친한 사이였소. 그들은 같은 지하 조직에서 투쟁했었고, 같은 가방을 들었었소. 내가 잘못 짚은 것이 아니라면, 그녀는 바로 그의 첫사랑이었으며 그에게 최초로 심각하고 절실한 실연을 안겨 준 여인이었소. 바로 그녀를 10년의 세월이 흐른 후 다시 만난 거요.

그녀는 여전히 아름다웠고 그다지 늙은 것 같지도 않았소. 물론 예전보다야 생기가 많이 가셨고 몸에는 오동통하니 제법 살이 붙었지만 뒤로 틀어올린 머리라든가 엄격한 표정, 코 끝에 걸친 커다란 색안경이 희미해진 옛 모습을 충분히 되살려 주는 것 같았소. 알제리 대사가 그에게 무슨 직책인지 모르나 자신의 새로운 수행원을 장황하게 소개했을 때, 그는 대번에 그녀를 알아보았소. 그들은 서로를 알아보았던 거요.

그날 밤엔 나도 참석했소. 나는 일등석에 앉았었는데, 달리 말하면 바로 눈앞에서 재회의 현장을 목격한 것이오. 처음으로 마주치는 그들의 시선을 보았고 나지막이 주고받는 대화를 들었소. "남편은… 그래요, 애들이 있어요… 행복해요. 예, 고마워요… 만족해요… 한데 오랑에서의 생활은 결국 영웅 시대의 종말인 셈이죠…" 하고 더듬더듬 이어지던 말리카의 목소리. 그리고 불과 얼마 전만 해도 얌전 빼는 중년 부인에게 거드름 피우며 멋부리던 그가 "예, 사실은 저분을 약간 알아요… 무척 오래된 얘기죠… 하도 오래된 일이라 저분이 기억이나 하실는지…" 하며 심드렁한 어조로 대사에게 답변하는 그녀의 태도를 보고서는 대번에 침착성을 잃고 당황하는 꼴을 나는 자세히 볼 수 있었소. 그날 밤, 나는 어쩌면 오늘의 일이 장차 우리의 생활에 중대한 영향을 미칠지도 모른다는 생각을 줄곧 뇌리에 떠올리면서 복잡한 심정으로 귀가했던 것으로 기억하오.

그후의 몇몇 사건들로 미루어 결국 내가 옳았음이 판명되었소. 먼저 할렘, 그가 그토록 정성들여 이룩한 욕망의 섬세한 조직체, 그 소중했던 할렘이 하루아침에 그에게 귀찮고 혐오스러우며 아무런 매력도 갖지 못하는 것이 되고 말았소. 어쩌면 자신의 가장 본질적인 부분일지도 모를 자신의 가장 나쁜 부분을 고통스레 이겨내고 있는 사람들처럼 그는 환희에 가까운 기쁨으로 내게 부탁해댔소. 이 여자에게 미리 알려 주고, 저 여자와의 약속은 취소하고, 세 번째 여자는 만약 생각이 있으면 내가 대신 '처리해 주고', 네 번째 여자는 변상을 해주는 등… 모든 여자들에게, 참으로 예외없이 모든 여자들에게 이젠 끝났으며 문 닫았고 더 이상 영업하지 않는다고, 정부(情夫)는 피곤에 지쳐 무력해졌고, 필요하다면 밀월여행중이라고 말해 달라는 거였소. 다시 말해서 그때그때의 상황에 따라 적절한 방법을 써서 여자들을 모조리 돌려보내라는 거였소. 다른 상황에서였다면 아마 우리는 주저없이 그것을 사전 통고 없는 집단 해고나 원자재 처분이라고 불렀을 거요.

다음은 마리 로젠펠트….

제대로 사랑 한번 받아본 적 없는 가엾은 마리는 영문도 모른 채 치명적인 일격을 맞은 셈이오. 말리카와의 만남이 있은 이후부터 그는 마리를 아예 거들떠보지도 않았으니까 말이오. 속이 탄 그녀는 별의별 궁리를 다 짜보았지만 전혀 소용이 없었소. 그녀가 제아무리 계략을 꾸미고 술책을 쓴들, 그로서는 더 이상 그녀를 사랑할 수 없게 된 것을 어떡하겠소. 그는 그녀를 더 이상 사랑할 수 없었던 거요. 그는 그녀의 피부가 싫어졌소. 그녀의 키스도, 잠에서 깨어날 때의 그 과장된 포즈도, 욕실에서 흥얼대는 소리도, 품위없게시리 함부로 자신의 면전에서 속옷을 갈아입으며 내는 고무줄 소리도, 그리고 집을 나서기 전, 그녀의 말마따나 '살그머니 그를 깨우는 일을 완수하기 위해' 그의 두 입술 사이로 쏙 들이미는 짧고 깔깔한, 아니 음탕한 그 혀도 싫어졌소. 요컨대 그는 그녀가 말리카가 아니라 마리라는 사실 때문에 역겨워진 거였소.

그러고도 그가 여전히 엥그르 가에 머물렀느냐고 묻고 싶겠지요? 그래요. 그는 여전히 엥그르 가에 머물렀소. 우선 내가 그에게 제발 그렇게 하라고 당부했소. 신중하게 행동하라고 말이오. 10여 년 동안이나 사라졌다가 불쑥 나타난 그 여자가 나로서는 아무리 생각해봐도 수상쩍었소. 아니나다를까, 그녀는 역시 나름대로의 계획과 전략을, 자신의 일정표를 가진 듯했소. 그리고 당시 그녀는 어떤 이유들, 나중에 가서야 알게 되었지만, 어떤 이유들로 인해 마리를 축출하고 자신을 엥그르 가에 정착시키겠다는 생각을 추호도 갖지 않았소.

하지만 벵자멩에게는 그것이 이미 기정사실이었소. 그는 오로지 그녀만을 원했소. 자신의 모든 꿈과 희망을 그녀에게 바쳤소. 가장 은밀한 계획들을 그녀와 소곤대며 주고받았소. 어떤 형태로건 그녀와 결부되지 않은 희망이란 이제 더 이상 그에게는 없었소. 그리고 아마 누구라도 쉽사리 짐작할 수 있으리라는 생각이 드오. 그가 엥그르 가를 떠나지 않고도 아주 은밀하게 자신의 시간과 구체적 생활의 태반을 어렵지 않게 그녀에게 할애할 수 있었으리란 것을. 그런 방면엔 천부적인 솜씨를 지녔으니 말이오.

저녁 식사를 핑계삼을 수 있을 때면, 그는 그녀의 집으로 갔소. 마리가 학교에 가고 없는 낮에는 아예 그녀의 집에서 진을 쳤고, 마리가 깊은 잠에 골아떨어지면 새벽 2, 3시에도 집을 나서서 그녀에게로 갔소. 다음날, 마리에게는 아침 일찍 집을 떠났노라 둘러대는 거였소. 반대로 저녁을 말리카와 함께 보내고서, 마치 어떤 회합이 연장되어 늦어진 것처럼 하고선 새벽 2, 3시에 잠든 말리카 곁을 떠나 집에 들어올 때도 있었소. 제 딴엔 진짜 밤을 말리카와 함께했다는 흡족한 느낌을 갖고서 말이오. 주말은 물론이고, 어떠한 경우든 온갖 핑곗거리를 만들어 그녀와 함께할 수 있는 시간을 긁어모았소. 바꾸어 말해서, 그것은 마리의 곁을 떠나기 위한 수작이기도 했소.

참으로 어처구니 없는 노릇이지만, 그는 공사판에 나가 막노동을 시작했소. 무슨 정치적이거나 이데올로기적인 정열 때문이라고 생각한다면 천만의 말씀이오. 그건 어디까지나 그녀 마리, 다시 말해서 부르주아들의 전형적인 삶과는 대조적인 어떤 삶의 유형에 보다 많은 공간과 면적을 부여해야겠다는 염려 때문이었소. 빌랑쿠르로부터 이주해 온 사람들의 집단 거주지가 생각나는군요. 그는 그곳에서 밤을 보내는 척했소. 물론 그는 누군가 요구만 한다면 그곳의 정경을 묘사할 수 있었소. 당대의 탁월한 소설가들이 질투심에 불타 안색이 창백해질 정도로 아주 감동적이고 정확하게, 아주 세세한 부분까지도 말이오.

마리가 깜박 속아넘어갔음은 두말할 필요도 없소. 언제나처럼 그녀는 그를 믿었소. 자신의 다정한 연인이 그처럼 천한 무리들 속에 섞여 지내야 한다는 사실을 무척 괴로워했고, 16세기풍의 화려한 개인 저택에서 누릴 수 있을 안락한 삶을 박차고 대신 성스러운 프롤레타리아의 한 사람으로서의 신분이 요구하는 의무를 선택한 그의 성자 같은 자기 희생에 대해 눈물을 흘리며 찬양했소. 아마 짐작하실 거요, 그가 실제로 그곳에서 살지 않았다는 것을. 그것은 벵자맹의 감쪽같은 속임수라는 것을. 그는 우아한 레스토랑에서 다른 애인의 품에 안긴 채 달콤한 밤들을 즐겼소.

심지어 그는 외국으로 거짓 여행을 떠나기도 했소. 자칫하면 들킬지도 모를 위태로운 속임수였소. 우선 여비서 — 대개 나의 여비서를 시켰소 — 를 시켜 마리가 자신을 찾지 않을 때를 알아냈소. 그것이 여의치 않아 정 마리와 맞닥뜨려야만 할 처지가 되면, 그 여비서를 모 단체의 모 양으로 행세하게 했소. 말하자면 혁명에 관한 토론이나 '중국 사회주의 상태' 등과 같은 어떤 대담, 어떤 국제 회합 등에 자신이 초청된 것처럼 꾸미는 거였소. 하지만 세심한 마리는 곧잘 눈치를 채곤 했소. 알만하다는 투로 빈정대곤 했소. "그렇다고 그 여자가 전해 주더군요. 아주 그럴싸하게 말이에요." 그러면 벵자멩, 엉큼하기 이를 데 없는 벵자멩은 찌푸린 얼굴을 하고 건성으로 들어 넘겼소.

가엾은 여인, 마리는 끈질기게 파고들었소. "옳지 못해요… 그 여자, 그 여자가 전화해서 말한 것 말이에요… 그 여자는 물론 당신을 위해서였겠지만, 이번 일이 무척 심각한 일이며 흥미롭고 유익한 것처럼 여겨진다고 말하더군요… 그래서 꼭 떠나야 한다고… 오! 물론 그렇겠죠, 그렇고 말고요. 거기 가야겠죠… 조금도 지체하지 않고… 그렇게 하는 것이 온갖 엉큼한 생각들로 머리를 굴리며 이곳에 머무는 것보다 훨씬 나을 테지요."

어떻든 그러고 나면 그 철면피는 차표를 구입한다거나 여행 가방을 꾸리는 척하면서 제법 부산을 떨다가, 집 층계를 나서며 짐짓 작별 인사까지 했소. 은총으로 향하는 예식을 치르듯, 이러한 과정을 밟으며 마음을 진정시킨 그는 단걸음에 말리카가 있는 곳으로 뛰어가는 거였소.

그러고 보니 또 하나 생각나는 것이 있는데… 물론 아주 지엽적인 것들입니다만, 갈수록 복잡해져 간 그의 진면목을 잘 나타내 주는 것들이라 생각되기에 당신께 알려드리고 싶소.

언젠가 말리카의 입술 연지가 자신의 셔츠에 묻은 것을 보고, 벵자멩은 마리에게 그것과 같은 색의 연지를 사용하도록 고집을 부린 적이 있었소. 아마 붉은색 입술 연지였을 거요. 그리고 말리카가 무척 아끼는 향수 대신 훨씬 더 진하고 단내가 나는 향수를 쓰도록 강요한 적도 있었소. 그것은 말리카가 사용했던 향수로서, 마리가 지독하게 싫어한 것이었소.

뿐만 아니오. 마리는 동물이라면 딱 질색인데, 아주 험상궂게 생긴 사냥개 한 마리를 구입하자고 고집부리기도 했소. 그것은 오로지 말리카가 애완동물 한 마리를 기르고 있다는 이유 때문이었소. 집으로 돌아올 때, 그는 종종 짐승의 털부스러기를 옷가지에 달고 들어오곤 했소. 말하자면 그는 자신을 은폐하기 위해서 철저하게 위장하려 들었던 거요. 심지어는 파리에 있는 친구들이나 술집들, 불필요하다 싶은 잡다한 여러 활동들에 대해서조차 항상 두 개의 조직을 구성해 놓았소. 그 조직의 기밀 유지에 대해서는 지난날 그가 할렘에 대해서 쏟은 것보다 훨씬 각별한, 거의 광적인 관심을 가지고 돌보았소.

당연한 결과지만, 나 자신이 담당한 역할 또한 완전히 달라졌소. 어떻게 보면 후궁들의 질서 유지 임무를 담당했던 '내시'나 '총리 대신'의 역할에서, 그의 대조적인 이중 생활을 관리하고 마치 군대식으로 하부 조직의 병참을 담당하는, 특히 그의 이중적 생활이 상충하거나 서로 겹쳐지지 않도록 하는 임무를 맡은 '참모' 역할로 변한 셈이오.

이미 말했듯이, 그의 엉터리 여행 계획을 세웠던 것은 나의 여비서들이었소. 그녀들은 그를 대신해서 엉터리 전보를 발송한다거나, 그와 전화로 의견을 교환하며 그의 긴 여정을 꾸며대곤 했소. 예를 들어, 만약 그가 사나흘 정도 로마, 런던, 홍콩에서 체류한 것으로 되어 있어야 한다면, 나중에 그가 돌아와서 그곳의 날씨가 어떠했는가를 유창하게 말할 수 있도록 항공 기상 통보 간행물들을 빠짐없이 철해두곤 했소. 하여튼 그의 위태로운 거짓을 덮어 주고 진짜인 양 꾸미는 데 필요한 모든 것들을 바로 나의 집, 나의 사무실에서 충당했다고 보면 되겠소.

그의 이러한 노력이 단순히 체면치레 때문이라면 그건 지나치지 않겠소? 그의 모든 속임수, 모든 거짓말, 그토록 정성을 다한 세심한 주의가 결국 그다지 사랑한 것도 아닌 한 여인의 체면을 생각해서, 말 그대로 체면치레로 했다고 생각할 수 있겠소? 물론 겉보기로는 그랬소. 하지만 실제로는 어림도 없는 얘기요. 말리카… 말리카 그녀가 그러한 복잡한 절차를 중시하여 그에게 요구하지 않았다면, 그로서는 그러한 짓거리들을 해야겠다는 생각은 하지 않았을 거요.

말리카는 그러한 가장 행각을 그들 관계의 전제 조건으로 내세웠소. 때로는 알제리에 있는 남편을 이유로, 때로는 대사 수행원으로서의 모범적인 자신의 이미지를 이유로, 때로는 거짓된 감정상의 이유를 핑계로 그녀는 항상 그에게 베일에 가린 은밀한 행동만을 강요했소. 결국 불쌍한 건 마리였소. 실상 그녀는 실낱 같은 관심조차 받지 못했던 셈이오. 그가 그녀에게 거짓말을 둘러댄 것조차 결국은 말리카에 대한 애정 때문이었으니….

하지만 그런 방면에 이골이 났을 그도 간혹 막히는 때가 있었소. 더 이상 무엇을 어떻게 꾸며야 할지를 몰라 망연자실 풀이 죽어 있는 그의 모습… 꾸미고 지어낸 이야기들이 복잡하게 얽혀드는 모양에 진력이 난 그로서는 그러한 뒤얽힘이 하나의 거대한 덫이 되어 자신을 꼼짝달싹 못하도록 얽어매는 것처럼 느껴졌을 거요. 그럴 때면 천부적 모사꾼인 그도 더 이상은 어찌할 수가 없다 싶었던지, "제기랄. 도저히 견딜 수가 없군. 나 빼고 해보시오. 어찌 되겠지…" 하고 중얼대는 걸 몇 번 본 적이 있었소.

하지만 으레 그녀, 말리카가 키를 잡고 나섰소. 가만 내버려 두지 않았소. 흐트러진 그의 면전에서, 그녀는 차분하면서도 대담한 어조로 마리에게 사용할 각본을 짰소. 그녀의 일처리 방식은 대단히 인상적이었소. 자질구레한 군말 한마디 없이, 필요 이상의 감정 노출도 없이 행할 것인지 말 것인지를 말없는 가운데 분명하게 물었소. 행여나 포기할 양이면, 자신들의 관계 역시 포기해야 한다는 사실을 충분히 납득시키면서 말이오. 그래서 이런 협박 아닌 협박으로 의기양양해진 그녀는 마치 결전 전야에 명령을 하달하는 총사령관과도 같은 말투로 내게 전화를 걸어, 무슨 얘기를 어떻게 하고 어떤 토론회를 꾸며낼 것이며 또 어떤 송달처를 택해야 하는지를 자세히 설명해대곤 했소. 세부적인 문제들은 내 비서들이 알아서 해주길 기대하면서 말이오.

사태의 그러한 흐름에 난 적이 놀랄 수밖에 없었소. 벵자맹, 그는 되도록 그녀의 영향력을 부정하고 최소화하려고 들었소. 은연중에, 자신의 전략이 겉보기보다 훨씬 정교하며 더욱 복잡하고 아주 장기적인 시일을 필요로 하는 양 거드름 피우는 태도를 취하면서 말이오. 정녕 자신의 치부를 드러낼 수는 없는 노릇이기에 "걱정할 것 없어요. 잘 돼가고 있으니까. 내 일은 내가 잘 압니다. 내 부대, 내 영지, 모두 완벽하게 통제하고 있어요. 그 모든 것이 철두철미 나의 감독하에 진행되고 있으니…" 하며 나를 안심시키곤 했소. 흔히 젊은이들은 사랑을 괜히 부끄러운 열병으로 여겨 친구들에게 자신이 병들었음을 솔직히 고백하기보다는 대수롭지 않은 일로 처리해 버리곤 하잖소? 나로서는 잘 믿기지 않은 노릇이었지만 바로 그가 그랬소.

그는 내 앞에서 자신의 모험담을 자랑삼아 늘어놓곤 했소. 물론 나는 대번에 알 수 있었소. 그가 겪었다는 모험이란 허황된 꾸밈말이며, 결국 내가 보기에 자신의 삶에 대한 말리카의 비중을 극소화시키려는 목적을 지닌 것임을. 애석하게도 현실은 너무나 명약관화했으니까 말이오. 말리카의 지배를 받고 있는 현실 말이오. 그녀는 그를 조종했고 자기가 원하는 대로 이끌었소. 어느새 그는 더도 덜도 아닌, 딱 알맞게 지배당하는 한 사내가 되어갔소.

그러한 지배력은 어디에서 온 것인가, 또 그것의 동기는 과연 무엇인가 하는 것은 정말 의문이 아닐 수 없소.

이 의문을 한마디로 간단히 요약하기란 실로 어려운 일이오. 정치적인 것인가? 상호간에 공통된 신조상의 문제였을까? 아니면 그가 그녀의 도덕적·혁명적 순수성을 믿고 그러한 형태의 단호한 태도를 믿었던 때문일까? 아니면 성적인 문제? 어렵잖게 가정할 수 있듯, 정녕 그녀의 새로운 성적 매력에 이끌렸던 때문이란 말일까? 그때까지만 해도 내가 아주 산만하게, 극히 부분적으로만 알고 있었던 그의 병적인, 거의 패륜이랄 만한 욕망을 어쩌면 그녀는 내가 알지 못할 몇몇 이유들로 인해 처음으로 다시금 그에게 일깨워 주었던 것은 아닐까?

그렇소. 이 모든 이유들이 다 작용했을 거요. 유감스럽게도 그는 그녀와의 관계에 대해서만큼은 이상할 정도로 입을 다물어 버렸기 때문에 — 다시 한 번 말하지만 그는 항상 내게 '모든 것'을 말했었소 — 이런 이유들 중 가장 은밀한 부분에 대해선 단정지을 수 없소. 아마도 내게 이야기한 것은 이 가장 은밀한 이유를 은폐하기 위한 표면상의 것들이었는지도 모르겠소. 하지만 분명히 말할 수 있는 것은 그가 단지 사랑에 빠져 있었을 뿐 아니라, 그녀에게 정복당하고 홀려 있었다는 사실이오.

그런데 벵자멩은 변하고 있었소, 조금씩 조금씩. 감지할 수 없을 정도지만 말이오. 그는 분명 변하고 있었소. 난 이미 그의 모습과 몸에서 그 변화를 읽을 수 있었소. 우선 나도 모를 성숙한 그 무엇, 그의 몸 전체에서 피어나는 그 무엇에서 말이오. 마치 이 모험을 통해서 그는 일종의 침착성, 기운차면서도 차분한 쾌활함 같은 것을 얻은 듯했고, 끝없어 보였던 자신의 젊은 시절과 결국 결별을 고하는 듯이 보였소. 그의 태도에서 보이는 희미하면서 흐릿하고 거의 손에 잡히지 않을 듯한 어떤 것에서 난 그것을 알았소. 그러나 처음에 받았던 침착한 인상과는 이상할 정도로 상반되는 그의 태도 때문에, 그는 항상 다른 곳에 있는 것 같았고 무언가를 숨기는 것 같았소. 한 발자국만 내딛어도 미행당하고 염탐당하고, 또 수많은 적들에게 둘러싸여 있는 듯한 인상을 주었소.

이게 도대체 어찌된 일일까? 그때부터는 마리나 나나 모르기는 마찬가지였소. 그의 새로운 사랑이 그에게 행사하는 영향력과 관계가 있다는 것을 간파할 수 있는 입장에 있었던 나로서도 도무지 알 수 없는 일이었소. 그만큼 그동안에 그가 하는 '말'까지도 변한 거였소. 그러나 그러한 변화의 흔적을 알아보는 것은 어렵지 않았소. 그 변화란 그의 말투가 더욱 거칠고 억세고 격렬해진 거요. 그것은 미세한 악센트의 이동이었소. 요컨대 그가 '투쟁', '전투', '폭력'이나 혹은 '혁명'이라는 말을 내뱉을 때, 그것이 이젠 더 이상 단순한 하나의 단어나 유희 혹은 결과 없는 주문(呪文)이 아니라는 인상을 받게 되었소. 그것은 프랑스에 대한 그의 증오가 커간다는 것이었소. "포도주와 송곳의 나라, 페탱주의자들과 개새끼들의 나라"라고 규탄해댔소. 또한 그는 '팔레스타인을 지지하는' 자신의 의견을 조금도 숨기지 않았소. 그때까지는 정치적 입장, 그리고 사고방식이 문제가 되었소. 그러나 이제는 결코 그것이 아니었소. 갑자기 영역이 바뀐 것이오. 그는 정열의 영역, 거의 종교의 영역으로 넘어갔소. 팔레스타인 게릴라가 그의 우상이 되었고, 그는 그 발 아래 엎드렸소. 팔레스타인 민족 전체가 예수와 같은 것이고, 그 민족의 고통과 불행은 인류 전체에 대한 증언이었던 거요. 그리고 이스라엘은 팔레스타인처럼 하나의 국가가 아니며, 경우에 따라서는 악과 악마의 화신이라는 혹독한 정치적 비난을 하기도 했소.

그렇다고 해서 그가 '반(反)유대주의자'가 되어갔던 걸까? 물론 그것은 아니오, 분명. 그리고 아, 이 문제에 관해서 기억나는 것이 있소.

어느 날 밤이었던가, 누가 그에게 바로 이런 질문을 던진 적이 있었는데, 그는 '진정하고 순결한' 이스라엘에 대해 열심히 찬양을 늘어놓았었소. "유배되고 고향이 없어 아무 데도 갈 곳이 없는 사람들의 이스라엘, 사람들이 머리 속에 떠올렸다가 짓밟아버리는 이스라엘. 카프카와 스피노자의 이스라엘. 10월 혁명 때의 볼셰비키들과 바르샤바 유대인들의 이스라엘. 우리로 하여금 모든 국경과 공동 감옥들을 비웃을 수 있도록 해준 이스라엘. 그리고 여러 세기 동안 비난받던 '세계주의'를 세월과 더불어 서서히 자신의 기치로 내걸 줄 알았던 이스라엘. 저항 운동의 가장 높고 성스러운 가치를 물려받은 것은 바로 이 유대교로부터이므로, 종교의 기원이라고도 할 수 있는 영원한 유대교.

참으로 훌륭하고 대단한 찬양이었소. 한데 대화 상대가 오늘날 '이 최초의 유대교'를 가장 잘 구현하고 있는 이가 누구인지 명확히 해주도록 요구하자, 그는 야세르 아라파트라고 대답했소. 그리고 그 최대의 적은 어디에서 찾아볼 수 있겠느냐는 질문에, 그의 입가에 자연스럽게 떠오른 것은 텔아비브라는 이름이었소.

덧붙여 말하면, 돈이 들지 않는 친유대 선언으로 백지 증서를 챙긴 그는 지난날의 소위 그 '희생자들'에 대한 얘기도 거침없이 떠들어댔소. 이제는 그들이 왕년의 그 '사형 집행인들'의 장화를 신고서 '새로운 나치'의 역할을 기막히게 잘 수행하고 있다고 말이오. 오늘날의 유대인들이 자행하는 '협박조의 요구'나 '기만적인 선전'을 경악스러워하기도 했소. '과거의 나치즘'에 대해 야단법석을 떠는 것은 단지, 오늘날 그들의 신종 나치

알랭 파라디의 증언 495

즘의 횡포 아래 죽어가며 내지르는 목소리들을 은폐하기 위한 것일 뿐이라고 말이오. 어느 날 밤, 한창 진행중인 어떤 기념식에서 그는 이렇게 외쳐댔죠. "아우슈비츠, 그만해두시오! 당신들의 우는 소리는 지겨워! 그 가스실 얘기도, 당신들이 겪은 고통에 대한 얘기도 지긋지긋해! 당신들 자신의 모습을 보시오! 당신들 스스로를 좀 보란 말이오! 혈색 좋은 당신네 안색을! 당신들의 그 배부른 부르주아 상판대기와 돈 냄새가 풀풀 나는 옷을 보란 말이오! 실제로 희생당한 사람들의 모습이 이렇게 생겼으리라 생각하오?"

한순간 사람들은 망연자실했고, 모자를 뒤집어 쓰고 근엄한 얼굴을 한 젊은이 세 명이 그에게 달려들어 소동을 멈추게 할 때까지 이 상황은 계속되었었소.

내가 생각해도 지독한 이야기요. 지긋지긋하고 끔찍하기까지 하다오. 세 젊은이가 마치 미치광이를 다루듯이 그를 끌어내는 동안 계속해서 발버둥치며 단상 쪽을 향해 분노의 손가락질을 해대는 그를 바라보던 내 심정이 어땠을지 당신으로서는 짐작하기 힘들 거요. 하지만 내가 지금 한치의 과장도 없이 정직하게 얘기하고 있다는 걸 당신은 알아야 하오.

이건 중요한 문제요. 적어도 의미심장한 겁니다. 지금 우리는 바야흐로 대재앙 직전에 이르렀기 때문이오. 마치 오래전부터 비밀스럽게 쌓여온 엄청난 힘이 곧 폭발하려는 것 같았소. 이 얘기는 그에게 마치 옴처럼 퍼진 '말리카 정신'의 수많은 모습들 가운데 하나에 불과하오. 그리고 내 실수는 그것을 바르고 정확하게 진단하여 과감하게 대처하지 못한 데에 있다고 할 수 있소.

나는 그와 자주 만나면서 그의 제2의 인생에 등장하게 된 사람들에 대해 좀더 신경을 썼어야 했었소. 그 사람들이란, 특히 식탁에 앉기만 하면 '내년에 예루살렘에서'라는 의식서를 낭독하던 말리카의 '사촌' (사실은 옛 애인이었던) 파리드, 그리고 그의 분신과 같은 존재로 요르단의 '검은 구월단'에서 살아남은 사람으로 알려진 압둘라가 그렇소. 그리고 예수는 유대인이 아니라 팔레스티나인이라고 설명하던 냉정한 베르티에 목사, 이름은 생각나지 않지만 전혀 기독교적이지 못한 성도미니크교파의 수도사도 있었고, 밀정 냄새를 강하게 풍기던 쿠바인 아다베르토 핀타네라, 부켄발트에서 세 살까지 살았다고 말하면서 팔레스타인 민족이 '세기말의 유대인'이라는 확신에 빠져 있던 젊은 독일 여자 페트라, '노동자 자치론' 이론가이며 파리의 지식계급과 밀접한 관계를 가진 이탈리아인 교수 산드로, 그리고 내가 보기에 어리석기 짝이 없지만 조르주 하바슈의 '젖형제'라는 소문 — 확인되지는 않았지만 그렇다고 완전히 거짓으로 판명되지도 않은 소문 — 으로 명성을 얻고 있던 또 다른 아랍 사람, 특히 벵자멩이 레이몽이나 쥘리앵 혹은 '하얀 늑대' 등 되는대로 이름을 불렀던 사람 등이었소. 그 사람의 약간 쌀쌀맞은 예절, 혁명에 대한 귀족주의적인 우아함, 침묵, 테 없는 우아한 안경, 또는 그가 관리하던 제3세계의 제국주의 희생자들 사이의 '연대 조직' 등의 의미를 나는 한참 뒤에야 알게 되었지요.

또한, 난 그가 말리카와 함께했던 시기의 모든 것들을 중요하게 생각했어야 했었소. 지금 특히 생각나는 건 그 기이했던 사랑의 보금자리였소. 몽파르나스에 있는 황폐한 건물의 지하실에 마련된 그 보금자리는 마치 관처럼 내부가 풀솜으로 채워지고 방음이 되어 있고, 확성기나 광전지, 고성능 무선 수신기나 각종 변장복 등이 갖추어져 있었소. 그들은 1년도 채 되지 않은 기간에 아바나, 볼리비아, 시리아, 이라크, 아덴, 리비아 등 여러 나라들을 돌아다녔소. 물론 베일에 싸인 여행이었소. 과거와는 달리 이번에는 진짜 여행이었던 거요.

이 여행중에 그들은 가는 곳마다 그의 재능이나 그녀의 외교적 신분과는 상관도 없는 존경과 우정어린 환대, 관용차와 자가용 제트비행기를 제공받기도 했소. 또 그들은 제네바, 취리히, 리히텐슈타인을 오가며 동에 번쩍 서에 번쩍했던 걸(하루나 기껏해야 이틀 동안에)로 생각되는데, 그 여행 동안 그들은 과거에 함께 투쟁할 때처럼 가발과 가짜 수염을 달거나 능숙한 분장을 해서 신분을 속였소. 게다가 나 역시 벵자맹의 생활과 사업에 너무 깊이 연루돼 있었기 때문에, 이런 음모들 중에 어떤 것에 간접적으로나마 연루될 수밖에 없었소. 예를 들면, 제네바의 한 유서 깊은 은행에 버팔로 빌이란 이름으로 개설된 그 유명한 구좌는 바로 내게 책임이 있다는 거요. 그 구좌를 통해 많은 돈이 신문 편집자들과 고용주들에게 흘러들어갔소. 그리고 유령 국제무역상사 쪽으로도 흘러들어갔고, 때로는 천문학적인 액수가 과격파 좌익 소수 정당으로 흘러들어가기도했소.

어떻게 생각하시오, 당신은?

잘 믿기지 않는 얘기다 싶겠지만, 사실 그리 특별한 일도 아니었소. 당시의 분위기가 그랬으니까 말이오. 당시 그가 사람들이 소위 위대하고 고결하고 정통성 있다고 말하는 '진보주의 진영'에 열심히 돈을 갖다 바쳤던 최초의 양가집 자제는 아니었소. 사람들은 내게 순진하고 어리석었다고 비난할 수도 있겠고, 우정이나 또는 당시 그와 비슷한 정견을 가졌던 탓으로 눈이 멀었었다고 비난할 수도 있소. 하지만 나는 아무것도 몰랐고 어떠한 정보도 듣지 못했으며, 그에게서 받은 명령을 오로지 양심적으로 수행했을 뿐이오. 그리고 '노그레트 사건'이 막바지에 다다른 어느 날, 그가 갑자기 내게 와서는 아주아주 긴 여행을 떠나게 됐으며 그 여정은 아무에게도, 심지어는 나에게까지도 알려 줄 수 없다고 말하던 바로 그날까지는 정말 그것이 심각한 문제라고는 조금도 생각하지 않았소. 그날, 그는 미리 써두고 날짜도 미리 기입된 한 아름의 편지 뭉치를 내게 맡겼소. 나더러 그 편지를 런던, 뉴욕, 멕시코, 리마, 산티아고를 발신지로 하고, 그 다음 1년간은 인도의 대도시들을 발신지로 해서 — 물론 그가 이런 곳에 갈 의사는 전혀 없었소 — 내 형편이 닿는 대로 모든 수단과 방법을 다 동원해 마리에게 전달하도록 하라는 것이었소.

사실 그건 너무 지나친 것이었소. 너무 엄청난 부탁이었소. 하지만 지금 생각해도 끔찍한 그 일을, 나는 그가 부탁한 각본대로 충실하게 다시 한 번 연출해냈소. 그러나 그때 난 처음으로 의심을 품기 시작했소. 두 달 후, 그는 아주 기이하게도 쿠바에서 내게 전화를 걸어 모든 것이 잘 돼가고 있노라고, 카스트로를 자주 만나고 '자유 아바나'라는 최고급 아파트에 묵고 있노라고 말했소. 초겨울에는 베를린으로부터 별다른 설명 없이 한스 피들러라는 사람의 구좌로 30만 달러라는 막대한 금액을 넣어 달라는, 더더욱 알 수 없는 전보를 받기도 했소. 확인을 해 봐야겠지만, 아마 1월인가 2월인가엔 리비아의 트리폴리로 매우 긴 여행을 한다고 알려왔는데, 아마 그 여행에서 카다피의 측근인 에디 오 포넬이라는 한 아일랜드 용병과 사귀게 되었던 것 같소. 그리고 일체의 소식이 끊어졌소.

그 뒤 그가 베이루트에 있다는 걸 알고, 내가 직접 그곳으로 가서 사건의 진상을 알아보기로 결정한 게 바로 1973년 봄이었소.

3

 내가 베이루트에 도착한 것은 정확히 1973년 6월 3일이었소. 무덥고 찌는 듯한 날씨였소.
 그 도시는 레바논군과 팔레스타인 해방군 간에 벌어진 6주 동안의 치열한 전투에서 막 빠져나온 참이라고 택시 운전기사가 거의 완벽한 프랑스어로 말해 주더군요. 여기저기에서 총탄의 흔적과 반쯤 부서진 집을 쉽게 볼 수 있었소. 마이애미 비치나 아카풀코 비치 같은 매력적인 이름을 지닌 해변은 폭격으로 캠프에서 쫓겨난 가엾은 백성들에 의해 불과 8일만에 완전히 점거당해 버렸소. 밤이 되어 그 해변 도로를 한가로이 거닐다가 파리 가와 아메드 차우키 거리 사이의 어딘가에서 움직이지 않는 물컹한 것을 밟고 비틀거렸는데, 고약한 냄새가 나서 살펴보니 배가 갈라져 죽어 있는 어린아이의 시체였던 것도 기억나오.

이런 몇 가지를 제외하면, 도시는 비교적 쾌적하고 경쾌했소. 오히려 도시는 행복해 보였고 휴가를 즐기는 듯했소. 그건 8월의 니스나 알제리 전쟁 전의 오랑과도 같았소. 전쟁 이후로 거의 완전히 황폐해진 듯한 '호텔 구역'에는 향신료(香辛料)와 재스민 향기가 은은히 감돌았고, 좀 부끄러운 얘기지만, 그 향내는 내게 어린아이 시체의 악취를 잊게 해주었소.

난 생 조르주로 내려갔소. 약간 상식 밖인 이 국제적인 궁전 — 아마도 그 당시 베이루트에서는 최고로 호화로운 — 은 건물의 3면이 바다로 향하고 있어서 하나의 반도 같았소. 많은 사건들이 터졌을 때였는데도 그곳은 만원이었소. 사람들로 붐볐고, 세계의 온갖 언어와 온갖 사투리로 시끌벅적했소. 국제 사기꾼들은 거기에서 단수 높은 창녀들과 접촉했고, 베이루트의 사업가들은 밤이 되면 세계 시장 상황을 알아보기 위해 모여들었소. 바와 홀, 그리고 사람들이 식사를 하고 있는 테라스에는 쉽게 접근할 수 있는 여자들, 넘쳐 흐르는 위스키, 번쩍이는 불빛들 등이 뒤섞여 자아내는 호사스러운 분위기가 흐르고 있었소. 이처럼 험담과 계략이 난무하고 온갖 소문과 온갖 정보원의 집합소인 곳에다 나는 사령부를 설치했소.

자, 이젠 어떻게 할 것인가? 어디서부터 문제를 풀어 나갈 것인가? 난 정말 앞이 캄캄했소. 내가 알고 있는 것이라고는 그가 여기 어딘가에 있다는 것, 생소하고 복잡한 — 내가 여행한 곳들 중에서 제일 복잡한 — 이 도시의 어느 한구석에 그가 있다는 것뿐이었소. 게다가 그것마저도 확실한 게 아니었소. 그 소식을 그가 직접 내게 전해 준 것도 아니었기 때문이오. 어느 날 밤, 누군가 전화를 통해 약속된 암호를 대고서는 베이루트 알렌비 가의 한 작은 은행으로 새 어음 대체 주문을 급히 하라고 '그의 이름으로' 요구했소. 사실 그것이 별로 중요한 정보는 아니었지만, 당시 내게는 그외에는 그에 관한 아무런 정보가 없었소.

물론 문제의 그 은행부터 시작했소. 난 그 은행을 쉽게 찾을 수 있었소. 은행은 그 도시의 기독교도 지역과 회교도 지역의 경계 지대에 있었소. 그곳은 이름도 없고 비밀스런, '남의 이목을 끌지 않는' 장소였소. 요컨대 그 길에 이런 것이 있다는 것을 나타내는 아주 작은 표시조차 없었소. 내가 들어간 방은 천장이 높고 실내는 목재로 꾸며졌고, 벽에는 마그리트나 바사렐리의 그림이 붙어 있었고, 두꺼운 흰색 양탄자가 깔려 있어서 국제금융사무소라기보다는 차라리 호화로운 살롱 같았소. 그리고 나를 맞아 준 사람은 극도로 싹싹하고 예절 바른 자였소. 처음에는 레바논의 활기와 건전한 풍토, 그리고 대단한 발전에 대해 관례적인 상투어를 아낌없이 늘어놓았소.

그러나 내가 용건을 꺼내자, 은행측은 '레바논 은행들의 비밀'이라며 딱 잘라 거절했소. 아무리 끈질기게 물고늘어지고 간청하고 협박해봐도 소용 없었소. 제네바로부터 어음을 보낸 사람이 바로 나였다는 등의 가능한 모든 증거를 대봤자 아무런 소용이 없었소. 그는 정말 요지부동이었소. 1시간도 채 안 되는 사이에 난 완전히 기가 꺾였고, 내 유일한 최선의 수단까지 써 버렸다는 고통스런 느낌을 가지고 그 방을 나왔소.

그 다음 며칠 동안에는 대사관과 영사관으로, 주요 여행 안내소 창구로, 그리고 그곳에서 발행되는 프랑스어판 신문인《오리앙르 주르》의 편집부로 가보기도 했었소. 프랑스 정기 간행물을 취급하는 서적상 앙투안느의 집이나 베이루트의 샹젤리제인 함라 가에 있는 파리 카페에도 가봤었소. 국제적인 거물 스파이들이 만나고 서로 감시하는 곳이라고 들은 적이 있던 바인 클럽과 페니시 가의 스트립 쇼 가게들도 모조리 뒤졌소. 라스 베이루트의 갈보집, 꽃핀 관목들 사이에서 식사하는 호텔 지역의 선술집까지 말이오. 또한 치밀하게도, 난 물론 건드리지는 않았지만, 그의 구미에 맞을 수 있을 것 같은 거리의 여자들을 이 잡듯이 뒤지거나 — 돈도 치렀소 — 혹은 도시 외곽에 있는 마아텔슈타인 카지노 종업원, 관상쟁이들에게까지 물어보고 다녔소. 요컨대, 만약 내가 믿었던 대로 그가 그곳에 살고 있다면 — 또는 그전에 살았다고 하더라도 — 찾을 가능성이 있는 장소는 모조리 가본 셈이오. 하지만 이 모든 것은 아무 짝에도 쓸모없는 일이었소. 아무도 그를 몰랐으며, 어느 곳에서도 그를 봤다는 사람이 없었소. 나의 조사는 미궁에 빠져 버렸소. 알아낼 수 없을 거라고 단념했소.

그러나 얼마 후 나는 용기를 내서, 그가 이곳에 온 것이 팔레스타인 사람들을 알고자 한 이유 때문이라고 생각하고 그런 곳에 가보기로 했소. 마르 엘리아스… 브르즈 바라야네… 드바에… 탈 엘 차아타르… 이스르 엘 바카… 사브라, 그리고 특히 카틸라. 이곳들은 엄밀히 말해 캠프라기보다는 도시 속의 한 도시였소. 그 나름대로의 거리가 있었고, 택시가 있었고, 네거리마다 피스타치오 열매 장수가 있었고, 경찰도 있었소. 그 구역의 옛 주민들에게 빵 한 조각으로 구입한 허름한 가구들, 터키식 커피를 파는 허름한 다방도 있었소. 커피 찌꺼기가 너무 진해서 몇 시간이고 계속해서 혓바닥에 끈적끈적 달라붙기는 했지만 말이오. 한마디로 지구 위에 있는 온갖 비참함, 끔찍함, 슬픔이 그곳에 있었소. 나는 이 지옥 같은 곳을 쏘다녔고, 사람들에게 물어보느라 하루 온종일을 보내고, 아무런 보람도 없이 밤마다 점점 더 풀이 죽어 돌아오곤 했었소. 남녀노소 할 것 없이 붙잡고 물어보았소. 때로는 당시 팔레스타인 사람들이 지역에서 자신들의 세력을 꾀하는 데 이용한 깡패들, 실제로 도로를 장악하고 통행을 통제하며 그곳에서 일어나는 것은 무엇이나 다 알고 있는 그 '허풍선이' 깡패들에게까지 물어보았지만 언제나 허사였소.

대개는 내 말에 코대답도 하지 않았소. 생김새를 묘사하고 그의 사진까지 보여 주며 끈질기게 물고 늘어져봐야 소용없었소. 내가 마주칠 수 있는 것이라곤, 고집 센 얼굴과 속마음을 헤아릴 수 없는 표정들뿐이었소. 간혹 대꾸를 해주는 사람도 있었지만, 그건 나를 더욱 절망시켰소. 지난 몇 주간의 전쟁 이후로 캠프에 외국인이라고는 없으며, PLO는 어쩔 수 없이 동의해야 했던 휴전 조약에 의거해서 자신들 중 엄격하게 인도주의 활동에 그 역할이 국한되지 않은 모든 사람들을 추방하기로 했다는 것이었소. 간혹 — 그러나 레바논 돈으로 수십 리브르가 들었다는 것을 밝혀둬야겠소 — 내게 이렇게 말하는 사람도 있었소. "당신이 이토록 고집을 부리니 하는 말입니다만, 이 얼굴은 어디선가 본 것 같군요. 혹시 독일인이 아닌가요? 러시아인? 바르 하산의 불가리아인? 라바트네의 체코인? 프랑스인? 프랑스인이라고 했습니까? 그렇다면 아마 작년에 아덴으로 떠난 프랑스

교수인가… 그렇지 않으면 지난달 카틸라 전투에서 죽은 사람인가… 그 사람은 이미 신이 데려갔소."

이럴 때면 나는 즉시 출발해서 카틸라로, 바르 하산으로, 라바트네로 달려갔었소. 그러곤 안타까움으로 미칠 지경이 되어, 네거리마다 숨어서 그를 탐문하느라 며칠씩 보냈었소.

그러던 어느 날 마침내 그를 보았소.

늦은 시각이었소. 카틸라 캠프에 밤이 내리기 시작했고, 그 빈민굴을 방황하며 많은 날을 보내고 지칠 대로 지쳐서 돌아갈 준비를 하던 참이었소. 바로 그때, 불과 몇 미터 안되는 곳에서 낡은 모터사이클이 갑자기 튀어나오더니 붉은 연기를 뿌옇게 일으키며 전속력으로 달려가는 것이었소. 물론 그때가 저녁이었고 모터사이클이 너무 빠르게 지나가서 운전하는 사람이 누구인지 명확히 알아볼 수는 없었지만, 확실히 그였소. 그건 확실히 그의 옆모습, 그의 윤곽이었고, 바람에 날리지 않도록 베두인 모자를 썼음에도 불구하고 흩날리는 금발은 그의 머리카락임이 분명했소. 그러나 즉시 그를 불러 세우지 못했기에, 얼른 대형 메르세데스 택시를 잡아탔소. 이제 막 활기를 띠기 시작하는 컴컴하고 좁은 골목길을 가로질러서, 그야말로 박진감 넘치는 추격 경주에 뛰어든거요. 그를 거의 따라잡고서 차를 전속력으로 몰아서 넘어뜨리려고 했을 때, 그는 모터사이클에서 내려 우리 쪽으로 돌아섰소. 굉장히 화가 났는지 손에는 권총을 들고 독일어로 욕을 퍼부어댔소. 그런데 정면에서 보니, 그 자는 벵자맹과 조금도 닮지 않았소!

나는 이제 그만 떠나야겠다고 결심했소. 길을 잘못 들었고 결코 성공하지 못할 거라는 생각, 어쩌면 그는 이 지옥 같은 도시에 오지 않았을지도 모른다는 생각도 들었소. 바로 그런 생각을 하고 있던 어느 날 밤, 셍 조르주 리셉션에서 한 낯선 사람이 나타나 내 이름을 물어보았소. 그리고 자신은 벵자멩의 친구이며, 벵자멩은 그 전날 밤에 베이루트에 돌아와 있는데, 자신은 나를 그에게 데리고 가는 임무를 맡았다고 말하는 거였소.

그 작자는 언뜻 보아서는 별로 신뢰감이 없어 보였소. 그는 쉰 살쯤 된 빈틈없는 사람이었는데 볼품없이 말랐었소. 냄비같이 생긴 납작코, 간사하고 교활한 시선, 턱을 뒤덮은 짧은 수염, 흰 털이 군데군데 섞인 짙고 굵은 눈썹, 너무나 헐거워 보이고 얼룩으로 더럽혀진 카키색 셔츠. 내 물음에는 전혀 대답하지 않고 암기한 듯이 보이는 간단한 말 몇 마디, "어제 사브라에 돌아와 있는… 당신 친구의 친구… 전사자 위령탑 앞 마르티르 광장에서 내일 8시…"만 내뱉곤 사라졌소.

다음날 아침, 난 약속 장소에 가벼운 걸음으로 나갔고, 그 친구와 나는 곧바로 사브라 캠프로 향했소. 나는 그 캠프를 속속들이 알고 있었다고 생각했었지만, 이제 그 작자 덕택으로 내가 생각지 못했던 부분들을 새로이 볼 수 있게 되었소. 캠프 입구에서, 실상 내가 무수히 지나다녔지만 흙벽과 구불구불한 함석 지붕 아래 한결같이 누더기를 걸친 피난민들이 우글우글 모여 살고 있는 것밖에 보지 못했던 골목길 속의 한 집으로 들어갔소.

그 집은 진짜 집이었소. 진짜 지붕과 벽, 그리고 안락한 진짜 방들이 있었소. 심지어 아담한 정원까지 있었는데, 거기엔 작은 염소 두 마리가 한가로이 쉬고 있기도 했소. 하지만 밖에서는 이런 곳이 있으리라고 상상도 못했소. 안으로 들어가니, 거만하게 보이는 두 남자가 있었소. 나를 안내한 자가 그들을 대하는 경건한 태도와 그들의 차림새로 봐서 아마도 그곳의 파샤(터키 문무 고관의 존칭 — 역주) 같은 대단한 사람들 같았소. 사실 그들 사이의 대화는 짧고 무미건조했소. 평소 듣던 것보다 훨씬 쉰 듯하고 후두음이 강한 아랍어로 대꾸도 못할 몇 가지 명령을 지시하는 것으로 그 만남은 끝났소. 나를 안내해 온 자는 연신 굽신거리며 무릎을 꿇고 정중한 회교식 인사까지 했었소. 그러곤 말 한마디 뱉을 틈도 주지 않고 뒷걸음쳐서 나를 문 쪽으로 끌고 나왔소. 그곳에서 우린 택시를 기다렸소.

몇 분 후 다시 방향을 바꿔, 거리를 가로질러 두 번째 집에 도착했소. 그 집 역시 그런 형편없는 울타리 뒤에 있을 거라고는 상상도 못할 그런 집이었소. 검소하지만 쾌적하게 가구 장식이 되어 있고, 조르주 하바슈의 카다란 포스터가 걸린 큰 방에는 작업복을 입고 있는 이십 명 남짓한 젊은이들이 나를 의심스럽다는 듯이 주의깊게 노려보고 있었소. 다시 장황한 이야기와 끝없는 협의, 알아들을 수 없는 단어들만 혼란스럽게 오갔었소. 분명 내가 그 대상인데도, 불행하게 난 한마디도 알아들을 수가 없었소. 첫 번째 집에서와 다른 것이 있다면, 이번엔 그들이 좀 더 화를 낸다는 것이었소. 그러다가 어느 순간 그들 중 넷이 갑자기 일어서서 나를 움켜잡고서는 지하실로 내려가는 돌계단까지 사정없이 끌고 갔소.

난 겁이 났고 미칠 것만 같았소. 난 '그래, 함정이야'라고 생각했소. 그렇지만 따지고 화를 내거나 도망갈 궁리를 하지는 않았소. 오히려 이 모든 사건들이 어쩌면 이렇게 불행한 결말에 이르게 될지도 모른다는 점을 예감케 한 모든 징조 — 전날 밤 꿈자리가 사나웠던 점… 그날 아침 갑자기 약속 장소에 나가고 싶지 않았던 점… 셍 조르주 문지기가 그 작자와 같이 있는 나를 보고서 입을 삐죽였던 점… 그제서야 이유를 알게 되었지만 — 를 나도 모르게 마음속으로 되씹어보고 있었소. 그리고 나서 계단 끝에서 땅속으로 난 통로 같은 것을 발견했을 때, 난 마지막 시간이 다가오고 있음을 깨달았소.

천장은 둥글고 높았소. 땅은 평평했고 벽에는 습기가 스며나온 흔적이 조금도 없었소. 그건 터널이나 곧게 뻗은 회랑과 같았소. 폭이 5, 6미터쯤 되는 거대한 지하 도로였소. 완벽하게 정비가 되어서 흠 하나 없이 아스팔트가 깔려 있었고, 가로등처럼 커다란 전구가 강렬한 빛을 뿜어내고 있었소. 안쪽 벽에는 군데군데 알 수 없는 굴곡이 있었는데, 거기서 사람들이 들어와 수류탄, 소총, 경기관총 같은 것을 한 아름씩 안고 나가는 것을 볼 수 있었소. 그런 식으로 5분을 걸었소. 아니 10분이었는지도 모르겠소. 마치 전쟁중에 있는 전방과 가까운 도로에서처럼, 무기를 짊어지고 말없이 서두르는 사람들의 그 믿을 수 없는 광경에 점점 기가 질렸소. 그 이상한 길은 오르막이 될 때까지 계속되었소. 그리고 계단을 올라가 우린 새로운 집의 지하실로 들어갔소.

이번에도 또 한번 실내 장식이 바뀌었소. 앞의 두 집은 세련되고 화려하고 부르주아적인, 어쨌든 피난민 수용소에서는 상상조차 할 수 없는 거였소. 하지만 이번 집은 낡고 허름했소. 내가 끌려들어간 방은 상상했던 것처럼 '팔레스타인 기지'의 전형적인 분위기가 넘치고 있었소. 바닥에는 오래된 삐라 상자들이 놓여 있었고, 한쪽 구석에는 녹슨 등사 기계가 버려져 있었으며, 벽에는 포스터와 순교자 사진들이 걸려 있었소. 낫세르나 스탈린 사진뿐 아니라, 내 팔을 들게 해서 몸 구석구석을 검색한 뒤에야 나보고 앉으라고 명령했던 열두 살 가량된 소년의 사진도 걸려 있었소.

난 그들이 하라는 대로 했소. 그들이 스파이 대하듯 나를 다루는 것도 받아들였고, 이 '새끼 사자'(PLO의 군사 하부 조직인 알 아시파의 가장 나이 어린 신병을 당시엔 이렇게 불렀소)들이 꼬치꼬치 캐묻는 것도 반항하지 않고 참았소. 하기야 내가 그렇게 참은 건, 달리 선택할 여지도 없었고 반항해봐야 아무 소용이 없다고 느꼈기 때문이었소. 따지고 질문하고 뭔가 잘못된 것이 있고 오해가 있다고 말하거나, '당신네들 편'이라고 말해봤자 더 나을 게 없었기 때문이었소. 그리고 이런 상황에 이르게 되면 누구나, 더 이상 바랄 것도 더 이상 믿을 것도 없어지게 되오. 갑자기 약해지고 반항 한번 제대로 못할 상태에 빠져, 그때부터는 모든 것이 사기이며 일어날 일이 일어나고 있을 뿐이라는 인상을 갖게 되오. 달리 말해 난 그때부터는 겁이 나지 않았소. 단지 지치고 낙담했을 뿐이었소. 그리고 무고한 사람이 이다지 손쉽게도 철저하게 죄인의 위치에 놓일 수 있다는 것에 스스로 놀랐을 뿐이었소.

이런 식으로 오후가 지나고 밤이 되었소. 난 의자에 얌전히 앉아 비몽사몽 헤매고 있었소. 내가 의자에 앉아서 할 수 있는 일이라곤, 그들이 왔다갔다하면서 서로를 욕하거나 껴안는 모습을 보거나, NATO군의 FAL과 이상하게도 똑같아 보이는 기관소총으로 가득 찬 상자를 열어보고 어린애같이 기뻐하는 모습을 보는 것, 혹은 서른 살 가량의 체코인으로 보이는 젊은 유럽인 교수를 구출해 온 경위를 설명하는 것을 듣는 것뿐이었소. 자정 무렵에 복도로부터 발자국 소리가 들려왔소. 보초를 서던 팔레스타인 저항군들이 일어났소. 벌컥 문이 열리더니, 한 무리의 무장한 사람들을 대동한, 큰 키에 훌륭한 풍채를 지닌 어떤 사람이 들어왔소. 바로 벵자맹이었소.

그와의 재회 장면을 자세히 묘사하지는 않겠소. 그건 그리 중요한 것이 아니니까 말이오. 우리가 서로의 품에 쓰러지듯 격렬하게 껴안는 것을 보고, 팔레스타인 저항군들은 적잖이 놀라는 모습이었소. 그때의 나의 감동이며, 또 그의 감동이란! 아마 그는 약간 역정을 내는 듯도 했소. 나를 감시했던 사람들에게 뭔가를 물어보고 꾸짖는, 냉혹하고 준엄한 그의 목소리와 태도, 대답할 때 어찌할 바 몰라하는 그 사람들의 태도, 그리고 이 모든 것이 그가 옛날에 한마디도 할 줄 몰랐던 아랍어로 이루어졌다는 사실… 요컨대 중요한 건, 내가 수많은 징후들에서 느낄 수 있었던 그의 엄청난 변신이었소. 그 징후들은 얼마 후 생 조르주에서 그가 내게 해준 이야기에서 명확해졌소. 물론 처음에는 마지못해 하다가, 조금 후엔 아주 솔직하게 이야기해 주겠다고 승낙했소.

그가 내게 설명한 것을 대충 얘기하겠소.

그가 베이루트에 도착한 것은 실제로는 여섯 달 전이었소. 딴 이름으로 된 가짜 여권을 가지고 비밀리에 다마스커스를 거쳐서 베이루트에 온 것이었소. 하마라나 마아델쉬타인, 요컨대 그가 자본주의 잔해물의 상징인 그 부패하고 저주받은 곳이라고 생각한 데로는 통과하지 않으려고 애썼던 거요. 그런데 난 어리석게도 그런 곳에서 그를 찾으려 시간을 낭비했던 셈이오. 그는 곧장 '외부인 캠프'로 달려갔소. 베를린에서 그곳의 소문을 들었던 거였소. 그곳에는 '검은 구월단'에서 살아남아, 이 세계가 그들에게 귀 기울이도록 만들기 위해선 어떠한 위협에도 물러서지 않기로 굳게 결심한 제2세대의 억센 팔레스타인 사람들뿐만 아니라, 이탈리아인, 독일인, 아일랜드인, 일본인, 믈러카스 제도 사람, 러시아인, 그리고 불가리아인, 예멘인, 이라크인들까지 모두 모여들기 시작한다는 걸 알았소. 이 많은 사람들은 모두 자신들이 '가장 뛰어난 혁명'이라고 생각하는 것을 배우고, 또 그것을 위해 몸을 바치고자 온 것이었소.

구체적으로 말해 그는 그 캠프의 리듬에 맞춰서, 그 캠프의 생활 방식대로 살았소. 결국 그는 화려하고 안락한 자신의 평소 생활을 금방 버렸던 거요. 당신도 알다시피, 리츠의 바나 뫼리스의 욕실, 세련된 하인들과 우아한 식당만을 즐기던 그가, 전기도 수도도 없는 건물 1층의 방 두 칸짜리 집에 말리카와 함께 거처를 정했단 말이오. 그는 빙그레 웃으면서 이런 것도 고백했소. 건강이 심하게 상해서 그 집을 떠나 훗날에 다시 그곳을 찾아오더라도 똑바로 서서 들어설 수 있을지가 의문이라고 말이오.

그는 동양식 옷을 입었고, 아랍어를 배웠소. 그는 올리브와 야브네, 그리고 박하와 함께 샌드위치에 끼워 먹는 레바논 특유의 하얀 치즈 같은 것으로 끼니를 이을 수밖에 없었소. 매일 아침 5시가 되면, 그는 양손에 네모난 가솔린 통을 들고 그 구역 사람들이 모두 사용하는 우물에 가서 줄을 섰소. 밤이 되면, 거의 매일 빠짐없이 우리가 재회한 그 사령부에 무슨 일이 있는지 가보았소('무슨 일이 있는지 가보았다'라는 말을 할 때, 그는 갑자기 약간 멋부리는 듯한 목소리가 되었소. 마치 리프네 집이나 플로라나 플라자 바에 "무슨 일이 있는지 가봅시다" 하고 과거에 그가 말했던 것과 비슷하게 말이오).

그는 더 낮고 약간 슬픈 목소리로, 불행히도 말리카는 그곳에 남아 있지 않다고 덧붙였소. 그건 그들 사이에 환상이 깨어졌기 때문이었소. 적어도 베를린이나, 어쩌면 아바나에서부터 그들은 점점 서로 뜻이 맞지 않게 되었소. 그들 사이에는 쉽게 감동을 줄 수 있는 비밀스러움이 결핍되어 있었던 모양이오. 그리고 그녀는 한두 달 후에 별 볼일 없는 러시아 장교에게로 떠났소. 그 작자는 그녀의 마음을 끌기 위해서 별장이니 수영장, 맛있는 음식과 수용소 밖의 교관 전용 영사실 같은 매력적인 것들을 내걸었던 모양이오.

그렇지만 뱅자맹은 반대로 그가 시작했던 일을 포기하지 않았고 보다 굳건한 결심을 했소. 그는 그따위 특권들을 누릴 생각은 단 한순간도 하지 않았소. "그 몹쓸 년이 날 끌고 와서는, 이렇게 만들어 놓고 날 차버렸겠다…" 하는 생각조차도 하지 않았소. 그는 이 '거지들'의 나라에서 자기의 진정한 '정신적 고향'을 발견했던 것이오. 그리고 그 거지들은 한 외국인에 대한 최고의 경의로서, 원칙적으로는 저항 조직 대표자들만이 의석을 차지하게 되어 있는 캠프 관리를 책임지는 '인민위원회'를 그에게 맡겼소.

그는 거기서 무얼 했을까? 어떤 류의 봉사를 했을까?

물론 이 점에 관해서 그는 더욱 신중하고 조심스럽게 답했소. 하지만 모든 것을 빼앗기고 분노하는 젊은이들, 조국도 없고 조상들이 조국을 가졌었다는 기억조차 없는 젊은이들, 그래서 그 무엇보다 '기억을 회복시키는 일'이 급선무인 그들을 위해서 그가 자신의 '이데올로기적인' 능력을 발휘했으리라는 건 충분히 이해하고도 남았소.

그는 열 명이나 열두 명으로 그룹을 지어 그들을 자기 집으로 모았소. 그러곤 그들에게 역사와 시오니즘 등 유대 민족의 역사를 가르쳤고, 기초적인 마르크스주의와 경제학, 혁명에 관한 지식을 설파했소. 또한 그는 아랍어 일간지와 주간지라든가 수출용 학술지를 창간하기도 했고 통신사를 설립하기도 했소. 그리고 그 움막집에 온 후로는 사무소를 세워 영화나 사진, 다시 말해 팔레스타인의 영광에 이바지할 수 있는 모든 선전 자료들을 만들어 내고 퍼뜨리는 일을 맡았소.

또 하나 내가 알게 된 것은, 그가 돈을 대어 주고 있다는 거였소. 그것도 엄청난 돈을 말이오. 증거는 뚜렷하지 않지만, 가령 무기 암거래 사건 같은 것에 연루된 것 같았기 때문이오. 모두 자백하지는 않았지만, 헝가리제 탱크에 대한 우울한 얘기를 했소. 그 탱크는 이라크인들에게서 구입했는데, 그걸 운송하는 데 드는 돈을 그가 뒷받침했던 모양이오. 그제서야 그 문제의

자메드와 같은 오래 묵은 수수께끼들이 풀렸소. 자메드를 위해서 그는 내게 이상한 매매 한두 가지를 지시했었는데(다마스커스의 군복 제조 공장과 미국 영화에 아랍어 자막을 넣는 바그다드에 있는 한 회사를 인수하라고 했었소), 그때서야 그것이 PLO의 지주회사인 걸 알았던 것이오. 하지만 나를 거기까지 가게 만들었던 그 마지막 어음 대체 건에 관해선 동기를 끝내 가르쳐 주지 않으려 했소. 그러나 앞뒤 정황으로 보아, 그가 국제적 규모의 군사 작전에 경제적 지원을 하기로 되어 있었구나 하는 느낌이 들었소. 그 작전은 내가 모르는 이유들로 해서 마지막 순간에 실패하게 되었지만 말이오. 이 모든 것과 병행하여 그야말로 전투 분야에서도 진전이 있었던 듯했고, 이를 그는 무척 자랑스러워했소.

아마도 이것이 그의 이야기 중에서 가장 놀라운 면일 거요. 사실 그는 모든 것을 얘기했소. 그가 저항 조직과 맺었을지도 모르는 재정적 관계에 대해서는 말을 삼갔지만, 아르헨티나의 몬토네로스와 우루과이의 투파마로스 전장에서 살아남은 라틴 아메리카 전투 방식에 대해 이야기할 때는 지칠 줄을 몰랐소. 그리고 산악 행군에서부터 전투, 전통적인 육박전, 시가전과 인적 없는 곳에서의 교전, 도시 게릴라 전술, 폭탄 제조와 석유 생산 단지의 태업에 이르기까지 수많은 수법들을 그는 정말 감동적으로 열거해 나갔소. 그는 이 방면에서 전문가가 되었노라고 단언했었소.

결국 이 모든 것은 권세 있는 엥그르 가의 아들이 몇 달 새에 진짜 팔레스타인 게릴라가 되어 버렸다는 걸 나타내 주는 거요.

또 '시오니즘의 적에게 매수된' 레바논 군대에 대항해서 그곳 캠프를 지켜야 하는 날이 온다면, 그는 그곳을 떠나지 않고 자신의 초소에서 자신의 '전우들'과 팔꿈치를 서로 맞대고 있을 거라는 걸 나타내기도 하고… 분명 그는 영웅으로 자처하지도 않았고, 사령관으로 자처하지도 않았소. 다만 그는 '절친한 동료들'이 눈도 깜박이지 못하고 쓰러지는 걸 보았던 거요. 자신의 눈앞에서 어떤 여자를 목졸라 죽인 한 마론교도(레바논 지방의 가톨릭교도 — 역주)와 사생결단을 낸 적도 있소. 어떤 소년이 사령부 안에서 핀 뽑힌 수류탄을 재수없게 떨어뜨렸을 때, 마치 럭비공을 잡아 던지듯 반사적으로 수류탄을 잡았던 이도 바로 그였소. 그의 동료 압두가 말 한마디 없이 갑자기 두 손으로 얼굴을 감싸쥐고 경기관총 위로 쓰러져 죽었을 때, 달려가서 그 총을 대신 쥔 이도 그였소. 그리고 성능이 좋은 무기를 창틀에 고정시키고, 살아 있는 목표물들을 향해 냉정하고 정확하게 — 생전 처음으로 말이오 — 겨누었을 때 느꼈던 흥분을 결코 잊지 못할 거라고 쉰 목소리로 말한 적도 있소.

전쟁이 끝나고, 아라파트가 조인한 휴전 조약에 따라 그도 다른 외국인들처럼 그 도시를 잠시 떠나게 되었소. 내가 베이루트에서 그를 찾아 헤매는 동안, 그는 다마스커스의 한 화려한 궁전에서 쉬고 있었던거요. 그곳에는 이미 '팔레스타인을 위해 싸우는 전사'로서 그의 명성이 퍼져 있었소. 앞으로 그는 무엇을 할 것인가? '붉은 초승달'(회교도 지역에서는 적십자와 같은 것 — 역주)과 관련된 사회 사업 단체의 일원으로 이곳에 좀더 머무를 것이 분명했소. 그렇지만 그리 오래가지 못할 거라는 걸 그도 잘 알고 있었소. 상황이 너무 긴박했고, PLO는 철저히 감시당하고 있었으니까. 훈련 캠프는 거의 모두가 폐쇄된 상태였소. 그로서는 조만간 유럽으로 돌아가는 수밖에 없었소. 어느 나라로 돌아가야 하는지, 언제 어떻게 가야 하는지는 알 수 없지만 말이오. 그러나 어쨌든 그가 내게 단언했던 한 가지 사실은, 그가 무얼 하든지 어디로 가든지 간에 '이 유배 민족'이 전세계 혁명가들에게 일깨워 준 용기와 엄격함의 위대한 교훈을 결코 잊지 않을 거라는 사실이었소.

어느새 아침 6시가 되었소. 우리는 그렇게 밤을 꼬박 지새며 이야기를 나누었소. 해가 떠올라 셍 조르주의 작은 방을 비추었고, 우리는 마치 바다 쪽으로 돌출한 뱃머리 같은 테라스로 나갔소. 그는 여전히 말을 끊지 않았소. "지금은 아무것도 아니지만 앞으로 대단히 중요해질 민족"이란 말을 거듭 뇌까렸소. 수차례의 테러, 하이재킹, 혹은 뮌헨에서의 이스라엘 선수 암살 등에 관한 얘기들이 희미하게 기억나는군요. 그런 것들이 "전 유럽의 관심을 팔레스타인 민족에게 쏠리게 하는 데 기여"했다고 보는 것 같았소.

그러나 사실 난 더 이상 귀 기울이지 않았소. 나는 그런 얘기들에 더 이상 흥미가 없었소. 하지만 내가 어떤 이의를 제기한다 하더라도 별로 소용이 없으리라는 걸 막연하게 느꼈소. 으르렁대는 잿빛 바다에 시선을 고정한 채로, 나는 신속히 상황 파악을 하려고 애썼소. 금방 들었던 믿을 수 없는 이야기들 속에서, 과장과 서푼짜리 낭만주의, 그리고 끔찍한 진실의 몫을 파악하려고 말이오. 그 몫은 앞으로 내가 익숙해져야 할 것이기 때문이었소. 나의 고객이며 친구이고 거의 자식이나 형제와 마찬가지인 벵자멩이 잡지에서 흔히 '국제 테러리스트'라고 표현되는 사람들 중의 하나가 되어 있다는 진실 말이오.

당신도 상상하겠지만, 그날 이후로 우리의 관계는 현저히 느슨해져갔소. 물론 그에 대한 친밀감이나 애정이 없어진 것은 아니었소. 항상 나를 끌어당겼던 그의 신비로운 매력은 조금도 변함이 없었소. 그러나 그렇다고 해도 모든 게 예전 같지는 않았소. 그토록 대단했던 우리의 동반 관계에는 무언가 깨져 버린 것이 있었소. 그리고 그 또한 자신의 새로운 생활 방식에 내가 적의를 가졌다고 느꼈는지, 그때부턴 마음의 문을 닫아 버리고서 더 이상 내게 속마음을 털어놓지 않았소.

1974년 봄, 그는 잠시 파리로 돌아왔소. 겨우 몇 주 체류하는 동안 그는 마리 로젠펠트와 이혼하고, 옛 친구인 빌의 장례를 치르고, 어머니의 운전수였던 라자르에게 밀린 돈을 계산해 주고, 그리고 자신의 젊은 시절의 세계에 남아 있던 것들이 무너지는 것을 보았소. 그러나 그가 파리에 있는 동안 나는 그를 거의 보지 못했소. 이야기도 거의 나누지 못했소. 간혹 아주 드물게 만나긴 했지만, 우린 서로 할 말을 찾지 못했소. 가장 고통스러웠던 게 바로 그거였소. 그러던 어느 날 아침 일찍 그가 날 찾아왔소. 자기 친구들을 대하는 식의 건방진 태도로 아무 설명도 없이, 자신은 다시 떠나며 이번에는 로마에 자리를 잡기로 결정했노라고 내게 알려 주었소.

4

 그 다음은 로마요. 그가 로마에서 지낸 5년 동안의 여러 가지 비밀, 내막, 진실 자체를 내가 말해 주리라고는 기대하지 마시오. 사실, 나는 그를 다섯 번밖에 만나지 못했소. 이제까지 내가 당신에게 설명해 준 맥락 속에서, 우리 사이에 이룩된 새로운 분위기 속에서, 더군다나 항상 직업적인 이유들로 해서 그를 만났던 것이오.

 당시 그는 이탈리아에서 창궐하고 있던 수많은 테러 조직들 중의 하나에 가담했었소. 하지만 구체적으로 어떤 조직인지, 무얼하려고 그랬는지, 조직에서 그가 하는 역할은 정확히 무엇인지, 그 스스로의 결단이었는지, 자신의 이익을 위한 것인지, 그곳에 강제로 보내졌는지 아니면 임명되었는지, 그렇다면 누가 왜 어떠한 이유로 그랬는지, 요컨대 바로 그 이전에 근동(近東)

지방에서 살았던 그가 어떻게 그 평범하고 옹색해 보이는, 활기 없는 세계 속에서 허송세월할 것을 받아들였는지 하는 점들은 거의 알 수가 없었소.

이 의문들은 여전히 내 능력 밖에 있소. 내게는 정확한 정보라곤 하나도 없소. 그래서 내가 당신에게 말할 수 있는 것은 오직 인상들뿐이오. 이미지들, 다섯 번의 여행에서 얻은 생생한 스케치들 말이오. 그 하나 하나의 삽화 사이에는, 내가 비록 표면적인 관찰밖에 하진 못했다 하더라도 놓칠 수 없었던 어떤 변화, 그의 기분, 나아가 그의 성격상의 어떤 변화가 드러나고 있소. 그런데 그 변화는 무언지는 모르나 신속하게 진행되고 있던 비극과 무관하지가 않소.

첫 번째 삽화요.

1974년 크리스마스 때였소. 나는 반드시 그의 서명이 필요했던 중요한 채권 양도 문제를 구실로 그를 찾아갔소. 그 일로 해서 나는 피아자 노바나 근처의 라파엘 호텔과 그가 머물고 있던 비아 몬테로네의 이상하고 조그만 다락방 사이를 오가면서 1주일을 그의 곁에서 지낼 수 있었소. 그는 친절하게도 둘째 날부터 나를 자기 방에 초대해 주었소.

나는 그의 변화에 대해 매우 불안했었소. 특히 어떤 상태인지… 정신적·육체적으로 어떤 모습일지… 그 첫 번째 인상은 나를 아주 안심시킬만큼 훌륭했다는 것을 나는 인정해야겠소. 내가 약간 두려워했던 끔찍한 테러리스트, 괴로워하는 야만적인 테러리스트 대신에, 내가 만난 것은 자신의 새로운 활동에 대해서는 정말 한마디도 하지 않는 행복한 벵자맹이었소. 오히려 어찌나 즐겁고 유쾌하고 활기차 보였던지, 나는 이따금 10년 전 우리들이 처음 만났던 시기로 되돌아간 듯한 느낌을 가질 정도였소.

그는 항상 도시 중의 도시 로마를 꿈꾸어 왔었소. 내가 도착한 날 저녁에 그가 간단히 말한 것처럼, 알렉산더나 나폴레옹, 교황들과 프로이트가 그랬듯이 그가 열렬히 꿈꾸었고 무척이나 갈망했던 최고의 유일한 도시가 바로 로마였소. 그러면서도 그는 이상한 숙명에 의해서 서른 살이 되기까지 한번도 로마에 발을 들여놓지 못했었소. 그럴려고 할 때마다, 비록 몇 시간만이라도 그가 로마에 머물려고 할 때면, 그의 욕망보다도 더 강한 어떤 신비로운 힘, 어쩌면 그의 내부에 있는 어떤 힘이 결정적인 순간에 그의 마음을 돌려놓곤 했소.

그래서 그는 오히려 멀리에서, 나 같은 오랜 '로마 사람들' 보다도 이 마력적이고 매혹적인 로마를 더욱더 잘 알게 되었던 거요. 걸음을 옮겨 놓을 때마다 그는 상상할 수 없을 정도의 기쁨을 느끼면서, 하나의 기념물이나 건물, 호텔, 최신식 레스토랑, 잊혀진 어느 연못, 관광객들은 전혀 가지 않는 어떤 사원을 '알아보는' 것이었소. 그는 에스파냐 광장에 있는 대형 층계의 계단 숫자를 정확히 알고 있었소. 도심의 거리에 있는 어떤 종려나무의 녹색의 뉘앙스라든가, 여름이면 시궁창처럼 보이는 티브레 강의 색깔이라든가… 특히 그는 모든 거리들을 '확인'하는 데 단순히 거리의 이름만이 아니라 거리의 색깔과 냄새마저 알아보는 것이었소! 오후의 어느 시각이면 한 건물의 정면에 태양빛이 노니는 방식까지 말이오!

"로마의 거리들은 사람을 닮았어요." 그곳에 온 지 몇 달밖에 되지 않으면서도 그는 현학적인 어조로 내게 설명했소. "그것들은 모두 각자의 생리와 성격, 인격까지도 지니고 있어요. 예를 들어, 이 거리는 얼마나 수줍은가 보세요! 저 거리는 얼마나 엉큼하고 교활한가! 또 저 거리는 시치미를 떼고 있지만 얼마나 음탕한지! 마지막으로 이 거리를 봐요. 냄새 말고 귀를 기울여 봐요, 완전히 능욕당한 거리로 느껴지지 않나요?"

또한 은밀함이 있었소. 다시 말해서 그곳에서는 그의 이름이나 얼굴을 아는 사람이 없었고, 대화를 나누거나 가까이 지낼 만한 사람들이 전혀 없었다는 사실이오. 모든 관계에서 벗어나 아무도 모르는 자신의 다락방에서 혼자 산다는 사실 말이오. 건물의 1층에 있는 선술집 글라디아토르에서 그는 이탈리아어를 배우러 온 나이든 학생, 전기 기기에 미친 가난한 학생으로 통했소. 건물을 나오면 오른쪽으로 무용 서적을 파는 작은 가게가 있는데, 곱슬곱슬하고 억센 갈색 머리의 여점원이 그가 지나갈 때마다 은근한 추파를 던졌소. 왼편에는 염료 냄새를 적당히 풍기는 아주 초라한 세탁소가 있고, 그 세탁소에서 그는 매주 목요일이면 완전한 프티부르주아가 그러듯이 1주일 동안 밀린 속옷을 가져오는 것으로 되어 있었소.

그런데 자기에게 전혀 어울리지 않는 그 역할들 때문에 반발심을 갖거나 모욕감을 느끼기는커녕, 그는 그 역할들을 사랑했소. 그 역할들에 만족을 느꼈소. 옷차림과 머리 모양, 그리고 매일 아침 손에 시장 바구니를 들고 슬리퍼를 끌면서 외출하는 모습에서 그는 자신이 가난하고 무해한, 우울하고 악의 없는, 초라한 놈이라는 것을 드러냈다고나 할까.

왜 거기에서 그는 어떤 미묘한 쾌감을 느꼈을까?

서푼짜리 심리학 지식으로 괜히 아는 척하고 싶지는 않소. 그렇지만 나는 그가 어떤 사람인지를 조금만 떠올려 본다면 많은 것들이 설명될 수 있을 거라고 생각하오. 요컨대 평범한 남자로서의 헛된 역할을 그가 떠맡기로 했을 때, 그가 과연 어떠한 수치들로부터 벗어나려고 했었는지 말이오. 그에게 있어서 그 은밀함은 자신이 수행할 투쟁의 기술적인 요구에 의해서 '객관적으로' 생겨난 필요 그 이상이었소. 그것은 자신 속에서 자신을 괴롭혀 온 인간을 죽일 수 있는 절호의 찬스였소.

사람들은 그 모든 것의 이면에는 좀 덜 순진한 동기들이 있었을 것이라고 말할지도 모르겠소. 그러나 나는 내가 본 것만을 당신에게 말하고 있소. 그리고 내가 본 것은 행복이었소, 그 행복한 느낌. 나는 그 행복이 정치와 무슨 커다란 관계가 있다고는 전혀 생각지 않소. 분명히, 적어도 그 당시에 그는 아직 활동을 않고 있었고, 신병들이 그렇듯이 아직 조직 내에서 특별한 역할을 맡지 않은 상태였소. 그리고 내가 지금 말하고 있는 것을 뒷받침해 주는 사실은, 누구라도 그런 상황에서는 불평을 하고 목이 빠지게 기다리고 안절부절 못하는 것이 보통인데, 오히려 그는 그 상황을 즐기고 있었다는 점이오. 내가 보기에 그는 그 축복받은 한가로움 속에서 몇 년이라도 지낼 수 있을 것 같았소. 하는 일 없이 낮에는 다락방에서 공상에 잠기고, 밤이면 여전히 한가롭게 당당한 익명으로 도둑들과 난봉꾼들, 뚜장이들의 무리 속으로 섞여들면서 말이오.

두 번째 삽화는 1년 뒤, 그러니까 76년초의 일이오.
그는 직접적인 행동으로 돌입했음에 틀림없었소. 어떻게? 어떤 목표들을 향해서? 예를 들면, 나폴리에서 있었던 사업가 모치아의 납치에 가담했을까? 로마에서 벌어진 기우세페디 게나로의 납치에? 카살레 몬페라토 형무소에 갇혀 있던 적군파의 전설적인 지도자 레나토 쿠르치오의 무장 구출 작전에? 그 점에 있어서도 나는 전혀 아는 바가 없소. 단지 나는 그가 그런 종류의 사건들과 결부지어져서 매우 존경받고 있다는 것만을 느낄 수 있었소. 그리고 그 당시 그는 조직의 이미지, 슬로건, 성명서 작성을 취급하는 일종의 '홍보 전문가'였을 가능성이 크오. 그러나 그 또한 알 수 없는 일이오. 확실한 것은 ― 첫눈에 그 점을 느꼈고 또 머무르는 동안 확인한 일인데 ― 눈에 잘 띄지 않았지만, 지난번 이후로 그의 기분이 뭔가 처져 있었다는 사실이오.
물론 그는 그런 걸 인정하기에는 너무도 자부심이 강한 사람이었소. 그런데 그가 돈이 없어서 무척이나 불편하다는 사실을 내게 고백했소. 조직 자체는 돈이 많다면서 말이오. 그러나 밑바닥 전사의 경우 ― 그는 전사로 남아 있을 생각인 것 같았소 ― 모두에게 조금의 융통성도 없이 엄격한 규칙이 적용된다고 했소. 그는 매달 지급되는 일당 5천 리라의 봉급을 받았소. 집세, 가스세, 전기세, 전화세는 본인이 직접 부담하고, 그가 우스개 삼아 '직업적인 경비'라고 말하는 것은 100상팀 정도로 정해져 있었소. 다시 말하면, 꼼꼼한 회계원의 습성을 어쩔 수 없이 익히게 되는 중간 노동자의 생활을 했던 것이오.

말이 나온 김에, 그는 여섯 달 전에 그토록 매력적으로 보였던 그 고독이 이제 자신을 짓누르기 시작했음을 고백했소. 그는 점점 더 외출을 줄였는데, 그것이 은밀함을 위한 가장 초보적인 규칙의 하나라고 조직에서 가르쳤기 때문이었소. 주말이면 그는 20평방미터 남짓의 자기 방에 틀어박혀서 책을 읽거나 사색을 하면서 줄곧 48시간을 보냈소. 무엇보다도 침묵이 그를 짓누르고, 대도시의 일요일이 갖는 두텁고 무기력한 정적이 사태를 더욱 악화시킨 것 같았소. "파라디, 하는 일 없이 종일 집 안에 있다는 것, 아무 소리도 들리지 않는다는 것이 어떤 것인지 압니까? 그건 이완의 정반대입니다. 휴식의 정반대죠. 내 생각이지만, 그건 세상에서 가장 힘든 일입니다. 아! 어렸을 때, 침묵의 시정과 순수, 깊은 신비를 말하곤 했던 그 현학자들을 이제 나는 정말 경멸합니다. 침묵 속에서 나는 절대적인 야만과 인간성에 대한 완전한 거부밖에는 볼 수 없으니까요!"

그 다음, 내가 이해하는 바로는 조직의 규칙에 의해 강요되는 정숙함이 있었소. 모든 테러 조직이 그렇듯이, 이 조직도 실제로 조직 내부에서 동등한 계급의 남녀 사이의 성관계만을 인정했소. 따라서 그의 경우, 선택의 폭은 필연적으로 '생선 장수'라는 별명을 가진 니콜레타와 세레나라는 두 여자로 축소되었소. 커다란 엉덩이에 숱 많은 머리, 엄청나게 큰 유방을 가진 니콜레타는 "비역질이나 하러 가요!"라고 고함을 치는 것 말고는 한 남자와 정치 토론을 할 줄 모르는 처녀였고, 세레나는 웃자란 소년처럼 연약하고 비쩍 마른 여자여서 그녀에 비하면 가게 여점원은 주노 여신(헤라 – 역주)이라는 것이었소. 처음 서너 달 동안 그는 욕망을 억제했소. 달리 말해, 완전한 절제를 감내했소. 그러나 갑자기 무너지고 말았소. 더 이상 억제할 수 없었던 거였소. 요컨대 불만족한 리비도의 압력을 견디는 데에 자신의 모든 에너지를 소모해야 하는 지경에 이르렀던 거요.

다시 말하지만, 이 모든 것은 그저 암시적으로 말해졌을 뿐이오. 애매하게, 친구들끼리 대화에서의 악의 없는 농담투로 말이오. 어느 날 저녁 내 호텔로 오는 길에, 한번은 그가 산타 마리아 디 빅토리아 근처의 한 카페에서 어느 사제에게 다가가 당신은 어떻게 욕망을 억제하느냐고 물었더니 그 사제가 솔직한 충고를 해주더라는 얘기를 했을 때, 나는 큰소리로 웃기까지 했소. 그리고 내가 과장하고 있는 이 사소한 고백들이, 이탈리아가 칼을 대기 시작한 '무장 전선'이니 '대중의 혁명적 지성'이니 '지속적인 해방 전쟁'이니 하는 화려한 문장들의 흐름 속에 여전히 섞여 있었다는 사실은 굳이 밝힐 필요도 없을 것 같소. 그러나 어쨌든, 그런 말들이 언급되었다는 것은 반박할 수 없는 사실이오. 그런데 그 어조는, 그의 과장에도 불구하고 초기의 열정과는 거리가 먼 것이었소.

세 번째 삽화는 그 1년 뒤의 일이오.

내가 가져간 서류들이 좀 은밀한 것이었기 때문에, 나는 사람들한테 신경을 쓰지 않고 그와 조용하게 검토하고 싶었소. 그래서 우리는 그의 집에서 만났소. 다락방은 음침했고 청소가 되어 있지 않았소. 방 전체가 어떤 무질서 속에 방치되어 있음을 단번에 눈치챌 수 있었소. 침대 밑에는 둘둘 말은 팬티들이 쌓여 있었고, 저쪽 소파 위에는 더러운 속옷들이 구르고 있었소. 여기저기 식은 커피가 담겨 있는 찻잔들, 펼쳐져 있는 낡은 신문들, 구겨진 팸플릿들, 책상 위의 삽화들, 그리고 벵자맹 자신은 좀더 가련하고 충격적인 상태에 있는 것 같았소. 더부룩한 머리, 까칠한 수염, 붉은 테가 지고 열에 들뜬 작은 눈. 그러나 멍하니 입을 벌리고 있을 여가가 없었소. 왜냐하면 내가 서류에 대한 설명을 마치자마자 ─ 그는 전혀 신경을 쓰지 않는 척했소 ─ 묻지도 않았는데 스스로의 '환멸'에 대해서 말하기 시작했던 것이오.

나는 몹시 당황했소. 그는 자신과 함께 일하고 있는 사람들의 어처구니 없는 서툶을 얘기했소. 그들의 어리석음, 무능함, 극히 초보적인 전술 규칙에 대한 완전한 무지, 아주 사소한 실수 때문에 실패하는 작전들, 두 달이나 걸려서 꼼꼼하게 세부적인 준비를 해놓고도 정작 작전 개시일 아침에 책임자가 늦잠을 자는 바람에 결국 실패하는 작전, 사용할 줄도 모르면서 마치 카우보이처럼 허리에 권총을 차고 온 로마를 으스대며 다니다가 결국은 평생을 감옥살이하는 멍텅구리들… 경찰, 또 이탈리아, 나아가서 세계 전체에 숨돌릴 틈을 주지 않고 열리는 그 지부 회의들도 대개는 '순경과 도둑 놀이' 하는 아이들 수준의 토론에 불과하다고 그는 말했소.

그는 그러한 환경의 무의미함에 대해 얘기했소. 그 속에서 얼쩡대는 사람들 ─ 순진하게도 그가 상상했었던 도스토예프스키의 《악령》과는 너무도 판이한 ─ 의 전형! 그것은 조직의 우두머리인 조르지오였소. 정신적인 면으로나 생긴 것으로나, 그는 초라한 월급장이에나 알맞은 사람이었소. 그의 조수인 발레리오는, 어느 날 아침 어느 헌병의 총알에 조르지오가 쓰러짐으로써 자신이 우두머리가 되는 것만 꿈꾸고 있었소. 그 말 잘 듣는 녀석은 '흔적을 없앤다'는 핑계로, 금요일 6시 이후에는 절대 일을 하지 않고 주말을 부모 집에서 보냈소. 칼라브레 출신의 이 농부 자식은 마치 자기 아저씨나 친척 할아버지, 또는 사촌들이 우체국, 철도국, 혹은 국립학교에 들어간 것처럼 테러 조직에 들어왔소. 출세를 위해서 말이오. 그는 '자치제'의 주창자, 굉장한 투쟁 경력이 있는 베테랑, 무차별적인 정치적 살인의 엄격한 이론가 등의 손님들에게 신발을 벗고 실내화를 신으라고 요구하는 것이었소.

그 자신도 조금씩 변해갔소. 그도 그들처럼 반응하고 그들의 습관을 배워갔소. 그들의 어리석기 짝이 없는 홍정에 끼어들게 되고, 경찰이 '자치 투쟁 단체'의 — 가장 직접적으로 그의 조직과 경쟁을 하고 있던 조직이었소 — 주요 은신처들을 찾아냈다는 사실을 알게 되었을 때, 그는 '동료들처럼' 즐거워하는 자신을 보고 놀랐던 모양이오. 그리고 석달 전에 어리석게도 그는 조직의 재정직(財政職)을 수락하였는데, 하는 일이라곤 봉급을 관리하는 것뿐이었소. 비용 계산서를 검토하고, 화장품을 사려면 약간의 추가가 필요하다는 '생선 장수'의 하소연을 듣거나, 자신의 자동차값, 기름값, 휘발유값, 운반비, 잡비 등등 해서 예상보다 1,000리라나 더 먹혔다고 주장하는 발레리오와 경비 홍정을 하는 일 따위 말이오. "그래요, 알랭. 당신도 어쩌면 알 수 있을 겁니다. 그런 문제에서 그 작자의 끈질긴 계급적 속성이 강하게 느껴진다는 걸 말입니다. 그렇지만 정말 프티부르주아의 세계관에서 벗어나기 위해 평생을 보내고도, 이제 여기서 이 나이에 그걸 다시 본다는 건 씁쓸한 일입니다. 그러한 세계관의 완전한 전복이라고 여겼던 세계 속에서 말이에요."

그가 과장한 것일까? 당장에 나는 그 점이 의아했소. 그런데 내가 알고 있는 그를 생각할 때, 그가 하는 얘기는 너무나 엉뚱하고 이상하고 어울리지 않아서, 나는 그것이 정신적인 우울증의 초기 증세가 아닌가 하는 느낌이 들었소. 일단 그렇게 생각하자, 정말 그래 보였소. 정말 그랬소! 그래서 나는 다음과 같은 그의 얘기에 기꺼이 맞장구를 쳐줬소. "더 나은 세계, 새로운 정신, 숭고하고 영웅적이며 저주받고 배척당하는, 그야말로 고통받는 투사들의 세계를 추구했는데, 결국 가짜 혁명의 초라한 회계 관리원이 되다니 이 얼마나 불행한 일입니까!"

헤어질 때, 나는 약간 답답한 심정으로 그 비좁은 다락방을 떠났소. 그러나 몇 년만에 처음으로 희미한 희망의 빛이 느껴졌소. 마침내 그가 동요하고 있는 게 아닐까? 깨어나고 있는 것이 아닐까? 즉, 그가 그 터무니 없는 '조직'을 떠나려고 하는 게 아닐까 하는 희망 말이오.

그는 '조직'을 떠났소.

말 그대로 결국 떠났소. 어쩌면 동료들과 논쟁을 벌였던 모양이오. 그들의 방식에 반기를 들었거나 그 우스꽝스러운 어리석음에 신물이 난 모양이었소. 그들과 맞서서 알도 모로의 살해에 반대도 했던 모양이오. 어쨌든 내가 다 알 수 없는 여러 가지 이유로 해서, 그는 2년 전부터 자신이 운명을 함께할 수 있으리라고 믿어왔던 남자들과 여자들에게 작별을 고했소.

그러나 놀라운 일은, 그가 조직을 떠난 것이 자신의 관점에 부합하는 새로운 조직, 먼젓번의 조직에 경쟁하는 또 다른 조직을 로마에 세우기 위해서였다는 사실이오. 1978년 5월 중순이었소. 기적처럼 그는 생기를 되찾았소. 건강하고, 깨끗이 면도를 한 모습이었소. 그는 다락방을 나와서 비아 델 바뷔노에 아파트를 구했소. 그리고 더 이상 감시자가 없었기 때문인지, 피아자 델포폴로의 아늑한 레스토랑에서 저녁을 먹자는 나의 제의를 수락하였고(이것이 네 번째 삽화요), 내게 자신의 계획과 의도, 꿈까지도 털어놓는 것이었소(이는 실로 처음 있는 일이었소). 마치 자신의 '공장'을 세우려고 하는 젊은 프랑스인 자본가처럼, 때로는 유치한 어조로, 때로는 익살스럽게, 혹은 반대로 지나치게 진지한 어조로 말이오.

"이런 종류의 일에서 문제는 인력이 아닙니다. 직접적인 투쟁의 기회만을 기다리고 있는 작자들이 로마에는 얼마든지 있고, 또 나는 두세 달의 밀도 있는 교육을 통해서 그들을 내가 떠나온 그 멍텅구리 집단의 수준으로 끌어올릴 자신이 있거든요. 무기도 문제가 안 됩니다. 로마에는 무기들이 지천으로 깔려 있어서 허리만 굽히면 그냥 쓸어담을 수 있을 지경이지요. 여기 이 테이블에서도, 나는 당신에게 언덕의 비밀 장소 두 곳을 가리켜 보일 수 있습니다. 거기에는 무기가 가득 든 상자들이 땅 속에 묻혀 있습니다. 자금 역시 문제가 아니지요. 원하기만 하면 돈은 얼마든지 있어요. 정치적으로 옳고, 합리적인 관리가 보장되는 진지한 활동을 위한 것이라면 말입니다. 파라디! 문제는 말이에요, 전쟁의 원동력이자 가장 중요한 밑천인 것, 출범에 앞서서 어떻게든 내가 확보하려 하고 있는 것, 그건… 바로 언론 매체입니다! 왜 언론 매체인가? 그것에 의해서 모든 것이 이루어지기 때문입니다. 모든 것이 그것에 달려 있기 때문입니다. 언론이 발표할 것인가 않을 것인가 결정하는 데 따라서, 하나의 행동은 존재 유무가 결정됩니다. 어떤 행동을 비난하거나 반향을 일으키거나 사람들에게 알리는 데서 그치지 않고, 언론은 그 행동의 존재 자체에 대해서 결정적인 권한을 가지기 때문입니다."

그는 자신도 모르는 사이에 약간 현학적인 파리 지식인의 어투를 되찾고 있었소. "궁극적으로, 행동 자체보다는 그 행동의 이미지입니다. 내가 무슨 말을 하는 건지 당신은 완전히 이해할 수 있겠지요? 요즈음에는 여러 집단들이 가공의 행동들을 꾸며냅니다. 그들은 다른 단체의 행동을 서둘러서 자기네가 저질렀다고 발표합니다. 그들이 누군가를 납치하고 어린이를 유괴하는 것은, 옛날처럼 수백만 리라의 돈을 위해서가 아니라 몇 분간의 방송을 위해서입니다. 요컨대, 그들의 죽음을 건 투쟁의 목표는 바로 이 새롭고 결정적이며 전략적인 언론 매체의 공간인 것입니다."

"그렇다고 해서, 오늘날 어떤 조직을 세우고자 하는 사람이 반드시 공보관이 되어야 한다는 얘기는 아닙니다. 그러나 그 나라의 언론계가 움직이는 방식, 관습, 원칙들을 완전히 이해하지 못한다면 필경 실패한다는 것이지요. 가령, 저녁 7시 이후의 행동은 그 다음날 신문에 실릴 수 없다는 것을 알아야 합니다. 또 신문사 내부의 사람들과 접촉을 가져야 합니다. 그들과 협상할 능력이 있어야 하고, 특별한 성명서의 독점권을 그들에게 제공할 수 있어야 합니다. 성명서를 작성하는 방식도 중요하지요. 문체도 그렇고, 사람들의 주의를 끄는 요소도 그렇고. 지방판 정도의 관심밖에 끌지 못할 행동과 전국판에까지 실릴 수 있는 행동을 구별할 줄도 알아야(그러니까 결국 목표를 정할 줄 알아야)합니다. 그리고 무엇보다도, 어떤 사업에서도 마찬가지지만 무엇이 사람들의 마음을 끌 것인지, 무엇이 잘 팔릴 것인지, 무엇이 과녁의 한복판을 뚫을 것인지를 간파할 수 있어야 합니다. 당신도 알다시피, 우후죽순처럼 생겨나는 여러 조직들에 의해서 이미 포화 상태에 이른 시장 속으로 어떻게 뚫고 들어갈 것인가를 말이죠."

"왜냐하면, 바로 거기에 약점이 있기 때문입니다. 원칙적으로, 언론은 항상 구매자입니다. 우리들 사이의 이해 관계는 깊이, 객관적으로 연결되어 있다고도 할 수 있을 것입니다. 그 유명한 모로 사건에서 당신도 그 점을 분명히 간파했겠지요. 제10호 성명서의 게재권을 놓고 언론은 개처럼 서로 싸웠습니다. 그 성명서 속에 적군파 집행부가 뻔뻔스럽게도 '로마 지부'에 보내는 암호 전문을 끼워넣은 줄도 모르고 말이에요! 그러나 주의해야 합니다. 언론이 뭐든지 다 그런 식으로 사는 건 아니니까요. 무엇이든 마찬가지지만, 거기에도 유행과… 경향과… 더 나은 상품과 덜 좋은 상품… 더 많은 신문을 팔리게 할 수 있거나 적어도 그러리라는 평가를 받을 수 있는 물건들이 있는 법입니다… 그러니 앞으로는 더 어려워질 것입니다. 예컨대, 1년 전에 《코리에레》지의 1면에 날 수 있었던 납치 사건이 이제는 간지의 서른 줄짜리 기사 가치밖에 없습니다… 그리고 소요는 열다섯 줄… 공장 방화는 아무것도 아니죠… 그리고 분명한 것은, 모로의 살해 같은 굵직한 사건이 있은 뒤로는(솔직히 말하면, 이것이 내가 가장 곤란하게 생각하는 사항 중의 하나인데) 그들을 놀라게 하고 그들의 흥미를 끌기가, 한마디로 사건을 만들기가 점점 더 어려워지리라는 사실입니다."

"그래요. 거기에 나의 어려움이 있습니다. 정치적인 이유들, 또한 윤리적이며 인간적이기도 한 이유들 때문에, 레바논은 멀고 로마는 베이루트가 아니기 때문에, 나 자신이 변했고 어쩌면 몇몇 상황들도 변했기 때문에 지금 나는 전진을 삼가고 있습니다(게다가 어디로 간단 말입니까? 이탈리아 정가의 우두머리를 처치하는 것보다 더 큰 사건을 상상할 수 있을까요?). 하지만 내게는 다른 생각이 있어요. 나중에 알게 되겠지만… 좀더 섬세하고… 좀더 미묘한… 그 중의 하나는 머지않아 실현될 것입니다… 지금으로서는 거기에 대해서 더 이상 말하지 않아도 용서해 주시겠죠? 인내! 인내가 필요합니다! 우선은 BCGC라는 기호를 잘 기억해두세요. 생각보다 의외로 빨리 그에 대한 얘기를 듣게 될지도 모릅니다!"

그는 더 이상 얘기하지 않았소. 아이처럼 소리내어 웃고, 호텔 주인에게 부르빌을 닮았다는 말을 하고, 그러고는 트라스테베레의 유곽으로 나를 데려갔소.

무슨 일이 있었을까?

결국 무기가 부족했던 것일까? 인력이? 아니면 언론 매체가? 배반당한 것일까? 옛 동료들이 훼방을? 그가 자신의 능력을 과신한 것일까? 아니면 대부분의 이탈리아 테러리스트들을 움츠러들게 만든 알도 모로 사건 다음날에 통과된 법률 때문에? 그 점에 대해서도 나는 모르오. 아마 아무도 모를 거요. 그 부분도 당시 그의 삶을 덮고 있던 점점 두터워져 가던 신비의 일부이지요. 어쨌든, 나라 전체를 뒤집어 놓을 것이라던 그의 BCGC에 대해서는 아무런 소문도 들을 수 없었소. 그리고 거의 여덟 달 동안이나 그로부터 아무런 소식이 없었기 때문에, 1978년 크리스마스에 나는 또다시 로마 여행을 결심했소. 그런데 비아 델 바뷔노에는 아무도 없었소. 별생각 없이 몬테로네의 옛 주소로 찾아간 나는 놀랍게도, 그곳에서 그를 다시 발견하였소. 똑같은 장소에 가구들도 그대로였소. 옛날의 조직으로 되돌아간 것이 틀림없었소. 꼬리를 늘어뜨리고서 말이오.

내가 다시 발견한 그의 비참한 상황을 말하기에는 '꼬리를 늘어뜨리고'라는 표현은 너무 약한 표현이오. 그것은 단순히 지쳤다거나 고통스럽다는 정도가 아니었소. 비천함이나 남루함도 아니었소. 그는 수척해져 있었고, 깊은 심연에 잠겨 있었소. 거의 추해 보였소. 완전한 패배자들처럼 시선은 음울하고 생기가 없었고, 제대로 못 먹거나 과음하는 사람들처럼 부어서 부숭부숭한 얼굴이었소. 그는 약간 시큼하고 이상한 냄새를 풍겼는데, 그 냄새는 왠지 내게 '늙은 사제'를 생각나게 만들었소. 게다가 머리카락까지 빠지고 있었소. 젊은 시절, 머리털을 잃느니 차라리

'죽는' 것이 낫겠다고 말하곤 했을 정도로 애착을 가졌던 머리였는데… 관자놀이는 그대로 남고 앞이마만 소가 혀로 핥은 것처럼 벗겨져서 더욱 흉했소. 그는 그것을 숨기려고도 하지 않았소. 그를 알게 된 이후, 그리고 여러 차례 말했지만 그의 놀라운 젊음에 감탄한 이후, 처음으로 나는 그가 늙었다는 생각을 했소.

그는 침울했소. 전에 없이 지치고 절망해 있었소. 풀 수 없는 실타래처럼 엉켜드는 상념들을 되새김질하면서, 변화를 일으키거나 버텨보려고 애쓰지도 않았소. 내가 한참을 들볶자, 마지못해 그는 간단하고 아무런 감정도 섞이지 않은 몇 마디를(나는 그 얘기들이 자신의 '테러 조직'을 만들려다 실패한 데 따른 것이라고는 생각지 않소) 해주었소. '자신의 실패… 그의 실존의 난파… 자신을 덮쳐 오는 엄청난 한기… 빛 한 줄기 없는 심연 속으로 빠져드는 느낌… 죽음… 자살… 이미 생기를 잃은 자신의 영혼… 더 이상 견딜 수 없는 폐허더미, 거대한 무덤, 죽음의 도시로밖에 느껴지지 않는 로마… 오로지 자신의 죽음을 기다리기 위해서만 존재하는 도시….'

그는 무얼 하는가? 무엇으로 소일하는가? 그야말로 아무것도 하지 않았소. 멍하니 공상에 빠지는 일밖에는….

내가 머물렀던 2주일 동안, 나는 밤낮을 가리지 않고 불시에 스무 번을 찾아갔지만 허사였소. 그는 언제나 그대로였소. 똑같은 자리에, 때로는 예전에 한번도 본 적이 없는 갈색 체크 무늬의 실내복(그 옷은 그를 허약한 늙은이로 보이게 했소) 걸친 알몸으로, 때로는 한낮에 헝클어진 침대 위에 누워 있기도 했소.

손이 닿을 만한 거리에 38구경 권총이 놓여 있었고, 옆 시트 위에는 꽁초가 가득 찬 재떨이가 얹혀 있었소. 그리고 그의 몸에서는 언제나 시큼한 냄새가 났소. 또 때로는 개수대 앞에 서서, 덥히지도 않고 접시에 담지도 않은 무슨 통조림 같은 것을 먹고 있기도 했소.

나는 그를 격려했소. 더 많은 것을 알아내려고 애를 썼소. 나는 그에게 그러한 우울… 고독의 이유가 무엇인지, 왜 아무도 찾아오는 사람이 없는지… 전화 한 통 오지 않는지 물었소. 그러나 그 작자는 아무 대답도 하지 않았소. 듣는지조차 알 수 없었소. 가볍게 고개를 흔들다가는 겁먹은 듯한 가련한 미소를 지었소. 그 미소가 내 마음을 더욱 아프게 했고, 상황이 점점 더 비극적으로 심각해지고 있다는 생각을 하게 했소. 가장 그럴 듯한 가정은 — 내가 그런 얘기를 비추었을 때 그는 부정하지 않았소 — 조직이 그의 탈퇴에 대한 대가를 치르게 했다는, 그것도 그를 격리 감금함으로써 아주 가혹한 대가를 치르게 했다는 것이었소. 그런 식으로 보름이 지나갔소. 설명의 실마리는 전혀 찾을 수 없었소. 그러다가 나는 아무것도 한 일 없이 돌아올 준비를 하고 있었소. 그때 마지막 에피소드, 여전히 이해할 수 없고 신비를 더하기만 한 에피소드가 생겨났소.

출발하던 날 아침이었소. 나는 이미 출발해 있었소. 어쨌든 그는 그렇게 믿고 있었고, 내가 공항으로 가는 중이라고 알고 있었소. 그러나 나는 앞서 그랬듯이, 그에게 마지막 작별을 하기 위해서 비아 모테로네로 돌아서 갈 생각을 했던 거요. 그래서 어느 때보다도 더러운 다락방에 불시에 찾아갔고, 이번에는 정말 작별을 하려고 문 손잡이를 잡았을 때 복도에서 인기척이 났소. 문이 살며시 열렸고 시장 바구니를 손에 든 갈색 머리의 볼품없는 젊은 여자 하나가 들어왔소. 온통 얼굴 전체를 차지하고 있는 듯한 커다랗고 슬픈 눈으로, 그녀는 벵자맹과 나를 의아스럽게 둘러보았소. 우선은 벵자맹도 당황한 것 같았소. 난처한 모양이었소. 그는 잠깐 동안 뭔가를 생각하더니, 마음을 바꾼 듯 여자에게 재빨리 다가갔소. 그러고는 바구니를 받았소. 그런데 그에게서 내가 한번도 본 적이 없는(말리카와의 시절에조차도) 애정 섞인 시선으로 그녀를 바라보며 그가 말하는 것이었소.
"세레나를 소개하지요. 그렇게 됐어요, 당신이 다 알다시피."

다 알기는커녕, 그 순간에야말로 나는 전혀 아무것도 이해할 수 없었소. 나는 점점 더 알 수 없는 질문들을 가득 안고 파리로 돌아왔소. 무엇보다도 이러한 의문이 들었소. 로마에 넌더리가 나고, 죽음과 같은 분위기에다, 그리고 전혀 자랑스럽게 여기는 것 같지도 않은 그 여자에게도 필경 지쳐 버렸을 그가, 그토록 우울해하면서도 왜 뛰쳐나오지 않는 걸까? 그 부조리한 생활을 왜 청산하지 않는 걸까? 무엇이 그로 하여금 그 모든 것을 떨쳐 버리지 못하도록 막는 것일까?

5

 진실을 말하자면(그 당시에는 몰랐었지만, 여러 가지 사정을 통하여 이내 알게 되었소), 그에게는 '모든 것을 떨쳐 버리고' 싶은 생각밖에는 없었소.

 베이루트에서의 1년, 로마에서의 몇 해, 그리고 훌륭한 조직의 정형을 찾아내려고 애쓰면서 보낸 마지막 여섯 달 뒤에, 그러니까 1979년에, 그는 결국 그러한 삶이 자신의 몫이 아니라는 사실을 깨닫게 되었소. 자신의 목숨까지는 아니라고 해도 그는 시간을 허비하고 있었고, 어쩌면 자신이 추구하는 환상 뒤에 커다랗고 근본적인 오해가 있다는 생각을 했던 거요. 단지, 그의 생각이 행동으로 옮겨지고 후회가 결별로 이어지지 못한 것은 예측하지 못한 장애물들 때문이었소. 그리고 그 장애물들이 비극을 가속화시켰던 거요.

사태를 이해하려면, 우선 '탈퇴' 사건 뒤 그가 다시 돌아간 조직이 그가 떠날 당시의 조직과는 전혀 판이한 조직이었다는 점을 알아야 하오. 물론 조직원들이 양순한 어린애들이 아니라는 건 나도 알고 있소. 그러나 그 당시까지만 해도 그들에게는 하나의 노선과 하나의 전략이 있었소. 그들의 행동, 그들의 폭행은 최소한의 이론과 이념적인 정당성에 근거하고 있었소. 그 정당성이 부조리하고 허위이고 범죄적이라고 할지라도 어쨌든 정당성이 존재했고, 그 정당성이 모든 것을 완화시켜 주었던 게 사실이오. 그리고 정확한 의미의 범죄, 즉 살인은 당시에는 ─ 77년말 아니면 78년초, 그러니까 그가 처음으로 탈퇴하려다가 실패한 시기 ─ 아직 예외적이고 우발적인 것일 뿐이었소.

그러나 그가 다시 돌아갔을 때 모든 것은 변해 있었소. 모든 것이 뒤바뀌어 있었소. 마치 첫 세대의 투쟁가들이 탄압의 총알을 맞고 차례차례 쓰러지면서 자신들의 이념이 든 가방까지도 함께 가져가 버리기라도 한 것 같았소. 그들의 뒤를 이은 사람들은 폭행을 위해 폭행을 하고 살인을 한다는 생각밖에는 없어 보였소. 조직의 스타일과 관습은 최소한의 체온과 폭넓은 연대감(떠날 당시만 해도 그가 믿었었던)을 잃고 있었소. 그는 정치 단체를 떠났다가 여섯 달 뒤에 어느 마피아 조직에 다시 들어간 느낌이 들었소!

또한 그러한 스타일의 변화가 역시 그의 부재중에 일어난 지도부의 갑작스런 변화와 관계가 있다는 것을 알아야 하오. 우두머리였던 조르지오 ─그가 벵자맹과 아주 가까웠던 동료는 분명 아니지만, 적어도 정치적인 견해의 어떤 부분에서 그들은 일치했소 —가 죽은 것이오. 어느 날 밤, 헌병들이 잠자고 있는 그를 덮쳤던 거요. 그래서 벵자맹이 재정직을 맡고 있을 때 경비 정산이라는 치사한 문제로 대립하곤 했던 발레리오라는 젊은 조직원이 그의 뒤를 이었소. 나는 발레리오를 알지 못했소. 그러나 벵자맹이 그에 대해 말하곤 했었소. 그의 낮은 이마, 기름을 바르고 한껏 멋을 낸 머리, 음흉한 미소, 원칙도 망설임도 없는 뻔뻔스런 살인자의 심성 등에 대해서 나는 백 번도 넘게 얘기를 들었었소. 요컨대, 그는 눈앞의 조직을 장악하고 있는 제2세대의 전형적인 인물이었소. 그리고 내가 보기에 그는 어떤 일에서도 벵자맹을 도울 사람은 아니었소. 특히 조직을 '그만두는' 일에서는 더욱 그랬소.

그런데다가 조직에 복귀한 바로 그 주에, 그가 조직원들이 모인 자리에서 조르지오의 죽음에 대해서 공식적으로 문제를 제기함으로써 사정은 더욱 나빠졌소. "모든 게 선명치가 않습니다. 간부들만이 장소를 알고 있는 그런 극비의 은신처에서, 그런 식으로 우연히 죽을 수는 없는 겁니다. 공격의 세밀함, 경찰의 확신, 조르지오처럼 경험 많은 투쟁가가 전혀 경계를 하고 있지 않았다는 점, 게다가 그가 자신의 권총을 들 시간조차 없었다는 사실, 이 사건에서는 모든 것이 수상쩍어 보입니다. 그래서 나는 지금 여러 동지들에게 조사위원회의 구성을 제안합니다." 결국 조사위원회는 구성되었소. 그러나 그런 종류의 조사위원회가 대개 그렇듯이 서둘러서 사건을 묻어 버렸소. 조사위원회의 구성 제안자가 얻은 것은 결국 조직원들 앞에서 암암리에 밀고자로 지목된 사람의 깊은 원한뿐이었소.

상황을 좀더 온전히 설명하기 위해서, 발레리오에게는 개인적으로 벵자맹을 미워할 만한 이유가 있었다는 사실도 말해야 할 것 같소(사실 그런 종류의 이야기에서, 개인적인 이유들이야말로 가장 결정적인 이유가 아니겠소?). 비록 추하고, 잔인하고, 뻔뻔스럽고, 야만적인 인물이긴 하지만, 그도 사랑에 빠졌던 모양이오. 그런 부류의 사람들의 경우에 흔히 그렇듯이, 내가 생각하기에 그의 사랑도 소심하고 위선적인 것이었소. 여자에게 몇 해가 가도록 감히 고백도 하지 못하고, 어느 날엔가 그녀를 정복하기 위해서 권력에 대한 강한 야심을 키우는 그런 사람의 사랑 말이오. 마침내 그날이 와서 결심을 하고 고백을 한 뒤에는, 자신의 욕망을 방해하는 어떤 것도 참지를 못하는… 그런데 불행하게도 그 대상이 바로 세레나였던 것이오. 따라서 그의 방해물, 제거하고 죽여 버려야 할 사람은 불가피하게도 벵자맹이었소.

얘기가 약간 길어졌소.

그러나 발레리오가 그렇게 부르듯이, 우리의 '프랑스인'이 조직을 떠나겠다는 자신의 결심을 알리러 갔을 때, 새로운 '우두머리'의 심리 상태가 어떠했는지를 당신이 이해했으면 해서 이렇게 얘기하는 거요. "이제 끝장이네. 더 이상 나를 생각하지 말게… 나는 살인을 반대해… 소동도 원치 않네… 나는 아무 감정 없이 떠나는 거야… 화난 것도 아니고… 자네도 알다시피 나는 부화뇌동하거나 후회하는 사람은 아닐세… 그저 떠나는 것뿐이야… 돌이킬 수 없는 결심이네… 그래서 단지 자네에게 그 결심을 알리려고 왔네, 의리상 말이야…"

발레리오는 아무 말도 하지 않았소. 그는 벵자멩이 말하도록, 자신의 주장 속에 얽혀들도록 내버려두었소. 마치 복수의 쾌감을 미리 즐기는 듯, 안락의자에 꼼짝 않고 앉아서 입가에 미소를 띤 그의 모습을 나는 상상할 수 있소. 충분히 즐겼다고 생각했을 때, 그는 자리에서 일어났소. 그리고는 함께 있던 부관 두 명과 벵자멩에게 자기를 따라오라고 명령했소. 그들 네 명은 건물 앞에서 기다리고 있던 낡은 사륜 마차에 몸을 실었소. 말 한마디 나누지 않고 족히 1시간을 달린 그들은 도시 변두리의 언덕에 도착했고, 발레리오는 차의 트렁크에서 삽 한 자루를 꺼내어 벵자멩에게 주었소. 권총으로 위협하면서, 그는 벵자멩에게 사람 몸 하나 크기의 구멍을 파게 했소.

일이 끝나자, 마침내 입을 연 그가 조직의 우두머리로서 조용하게 다음과 같이 설명했소. "그런 식으로 조직을 떠날 수는 없다. 개인적으로 양심에 거리낄 살인을 한 적이 없음을 자랑으로 여기는 모양인데, 그러니 적의 편으로 돌아서서 옛날의 동료들을 밀고하기가 얼마나 쉽겠는가. 그러므로 그 결여된 부분을 채운 뒤에야만 출국 비자(말 그대로의 의미이기도 하고, 비유이기도 하오. 만일을 위해서 발레리오는 모든 조직원들의 여권을 보관하고 있었던 듯했소)를 받을 수 있을 것이다"라고. 그러므로 살인을 하든가 아니면 남으라 — 입을 벌린 채 자네의 시체만을 기다리고 있을 이 구덩이가 마음에 안 든다면 —. 이것이 그의 처분에 맡겨진 악마적인 흥정의 내용이었소.

벵자멩의 입장을 상상해보시오.

내가 생각하기에, 그는 겁쟁이도 아니고 특별히 민감한 사람도 아니오. 그러나 나는 발레리오가 농담하고 있는 것이 아니라는 사실을 충분히 알 수 있었소. 그는 발레리오의 말에 들어 있는 증오와 강도와 무게를 정확히 인식했소. 로마, 나폴리, 밀라노, 파두아, 어디로 달아나더라도 발레리오는 그를 추적할 것이다… 조직은 그가 외국으로 도망하더라도, 여러 친구들과 연락망을 통하여 그를 찾아내어 처치할 수 있을 것이다… 설사 조직에는 그런 능력이 없다고 해도, 그는 발레리오가 비밀리에 마피아와 제휴하고 있다는 의심을 갖고 있었소. 마피아라면 기꺼이 그런 일을 해줄 것이고, 한마디로 그는 자신이 궁지에 몰렸음을, 덫에 걸렸음을 느꼈소. 그 악당의 손아귀에 들어 있음을 말이오.

그 뒤로 몇 주일 동안, 그는 비아 몬테로네의 다락방에 혼자 처박혀서(소심한 세레나 말고는 손님도 없이) 자신에게 주어진 해결책을 검토하고, 또다시 검토하는 데 골몰하였소. 결국 세 가지 중의 하나였소. 협박을 무시해 버리고 어딘가로 망명해서 삶을 다시 시작하는 것. 그러나 그것은 끊임없이 추적당하고 결국에는 죽음을 당하는 위험을 감수해야 했소. 반대로 흥정을 받아들여서, 냉정히 표적을 선택하고 표적을 증오하는 것을 배우고 결국 토끼를 사냥하듯 죽여 버리는 방법. 하지만 이젠 그러한 행동 역시 혐오감을 불러일으켰고 해낼 수 있을지 자신도 서지 않았소. 왜냐하면 그가 조직을 떠나기로 결심한 이유가 바로 그런 일에서 영원히 벗어나기를 원했기 때문이었고, 더 이상 그런 식으로 누군가를 죽이고 싶지 않기 때문이었으니까. 마지막으로는, 옛 집으로 굴복하듯 다시 들어가 생각만 해도 죽어 버리고 싶은 생활을 다시 시작하는 방법. 그래서 조르지오에게 일어났던 일이 발레리오에게도 일어나기를 기도하는 방법. 그러나 그 세계로 돌아간다면, 어느 날엔가는 필연적으로 어떤 행동의 불길 속에서 총을 사용할 수밖에 없을 것이 뻔했소. 이제는 마음 속 깊이 거부하고 있는, 그러나 동시에 그를 구해 줄 행동을 말이오! 요컨대 생명의 위험을 무릅쓰면서, 달리 말해서 살인을 거부함으로써 죽음을 당할 위험을 감수하는 것, 이것이 첫 번째 가능성이었소. 또 살인을 않기 위하여 떠나면서도 떠나기 위해서 살인하는 것, 이것이 두 번째 가능성이었소. 그리고 오늘 선택된 표적을 죽이지 않기 위해서 내일 임의의 표적을 죽이는 것, 이것이 마지막 가능성이었소.

이것이야말로 막다른 골목이요, 출구 없는 상황이 아니고 무어겠소. 결국 벗어나려고 애를 쓰면 쓸수록 더욱 죄어오는 사슬과 완벽한 덫을 그는 깨달았소. 내가 마지막으로 벵자맹을 만났을 때, 그는 그런 처지에 있었던 거요. 그는 그 완벽한 함정으로부터 벗어나려고 애를 썼소. 그때, 그토록 나를 놀라게 했던 그의 침울한 상태도 그런 이유 때문이었던 것 같소. 그리고 풀 수 없는 방정식의 각 항을 끊임없이 검토한 끝에 어쨌든 그는 어떤 해결의 실마리를 보게 되었고, 지극히 절망적인 그 해결책을 막 결심하려던 상태에 있었던 것 같소.

방금 내가 '실마리'라고 말하는 까닭은, 그러한 해답이 결코 단번에 완전한 모습으로 주어지지는 않기 때문이오. 그런 종류의 해답들은 처음에 머뭇거리며 다가오는데, 그것들이 다가오는 소리는 겨우 들릴까말까 하고, 앞에 나타났을 때에야 우리의 주의를 끄는 것이오. 우리는 그것들이 보잘것없다는 생각에 물리쳐 버리거나, 너무 비열한 해결책임을 알고는 그것들이 다시 생각나지 않도록 기도를 하오. 벵자멩은 자신의 생각이 끔찍하고 비열하다고 생각했음에 틀림없소. 그는 그 생각을 저주하고 머리 속에서 떨쳐 버리려 했을 것이오. 나는 신을 저주하면서 우울 속에 빠져 있는 그를 상상할 수 있소⋯ 차라리 죽는 것이⋯ 자신의 초라한 침대 위에서 끝장을 보는 것이 더 나을 것이라는⋯ 그러다가 그 심술궂은 생각이 다시 찾아왔던 거요. 고집을 부리고 변죽을 울리며 속삭였던 거요. 아주 간단한 일이라고, 결정적으로 모든 것을 해결해 줄 거라고⋯ 마지막으로 한번 더 저항하고 반항하는 그를 나는 떠올려보오.

그러다가 어느 날 아침 예고도 없이, 자신도 모르는 사이에 그 생각이 승리를 하고 명백해져 있었소. 그래! 이것이 해답이다! 막상 해결책을 찾고보니, 어떻게 그가 그때까지 그 생각을 못했을까가 의문스러울 정도였소. 왜냐하면 아주 쉬운 해답이었으니까. 추리는 더없이 간단했소. 첫째, 그가 어떻게 하더라도, 그러니까 어느 방법을 택하더라도, 항상 죽는 사람이 한 명은 있다. 둘째, 어쨌든 죽는 사람이 있어야 한다면, 벵자멩 자신보다는 다른 사람이 죽는 것이 낫다. 셋째, 다른 누군가가 죽어야만 한다고 해도, 세상에는 깡패들, 악당들, 불한당들이 득시글거리는데, 어느 날 어느 장소에 있었다는 잘못만으로 무고한 누군가가 죽는다면 가슴 아픈 일일 것이다. 마지막으로, 그 누군가가 뻔뻔스러운 악당이어야 한다면, 현재 그가 처해 있는 절망 상태와 정치적인 혼란 상태(예전의 슬로건들에 대해서 그가 여전히 품고 있는 일말의 믿음 때문에 말이오) 속에서, 그가 증오하고 총구를 겨누면서 고통을 가장 덜 느낄 — 가능하다면 약간의 즐거움까지도 느낄 수 있는 — 악당은 어떤 자일까? 그는 모든 측면을 놓고 그 문제를 검토하고 확인하고 계산을 했소. 그러자 그러한 요구에 맞아떨어지는 사람, 유일한 사람이 있었지요. 그는 바로 장 델레스트레였소.

마음을 굳힌 벵자멩은 '동료들'을 다시 만나러 갔소. 그는 그들에게 델레스트레에 대해서 얘기했소. 그의 정치적인 경력과 프랑스에서는 그가 '사회악'의 표본 같은 인물이라고 말했소. 자신의 전략에 대해서는 길게 얘기하지 않았고, 그와 자신 사이의 혈연 관계도 밝히지 않았소. 단지 자신이 그를 약간 알고 있다는 점을 비치기만 했소. 그의 습관들을 알고 있으며, 따라서 행동 계획에 있어서 상당한 시간을 벌 수 있을 것이라고.

발레리오는 잠시 의혹을 품었지만 결론을 내렸소. 그만하면 괜찮은 아이디어였소. 더군다나 역량 없는 똘마니요 촌놈이었던 자신이, 파리의 심장부에까지 가서 행동을 할 수 있는 국제적인 단체의 우두머리라는 생각을 하자 그는 황홀해졌소. 언짢은 점이 있기는 했소. 그 프랑스녀석이 수행원이 필요할 것이라며 세레나를 요구했던 것이오. 그리고 세레나도 싫어하는 기색이 아니었고 말이오. '그러나 그 망할 계집은 돌아올 것이다. 돌아와서 나의 무릎에 매달려 용서해 달라고 애원할 것이다. 그러면 나는 용서해 주리라… 나는 위대하고 너그러운 남자니까….' 이것이 그의 생각이었소.

그가 모르고 있었던 점은 — 알았다고 해도 그의 즐거움에는 변하는 게 없었지만 — '자신의' 자객은 전혀 다른 생각을 품고 있었다는 사실이오. 벵자맹이 품고 있는 것은 자신의 '탈퇴'에 관한 문제였지만 또한 새로운 '시작'에 관한 문제이기도 하다는 것, 오랫동안 자신의 삶을 엮어온 두터운 미망 속에서 벵자맹이 처음으로 바로 보기 시작했다는 것을 그는 모르고 있었소.

정말 그랬소. 당시 벵자맹은 자기가 테러의 세계에 들어온 것은 오직 어느 날엔가 '장 아저씨'를 죽이기 위해서였다는 사실을 깨달았소. 그 오랜 빚을 청산할 날에 대한 무의식적인 기다림 속에서 여태까지 지내왔다는 사실을 깨닫기 시작했던 것이오. 그는 자신의 삶 전체 — 혁명 투쟁, 팔레스타인, 베이루트, 로마 등을 거친 — 가 겉보기와는 달리 끊임없는 미망에 불과했고, 이제 한 조직의 얼간이 같은 우두머리 덕분에 그 미망이 사라지게 되었다고 생각하고 있었소. 꼬집어 표현하기는 곤란하지만, 1979년 6월의 어느 날 그가 손에 작은 가방을 들고 파리의 내 사무실에 나타났을 때, 나는 그가 어느 때보다도 생기 있고 행복하며 또한 자신감에 차 있음을 발견했소. 동행한 세레나는 전보다 더 우울하고 추해 보였소.

그 점에 대해서, 사실 나는 더욱 불안해하고 더욱 의아스러워했어야 마땅하오. 7, 8주 동안 계속된 그의 행복해하는 태도에 아연해하고, 로마에서야 그의 마음에 들었는지 몰라도, 세상에서 가장 예쁜 여자들이 유혹해오는 이곳 파리에서는 그야말로 초현실주의적으로 보이는 그 처녀의 존재에 의아해했어야 마땅하오. 세레나와 그 사이에서 내가 수없이 목격한 많은 사소한 일들, 은밀한 눈짓, 수수께끼 같은 미소, 이상한 대화 토막들, 그리고 이유도 설명도 없이 식사 도중에 갑자기 자리를 뜬 경우들, 이 모든 것들이 수없이 내게 경고를 해주었는데도, 나는 전혀 눈치를 채지 못했소. 이제 다시 돌이켜 보면 너무도 명백해 보이는데 말이오!

그러나 당신도 사정을 알거요! 그러다가 말겠지, 그의 습관이 그랬으니까, 다시 적응하기까지 얼마간 시간이 걸리겠지라고 생각했던 거요. 지난 일들, 그가 빠져나온 그 심연에 비하면 그러한 괴벽들은 아무것도 아니었소. 무엇보다도 나는 그를 만나고, 그와 함께 거리를 걷고, 그에게 말을 하고, 그를 어루만지고, 마주 앉아서 일을 의논하고, 세상에 그를 소개할 수 있다는 데에 아주 만족했소. '나의 좌파주의자'라고 자랑스럽게 그를 소개하곤 했으니 말이오. 심지어 선동가, '회개한 테러리스트'라고(사람들은 믿지 않는 것 같았지만, 적어도 내게는 악몽을 떨쳐 버리는 느낌을 갖게 해주었소)….

요컨대, 나는 아무것도 보지 못했고 아무것도 듣지 못한 셈이오. 그가 이제 스스로를 정리하고… 삶을 바꾸고… 연금으로 생활하면서… 어쩌면 15년 전부터 미뤄왔던 '스피노자에 있어서의 자연의 개념'에 대한 그 유명한 논문을 쓰리라고 나는 철석같이 믿고 있었으니까. 그래서 범행이 이루어지던 날 밤 그가 실제로 무슨 일에 시간을 보냈는지를 알게 되었을 때, 나는 누구보다도 더 놀라고 말았소.

그는 우선 카르티에 라텡의 초라한 호텔에 세레나와 함께 작은 방을 구했소. 물론 나는 그 호텔을 알고 있었소. 거기에서 그들을 만난 적이 있기 때문이오. 어느 날 저녁에는 꼭 한번 그들의 방에 올라가보고 싶었고, 그래서 올라갔다가 그 초라함과 불편함, 옹색함에 놀라기도 했소. 그러나 내가 보기에는 그 또한 앞서 말한 기벽의 일부인 것 같았소. 그래서 그가 "우선은 이런 생활이 좋다… 덜 낯설게 느껴진다… 엥그르 가는 너무나 위협적이다… 망령들, 추억들로 가득하다"고 중얼거리듯이 말했을 때, 나는 그 말을 곧이곧대로 믿었던 거요. 그러나 사실 엥그르 가는(그가 생각하기에) 너무 알려져 있었고 사람들의 시선이 많았던 거였소. 그는 은밀하고 조용한, 좀더 알려지지 않은 기지가 필요했고, 동시에 그 기지가 자신의 작전 무대로 너무 멀지 않아야 했소.

그 다음, 그는 범행 무기를 구하는 일에 착수했소.

그처럼 중요한 일을 위해서는 두 개를 준비해야 한다고 항상 선배들로부터 들었었기 때문에, 하나는 언제라도 뽑을 수 있도록 허리춤에 넣고, 다른 하나는 첫 번째 것이 고장날 경우에 대비해서 가방 속에 넣어두는 것이오. 그가 어디서 그것들을 구했을까? 어떻게? 파리는 로마와 달리 그런 종류의 장난감들의 유통이 자유롭지 못했기 때문에 무기들을 구하는 데 꼬박 1주일이 걸렸소. 그는 알지도 못하는 어느 뒷골목으로 스며들었는데, 그곳은 파리의 오래된 도둑 소굴이었소.

그는 체포될 위험을 수없이 넘기고 결국 물건을 구했소. 그의 애용품인 P38. 그는 그 총의 정확성, 가벼움, 격발의 신속함을 좋아했소. 그리고 바레타 92S 장총. 그는 이 총에 대해서도 어느 정도 알고 있었소. 이 소중한 물건들(생전 처음으로 그는 자신도 모르게 그 무기들을 쓰다듬고 애무하곤 했소. 예전에 이 탈리아의 동료들이 그러는 것을 자주 보긴 했지만, 그는 그들의 열정을 이해하지 못했고 오히려 비웃었소)을 구입한 다음, 그는 긴밀한 훈련에 돌입했소. 그는 두 달 동안 일요일마다 퐁텐블로 숲의 버려진 채석장에 가서 아침나절 내내 사격 연습을 했소. 한껏 멋을 낸 프티부르주아들처럼 두 사람이 출발하는 모습을 난 종종 볼 수 있었소.

세레나도 대단한 기여를 했소. 어느 날 아침, 델레스트레가 외출하고 집에는 가정부밖에 없을 시각에 그녀는 풍토담 가에 나타났소. "안녕하세요… 나는 전신 전화국 직원인데요… 댁의 선에 이상이 있는데… 정말 이상한 점이 없었나요?… 어쨌든 전화국에서는 그렇게 나타나거든요… 전화 배선을 좀 보여 주시 겠어요? 전화기도요… 다른 전화기는?… 모두 검사해야 하거든요…." 그야말로 고전적인 수법이었소… 이 세상만큼이나 오래된 수법… 그러나 그녀의 이탈리아 억양에도 불구하고 효과는 나쁘지 않았소. 그녀는 자신의 애인에게 그곳에 대한 정확한 정보를 가져다 주었소. 가구, 층계, 수위실의 위치, 엘리베이터와 복도 등. 그리고 무엇보다도 아파트의 구조(오래전에 그는 어머니와 같이 그곳에 살았었지만, 이제는 아무것도 기억나는 게 없었소)에 대해서 말이오.

카르티에 라텡을 서성거리거나, 옛 친구들을 만나 보거나, 여자를 유혹하거나, 혹은 세레나에게 에펠탑과 그레뱅 박물관을 구경시켜 주고 있을 거라고 내가 믿고 있는 동안, 벵자맹 자신은 가장 중요한 임무를 수행하고 있었소. 즉, 미래의 희생자를 감시하고, 그의 습관을 관찰하고, 그가 다니는 길목을 확인하고, 은밀하게 그를 공격할 장소와 시간과 방법을 선택하고 있었소.

거기에 위험은 없었을까? 델레스트레가 자신을 뒤따르는 그림자를 결국 눈치챈다든가, 비록 세월이 흘렀지만 델레스트레가 쉽게 그를 알아본다든가 하는… 벵자멩이 직접 그를 염탐한 까닭은 그가 미행의 명수였고 또 '사정'을 탐지하는 사람과 장차 행동을 할 사람이 동일 인물인 것이 전략상 더 낫다는 판단도 있었겠지만, 내가 생각하기에 그런 점 보다는 그 사람을 미행한다는 사실 자체, 그의 삶 속에 숨어들어서 그의 버릇, 취미, 혼자 있을 때의 태도, 회합이 있을 때의 외양, 그의 근심, 약점, 질병이나 악덕을 엿본다는 사실 자체가 이 세상의 무엇과도 바꿀 수 없는 즐거움이 아니었을까 싶소.

저녁이 되어 그가 돌아올 때에도, 그가 잠에서 깨어나는 아침에도, 벵자멩은 거기에 있었소. 그가 이발소, 치과, 병원에 갈 때에도 벵자멩은 따라갔소. 또 델레스트레가 좋아하는 레스토랑들과 단골 술집들을 알아냈소. 어떤 날들은 델레스트레의 얕은 수작을 확인하기도 했소. 어느 날 그가 길목에서 망을 보고 있는데, 12시에서 2시 사이쯤에 주위를 조심스레 살피며 집에서 나온 델레스트레가 집 앞의 공중 전화에서 누군가에게 전화를 하는 것이었소. 그는 그것이 틀림없이 스위스나 파나마의 은행에 거는 전화일 거라고 결론지었소. 벵자멩은 델레스트레의 새로운 친구들도 알게 되었고, 그의 정부(情婦)의 집에도 따라갔소. 그녀는 작은 키에 빨강 머리를 한 풍만하고 천박한 여자였는데, 어느 날 아침에는 뻔뻔스럽게도 엥그르 가에 그녀를 데려오기도 했소. 그러고는, 겉창이 내려진 큰 건물 앞의 보도 위에 선 채, 입에 담기도 어려운 상스러운 얘기를 하는 것이었소. 한번은 저녁 식사를 한 뒤 그녀의 집 앞에서 그냥 헤어졌는데, 그날 밤 그는 델레스트레를 뱅센느 숲까지 미행했소. 거기서 그는 델레스트레가 흥정을 하고 망설이고, 담판을 짓고, 진짜 여자인지 확인해 보려는 듯 더듬어보는 짓거리를 목격했소. 뱅자맹은 50미터쯤 떨어져 있었지만, 맹세코 보았다는 것이오! 그 '돼지'가 그곳에 자주 가는 모양이라고 하더군요.

그런 식으로 두 달이 지났을 때, 뱅자맹은 델레스트레에 대해서 충분히 알게 되었소. 그의 생활, 심리, 시간표, 그 무엇 하나 모르는 게 없었소. 그가 목격한 모든 사실들, 그 인물에게서 알아낸 모든 사실들은 그의 증오와 경멸, 무엇보다도 그의 신념 — 그를 죽인다는 것은 '자신의 이해 관계를 넘어서서 정의와 진정한 휴머니티에 따른 행동'(이건 그 자신의 표현이오)이라는 — 을 강화시켜 주었소. 그래서 세레나와 함께 오랫동안 여러 가지 방법들의 장단점을 검토한 뒤에, 그리고 등 뒤에서 냉혹하게 흔적도 없이 그를 죽일 수 있는 기회(그러니까 발레리오와의 계약을 가장 잘 이행할 수 있는 기회)를 열 번도 더 가진 뒤에, 그는 마침내 결정을 내렸소. 정면으로 얼굴을 마주보고, 그 '돼지'가 자기에게 무슨 일이 벌어지고 있는지를 명확히 알 수 있도록 행동하기로 말이오. 따라서 최상의 방법은, 1주일마다 한번씩 그가 시에클에서의 식사를 마치고 돌아오는 화요일 저녁의 그 정해진 시각에 그의 집에서 기다리는 것이었소.

마침내 그가 선택한 화요일이 왔소.

그날은 7월의 맑은 날이어서 아주 덥고 쾌청했소. 대기는 흥분된 듯 열에 들떠 있었소. 사실 그는 전날 밤 잠을 잘 자지 못했소. 아침 내내 침대에서 빈둥거리다가 정오에 샤워를 하고, 세레나와 정사를 한 다음 다시 샤워를 했소. 식사를 하려고 애를 썼지만 먹을 수 없었소. 신문을 사러 나갔지만 신문도 흥미를 끌지 못했소. 점점 더 예민해진 그는 5시 무렵에 세레나에게 말했소. "차를 좀 굴리다 오겠어. 행동할 때 기름이 가득 차 있으면 안 되니까." 세레나는 아무 말도 하지 않았지만, 기름을 빼려면 간단한 방법들이 얼마든지 있다는 걸 알고 있었소.

6시에 그는 돌아왔소. 방 안을 왔다갔다하다가 잠시 동안 다시 잠자리에 들었소. 세레나가 생제르맹 가의 한 음식점에서 구한 가벼운 식사를 가져다 주었소. 이번에도 그는 음식에 손을 대지 않았소. 어쩌면 정사가 자신을 진정시켜 주리라고 그는 생각했소. 그는 그녀에게 강한 욕망을 느꼈소. 어느 때보다도 그 마르고 가냘픈 육체를 원했고, 재빠르고 거칠게 그녀의 즐거움은 아랑곳없이 그 육체를 소유할 수 있으리라고 생각했소. 하지만 이상하게도 그는 그럴 수 없었소.

그러자 그는 총들을 손질하기로 결심했소. 그는 베레타에 기름칠을 했소. P38의 클립 용수철을 점검하고, 수없이 확인한 것이지만 한번 더 총들의 손잡이와 방아쇠의 유연성을 확인했소. 그러고 나서 그는 다시 잠을 잤소. 부드럽고 관능적인 목소리로 이제 9시라고, 더 이상 꾸물거리면 안 된다고 말하면서 그를 깨운 것은 세레나였소. 이번에야 그는 그녀를 가질 수 있었소. 자신의 조급함을 설명하면서 시간이 없다는 핑계로 선 채로 목욕탕에서 말이오. 그녀는 그의 어깨너머로 애정어린 시선을 보냈지요. 마치 변명하지 않아도 된다고 말하려는 듯이, 자신도 그것이 아주 마음에 든다는 듯이 말이오.

그는 다시 샤워를 하고 깨끗이 면도를 한 다음, 향수를 뿌렸소. 그는 거울 앞에 서서, 장 아저씨가 자신을 어떻게 생각할지 자문하지 않을 수 없었소. 변했다고 생각할까? 늙었다고? 아니면, 예전에 그가 여행에서 돌아왔을 때 보여 주던 그 끔찍한 시선으로 그를 바라볼까? 초등학교 1학년 때, 너무 창백하고 머리가 지나치게 길며 안색이 아주 좋지 않은 그를 보고 지었던 그 눈길로? 그는 어린 시절에 장 아저씨가 자신을 창피하게 만들었을 때 어머니의 거울 앞에서 혼자 그랬던 것처럼, 이를 악물고 눈살을 찌푸리며 턱을 당겨보았소. 그 생각을 하자, 그는 웃음이 나왔소. "왜 웃어요?" 세레나가 물었소. "아무것도 아니야. 사람의 머리에 총을 쏘면 틀림없이 나무 막대기로 멜론을 찌를 때와 같은 소리가 날 거라는 생각을 하고 있었어…" 세레나가 그의 옷가지를 가져왔소. 검은색 셔츠, 갈색 바지, 감청색 테니스화. 전문적인 살인자의 기본 복장이오. 어두운 색상의 옷을 입으면 상처를 입었을 경우 핏자국이 눈에 덜 띈다고 하오.

그러고도 그는 족히 1시간을 더 기다렸소. 한번 더 계획을 검토했고, 목욕탕에서 한번 더 손전등이 잘 작동하는가를 확인했소. 10시 반이 되어 막 출발하려는 순간, 그가 구토를 했소. "아무것도 먹지도 않았으면서… 어이가 없군요. 그러다가 늦겠어요." 세레나가 투덜거렸소. 다시 셔츠를 갈아입고, 계절에 비해 너무 덥지만 P38을 숨기기 위해 가죽 잠바를 걸치고, 전등, 장갑, 베레타가 든 스포츠 가방과 피갈의 장물아비에게서 산 범죄용 가방을 손에 들고, 결국 정확히 11시에 그들은 집을 나왔소. 그러고는 길 조금 아래쪽에 주차시켜 두었던 R16에 몸을 실었소. 차는 전날에 훔친 것이라는 얘기를 잊을 뻔했소. 핸들을 잡은 것은 그녀였고, 그는 스포츠 가방을 발치에 놓고 그녀의 옆자리에 앉았소. 그러고는 퐁토담 가를 향했소.

차가 달리는 동안, 그는 다시 장을 생각했소. 그의 어머니와 발레리오를 생각했고, 자신의 옆자리에 아무 말 없이 앉아 있는 세레나는 과연 무얼 생각하고 있을까 하고 그는 자문해보았소. '모든 게 끝이라는 걸 그녀는 알까? 이것이 우리들의 마지막 발라드라는 사실을? 늦어도 내일 아침이면, 내가 자… 안녕… 발레리오에게 안부를… 이라고 그녀에게 말하리라는 걸 그녀는 알고 있을까? 그래, 틀림없어! 그녀는 짐작하고 있어. 아니지, 그녀가 짐작할 까닭이 없잖은가? 그녀는 이렇게 믿고 있을 것이다. 행동이 끝나면 그들은 호텔로 돌아와서, 행동을 평가하고, 실수들을 분석하고, 집행부에 보낼 보고서를 함께 작성하고, 그 다음에는… 가엾은 세레나!' 그는 그녀의 코가 얼마나 높은지 눈여겨 본 적이 없다는 생각이 들었소… '그녀의 숱 많은 눈썹… 그녀의 주걱턱… 그리고 겨드랑의 털, 그녀에게 그 털에 대해서 잊지 말고 얘기해야지… 더구나 지금은 날씨가 더워서 이 멍텅구리가 여름옷을 입기를 고집하니까… 아니다, 어쨌든 나는 아무 말도 그녀에게 하지 않을 것이다. 왜냐면 오늘 밤은 어떻게 해서든….'

"아유! 벵자맹, 당신 지금 꿈꾸고 있어요?" 그렇게 말한 이는 바로 세레나였소. 그는 몽상에 깊이 잠겨 있었기 때문에, 자신들이 마담 가 모퉁이에 이르렀다는 사실을 깨닫지 못했었소. 차는 거기에 주차한 채 그를 기다리기로 되어 있었소. 마담 가에서 내린 그는 걸어서 갔소. 보지라르 가 의사당 앞의 경찰관은 더위에 지쳐서 그를 눈여겨 보지 않았소. 어울리지 않는 그 점퍼 덕택에 그는 몹시 더웠소. 사전의 각본대로 오데옹 극장의 출구를 지나자 오른쪽으로 풍토담 가가 나타났소.

그 거리에 발을 들여놓은 순간부터, 그는 자신이 그 거리의 구석구석을 한치도 빠짐없이 알고 있는 듯한 느낌이 들었소. 하나, 둘, 셋, 4층. 하나, 둘, 셋, 넷, 네 번째 만능 열쇠. 자, 이제 됐다. 그렇게 어려운 일은 아니다. 이제 나는 여기 와 있다. 고집스러운 세레나의 계획대로, 이제 나는 조심스럽게 모퉁이의 커다란 서재로 가기만 하면 된다. 델레스트레가 저녁 식사에서 돌아오면 언제나 맨 먼저 그 방에 불이 켜지는 것을, 그는 6주 동안 계속해서 목요일마다 목격했었소. 책상 뒤에는 문쪽을 향하여 커다란 안락의자 하나가 있었고, 거기에 앉아서 그는 델레스트레를 기다렸소.

그는 겁이 났을까?

그 표현은 적당치 못하오. 기껏해야 약간의 불안이었소. 두려움… 굳이 말한다면, 작문 시험이나 구두 시험 전날에 경험하곤 했던 그런 종류의 두려움 말이오. 지루하기도 했소. 침묵의 순간들, 갑자기 시간이 한없이 느리게 지나갔소. 도착한 즉시 그는 자리를 잡고, 어둠에 눈을 익히고, 손전등으로 가구들과 주위의 물건들을 살펴보았소. 여러 차례 P38의 소음 장치를 점검하였고, 열 번도 더 가방에 손을 넣어 베레타를 확인하였소. 만일의 경우에 즉각 손에 잡히도록 손잡이가 제 위치에 있는지… 그는 또 어머니의 일기 속에서 읽은 적이 있는 이야기 하나를 떠올려 보았소. 바로 이 모퉁이의 창문에서 델레스트레가 망원렌즈가 달린 총으로 아버지가 보낸 마지막 심부름꾼을 겨냥했다는….

그런데 그 모든 일을 하고 난 뒤에도 시간은 10분밖에 지나지 않았고, 새가 날아들려면 50분이나 더 남아 있었소. 그러다가 그는 난데없이 참을 수 없는 배뇨기를 느끼기 시작했소. 배뇨기라니, 그것은 계획에 없던 일이었소… 참아야 할까? 화장실을 찾아봐야 하나? 그는 5분을 참았고, 볼일을 보는 데 5분이 걸렸소. '전부해서 10분이라. 지루한 판에 그나마 다행이군. 그가 올 때까지 이곳을 좀더 살펴보면서 계속 시간을 죽이는 게 좋겠군.' 그래서 그는 손전등의 빛 기둥을 앞세워 욕실과 거실, 예전에 자신이 어렸을 때 쓰던 방임에 틀림없는 약간 부자연스럽게 꾸며진 방을 둘러보았소.

장의 침실에서 그는 서랍장 위에 놓여 있는 어머니의 초상화를 단번에 알아보았소. 아무 생각 없이 그는 초상화를 주머니에 넣었소. 그러나 잠시 생각한 뒤, 다시 제자리에 놓았소. 첫 번째 서랍을 우연히 열어본 그는 그 속에서 뒤죽박죽으로 섞여 있는 사진 뭉치를 발견하였소. 여러 시기에 찍은 델레스트레의 사진들. 친구들과 함께, 여자들과 함께 찍은 사진들. 물론 아내와 함께 찍은 사진도 있었고 유명한 정치가들, 미지의 사람들과 찍은 사진들도 있었소. 그는 건성으로 뒤적거렸소. 사소한 즐거움을 기대하면서 말이오. 그는 하나같이 흥미 없고 따분한 그 원판 사진들을 차례로 집었다가는 내던져 버렸소. 그러다가 막 서랍을 닫으려는 순간 한 장의 사진이 특별히 그의 시선을 끌었소.

그 사진에 어떤 특별한 점이 있었을까? 역시 그것은 그의 어머니 사진이었소. 수영복을 입고 해변에 누운 그녀 주위에 두 사람의 실루엣이 서 있는 모습이었는데, 그는 어렵지 않게 그들이 장과 에두아르라는 것을 알 수 있었소. 세 사람 모두 젊고 아름다웠소. 그들의 옷차림, 머리 모양, 수영복의 형태로 보아서 오래된, 적어도 전쟁 이전에 찍은 사진임을 누구라도 알 수 있었소. 그러나 마틸드의 표정과 시선의 각도, 카메라가 포착한 머릿결의 움직임, 모래밭에 누워 있는 그녀의 자세, 혹은 다리를 꼬고 있는 모습 속의 무언가가(그가 그 점을 놓칠 리가 없었소) 특별히 그의 주의를 끌었소. 그는 거기에서, 40년 이래 아마 그 누구도 그 사진을 보면서 깨닫지 못했던 점을 이해했던 것이오. 즉 에두아르와 결혼하던 순간 혹은 그 전부터 그녀의 욕망은 이미 다른 사람에게로, 장에게로 향해져 있었다는 사실 말이오.

'돼지 같은 놈!' 거칠고 사나운 증오심이 갑자기 끓어오름을 느끼면서도, 그는 더 이상 그 생각을 하고 있을 시간이 없다고 생각했소. 실제로 복도에서 인기척이 나더니, 그가 잘 알고 있는 발작적인 기침 소리가 들려왔소. 그는 생각을 멈추었소. 이번에는 몇 분이 지났는지도 보지 않고, 즉시 서재의 자기 자리로 돌아왔소. 그러자 언제나처럼 정확하게 델레스트레가 입구의 문을 닫는 소리가 들렸소. 델레스트레는 우선 욕실로 갔소. 그 다음에는 부엌에 가서 물을 한 잔 마셨소. 그는 델레스트레가 여러 방을 드나드는 소리를 들었소. '아니, 도대체 저 바보 녀석이 무얼 꾸물대고 있는 거야? 뭘 기다리는 거지? 하필이면 오늘 밤에 서재에 안 들어와서 나를 낭패로 빠뜨릴 작정인가?'

뱅자멩이 그를 만나러 가기 위해 막 일어서려는데 문득 불이 켜졌소. 노인이 양말을 신고 있었기 때문에 다가오는 소리를 듣지 못했던 것이오. 그래서 노인이 먼저 그를 보았소. "아니! 거기서 뭘하는 거냐?" 15년 만에 자신의 안락의자에 앉아 있는 양아들을 발견한 것이 그다지 놀랍지 않은 듯이, 그가 평범한 어조로 말했소. "여기서 뭘하는 거야? 어떻게 들어왔지?" 뱅자멩은 아무 대답도 하지 않았소. 그러자 그가 다가와 테이블 반대쪽, 그의 정면에 있는 의자에 앉았소. 질문을 던져 놓고 대답을 기다리는 시험관처럼, 지쳤으면서도 관대한 태도로 말이오. 사실, 겉보기보다 노인은 많이 불안했을 것이오. '이 아이가 자정이 넘은 시간에 내 집에 왔다면, 거기에는 그만한 이유가 있을 텐데'라고 그는 생각했소. '혹시 무슨 어려움이 생겼을까? 도움이 필요한 것일까? 여자에게 임신을 시켰나? 결혼한다고 알리러 왔나? 예전에 내가 처리한 자기 어머니의 유산 문제에서 이상한 점을 발견한 것일까? 공갈 협박을 하러? 마들러 은행 시절에 그랬던 것처럼?' 온갖 가능성들이 그의 머리 속을 오갔소. 그는 순간적으로 그러한 가능성들을 검토하고, 부정하고, 다시 생각해보았소.

"애쓸 것 없어요." 마침내 뱅자멩이 말했소. "나는 당신을 죽이러 왔습니다." 자신의 양아들로부터(혹은 다른 그 누구로부터라도) "애쓸 것 없어요. 나는 당신을 죽이러 왔습니다"라는 냉정하고 태연한 말을 듣는 것이 한 남자에게 어떤 효과를 줄 수 있는지는 정말 누구도 알 수 없을 거요. 단지 우리가 알고 있는 것은, 막 일어나려고 하던 노인이 다시 자리에 앉았다는 사실이오. 그는 멍하니 권총을 응시했소. "아, 용서해다오"라고 그가 말했소. 갑자기 아랫배가 구리기 시작했던 모양이었소. 그런데 그가 말을 하기 시작했소. 아주 빠른 어조로 말하기 시작했소. "그래, 내가 그랬다… 나야… 요즘에는 정말 후회하고 있단다… 내가 양심을 속였어… 그렇지만 나를 원망하진 말아야 한다. 애야… 왜냐하면 내가 그랬던 건 너를 위해서니까… 우리 모두를 위해서… 그것 때문에 우리 둘 사이가 이렇게 어려워졌구나… 너무 복잡하게… 그리고 일을 한층 복잡하게 만든 건 네 어머니야. 그 여자의 낭만적인 생각 때문에 말이다!… 그 여자의 부탁이었지!… 그 여자가 말하곤 했던 것처럼, 죽기 전에 네게 '내막'을 알려 주겠다는 생각 말이다!… 그런데 내가 서류 — 그러니까 녹음 테이프지. 너도 기억하겠지만, 그건 녹음 테이프였으니까 — 를 발견했을 때 없애고 싶었던 건 정말 사실이야. 그리고…"

뱅자맹은 얼떨떨했소. 그는 자기가 증오하는 사람을 죽이러 왔고, 그 증오심은 맹렬하고 절대적인 것이었소. 그는 정말이지, 모든 이유와 설명을 넘어서서 그를 증오했소. 꼭 한 가지 이유가 필요하다면, 정말 한 가지 설명이 필요하다면, 그것은 그가 아버지의 자리를 차지했고, 어머니를 우롱했고, 자신을 파멸시켰다는 사실이었소. 그런데 그 남자, 그 짐승, 절대적이고 결정적인 죄인은 지금 멋대로 생각하고 있는 것이었소. 오늘 밤 그가 온 것은 사라져 버린 유서에 관한 불확실한 사정 때문이라고 말이오. 그가 지은 엄청난 죄에 비하면 너무 하찮은 것이어서 벵자멩은 이미 잊고 있었지만, 장은 그 일을 기억했던 것이오. 20년 전부터 그는 줄곧 그 일을 생각해온 모양이었소. 그리고 그 일이 그가 자발적으로 뉘우치는 으뜸가고 유일한 과오인 모양이었소.

오해에서 생겨난 우스꽝스러운 얘기가 갑자기 벵자멩을 미소짓게 했소. 아니, 그의 목적을 흐려 놓았다는 표현이 옳겠지요. 노인이 말을 한다는 사실 자체, 노인을 구체적으로 눈앞에 대하고 있는 사실 자체가 그의 결심을 흔들어 버린 거요. 그리고 그칠 줄 모르는 엉뚱한 수다, 변명하려는 듯 "얘야, 너도 알지…" 어쩌구저쩌구 바보스럽게 덧붙이는 그의 수다가 벵자멩의 마음을 흔들어 놓았소.

그렇소. 그 모든 것이 그를 당황하게 했고 또 아연케 했소. 엉뚱한 수다에 곤혹스러워 하며 그를 바라본다는 사실 자체가 그토록 한 인간을 가깝게 느끼게 할 수 있다는 사실을 그는 미처 몰랐던 거요… 이제 그는 방금 전에 자신이 얼마나 그를 증오했었는지, 얼마나 그를 죽이고 싶었는지를 기억하기 위해 온통 정신을 집중해야 했소… 1분 전에만 해도 이유가 필요없었던 그 욕망, 모든 이유를 초월했던 그 욕망이 갑자기 너무나 허약하게 보여서, 그는 수많은 생각들로 그것을 정당화하고, 일으켜 세우고, 강화시켜야만 했소.

자, 이제 됐다… 다시 돌아왔어… 그 오랜 증오심이 되살아난다… 자라난다… 그러다가는 그만이었소. 증오심은 또다시 죽어 버렸소! 노인이 책상 위의 옛날 사진(아까 벵자멩이 무심코 거기 놓아둔)을 바라보며 웃었던 거요. 마치 이렇게 말하는 듯한 표정이었소(어쩌면 실제로 말했을 거요). "아, 그래! 애야, 좋은 시절이었지. 보다시피, 저 세 사람처럼 서로 뜻이 안맞을 수는 없었을 거야." 그런데 그 시선, 그 미소가 벵자멩에게는 그 야말로 마지막 일격이었소. 그는 자신이 살인하지 않으리라는 것, 장차 더 이상 살인할 수 없으리라는 것을 깨달았소. 벵자멩은 발치에 있는 가방에 P38을 넣고 조용히 일어나 문을 향해 걸어갔소….

거기서부터 사태는 급박해졌소. 나는 델레스트레 자신이 경보를 울렸으리라고는 절대로 생각지 않소. 어떤 경찰관(어쩌면 의사당을 경비하는)이 우연히, 계절에 비해 너무 두꺼운 가죽 점퍼를 입은 웬 수상한 사내가 풍토담 가의 한 으리으리한 건물로부터 뛰어나오는 것을 목격했던 모양이오. 경찰관은 그를 소리쳐 불렀고, 그는 대답하지 않았소. 그러자 경찰관이 그에게 경고를 했고, 벵자멩은 뛰기 시작했소. 경찰관 역시 뛰기 시작했고, 벵자멩은 더욱 빨리 달렸소. 호루라기 소리, 사이렌 소리, 다시 한 번 경고가 있은 뒤부터의 발포 소리가 어지러운 가운데 다른 경찰관들이 합세했고, 벵자멩은 뛰는 상태에서 가방의 베레타를 꺼낸 다음 거추장스러운 가방을 던져 버렸소. 소동에 놀란 세레나가 전속력으로 후진하여 보지라르 가에 도착했을 때, 그는 완전히 이성을 잃고 있었소. 그는 세레나가 시키는 대로 차에 타는 대신, 땅에 한 쪽 무릎을 대고 뒤쫓아 달려오는 무리를 향해 발포했소. 그 모든 것 — 추격, 차의 도착, 경찰관들을 향한 사격 — 이 합해서 1, 2분 이상을 끌지 않았소. 그 다음, 세레나가 추격자들을 따돌리고 벵자멩을 내 집 앞에 내려 놓을 때까지 7, 8분이 더 걸렸소.

새벽 2시가 좀 넘은 시각이었소. 벵자멩은 내가 이제까지 당신에게 요약한 이야기를 내게 해주면서(셍 조르주에서 그랬듯이) 밤의 나머지 시간을 보냈소. 그때까지 그가 모르고 있던 유일한 사실은 — 다음날 신문에서 알게 되었지만 — 전세계의 경찰관들이라면 그 누구도 도저히 용서할 수 없는 범죄를 그가 저질렀다는 것이었소. 경찰관 두 명에게 부상을 입히고 한 명을 죽였으니까 말이오.

6

 자, 그후의 일은 당신도 잘 알거요.
 적어도 나만큼은 알고 있을 거요. 그 순간부터 벵자멩은 도망치고, 몸을 숨기고, 끊임없는 불안 속에서 살아가야 했소. 옛 친구들은 물론 자기 자신의 그림자조차도 믿지 못하게 된 거요… 어쨌든 그 바람에 나도 더 이상은 그와 직접적인 접촉을 갖지 못했소.
 세레나도 도망치는 데 성공해서 곧 프랑스를 떠난 걸로 알고 있소. 내 생각에, 그녀는 벵자멩과 함께 가려고 갖은 수단을 다 썼을 거요. 애원도 했을 것이고, 매달리기도 했을 거요. 버림받아 절망에 빠진 연인의 모습으로 그의 마음을 움직여 보려고도 했을 거고, 그의 시종, 노예가 되겠노라고, 세상의 어떤 여자보다도 더 잘 그를 모시겠노라고 약속도 했을 거요. 달리 선택의 여지가 없다는 사실을 깨우쳐 주려고도 했을 거요. 모든 경찰이 그를 찾고 있다. 궁지에 몰리기 전에 빨리 떠나야 한다. 이제 안전한 곳은 로마뿐이다. 그곳의 새로 조직된 지부에서 그녀 곁에 숨어 있어야 한다….

그런 수단들이 먹혀들지 않자 그녀는 화도 냈을 거요. 욕도 했을 것이고, 동료였던 '생선 장수'의 원색적인 말들을 흉내내서, 비열하고 겁쟁이고 불알도 없는 사내라고 그를 몰아치기도 했을 거요. 그런 말다툼 끝에 낙담해 버린 그녀의 모습이 나는 상상이 가오(왜냐하면 그 모든 것 가운데 분명한 사실이 하나 있다면, 그건 그녀가 그를 사랑하고 있다는 사실이니까). 당신한테는 그럴 권리가 없다고 윽박질렀을 거요. 그런 식으로 빠져나가지는 못할 것이다. 당신은 계약을 이행하지 않았다. 그 소동 속에서 우연히 죽은 경찰관 따위는 발레리오에게는 아무 가치도 없다. 우리들이 여기 온 것은 그 일 때문이 아니다. 따라서 당신은 지부에 갚아야 할 빚이 남아 있다라고… 결국 그 가엾은 여자는 할말을 다한 셈이오. 길다란 코에 슬픈 얼굴을 한 그 작은 처녀는 어쩔 수 없이 고약하고 성마른 여자가 되기도 했었고, 또 여자 특유의 온갖 무기와 계교를 총동원하기도 했었으니까.

하지만 소용이 없었소. 어떤 공갈 협박도 벵자맹의 고집을 꺾지 못했소. 당시의 절망적인 상황과 광기 속에서, 10여 년 만에 처음으로 그가 분별 있는 결정을 내렸던 것이오. 그는 남기로 작정했소. 뭘하려고? 정말이지 어려운 질문이지요. 아무리 그가 '분별이 있었다'고 하더라도, 경찰관을 살해했다는 부담은 여전히 남아 있었으니까 말이오. 국경 전체에 그의 인상착의가 전달

되었소. 어린 시절에 그가 두둔하곤 했던 사건 난의 주인공들처럼, 이번에는 그의 사진이 여러 신문에 실렸소. 특히 대중매체들은 맹렬히 그를 공격했소. 준수한 용모와 재력, 엽색가로서의 명성, 대독 협력자였던 아버지, '해방과 동시에 삭발을 당한 어머니', 요컨대 가난한 사람들이 동경할 만한 것은 모두 갖춘 괴상한 집안의 자식이라는 식으로 말이오. 정부까지도 시경 국장 비서의 목소리를 빌어 거기에 가세했소. 그 비냘이라는 작자는 (그 역시 예전에는 좌파주의자였고, 벵자맹의 친구였는데) 텔레비전에 나와서 심각하고 차가운 목소리로 말했소. "이 사건은 명백히 체제 전복자의 최후의 발악이다. 프랑스 국민들은 절대 현혹되지 말 것을 당부한다. 정부는 일벌백계의 방식으로 대처할 것이다…." 요컨대 벵자맹은 비록 제1의 공적(公敵)은 아니었지만, 이제 비행기나 기차, 택시조차도 탈 수 없게 되어 버렸고 차를 빌릴 수도 없게 되었소. 길거리를 돌아다니는 것 자체가 엄청난 모험일 정도로 세상에 노출되어 버린 것이오.

딱한 일이었소. 하지만 그런 것은 아무래도 좋았소. 그는 남기로 결정했고, 결국 남았으니까. 모택동주의를 추구하던 시절에 즐겨 인용하곤 했던 중국 속담, "등잔 밑이 어둡다"라는 말 그대로 그는 파리 한복판의 포부르생마르탱 가에 하숙을 정했소. 그곳에서 그를 찾아낼 생각을 할 사람은 절대로 없으리라는 계산에서 말이오.

나는 그곳에 가보았소. 물론 나중의 일이지만 말이오.

지은 지 100년도 채 안 되어 보이는데 벌써 곰팡이가 슬기 시작하는, 지저분하고 우중충한 건물이었소. 병원으로 용도 변경된 수도원 건물과 이웃해 있지 않았더라면, 영락없이 그가 예전에 들락거리던 갈보집 정도로 생각될 정도였소. 그렇지만 안은 깨끗했소. 아담하기도 했고, 한쪽 편에 있는 공동 식당의 테이블들은 방수포로 덮혀 있었고, 구석에는 텔레비전이 놓여 있어서 식사를 끝낸 하숙생들이 모여들었소. 10시에 문을 닫고 나면, 밤중에는 소란을 피우는 게 금지되어 있고, 요컨대 그가 좋아하던 시골 분위기 — 발자크나 심농의 소설 분위기 — 를 그대로 풍기는 곳이었소. 70년대 말에 공화국의 한복판 파리에 그런 곳이 있으리라고는 나는 정말 상상도 못했었소.

하숙집 주인인 레온 부인은 1943년에 고문으로 사망한 리무쟁 프랑스 의용군 지하 운동가의 미망인이었소. 60대쯤으로 보였는데, 줄곧 그곳에서 살아왔노라고 말했소. 좀 거만해 보였고, 나이 들면서 '사람들에게 존경받는 법'을 체득한 노처녀들처럼 입담이 좋은 여자였소. 그녀에게 어린 조카딸이 하나 있었는데, 내가 보기엔 열너덧 살 정도밖엔 안 들어 보였으나 열여덟 살이라고 자랑스럽게 얘기했소. 내가 벵자멩에 대해서 물었더니 몹시 얼굴을 붉혔소. 하숙생들은 여러 부류의 사람들이었는데 — 학생, 연금 생활자, 그런 대로 넉넉한 실업자, 노부인들 — 다들 좋은 사람들이었소. 그들은 '파리의 온갖 부랑자들과 함께' 아파트에 사느니 오히려 그곳에서 사는 게 안전하다고 느끼고 있었소.

그 남자들, 그 여자들이 그를 알아보았을까? 아직 젊은 나이에, 아무도 웃는 모습을 본 적이 없는 그 '우울한' 남자의 진짜 신분을 그들이 알고 있었을까(내가 만난 증언자들의 대부분은 '우울하다' 라는 형용사를 썼소)? 그들은 몰랐다고 얘기했소. 하지만 나는 그들이 알고 있었다고 생각하오. 단지, 이번에도 그의 매력이 작용했을 거요. 그의 상냥함과 친절, 부인들에게 환심을 사는 태도, 남자들에 대한 예의바름, 그리고 내가 익히 알고 있는 남의 말에 귀 기울이는 그 놀라운 장점. 그 덕분에 그는 매일 저녁 식사 시간이면, 실업 상태에 있는 VRP, 치과 대학생, 퇴직한 뒤의 할 일을 꿈꾸는 우체국 직원 따위의 객담에 열중할 수 있었을 거요. 신체적인 매력도 있었소. 그에게 여전히 어떤 우아함이 있었소. '천벌받은 아름다운 천사장처럼 엄숙하고 어두운' 그의 표정은(이건 그 어린 조카딸의 표현이오) 틀림없이 노처녀들을 황홀하게 만들었을 것이오. 특히 여주인이 홀딱 반해서 성심성의껏(실제로 그 작자가 어떤 사람인지는 아무도 아는 바가 없었지만) 그를 보살피고 보호해 주었으리라고 생각하오.

문제의 핵심으로 들어가서, 결국 나는 이렇게 생각하오. 그가 그녀의 하숙집에 정착한 것이 결코 우연만은 아니라는 것 말이오. 이것이 20여 명이나 되는 사람들의 눈과 귀가 있는 장소에 그가 그런 식으로 무심하게 거처를 정할 수 있었던 데에 대한 유일한 설명이오. 겉으로는 소시민층의 아담하고 점잖은 싸구려 식당처럼 보이지만, 그곳은 아마 알제리 전쟁과 함께 생겨났다가 후기 모택동주의 운동 속에서 역할을 되찾은 연대 조직망들 중의 어떤 것과 관련이 있었을 것이오. 결국 이유야 어쨌든 간에, 이것은 사실이오. 즉, 자기 그림자조차 두려워하던 그가 거의 그대로 자신을 드러낸 채 그곳에 묵었다는 것, 그리고 머무는 동안 누구도 그러한 사실 때문에 불안해하거나, 그를 고발하려고 하지 않았다는 것 말이오.

여름은 그렇게 지나갔소. 그리고 가을이 시작되었소. 그는 다른 사람들보다도 먼저 새벽에 일어났고, 아침 식사 준비로 분주한 여주인과 부엌에서 잠시 잡담을 하는 것으로 하루 일과를 시작했소. 나머지 아침 시간과 오후의 대부분은 자기 방에서 책을 읽거나, 몽상에 잠기거나, 글을 쓰면서 보냈다고 했소. '가족들'과 함께 식사를 끝낸 뒤에는, 별 거리낌 없이 사람들과 어울려 텔레비전을 보거나 응접실 한구석에서 '조카딸'에게 전날 빌려준 책을 평해 주기도 했소. 그는 자기 의사와 관계없이 주어진 한가함 속에서 차츰차츰 기력을 회복했고, 미래에 대한 약간의 신뢰와 믿음을 되찾았던 것이오.

그는 이제 마룻바닥이 수상쩍게 삐걱거리는 소리에도 더 이상 소스라쳐 놀라지 않았소. 밤이면 평온한 마음으로 잠들 수 있었소. 그리고 그와 그의 사건에 대한 언론의 얘기가 점점 줄어들다가 마침내 완전히 사라져 버렸다는 사실도 확인했소. 바로 그러한 정신 상태에서, 1979년 10월의 어느 이른 아침, 그는 도피 생활 이후 처음으로 내게 전화를 걸 결심을 했던 것이오.

나는 그 전화를 평생 잊지 못할 것이오.

그의 목소리는 어떤 식으로든 자기의 감정을 드러내는 일을 피하려는 듯 약간 퉁명스러웠소. '도청하는 사람'이 있을까봐 그는 자기가 있는 곳이 어딘지, 아직 파리에 있는지 여부를 내게 말하지 않았소. 1초도 아깝다는 듯이 용건만을 재빨리 얘기했소. "알랭, 그 여자… 그 여자가 말이오… 아니, 어느 여자라니요… 내가 알기론, 서른여섯 명은 안돼요… 그 여자, 생각해봐요… 그래요, 알겠죠?… 아니, 제발 이름은 말하지 말고… 전화로는… 좋아요… 이제, 알겠어요? 그 여자를 만나야겠어요… 목요일에… 물론이죠, 이번 목요일… 그녀가 안 된다면, 다음 주… 아니면, 그 다음 주… 15시 정각에 뱅자멩 콩스탕의 묘소에서… 아니, 콩스탕… 뱅자멩 콩스탕… 아뇨, 상관없어요… 알려고 하지 말아요… 그냥 그렇게만 전해 줘요… 목요일, 15시, 뱅자멩 콩스탕, 그러면 그녀가 알겁니다." 그러고는 전화를 끊었소. 더 이상 설명도 없이 말이오. 언제나 그랬듯이, 무례하게.

나는 바보처럼 사무실에 쪼그리고 앉아서 그가 내게 뭘 바라는지를 이해하려고 애썼소. 도대체가 엉뚱하고 무례한 부탁이라고 생각되면서도, 내가 제대로 알아들었는지조차 알 수 없었소. 내가 착각하지 않았는지… 정말 그 여자를 말하는 것일까? 내가 알고 있는 모든 사실들과 그가 한 말을 종합해 볼 때, 정말 그 여자일까? 그러나 의심을 품어봐도 소용이 없었고, 우스꽝스런 일이라고 생각해봐도 소용이 없었소. 나는 내심 그의 부탁을 버릇없는 어린애의 변덕쯤으로 매도하기도 했고, 무엇보다도 굉장히 위험한 일이라고(남자를 만나러 가는 여자의 뒤를 밟는 수법은 경찰 수사의 정석에 속하는 수법이니까) 생각하기도 했소. 그가 내게 그런 어리석은 짓을 시킬 수는 없는 법이라며 가지 않겠다고 결심하기도 했소. 내가 직접 약속 장소에 가서 이런 식으로 둘러댈 수도 있다는 생각까지 했소. 즉, 부탁한 대로 했지만 이러저러한 이유로(여자가 아프더라, 없더라, 여행중이더라, 찾을 수가 없더라 등등) 그녀에게 말을 전할 수 없었노라고(그렇게 한다면 그를 만날 수도 있고, 또 나 자신이 직접 사태를 확인함으로써 지난 3개월 동안의 지긋지긋한 불안을 떨쳐 버릴 수도 있다는 계산도 있었소).

하지만 소용이 없었소… 어쩔 수 없었소… 나는 내가 공연히 허세를 부리고 있다는 사실을 명백히 의식했소… 나는 결코 그렇게 할 수 없었소. 어쨌든 궁지에 빠져 있는 사람이 일을 부탁해 왔을 때, 그런 식으로 처신할 수는 없는 일이었소. 게다가 내가 모르는 어떤 이유로 해서, 그가 정말로 그녀를 필요로 하고 있을지도 모르는 일이었소. 또한 그녀가 올 수 없었다거나 오고 싶어하지 않더라고 말했을 경우 그 자신이 직접 그녀를 만나러 갈 수도 있는 일이었고, 그렇게 된다면 나 때문에 그가 한층 더 위험한 지경에 빠지게 되지 않겠소? 그런 식으로 모든 것을 검토해 본 끝에, 나는 선택의 여지가 없다는 결론에 다다랐소. 나는 무거운 걸음으로 천천히 우체국으로 걸어 내려갔소. 내 생애에서 어쩌면 가장 어리석은 짓을 하고 있는지도 모른다는 사실을 '의식'하면서도 — 아니, '의식'이라는 단어는 적절치 못하오. 그건 차라리 직감이었소 — 나는 지역번호와 게빌러의 로젠펠트 씨네 전화번호를 차례로 돌렸소.

전화를 받은 사람은 쌍둥이 동생 콩스탕스였소.

그녀는 전화를 건 사람이 나라는 것을 알자, 이내 조그맣고 달콤한 목소리로 탄성을 질렀소. "아, 정말 굉장한 사건이에요… 그래요, 대단한 사건이에요… 알겠지만, 신문에 다 났거든요…

무슨 새로운 소식 있어요?' 어쨌든 나로서는 대답도 하지 않았겠지만, 그녀는 내 대꾸도 기다리지 않고 계집애처럼 말을 이어나갔소. "마리는 형편이 그리 나쁜 편은 아니에요… 뭐라구요? 당신은 모르고 있었어요? 저런, 이제는 거기 살지 않아요! 물론, 결혼했죠… 그렇게 해서 가정주부가 되었구요… 혹시 주소를 알고 싶으세요? 잠깐만요… 여기 있네요…."

그렇게 해서 나는 몇 시간 뒤에 스트라스부르 주택가의 한 부르주아 아파트에 도착했고, 그곳에서 마리를 만날 수 있었소. 파리에 있을 때보다 예뻐진 데다가 아주 건강한 모습이었고, 6, 7년이 지났는데도 별로 늙은 것 같지 않았소. 그리고 끔찍하게도, 실제로 '가정주부'가 되어 있었소(그 점에 있어서 콩스탕스는 옳았던 거요). 그녀는 울고 있는 아기 하나를 팔에 안은 채 머리카락에서 요리 냄새를 풍기며 나를 맞아들였고, 옆에는 작은 방패 무늬의 플란넬 상의를 걸친 허여멀쑥한 남자가 서 있었소. 아마 벵자맹이 보았으면 틀림없이 '똥구멍으로 나온 족속'이라고 말했을 정도로, 그는 마리에게서 한 발짝도 떠나지 않았소. "내 아들, 니콜라스에요." 아기를 가리키며 그녀가 말했소… "내 남편, 다미엥이구요." "알랭 파라디… 당신 알죠? 자주 말했던 파리의 그 친구예요."

그렇소. 실제로 그는 '아는' 것 같았소. 그러나 불행하게도, 그가 '안다는' 것이 내게 이로워 보이지는 않았소. 그의 레이밴 안경 뒤에서 빛나던 적대적이고 무례하기까지 한 그의 시선이 그 증거요. 식사 내내, 그는 작고 얄팍한 입술로 자신은 공증인이며 아버지도 공증인이었고 덕분에 사업은 잘 된다는 얘기만을 내게 했소. 커피를 마시면서, 그는 나에 대한 무언의 경멸로밖에 해석할 수 없는 그런 태도 — 주인 같은 태도 — 로 아내의 허벅지에 손을 얹고 있었소. 어떤 밀담이 오가지 않을까 경계하며, 단 한순간도 우리 둘만이 있게 하지 않으려는 배려에서도 그 증거를 볼 수 있었소.

나는 상황이 계속 그런 식으로 유지될 것인지를 헤아려보았소. 내가 그녀에게 뭔가 말을 할 수 있도록 그녀가 결국은 어떤 속임수나 책략을 생각해 내지 않을까? 천만의 말씀! 그녀는 '속임수' 따위는 신경조차 쓰지 않았소. 그녀는 나를 몇 년 만에 만난 옛 친구로 대했소. 시골 생활의 매력에 대해 자신이 늘어놓는 평범한 얘기들을 듣기 위해서 내가 수 킬로미터를 달려왔다는 사실을 한순간도 의심하지 않는 것 같았소. 저녁나절이 끝날 무렵, 내가 알던 그 심각한 아가씨와는 전혀 다른, 적당히 경박하고 어리석은 알자스 부르주아 여성의 역할을 해내는 그녀의 익숙한 태도에 점점 더 짜증이 났지만 결국 나는 이해하게 되었소. 그 바보가 행복하다는 사실을… 아주 단순하게, 어리석게 행복하다는 사실을….

그녀의 미소를 보기만 하면 알 수 있었소. 자신을 애무하는 그에게 그녀가 던지는 촉촉한 시선을 보면 알 수 있었소. 그것은 마침내 보금자리를 찾은 암캐, 세상의 무엇을 준다 해도 그 보금자리를 떠나지 않을 충실한 암캐의 시선이었소. 자기의 주인이 관대하게 봐준 데 대해서 감사하며, 모든 낮과 모든 밤과 온 생애로도 부족하다는 투의, 복종하고 굴복하고 결정적으로 무릎을 꿇은 여자의 미소였소. 그 미소와 시선을 살피고 검토해

봐도 소용 없는 일이었을 것이오. 거기엔 어떠한 고통, 회한, 비탄의 흔적도 없다는 사실을 나는 잘 알고 있었소….

그런 생각에 나는 은근히 부아가 치밀었소. 벵자멩을 생각할 때, 그런 그녀의 모습은 나를 슬프게 했소. 그러나 그것은 나의 행동이 과연 옳은 것인지에 대해서 내가 품었던 약간의 우려를 떨쳐 버리게 해주는 장점도 지니고 있었소. 내가 그녀에게 건성으로, 어쩌면 극히 경멸적인 태도로 내 짤막한 메시지를 전한 것은 문으로 다가가며 작별 인사를 하는 순간에 이르러서였소. 그녀의 남편이 내 망토를 가지러 가느라 10초 내지 20초 동안 우리를 단둘이 남겨 놓을 수밖에 없었던 거요. 나는 그녀가 이해했는지 제대로 알아들었는지조차 알 수 없었소. 그러나 최소한 내 임무를 완수했다는 만족감은 들었소.

그런데 …

여자들의 심리에 대해서 내가 아직 모르는 것이 많았던 것 같소. 여자들의 이중성·교활함·냉정함에 대해서 나는 참으로 무지했었소. 남편의 애무를 받으며 깔깔거리는 동안 그녀가 머리 속으로 어떤 엄청난 계산을 하고 있었는지 나는 정말 상상조차 못했소. 한번 상상해보시오, 그녀는 내가 미처 돌아서기도 전에 짐을 쌌던 거요! 현명하고 얌전하고 더없이 가정적인 시골 여자, 방금 전에 다이엥에게 신앙에 가까운 시선을 보내던 여자, 그녀에게 나는 작별 키스를 하면서 단지 이렇게 말해 줬을 뿐인데 말이오(알아들었는지 확인도 못한 채)… "벵자멩은 살아 있습니다… 파리에… 이번 목요일 오후 3시에 페르라세즈에 있을 겁니다…."

 상상해보시오, 그걸로 충분했다는 것을. 그녀는 짐을 싼 다음, 아이의 뺨에다가 길게 두 번 입맞춤을 했소(좀 후하게 말하면, 약간 눈물도 흘렸겠지만). 다미엥한테는 엉뚱하고 허무맹랑한 이야기로 둘러댔소. 결국 그녀는 몇 년에 걸쳐서 공들여 쌓아올린 그 모든 행복을 단 5분 만에 팽개쳐 버린 셈이오. 상상이나 되오? 바로 그 목요일 오후 3시 조금 못미처서 내가 페르라세즈에 갔을 때(나는 벵자맹에게 나의 임무가 실패했음을 설명하고, 어떻게든 다음 주에 그가 다시 그곳에 오는 일만은 막으려는 속셈이었소), 그녀가 거기 있었던 거요.

 그렇소, 마리였소. 의심할 여지도 없었소. 검은 망토를 입고 있었지만, 500미터 거리에서도 나는 그녀를 알아보았소. 그녀는 나보다도 먼저 와서, 벵자맹 콩스탕의 무덤 주위를 서성거리고 있었소. 나는 그녀가 날 알아보기 전에 재빨리 걸음을 멈추었소. 그러고는 그 자리에서 그녀의 굽 낮은 신발, 젊음이 퇴색하기 시작한 몸매, 쪽지어 묶은 긴 갈색 머리를 눈여겨보았소. 그녀는 명랑해 보였고 멍청이처럼 무사태평이었소. 핸드백을 손 끝에 달랑거리면서 자갈을 걷어차기도 하고, 잿빛 고양이 한 마리를 쫓아서 쇼팽의 무덤 주위를 뛰어다니기도 하는 폼이 내가 보기에도 신경에 거슬렸소(하물며 그의 애인이 본다면 어떻겠소?). 큼직한 각반을 차고 벤치에 앉아서 고양이들에게 한 움큼씩 식은 음식을 나눠 주고 있는 노파들과 말을 주고받기도 했소. 보나마나 쓸데없는 말들이었겠지만. 그러다가 이내 3시가 되었고, 내가 있는 걸 벵자맹이 별로 달가워하지 않으리라는 생각에, 나는 살그머니 자리를 떴소.

사랑하는 두 젊은 남녀의 재회가 어떠했을지 당신도 나처럼 상상해보시오. 레온의 말에 의하면, 그날 7시 좀 못미쳐서 그는 그녀를 하숙집으로 데려왔다고 하오. 그는 그녀의 동생 이름을 빌려서 숙박부에 콩스탕스 로젠펠트라고 썼소. 그리고 바로 그날 저녁 식사 시간에 동료들에게 그녀를 소개했소. 머지않아 결혼할 자신의 '약혼녀'라고. 그렇소, 그녀는 아주 황홀했던 모양이오. 식탁의 모든 사람들이 보는 앞에서 그녀가 그에게 던지던 시선을 내게 묘사하면서(사랑이 가득한, 번민에 찬, 격정에 불타는, 순종적인 등등), 사람 좋은 레온은 눈물까지 글썽였소. 그리고 그 역시 그녀를 사랑하는 것처럼 보였소(나 역시 의아스럽지만, 어쨌든 난 사실 그대로를 말하고 있소. 감동을 받아서 주의력이 산만해진 늙은 여자, 어쩌면 내심 질투를 느끼거나 혹은 마조히스트일지도 모르는 한 여자의 증언을 말이오).

그들은 여주인이 새로 마련해 준 지붕 밑의 보다 넓은 방에 온종일 틀어박혀 지내곤 했소. 어쩌다가 그녀가 외출을 하기도 했소. 그녀가 신문을 사다 주면 그는 열심히 반복해서 읽었소. 신간 서적들을 사오기도 했고, 맛있는 음식을 사오기도 했소. 어떤 날 저녁에는 뭔지 알 수 없는 짐꾸러미들을 들고 돌아오기도 했는데, 자기들 방에서 둘이 함께 끄르는 것이었소. 심지어 어느 날 오후에는 중고 BMW 한 대를 몰고 돌아왔소. 벵자맹은 그걸 시험해 보려고, 하숙집에서 몇 미터 떨어진 병원 앞의 도로로 나가는 모험을 했소(그는 절대로 외출하는 법이 없었으니까 말이오). 틀림없이 그들은 도피할 채비를 하고 있었던 거였소(지금에 와서 레옹은 전혀 눈치를 못챘었노라고 주장하고 있지만, 내 생각으로는 그 점이 눈에 띄었을 것이오). 그런데 그 과정에서, 모든 것을 물거품으로 만들어 버린 치명적인 실수가 저질러졌소.

그 실수가 어떤 것이었는지 이제는 모두들 알고 있소. 어떤 연유로 누가 저질렀는지 말이오.
뱅자멩이 마리에게 쇼핑을 할 때는 반드시 자신이 주는 돈으로 현금 구매를 하도록 했을 거라는 건 거의 틀림없는 일이오. 뱅자멩에게는 '장 아저씨' 살해 미수 사건이 있기 며칠 전에 내가 건네준 80만 프랑에서 남은 돈이 있었을 테니까 말이오. 한데 아마도 그 점을 강조하지는 않았던 모양이오. 세레나와 '작업' 한 몇 달 동안, 그는 말을 다하지 않고 자기 의사를 전달하는 데 익숙해져 있었으니까 말이오. 어쨌든 그가 마리에게 그 점을 충고했으리라는 건 틀림이 없소. 안했을 리가 없소. 게다가 그는 그녀에게 매번 외출때마다 돈을 주었는데, 그 사실 자체가 어떤 말이나 설명을 대신 할 수도 있었으니까 말이오. 사실 그녀가 대형 파라벨룸 리볼버, 불랑제 부부 명의의 브뤼셀 위조 여권 두 장, 식량, 책, 캠핑용 가스, 슬리핑 백, 프랑스 동부와 벨기에의 도로망 정밀 지도, 요컨대 출발 준비가 완료된 자동차 안에서 발견된 온갖 자질구레한 물건들을 마련한 것도 그런 식이었소. 자동차 역시 현금으로 샀는데, 그 차를 판 라자르쉬의 자동차 정비공이 웃돈을 받고 위조 번호판과 서류를 만들어 주었던 거요.
다만 뱅자멩이 예상치 못했던 게 하나 있었소. 2월 15일이 가까워오고 있었는데, 그날은 마침 그의 생일이었소. 마리는 예전처럼 그에게 한 아름 선물을 안겨 주고 싶었소. 부유층 출신인 그녀는 고지식하게도, 그에게서 받은 돈으로 그에게 선물을 사 주고 싶지는 않았소. 그래서 스트라스부르 은행 구좌로 되어 있는 자신의 수표를 사용해야겠다는 생각을 한거요. 바로 그게 실수였소. 엄청난 실수, 대단한 실수였소. 게다가 그녀는 구역을 바꿔가며 쇼핑을 할 생각도 하지 못했었다는 걸 알아야하오. 벵자멩은 행인도 많고 북적거려서 누가 누군지 알 수 없기 때문에 별 위험 없이 도피에 필요한 물품들을 살 수 있을 거라고 일러주었는데, 바로 그 반경 내에서 그녀는 자신의 사적인 쇼핑을 했던 거였소. 시간은 촉박하고 파리에는 익숙치 못해서 그랬는지, 아니면 일이 그렇게 되느라고 별생각 없이 그랬는지….

어쨌든 그녀가 사라진 뒤 그녀의 남편에게서 실종 신고를 받았던 경찰은 그토록 짧은 시간 동안 그토록 좁은 반경 내에 갑자기 쏟아진 일련의 수표에 정신이 번쩍 들었소. 그래서 사복 형사들을 시켜 그 구역에 대한 탐문 수사를 벌였고, 어느 날 아침 텐트와 캠핑용 가스와 등산화를 고르고 있는 그녀를 찾아낼 수 있었소. 전통적인 경찰의 수법, 결코 틀리는 법이 없는 그 원칙에 대해서는 내가 조금 전에 말했었소. 경찰은 그녀의 뒤를 밟았고, 몇 달 동안 묘연했던 그의 종적을 어렵잖게 찾아낼 수 있었소. 그리고 마침내 하숙집까지 알아냈소.

그 뒷일은 모두가 아는 일이오. 모르는 부분도 쉽게 추측이 가능할거요. 경찰은 별로 힘들이지 않고 밀정 하나를 현장에 들여보내 자신들이 찾고 있는 사람의 소재를 확인하고, 십여 명 가량이 길에서, 차 안에서, 근처의 카페에서, 심지어 지붕 위에서까지 철야 잠복근무를 시작했소. 그들은 이제 매일같이 마리의 뒤를 밟았지만, 그녀는 워낙 서툴러서 아무것도 눈치채지 못했소. 벵자맹이 여러 가지 충고를 해주었을 텐데도 말이오. 경찰은 그들이 대탈주를 준비하고 있다는 사실을 이내 눈치챘소. 그렇다면 경찰이 그날을 기다렸을까? 그래서 그가 나오는 순간 체포했을까? 아니었소. 일단 길에는 행인들이 너무 많았소. 또 코앞에는 병원이 있었고, 무엇보다도 범인은 도망치기 위해서라면 대량 학살도 서슴지 않을 위험 인물로 알려져 있었으니까.

어느 날 아침 우유 배달부가 오는 시각에, 여섯 명쯤의 형사들이 하숙집 문간에 나타났소. 레온을 깨워서 방 호수를 알아낸 다음, 그들은 잠시의 틈도 주지 않고 달려가서 방문을 열려고 했소. 방 안에서는 그때 무슨 일이 벌어지고 있었을까요? 문은 일단 열리지 않았소. 오래전부터 온갖 사태에 대비를 해왔던 벵자맹이, 매일 밤 그랬듯이 바리케이드를 쳐두었던 거요. 벵자맹은 몇 분이라도 시간을 벌 생각에, 자신이 마리를 인질로 잡고 있으며 만약 공격해 오면 가차없이 그녀를 죽여 버리겠다고 경찰에게 외쳤던 모양이오. 그러고는 마리를 안심시키면서 "모든 게 잘 될 것이다, 내가 지붕으로 도망갈 때까지 방 안에서 남아 있어라, 이 함정을 빠져나간다면 조만간 다시 만나게 될 것이다"라고 얘기했을 거요.

창문틀을 타넘은 그는 빗물받이 홈통 위에 올라섰소. 그것이 튼튼한지는 이미 수도 없이 확인해두었으니까. 하지만 자기 머리 위의 지붕에서 또 한 명의 경찰이 기다리고 있다는 사실은 미처 몰랐소. 경찰이 총구를 겨누었소. 그리고 쐈소. 한 방을 더

쏘았소. 경찰의 세 번째 총알이 표적을 맞혔소.

마리는 벵자멩이 마치 나사 풀린 꼭두각시처럼 멈칫멈칫 흔들리다가, 아슬아슬하게 다치지 않은 팔로 이웃 창틀에 매달리는 것을 보았소. 마리는 이성을 잃고 있었소. 그녀는 횡설수설 소리를 질렀소. 그녀는 벵자멩에게, 사랑한다고⋯ 달려가겠다고⋯ 그를 구하러 가겠다고 소리쳤소.

이번에는 벵자멩이 소리쳤소. 안돼⋯ 절대 안돼⋯ 그 자리에 꼼짝말고 있어⋯ 그저 찰과상일 뿐이어서, 자기는 위험하지 않다고. 그 소리가 들리는지 안 들리는지, 그녀는 방금 전에 그가 했던 것처럼 홈통 위에 올라섰소. 옷도 제대로 입지 않은 채 눈물로 범벅이 된 덩치 크고 서투른 젊은 여자가 펼치는 광경에 당황한 경찰은 본능적으로 사격을 멈췄소. 경찰은 — 모든 사람들이 — 그녀가 허공에서 팔을 앞으로 내민 채, 무용수나 공중 곡예사처럼 우아한 몸짓으로 한 걸음인가 두 걸음인가를 옮겨 놓는 것을 보았소. 그리고 벵자멩이나 다른 누가 미처 그녀를 멈추게 하기 전에, 세 번째 걸음에서 그녀는 되돌아서려는 듯 불안하게 멈춰 섰소. 그러더니 결국 균형을 잃고 비틀거리다가 마침내 허공으로 떨어졌소.

첫 번째 총격에서부터 마리가 20미터 아래 보도 위로 눕기까지는 불과 몇 분밖에 걸리지 않았소

뱅자멩의 고백

1

 나는 몸을 웅크리고 허리를 완전히 꺾은 자세를 하고, 지붕 위로 도망쳤다. 상처에서는 피가 났지만 아직 심한 상태는 아니었고, 총알들은 휘파람 소리를 내면서 굴뚝에 튕겼다. 뛰어가는 사람을 명중시키기란 실로 어려운 일이다.
 구역 일대는 봉쇄되어 있었다. 주위의 길들은 차단되고, 사방에서 사이렌 소리가 들려왔다. 구경하기 좋아하는 사람들이 창에 얼굴을 내밀고, 내가 쓰러지기를 기다리고 있었다. 몰이를 당하고 궁지에 빠져서, 올가미가 쳐지기 전에 온 힘을 다해서 달리는 짐승처럼 느껴지던 그때의 감정을 나는 기억한다.
 저질 영화나 해피 엔딩의 소설에서처럼 회전창이 열렸고, 누군가 불쑥 손을 내밀었다. 나는 방에 내려서서 계단을 통해 길로 나왔다. 아주 어린 소년이었다는 것 말고는, 나는 그 은인에 대해서 아무것도 기억하지 못한다. 오베르빌리에 가에서 피를 흘리고 고통스러워하면서, 나는 이유를 딱히 알 수 없지만 왠지 세상에서 나를 구해 줄 사람은 그밖에 없다는 듯이, 20년 동안이나 만난 적이 없는 옛 친구를 찾기 시작했다.

나는 그의 별명밖에는 생각나는 게 없었다. '옛 친구'는 혈색 좋은 얼굴에 작업복을 입고, 돈을 번 정육점 주인답게 살이 쪄서 도저히 알아볼 수 없었다. 그는 아무것도 묻지 않았고, 마치 하루 전날 우리가 함께 폴 앵카 공연을 보고 헤어진 것처럼 자연스럽게 나를 맞아 주었다. 그는 나를 고미다락방 구석에 숨겨 주었다. 그 고미다락방에서 나는 한 달을 지냈다. 그동안에 상처를 치료하고, 원기를 회복하고, '안주인'이 없을 때면 그와 함께 좋았던 옛 시절을 얘기했다. 그리고 나머지 시간은 마리를 생각하면서, 그녀가 떨어지던 순간의 표정과 마치 허공을 움켜쥐려는 듯했던 손동작을 떠올리면서 보냈다.

어느 날 아침, 나는 정육점의 소형 트럭을 타고 그곳을 떠났다. 옛 친구는 배달을 가는 것처럼 핸들을 잡았고, 나는 고기 토막들과 싱싱한 내장 냄새가 가득한 뒤칸에 몸을 숨겼다.

오후가 끝날 무렵, 우리는 별 어려움 없이 국경을 넘었다. 브베이에서 감동 어린 작별이 있었다. 제네바에서 나는 돈을 구했고, 갑작스런 자유에 취하여 보리바주에 있는 예전의 내 방에서 한 달을 — 어쩌면 두 달이었는지 모르겠다 — 지냈다. 브뤼셀, 취리히, 바르셀로나, 그다음 해에 다시 취리히, 지금은 기억나지 않는 도시들, 우울한 도시들, 우중충한 도시들, 흑백의 도시들,

몽유병 환자처럼 눈을 감은 채 왜, 어떻게, 내가 무얼 하고 있는지, 어디로 가는지도 모르면서 지나온 도시들. 아! 자기가 가는 곳을 아는 사람들로 가득한 이 세상에서….

머물지는 않았지만, 트리에스트에도 있었음에 틀림없다. 리스본. 그곳에서는 내가 카발로의 《오셀로》를 셰익스피어의 작품으로 오해하던 시절의 그 무엇도 다시 발견할 수 없었다. 그리고 세고비아. 무슨 변덕으로 내가 세고비아에 들렀는지 모르겠다. 그곳의 평화스럽고 나른한 분위기, 높은 담벽들, 엉덩이가 큰 여자들, 착한 아이 같은 표정의 경찰관들, 내 방의 창 아래로 보이던 도미니크 수도원. 나는 그 수도원에 은신처를 구해 볼 생각을 했었다. 찌는 듯하던 그 여름의 베를린. 거기에서 나는 갑자기 내가 늙었다는 것을 느꼈다. 언어도 풍습도 모르는 채, 낯선 무리들 속에서 몇 달을 지냈던 런던. 오스텐드의 해변에서는, 혼자 그녀의 이름을 되뇌이며 지루한 몇 주일을 보냈다. 저녁나절이면 그녀 얼굴의 특징들을 하나하나 떠올려 보곤 했고, 밤이면 그녀의 꿈을 꾸려고 마음먹곤 했다. 그러나 그것조차도 이루어지지 않았고, 영상들마저도 떠오르지 않았다. 어린 시절에 읽었던 그 유명한 《모래 위의 얼굴》처럼 파도가 지나가면 스러지듯이 그녀에 관한 나의 얼마 안 되는 기억도 천천히 지워져갔다.

그러던 어느 날, 나는 비탄과 회한에 빠져서 하마터면 다시 국경을 넘을 뻔했다. 한 번, 꼭 한 번만, 안개에 잠긴 그 회색빛 작은 묘석을 보고 싶었고, 그리고 그곳 게빌러의 사람들이 아직 그 일을 기억하고 있는지 확인하고 싶었다. 많은 일들이 있었고… 많은 날들이 지나갔다… 4년의 방황 끝에, 결국 나는 예루살렘에 도착했다.

왜 예루살렘인가?

나, 벵자멩은 왜 지금 이 순간 바로 이곳에 있는 것일까? 설명도 이유도 없이 나를 밀고, 당기고, 천천히 이곳으로 끌어들인 그 알 수 없는 힘은 무엇일까? 무엇보다도 — 이것이야말로 진정 수수께끼인데 — 유배되고 망명해 있다는 느낌, 곧 떠날 것이라거나 지나는 길에 들렀다는 느낌 대신에, 오히려 이곳에 소환되었고, 자리를 잡았고, 도착했다는 느낌이 드는 까닭은 무엇일까? 요컨대 이 미지의 도시, 나에게는 더할 수 없이 낯선 도시, 밀폐되어 답답한 도시, 10시가 되면 거리에 인적이 끊어지고 경찰이 마음만 먹으면 그 어느 곳보다도 쉽사리 나를 발견하고 인도해 갈 수 있을 이곳에서, 내가 처음으로 방황이 끝났다는 확신을 갖는 까닭은 무엇인가?

어쩌면 아름다운 분위기 때문일 것이다. 이곳에 스며 있는 탁월한 장중함. 이 땅에서는 돌 하나, 먼지 하나, 어떤 사소한 것에서도 3천 년 역사의 무게가 느껴진다. 생활과 사랑, 물건과 육체의 거래에 관한 일인 까닭에 어디에서나 마찬가지로 행해지는 일상적인 행동들 속에도 까닭을 알 수 없는 어떤 모호한 것, 신성한 무엇이 깃들어 있다.

방금 전, 밤이 내릴 무렵의 그 푸른빛이 오마르 사원 돔의 금빛 첨탑에 반사되고 있을 때, 조금 멋을 부린 표현이기는 하지만, 나는 '세월의 바다에서 오는 빛'을 생각했다. 내가 있는 집의 붉은색 석회암 정면에 있는 유대교당(敎堂)의 꿀빛 점토, 대리석들, 운모들, 불에 그을은 성벽의 돌, 혹은 황토색 정글 같고 세계의 기억 보관소 같은, 풍요롭고 화려한 광물들의 세계. 그리고 나를 감싸고 있는 이 대기. 너무나도 장중하고 밀도 있는 신비와 약속과 신성함으로 가득해서, 어떤 때는 거의 숨쉴 수조차 없게 되어 버리는 대기.

그렇다. 신성함… 이 단어는 전혀 내게 어울리지 않는다… 1년 전만 해도 아마 내가 비웃었을 단어… 나는 이 단어를 내뱉었던 기억이 없다. 예전 로마에 대해서조차도… 그런데 이 단어가 살인자이자 위선자이며 무신론자인 나를 이 테이블, 이 방에까지 이끈 ― 말했다시피, 마침내 목적지에 닿았다는 느낌과 함께 ― 그 알 수 없는 회심을 잘 말해 준다.

신성한 도시, 예루살렘.

그러나 동시에, 그렇지 않기도 하다.

그 단어를 쓰자마자, 나는 그 단어가 환기시킬 수 있는 어떤 질서와 은총과 조화가 마음에 들지 않았기 때문이다. 그 단어가 끌고 다니는 어떤 평화와 정적의 이미지들이 싫기 때문이다. 그 단어 때문에, 이곳에서 내가 '방황의 끝'에 이르렀을 뿐만 아니라 세계와 자아의 화해, 모든 충동이 사라진 휴식과 정지에 도달했다는 느낌을 줄까봐 염려된다. 내가 보기에, 예루살렘에서 '신성함'이 의미하는 것은 그와 정반대이기 때문이다.

태초 이래로 종말론적인 절박함 속에서 살아온 이 유예의 땅보다 더 불안하고 더 많은 고통과 위협에 차 있는 장소를 나는 알지 못한다. 게다가 전쟁, 진정하고 중요한 유일의 전쟁 ― 화해할 수 없는 사상들, 사상들이 빚어내는 전쟁, 서로 다른 종교들과 세계관들을 대립시키는 전쟁 — 이 이곳에서처럼 사람들의 말과 조화를 이루고, 이곳에서처럼 사람들의 행동과 걸음걸이를 조절하는 곳 또한 나는 알지 못한다.

위대한 비밀을 찾아서, 회교 사원 밑바닥과 자신들을 성자 중의 성자에게로 인도해 줄 것이라고 생각되는 카타콤 밑바닥까지 파헤치는 랍비들에 관한 이야기, 그리고 그들을 경계하여 삽과 곡괭이와 기도로 쫓아 버리는 선지자들의 이야기. 회교 사원과 다윗왕의 묘소와 예수가 최후의 만찬을 든 만찬실을 동시에 보듬고 있는, 시온 산 정상의 그 건축물의 내력. 오래된 돌 하나의 지배. 하나의 표지나 퇴적물의 소유를 위한 이 격렬한 불화와 대립의 모든 역사. 그리고 그 불화가 단숨에 지구 전체를 불태울 수도 있으리라는 확신. 그래서 바로 이곳의 불화가 어쩌면 지구상의 모든 분쟁의 규칙이자 비밀이라는 믿음.

내가 이곳에 머무는 이유는 그런 점에 있기도 하다. 그 역사에 귀 기울이고 그 불길의 가장 가까이에 머무르면서 나는 내가 사물의 핵심 속에, 사물의 가장 지고한 진실 속에, 인간 정열의 가장 격렬한 장소에, 인간의 불화를 빚어내는 거대한 혼란이 가장 잘 이해되는 곳에 있는 듯한 느낌이 드는 것이다. 바로 이 '성스러운' 곳에서, 평생을 통하여 진정 나의 관심을 끌 유일한 문제 — 요컨대, 인류의 분열과 불화와 갈등의 문제 — 의 형이상학적 열쇠를 마침내 찾아낸 듯한 느낌이 드는 것이다.

태풍의 눈, 예루살렘.

그렇지만 그게 전부는 아니다. 나는 아직 예루살렘의 가벼움을 말하지 않았다. 아침나절의 부드러우면서도 불안한 햇빛. 대기를 향하여 치솟아 날아오르는 듯한 메마르고 헐벗은 돌. 정통 종교 구역인 메아 쉐아림의 어두운 골목에서 어느 날 저녁 언뜻 보았던, 마치 하늘과 땅 사이에 걸려 있는 듯하던 그 가늘고 섬세한 육체들.

사회 관계의 중압이 거의 느껴지지 않는 최초의 도시라는 얘기도 하지 않았다. '종족', '혈통', '조상', '고향' 따위의, 어디에서고 사람의 신분에 끈끈하게 들러붙는 그 하찮은 것들을 아무도 그러하지 않으리라고 확신할 수 있는 유일의 도시. 모두가 율법과 성서의 자손인 까닭에 아무런 모순이나 거짓됨 없이 이승과 저승, 이곳과 저곳에 동시에 속할 수 있는, 모두가 뿌리박고 있으면서도 또한 항상 유배되어 있는 유일의 도시. 15년이나 20년 전에 내가 이해하고 있던 바의 의미에 있어서, 그러니까 '시온 국(國)'의 원칙과는 반대되는 의미에서, 진정으로 세계주의적인 유일의 도시. 공동체적인 관계가 그 자체속에 끈질기게 남아 있는 디아스포라의 가치에 의해서 희한하게 '완화되는' 유일의 도시.

예루살렘이 2천 년 동안 한 민족의 고갈되지 않는 꿈이었다는 사실을 나는 말하지 않았고, 2천 년 뒤에도 여전히, 마침내 소생한 그 민족의 가슴에 꿈과 기적의 도시로 남아 있다는 것을 나는 말하지 않았다. 성벽이 먼지로 화하고 지고의 기념물들이 종이쪽지가 되어 버린, 사라져 버린 예루살렘을 말하지 않았고, 돌 하나에까지 자신의 감지할 수 없는 뿌리를 간직하고 있는 현재의 예루살렘을 나는 말하지 않았다. 나는 아직 유대인의 도시, 그러므로 마리의 도시인 예루살렘을 말하지 않았다.

마리는 물론 유대인이었다.

예루살렘처럼. 예루살렘에 살고 있는 유대 여인들처럼. 금발의 예쁜 여군 에스테르처럼. 에스테르는 함부르크, 런던, 베를린의 창녀들과 아침마다 잠깰 무렵이면 내 방에 오곤 했던 세고비아의 그 깜찍한 하녀를 제외한다면, 마리가 죽은 후로 어느 정도 내가 욕망을 느꼈던 최초의 진정한 여인이었다.

그리고 텔아비브로 가는 길 옆의 자갈밭에 위치한 그 숲(도착하던 날 아침, 나는 그곳에 가서 명상에 잠겼었다)이 목격한 육백만 명의 학살당한 육신들처럼.

어느 날 나의 아버지가 게슈타포에 넘긴 유대 남자와 여자와 아이처럼(살아오면서, 나는 아직 그들의 불행에 대해 충분히 속죄하지 못했다).

재건된 유대 국가에 대한 혐오 때문에 베이루트 등지에서 내가 끊임없이 멸시했던(마치 아직 부족하다는 듯이) 다른 모든 유대인들처럼, 마리는 유대인이었다.

그녀 자신은 그 사실을 모르는 것 같았다. 내 얘기는, 그녀가 자신이 유대인인지 아닌지 모르고 있었다는 뜻이다. 해독할 수 없지만 지울 수도 없는 각인. 그 각인에 대해 생각하기를 싫어하는 그녀의 태도에는 뭔가가 있었고, 그녀에게 그 의미를 친절하게 설명해 주는 것은 나의 소관이었다. 그녀가 한번도 성경을 읽은 적이 없다고 고백했던 것을 나는 기억한다. 어느 날엔가,

자신의 발견이 자랑스럽다는 듯 허세를 부리며 내게 말하던 기억이 난다. "유대인으로 태어나는 게 아니라, 유대인이 되는 거예요."

어느 날엔가 그녀가 얼굴을 붉히며, 자신은 아마 유대 남자는 사랑한 적이 없을 거라고 고백했던 것을 나는 기억한다. 그 단어가 그녀를 당황하게 만들곤 했던 것을 나는 기억한다. 갑자기 아주 낮은 목소리로, 입술 끝으로 그 단어를 발음하곤 했던 것을. 그리고 그녀가 있는 자리에서 누군가가 그 단어를 입에 올리면 얼굴을 붉히던 것을, 대화 속에 '방황하는 유대인'이니 '유대 민족'이니 혹은 '유대인 부락' 같은 말들이 튀어나오면 난처해하던 것을 나는 기억한다. 그리고 아주 최근에 레온의 집에서, 그녀와 함께 이곳 성지에 와서 그녀의 종교 의식에 따라 결혼하고 싶다고 내가 말했을 때, 그녀가 반발하던 것을 나는 기억한다.

그녀는 자신이 유대인인지 아닌지 모르고 있었다. 그러나 내가 이곳에 온 것은 일단은 ― 그리고 그 이상으로 ― 그녀 때문이다. 어느 날 아침, 허공을 움켜쥐며 죽은 그녀. 오늘 밤, 그녀도 없이 내가 여기에 있는 것은 분명히 그녀, 내 회한 속의 마리 때문이다. 더구나 이상한 일은, 오랜 안개가 걷힌 풍경의 윤곽이나 불현듯 짝이 맞춰진 퍼즐 조각들처럼, 완전히 잊혀지고 지워졌다고 믿었던 그녀의 영상들이 이곳 예루살렘에서는 아주 뚜렷하고 분명하게 떠오른다는 사실이다.

언제나 약간 유혹적이던, 웃는 듯 마는 듯 머뭇거리던 그녀의 미소. 20년 전, 투르농 가에 있는 담배 가게의 지하실에서 아주 어색하고 서툴게 나를 유혹하던 그녀. 그러다 상처를 입지 않을까 염려될 정도로, 삽입을 받아들이기 전에 오랫동안 내 허벅지에 몸을 부비던 그녀의 취미. 그녀가 말하곤 했던 내 '물건'에 대한 엄청난 두려움. 처음으로 내가 그것에 입술을 대라고 요구했을 때, 눈을 부릅뜨고 소리를 지르려는 듯 입을 벌린 채, 팔을 움츠리며 거친 거부의 손짓을 하던 그녀. 그러다가 68년 5월이 되기 얼마 전, 그것이 생시였는지 꿈이었는지는 지금도 알 수 없지만, 갑자기 '물건'을 요구하며 성난 여자처럼 거칠게 빨기 시작하던 그녀.

그녀 자신은 아무것도 요구하지 않았지만, 욕조의 가장자리에 두 팔을 얹고 무릎 꿇은 자세로 앉아 있는 모습이 너무도 아름다워 보였던, 젖은 입술과 내 쪽을 향해 돌출한 젖가슴, 젖혀진 엉덩이가 너무나 아름다웠던 날의 그녀. 그래서 한 손으로는 그녀의 젖가슴을 쥐고 다른 한 손으로는 아랫배, 허벅지, 사타구니, 엉덩이를 애무하고 싶은 유혹을 참을 수 없었던, 그녀가 소리를 지르면서 물 밖으로 나를 향해 일어섰을 때, 내가 재빨리 손가락을 집어넣던 날의 그녀.

정사를 하는 동안의 그녀의 객설. 사랑을 하는 모든 여자들의 경우와 마찬가지지만, 지금 생각하면 좀더 신랄하고 겁 먹은 것으로 느껴지는 그 얘기 토막들. "아…! 이런 식으로… 당신 날 이런 식으로 다루는 군요… 당신을 봤을 때부터… 당신이 걷는 모습을 봤을 때… 그래요, 당신이 걷는 걸 보면 난 당신이 이런 식이라는 걸 알 수 있어요… 오, 내 사랑! 당신 느끼죠… 나를 느끼죠… 내 몸이 열리는 걸… 내 작은 꽃잎이 열리는 걸 느끼죠…내가 얼마나 당신 것인지 알죠… 내가 얼마나 당신을 원하는지… 아, 때려요… 아무도 내게 이렇게 하지는 않았어요… 아무도 이런 식으로 나를 깨뜨리지는… 오! 제발… 나는 원하지 않아요… 나는 그런 여자가 아니에요… 슬퍼하지 말아요, 당신… 자… 우울해하지 말아요… 내가 벌받으리라는 걸 알죠…." 그래서 그녀의 마음을 누그러뜨리고 진정시키기 위해서, 즉 그녀는 사실 '그런' 여자가 아니라는 걸 보여 주기 위해서 억지로라도 내가 "나의 왕비… 나의 공주… 내 사랑하는 마돈나…" 어쩌고저쩌고 말을 하면 — 그 말 한마디 한마디가 그녀의 마음과 눈을 흐리게 하고 있는 약간의 독기를 몰아내는 것 같았다 — 다시 미소를 짓던 그녀.

내가 마리를 사랑했을까? 물론, 그렇지 않았다. 그러기엔 그녀가 너무 아름답고 정직하고 똑똑했다. 그렇다면 나는 사랑한다는 말을 듣기 전에는 결코 누구를 사랑하지 않는 그런 사람이었을까? 참으로 멍청하게도 결국 나는 내가 그런 사람이라는 걸 과시한 게 아닐까?

그러나 마리에 대한 다른 기억들이 있다.

내게 사랑을 고백하던 그녀. 나만을 사랑한다고, 영원히 나만을 사랑할 것이라고 말하던 — 나는 듣고 있지 않았지만 — 그녀. 세상 끝까지, 필요하다면 무덤에까지라도 나를 따라가겠다고 맹세하던 — 나는 그 말을 믿지 않았다! — 그녀. 너무나 꼿꼿하고 정숙해서 — 나는 그것을 완고함이라고 생각했었다! — 다른 남자들의 칭찬을 모욕으로 생각하던 그녀. 너무나 착해서 — 나와 파라디는 그것을 그녀의 우스꽝스러운 순진성의 증거로 치부했다 — 베트가 어느 날 아침, 말리카와 함께 비행기를 타고 있는 나를 본 적이 있다고 그녀에게 말했을 때 베트에게 화를 냈던 그녀. 베트가 엉큼한 여자라고 내게 불평했던 그녀. 파라디의 본색을 재빨리 간파했던 — 나보다 먼저 — 그녀. 필립 비날의 성격과 경향을 진작에 — 역시 나보다 먼저 — 이해했던 그녀. 식당 종업원들, 운전 기사들, 호텔 보이들이나 물건 배달인들에게 아주 친절하고 상냥했던 — 그에 비하면 나는 거만하기 짝이 없었다 — 그녀. 내 어머니에 대한 모든 것을 듣고 싶어 하고 알고 싶어했던 그녀. 그녀는 내 어머니를 닮음으로써 영원히 내 마음을 끌 수 있을 것으로 생각했다.

오! 마리… 사랑스런 마리… 그토록 예쁜 얼굴, 길다란 갈색의 허벅지, 애무를 허락하던 둥글고 탄력있는 엉덩이, 그럼에도 사랑받지 못한 마리… 그렇지만 약간은 내가 당신을 사랑했음에 틀림없다. 귀여운 마리여, 당신에게는 불행한 일이었지만 최후의 순간에 내가 찾아간 이는 당신이니까, 안 그런가?

여전히 마리. 결국 마리.

불행하게도, 마지막 순간의 마리. 그녀의 말버릇대로 '짐을 싸던' 날의 마리. 그녀에게는 모험이자 동시에 신혼 여행이었고, 또 어린 시절의 바캉스 여행과도 같았던 출발 전날 밤의 마리. 나는 그날 밤의 우리가 다시 생각난다.

그녀는 앉아서 콧노래를 부르며, 생-앙투안느 가의 잡화점에 뛰어가서 사온 붉은색과 검정색 무늬의 리본을 묶고 있었다. 예민해지고 긴장되고 짜증이 나 있던 나는 쓸데없이 거친 어조로 중얼거렸다. "그런데, 당신 갑자기 즐거워 보이는군." 그녀는 마치 자동 음악 기계가 멎듯이 노래를 멈추고는 겁먹은 시선으로 나를 쳐다보았다. 그녀가 가엾기도 하고, 충분히 무거운 분위기를 더 이상 무겁게 만들 필요가 없다는 생각에서 나는 어조를 바꾸었다. "하긴 그래… 당신이 옳아… 나도 실은 무척 즐겁거든…." 그제서야 안심을 한 그녀가 내게 설명했다. "내 밀짚 모자의 분위기를 바꿔 줄 새 리본이에요. 하지만 리본은 많이 있어요. 내일 컨디션을 유지하려면 빨리 자야 해요."

그녀가 땋았던 머리를 푼 다음, 턱밑에서부터 발치까지 덮히는 하얀 슈미즈 차림으로 침대에 들어왔을 때, 나는 장 아저씨를 죽이러 가기 전날에 세레나에게 느꼈던 것처럼 강한 욕망을 느꼈다. 그녀는 아이처럼 웃고 소녀처럼 깔깔대면서 시간이 없다고, 지금은 그럴 때가 아니라고, 내일 여정을 생각한다면 지금은 자야 한다고 말했다. 그녀의 저항을 짐짓 그래보는 것으로 무시해 버린 나는 고집을 부렸고, 좀더 격렬해졌고, 슈미즈 밑에서 그녀의 성기를 찾기 시작했다. 그녀는 여전히 저항하고 반발했다. 그러다가 마침내 항복한 뒤에는 신음하고 한숨짓기 시작하다가, 이윽고 토막토막 연결되지 않는 말들을 중얼거리며 흐느끼기 시작했다. 내게는 용서를 비는 말처럼 들렸다. 나는 눈을 떴고, 모든 것을 깨달았다. 위에는 눈물에 젖은 그녀의 얼굴이 있었고, 아래쪽 시트 위, 허벅다리 위, 내 입술 주위에는 피의 흔적들이 있었다. 그것에 대해 그녀는 차마 분명하게 말을 하지 못했던 것이다.

그날 밤 마리는 한숨도 자지 않았다… 그녀는 아침이 되도록 자신의 수치심과 부끄러움을 반추했을 것이다… "주무세요." 속죄하려는 듯 그녀는 내게 말했었다. "오늘은 내가 당신이 잘 자는지 지켜봐 줄게요." 그리고 새벽에 누군가가 문을 두드리기 시작했을 때, 실제로 그녀는 깨어 있었다… 무슨 일이 있었던 것일까? 우연… 경찰… 마리, 그녀의 부주의… 어쩌면 파라디도… 어쨌든 그녀에게는 그것이 마지막 밤샘이었고 마지막 부끄러움이었다.

알랭 파라디.

파라디의 진짜 신분과 정체를 내가 알게 된 것은 언제였을까? 아주 늦게였다고 생각된다… 왜 그랬는지 설명이 안될 정도로 늦게… 어쨌든 귀여운 마리보다는 훨씬 늦게였다. 이미 몇 년 전부터 그녀는 말하곤 했다. "그 사람은 악마예요."

그렇지만 나는 정보를 갖고 있었다. 그의 삶의 이면을 나는 알고 있었다. 나는 모든 것을 알고 있었고, 그가 어떤 특별한 일과 관계를 맺고 있으리라는 사실을 알고 있었다. 파리 시절, 상냥하고 매력적이고 아주 개방적이며 반공주의자인 알랭 파라디가 휴식이 필요하다며 '몇 주일 동안 시골에 가서, 친구도 여자도 전화 연락도 없이 지내고 싶다'고 말했을 때, 이내 단념할 줄 알았던 유일한 사람이 나였다. 다마스커스, 바그다드, 트리폴리, 아바나로의 내 여행을 조종한 이가 바로 그라는 사실을 나는 — 역시 나만이 — 알고 있었다. 대단한 음모가들처럼, 그는 은밀하고 세밀하게 베이루트 팔레스타인 진영에서의 내 체류를 준비하였고, 관련자들 자신들도 모르게 나를 로마에 있는 조르지오와 발레리오의 지부에 가도록 배후에서 조종했다. 몇 해 뒤, 모로가 죽은 다음 날에 내게 와서, 그 조직을 떠나 좀더 '정통파적'이고 '진정으로 마르크스주의적'인 조직의 기반을 구축하라고 설득한 사람 역시 그였다. 이탈리아의 테러 세계에 '방향'을 제시하고 윤활유 역할을 할 '선도적인 조직'이라고 그는 말했다.

그러나 결국 사정은 이러했다. 그것은 게임이었다. 알랭이 어떤 복잡하고 전략적인 게임, 내가 이미 그 목표와 수단을 수락한 게임의 중심에 있다는 사실이 내게는 아주 당연해 보였다. 그리고 모든 일이 철저한 비밀 속에서 진행된다는 것, 그가 체면을 차리고, 외모에 신경을 쓰고, 한마디로 말해서 돈 많고 세속적이며 때론 경박한 변호사의 허울을 유지하기 위해 할 수 있는 모든 것을 한다는 사실 또한 내게는 너무나 당연하고 기초적인 것으로 보였다. 굳이 밝힌다면, 그의 가장 비밀스러운 죄는 보트렝처럼 ─ 아! 그는 얼마나 교활하고 집요하게 비열한 밀정 보트렝 얘기를 하곤 했던가! 그 사실을 부인하고 몸서리치며 떨쳐 버리기 위해서, 그러면서도 동시에 온갖 의혹을 심어놓으면서 ─ 타락한 뤼방프레에게 은밀하고 죄스런 열정을 품고 있었다는 것이다.

79년 여름에 모든 것이 변했다. 그리고 내 눈을 가리고 있던 베일이 마침내 찢어지는 데는 하룻밤, 단 하룻밤으로 족했다.

그날 밤, 알랭의 집.

밝고 넓은 거실, 정적, 양탄자. 물건도 가구도 실내 장식도 없었다. 극도로 신경이 날카로워져서, 나는 나무토막처럼 털썩 소파에 주저앉았다. 그는 무심하고, 점잖고, 그저 약간 긴장돼 있었다. 새벽 2시가 넘었는데도 옷차림이 단정했고 피곤해하지도 않았다. 쉽사리 남을 믿는 나는 친구에게 하듯이 — 내 유일한 친구에게 하듯이 — 드라공 가에서 목욕한 일에서부터 출발하기 전의 내 속내, 행동, 도망, 경찰관들, 세레나, 총격전에 이르기까지의 모든 얘기를 하기 시작했다. 물론 마지막 순간에 희생자의 눈을 보고는 자신은 그를 죽이지 못하리라는 것, 결코 살인할 수 없으리라는 것을 느낀 실패한 살인자의 심리 상태도 자세하게 언급했다.

그런데 그에게 말을 하면서도 내가 보지 못한 것은 그의 눈빛이었다. 혹은 보기는 했지만 신경을 쓰지 않았다는 편이 옳다. 얘기에 취해서 나는 그 좋지 않은 낌새를 깨닫지 못했다. 그의 그 찡그린 턱과 꼭다문 입술, 고의적인 무심함이 참을 수 없는 분노의 표시임을 익히 알고 있었으면서도 나는 미처 그 의미를 파악하지 못했다. 친구로서의 그의 표정이 천천히, 그렇지만 분명하게 무섭게 일그러지는 것을 나는 알지 못했다. 그리고 내가 이야기를 멈추는 순간 폭발한 그의 분노를 나는 예측하지 못했다. 그의 경멸, 그의 냉혹함, 갑자기 생겨난 그와의 거리감 — 그렇다, 그것은 정말 뜻밖이었다 — 을 나는 예측하지 못했다. 내가 마치 타인이 되어 버린 것 같았고, 나의 이야기가 20년의 우정과 공모 관계를 박살내 버린 것만 같았다.

더 이상 그는 예전의 알랭이 아니었다. 정말, 알랭이 아니었다. 그의 표정은 누가 100프랑을 빌리러 왔을 때 부르주아들이 짓는 표정이었다. 테이블 옆자리에 앉은 사람이 전과자라는 말을 들었을 때 고지식한 사람이 짓는 표정이었다. 2시간 동안이나 애무를 당하다가 결정적인 순간에 남자가 매독 환자라는 사실을 알게 된 소녀의 표정이었다. 나를 장기판의 졸이나 단순하고 말 잘 듣는 꼭두각시로 밖에는 생각지 않았던 사람, 그러다가 졸이 못쓰게 되고 꼭두각시가 고장이 나자 아무런 감정의 동요 없이 내던져 버리는 사람의 표정이었다.

알랭이 기관의 앞잡이라는 사실을 나는 물론 알고 있었다. 그러나 이제야 나는, 그에게 있어서 나라는 존재가 '아들'도 '형제'도 '친구'도 '동료'도 아니라는 사실, 요컨대 20년 동안 내가 그의 각본에 이용당하고 속아왔을 뿐이라는 사실을 깨닫게 된 것 같다.

환멸. 그리고 충격.

아침이 되자, 나는 가라앉은 도시를 발길 닿는 대로 거닐었다. 이윽고 최초의 충격이 가라앉고 최초의 회의가 사라지자, 이번에는 마치 걸어온 길 전체를 새롭게, 반박할 수 없는 빛으로 밝히는 후방 조명등의 빛 기둥처럼 어떤 명백한 느낌이 떠올랐다. 나는 언제나 모든 것이 서로 엇물려 있다고 느껴지던 그 유명한 마들러 은행 사건을 회상했다. 그러자 그것이 너무나도 분명하게, 나를 옭아매기 위한 최초의 사주였다는 생각이 들었다.

나는 감옥의 면회소에서 있었던 그와의 첫 번째 만남을 회상했다. 그때 그는 마치 지나는 길에 하는 것처럼, 자신의 옛 이야기를 아주 조리 있게 들려줬었다. 그 이야기가 내게 미칠 영향과 그 이야기가 우리를 어떤 식으로 맺어 줄 것인지를 그 — 그들? — 가 생각하지 않았을 리가 없었다. 나는 그 시절의 나를 회상해보았다. '악마 사단 주식회사' 수뇌부의 사냥꾼들에게는 너무도 손쉬운 먹이였을 나였다. 나의 뇌리를 떠나지 않았던 아버지, 나를 쫓아다니던 레지스탕스에 관한 꿈들, 나의 낭만적인 기질, 자유, 아무 소용이 없었던 돈, 모든 것을 해결한 감옥….

나는 말리카를 다시 떠올려 보았다. 그녀가 어떤 식으로 내 삶에 들어왔고 어떤 식으로 떠났는지, 그리고 어떤 식으로 다시 돌아왔는지. 어쩌면 이 모든 사태를 제대로 본 이는 장 아저씨가 아닐까, 사실은 이 모든 이야기는 '속이 들여다보이는 속임수'가 아닐까 하는 생각이다. 수없이 내 뇌리를 스쳤었고 수없이 내가 떨쳐 버리곤 했었던 말리카에 대한 의혹들이 다시 떠올랐고, 문득 수많은 징후들과 세세한 일들이 그런 의혹들을 정당화하는 것처럼 여겨졌다. 알랭과 그녀가… 미리… 그동안 줄곧… 좀 더 손쉽게 나를 조종하기 위해서….

오랫동안 내가 그 내막을 궁금하게 여겼던 많은 사건들, 많은 일화들이 다시 떠올랐고, 이제 나는 그것들을 좀더 잘 이해할 수 있었다. 내 동의도 없이 북유럽 은행에 내 명의로 개설되었던 구좌들… 내가 맡고 있었으면서도 이해하지 못했던 비밀 재정 관리… 혹은 내가 그 일을 그만두려 한다는 것을 알게 되었을 때 의증오심에 가까웠던 그의 짜증. 그리고 언덕에서의 사건 다음날에 그가 마지막으로 로마에 왔던 때, 그러니까 발레리오가 옳다고 그가 편을 들던 때의 기억을 떠올리고 보니 이런 생각도 들었다. 발레리오 역시 몇 해 동안 내가 손쉬운 표적이 되었던 그 거대한 음모의 한 요소, 끔찍한 연장 수단이 아니었을까 하는….

이런 것들이 그날 아침 내가 파리를 걸으면서 생각한 것들이었다. 그리고 걸음걸이에 맞추어 내 삶의 단계들을 회고하는 동안, 내게 떠오른 잔인한 빛줄기들이었다. 산책은 정오에 끝났다. 어찌어찌하여 나는 라자르의 옛 여자 친구인 레온의 집에 도착했다. 나는 라자르의 집이라면 은밀한 숙소가 될 수 있으리라고 생각했다. 문을 두드리면서 나는, 아주 오랫동안 나와 가장 가까웠던 사람을 다시는 만나지 않으리라는 사실을 깨달았다.

그러나 주의해야 한다.
그렇다, 추억은 부정확할 수도 있다! 그리고 과거 위에 밝은 빛의 그림자를 던지고 싶은 유혹을 경계해야 한다! 왜냐하면 내가 지금 쓰고 있는 모든 것들을 나는 여기서, 예루살렘의 내 방에서, 밤이 끝나가는 시각, 모든 것이 실제로 명확하고 분명하고 투명해 보이는 시각에 쓰고 있기 때문이다.

그러나 그때 이미 모든 게 분명했을까? 모든 것이 처음부터 알랭 파라디가 감독을 맡은 잔인한 연극에 불과하다는 사실을 내가 이 정도까지 이해했을까? 장차 그 감독에게 기대할 수 있는 것이라곤 증오와 배반밖에 없다는 사실을 지금처럼 그때도 내가 알고 있었을까?

확실치 않다. 전혀 확실치 않다. 왜냐하면 다시 그를 만나지 않은 것은 사실이지만 어쨌든 마지막에, 최후의 순간 직전에, 나는 그에게 그 이해할 수 없는 — 자살 행위나 다름없는! — 전화를 했으니까. 그럴 수밖에 없었다는 것을 나는 잘 안다… 어떻게 해서든 그 말을 마리에게 전해야만 했고… 말을 다하지 않아도 재빨리 이해할 수 있는 사람이 필요했다는 것을… 또한 어떤 도전 같은 것… 허세가 작용했다는 사실도 나는 알고 있다… 실패한 유혹자가 단념하기 전에 마지막으로 자신의 매력이 정말 그렇게 형편없는 것인지를 확인해 보려는 어떤 반사적인 심리처럼.

그러나 이제 와서 어떤 식으로 합리화를 꾀하더라도, 그 행동은 정말 무책임하고 바보 같은 짓이었다고 생각된다. 20년 동안이나 악과 거래를 했으면서도, 결정적인 순간 내가 그의 뿌리 깊은 뻔뻔스러움과 잔인성과 원한을 과소평가한 것일까. 아니면 무의식적인 절망 속에서 내가 실제로 믿었던 것일까. 아무리 그렇더라도 내가 부탁하는 '마지막 도움' 정도는 그가 들어줄 것이라고.

'마지막 도움'이라니! 그는 오로지 내 종적을 찾아내고, 추적하고, 당국에 알릴 기회만을 노렸던 것이다. 그래서 자신의 역할이 끝나자, 직접 손을 더럽힐 필요 없이 내 좋을 대로, 지붕에서 떨어지거나 홈통에서 미끄러지거나 유니폼을 입은 살인자(그는 첫 발에 명중시키는 것이 제일 좋다는 주의를 받았을 것이다)의 총알에 쓰러지기를 조용히 기다렸던 것이다. 혹은 최악의 경우, 모든 것이 실패할 때에는 골치 아픈 재판이 있기 전날에 감옥에서 사고로 죽기를(때로 그런 일이 생기듯이) 기다렸던 것이다.

지독한 비난이다. 그러나 나는 내가 무슨 말을 하고 있는지 알고 있다. 시간이 흐를수록, 나는 마리에 관한 그 어처구니없는 이야기를 점점 더 믿지 않는다. 엄지 동자가 조약돌을 뿌리고 다니듯이 그녀가 수표를 뿌리며 다녔고, 그 수표들 때문에 경찰이 냄새를 맡았을 거라는….

생각할수록 감탄스런 파라디!

술수와 냉혹함, 삶에 대한 격렬한 증오, 인간에 대한 경멸의 기막힌 혼합… 무서운 이중성, 거짓말에 대한 천부적 재능, 이중의 연극, 이중적인 ― 낮에는 붉은색, 밤에는 검은색 ― 삶. 아침에는 점잖고 밤에는 음탕하고… 만찬 식탁의 점잖은 부인들은 그를 나이 든 기둥서방으로 생각하고, 아침 식탁을 시중드는 사람들은 그의 권력과 호사에 감탄하고… 그리고 지금 내가 보고 있는 프랑스 《마텡》지의 옛 인터뷰 기사에서 나는 어렵잖게 그의 수법을 확인한다. "나, 사기당한 변호사… 이용만 당한 양부… 실패한 사업가… 슬픔과 스캔들 때문에 완전히 망가진 남자…" 저녁 만찬장에서 여전히 나를 옹호하고, 자기 앞에서 사람들이 너무 내 욕을 하지 않게 하려고 애쓰는 그를 나는 쉽사리 상상할 수 있다….

도대체 그는 어디에 있을까? 무얼 하고 있을까?

이 시간, 내가 이 글을 쓰는 동안 그는 무슨 생각을 하고 있을까? 나의 도망에 대해서 뭐라고 말했을까? 그 훌륭한 솜씨를 칭찬했을까? 그것이야말로 위대하고 천재적인 파라디의 솜씨가 아닌가? 내가 살아 있고 행동이 자유롭다는 것, 요컨대 말하고 얘기할 수 있다는 것, 그가 내게 말한 것과 숨긴 것들을 내가 말할 수 있다는 것, 내가 알고 있는 사실들과 의심하는 사실들을 퍼뜨릴 수 있다는 것, 악마에 사로잡혔던 시절과 그가 나 없이 지낸 시절을 폭로할 수 있다는 것, 즉 그의 연극을 박살내고 그의 진짜 얼굴을 드러나게 할 수 있다는 것을 안다면, 그는 어떻게 생각할까?

오, 그의 진짜 얼굴… 나는 그의 진짜 얼굴이라는 것이 있는지조차도 확신할 수 없다… 그조차도 거울 앞에서 나처럼 속는 것이 아닌지 나는 장담할 수 없다. 많은 모험에도 불구하고, 마스크 뒤에 감춰진 다른 얼굴에 그가 애착을 갖고 있다고도 장담할 수 없다. 그러나 내가 입을 열기 시작한다면, 내가 가진 모든 정보를 털어놓고, 서재의 그 커다란 검은 궤짝에 내용들에 대해 말하기 시작한다면, 그리하여 영웅이자 드골주의자이며 명백한 항독 투쟁가였던 그가, 볼리비아의 파시스트와 시리아로 망명한 늙은 나치 의사와 은행가인 듀즈누와 맺고 있는 관계들에 대해 놀라기 시작한다면 나는 그의 진짜 얼굴을 보게 될 것이다. 그러면 그는 냉소적인 웃음을 흘리다가 스스로 폭발적인 즐거움의 불씨를 던질 것이요, 급기야 여인들과 속물들이 좋아하는 대 부르주아의 허울을 미련없이 벗어던져 버릴 것이다. 그리고는 삶과 운명에 대한 극도의 경멸, 자신이 멋대로 주무르는 이 사회에 대한 경멸 속에서, 바로 보트렝처럼 에스파냐 사제의 모습을 하고 어느 날 저녁 티베리아드 호숫가에서 내게 감사를 표할 것이다. 월터 스코트의 대디 랫처럼 장차 내가 평생을 마치게 될 감옥의 간수가 되어 나타날 수도 있을 것이고, 그 역할이 아직 공석이라면 비독이나 고데 다라스 같은 사람 — 경찰의 우두머리가 된 악당이나 방탕꾼들 — 이 되어 나타날 수도 있을 것이다… 불멸의 파라디….

그리고 경찰 우두머리, 비냘.

그에 대해서는 또 다른 소설 하나를 쓸 수 있으리라. 그는 우리에게 애써 감췄지만, 그의 아버지는 경찰이었다. 그리고 그의 어머니는, 우리도 알고 있었는데, 아주 못생기고 볼품 없는 여자였다. 이런 그녀로부터 그는 무뚝뚝한 성격을 물려받았다. 여름이나 겨울이나, 도서관에서도 길에서도, 언제나 불그레하고 앵무새같이 뾰족한 코 위에 그가 두르고 다녔던 체크 무늬의 붉은색 양모 스카프. 게다가 입술이 말을 듣지 않아서 헛되이 미소를 지으려고 애쓰는 듯한 느낌을 주던 그 이상한 경련과 우울한 표정.

아, 그렇다! 아주 우울하고 떨떠름한 그의 표정. 그의 볼품없는 용모를 고상하게 표현하고 위안해 주기 위해서, 사람들은 마르크스가 '아주 젊은 나이인데도 몹시 늙었다'고 묘사한 헤겔의 분위기가 그랬을 거라고 말하곤 했다. 그래서 생겨난 그의 염세주의. 내가 감히 '그래서 생겨난'이라고 말하는 까닭은 남자들, 여자들, 행복, 위대한 감정들에 대한 그의 환멸과, 사회주의, 혁명, 국제 공산주의 운동에 있어서의 중국의 이론적인 위반 가능성 등에 대한 그의 비방과 신랄함과 환멸이 자신의 볼품없는 용모에 대한 보상으로밖에 해석할 수 없기 때문이다.

그러나 투쟁에 대한 그의 열성, 정열, 신념에는 우리도 감탄하고 있었다. 그리고 그의 놀라운 재능, 비록 자신과 관점을 같이하는 사람이 세상에 아무도 없을지라도, 입을 떼기만 하면 마치 이미 진행되고 있는 대규모 투쟁이나 운동을 대신하여 견해를 피력하고 있는 듯한 느낌을 주던 특유의 재능도 마찬가지였다. 누군가가 '책처럼(유창하게)' 말한다고 할 때의 그런 의미에서, 그는 마치 '정당처럼' 말했다. 그러다가 그는 모든 신념을 팽개쳐 버리고는 오늘날의 관리가 되었다. 현학적이고 단호한 어조로, '파괴자'인 나를 체포할 때까지 자신은 결코 쉬지 않겠노라고 온 세상의 신문에 발표하는 그의 모습은 얼마나 우스꽝스러운가!

도대체 무엇 때문일까? 그 악착스러움의 의미는 무엇일까? 역시 증오 때문에? 오랫동안 쌓인 원한? 나의 돈 많은 방탕꾼 같은 습관, 행복한 아이 같은 무사태평함, 자기는 감히 말도 걸지 못하고 미소도 보내지 못하는 여자들에게 손쉽게 접근하는 나를 엄격하게 꾸짖던(나는 그때 그가 나를 보호하고 보살펴 주려고 그런다고 생각했었다) 시절의 잔재일까? 옛날 나의 집에서, 내 앞에서, 갈보 같은 콩스탕스가 그의 엄격함과 완고함은 내적인 약점들 때문에 생긴 거라고 공언하던 날의 추억(이 또한 잊혀지지 않고 끊임없이 반추되어서) 때문일까? 아니면 나를 통해서 자신의 일부, 자신의 과거, 청춘 시절의 꿈의 한 부분을 벌하려는 것일까?

미스터리다. 뒤죽박죽의 운명들을 가진 이 세대의 모든 역사가 알 수 없는 것이듯이… 해독할 수 없는 혼돈의 세기, 어쩔 수 없이 우리가 무질서하게 빠져나오고 있는 이 세기의 모든 역사가 그렇듯이….

나는 필립 비날을 미워하지 않는다. 나는 그를 기다린다.

마지막으로 다른 사람들에 대해서도 한마디 해야 하리라…

내가 더 이상 기다리지 않는 사람들… 아무도 기다리지 않을 사람들… 제일 나중에 왔다가 제일 먼저 떠난 사람들… 이 드라마의 핵심 배우들… 그러나 이 드라마에서 빠져나가지 못한 사람들….

내가 그들을 마지막으로 본 것은 지난해 프랑크푸르트에서였다. 소피텔의 방에서 나는 생각없이 텔레비전을 보고 있었고, 그때 갑자기 화면에 그들이 나타났다. 그들 모두는 넓은 강력범 수용실 철창 안에서 고함을 치고 소리를 지르고 주먹을 휘둘러 대고 있었다. 그때 나는 아나운서의 코멘트가 안 들릴 정도로 시끄러운 욕설(이탈리아어로) 속에서도, 판사가 내 이름을 발음하고 뒤이어 여러 사람이 일제히 반복하는 소리를 분명하게 들었다. "이… 하이에나… 돼지… 배반자… 그 자식, 불알 껍질을 벗겨 버려… 창자를 끄집어내… 그 얼간이 프랑스 녀석을 쨈으로 만들어 버려… 피로 목욕을 시킬 갈보 자식!"

이제, 그들은 끝장이 났다. 한 명은 10년 형, 다른 누구는 20년 형, '생선 장수'는 30년 형, 또 한 명은 종신형. 발레리오는 무기형. 그런데 어느 날 아침, 감옥의 화장실 변기 속에서 피투성이가 된 그의 머리가 발견된 모양이다.

다정한 나의 감시인이었고 착한 간수였던 세레나, 나를 붙잡아두고 감시하기 위해 내게 붙여졌던 여자, 그러나 도중에 전혀 다른 역할들을 하게 되었던 여자. 그녀는 그 프랑크푸르트의 감옥에는 없었다. 그러나 역시 잠깐의 유예에 지나지 않았다. 한 달도 채 못되어, 추격에 쫓겨 오스티의 해변에 혼자 다다른 그녀는 총알마저 떨어지자, 평생을 감옥에서 보내느니 차라리 물에 빠져 죽는 쪽을 택하고 말았던 것이다.

아! 나는 그들을 원망하지 않는다. 지금 있는 그곳에서 그들이 평화롭게 쉬길 빈다. 나와 똑같은 어둠의 자식들… 괴물의 사생아들… 도마뱀의 몸뚱이에 사람의 머리를 한 괴수의 사생아들….

그들이 내게 무슨 짓을 했건, 절대로, 나는 그들을 원망하지 않는다. 나는 그들을 저주할 수 없다. 그들이 똑같은 오류, 똑같은 딸꾹질, 똑같은 계산 착오(우리가 길을 잃고 헤맨 이 시대는 그런 식으로 요약될 수 있으리라)의 산물이라는 사실을 내가 잘 알기 때문이다. 그리고 나의 가장 못생긴 동료였고 내가 정복한 가장 볼품없는 여자였던 세레나만 하더라도, 어쨌든 나는 그녀에게 한 남자가 한 여자에게 줄 수 있는 가장 아름다운 선물을 하지 않았던가. 나는 그녀에게 그 이상도 그 이하도 아닌 나의 '결백'을 제공했으니까.

그후 나는 종종 그 사건을 회상했다.

백 번도 더, 나는 그 끔찍했던 장면의 필름을 돌려보곤 했다. 나를 추격하는 무리들… 후진으로 차가 도착하고… 나는 빈손으로 미친놈처럼 뛰었고… 그녀는 내게 권총을 던져 주고는 자신도 손에 권총을 들고서, 아주 짧은 순간 내가 머뭇거리면서 숨을 돌리는 사이 쫓아오는 무리를 향해 침착하게 총을 발사했다….

그후 정말 수도 없이 나는 스스로에게 질문했다. 어떻게 나는 그토록 자발적으로, 기꺼이 그 대신 죄를 뒤집어쓸 수 있었을까. 내가 범하지 않을 죄를, 그날 이후로 나에 대한 유일하면서도 가장 무거운 기소 이유가 될 죄를 말이다. 모르긴 해도 발레리오와의 계약을 존중하려는 마음이 있었을 것이다. 그리고 명예라든가 약간의 자존심이 남아 있었기 때문이기도 할 것이다. 나와 함께, 나를 위해서, 오로지 나를 보호하기 위해서 저지른 행동 때문에 그녀가 잡혀가도록 내버려둘 수는 없었던 것이다.

또한 그녀와 결별했다는 사실도 마찬가지였다. 나는 여자들과 헤어지기 전날에는, 그 여자에게 칭찬을 하고 친절을 베풀고 가장 값비싼 이별의 선물을 하는 오랜 버릇이 있었다.

그러나 이번의 선물은 참으로 엉뚱한 것이기는 했다. 그리고 발레리오나 세레나, 내 테러 활동의 청산과는 아무런 관계도 없는 좀더 은밀하게 감추어진 이유들, 좀더 내밀한 이유들도 작용했다는 사실을 나는 부정할 수 없다. 실제로, 나의 결백을 그런 식으로 아무런 대가나 이유 없이 포기하는 것이 싫지 않았다고 나는 생각한다.

마찬가지 얘기지만, 나의 진정한 기쁨은 오래전부터 내게서 떠난 적이 없던 그 막연하고 희미하면서도 고통스러운 죄의식을 그런 식으로 구체화시키는 데 있었다고 생각한다. 유년 시설 이후로, 요컨대 나의 십자가였고 나의 골고다였던 그 까닭 모를 죄의식, 그리고 장차 내 모든 방황의 진정한 원인이었던 그 죄의식이 마침내 달라붙을 대상을 찾았던 것이다. 무척이나 엉뚱하고 경박하고 끔찍한 생각 같지만, 한 경찰관의 죽음 정도는 결코 비싸게 치러진 대가가 아니었다고 나는 생각한다. 사회에 대해서도 그렇고, 내 죄의식에 대해서는 더욱더 그렇다. 그 일이 내게 새로운 자아를 찾은 듯한 느낌, 좀더 단단한 지반을 확보

한 듯한 느낌, 내 고뇌가 진정되는 듯한 느낌… 40년 동안이나 곪아왔던 오랜 상처가 처음으로 아물기 시작했다는 느낌을 주었으니 말이다….

어쨌든 이제는 너무 늦었다.
이 세기도 끝나가고… 내 삶도 늦었고… 이 이야기 또한 끝나가고 있음을 나는 느낀다… 그리고 어쩌면 나는 이를 바라는지도 모른다. 이제는 나만이 살아남아 증명할 수 있는 진실, 그것을 증언할 사람들 ― 가장 중요한 증인, 세레나 ― 이 더 이상 이 세상에 없기를.
그러나 나는 그것을 바라지 않는다.
그것을 바랄 이유가 없지 않은가.
나는 지나간 일을 전혀 후회하지 않는다. 이 상태, 이 부조리하면서도 행복한 오해(그 속에서 내 삶은 마감되리라) 속에서, 그대로 모든 것이 만족스럽다.
비냘이여, 지금 당장 오라!
파라디여, 오라! 비드콕의 경찰관들, 대디 랫의 살인자들(혹은 비드콕의 살인자들, 대디 랫의 경찰관들)이여, 오라!
그렇다. 오라! 끝장이 필요하다면 끝장이, 재판이 필요하다면 재판이여 오라! 벌을 고집한다면 벌이여 오라!
무슨 일이 생길지라도, 아무것도, 아무도, 이곳에 있는 행복을 내게서 빼앗지는 못할 것이다. 이 테이블, 이 불안한 햇빛(글을 쓰는 동안 블라인드 사이로 미끌어져 들어와, 어쩌다 내가 잊고 있으면 이곳이 신성한 도시, 유대인의 도시, 마리의 도시,

다시 찾은 벵자맹의 도시인 예루살렘임을 상기시켜 주는) 속에 앉아 있는 행복을.

 방금, 성경 속에서 본 나의 이름은 어머니가 말할 때는 '내 고통의 아들'을, 아버지가 말할 때는 '우파의 아들'을, 열두 번째 강복식 때에는 '굶주린 늑대'를 의미하고 있었다.

2

같은 방.
같은 시각.
오늘 아침, 새벽이 되면서 내가 팽개쳐 둔 페이지가 그대로 펼쳐져 있는 똑같은 종이 뭉치.
그리고 이번에는, 방금 생각난 아주 놀라운 이야기 하나를 말하고 싶다.

그러니까 오늘의 일이다.
정오였다. 매일처럼 같은 시각에, 나는 아랍인 마을에 있는 자이드 식당에서 올리브와 후무와 테히나가 담긴 접시들 앞에 앉아 있었다. 너무 덥지 않은 맑은 날씨였다. 움 칼숨의 목소리가 부드럽게 내 귓전을 울리고 있었다. 나는 그에게 베이루트와 아랍 국가에 머물기 좋아하는 내 취미를 말하지 않았었다. 그의 이야기를 들으며 대상도 테두리도 없는 어지러운 몽상 ― 점차 내 운명과 내 상황이 되어가고 있는, 과거의 흔적들이 현재의 느낌들과 뒤섞이는 몽상 ― 에 빠져 있던 나는 문득 옆 테이블에 앉아 있는 거무스름한 피부의 한 남자(나보다는 약간 젊어 보였고, 여행의 피로가 채 가시지 않은 여행자의 모습이었다)가 노골적으로 나를 주시하고 있음을 깨달았다.

본능적으로 나는 몸이 굳어졌다. 예전에 로마에서 웬 낯선 남자가 내게 지나친 관심을 갖는 것처럼 보였을 때 그랬던 것처럼, 나는 출구를 찾았다… 나는 재빨리 도주의 가능성… 장애물들… 거리의 상황… 예상되는 병력… 등을 계산했다. 동시에 지능을 총동원하여 가정(假定)들을 하나씩 검토했다. 경찰… 경찰의 앞잡이… 예고도 없이 냉정하게 사람을 죽이는 살인자… 더러운 밀정… 신문기자… 따돌려 버리면 그만인, 내 얼굴을 아는 카메라맨….

그러나 지능이 녹슬었다는 사실, 내 반사 신경이 예전과 전혀 다르다는 사실, 그리고 여러 해째 세상과의 접촉이 없었다는 사실을 절감해야 했다. 나는 그런 식으로 움직이지 않고, 아무런 대처 없이 태도를 정하지 못한 채 귀중한 순간들을 흘려보내고 말았던 것이다. 그러는 사이 그 낯선 남자는 자리에서 일어나 내게 다가왔고, 혹시 벵자멩 콩스… 가 아니냐고 물으면서 자기를 소개했다(상냥하고 예의바른 어조였지만, 나는 짐짓 그러는 것으로 판단했다).

실제로 그는 경찰도 살인자도 아니었고 더러운 밀정도 아니었다. 단지, 파리에서 성공가도를 달리고 있는 듯한 무해한 한 사람의 작가였고(그래서 더 나을 것도 없지만!), 나도 어느 잡지에서 그의 사진이 굴러다니는 것을 본 적이 있는 사람이었다.

그런데 어이없는 사실은, 자리에서 일어나거나 그를 쫓아 버린다거나 방해하지 말라고, 당신 같은 얼간이들을 피하느라 온 생애를 보냈는데 여기 자이드 식당에서 마주칠 줄은 몰랐다고, 나는 사교를 즐기려고 이 도시에 온 게 아니라고 말하기는커녕, 아무 말도 아무 행동도 하지 않은 채 무언중에 그를 자리에 앉도록 허락했다는 것이다.

왜 그랬을까?

권태 때문이었다고 나는 생각한다… 한가로움… 중환자들이나 은둔자들이 느끼는, 말을 하고 싶고 사람의 목소리를 듣고 싶은 느닷없는 욕구, 불합리한 욕구… 일종의 무심함… 결과에 대한 무관심… '어쨌든… 지금 내가 처해 있는 상황에선… 잃을 것도 얻을 것도 없다… 게임은 끝났고, 주사위는 던져졌다…'는 식의… 또한 그 작자의 상냥함… 예의바름… 처음에는 그렇게 생각하지 않았지만, 나는 결국 그의 상냥함이 아주 꾸민 행동은 아니었음을 깨달았다… 내게 다가와서 말을 걸고, 나를 알고 있다고, 내 이야기에 흥미가 있으며 잠시만 시간을 내준다면 정말 고맙겠다고 말했을 때의 호감 가는 태도. 어쩌면 그의 생김새… 다소 소박하면서도 상대방을 누그러뜨리는 활기와 열의… 내가 가질 수 있는 온갖 선입관들에도 불구하고 그런 점들이 까닭없이 내 마음을 끌었다.

그래서 결국은 그렇게 되었다. 내가 한번도 저서를 읽어 본 적이 없고 또 읽고 싶은 생각도 없는 작가 한 사람이 있다. 파리에서는 그와 같은 부류의 사람들을 '신(新)철학자'로 부르고 있는 모양이지만 그러나 얼굴을 마주대고 앉아 있는 내게는 '새롭지'도 '철학자' 같아 보이지도 않는 남자, 시간이 흐르면서 모든 것이 — 관점과 세계관에서부터 걸어온 길, 전투를 해본 적도 없고 내게 시련과 성장을 가져다 준 대부분의 경험들의 언저리에 머물러 있었다는 사실에 이르기까지 — 나와는 거리가 먼 사람임을 알 수 있는 남자, 또 자신의 출생, 유대교, 일찍부터 자유주의적이고 반파시스트주의자였던 프랑스인 아버지에 대한 그의 자부심 섞인 얘기를 그대로 믿는다면, 가족 관계에 이르기까지 나의 경우와 정반대가 아닌 것은 아무것도 없는 남자가 있다. 그런데 그 작가가, 그도 나도 원하는 일이 아니었고 또 피차 까닭을 알 수 없는 일이지만, 기이하게 내 마음을 끌고(사실대로 말하기로 하자) 내 마음을 사로잡았던 것이다. 그래서 나는 그를 테이블에 앉도록 하는 데서 만족치 않고, 그가 얘기하도록 내버려두고, 그의 말에 귀 기울이고, 이번에는 내가 말하고 하면서 꼬박 5시간을 보냈던 것이다.

먼저 말을 한 사람은 그였다.

온갖 것에 대해서… 쓸데없는 것에 대해서… 자신이 가끔 온다는 장소… 아랍 요리… 정결한 음식… 그것들의 상대적인 장점들… 예루살렘에서는 깨끗한 식당을 찾기가 도대체 어렵다는 얘기… 예루살렘 자체에 대해서… 예루살렘이 그에게 갖는 의미… 예루살렘이 나에게 갖는 의미, 실례지만 당신(나)은 유대교와 특별한 관계가 없는 것 같은데… 자신은 모르겠다… 어떤 의미에서는 자신의 나라인 이곳에서 나를 만난 것이 이상하다… 당신(나)을 이곳으로 오게 한 이유가 무엇인지 묻는다면 실례가 되겠는지… "좋아요, 좋아." 그는 그것이 실례임을 이내 깨닫고… 거기에 대해서는 말하지 않았다… 그러고선 자신의 질문을 선뜻 철회하더니… 재빨리 포가의 방향을 돌리는 포병처럼, 이번에는 아무 관련도 없는 다양한 생각들을 연속적으로 내게 쏟아놓았다. 나는 그 얘기들이 오로지 나를 얼르고 우리 사이의 딱딱한 분위기를 깨기 위한 것임을 잘 알 수 있었다.

그런 식으로 뒤죽박죽으로 얘기들이 이어졌다. 테러리즘에 대한 그의 생각… 문학… 얄타 회담의 결과들… 여자들… 사람의 시선에서 그의 죽음이 임박했음을 읽어내는 방법… 앙드레 말로… 신이 떠나 버린 현재의 종말론적인 상황(그의 말이다)… 음악에 대한 회화의 우월성과 회화에 대한 문학의 우월성… 위대한 소설들이란 항상 작가가 그것을 쓰지 않고는 배길 수 없었던 소설들일 거라는… 그러더니 내게 파리 소식을 듣고 싶지 않느냐고 물었고, 내가 대답도 하기 전에 다시금 속사포처럼 얘기하기 시작했다. 좌익… 우익… 좌익 속의 우익과 우익 속의 좌익… 되살아나는 파시즘, 졸고 있는 반파시스트주의자들… 알튀세르의 망상, 사르트르의 죽음, 바르트의 죽음, 라캉과 푸코의 죽음… 차례차례 사라지는 '우리의' 대가들… 지성인들의 침묵… 잘 이루어지지 않는 임무 교대….

그러다가 긴 서론이 끝나고 내 경계심이 약간 풀어지고 있음을 깨닫고, 게다가 내가 몇 가지 구체적인 질문 — 알튀세르에 대한, 즉 라캉의 유산이나 예전의 그렇고 그런 동료의 유산을 청산한 사실에 대한 — 을 말하기까지 하자, 그는 조금씩조금씩 나에 대해 이야기하기 시작했다.

그는 자기가 알고 있는 나에 대해서 얘기했다.
요즘의 파리 사람들이 일반적으로 생각하는 나에 대해서. 내 이름이 점차 신문의 사회면에서 사라지면서 대신 어떤 식으로 다시 나타나고 있는지, 어떤 식으로 다른 분야들에서 유통되고 있는지, 어떤 식으로 은밀하면서도 조심스럽게 퍼져 가고 있는지를 설명했다.
내가 놀라움을 표시하자 그는 웃었다. "아, 안심하십시오. 아직 대중적인 운동은 아니니까요. 우리는 유파도 서클도 아닙니다. 그렇지만 우리들이 당신의 이름을 아는 사람들인 건 사실입니다. 당신 이야기를 연구하기도 하고… 어떻게 말할까요… 당신의 경우에서 일종의 축소판, 시대의 축소판을 보는…." 그러면서 그는 내 이름이 나온다는 《프랑스에서의 테러 시도》라는 책 하나를 언급했다. 또 다른 책에서는 내가 60년대 공산주의 세대의 〈길 잃은 아이들〉이라는 항목에서 상당 부분을 차지하고 있는 모양이었고. 최근의 한 논문에서는 어느 교수가 나의 경우를 분석하면서, 나를 "프랑스에서 페탱주의 문제에 대한 억압의 전형적인 산물"이라고 표현한 모양이었다. 얘기를 하고 있는 그 자신도 나를 염두에 두고서, "나는 악마적인 결합에서 생겨난 사생아다. 파시즘과 스탈린주의의…"라는 문장으로 시작되는 책을 한 권 썼다고 했다.

그러나 그 모든 것이 내게는 퍽 미친 짓거리로 여겨졌다. 한 개인에 대한 희극이요, 오해요, 오류를 대하는 느낌이었다. 나는 마치 '페쉬 사건'에서 '교훈'을 얻던 시절의 나, 단지 역할만 뒤바뀐 30년 전의 나를 다시 보는 듯한 느낌이었다. 그런데 그가 한 얘기들 중에는 한두 가지 나를 약간 고통스럽게 만드는 것들이 있었다. 내가 그에게 물은 유일하게 구체적인 질문, 즉 마리 로젠펠트의 죽음에 대한 나의 도덕적인 책임 여부를 파리에서는 어떻게 생각하고 있는지에 그가 긍정적으로 대답했다는 사실이 그랬고, 나의 옛 친구 '비케'에 다름 아닌(그 사실을 그가 알 리는 없었다) 악명 높은 동성애 리더 콩스탕텡 라그랑주가 최근에 '악의와 자기 기만으로 가득 찬' 논문 하나를 발표했는데, 거기에서 나를 '전형적인 파시스트'로 소개했다는 사실이 그랬다.

그러나, 어쨌든 솔직하게 털어놓자. 나는 그의 얘기를 한 마디도 놓치지 않고 들었다. 그리고 아주 먼 곳, 내가 떠나왔고 어쩌면 다시는 돌아가지 않을 파리에, 비록 몇 명 안될지라도 벵자멩이라는 이름을 치욕의 동의어로 생각지 않은 사람들이 있다는 사실에 나는 감격했고 은근히 기분이 좋아지기까지 했던 것이다. 더욱 알 수 없는 일이 생겨난 것은 그때였다. 내가 말을 시작했던 것이다. 다시 말해, 그 미지의 남자, 나와 아무런 관계도 없고 앞에서 말한 것처럼 온갖 이유로 내가 경멸할 수도 있었을 인물을 앞에 두고, 고백투의 기나긴 독백을 시작했던 것이다.

우선, 나는 한없이 지루했던 청춘 시절을 얘기했다.

모든 시대의 청춘처럼 고전적이고 평범했던, 그리고 마치 쾌락에 집착하듯 온갖 고정관념들에 집착했던, 그러면서도 추억 속에서는 약간 더 음울하고, 고통스러웠으며, 충동적이고, 음산해 보이는… 우리의 유희… 죽음에의 도전… 가장 미묘한 신비로 여겨지던 죽음에의 매혹… 우리가 가장 높은 정신적 존엄성의 표지로 생각했던, 삶을 견딜 수 없다고 느끼는 감정… 빌, 우리 모두 중에서 유일하게 행동으로 옮긴 사람… 그는 애인이었던 베트에게 해마다 기일(忌日)이면 국화 한 다발을 무덤에 보내달라고 했었다….

나는 아주 일찍 시작된 프랑스에 대한 나의 증오를 얘기했다… 프랑스의 관습… 프랑스의 종교… 아! 프랑스라는 종교… 그들이 함께하는 방식… 음식과 포도주와 베레모를 통해… 나는 그런 것들을 '페탱주의'라고 불렀다… 일종의 영원한 페탱주의… 초역사적이고 거의 형이상학적인 페탱주의… 페기의 시, 시골 교회, 사회주의 회합, 혹은 스튜의 맛에서도 나는 그 흔적을 볼 수 있었다… 모든 강박 관념이 그렇듯이, 내 증오의 밑바닥에는 이런 단순한 생각이 깔려 있었다. 한결같이 파시스트적인 프랑스가 내 아버지의 시체 위에서 반파시스트적인 미덕 하나를 회복했다는….

나는 그에게 알제리 전쟁을 얘기했다. 처음으로 내가 수치스런 프랑스에 대항할 당시의 나의 나이는 스무 살이었다. 정치에 대해서 아무것도 몰랐다. 그러나 어머니의 두 번째 남편이 고문을 찬양하는 얘기를 했을 때, 내 앞에서 '알제리 민족주의자들'

의 재판을 심리하는 그를 보았을 때, '사회주의자'이고 '저항 운동가'였던 그가 자신의 말처럼 '프랑스의 또 다른 항복'에 저항하기 시작하는 것을 보았을 때, 나는 반파시즘이 재창조되어야 함을… 반파시즘의 작업이 다시 시작되어야 함을 깨달았다… 우리들은 그 점을 이해한 사람들이었다… 생각처럼 그렇게 많은 숫자도 아니었고… 그렇게 환영받지도 못했다… 그러나 우리는 다시 관계를 맺기 시작한 음모가들처럼, 혹은 결코 와해되지 않을 비밀 결사의 구성원들처럼, 몇 마디 암시와 짐작만으로도 어둠 속에서 서로를 알아보았다….

마르크스주의자가 된 나에게 마르크스가 무엇을 의미했는지에 대해서도 얘기했다… 유대인 마르크스… 독일인 마르크스… 유대계 독일인 마르크스… 나는 그를 읽기도 전에 역시 짐작으로, 내가 거부하는 프랑스, 그 프랑스가 증오하는 모든 것을 그가 구현하고 있음을 이해했던 것이다… 마르크스, 반(反)프랑스… 마르크스, 반비시… 마르크스, 위대한 작가…《무월(霧月) 18일》과《프랑스에서의 계급 투쟁》을 쓴 위대한 소설가… 지금도 그렇지만 나는 절대로 마르크스가 멸시받도록 내버려둘 수는 없었을 것이다… 스탈린? 아, 스탈린… 당시에 나는 망설이지 않고, 스탈린의 진정한 과오는 스타일 상의 과오였다고 말했을 것이다.

나는 이 모든 것들을 왜 여느 전통적인 '투쟁 도정'과 혼동하지 말아야 하는지를 그에게 얘기했다… 또한 내가 들려주는 이 모험이 어째서 '사회주의', '참여', '공산주의적' 혹은 — 사람들이 그렇게 생각한다니까! — '전체주의적' 시도에 관한 지겨운 이야기 속의 한 삽화에 불과한 게 아닌지를 얘기했다…. '역사를 둘로 쪼갤 것'을 호소한 당시의 우리 의도가 무엇이었는지를 그가 알까? 우리가 의식하고 있었던 반란은 바로 '인간 조건' 자체에 대한 반란이었으며, 우리의 열정이 무시무시할 정도로 진지했었다는 사실을 그가 알까?

그렇다, 그는 알고 있었다. 내 얘기를 듣고만 있었지만, 그는 알고 있었다. 그래서 나는 특별하게 나에게만 관련된 것인 까닭에 그가 알 리가 없는 역사의 다른 일면에 대해 이야기해 주었다.

나는 당시 엥그르 가에서 지낸 나의 부조리한 삶에 대해 얘기했다.

지나친 풍요… 너무 많은 돈… 얘기를 하는 상대방에 따라서 혹은 내 기분에 따라서, 과시하든가 숨기든가 소중히 여기든가 저주하든가 하는 호사를 내게 허용해 주었던 지나친 부… 내가 아무것도 기대하지 않았던 재산… 나와는 거의 관계가 없었던 부… 내가 끔찍이 싫어하기까지 했던 재산… 그 허위의 삶에 대해 얘기했다… 가짜 인생… 타락한… 목표도 없고, 계획도 없고, 우여곡절도 없는 삶… 간단히 말해서, 직업이 없는 생활… 스무 살에 실패한 삶… 스무 살에 실패한 자의 삶… 그리고 서른 살의 늙은 학생일 때는 이렇게 말하곤 했다. "다른 사람들이 무신론자라면 나는 반사회론자이다." 혹은 "나는 어느 사회에도 속해 있지 않다, 나는 모든 사회를 거부하므로." 요컨대 나는 돈 많은 룸펜이자 실업자에 지나지 않았다.

나는 내 입에서 나오는 모든 말들이 나 자신에게 얼마나 거짓되고 공허하게 여겨졌는지에 대해서도 얘기했다. 그러한 '사회적 위치'가 내 사고를 무너뜨리는 균열, 그것을 통해서 가장 확고한 내 신념들이 닳아 버렸고 빠져나가는 틈과 같았음을… 나는 '민중의 이익'을 소리 높이 외쳤지만, 동시에 내 속의 무엇인가는 민중과 민중의 이익을 경멸하고 있었던 것이다….

나는 '인간의 뿌리 깊은 바탕을 혁신할 것'을 호소했다. 그것은 내가 가장 소중하게 여기는 무엇인가를 변화시키고 싶었다는 의미이다. 나는 '지고의 반란'을 원했다. 그리고 동시에, 그 반란이 그토록 전대미문의 것이길 바라는 이유가 어쩌면 그것을 회피하고픈 생각 때문은 아닌지 자문하곤 했다. 맑은 날에는, 내가 투사의 자손이기보다는 모험가의 자손이라고 생각하면서 스스로를 위안했다. 궂은 날이면, 내가 모험가의 자손이기보다 사기꾼의 자손이라고 생각했고, 그러한 생각은 내 심중에 남아 있던 치유 불가능한 양심의 가책을 가중시켰다.

이어서 나는 '사기꾼'이라는 표현만으로는 충분치 못하다는 사실, 내 속에 좀더 수치스럽고 비열한 무엇이 있다는 사실을 깨달은 그 위대한 전율의 순간들에 대해 그에게 말했다. 총알받이들, 얼간이 같은 민중에 대한 증오를 깨달은 순간들… 미친 개미떼라는 인류의 진실, 짐승처럼 우글거리는 인류의 광경을 나도 모르게 그려보곤 하던 밤들, 오베르네가 죽은 뒤 르노의 집에서 지내던 시절… '프롤레타리아'라는 말만 들어도 구역질이 나던 시절을….

나는 결국 인간을 지나치게 사랑한 까닭에 인간을 증오하게 되었다. 그리고 내가 무엇보다 즐겨 상상하곤 했던 나의 정치적인 역할은 인간들로부터 위대한 인간을, 인류로부터 인간성을, 인류를 망치고 있는 구체적인 주제들로부터 숭고하고 추상적인 이념을 구해내는 현명한 의사의 역할이었다. 필요하다면, 폭력에 의해서라도.

나는 폭력의 시기에 관해서 그에게 얘기했다.
왜, 어떻게, 언제, 폭력의 시절이 시작되었는지를. 노그레트 사건 직후의, 무엇이든 못할 일이 없고 그 무엇도 두렵지 않았던 그 길고도 막연했던 시기… 베이루트로부터의 귀환… 그때 내 머리 속은 온통 살인의 장면들로 가득 차 있었고, 나는 활동을 멈추고 그만 물러날 생각을 품기도 했었다… 마치 아무 일도 없었다는 듯이, 내가 원하기만 한다면 예전의 순수를 되찾을 수 있다는 듯이… 뒤이어, 한 친구의 죽음… 전혀 알아볼 수 없었던 파리… 그러고는 한 남자로서의 시기가 왔다… 나는 그 점에 있어서 절망적으로 속수무책이었다… 지휘부에서 일하는 데 당연히 따르는 연애….
어째서 '당연'하냐고?
가장 돈독한 정치적 조약은 영혼의 열정들이 맺는 조약임을 그는 모른단 말인가?
그리고 베이루트가 있었고, 아바나가 있었고, 다마스커스, 바그다드, 베를린 등이 있었다. 그 행로의 각 지점에서, 서로 마주치고 서로를 알아보았던 폭력의 광신자들이 있었다. 그리고 물론 파라디가 있었다. 그러나 그 모든 동기들을 폭발시킨 결정적인 동기이자 기폭제이며 격발 장치는 한 여인의 이미지였다고 나는 생각한다. 어느 날 밤 자기 침대 위에서, 얼마전에 감옥에서 죽은 바더 갱단에서 일한 한 사내의 갈색 수염에 덮힌 음울한 얼굴 앞에서 문득 황홀경에 사로잡히던….

그 남자의 이름은 중요하지 않다.
오히려 나는 그에게 그 여자의 이름을 말해 주었다. 마리… 그렇다… 지붕 위의 그 마리… 그의 말대로라면, 나 때문에 죽은 마리… 부드럽고, 정숙하고, 얌전하고, 다정한 마리… 자신도 모르는 사이에 자신이 어떤 역할을 했는지 알았더라면 아마도 그녀는 아연실색했을 것이다….

물론 나는 그에게 신성함에 대한 나의 꿈(이것 또한 하나의 동기였다)도 얘기해 주었다… 순수성에 대한 나의 의지… 경험의 학교에 투신함으로써 백수(白手) 지성인으로서의 내 무능을 속죄한다는 느낌… 동지애와 테러의 학교에서, 내 속의 '사기꾼'과 '모험가'로 하여금 혹독한 훈련을 받게 하려는 욕망… 나의 진정한 수치 — 즉, 언제나 뇌리에서 떠나지 않던 아버지의 존재, 그 중압감 — 로부터 벗어나는 방법을 발견해 냈다는 생각….

5년이 더 지난 뒤, 열정의 종말이 왔다. 내가 옹호하고 있던 가치들이 점점 더 분명하게 모습을 드러냈다. 나는 이해 관계에 봉사하고 있었고… 알게 모르게 실력자들의 놀음에 놀아나고 있었다… 어느 날 '지부 회의'에서 '동료'들이 1주일 동안의 '행동들'을 분석하는 것을 듣고 있다가, 나는 갑자기 스탈린 집

안 앨범의 가장 빛 바랜 페이지들을 뒤적거리고 있는 듯한 고통스러운 느낌에 사로잡혔다….

건망증 환자에게 기억이 돌아오고 마비 환자에게 기운이 회복되듯, 나는 서서히 인간성을 되찾았다. 그러다가 발레리오와의 언쟁(최초의)이 발생했다. 어느 날, 자신에게 감히 반항했다는 이유로 그가 은행원의 '다리를 분질러' 버렸을 때였다. 우리가 보는 앞에서, 그 남자의 종지뼈 부근에 권총 여덟 발을 쏘는 지독한 방식으로 말이다. 결국 우리를 맺어 주고 있는 끈은 악 속에서의 어두운 동지애일 뿐… 우정도 연대감도 아니고, 또한 사랑도 연애도 아니라는 사실이 이내 분명해졌다….

그리고 좀더 진정한 결정적인 이유들, 마음속 깊숙이 나를 뒤흔들어 놓은 이유들이 있었다. 젠느의 이스라엘 영사에게 까닭없이 저지른 그 미친 행동. 경쟁 조직의 일원이었던 카를로에 대한 일… 그는 어느 날 아침 사살된 모습으로 해변에서 발견되었다. 그의 유일한 죄는 '유대 인터내셔널'과의 관계를 증명하는 그의 이름이었다… '시온주의 음모'에 대한 우리 모두의 병적인 고정관념과 발레리오의 노골적인 유대인 배척주의 혹은 '생선 장수'의 은근한 배척주의… 그리고 비아 델 코르소의 한 건물 처마 밑에서 서로를 꼭 껴안고 있던 두 명의 초라한 노파도 떠올랐다… 어느 날 우리는 그곳에서 '강도질'에 정신이 팔려 있었는데, 도중에 조르지오가 행인 한 명을 잔인하게 쏘아 죽였다. 죽은 남자는 두 노파의 손자이거나 아들, 혹은 사동(使童)인 모양이었다. 그곳에서 도망쳐 나오는 순간, 나는 노파가 중얼거리는 소리를 똑똑히 들었던 것이다. "파시스트들이야… 파시스트의 자식들이야…"

그렇다, 그날 나는 깨달았다. 내게는 그 두 명의 노파가 어떤 현학적인 이론보다도 웅변적이었음을. 그들은 단 한 마디로, 아버지의 망령이 다시 나를 사로잡았음을 알려 주었다. 아버지로부터 달아나기 위해서 온 그곳에서보다 내가 더 아버지와 가까이 있었던 적은 없었다는 사실을….

"지금은 지금 어디에 와있는 거죠?" 그가 내게 물었다.

우스꽝스러운 질문이라고 나는 대답했다. 나는 어디에도 '와' 있지 않다. 나는 이곳 예루살렘, 내가 행로를 마감할 생각을 품었던, 세상에서 유일한 장소에 '있기' 때문이다.

그는 내게 이 점을 물은 듯한데, 어쨌든 지금 나는 내가 빠졌던 그 심연 같은 세계를 진심으로 증오하고 있다… 나는 이제 그 세계에 대해서 어떤 연민도 품지 않는다… 그 세계를 생각할 때, 조금의 향수도 느끼지 않는다… 나는 이제 팔레스타인 민족이 대지의 소금이라거나 새로운 구원의 민족이라고도 생각지 않는다… 나는 오해를 했던 것뿐이다… 변명도 용서도 필요없다… 그렇다고 해서 싸움을 시작할 의욕이 있는 것도 아니다… 항의를 하고… 고발하고… 영원히 기만당한, 영원히 결백한 자로서의 내 항의와 고발과 외침과 비난으로써 세상을 가득 채울 의욕도 힘도 나는 느끼지 못한다….

다른 사람들은 그렇게 하고 있고, 또 잘해 내고 있다. 그러나 나는 할 수 없다고, 한다고 하더라도 잘 못할 거라고 생각한다. 왜? 그것은 형태가 어떠하든 포기 선언에 대한 심리적인 혐오감 때문이다.

지식의 미덕, 학문의 위력, 진실에 대한 내 발언이 가질 수 있는 구체적인 효과 등에 대한 약간의 신뢰 때문이다.

세계 자체, 그 장점들, 세계가 영속하기를 바랄 수 있었던 동기들에 대해 내가 끝내 잃지 않은 약간의 신뢰 때문이다.

그리고 누구에게도 동의를 구하지 않는 나의 신념, 나를 무기력하게 만드는 그 신념 때문이다. 언제나 승리하는 것은 죽음이라는… 악이며… 악마라는… 특히 내가 그에게 굴복했었던 까닭에 누구보다도 잘 아는 그 악마라는 믿음….

그래서 나는 그에게, 왜 패배한 싸움이라고 생각하는지를 얘기했다. 어째서 궁극에는 야만이 항상 승리하는가를 얘기하였다. 내게는 유럽이 거대한 '승부의 끝'(단지 정치적인 것만도, 또 군사적인 것만도 아닌)에 이르러 있는 것처럼 보인다는 사실을 설명했다. 방금 전에 바로 그가 '사상의 대가들'의 '연이은' 죽음을 언급함으로써, 그러한 내 느낌을 확인시켜 주었다고 말했다. 잘은 모르지만, 유럽의 문학·예술·철학도 마찬가지라고 말했다. 유보도 회생도 없이, 수단도 방법도 없이, 문화가 고스란히 함몰해 버린 시대….

나는 이반 카라마조프를 인용했다. "유럽에 가고 싶다… 그곳에서는 묘지밖에 발견하지 못하리라는 것을 나는 잘 안다… 나는 그 땅 위에 엎드리고, 돌 위에 키스와 눈물을 퍼부을 것이다. 비록 내 가슴은 그곳이 공동묘지 이외에 아무것도 아니라는 사실을 절감할지라도."

나는 헤겔과… 마르크스… 예전에 내가 좋아했던 철학자들을 인용했다… '정신의 노화' … '서구의 몰락' … 완성되어 가고 있는, 종말에 이르고 있는 우리의 '역사' … '최후의 날들' … 한 사회의 최후의 날들, 이것이야말로 열정적으로 연구해야 할 유일하고 진정한 문제라고….

나는 '소비에트주의'에 대한 나의 이론을 제시했다. 그것의 힘과 놀라운 건강성… 소비에트주의는 체제가 아니라 '문화'라는 것… 문화가 아니라 '문명'이라는 것… 단순한 문명이 아니라, 지금 끝나 가고 있는 문명을 대신할 '유일한' 문명이라는 것 … 소비에트주의가 내부에서부터 진행되고 있음을 나는 목격했다는 것… 하지만 그것이 어떤 수단을 사용하고 있는지 나는 모른다는 것… 우리 안의 무엇에 기초하고 있는지… 어떠한 결점들과 어떠한 끔찍한 욕망들로부터 그것이 자라나는지… 자유주의자들은 그것을 질병이나 변태, 암으로 생각하는 오류를 범하고 있다는 것… 하지만 오히려 그것은 정상적인 상태라는 것… 아마도 우리의 정상적인 상태… 전력을 다해, 평화와 생존과 행복에 몰두하는 인류의 가장 정상적인 상태… 물론 공포가 있으나, 그것은 자연스러운 공포라는 것….

그리고 이야기의 열기에 취한 나는 '어떻게'를 설명해 주었다. '왜'를 설명해 주었다. 그가 원치 않더라도, 선한 감정들, 선한 사람들이 원치 않더라도, 옛날의 철학자들, 오늘날의 철학자들이 원치 않더라도, 인간의 모든 권리들에도 불구하고, 이곳 예루살렘에서 관찰할 수 있는 그 모든 열병과 욕망, 그토록 격정적인 소동에도 불구하고, 내가 '소비에트주의'라고 부르는 사유 방식과 공존 방식이 왜, 그리고 어떻게 승리하고 말 것인지를 나는 설명해 주었다.

6시였다.

우리는 이미 오래전에 식당에서 나와 있었다. 우리는 내가 묵고 있는 호텔 입구에 이르렀다. 그가 나를 배웅한 셈이었다. 오는 도중에 슬그머니 역할이 바뀌어 있었다. 말을 하는 사람, 장광설을 늘어놓는 사람은 나였고, 듣는 사람은 그였다. 나는 그에게 세계의 진행과 운명에 대한 예언들을 떠들어댔고, 그는 대답 없이 이따금 알아들었다는 표시로 고개를 끄덕였다. 혹은 간간이 슬쩍 나를 쳐다보곤 했는데, 나는 그 시선 속에서 약간의 불안을 읽을 수 있었다.

지금, 그는 가고 없다.

프랑스로 돌아가겠다고 그는 말했었다. 청원, 항의, 시위, 책의 출판 등 많은 일들이 기다리고 있다면서.

그리고 나는 이 밝은 방에 혼자 앉아서, 밤이 끝나가는 시각에(그와 만났던 다음 날이다), 다시 한 번 그와의 만남을 생각한다. 그 이상한 만남, 그보다 더욱 이상했던 대화, 그가 내게 한 얘기들, 어쩌면 숨겼을 얘기들, 그의 눈에서 느껴지던 희미한 불안의 빛, 그리고 무엇보다도 내 자신이 한 말들을 곰곰이 생각하노라니 절로 이런 생각이 든다. 곧 죽음을 맞이할 사람들이 바로 이런 식으로 말하는 게 아닐까 하는.

3

거북함.

마음의 동요. 까닭을 알 수 없는 불안.

아무래도 어제의 그 만남이 생각했던 것보다 훨씬 더 충격적이었던 모양이다. 뭔가를 말하고 싶은 욕구, 속을 털어놓고 싶은 강한 욕구, 목구멍까지 치밀어오는 말들.

오늘 저녁, 만남이 있은 지 사흘째 되는 날 밤의 문턱에서, 막을 수 없는 기억의 물결은 뜻밖에도 나를 유년 시대로 이끌고 간다. 그렇다, 나의 '유년 시절.' 나, 벵자멩… 회개한 테러리스트이자 직업 혁명가인 나… 인기 있는 작가들이 '세기의 축소판'이라고 생각하는 나… 사색을 하기 위하여, 그리고 어쩌면 속죄하기 위하여 예루살렘에 온 나… 그런 나에게, 이 밤의 기슭에서 떠오르는 것이 엉뚱하고 유치하고 귀엽기까지 한 추억들인 것이다⋯.

그러나 어쩌겠는가. 나도 모르게 어쩔 수 없이 떠오르는 것을. 까닭은 알 수 없지만, 기어코 생각나는 것을. 나는 굳이 '기억들이 떠오르고 어쩔 수 없이 생각난다'고 말하고 있다. 워낙 과거의 토막들이 산만하고, 어지럽고, 제멋대로이고, 일관성도 연속성도 없기 때문이다. 조류와 파도에 실려서 하나씩하나씩 무질서하게 떠오르는 난파선의 잔해들처럼. 혹은 차라리 — '하나씩하나씩'이라는 표현은 옳지 않으니까 — 안개나 먼지 또는 변덕스러운 형체의 성운처럼, 오늘 밤 그 기억들은 간신히 알아보자마자 내 머리 위를 떠다니고 내 주위를 빙빙 돌면서, 내가 그것들을 고정시키지 않는 한 잠시의 휴식도 내게 주지 않을 기세인 것이다. 그러므로 이야기도 아니고 고백도 아니다. 향수도 우수도 아니다. 연출도 재구성도 아니고, 범람하는 추억에 대한 지배는 더욱 아니다. 단지 자백처럼, 회한처럼, 혹은 기도처럼 떠오르는 일련의 단순한 영상들을 펜이 가는 대로, 기억이 이끄는 대로 적고 있을 뿐이다.

권력자들 또는 악당들, 과격분자들의 밀실에서의 유년기? 어쩌면 결국 그럴 것이다. 그게 아니라면 어떻게 내가 온갖 현실적인 위협들이 나를 둘러싸면서 다가오는 있는 시각에, 먼 옛날의 하잘 것 없고 헛된 기억들을 길들이는 일에 골몰하고 있을 수 있겠는가.

예를 들면, 엥그르 가의 영상. 나는 주위의 우중충한 건물들과 우아하게 대조를 이루던 3층의 밝은 석조 건물이 다시 생각난다. 그 건물로 가자면 담쟁이덩굴에 덮힌 검은색 철책을 지나서, 그 당시까지만 해도 파리에서 가끔 볼 수 있던 진정으로 정원다운 정원 — 연못, 화단, 아이들을 위한 모래 마당, 회랑, 푸른색 라일락과 등나무(봄이면 꽃을 피우는)가 있는 — 하나를 통과해야 했다. 지금도 그저 눈을 감기만 하면, 테라스로 올라가는 하얀 돌계단, 바로크풍의 석주들, 발코니들, 어머니가 연회를 베풀던 넓은 살롱들, 도서실, 내가 놀던 다락방, 장 아저씨의 서재와 아버지의 서재, 2층의 붉은 살롱… 이런 것들이 그 고색창연함과 그 시절의 화려함 속에서 세세하게 떠오르는 것이다….

나는 과거에게 말을 걸고 있다. 나는 그 점을 잘 안다. 그러나 엥그르 가에 여자들이 있었다는 것, 한 여자, 남자들, 필립과의 토론, 파라디와의 음모, 정치, 슬픔, 방탕, 싸움, 배반, 어른들의 맹세들이 있었다는 것은 아무 소용이 없다. 요컨대, 그 집이 20년 동안 내 집이었고, 따라서 인생의 중요한 시기를 보낸 집이라는 사실은 중요하지 않은 것이다. 그 집은 영원히, 그리고 무엇보다도, 내 유년의 집으로 남아 있다. 활발한 어머니 곁에서 15년을 살았던 집, 오랫동안 나의 세계가 앙젤르와 오데트, 라자르라는 삼총사 — 그들은 나를 보살펴 주었고, 내 온갖 변덕을 받아 주었다 — 에게로 한정되어 있었던 집. 저녁이 되어 부모님이 외출하고 나면, 나이 든 라자르의 공식적인 허락 아래, 내가 앙젤르와 오데트에게 시키곤 했던 그 '엉덩이 장난' — 그 뚱뚱한 두 여자가 치마를 말아올리고 속바지를 내린 다음, 한 사람이 넘어질 때까지 강하게 엉덩이를 서로 부딪치는 — 의 유쾌한 소동이 울려 퍼졌던 집. 전쟁 뒤, 집안의 공식적인 원칙이 학교는 '디프테리아에 걸리는' 데 말고는 아무 소용도 없다는 것이었을 때 — 물론 나는, 너무 말이 많은 동료들과 접촉함으로써 감염이 될까봐 사람들이 두려워했던, 어떤 '영혼의 디프테리아'에 대해서는 짐작도 못했었다 — 내게 읽기와 쓰기, 산술과 윤리를 가르치기 위해서 가정교사들이 1년 내내 줄을 이었던 집(용감한 앙젤르는 빗자루로 그 가정교사들을 부엌에서 쫓아내느라고 정신이 없었다).

그 집은, 자기 체계의 결함을 분명하게 의식하고 '최후의 수단'을 쓰기로 결심한 어머니가 손수 내게 피아노와 그림을 가르쳤던 집으로 남아 있다. 그녀가 그 무엇보다도 높이 평가했던 추상 회화의 매력을 가르쳐 주고, 바그너와 쇼팽의 매력은 물론 '재즈 매신저스'와 아트 블랭키의 매력을 가르쳐 준 곳. 물론 그녀 서재의 비밀들은 말할 것도 없다.

그렇다.

그저 덧없는 추억이다.

하나의 이미지일 뿐.

그리고 '사교계'의 인물로서의 내 이미지. 어머니가 어떠한 이유로도 꼭 참석했던 그 유명한 몽포르라모리의 만찬에는 일요일마다 배우들, 작가들, 정치가들, 화제의 인물들이 꽃으로 장식된 대형 테이블 주위로 모여들었다. 내가 거기에 낄 수 있었을까? 아무리 애를 써도 발이 땅에 닿지 않는 꼬마 신사, 최근의 콩쿠르상이나 인도차이나 전쟁의 급격한 상황 변화에 대해 강한 흥미를 느끼는 것처럼 보이는 그 꼬마 신사를 사람들은 어떻게 생각했을까?

어머니는 그 점에 개의치 않았던 것 같다. 그녀에게는 내가 자기 옆에 그녀를 '명예롭게' 해주는 '수호 기사'처럼 앉아 있는 것으로 족했다. 다른 사람들의 시선을 생각해서 그녀가 내게 해준 배려라고는 '어떤 난처한 상황'에서도 벗어날 수 있는 몇 가지 간단한 테크닉을 내게 가르쳤다는 점이다. 무심하면서도, 경청하고 있음을 표시하기에 충분할 정도로 고정된 시선을 취하는 테크닉. 그 가벼움 자체가 말을 다 안해도 이해한다는 것을 표시하는, 완전히 계획적인 은밀한 미소의 수법. 반대로, 전혀 이해하지 못하겠다는 솔직한 고백을 나타내는 것으로 되어 있는, 눈을 크게 뜨고 눈살을 찌푸리면서 놀란 몸짓을 하는 기교. 부적당하거나 적절치 못한 몸짓을 해버렸을 경우, 갑자기 마음이 편해졌다는 투의 의도적이고 강한 고갯짓. 마지막으로, 입을 벙긋했다가 망설이다가 생각을 바꾸는 듯 갑자기 다물어 버리는, 더없이 약삭빠른 입술 놀림… 말하려 했던 문제가 저절로 풀렸다든가, 혹은 어떤 일화나 이론이나 상대방의 매력에 얼이 빠졌다든가 하는 경우의….

엥그르 가의 우리집에서, 뭐라고 할까, 사정은 그 이상이었다. 나는 문자 그대로 신성한 존재였고, 성 금요일 만찬의 주인이자 감독관이었다. 아침이면, 유니폼처럼 내게 어울렸던 검은색 면직 실내복으로 몸을 감싸고, 아직 텅 비어 있는 살롱들을 씩씩하게 둘러보던 내 모습이 생각난다. 더없이 어색하고 점잖은 걸음으로 찬방(饌房)의 계단을 내려가면, 거기에는 나의 작은 군대, 나의 하녀들이 기다리고 있었다. 나는 하녀 한 명에게 연설을 하고, 다른 하녀에게는 벌을 내리고, 또 다른 하녀에게는 단호하고 짤막한 명령을 내리면서, 또는 시간이 지날수록 점점 더 많은 하녀들이 증원되는 사실에 기고만장해하면서, 더없이 유쾌한 몇 시간을 보내곤 했다. 그러다가 4시쯤, 의례적인 두통을 핑계로 어머니가 어쩔 수 없이 '나 혼자서 손님을 맞도록' 시키는 날이면, 첫 번째 초인종 소리가 내게는 첫 번째 축포처럼 들리곤 했던 것이 기억난다.

다행히도 아직 나의 기억에 남아 있는 어린 시절의 꿈은 매주 아르콜 다리에서 벌어지는 전투를 지휘하는 용감한 장군이었다. 하지만 끔찍하게도 현실은 나로 하여금 부인의 손에 우아하게 입을 맞추거나 신사와 어른스럽게 악수하는 일, 그리고 몽포르라모리에서처럼 아주 현학적인 토론에 끼어드는 일, 조금 일찍 도착한 손님들이 혹 자기들의 시간 엄수가 고상치 못함의 표시로 해석될까봐 두려워할 때면 거만하고 보호자 같은 몸짓으로 안심시켜 주는 일 따위에서 도무지 적수를 찾을 수 없는 그런 건방지고 가련한 꼬마를 만들어 놓고 있었다.

나는 여덟 살이었다. 그러나 그 나이에 이미 나는 흉내에 불과한 것이었지만, 가장 약삭빠른 속물이자 사교인일 수 있었던 것이다.

적어도 어머니가 생각하기에는 분명히 '전체적인 교육 계획' 속에 포함되는 것이었지만, 좀 다른 종류의 얘기로서 어머니가 나를 데려가곤 했던 패션쇼들이 생각난다.

파리 패션의 전성기였다고 생각된다. 경탄스러운 사치와 무위(無爲), 호화로운 살롱들의 황금기였다. 디오르, 파트, 발레샤가, 뒤이어 샤넬 같은 사람들이 1년에 두 번씩 그 맹랑한 미의 축제를 열었고, 소위 귀부인이라는 여인들이 파리·런던·밀라노, 심지어 뉴욕에서까지 모여들었다. 마네킹 걸들이 모두 베티나라고 불리던 시절이었다. 그녀들이 미국인 남편을 구하려 애쓰고, 약간 앵글로색슨 음색이 나는 애매한 액센트를 사용하고, 반쯤은 생기가 있으면서 반쯤은 권태스러운, 아주 교만하면서도 무척이나 관능적인 독특한 거동을 만들어 내기 시작하던 시절.

그 당시 나는 신성불가침의 지정석을 갖고 있었고, 행사의 복잡한 절차들을 속속들이 알고 있었다. 도착할 때나 떠날 때나 항상 인사를 받는 일종의 단골이었고, 캘리포니아의 거물, 유명한 영화 제작자, 이란의 왕자와 마찬가지의 대우를 받는 사람이었다. 게다가 거만하고 콧대 높았던 유명한 마네킹 걸들과 반말을 하기까지 했던 것이다. 그래서 솔직히 얘기를 하자면, 여덟 살에서 열 살 혹은 열두 살이 될 때까지, 그 장소들은 내게 거의 천국이나 다름없었다.

그 시절 이후로 나는 많은 여자들을 겪었다. 우아하고 관능적인 여자들이었다고 생각된다. 어쨌든 그런 관점에서는 일종의 즐거운 희극이었던 내 삶 속으로 많은 여자들이 지나갔다. 그런데 지금 생각해보면, 정말 중요했던 여자들 중에서 어린 시절에 본 이 모델들과 어느 정도 부합하지 않는 여자는 아무도 ― 자부심 강하고, 가냘프고 긴 몸매의 마리부터 시작해서 ― 없었던 것 같다. 그러나 또한 어떠한 조건, 어떠한 상황에서도, 그 겁먹은 벌레들만큼 나를 감동시켰던 여자는 없었다. 속속들이 얼어붙은 듯한 차가운 표정, 코르셋으로 단단히 졸라맨 허리, 대개는 한심하기 짝이 없는 진부한 대화를 나누던 여자들. 그러나 그 여자들의 약간 가식적인 나른함만은 오늘날에도 여전히 내게 미와 관능의 진정한 기준으로 남아 있는 것이다.

어머니는 그 점을 알고 있었으리라고 나는 생각한다.

그녀는 그 점을 예견하고 있었다. 어쩌면 바라기조차 했을 것이다. 그래서 어머니의 교육에 대한 집착이 그 영역까지도 내게 교육시키도록 마음먹게 한 게 아닌가 하고 생각된다. 내 지능이나 교양에 대해서 나와 마찬가지로, 내 욕망의 윤곽을 잡는 일도 그녀의 소관이라는 듯이.

그 점에 관한 일화 하나가 있다. 다른 상점들도 마찬가지지만, 우리는 이따금 포부르생토노레 가의 어느 큰 상점에 가곤 했다. 어머니는 그 상점에 각별한 애착을 가졌던 듯하다. 그녀는 많은 옷들을 그곳에서 사곤 했다. 특히 다음과 같은 그녀의 독특한 버릇 때문에, 우리는 훨씬 더 자주 그곳에 갈 수밖에 없었다. 무도회 전날이나 특별히 점잖은 리셉션이 있기 전날이면, 그녀는 그 상점에서 보석이나 예술품과 맞먹는 평가를 받는, 아주 아름답고 독특한 새 의상들을 빌리곤 했던 것이다. 그녀는 아무도 그런 옷을 본 적이 없을 것이고 또 결코 다시 볼 수 없을 것이라며 확신하고 있었고, 재단사는 그녀 옆에서 그녀가 어떻게 보일지를 궁리하곤 했던 듯하다···.

그런 관습이 요즘도 유행하고 있는지는(그 당시에도 유행이었는지는) 알 수 없지만, 화려한 옷들이 소파 위에 가득 쌓이는 그 에세야주(옷을 시험 삼아 입어 보는 일 — 역주)의 기나긴 오후들을 나는 생생하게 기억하고 있다. 브래지어와 속옷 차림의 어머니는 흥분으로 반짝이는 눈빛으로 이 옷 저 옷을 둘러보았고, 그녀의 변덕에 따라서 수정자(尺)들과 작은 손들이 분주하게 움직였다. 그러면 작은 키의 40대 여자인 쉬메 부인이 — 뚜장이 같은 모습이었지만 그녀는 지배인 역할을 맡고 있었다 — 사무실에서 내려와 꿈꾸는 듯한 태도로 감상하곤 했다. "이 옷이 주는 효과… 저 옷의 등급… 허리 밑으로 내려오는 저 옷의 등판… 그리고 엉덩이와 허벅지의 굴곡을 강조해 주는 아주 단순한 타이트 스커트…"

나는 언제나 그곳에 있었다. 필연적으로, 어쩔 수 없이 거기 있곤 했다. 때로는 마지못해 내 의견을 말하기도 했고, 쉬메 부인의 시선이나 손가락이 엉덩이나 허벅지 위에 너무 오래 머물러 있을 때는 살짝 외면을 하곤 했다. 그러나 솔직히 말해서, 나의 흥미를 끌었던 장면 하나는 절대로 놓치지 않았는데, 그것은 그 상점의 전속 모델이었던 아름다운 앙드레아가 오가는 모습이었다. 탈의실이 있다는 얘기를 들은 이후로, 나는 언제고 그녀의 '탈의실'에 가볼 생각을 하고 있었던 것이다!

그 일은 어느 여름날 오후에 이루어졌다. 어머니는 새 옷을 입어보는 데에 평상시보다 더 시간을 끌고 있었다. 쉬메 부인은 어느 때보다도 탐욕스런 눈빛을 하고, 타르탕피옹의 살롱으로 그녀의 고객이(그녀는 항상 '나의 고객'이라고 말하곤 했는데, 내게는 그 당시에 이미 아주 천박하다는 느낌을 주었었다) 요란스럽게 입장하기만을 고대하고 있었다. 그리고 저쪽 카운터에서는, 예약 서류들을 작성하느라 여념이 없었다. 갑자기 손 하나가 등 뒤에서 나를 잡았을 때, 나는 맑은 공기를 쐬려고 복도를 서성이던 중이었다. 더위와 심심함 때문에 짜증이 났던 것이다. 어쨌든 그 손은 내가 모르고 있던 작은 방의 어둠 속으로 나를 끌어당겼고, 돌아서고 나서야 나는 그 손의 주인이 앙드레아임을 알았다. 그녀는 상냥하면서도 비꼬는 듯한 미소를 한번 짓더니 내게 묻는 것이었다. 지금까지 '어머니가 아닌 다른 여자의 팬티'를 본 적이 있느냐고…. 내가 당황하는 모습을 보이자, 그녀는 좀더 예쁘게 웃으면서 문을 닫았다. 그녀는 옷 뒤의 단추를 끌렀다. 배를 두르고 있던 비단 밴드 위로 그녀는 내 얼굴을 잡아당겼다. 그녀는 양 허벅다리를 벌리고 배를 내민 자세로 내게 속삭였다. "키스해 줘, 아, 네 귀여운 계집애의 더럽고 조그만 팬티에 아주 세게 키스해 줘…."

나는 당황했지만 그렇다고 기가 죽지는 않았다. 오히려, 아주 작은 아이에 불과한 나에게 그토록 아름다운 여자가 무언가를 — 나는 정말 무엇인지 이해하지 못했지만, 어쨌든 무언가를 — 기대할 수도 있다는 사실에 기분이 좋았던 것 같다. 나는 할 수 있는 한 열심히, 내게 주어진 그 기분 좋은 임무에 몰두했다. 그녀를 실망시키지 않겠다는 생각에 몸이 달아서, '더럽고 작은 팬티'에 열심히 정성껏 키스를 했다. 그러다가 자신감이 생기자, 그녀가 말로 요구하지는 않았지만, 내 스스로 게임의 일부일 것이라고 짐작하고는 대담하게 다른 종류의 키스들도 감행했다. 게다가 방해가 되는 속옷을 간단히 벗기고는, 좀더 아래쪽에도.

그 경험이 적어도 '교훈적'이었다고는 말할 수 있으리라. 나는 거기서 코를 킁킁거리며 약간 시큼한 냄새를 맡았다. 그 냄새는 어머니가 내게 취미를 붙여줬던 그 어떤 향수 냄새와도 비슷하지 않았다. 나는 내 얼굴에 끈적이며 묻어나는, 약간 쓰고 신맛이 나는 이상한 액체를 맛보았다. 또한 어둠에 잠겨 있는 듯한, 푸르스름한 테가 둘러진 입술 같은 것을 발견하였다. 그런 것이 있으리라고는 짐작도 못했지만, 그 또 다른 입술은 분명 거기서, 내 입술과 키스 밑에서 떨며 파닥이고 있었다. 게다가 충분히 익숙해졌다고 생각한 내가 잠시 시선을 쳐들었을 때였다. 나는 방금 전의 얼어붙은 듯하던 표정과는 전혀 딴판인, 경련으로 일그러진 낯선 얼굴을 발견했던 것이다. 더없이 당황한 나는, 그 표정을 좀더 자세히 관찰하면서 다음과 같은 사실을 분명하게 느꼈다. 즉, 그녀 자신이 내게 요구했고 또 무척 좋아하는 것 같던 그 키스, 따라서 논리적으로는 그녀에게 행복을 주어야 할 그 키스가 오히려 그녀를 견딜 수 없는 고통의 상태 속으로 몰아넣고 있다는….

그 사실에 놀라고 있을 때 복도에서 낮익은 급한 목소리가 들려왔고, 나는 일어서서 젊은 여자의 포옹을 풀고 경험을 중단해야만 했다. 다행히 앙드레아가 다시 팬티를 입을 여유는 있었고, 나는 나대로 얼굴을 닦을 수 있었다. 그러나 쉬메 부인은 눈치를 챘다. 그녀는 한 눈에 모든 것을 이해했다. 그런데 무엇보다도 내가 깨달은 사실은, 쉬메 부인이 보여 준 너무나 관대한 태도와 앙드레아의 자신도 모르게 당황해하고 죄스러워하는 표정에서, 그리고 그 두 사람 — 엄격한 한 여자와 수치스러워하는 다른 한 여자 — 이 한마디 말도 한마디 해명도 없이, 마치 모든 것이 말해졌고 백 번도 더 말해졌고 영원히 말해졌다는 듯이 넘어가는 방식에서 내가 깨달은 사실은, 내게는 너무나 놀라워 보였던 그 일이 그들에게는 아주 하찮은 일에 불과하다는 것이었다.

어머니가 그 얘기를 들었을까? 나는 모른다. 그녀도, 다른 누구도 내게 그 일을 말한 적이 없으니까. 그러나 나는 어떻게든 그녀가 그 일을 알았을 거라는 쪽으로 생각이 기운다. 어머니가 그 일로 불쾌해하지도 않았을 것이고, 어쩌면 은근히 나의 조숙함을 자랑스러워하고 흐뭇해하기조차 했을 거라고.

나는 어머니 얘기를 고집하고 있다. 어머니 자체에 대한 이야기다. 어머니의 매력, 부드러움, 불행, 그리고 여러 해가 걸려서 나만이 알아낼 수 있었던(어머니 자신도 내가 알고 있다는 사실을 몰랐다), 짐작도 할 수 없었던 그녀의 비밀.

그러나 미리 앞지르진 말자. 우선은, 장 아저씨가 여행중이거나 회의에 참석했거나 무슨 만찬에 참석했을 때의, 식사가 끝난 저녁의 그녀의 모습. 그녀는 허리를 헐렁하게 감싸는 회색이나 금색 새틴으로 된 실내복을 입었다. 그 옷의 약간 딱딱한 엄격함은 그녀의 우아함을 한층 두드러지게 할 뿐이었다. 당시에도 그랬고 추억 속에서도 여전히 그렇지만, 내가 보기에 그것은 가장 아름다운 옷차림이었다. 그런데 그녀는, 양심껏 솔직하게 말하자면 '뻔뻔스럽게도', 단지 '편해서' 입는다는 것이었다….

그녀는 혼자서 살롱의 가장 구석진 램프 아래 앉아 있었다. 테이블 위 가까운 곳에, 그녀는 무슨 마스코트나 부적처럼, 이따금 끄적거리는 모습을 볼 수 있는 '일기장' 한 권을 놓아두었다. 무릎에는 반쯤 펼쳐진 책 한 권이 놓여 있었다. 그러고는 저녁 내내 눈도 깜빡하지 않고 상념에 ― 내가 그 대상을 알게 된 것은 훨씬 나중의 일이다 ― 빠져 있었다. 어쩌다가 내가 다가가도 대개의 경우 애써 표정을 꾸미려고도 하지 않았고, 또 그럴 여가도 없었다.

그런 밤이면 그녀는 우울했다. 한없이 우울했고, 그것은 명백한 사실이었다. 그러나 너무도 말이 없는 우울이었기 때문에, 나는 지레 따뜻한 위로의 말을 할 용기조차 내지 못했다. 그리고 장 아저씨 역시 그의 말대로 '손을 들고' 말았고, 집에 돌아와서 그런 상태의 그녀를 발견하면 흔히 있는 우울증 ― 대상도 초점도 없는 ― 의 하나라고 선언하기에 이르렀다. '부인들'을 잘 아는 그 작자는 때만 되면 재발하는 우울증의 원인을 잘 알고 있었던 것이다….

나는 두 주먹을 불끈 쥐었고, 베개를 물어뜯었다. 그토록 어리고 무능력하게 나를 만든 하느님을 저주했다. 그리고 책에서 보았던 복수와 애정의 영상들에 들떠서 나는 결심했다. 어른이 되면 그 야비한 녀석을 '사원에서 장사꾼'을 쫓아내듯 쫓아내 버리겠다고. '매력적인 왕자'가 미녀를 깨우듯이, 내 사랑스런 엄마를 깨우겠다고. 필요하다면, 그녀와 결혼을 하고 아이들을 낳겠다고. 요컨대, 나는 그녀의 알 수 없는 괴로움을 이 벵자맹이 가라앉힐 수 있으리라는 사실을 단 한순간도 의심하지 않았다.

폭풍우가 몰아치는 밤이었다.
가을철의 폭풍우가 으레 그렇듯이, 그날 밤의 폭풍우도 뭔가 망설이는 듯 서서히 다가와서는 오랫동안 배회하고 머뭇거리다가 일순간에 확 터져 버리는, 그래서 일단 폭풍우가 시작되면 엄청난 뇌성과 폭음이 아이들로서는 그 이상 무서울 수 없는 그런 것이었다.

나는 결국 자리에서 일어나고 말았지만 오랜 시간을 참고 망설여야 했었다. 이 시험 앞에서 좀더 침착하고 냉정하게 스스로를 타일렀다. "두려워해서는 안돼… 절대로… 엄마는 네가 용감한 소년이기를 바란단다"라고 엄마가 언제나 타이르던 말을 마음속으로 되뇌이면서… 그렇지만 그날 밤의 폭풍우는 정말 대단했다… 그 소란스러움… 벽을 사정없이 때리는 바람… 겉창을 닫고 커튼을 내렸는데도 침대까지 환히 밝히는 번갯불… 결국 나는 자리에서 일어나 실내복을 꿰어입고는 달음박질치듯 차가운 복도를 가로질러 갔다. 스스로의 대담한 행동에 숨이 막히고 가슴 졸이면서 엄마의 방문 근처에 이르렀을 때, 나는 빠끔히 열린 문틈으로 새어 나오는 빛줄기에 놀라 발걸음을 늦췄고, 그러고는 그 자리에 못박혀 버렸다.

엄마는 벌거벗은 알몸으로 맨바닥에 무릎을 꿇은 모습이었다. 얼굴은 정원 쪽으로 활짝 열린 창문을 바라보고 있었고, 바람에 날린 빗방울들이 그녀의 몸 위로 흩뿌려지고 있었다. 그녀는 어둠 속에 있는 나를 볼 수 없었지만, 반대로 내게는 엄마가 아주 잘 보였다. 나는 그녀를 유심히 바라보았다. 기도를 하는 것처럼 마주잡혀진 두 손, 약간 둥그스름한 어깨, 기계적으로 앞뒤로 흔들리는 머리, 상처받기 쉬운 그 눈먼 육체… 그러다가 결국 몸을 일으킨 그녀가 어느 순간 내 쪽으로 얼굴을 돌렸을 때, 나는 분명히 보았다. 그녀의 뺨 위로 빗물과 뒤섞여 흐르고 있는 눈물을.

 뒷걸음질로, 나는 왔던 길을 되돌아갔다. 내 방에 돌아왔을 때, 나는 그런 식으로 뛰쳐나갔던 것이 몹시 후회스러웠다. 따뜻한 침대 속으로 다시 들어간 나는 방금 전에 목격한 광경을 검토하고 분석하면서 다음 날 새벽을 맞았다. 그 나체, 그 허리와 유방, 내맡기듯 발꿈치 위에 얹혀져 있던 엉덩이, 여러 차례 엿보기는 했었지만 그처럼 숨김없는 모습을 보기는(게다가 그토록 분명하게 보기는) 처음이었던 그 육체… 도대체 그 광경 속의 무엇이 나를 그토록 두렵게 만드는지를 나는 알 수 없었다. 어쩌면, 내가 다시 한 번 확인한 그녀의 그 짓눌린 듯한 슬픔이었을까. 폭풍우는 그치지 않았다. 내 마음처럼 그것도 아침이 되어서야 가라앉을 모양이었다. 그러나 폭풍우에 대한 나의 두려움은 거짓말처럼 가셔져 있었다.

 또 다른 밤이었다.
 그날도 역시 폭풍우가 쳤던 것 같다. 하지만 그날의 폭풍우는 대지를 축축하게 적셔놓은 채 오후 늦게부터 잠잠해졌다. 빗물을 흠뻑 머금은 나무들. 방 안까지 스며들던 진흙과 한기의 내음. 얼마 전의 소란스러움보다도 더욱 사람을 짓누르던 정적, 삼켜 버릴 듯 무겁던 정적. 달빛에 어른거리며 창문 앞을 지날 때 나를 무섭게 하던 먹구름들.
 하지만 그날 밤 내가 억눌린 듯한 느낌을 받은 것이 정말로 그런 것들 때문이었을까? 오히려 몇 주일 전부터 기다려 왔던 기회, 창가에 알몸으로 서 있는 엄마의 모습을 다시 한 번 확인하고 살피고 규명할 수 있는 기회였기 때문이 아니었을까? 지금에 와서 생각해보면 그랬던 것 같다. 공연한 핑계였던 것이다. 그때 다시 그녀의 방으로 향했을 때, 나는 냉정하게 두 눈을 크게 뜨고 있었다고 생각된다. 나는 내가 무슨 짓을 하고 있는지, 그리고 무엇을 찾으러 가는지를 분명하게 의식하고 있었다. 그래서 망설이지 않고 곧장 열쇠 구멍에 눈을 갖다 대었을 때, 지난번보다도 훨씬 당혹스러운 광경을 보게 되었던 것이다.

여전히 엄마는 알몸이었다. 그러나 거의 반듯하게 침대 시트 위에 평온한 모습으로 누워 있었고, 눈동자는 흐릿하니 천장 어딘가를 응시하고 있었다. 가까운 머리맡 탁자 위에는 타 버린 담배 꽁초 하나가 얌전히 놓여 있었고, 몸에서부터 쭉 펼친 오른손에는 또 한 개비의 담배가 들려 있었다. 그녀는 기운을 차리려는 듯이 이따금 담배 연기를 길게 뿜곤 했다. 왼손은(무엇보다도 이것이 내 주의를 끌었다) 맞물린 그녀의 볼기 사이에서 사로잡히기라도 한 듯 꼼짝도 하지 않았다. 그러나 아니었다. 처음엔 미처 보지 못했지만 문에 바짝 다가붙으면서 알아차린 사실인데, 사로잡히거나 꼼짝 않고 있는 게 아니라 오히려 날렵하게 가벼운 왕복 운동을 반복하고 있었던 것이다.

무슨 일일까? 저 손으로 무얼 하고 있는 걸까? 어떤 매듭을 푸는 일에 저토록 열심히, 점점 더 격렬하게 몰두하고 있는 걸까? 그리고 벽 너머로 들리는 저 소리, 저 중얼거림과 한숨 소리는 또 무엇 때문일까? 그런 동작이 족히 10분쯤 계속되자 한숨 소리는 웅얼거림으로, 웅얼거림은 다시 고양이 울음 소리로, 고양이 울음 소리는 헐떡거림으로 바뀌었다. 마침내는 그 헐떡임도 기이한 비명 소리로 바뀌고 말았는데, 어떻게 들으면 쾌락이나 행복에 겨워서 터져 나오는 짤막하고 날카로운 웃음소리 같기도 했고, 또 어떻게 들으면 불평이나 흐느낌, 오열 같기도 했다(나는 정말이지 판단이 서지 않았다). 그리고 내게는 항상 평화스러움과 조화의 이념을 구현하고 있는 것으로 여겨져 왔던 그녀의 맑고 정결한 얼굴 위에, 언젠가 앙드레아의 얼굴에서 본 적이 있는 그 찡그린 표정이 나타나는 것을 보았다.

그날 이후로 나의 생각은 굳어져 버렸다. 우선은 여자들 모두에 관한 것인데, 여자들의 쾌락은 필연적이고도 본질적으로 끔찍한 고통을 수반한다는 엉뚱하고 바보 같은 생각이었다. 성년이 된 후에도, 내가 그런 생각을 여자들에게 말하면 매번 그녀들은 웃음을 터뜨리곤 했다. 그러나 당시 나의 유일한 관심의 대상이었던 어머니에 대해서는, '최소한' 다음과 같은 사실을 알아냈다고 생각했다. 즉, 그녀는 너무나 슬프고 너무나 우울하기 때문에, 쾌락의 순간에까지도 우울이 섞여 있다는.

이제는 그녀의 비밀을 말해야겠다.

진실이자 중대한 사실을. 알게 됨으로 인해 아마도 내가 가장 수치심을 느낀 것. 그렇지만 동시에, 그녀의 까닭을 알 수 없던 슬픔의 이유를 밝혀 줌으로써 내 걱정을 덜어 주기도 한 것.

그것은 어떤 식으로 이루어졌던가? 당시의 일이기는 하지만 그녀가 일기장에도 쓰지 않았을 정도로 그렇게 잘 간직하고 있던 비밀을, 어떻게 내가 확연히 알아낼 수 있었는가? 우선은, 기회 있을 때마다 신경을 곤두세우고 그녀를 엿보는 광적인 습관이 내게 생겼다는 사실에 있었다.

머리는 약간 헝클어지고 눈에서는 빛을 내면서, 반대로 화장은 방금 고친 것처럼 약간 지나치게 공을 들인 듯한 모습으로, 그녀가 평소보다 늦게 '외출'에서(오랫동안 나는 어머니의 직업이 뭐냐는 질문에 '외출'이라고 대답했었다) 돌아오던 날들이 있었다. 또한 장 아저씨가 집에 없을 때면, 저녁마다 같은 시각에 자기 방에서 그녀가 걸곤 했던, 그 은밀하고 짤막한 전화 통화들이 있었다. 그녀는 아주 독특한 목소리, 거의 알아들을 수 없을 만큼 낮으면서도 마치 문득 통화가 끊어질까봐 두려워하는 듯한 짧고 조급한 목소리로, 친구들과 대화를 할 때 쓰던 단어들과는 전혀 다른 아주 이상한 단어들을 사용했다. 게다가 서두도 없이 질풍처럼 내뱉어 버리고는(자기가 누군지도 말하지 않은 채), 미처 그 미지의 상대방이 대꾸할 겨를도 없이 수화기를 내려놓기도 했다. 통화가 약간 오래 계속될 때면 — 드물기는 했지만 — 나는 문에다가 귀를 갖다댄 채 도무지 알 수 없는 몇 마디 말들을 주워들을 수 있었다. "당신에게 키스를 보내요… 당신이 보여요… 나는 거기 있어요… 나는 당신 곁을 떠나지 않아요… 당신도 알죠. 우리가 보이지 않는 천사의 보호를 받고 있다는 걸…."

그리고 1~2년쯤 후에, 우연히 내가 발견하게 된 그 편지 초안이 있었다. 편지의 어조를 보고, 한순간 나는 그것이 내게 보내는 편지일지도 모른다고 생각했었다. 하지만 이내 다른 사람에게 쓴 편지임을 인정할 수밖에 없었다. 나와 비슷한 사람(왜냐하면 그녀는 내게 말할 때와 같은 억양, 단어, 문장들을 썼으니까)… 그날 밤, 나의 모든 계획들은 단번에 무너져 버렸다. 그리고 유년 시절의 환상으로 남아 있던 모든 것들도 동시에 와해되어 버렸다. '사원의 장삿꾼'은 차치하고라도, 마틸드를 품에 안을 수 있는 사람이 나 말고 또 있었던 것이다.

병든 엄마가 생각난다. 순교자처럼 고통스러워하던 엄마가.
언젠가 그녀가 "사람들과 함께 있을 때보다도 책들 사이에 묻혀 있을 때가 더 마음 편하다"고 해준 말이 계기가 되어, 온종일을 그녀의 도서실에 처박혀 지내곤 했던 내 모습이 생각난다. 이제는 다시 찾을 기회가 없을 그녀의 꿈들, 그녀의 기억, 그 온갖 비밀들에 묻혀서.
죽기 하루 전인가, 이틀 전인가 맑은 정신이 들었을 때, 그녀가 침대맡으로 오데트를 불러 그 일기장들을 건네주면서 태워 버리라고 당부하던 날이 생각난다. 오데트를 쫓아다니며 정신 나간 사람처럼 떠들어댔던 내 모습이 생각난다. "안 돼… 그럴 리가 없어… 엄마는 진심으로 한 말이 아니야… 더군다나, 죽어가는 사람들은 자기가 무슨 말을 하고 있는지도 모른다구… 제발 그 일기장들을 내게 줘…." "그렇게 할 수는 없어요… 이건 아주 중대하고 무거운 책임이랍니다… 마님의 마지막 소원이기도 하구요… 도련님은 그것이 신성하다는 걸 아셔야 해요…"라고 고집하면서 그녀가 내 청을 거절했을 때, 세상의 온갖 벌로써 그녀를 을러대던 일이 생각난다. 나의 벌, 장 아저씨의 벌, 어쩌면 하느님의 벌까지 들먹이면서, 그리고 무엇보다도, 돌려주지 않으면 내쫓겠다고….

그리고 나의 어린 시절, 연장들을 넣어두던 오두막이 생각난다. 나는 자주 그곳에서 나 자신의 장례식 놀이를 했고, 엄마의 장례식 날에는 내가 노획한 그 소중한 일기장들을 그곳의 마루 판자 두 장 사이에 숨겨 놓기도 했다. 아직도 그게 거기 있을까? 혹시 누군가가 발견해 내지는 않았을까? 내 삶에서 그토록 중요한 의미를 지녔던 그 이해할 수 없는 낡은 마법서가, 다른 누군가에게는 어떤 식으로 보였을까? 그렇다, 마틸드의 소중한 그 일기장들은 우리 모두에게 너무나 큰 상처를 주었다….

그래, 그 일기장들.

한 번 읽었었지. 딱 한 번. 30년 전의 그날 밤, 떨리는 손으로 가슴을 두근거리며 그 작은 상자의 자물쇠를 억지로 따고 읽어본 이후로(나는 그녀가 일기장들을 그곳에 넣어두는 걸 보았던 것이다), 다시는 뒤적이거나 들춰본 적이 없는 그 일기장들.

그로부터 5년 후, 그 글을 쓴 사람을 묻었듯이 그것들을 영원히 묻어 버리려던 날, 나는 양손에 그 일기장들을 들고서도 결코 들춰보거나 훑어보지 않았다. 훑어볼 엄두조차 나지 않았던 것이다. 나는 그 무섭고 불길한 책에 겁을 먹고 있었다. 나로서는 그 책이 숱한 불행을 퍼뜨리는 마법서처럼 여겨졌고, 또 이미 한 차례 쓰라린 경험을 겪었기 때문이었다.

그런데도 그 일기장들은 너무나 생생하고 뚜렷하게 내 머리 속에 남아 있다. 사실 그 일기장들은 단 하루도 내 생각에서 떠난 적이 없었고, 잠시도 나를 괴롭히지 않은 적이 없었다. 결국 나는 그것들을 떠올리고 거기에 귀 기울이는 일에, 그것들을 되풀이하고 재생하는 일에 온 생애를 보냈던 것이다. 지금 당장이라도 나는 그 모든 페이지들을 글자 한 자 틀리지 않고 옮겨 적을 수도 있을 것이다(정치에 관한 페이지든 가장 내밀한 내용의 페이지든, 나에 관한 것이든 혹은 나와 관계 없는 것이든 간에). 게다가 지금 이 글을 쓰면서, 나는 문득 나의 언어가 일기장의 언어와 닮았다는 느낌을 받는다. 어조, 비유, 음색 따위가….

그렇다. 성인으로서의 나의 언어, 현학적인 나의 언어, 이 세기, 이 순간에 있어서의 지식인으로서의 나의 언어는 당연히 내가 교육받은 현대적인 담론(談論)에 의존하는 것이겠지만(나의 세대가 대개 그렇듯이), 또한 나와는 세대가 다른 한 젊은 여자의 객설과 독백에 빚지고 있는 게 아닌가 하는 생각이 든다.

어쩌면 내 침묵의 원인이 거기 있지 않을까? 평생 사람들이 내게 걸었던 기대를 저버리고 그토록 오랫동안 글을 쓰지 못했던 그 끈질긴 무력함의 열쇠가 바로 거기 있지 않을까? 마침내 글을 쓰겠다는 결심을 하고 펜대를 잡는 날, 그것은 나 자신의 말과 글로써 약간은 터무니없는 이런 고백을 하는 날이 되리라고 내가 알고 있었던 것일까? 예감하고 있었던 것일까? 가능한 일이다. 생각해보자! 그 모든 것이 내게는 너무나 혼란스러워 보인다… 너무 뒤죽박죽이다… 갑자기 나는 내가 너무 지쳐 있다는 느낌이 든다… 어쨌든 그 놀랍고 엄청난 일기장들… 요컨대, 핵심은 그 안에 들어 있다….

반대로, 그것들을 읽은 행위 자체, 그때의 상황은 잘 기억나지 않는다. 그때 내가 받은 정확하고 구체적인 느낌조차도 그렇다. 사실 나는 "떨리는 손으로 가슴을 두근거리며"라고 말했지만, 그것은 별 의미가 없는 표현이다. 열쇠 구멍으로 엿보던 그 밤들보다도 훨씬 심한 신성모독의 느낌을 받았음을 덧붙일 수도 있으리라. 이런 것도 덧붙일 수 있을 것이다. 내가 그 금단의 방에 들어가서 상자의 자물쇠를 부쉈던 것은 어머니나 장 아저씨가 믿었던 것처럼 호기심 때문이 아니었다는 사실, 오히려 복수심 때문이었다는 사실 말이다. 어찌어찌하여 나는 어머니가 내 방을 뒤졌다는 것, 나의 가장 소중한 비밀들을 침해했다는 것을 알게 되었던 까닭이다. 눈에는 눈, 이에는 이, 벵자맹의 수첩에는 마틸드의 일기장이라는 식이었다….

말했다시피, 일단 그것을 읽고 난 다음의 그 격렬한 변화의 느낌… 나의 기억, 나의 상상력, 견고했던 가치 체계의 기반 모두를 뒤흔들어 놓은 변화의 느낌을 나는 기억하고 있다. 그 짧은 순간에, 나는 갑자기 어둠의 자식, 저주받은 자식이 되어 버린 게 아닐까? 평생을 개처럼 살 수밖에 없는 개자식이 되어 버린 게 아닐까?

곰곰이 생각해보면, 그후 몇 주일 동안의 기나긴 혼란과 절망이 아주아주 희미하게 기억에 떠오른다. 내게는 그런 짐을 어깨에 짊어진 채 어른이 될 때까지 살아야 한다는 생각 자체가 갑자기 견딜 수 없는 것으로 느껴졌었다. 결국 그 엄청난 충격을 감당할 수 없었던 나는, 이미 그 나이에 지금의 나이에서 느끼는 자살의 유혹과 아주 흡사한 어떤 것을 알게 되었던 것이다(이것은 정말이지 '기억나는' 사실이 아니라 '알고 있는' 사실이다). 그리고 그 모든 것을 이겨냈다고 나는 생각한다. 그것을 인정하고 받아들였다고, 숙명처럼 내게 다가온 것을 어린 생각에도 경멸해 버리기로 결심했었다고.

그러나 그 모든 것은 여전히 모호한 상태로 남아 있다. 흐릿한 상태, 내가 지금까지 즐거운 마음으로 세세하게 이야기했던 그렇고 그런 장면들에 비하면, 그것은 너무나 기억에 떠올리기가 힘이 든다. 마치 그 사건의 주위에, 오늘날까지 나를 비추어 주었다고 말한 바 있는 언어와 마법의 중심점 둘레에 커다란 어둠의 주름, 즉 망각의 주름이 패여져 있기라도 한 듯이. 내가 쓰는 말로 하자면, 일종의 억압.

아버지에 대해서도 마찬가지다.

이 이야기 속에서 객관적으로는 극히 중요한 인물인 나의 아버지. 그런데 세 밤이 지나도록, 그에 대해서는 아무런 할말이 없다는 사실을 나는 깨닫는다. 아버지에 대한 추억이 없어서일까? 근거가 될 구체적인 기억들이 없어서? 그렇다. 나는 그를 전혀 알지 못했고, 오랫동안 그와 나 사이에는 침묵의 장벽이 있었으니까.

그러나 동시에 그렇지 않기도 하다. 내가 아버지의 영상들을 마음속에 그려내려고 애쓰던 시절, 그 영상들의 조각들을 끼워 맞추려고 애쓰던 시절, 아버지의 환영과 아버지의 환상을 만들어 내서 실제의 아버지처럼 줄곧 친근하게 함께 살았던 시절을 생각해본다면 그렇지 않기도 하다.

그렇다. 어린 시절 내내 나는 빛 바랜 사진들, 간접적인 정보들, 여기저기서 우연히 들은 짤막한 대화나 은밀한 속삭임들, 오데트의 실수, 라자르의 부주의, 어머니의 한숨, 장 아저씨의 찌푸린 얼굴들로부터 사라져 버린 기억을 되살리는 일에 여념이 없었다. 따라서 아버지에 대한 기억은 온 세상의 적대감에 대한 투쟁의 전리품 같은 가치와 중요성을 지니고 있었다. 요컨대, 기억들은 있다. 기억들은 존재한다.

예를 들어, 오데트가 아무도 모르게 내게 건네준 아버지의 사진이 다시 생각난다. 그 시선의 끈질긴 수수께끼가 뇌리를 떠나지 않아서 잠 못 들어 하던 밤들의 내 모습이 생각난다. 침대 발치의 모서리에 사진틀을 세워놓고 불을 끈 다음, 어둠에 익숙해지기 위해서 나는 두 눈을 꼭 감곤 했다. 그러다가 이윽고 눈을 크게 뜨고 사진의 얼굴 쪽으로 전등을 비추었었다. 마치 그런 식으로, 사진이 숨기고 있는 비밀의 진상을 포착하려는 듯이.

다시 생각이 난다… 생각이 난다….

사실, 애를 써야만 생각이 난다… 억지로 생각해야만… 몰두를 해야만… 지금까지 내가 기록해온 행복했던 어린 시절의 영상들… 저절로 쉽사리 떠오르는 영상들과는 종류가 다르다… 일기장 사건이 있던 밤에 관한 일화에서처럼, 영상들이 이미 내 생애로부터 아주 천천히, 뒤꿈치를 들고 슬그머니 빠져나가는 중이기나 한 듯이… 아무도 이해할 수 없을 것이다! 그러나 이곳 예루살렘에서 — 신성한 도시, 유대인의 도시, 프로이트 같은 학자라면 '아버지의 이름' 이라고나 칭할 무엇의 영광을 위해 세워지고 봉헌된 도시에서 — 마침내 그 이름은 내 뇌리에서 사라지게 될 것이다. 나의 행복, 내 영혼의 안식을 위해서.

장 아저씨는 좀더 잘 기억이 날까? 물론 그렇다. 그는 나의 어린 시절 내내 그곳에 있었으니까. 청년 시절 내내. 비록 얼마 안 가서 만남이 끊어지긴 했지만, 내가 어른이 되어서도 그는 내 곁에 있었다. 그러나 그에 대해서도 아무것도 말하지 않았음을 나는 깨닫는다.

　나는 어린 시절의 증오에 대해 말하지 않았다. 내 분노, 격분을 말하지 않았다.

　내가 마틸드를 엿보기 시작한 시기보다 훨씬 이전, 그가 호칭상의 '아저씨'일 뿐이라는 사실을 알게 되었던 날 밤에 대해 나는 말하지 않았다. 나는 우리의 언쟁에 대해 말하지 않았다. 내가 출옥한 직후, 엥그르 가에서 있었던 우리의 마지막 언쟁에 대해서 나는 아무것도 말하지 않았다. 아니다. 그 말은 정확치 못하다. 그것이 마지막 언쟁은 아니었다. 역시 말하지 않았지만 7, 8년 뒤 파라디의 사무실에서 마지막 만남이 있었기 때문이다. 나는 그날의 편협하고 고집스럽던 장 아저씨가 생각이 난다. "절대 그럴 수 없어. 어떤 경우에도…." 굳이 그를 짓밟아야 했을까… 그래봐야 별것은 아니었다… 한 뭉치의 서류, 한두 장의 관리인 위임장이 뭘 바꿔 놓을 수 있겠는가?… 그렇지만 상징적인 의미는 있었다… 마틸드를 생각한다면… 그리고 무엇보다도 그로서는 그것이 나를 감시하는… 변호사가 내 재산을 넘보지 못하게 하는 유일의 방법이었다…."

　번갈아가면서 꼬드겼다가, 부추겼다가, 위협했다가 하던 알랭이 생각난다. 장 아저씨보다 훨씬 더 교묘하게… 훨씬 더 유혹적으로… 훨씬 더 교활하고 음흉하게… 그리고 아주 여유 있는 태도로, 그는 그 모든 금전 문제들에 대해 말했었다. 다른 사람은 알아들을 수 없는 포커판의 언어로⋯.

그리고 그 3년 뒤, 언덕에서의 사건 다음 날 로마에서 만난 그. 나는 그가 '엉뚱하고, 어리석을 만큼 감상적이고, 노선에도 없는' 일이라고 비판하리라고 예상했으나, 뜻밖에도 그런 나의 결심을 그토록 부추긴 일은 생각할수록 이상하지 않은가? 더욱이 당시의 그것이 '결심'이었을까? 내가 정말로 장 아저씨의 살인을 결심하고 있었을까? 아직 하나의 가정 내지는 유혹이 아니었을까? 누군가의 은근하면서도 효과적인 설득과 술수와 부추김이 있어야만 구체화될 수 있는? 그러니까 그때까지, 최후의 행동에 이르기까지, 나의 가장 깊숙한 진실을 되찾은 느낌을 받았던 그 마지막 과오에 이르기까지 나를 조정했을 누군가의 유혹 말이다.

아, 나는 모른다⋯.
나는 아무것도 모른다. 게다가 나는 알고 싶지도 않다. 결국 그 추억들은, 끝나 가고 있는 이 밤과는 약속이 안돼 있었던 모양이니까. 단지, 마지막으로 한 가지 생각이 떠오른다. 우스꽝스럽고 약간 익살맞은 생각이다. 그렇지만 어쩌면 그다지 틀린 생각은 아닐 것이다. 그렇게 할 시간만 있다면, 늙은 장 아저씨를 나의 재산 상속인으로 삼아야 할 거라는 생각.

그러나 내게 아직 시간이 있는가?
나는 정말 확신할 수 없다. 아침이 다가올수록 나의 확신은 점점 더 줄어든다. 갑자기 시간이 촉박해지는 것을 느끼기 때문이다. 시간이 빡빡해지는 것을….

　변덕스럽게 떠돌아다니던 어제저녁의 모든 영상들이 이제는 확실하게 고정되었다. 그만큼 더 고통스럽고, 그만큼 더 위협적이다… 그 모든 추억들, 과거의 행복했던 영상들이 나를 즐겁게 하고 기쁘게 만들기는커녕, 오히려 어느 때보다도 나를 짓누르고 고통스럽게 한다… 같은 시각에 어제처럼 펜을 놓으려는 순간, 나는 실제로 이렇게 생각해본다… 이런 것밖에 남지 않은 삶이라면, 사실상 '끝장난 삶'이 아니겠는가라고….

4

그렇다. 그것이었다.

종말에 다다르고 있는 삶이 바로 이와 같을 것이다.

나는 여지껏 잘 기다려왔다. 내게는 다른 여러 가지 가능성들이 있었다. 어렸을 때, 미래의 내 장례식을 아주 장대하게 연습하곤 했던 생각이 난다. 청년 시절, 어떻게 하면 나의 세기에 흔적을 남기고 나와 나의 시대를 빛낼 수 있을까 심사숙고하던 생각이 난다. 내가 쓰려고 계획했던 책들이 생각난다. 위대한 소설들이란, 줄거리와 주인공이 그 시대의 가장 혼란스럽고 충격적인 시도가 되는 소설들이라고 떠들어 대던 기억이 아직도 생생하다. 언젠가는 내가 그런 소설들을 쓰리라는 사실을 나는 추호도 의심치 않았었다. 나는 하나의 운명, 요컨대 한눈에 그 비범함을 알아볼 수 있는 어떤 운명과 닮은 삶을 상상했었다.

그런데 분명한 사실은 이것이다. 즉, 이 삶이 내게 선물한 어느 정도 예외적인 유일한 것은 곧 삶의 실패와… 좌절… 파멸이라는 사실… 그 파멸이 너무나 완벽하고 그 실패가 너무나 전적이어서, 때로 나는 그 사실들을 내 삶의 공적처럼 아끼고 나의 업적인 양 소중히 여기게까지 되었다… 예전에 빌이 자신의 허구적인 생각들을 소중히 여겼던 것처럼… 그걸 빼고 나면 아무것도 없기 때문이다… 아무것도 떠오르지 않고… 아무것도 남지 않기 때문이다… 내게 있어 죽음을 면할 수 있는 것이라곤 아무것도 없다… 40년간의 오해와… 어리석은 미소와… 숨막히는 오열과… 몇몇 친구와… 몇몇 꼭두각시들과… 다른 여자들보다 특별히 사랑했다고도 할 수 없는 한두 여자와… 필연을 가장한 비참한 덫… 그런 것들이 덧붙여진, 망령들의 덧없는 연극밖에는… 그리고 결국 피와 눈물로 얼룩진 이 죽음의 커튼만이 남아 있다… 투자에 비한다면 너무나 초라한 결과이다… 내가 너무 많이 건 것인지도 모른다. 모든 카드를 한꺼번에 던져 버린 건지도 모른다….

분명한 것은 내가 패했다는 것이다. 오늘, 연 나흘째 머무르고 있는 이 방에서, 아직도 나에게 남아 있는 패는 아무것도 없다. 판 위에도 소매 속에도.

대개 사람들에게는 친구들이 있고 부모가 있고 친지들이 있다. 하지만 나에게는 빌과 마리, 발레리오, 세레나, 마틸드, 나의 아버지, 그 밖에 다른 이들 등 온통 죽은 이들만이 머리 속에서 법석을 떨고 있을 뿐이다.

대개 사람들에게는 적어도 귀를 기울이는 척은 해주는 증인들, 들러리들이 있지만 나는 혼자다. 내가 믿지 않는 하늘과 내가 더 이상 참을 수 없는 나 자신 외에, 나의 중얼거림을 들어줄 어떤 증인도 청중도 없다.

사람들에게는 그들이 집착하는 재산이라는 것이 있다. 그들을 이 세상에 붙드는 소위 '이 세상의 재산들.' 이것마저도 나는 아무것도 없다 … 내가 집착하는 것은 아무것도 없으며, 내가 가진 재산 역시 한번도 진정으로 나의 것이었던 적은 없다….

사람들에게는 대개 은둔처나 피난처 등 갈 곳이 있다. 그러나 나에게 지구는 철저히 닫혀 있고, 이 지상 어느 곳에서도 이제는 내가 안전하지 않으리라는 것을 나는 알고 있다.

좀 전에 우연히, 예루살렘의 어느 프랑스 서점에서 3세기 전 스피노자에게 파문을 선언한 그 텍스트를 다시 읽었다. "그가 밤낮으로 저주받기를 … 신께서 결코 그를 용서치 않으시기를 … 우리는 누구든 말이나 글로써 그와 어떤 거래도 하지 말 것이며, 그에게는 조금치의 우정도 표하지 말 것이며, 절대 그에게 다가가거나 그와 한 지붕 아래 살지 말 것이며, 그가 쓴 글을 절대 읽지 말 것을 명한다."

'쓰지도' 않았고 '만들지도' 못했던 그 '작품들'을 제쳐 놓는다면, 저주란 말은 나 같은 사람들에게 정말 딱 어울리는 말이다. 두 가지의 선택밖에 없는 사람들. 테러 세계의 그 한결같은 장삿꾼들 틈에서 다람쥐 쳇바퀴 돌듯 살아가거나, 혹은… 혹은 이 권태. 그러나 이것이 권태일까? 정말로 '권태'가 존재의 이 갑작스러운 침강, 파멸, 와해에 대한 정확한 표현일까? 그 일은 내 영혼에서부터 시작되었던 듯하다. 3일 전에 글을 쓰기 시작했을 때, 나는 마치 신경이 마비되는 것처럼 무감각해지고 무기력해지는 자신을 느꼈던 것이다.

그 다음은 얼굴이었다. 거울을 보다가 나는 문득 죽어 있는 피부와 싯누런 이빨, 금발 턱수염 속의 회색 가닥 몇 올을 발견하였다. 어렸을 때 온갖 노력과 주의, 극도의 정신 집중을 해도 밤이 오는 순간을 포착할 수 없다는 사실을 깨달았던 때처럼, 두려움이 나를 사로잡았다. 그러고는 육체였다… 너무도 어김이 없었던 나의 육체… 믿음직스럽던 나의 육체… 절대 나를 배반하지 않는다고 내가 장담하곤 했던 육체… 거의 신비적인 신뢰를 주었었고 나의 가장 큰 자부심의 원천이었던 육체….

그런데 이제 그 육체가 말을 듣지 않는다… 아메리칸 콜로니에서 낚았던 초라한 창녀처럼, 화만 내고 반응을 보이지 않는다… 복종하지 않는다… 기진맥진한 늙은이들처럼 고집스럽게, 내 육체가 나를 배반한다… 그러자 어지러운 상념들이 떠올랐다… 또 다른 육체를 찾아서 도시 속으로 미친 듯이 달려가는 상념들… 물론 나는 가지 않았다… 키가 큰 여자들… 뚱뚱한 여자들… 늙은 여자들… 마른 여자들… 알랭이 나의 '썩은 궁전'이라고 명명했던 곳의 수많은 여자들이 생각났다… 그런데 이 육체, 나의 육체는 결정적으로 죽어 있다… 모든 것은 그토록 빨리 가버렸다….

나는 겨우 마흔 살을 넘겼다. 그리고 어린 시절에 그랬듯이, 나는 밤이 오는 것을 '보지' 못했다.

아니, 어쩌면 그렇지 않다.

그렇게 말하는 것은 정확하지 못하다. 진실, 새로운 사실은 내가 마흔 살이 넘었으며, 어둠이 걷히는 것을 처음으로 느낄 수 없다는 점이다. 사실 지금 내게 있어서 가장 이상한 것은, '예전의 나' — 3~4일 전의 나까지도 — 라는 생각 자체가 갑자기 아주 고풍스러워 보인다는 것이다. 지금의 이 죽어 있는 육체가 욕망으로 살아 숨쉬는 육체였을 수 있었다는 생각 자체가 더없이 우스꽝스러워 보인다는 사실 —그렇다, '우스꽝스러움' 또한 마틸드가 자주 쓰던 말이다 — 이다. 그것이 다시 욕망으로 살아 숨쉬는, 사랑을 하고 사랑을 받는 육체가 되리라는 상상조차도 나를 즐겁게 하기는커녕, 고통스럽고 우울하게 만든다는 사실이다.

더욱 이상한 일이 있다.

오늘 아침, 정오가 되기 얼마 전에 잠에서 깼을 때였다. 단 몇 초의 순간, 아니 그보다도 짧은 순간 속에서, 나는 내 육체가 행복에 겨워하는 현장을 목격하였다. 나는 원망스러웠다. 영혼과 육체 모두가 너무도 원망스러웠다. 제멋대로인 그것들, 그것들의 통제되지 않은 오랜 습관이….

정말로 새로운 사실은, 내게 더 이상 소생의 욕망도 행복에의 욕망도 없다는 것이다… 자고 싶은 생각도, 깨어 있고 싶은 생각도 없다… 내일 '자이드 식당'에 갈 생각도, 오늘 밤 글을 쓰고픈 생각도 없다… 오늘, 내 여정의 이 지점, 마리가 죽은 지 5년이 되고 마틸드가 죽은 지 25년이 되는 지금, 내가 견딜 수 있는 생존 조건은 더 이상 없다….

분명한 하나의 징표.

활기에 넘친 젊은이었을 적에, 나는 내가 살아보지 못한 삶들을 꿈꾸길 좋아했다. 살아볼 수 없는 삶들, 이루어지지 않았고 다가오지 않은 삶들을 무척 사랑했다. 나는 온갖 가능성들과 잠재적인 것들, 있을 수 없는 삶들 혹은 존재하지 않은 삶들을 좋아했고, 이루어지지 않는 만남들과 잃어버린 기회들을 음미하곤 했다. 그리고 그 즐거움이 내 자유의 몫이라는 생각, 실제로 이 모든 것이 가능하다는 생각, 아무것도 이루어지지 않았다는 생각, 모든 것은 항상 그리고 영원히 다시 시작되어야 한다는 생각 속에서 살았다.

그런데 어제 내 삶을 돌이켜 보았을 때, 만기가 지나 버린 영상들밖에는 내게 떠오르지 않았던 것이다. 게다가 그 영상들이라니! 완결된, 너무나 확고한 영상들! 지극히 평범한 앙금, 유년기의 침전물 속에 완전히 고정된 영상들! 그리고 오늘, 언제나 아주 달콤한 그 무엇 — 다른 삶, 이 삶을 지워 버리고 다시 시작되는 삶, 새로운 가능성들과 새로운 현실로 가득한 삶 — 을 상상하면서, 그리고 새로운 사랑과 새로운 축제와 새로운 웃음과 새로운 방황을 상상하면서, 처음으로 나는 그 상상이 덧없고 약간은 고통스럽기조차하다는 느낌을 가졌던 것이다. 처음으로, 모든 게 그렇고 그렇다는 생각이 들었던 것이다. 처음으로, 만약 다시 시작해야 한다면 똑같은 삶이 다시 시작되리라는 생각을 했던 것이다. 어떠한 삶이든, 비록 똑같은 삶일지라도, 다시 시작되는 삶이란 가장 잔인한 형벌이리라는 생각을. 그렇다, 그것은 매우 설득력이 있는 징표이다. 아마도 노인들이 스스로의 노쇠를 알게 되는 바로 그 징표.

어쩌면 그렇지도 않다.

어리석은 생각이다. 방금 전에 내가 한 얘기는 어리석었다.

삶에 대한 노인들의 강한 집착과 놀라운 열정을 내가 잊고 있었기 때문이다. 노인들이 끝내 획득해내고야마는 그 자각 — 자신과 자신의 버릇, 자신의 기벽, 자신의 육체에 대한 더없이 정확하고 완벽한 자각 — 을 잊고 있었다. 살고, 계속 살아가고, 더 살아갈 계획을 하고, 살아가면서 오동통하게 살이 찌고 분주히 움직이는 것을 보고 있노라면, 마치 영원히 살아가도록 프로그램이 짜여져 있는 것만 같은 그 노인들의 늙은 육신을 내가 잊고 있었다. 죽음에 대해서 그네들이 갖는 천재적인 친근함을 잊고 있었고, 죽음을 엿보고 길들이면서도, 죽음으로부터 한시도 눈을 떼지 않으면서도, 그로부터 어느 정도 거리를 유지하는 그네들의 태도를 잊고 있었다. 그네들의 속임수… 그네들의 견제 동작… 그네들이 죽음을 골탕먹이는 방식… 죽음이라는 덫에 놓는 덫… 죽음을 더욱 골탕먹이기 위해서 준비하는 그네들의 취미… 저녁마다 침대 속에서 편안한 자세 — 어쩌면 마지막이 될지도 모르는 — 를 취하려고 그들이 쏟는 정성(물론 내일을 준비하기 위해서)….

아, 그렇다! 노인들의 경탄스러운 생명력, 내게는 더 이상 없는 그 생명력, 내가 결코 가져보지 못했었고 앞으로도 가져보지 못할 그 생명력을 내가 잊고 있었던 것이다. 빌과는 반대로, 내 또래의 모든 자살자들과는 반대로, 늙는다는 사실을 견디지 못해서 자살하는 모든 불치의 낭만주의들과는 반대로, 미래의 내가 될 수도 있었을 그 노인을 나는 사랑한다. 존재하지 않는 나의 작품처럼, 그 늙은이를 나는 사랑한다. 갖지는 못했지만 어쩌면 내가 무척 갖고 싶어했을 아이처럼, 나는 그 늙은이를 사랑한다.

두려움?
두렵지 않다고 말한다면 물론 거짓말이 되겠지… 그 모든 것을 상상하면서도, 도살장 문턱에 선 짐승처럼 뻣뻣해지거나 교수대의 층계를 올라가는 사형수처럼 소스라치는 느낌이 없다고 말한다면 거짓말이 되겠지… 내게는 단지 추상적인 유혹이었고, 막연한 가능성이었고, 청춘 시절에는 먼 훗날의 흥미로운 사건에 지나지 않았던 그 죽음… 그것을 이렇게 가까이에서 구체적으로 바라보는 일이 아무런 새삼스러운 전율도 가져다주지 않는다고 말한다면 거짓일 것이다!

그러나 동시에 그렇지 않기도 하다. 나는 정말로 '두려운' 것은 아니니까. 나는 생각보다 두렵지 않다. 두려워했던 것만큼 두렵지 않다. 예를 들어 빌, 세레나, 발레리오, 마틸드에 비한다면, 나는 거의 두렵지조차 않다. 지금 쓰고 있는 이 글들, 많은 시간을 들여서 아주 한가롭게 쓰고 있는 이 글들이 그 증거다. 어쩌면 1, 2시간 후에는 어떻게 될지 모르는 시간에 말이다. 내 주위에서 많은 사람들이 죽는 것을 보았기 때문에 죽음에 대한 생각을 견디기가 쉬운 모양이다. 모든 사람들이 결국은 죽으리라는 사실을 알고있기 때문에 ― 최소한 그렇게 생각하기 때문에 ― 쉽사리 단호해질 수 있는 모양이다. 아무에게도, 아무것에도 미련이 없다는 사실, 이제는 정말 세계의 질서에 더 이상 속해 있지 않다는 사실, 사물의 의미에 더 이상 관심이 없다는 사실이 나의 태도를 더욱 용이하고 자연스럽게 만들어 주는 모양이다.

그러나 나는 무엇보다도, 두려움 속에는 아직 너무 많은 정열이 들어 있다고 생각한다… 너무 많은 열정… 너무 많은 뜨거움… 너무 많은 감동이… 활력에 넘친 사람만이 죽음을 두려워한다… 그런데 말했다시피, 나는 전혀 그런 사람이 아니다….

전혀 살아 있는 사람이 아니라는 사실을 어떻게 알 수 있을까? 모든 것이 끝났다는 사실, 그리고 어제의 그 달콤했던 추억들마냥 주위를 배회하고 어정거리는 이것이 바로 죽음이라는 사실을 어떻게 느낄 수 있을까?

그렇다, 그것이 죽음이라는 사실을 나는 어떻게 느끼고 어떻게 깨달을 수 있는가? 죽음의 그림자, 죽음의 외양이 아니라는 것, 악몽처럼 날이 밝으면 사라져 버릴 환상이 아니라는 사실을? 우선은, 정말 더 이상 빛이 없다는 데에서 그것을 느낀다고 나는 생각한다… 전혀 빛의 여지가 없다는 데에서… 이 밤의 한복판에 더 이상의 빛의 흔적도, 빛의 약속도, 빛의 추억도 없다는 데에서… 이 밤의 어떤 성격에서 그것이 느껴진다고 나는 생각한다. 갑자기 아주 길고… 아주 느리고… 아주 불투명한… 밋밋한 밤… 기름처럼 번지는 밤… 일요일과 같은 밤… 도스토예프스키의 《악령》에 나오는 그 유명한 일요일 아침처럼, 시간도 시간의 단위도 사라져 버린 밤… 밋밋하고 단조로운 흐름의, 미래가 없는 밤… 가장 길면서도 동시에 가장 짧은 밤… 한없이 연장될 수 있을 것 같은 밤… 그러면서도 어느 밤보다도 짧으리라는 것을 알 수 있는 밤… 가장 큰 불행의 밤… 가장 큰 지옥의 밤… 나는 호소도 도움도 청하지 않고, 내가 죽으리라는 사실을 깨닫는다… 이 밤, 내가 처해 있는 이 무중력 상태 속에서, 이 순수한 시간, 순수한 지속 속에서, 나는 그것이 마음의 변덕도 아니고, 정신의 착란도 아니라는 사실을 안다… 이 밤 내내, 중력을 잃고 세상 위로 붕 떠올라 있는 듯한 이 질서에서 나는 그것을 느낀다….

생애 최초로, 나는 단 한 가지 생각만을 하고 있다.

정신의 모든 힘을 그 한 가지 생각에 집중시키고 있다… 내가 역할을 맡았던(그리고 망쳐 버린) 인물들만큼의 조각들로 흩어지고 부서진, 혼란스런 나… 그 나의 모든 것을 동원하여 그 한 가지 생각을 이끌어내고 고정시키는 일에 몰두하고 있는 내 정신의 질서….

역시 최초로, 나는 내 삶을 회상하고 검토하고 세밀하게 재구성하고 있다. 모든 일화들이 연결되고… 모든 수수께끼들이 풀리고… 온갖 모순들이 해소되는 … 내 삶의 질서… 이 방의 질서… 주위의 온갖 것들이 제 있을 자리에 있는 듯한 느낌 역시 처음이다… 각각의 필연성 속에 고정되어 굳어 있는 느낌… 그렇다, 나는 광물처럼 얼어붙은 이 모든 사물들에서 나의 죽음을 예감한다… 사물들이 갑자기 주문에 걸린 듯 각자의 위치에 얼어붙고 못박혀 있는 그 방식에서….

아! 살아 있는 것들의 신성한 무질서… 죽어가는 것들의 고통스러운 질서… 반대로, 주위의 '질서 정연한' 사물들이 드러내는 말 없는 폭력에서도… 나는 내 죽음을 예감한다… 그것들의 견고함과… 끈질김과… 격렬함과… 그것들이 갑자기 획득한, 공격적이고 거친 현존에서… 이 벽들이 오늘처럼 두꺼워 보인 적이 없었다는 사실에서 나는 나의 죽음을 예감한다… 이 재떨이의 중량감… 마룻바닥에 굴러다니는 저 지폐 조각의 흉측스러움… 엄청나게 커 보이는 나의 발… 터무니없이 '낯설어 보이는' 내 손… 요컨대, 이 방에서건 다른 어디에서건, 사물들이 이처럼 뚜렷하게 부각된 모습으로 보인 적이 없었다는 사실에서 나는 내 죽음을 예감한다….

나는 예전에 어머니의 일기에서, 처형을 앞두고 아버지가 '세계의 자명한 현존'을 상실했다는 이야기를 읽은 기억이 난다. 아버지는 정말 그렇게 말했을까? 얼마나 이상한 일인가! 나는 정반대의 느낌을 갖고 있다. 나는 세계의 분명한 현존을 되찾은 것처럼 느껴진다. 결코 사물들을 사랑하지 않았고 사물들에 유의하지도 않았던 내가, 귀가 멍멍한 사물들의 붕붕거림 속에서 죽어가는 듯한 느낌을 갖고 있는 것이다.

우울. 고통스러움.

실패한 삶에 대한 회한. 필연적으로, 역시 실패한 것이 될 이 죽음에 대한 회한.

내가 나의 죽음을 꿈꾸던 시절을 어떻게 다시 한 번 회상하지 않을 수 있겠는가? 나의 죽음이 아름답고 고상하고 가치 있는 것이길 바랐던 시절… 마치 삶의 이유들을 찾듯이 죽음의 이유들을 찾았던 시절… 엥그르 가에서의 내 오두막 시절과 뒤이은 성인 시절을 어떻게 회상하지 않을 수 있겠는가? 삶에 의미를 주는 것만큼 죽음에 의미를 부여하고 싶었던 그 시절을… 그렇다, 고귀한 뭔가를 위해서라면, 선 채로 불멸의 그 무엇을 증언하면서 죽을 준비가 되어 있었던 시절….

오늘, 그런 것은 아무것도 없다. 아무 목적이 없는 삶을 닮은, 아무 목적이 없는 죽음밖에는. 이성을 잃은 삶을 닮은, 미친 죽음밖에는. 무(無), 온통 무에 대한 봉사에 바쳐진 삶 뒤의 무밖에는 아무것도 없다. 그리고 나를 위해 울어 줄 사람도 나를 위해 슬퍼해 줄 사람도 없다. 내가 누군가를 위해 죽을 그 누군가도 없다. 내가 죽으리라는 것을 알 사람 역시 없다. 그래서 어느 날 우연히 나의 시체는 발견될 것이다. 사람은 살아왔던 것처럼 그렇게 죽는 법이다. 나의 경우는, 개처럼.

그러나 이 글이 남아 있다.

흔적 없는 이 삶의 흔적. 아무것도 남기는 것 없는 내가 세상에 남기는 유일한 것. 내 최초의 텍스트. 내 최후의 텍스트. 네 번의 밤이 지나는 동안, 나의 실존을 요약해둔 이 글. 나의 아버지, 나의 어머니, 그녀의 일기장이 있는 장소, 파라디, 그리고 장 아저씨에 대해 말한 이 글.

이 글을 어떻게 할 것인가? 어떻게 할 수 있을까? 태워 버린다? 찢어 버려? 땅에 묻는다? 날려 버린다? 여기 이 테이블 위에 남겨둔 채로 운명에 맡긴다? 어쩌면 또 다른 생각… 마지막 생각 하나… 엉뚱하기는 하지만, 42년 동안 내가 정신을 팔아왔던 코미디에 비한다면 그렇지만도 않은 생각. 한 사람, 단 한 사람, 단 한 사람의 기억력만으로 족하리라는 생각… 머리가 나쁘거나 벙어리일지라도, 한 사람의 머리로 충분하다는 생각… 세상에 대해서, 인간들에게 하기에는… 구원도 아니고 희망도 아니다… 그러나 그저께 그 남자가 나의 여정 속에 발을 들여놓은 것 또한 전적으로 우연인 것만은 아닐 것이다….

늦었다.
시간이 되었다.
이제 떠날 시간이다. 이미 말했듯이, 이미 썼듯이, 다시는 빛을 보지 못하리라는 두려움으로부터.
지금, 빨리 죽자. 장황한 조사(弔詞)도 장례식도 없이, 유언도 없이, 꼬꾸라지듯이 죽자.

뱅자맹의 고백은 이렇게 끝나 있다.
그것은 아무런 다른 설명도 없이, 어느 날 파리에 있던 내게 전해졌다. 거기에는 모든 것이 들어 있었다. 사건의 전모, 얽히고 설킨 내막들, 무질서하게 놓여진 지표들을 따라서, 나는 한 삶의 궤적들을 거슬러 올라갈 수 있었다.
어쩌면 나는 그의 삶에 대한 최후의 증인들 중 한 사람이었다. 사실 빠져 있는 부분은 최후의 행위에 대한 표현뿐이었다.
그리고 알 수 없는 일이지만, 그의 시체는 발견되지 않았다.

옮긴이의 말

　1985년, 그러니까 지금으로부터 20년 전의 일이다. 대학로 문예회관 대강당에서 베르나르 앙리 레비를 본 적이 있다. 서른 살이 되지 않았을 때인 1977년에 《인간의 얼굴을 한 야만》을 발표하여 전세계에 소위 '신(新)철학'의 등장을 알린 젊은 철학자의 방문이었다. 소설 《머리 속의 악마》(1984년)로 공쿠르상과 더불어 프랑스의 2대 문학상의 하나로 꼽히는 메디치상을 수상한 신예 작가의 방문이기도 했다. 그는 아시아의 7대 도시를 여행하고 있던 중이었다. 미모의 금발 여인과 함께였는데, 아마 그의 두 번째 부인 실비 부스카스였을 것이다. 문예회관에서의 그의 강연은 어떠했는가? 강연 주제는 물론 '신철학'에 대한 것이었고, 강연회에 참석한 그날의 청중들은 그의 철학적 작업에 대해 그리 탐탁찮은 반응을 보였던 것으로 기억된다. 마르크시즘을 비판한 책 《인간의 얼굴을 한 야만》이 지금에서야 서구 사회주의 혁명의 몰락을 예견한 작업으로 재평가되고 있다고 하나, 당시 군부독재에 맞서 민주화 투쟁을 벌이고 있던 우리나라 지식층은 그가 몰락을 예고한 바로 그 사회주의 사상가들의 휴머니즘에 기대어 미래를 조망하고 있었던 만큼, 그것은 당연한 반응이었다고 할 수 있을 것이다.

전세계에 '새로운' 철학을 부각시킨 철학에세이와 신예 작가의 탄생을 알린 이 첫 소설의 중심 주제라 할 수 있는 것, 즉 '현대의 야만'과 20세기말의 '악'은 청년 시절에서부터 오늘에 이르기까지 그가 일관되게 관심을 기울이며 탐구해 온 필생의 테마라고 할 수 있다. 사실 그는 파리 고등사범학교를 졸업(1968년)하고 철학교수 자격시험을 통과한 1971년(23살)에 이미 파키스탄으로부터 독립하기 위해 투쟁중이던 방글라데시(과거의 동 파기스탄)에 장기 체류하면서 현대의 야만을 주의 깊게 관찰한 바 있다. 방글라데시를 돕기 위해 다국적 자원병 부대를 구성해야 한다는 앙드레 말로의 호소에 따른 참전이었다. 부대 구성은 결국 무산되었지만, 그는 그곳에 남아 프랑스 일간지 《콩바》지의 종군기자로 활동했던 것이다. 이때의 경험을 바탕으로 1976년까지는 미테랑 대통령의 '전문가' 그룹 일원으로 활동했으며, 자크 아탈리 등과 함께 '기근 극복을 위한 국제 행동'을 창설(1980년)한 일도 이와 무관하지 않다. 그후 그는 오늘날 테러리즘의 온상이 되고 있는 아프가니스탄(구 소련 통치하의)으로 가서 '자유 카불 방송'을 설립(1982년)했는가 하면, 《머리 속의 악마》를 발표한 해에는 시몬 시뇨레 등과 '반인종주의 운동'을 이끄는 등 활발한 사회 활동을 펴기도 했다. 여러 해에 걸쳐(1992년-1994년) 내전에 휩싸인 유고 연방을 넘나들며 보스니아 국민들의 비극과 저항을 영상으로 담아내기도 했고(《보스냐!》), 2002년에는 자크 시라크 대통령에 의해 아프가니스탄 해방구의 문화 재건 특사로 파견되어 그 활동 결과를 《전쟁과 악과 역사의 종말에 관한 성찰》이라는 제목으로 출간했으며, 또한 그 이듬해에는 알카에다와 가까운 이슬람 근본주의자들의 인질이 되었다가 파키스탄에서 처형된 미국 기자 대니얼 펄의 행적을 1년간 추적하여 《누가 대니얼 펄을 죽였는가?》를 내놓았다.

종군기자에서부터 철학자, 소설가, 잡지 발행인, 영화감독, 극작가로서의 다양한 활동들과 일일이 다 열거하기조차 어려운 많은 작품들은 그의 다재(多才)와 열정 넘치는 참여 지식인으로서의 면모를 여실히 보여 준다. 그에게는 지식인들이 구체적 생활 세계 속에 적극적으로 참여하여 "이성에 대한 믿음과 진실과 정의의 이념"(《지식인 예찬》)을 지속시켜 나가야 한다는 신념이 있었고, 이는 종종 그를 텔레비전 등의 방송 매체에 출연시키는 계기가 되곤 했다. 수려한 외모와 댄디 스타일, 그리고 그러한 다재다능함과 잦은 텔레비전 출연은 때로 그를 질시의 대상이 되게 하기도 하고, 인권 문제로 고심하는 철학자로서의 진정성을 의심받게 하기도 한다. 현대의 야만이 자행되는 지구촌 곳곳을 바쁘게 뛰어다니는 듯한 '스타' 지식인으로서의 활동이 그의 소설가로서의 면모를 주변적인 위치로 돌려 버리는 측면도 없지 않다. 하지만 《머리 속의 악마》가 그의 재능이 유감없이 발휘된 소설임에는 이론의 여지가 없다. 이 책이 출간되었을 당시 《마리-클레르》지의 피에르 데므롱은 "과거 파시즘의 시대에 사르트르의 《어느 대장의 어린 시절》이 있었다면 테러리즘 시대인 우리 시대에는 이 《머리 속의 악마》가 있다고 말할 수 있을 것이다"라고 했었다. 데므롱의 글 〈반세기아의 고백〉으로 작품 소개를 대신하고자 한다.

2005년 여름 김 병 욱

작 품 소 개

반(半)세기아의 고백

1984년 10월 피에르 데므롱

독자들이 그냥 지나쳐 버릴 수 없을 한 권의 처녀작이 여기 있다. 올해의 '꼭 읽어야 할 책'이 될 게 분명한 소설이다. 저자는 이미 이름이 알려진 정도가 아니라 그 이니셜만으로도 통하는 문단의 스타, 베르나르 앙리 레비다.

신철학파의 기수이자 철학교수 자격을 가진 그의 낭만적 얼굴은 소크라테스보다는 사미 프레를 연상시킨다. 지적 매력만이 그의 매력의 전부가 아니라는 말이다. 더욱이 우리는 아라공 작 《오렐리앙》을 극화한 텔레비전 드라마에서 이미 그를 대한 바 있다. 장 뤽 고다르는 그에게 영화 《안녕 마리》의 주연을 맡아 줄 것을 제의했던 모양이다. 베르나르 앙리 레비는 망설이다가 첫 소설 《머리 속의 악마》를 쓰는 편을 택했다.

이 선택으로 인해 영화계가 어떤 손실을 입었을지 물론 나로서는 알 수 없다. 그러나 《머리 속의 악마》를 읽어 보니, 만약 그가 다른 선택을 했다면 우리의 문단이 매우 흥미진진한 소설을 한 편 잃었으리라고 나는 확신한다.

하나같이 베스트셀러가 된 여러 편의 에세이 ──《인간의 얼굴을 한 야만》,《신의 유언》,《프랑스 이데올로기》등 ── 의 저자이자 그라세 출판사의 총서 책임자라는 사실, 이러한 그의 성공과 이에 따른 지적 권력 등은 많은 예찬자들을 끌기도 했지만, 또한 많은 비방자들을 만든 게 사실이다. 이는 많은 사람들이 이 첫 소설의 출간을 기다리고 있었음을 말해 준다.

야심만만한 작품이다. 물론 베르나르 앙리 레비는 다만 자신의 어두운 주인공 벵자맹의 초상화를 그릴 뿐이라고 말한다. 하지만 그 초상화는 폭동에서 혁명을 거쳐 68혁명 이후 좌파주의에서 테러리즘으로 넘어간 한 세대의 초상화에 다름 아니다. 또한 그것은 1940년부터 우리 시대에 이르는, 다양한 지적 유행과 전체주의 이데올로기들이 부침했던 반세기의 역사이기도 하다.

끊임없이 독자의 호기심을 자아내는 교묘하고도 박진감 넘치는 구성을 통해 소설은 반전에 반전을 거듭하며 암울한 주인공, '역(逆)의 선택을 받은 존재인 양 흔히 사람들이 당대의 가장 혼탁한 힘들이 마주치는 곳에 있으리라고 말하는 그 검은 존재들 가운데 한 명'인 벵자맹의 초상화를 조금씩 수정하고 조금씩 뉘앙스를 가하며 그려 나간다. 그의 행적을 찾아 나선 화자가 1984년 예루살렘에서 회개하는 40대의 벵자맹을 만날 때까지 수집한 여러 자료들과 증언들 덕택에 세월과 더불어 점차 분명하게 모습을 드러내는 초상화…. 우선 청소년 초기까지는 그의 어머니 마틸드의 일기를 통해 그의 초상화가 그려진다. 다음엔 벵자맹이 양부라 부르는 〈장 아저씨와의 대화〉를 통해서인데, 전쟁 전 그의 아버지의 가장 친한 친구였던 장은 전쟁이 끝나고 마틸드와 결혼한 인물이다. 그 다음은 마리 로젠펠드의 편지를 통해서다. 문학적 소양이 풍부한 게브윌러 출신의 이 유대 아가씨는 60년대에 소르본느대학교에서 공부하기 위해 파리에 상경하여 매력적인 벵자맹의 정부가 된 인물로, 고향에 있는 쌍둥이 자매 콩스탕스에게 보내는 편지들을 통해 그의 초상화를 그린다. 그 다음엔 알랭 파라디의 증언을 통해서다. 해방 후 좌파 변호사로 변신하여 다소 특별한 임무들을 수행한 왕년의 이 레지스탕스는 벵자맹의 영혼에 저주를 내린 장본인이다.

애초에 벵자맹은 미모와 지성과 재산 등 모든 것을 다 가진 존재였다. 온갖 매력을 갖춘 인물. 이 아름다운 과일 속으로 파고들어와 썩게 만든 벌레, 그것은 바로 엥그르 가에 자리 잡고 있는 저택에서 집안 식구 누구도 언급을 회피하는 그의 죽은 아버지가, 벵자맹이 즐겨 상상해오던 대로 훌륭한 레지스탕스였던 게 아니라 사실은 끔찍한 대독 협력자요 유대인 가정을 밀고한 인물로서 파리 수복과 더불어 총살형에 처해졌다는 사실을 청소년기에 발견하게 되는 사실 그 자체다. 그후 그는 좌파 인민의 영예로운 대표자로 행세하는 장 아저씨가 혹시 역사의 바퀴를 밀어 자신의 아버지를 사형 쪽으로 몰고 간 건 아닐까 하는 의심을 품게 된다. 왜냐하면 장 아저씨가 독실한 가톨릭 신자인 자신의 어머니 마틸드와 결혼을 할 수 있으려면 그의 아버지 에두아르가 죽어야만 했기 때문이다. 그리고 이 의심은 훗날 해방 당시 사면위원회에 참여했던 알랭 파라디에 의해 사실로 확인된다(나중에 이 사실을 알게 된 그는 양부를 살해하려 하지만 끝내 용기를 내지 못한다). 그 사이, 자신이 속한 부르주아 계층의 은밀한 악행들을 알게 되면서, 본능적으로 싫어하던 양부에 대해 사사건건 반발하던 그는 점점 더 큰 문제를 일으키는 악당의 길을 걷게 된다. 그러다 알제리 전쟁 때 FLN(민족해방전선) 소속의 젊은 여전사 말리카를 알게 되면서 그의 그러한 반항기는 정치적 색채를 띠게 된다.

이후부터 벵자멩은 마르크스와 프로이트와 알튀세르와 라캉의 많은 손자들이 쫓았던 투사의 길을 걷는다. 마르크스-레닌주의, 좌파 프롤레타리아, 68년 5월 혁명과 그 실패, 오베르네 사건과 그 이후 펼쳐진 파노라마, 이해할 수 없는 프롤레타리아트 위기는 그를 공장에 취직하도록 자극한다. 현장에서, 프롤레타리아트 학교에서 직접 민중의 소리에 귀를 기울여 보도록 자극하는 것이다. 하지만 무관심한 공장 노동자들이 지켜보는 앞에서 'CGT(노동총연맹)의 파시스트들'에게 뭇매를 맞고 더욱 절망한 그는 다마스, 바그다드, 아바나, 베를린 등을 거치면서 말만의 테러리즘에서 이탈리아식 진짜 테러리즘으로 넘어가는데, 차후부터는 이념 때문이라기보다는 증오 때문에 테러를 행하게 되고, 그리하여 이 양가집 자제는 곧 전세계의 모든 경찰로부터 쫓기는 도망자 신세가 된다.

공장에서 일하는 벵자멩의 행로를 쫓으며 나는 프랑스의 어느 저명한 귀족 가문 출신이 68혁명 이후에는 생-나제르의 부두 노동자로 일한 사실을 떠올리지 않을 수 없었다. 예루살렘의 벵자멩을 보면서는 너무나 유명한 《유대인 쉬스》의 연출자인 나치스 전범 바이트 할란의 아들, 전쟁이 끝난 뒤 집단농장에서 일하게 된 그를 떠올리지 않을 수 없었다. 내가 이런 일들을 상기시키는 것은 얼마나 벵자멩이 그저 소설 속의 한 등장인물이 아니라 바로 우리 시대의 주인공인지를 상기시키기 위함이다. 탈식민지 전쟁들이며, 언제라도 에두아르 같은 선택된 특정 속죄양들을 총살시킴으로써 스스로의 미덕을 만들 채비를 하고 있는, 스스로의 말장난에 빠진, 전체주의 언어를 구사하는 부르주아 계급의 낙태된 혁명들 등, 기대를 저버린 그 허망한 공약들의 썩은 산물이 바로 그라는 사실을 말이다.

베르나르 앙리 레비의 이 심리-정치 추리 서스펜스에는 그저 반 세기의 소란과 열기, 죽은 이데올로기들과 스스로를 등대로 여기는 그 구루들, 그리고 풍향계들만이 있는 것은 아니다. 모든 매력을 갖춘 벵자맹은 여성들에 뒤덮여 있는 인물이기도 하다. 청소년기 이후, 양부의 친구들의 아내들과 귀부인들에서부터 테러 임무에 대동한 여전사들에 이르기까지 벵자맹은 많은 여성들을 때로는 취미로 또 때로는 도발심으로 유혹한다.

특히 벵자맹을 몹시 사랑하는 마리 로젠펠트가 있다. 그녀에게 그라는 존재는 '반신(半神)'과 같은 존재요 "아덴의 니장이었고 아시아의 말로였으며 미솔롱기의 바이런"이다. 그녀는 그가 온갖 수단을 동원해 자신을 기만하는 것을 알고 수차례 관계 단절을 시도하며, 고향 알자스로 돌아가 거기에서 결혼도 하고 아이도 낳지만, 한동안 소식이 없다가 어느 날 불쑥 나타난 그를 보는 순간 모든 것을 버리고 위험한 그의 행로를 뒤따르다 결국 목숨까지 잃게 되는 여성이다. 물론 벵자맹은 그 사랑이 얼마나 큰 사랑이었는지를 뒤늦게야 깨닫게 된다.

소설의 어떤 부분들에서는 사르트르보다는 마리보나 라클로에 더 가까이 있는 듯한 느낌을 갖게 된다. 예를 들면 마리가 벵자맹의 부정을 복수하기 위해 순진하게도 때로는 그녀 자신으로, 또 때로는 그녀의 쌍둥이 여동생 행세를 하여 그를 '곤란하게' 해주려고 결심하는 대목이 그렇다. 그러나 그런 장난에서 그녀는 벵자맹이 자신의 쌍둥이 동생과도 바람을 피우는 인물임을 깨닫게 될 뿐이다!

긴박한 스릴에서부터 농도 짙은 에로티시즘까지, 사실 《머리 속의 악마》에는 없는 것이 없다. 레비는 자신의 칵테일을 완벽하게 배합했다. 채워지지 않은 욕망이 낳는 성적 현기증이라든가, 임신한 여성이 느끼는 신체적 감각 등을 묘사하기 위해 마틸드의 피부 속으로 들어가는 어려움도 마다하지 않는다. 신들의 사랑을 받는 사람임을 증명이라도 하듯 그는 자신의 온갖 재능을 마음껏 뽐낸다.

그 능숙한 소설 전개의 이면에 각고의 노력이 녹아 있음을 우리는 상상할 수 있다. 이 첫 소설은 분명 거장의 솜씨다.

하지만 중요한 점은 그것이 아니다. 바로, 과거 파시즘의 시대에 사르트르의 《어느 대장의 어린 시절》이 있었다면 테러리즘의 시대인 우리 시대에는 이 《머리 속의 악마》가 있다고 말할 수 있다는 점이다.